青湘 作品

女盟列传

[上册]

青岛出版社
QINGDAO PUBLISHING HOUSE

图书在版编目（CIP）数据

女盟列传 / 青湘著. — 青岛：青岛出版社，2019.3
ISBN 978-7-5552-7067-6

Ⅰ. ①女… Ⅱ. ①青… Ⅲ. ①长篇小说－中国－当代
Ⅳ. ①I247.5

中国版本图书馆CIP数据核字（2018）第140169号

书　　名	女盟列传
著　　者	青　湘
出版发行	青岛出版社
社　　址	青岛市海尔路182号（266061）
本社网址	http://www.qdpub.com
邮购电话	010-85787680-8015　13335059110
	0532-85814750（传真）　0532-68068026
责任编辑	郭东明
责任校对	张静静
特约编辑	武芳芳
装帧设计	蒋　晴
照　　排	梁　霞
印　　刷	三河市良远印务有限公司
出版日期	2019年3月第1版　　2019年3月第1次印刷
开　　本	16开（700mm×980mm）
印　　张	30
字　　数	450千
书　　号	ISBN 978-7-5552-7067-6
定　　价	59.80元（全二册）

编校印装质量、盗版监督服务电话　4006532017　0532-68068638

建议陈列类别：畅销·古代言情

目 录【上册】

第一卷
各怀鬼胎

目 录【上册】

目 录【下册】

第三卷
图穷匕见

目 录【下册】

第四卷
和衷共济

第一卷 各怀鬼胎

第一章
困局

夜里变了天气。

北风呼啸了一夜。清晨起来，窗外已是茫茫一片。地上积雪尺余，屋顶也被一层琼白覆盖，与檐下挂着的素幡融在一起。庭院中的枯树被雪压得微微弯曲，在冷风里不住地颤动。

那年冬天的第一场雪就这么突然降临了。

虽然生着炉火，颜素仍然觉得阵阵寒意透过门窗的缝隙向她袭来。她放下手中针线，向略显暗淡的火炉里添炭。铁钳刚触到炉灰，便觉出几分异样，先是微微一怔，随即心有所悟，将炉灰完全拨开，果然露出了两枚鸡子大小的芋头。

颜素不由得叹息一声："大行皇帝丧期还未过呢，淑妃就不能收敛一些吗？"

"我怎么了？"慵懒低沉的女声响起，"难道烤两个芋头也要被那帮措大骂？不吃东西，我哪儿有力气哭丧给他们看啊？"

出声的正是淑妃徐九英。颜素回头，就见她翻着白眼站在自己身后。

初识徐九英时，她还是大行皇帝的才人，如今却是徐淑妃了，马上就会成为徐太妃。若她福缘再深厚些，将来也有可能是徐太后。而徐九英今年不过二十五岁。这样的年纪，无论是太妃还是太后都未免太年轻，何况她的容貌还未有半分损减。

严格说来，徐淑妃的长相并不符合宫中一贯的审美：她的脸生得太有棱角；嘴巴不够小巧；皮肤也不白皙；举止更完全谈不上文雅端庄。可是任何人都无法否认她的美貌。

脸形虽不柔和，她却有个很好看的鼻子，鼻梁高挺，鼻头不失秀气；嘴唇不是时人喜爱的樱桃小口，却丰润而有光泽；皮肤或许不显白，但目泛桃花，为她增色；仪态固然略嫌粗俗，可是略微丰腴的身形并不臃肿，活动起来时甚至称得上灵活轻盈。除此之外，她还很爱笑。虽然她那哧哧的笑声让她显得有些傻气，但是人们不得不承认，她的笑容很能感染他人的情绪。

颜素至今都还记得自己第一次见到徐九英时的情景。

她被人领出洗衣院，带入徐九英所居的宫室。纱帘层层拉开，盛装的丽人盘膝坐在榻上，右手将一个装着糕饼的高脚银盘揽在怀里，左手捏着一块糕饼旁若无人地吃着。

颜素向她下拜时，她轻声笑了起来。这笑声并不似宫中其他美人那般清脆如莺，反而有些喑哑，听在耳里说不出的慵懒。

"你吃不吃枣糕？"徐九英就用这懒洋洋的嗓音，对她说出了第一句话。

因为震惊于徐九英的散漫仪态，当时的颜素并没有意识到眼前这个女人会改变她一生的轨迹。

如今五年过去，徐九英的地位越来越高，名声也随着地位的提高而越来越糟，人却越发美艳得不可方物。二十五岁的佳人，容颜正值巅峰，又添了几分成熟女人的韵致，更显得楚楚动人，就是一身缟素也掩不住她的风情。

可是颜素看到她的好气色却觉得十分头疼，扶着额道："昨日巧遇中宫，她是什么模样，淑妃可还记得？"

"中宫？"徐九英在火炉边坐下后，托着下巴回想。

她昨天在阁道上与皇后相遇。皇后脸色蜡黄，明显消瘦了许多。身上的丧服空荡荡地垂落，越发衬得她弱不禁风。和徐九英说话时，她也是一副有气无力的样子，似乎刚刚大病一场。随侍在她身后的宫人也都是容色惨淡，时时流露出对大行皇帝的哀思。

而徐淑妃虽然也身穿丧服、不施粉黛，却依旧红光满面，气若洪钟，不见一点憔悴。只有在中宫提及先帝时，她才有所醒悟，不好意思地用丝帕擦拭了下并没有流泪的眼角。无论是淑妃还是皇后的宫人，见到她如此作态，嘴角都是一阵轻微的抽动。

倒是皇后神色平静，让人不得不佩服她的涵养。

"皇后比我大……"徐九英想起皇后与她不过六七岁的差距，摸着鼻子改口，"我先天壮，先天壮。"

颜素是彻底不指望徐九英能有什么羞耻心了。她叹了口气，耐着性子道："这倒也罢了。昨日中宫难得对淑妃和颜悦色，淑妃何不借机与皇后亲近？"

皇后不曾亏待过徐九英，但也谈不上有什么交情。昨日她似乎有意与徐九英叙话，可是徐九英的应对却仍然傻里傻气，让人摸不着头脑。皇后虽是不曾抱怨，临走时却颇有深意地看了颜素一眼，不无见怪之意。

颜素的才情见识，宫中人人称道。既然随侍淑妃，规劝淑妃的行止便是她分内之事。皇后的示意颜素当然看得明白，可她自己也是有苦说不出。旁人也许不知，但是颜素心知肚明：徐淑妃虽然肚中无甚墨水，人却十分机灵的，早些年甚至不时有妙语闪现。颜素不信她看不出皇后的意思。一个人要是有心装傻，她再怎么提醒也无济于事。

"是吗？我怎么没看出来？"徐九英显然不觉得有什么不妥，一边在炉边坐下一边漫不经心地答了一句。

刚出炉的芋头被炭火烤得滚烫，徐九英并不急着去剥，而是拨到炉边放凉。抬头时，她瞥了一眼颜素身边做了一半的针线，问她道："这是什么？"

"上次淑妃不是说喜欢奴婢做的绣袋吗？"颜素微笑着回答，"奴婢再做个新的，淑妃也能换着使。"

"那个就很好了，又费这事做什么？"徐九英不以为然。

颜素只是笑笑，并未停下手里的活计。

不多时芋头微凉。徐九英熟练地将两个芋头剥了个干干净净，吃食总能让她心情愉快。剥好芋头，她献宝一样举起芋头，喜滋滋地问颜素："三娘，你吃不吃？"

颜素摇头。

徐九英也不勉强，自己将其中一个芋头两口吞下了肚。正欲对另一个下口，忽然想起皇后瘦骨伶仃的样子，恋恋不舍地把芋头放到了身边的银盘里，叹着气道："算了算了，不吃了。"

这难得识时务的举动并没有赢得颜素的赞赏。相反，见徐九英要用手背擦嘴，颜素皱起了眉，随即将自己的手帕递过去，口里还不忘揶揄她两句："淑妃身壮如牛，少食一枚也瘦不下一两肉来，又何必自苦？"

徐九英敷衍地抹了抹嘴，发狠道："啰唆！我说不吃就不吃了。一会儿让陈守逸吃吧。"说罢扭身走向屏风后的铜镜，"他还没回来吗？"

颜素站在屏风外面回答："还没有。都这个时辰了，照理说早该回来了。"

"打听个消息也要这么久？"徐九英嘀咕着，从妆台上拿起梳子，将自己略显散乱的鬓发重新拢了拢，又习惯性地对着铜镜抛了个媚眼。

恰在这时，外面传来一声嗤笑："马上就是太妃了，还练这媚眼给谁看？"

徐九英抬头，一个年轻宦官不知什么时候进了屋，依在内室门边，歪着头含笑打量，正是服侍她的中人陈守逸。

她那抛到一半的媚眼向上一翻，直接变成了一个大白眼，悻悻道："你怎么知道没人看？"

陈守逸对着淑妃微微一笑，露出一口好看的白牙。颜素却注意到他袍服下摆湿了一片，水珠正悄无声息地滴落在线毯上，她再度皱起了眉头。

陈守逸瞥见她的目光，咧了咧嘴，安抚道："回完话我就去更衣。"

颜素目光上移，又发现他脸颊上有一小块擦伤，关切地问："你不是去打听消息吗，为何如此狼狈？是不是遇到了什么麻烦？"

陈守逸整了整衣服，笑容微淡："路上摔了一跤，不碍事。"

徐九英嗤笑："是真摔了跤还是你那养父又找你麻烦了？"

陈守逸的养父是宣徽使陈进兴。陈守逸入宫后不久就被他收为养子。几年前两人不知因为什么事闹翻，从此势不两立。宣徽使在北衙诸司使中地位尊崇，仅次于"四贵"。陈守逸虽受徐淑妃信用，这几年也在他手上吃了不少暗亏。

6

"他早就不是奴婢养父了。"陈守逸摊手，"有吃的吗？奴婢现在当真是又冷又饿。"

徐九英道："火炉边有个芋头，你先吃了吧。一会儿我再让他们拿些吃的来。"

陈守逸立刻找到了银盘里的芋头，狼吞虎咽地将它吃进了肚。徐九英眼睁睁看着芋头在他手里消失，舔了舔嘴唇，继续对镜梳理自己的头发，装作若无其事地问："昨天赵王宴请几个重臣的事，可打听出消息了？"

陈守逸缓了一缓，又往火炉里添了两块炭，才一边烤火一边懒洋洋地道："不就是和几位宰辅联络感情嘛。虽然亲王和朝臣结交犯忌讳，不过他都结交好几年了，也不是多稀奇的事。"

徐九英冷哼一声。

"差点忘了。"陈守逸慢吞吞地拍了下脑袋，"有传闻说赵王在席上对诸公言道，太子年幼，易受母亲影响。而太子生母不但出身寒微，胸无点墨，名声还十分不好听，日后定会教坏太子。为了国朝社稷，赵王提议效法汉武故事。"

徐九英差点一头栽在妆台上。

她并不知道汉武帝的典故，不过陈守逸说得这么阴阳怪气，不用想，一定是要命的事。

她转向颜素，果然颜素眉头深锁，片刻后才向她解释，所谓汉武故事便是汉武帝为立幼子弗陵而杀其母钩弋夫人之事。

话音未落，徐九英手里的梳子便飞了出去。镶满螺钿的玳瑁梳在半空中画出一道圆弧，先砸在墙角，接着狠狠弹回到地上，断成了两半。

不能怪她发怒。因为很不巧，当今太子的生母正是她徐九英。

仿佛还嫌她不够心烦，陈守逸又含笑添了一句："你大祸临头了。"

徐九英最讨厌陈守逸这唯恐天下不乱的态度。她正想开口还击，却有宫人进来禀报，皇后遣了人来，正候在殿外。

徐九英不敢怠慢皇后的人，先打发陈守逸下去更衣，自己带着颜素出来见人。

来人正是皇后身边颇受信用的宫女团黄。

团黄笑吟吟地向徐九英行了礼。

她一向得皇后器重，徐九英也得让着她几分，客客气气地问："不知皇后命你前来有什么吩咐？"

"也没什么大事，"团黄笑答，"就是中宫这几日不见太子，有些挂念，命奴婢接太子过去玩几天。不知淑妃方不方便？"

赵王那边刚刚密议杀母立子，皇后这边就来接人，他们两人八成通过气了，颜素如此作想。她暗暗担心，怕徐九英沉不住气，先惹上麻烦。

出乎她的意料，徐九英浑不在意地笑了起来："这有什么不方便的。皇后是太子正经的母亲，何必如此客气？什么时候想看太子了，直接领了去就是，不用再来问这一遭。"她转头吩咐颜素，"三娘，去瞧瞧太子午睡醒了没有？"

颜素应下，退了出去。

等待期间徐九英与团黄没什么话说，只是客气地请她坐。虽然陈守逸更衣后便赶了过来，可他在外人面前素来乖觉，绝不多话，气氛多少有些沉闷。

好在不多时颜素便领着乳母、太子回来了。

团黄连忙向乳母怀中的太子行礼。

太子年方三岁，对乳母极是依赖，见着不熟悉的团黄，第一反应竟是回头搂紧乳母的脖子。

徐九英一边上前一边笑着对团黄道："看看，过几天就是登基大典了，还这么怕生，到时候怎么当皇帝呢？"

见着母亲，小太子眼睛一亮，咯咯笑着向她张开了双臂。

徐九英接过儿子，向乳母交代："你去收拾一下，一会儿带着太子去皇后那里。"

乳母瞟了团黄一眼，唯唯诺诺地应了。

团黄赔笑道："奴婢看也不必收拾什么。太子需要的物什，皇后殿中都已经备下了。奴婢想中宫对太子想念得紧，要不这就随奴婢一道过去，奴婢也好向中宫复命。"

竟连这么一会儿也等不得？徐九英气闷，面上却不动声色："也好，就是太子顽皮，怕是要让皇后操心了。"

团黄见徐九英并不介怀，暗暗舒了口气，笑着道："中宫说了，若是淑妃记挂，也可随时去探望太子。"

徐九英点头："麻烦中宫了，不嫌太子烦就好。"

团黄微微迟疑，觉得徐淑妃今天过于通情达理，竟不似平日那般蠢话连篇。

徐九英又让人赏了些钱帛给她。宫人将赐物用托盘捧了出来。颜素接了，亲自送到团黄手上。团黄谢过徐九英，才接了赏赐。接过托盘时，她以手轻触颜素。颜素感觉到一件物什进了她掌心，轻触之下，是一方折叠好的纸笺。她不动声色，将之收入袖中。

徐九英不住地吩咐乳母好生照料太子，例如天冷了要多穿衣服，别冻着；雪天路滑，檐子要走慢些……一直将他们送到门口，团黄再三请她止步，她才恋恋不舍地看着太子一行离开。

徐九英从来不是肯委屈自己的人，如此隐忍简直不像她一贯的风格，连颜素都不禁疑惑，徐淑妃葫芦里卖的是什么药？

比起颜素，陈守逸的反应则直接得多。团黄一走他就不客气地问："淑妃今天莫不是吃错了东西？"

"你才吃错了东西！"徐九英回了一句，气呼呼地转身进殿。

陈守逸如释重负，笑着向颜素摊手："是淑妃没错呀？刚才怎么跟换了个人似的？"

颜素并不觉得他的话好笑，瞪了他一眼，紧跟着徐九英进了殿内。陈守逸有些无趣，摸了摸鼻子，也跟了进来，顺便还让周围的宫人都回避了。

"淑妃就这么让她把殿下带走了？"见左右无人了，颜素立刻忧心忡忡地问。

大行皇帝遗留的子嗣只有小太子一个。他是徐九英手上最大的筹码。赵王这样咄咄逼人，眼见危机就在咫尺，她怎么就不把太子牢牢抓住？

徐九英哼一声："难道皇后来接人我不让？那不是正好给她整我的借口？说到底，她是正室。我算什么？皇家的名号再好听，说白了也就是个妾，拿什么跟她争？"

"看今日这情形，怕是太子一时半会儿都回不来了。"颜素迟疑着道。说是接去玩，只怕这一去皇后就不会轻易放人了。

徐九英点头："你当我看不出来？她应该是对赵王的提议动了心。那位一向算得精。青翟年纪还小，她现在除掉我，把他抱去养着，时间长了，还怕养不出感情来？将来他长大了，自然会好好奉养她这嫡母。"

9

青翟正是大行皇帝为小太子取的乳名。

"难道就这样束手待毙？"颜素眉头深锁。

"情况倒也未必这样糟。"陈守逸插口，"皇后想得到的事难道赵王想不到？他不会让皇后顺顺当当地把这便宜捡去。只要他们有利益冲突，就有我们上下其手的机会。"

他难得正经地开回口，徐九英却不领情："谁跟你是我们？"

陈守逸被她直斥回去，也不恼，连自嘲都是心平气和的语气："好心当成驴肝肺。"

这句话勾起徐淑妃的新仇旧恨。她忍不住冷哼一声："好心？你刚才不是还高高兴兴地等着我大祸临头吗？"

陈守逸慢条斯理地道："怎么会？奴婢对淑妃忠心耿耿，日月可鉴。"

宫中内官，谁不会说几句这样的好话？只有陈守逸才会连表忠心的套话都说得这么缺乏诚意。对此，徐淑妃用了一个字表达她的感想："呸！"

皇后顾昭并不是大行皇帝原配。

大行皇帝的元后也姓顾。元德十三年，弥留之际的顾皇后恳请大行皇帝从顾氏亲族中择立继后。大行皇帝顺应发妻之意，从顾氏宗族中挑选一女册立为后，就是现今的皇后。

其实后宫诸妃多半比新后年长，可是这位年轻的皇后却依然把后宫治理得井井有条。除此之外，她还以自己的德行赢得了朝野一致的赞誉和尊重。

大家对皇后的贤德事迹耳熟能详，导致很多人忽略了她的另外一面。

先帝后宫盘根错节，并不是个个儿嫔妃都有好性情。顾皇后能将各位年长妃嫔都照顾得妥贴周到，平安执掌宫禁十数年，怎么可能仅仅是个老好人？

赵王对这位嫂嫂的精明并不是毫无察觉，也十分清楚要除掉碍眼的淑妃，中宫的支持必不可少，因此一早就把话摆到了台面上。

对于赵王的提议，顾皇后表现得相当谨慎。她虽然顺应赵王之意先将太子接到自己殿中暂住，却并没有给赵王一个明确的答复。如此暧昧不明的态度让赵王有些不耐，一连数日都遣人来问询。

可无论他费多少唇舌，顾皇后仍是一副举棋不定的模样。

赵王对此甚感无奈，觉得这嫂子人虽聪明，却终究只是个深宫妇人，瞻前顾后，难成大事。他不曾料到，皇后不回应他的要求并不是出于妇人的优柔，而是另有一番打算。

若是小皇子一出生便交由她抚养，这时除掉徐九英自然无须顾虑。可是大行皇帝并没有作出当时许多人看来顺理成章的决定。纵然所有人都认为太子生母过于粗鄙，大行皇帝仍然让小太子在生母身边留了两年多，既不令皇后抚养，也不让他入居东宫。这就不能不让顾皇后三思了。

如今太子年满三岁，已经开始记事了。这两日她把小太子接到殿中，他连着两晚都哭闹不休，搅得中宫殿内鸡犬不宁。好不容易等他哭累收声，他却又可怜巴巴地扶着门，一脸惆怅地盼望母亲来接他回去。

眼见着明日就是登基大典，小太子仍旧精神萎靡，皇后的心情不免复杂。太子对生母有很深的依恋，真要是按赵王的意思杀母夺子，将来他长大了，怎么向他解释淑妃之死？

与赵王提及此事时，赵王对此颇不以为然，只说太子年纪小，时间一长，他还能记得什么？

顾皇后隔帘瞧着他脸上的热切表情，心里不住冷笑，真当她看不出他的心思吗？可是这几年，赵王的势力急剧扩张，怎么应付这位野心勃勃的小叔也令她颇费思量。

晚间为大行皇帝诵经的时候，顾皇后捏着手里的佛珠思虑良久，终于现出焦躁之色。都好几天了，徐淑妃那边也该有信了吧？正想着，佛室外宫女白露的声音轻轻响起："殿下，淑妃那边的三娘子来了。"

"知道了。"皇后眉心一舒，却不动声色，淡淡地应了。念完了最后一句经文，她才阖上经卷走出佛室。

颜素已等候多时，见着皇后连忙下拜行礼。

皇后语气平静："三娘来访，所为何事？"

"启禀殿下，"颜素伏于地下，恭恭敬敬地道，"淑妃担心太子起居，特地遣奴婢来问声消息。"

她把太子接来这么些天，淑妃那边能忍到现在才来过问，已经算是有耐性了。

听了颜素的话，皇后似笑非笑地问："淑妃这是怕我亏待了太子？"

"自然不是。"颜素流利地回答，"宫中谁不知道皇后最疼爱太子。不过太子毕竟年幼，换了环境怕是会有些不习惯。而且明日就是登基大典，若不能安抚好太子，在大典上哭闹起来，也有损皇室体面。因此淑妃特意命奴婢前来探望。淑妃还说，太子虽小，却很念旧，让奴婢将太子以前用的被褥和玩物送来，也许能安抚太子一二。"

念旧？皇后抬眼，见她身后果然跪着几个抱着被褥和器物的宫女，点了点头："淑妃有心了。"

白露极会看眼色，亲自上前要领那几个宫女下去。顾皇后又吩咐赏她们一些钱物后才让白露带她们下去。待那几个宫女都退下了，她才和颜悦色向颜素道："团黄带给你的信可看过了？"

"正是看过了，奴婢才向淑妃揽了这趟差事。毕竟是敏感时候，奴婢若是频繁出入中宫殿阁，难免引人注目。"颜素赔笑道。

皇后抬眼："想必三娘已经听到风声了？"

"略有耳闻。"

"这件事三娘有何看法？"

颜素没有说话，而是再度拜伏在地。

她这姿态一摆出来，皇后便知自己料中，微微笑道："随我来。"

颜素见皇后会意，心里又多了几分把握。她跟着皇后向内殿走去。可是皇后并没有领她进自己起居的宫室，反而带她进了团黄的房间。

今晚并不是团黄当值。此时她正倚在几上假寐。听见响动，团黄睁眼，发现是皇后突至，大为诧异，慌忙起身行礼。

"守在外面。"皇后简短地吩咐。

团黄到底是皇后亲信，很快便回过神，默默退了出去，并细心替她们把房门掩上。

"这里说话不会有其他人听见。"皇后转头，对颜素温和一笑。

颜素了然。这房间位置僻静，周遭有人走动极易发现。外面又有团黄守着，不必担心有人偷听。而且谁想得到一国之母竟在宫女房内和人密谈？颜素虽不认为皇后殿中已有赵王耳目，不过皇后的谨慎多少表明了她的态度。

颜素放心地开口："奴婢认为此计并不妥当。"

皇后并不意外："愿闻其详。"

颜素毫不犹豫地道："赵王不可信。"

皇后沉吟："何以见得？"

颜素淡淡地道："殿下别忘了，当初大行皇帝差点就立了东平王为嗣。"

皇后眉心不易察觉地一跳。

东平王乃是赵王次子。当初若不是传出徐九英有孕，大行皇帝几乎就要将他过继为嗣。后来小皇子降生，此事才算作罢。

大行皇帝虽然性格略嫌优柔，可于这件事上却相当果断。儿子刚出生，他就立刻让在宫中居住已久的东平王出宫，又在幼子百日时将他立为太子，彻底绝了赵王之子继承大统的希望。可是赵王父子曾经离御座咫尺之距，难道甘心就此蛰伏？皇后对此深表怀疑。

"这话奴婢不当讲。"颜素见皇后神色有异，知道自己的话起了作用，趁热打铁道，"赵王这几年每每针对淑妃，只怕并非出自公义，倒像是对东平王和皇位失之交臂一事怀恨在心。"

"即便他有些旁的心思，"皇后不置可否，"也不代表他的建议没有道理。"

颜素微微一笑："恕奴婢直言。这件事殿下要是能做得滴水不漏，自然不须多顾虑什么。可赵王既对御座存了心思，又怎会让殿下把事情做圆满？想必他会设法保留证据。就算他拿不到实证，将来太子懂事，在他耳边传点风声，难保他不与殿下离心。届时母子君臣两相猜疑，岂不是正好让赵王坐收渔人之利？"

这也是皇后所虑。颜素这番话，可谓句句说到皇后心坎里。皇后缓和了神色，轻叹一声："可是不依了他，只怕宫中永无宁日。"

颜素见时机差不多了，小心出言试探："殿下可曾想过与淑妃合作？"

皇后低笑一声，用讥讽的语调反问："淑妃？"

她毫不掩饰的轻视让颜素略有尴尬。可是这也不能全怪皇后，谁让徐九英蠢名在外？颜素记得她才跟随徐九英时，徐九英偶然在皇后殿中如厕，误将塞鼻用的豆子给吃了下去。皇后殿中宫人至今都还私下嘲笑她的粗鄙。要让皇后相信徐九英不像她看上去那么蠢笨，只怕要费些工夫。

"淑妃并不是毫无还手之力。"颜素一边说一边观察着皇后的表情。

皇后并不惊奇："那又如何？与淑妃合作，我能有什么益处？"

"殿下始终是太子之母，赵王是小叔，东平王则是侄子。儿子孝敬母亲天经地义，可何曾见人孝顺嫂子或者伯母的？"

皇后白皙修长的手指摩挲着佛珠，慢悠悠地说："所以三娘此番是为淑妃当说客来了？"

虽然皇后的声调不高，颜素却知道这是危险的前兆，急忙跪地回答："不敢欺瞒中宫，奴婢此次确是受淑妃之托。不过奴婢真心认为，与淑妃合作对殿下最为有利。"

皇后沉默了一阵，放缓了声气："三娘所言固然不错，可是我觉得淑妃这人不大可信。"

颜素稍稍放心，接着说道："中宫也许对淑妃有些误会。淑妃并不是……"

"并不是那么蠢？"没想到皇后直接打断了她。

颜素错愕："殿下早就知道淑妃……"

"在装傻？"皇后微笑着再度接话，"我当然不认为淑妃愚蠢。我对淑妃的疑虑不在于她的心智，而在于淑妃从没表现出与我合作的诚意。我以为合作必须建立在开诚布公的基础上，可是淑妃显然不这样想。这次如果不是我把太子接走，她打算和我装到什么时候？"

颜素没想到皇后对徐九英竟有如此高的评价，一时语塞。她又斟酌了一会儿，才小心翼翼地解释："淑妃并非有意隐瞒殿下。只是她出身贫寒，目不识丁，却因机缘得幸于大行皇帝，难免引起许多人猜疑。不少宫人都觉得是淑妃使了手段，才迷惑了大行皇帝。因此她做任何事，都免不了被人嘲笑，久而久之……"

"久而久之，她就干脆装傻？"皇后微笑道。

颜素默认。徐九英的确对她说过，既然怎么做都会成为他人的笑柄，就大大方方让他们笑好了。沦为笑柄未尝不是优势，毕竟谁都不会把一个笑柄当成大威胁。

"倒也言之成理。"皇后点头，"不过前几日的情形三娘也看到了。我自问并未错待过淑妃，可是几番试探，淑妃始终不肯与我交心，让我不得不怀疑淑妃的真实态度。"

颜素恭恭敬敬地问："还请殿下明示，淑妃要怎样做才能取信于殿下？"

"我不是说了，开诚布公才有合作的可能。淑妃需要向我证明她的诚意。"

颜素想了想，觉得皇后的要求并不过分，便点头道："奴婢会向淑妃转达殿下的意思。"

"有劳三娘。"皇后淡淡道。

退出之前，颜素到底没忍住，追问了一句："恕奴婢冒昧，就算是大行皇帝，也是最后这一两年才察觉到淑妃并不像她看上去那样简单，殿下却是如何察觉到淑妃在装傻的？"

皇后没有立刻回答，而是捻动佛珠良久，才对她嫣然一笑："我不了解淑妃，可我还算了解大行皇帝。他既然将太子托付给她，她必然有值得他托付的理由，如此而已。"

第二章
肚肠

次日便是新帝的登基大典。

虑及皇帝年幼，仪式已经尽量简化。饶是如此，当皇帝被抱上御座，接受百官朝拜时，对着眼前黑压压的一群人，小皇帝还是吓得差点尿了裤子。

幼帝的冠服乃是特制，过于烦琐的佩饰已酌情省去不少。然而身为天子，总有些排场不能省减，比如深青衮服上象征日月星辰的十二章纹和冕旒上垂挂着的十二串白玉珠。

光是这十二垂旒就压得小皇帝抬不起头，在御座上也坐得摇摇晃晃，中人不得不时时扶着，免得新君一不小心栽倒下来。

小皇帝第一次见群臣，心里害怕，嘴一瘪就想哭。好在内官机灵，连忙哄他说一会儿带他找阿娘，才把他哄得安静下来。

只是皇帝年纪虽小，却也渐渐懂一点人事了。刚听到这消息时他确实高兴了一阵，可是很快就想到，这几天照顾他的都是皇后，而且宫人们为了取悦皇后，一直教他管皇后叫阿娘。所以内官答应带他去找的，也不一定就是他真正的阿娘。这么一想，他又怏怏不乐起来。

小皇帝嘟着嘴的模样群臣看在眼里，都担心时间再长会闹出事故。几位宰辅之间一个眼神交汇便有了默契，草草宣读了新帝的第一道诏旨，将先帝皇后顾氏尊为太后，淑妃徐氏在内的几位妃嫔则晋封太妃或太仪之后便结束了大典。

近代以来，国朝已有常制，诸王母为太妃，公主母为太仪。皇帝生母与嫡母一同尊为太后也不乏先例。以徐淑妃的身份，只封为太妃未免有些委屈。据传这是重臣们对徐氏不满，刻意而为的结果。皇帝年纪尚幼，还不知维护生母的地位，徐氏自己又没公开表示过反对，她的身份便就此确定下来。

大典一结束，内官便抱着小皇帝回到太后所居宫殿。

一见是太后居处，小皇帝不免情绪低落。他虽已满了三岁，却还不怎么爱说话。为了表达自己的不满，他举起小拳头冲内官愤怒地挥了好几下。

内官怕他闹起来，慌忙哄劝："陛下，陛下，咱们总要先见过了太后，才能去见太妃呀。"他想了想，觉得皇帝可能还没理解生母徐淑妃已晋为太妃这件事，便又补充一句，"就是陛下的阿娘。"

小皇帝似懂非懂，眨着水汪汪的眼睛盯着内官看了半天。好在他虽然身份贵重，却并没养成骄横的性子，很快就在内官的柔声宽慰中安静下来。

内官见他不再闹了，才抱着他走进殿中。出乎他的意料，徐太妃竟然也在这里。

母子连心，正和太后说话的徐九英恰在此时回过头，一眼就定在儿子身上移不开了。

小皇帝也马上发现了母亲的身影，在内官怀里挣扎起来。内官不得不放他下地。一落地，小皇帝便摇摇晃晃地向徐九英跑过去。他头上还戴着冕旒，跑动起来越发头重脚轻，终于在离徐九英两步远时一个不稳，整个人扑在了地上。

殿中人看见小皇帝这模样皆是一声惊呼。徐九英抢先上前，把儿子扶了起来。她看了一眼太后，觉得不好造次，便不曾说什么，只是把他抱在膝上，替他摘了头上的冕旒。

小皇帝头上负担减轻，顿时觉得这世上还是阿娘对他好。几天没见母亲的委屈都在这时涌了上来，皇帝脸皱成一团，又是要哭的模样。徐九英连忙轻轻拍着他的背，柔声安抚："青翟乖，阿娘在这儿呢。"

她向身后侍女使个眼色，立刻便有人拿来各种小动物的布偶逗他。小皇帝果然破涕为笑，拽着徐九英，一会儿指小狗，一会儿又要小兔子。待徐九英哄累了，随手拿块蜜饼给他时，他已完全忘了之前的不高兴，心满意足地拿着饼吃了起来。仿佛担心母亲又要弃他而去，他吃饼时一只手还紧紧抓着徐九英的衣袖。徐九英被儿子弄得心都化了，哪里还顾得上太后？

这期间顾太后一言不发地吃着茶，对母子间的各种小动作视而不见。

徐九英怜爱地看了儿子半天才想起太后还在旁边。如今正是敏感时节，太后又是个心细如发的人，指不定就觉得这番母子情深是故意表演给她看的。这位现在可是一点不能得罪。她把皇帝放下地，对他说：“去向太后行礼。”

小皇帝不情不愿地放下正在吃的饼，走到太后跟前行了家礼。

“不必多礼。”太后语气温和，还命宫人另给了他一个果子。

见太后并无不快，徐九英稍稍放心。

吃完手上的饼，小皇帝又眼巴巴地望着徐九英。徐太妃摸着他的头，轻轻说：“可不能再吃了。”

见时机差不多了，太后向侍奉皇帝的内官点了点头。那内官知趣地抱起小皇帝：“陛下，奴婢带你出去玩会儿可好？”

小皇帝在宫中一向有专人照料，便是生母也不过是每天来陪伴他一阵，不会整天都在一起。徐九英和他玩了这么久，他的不满已大为消退。所以他高高兴兴地向徐太妃挥了下手，就抱着内官的脖子不动了。

皇帝一走，太后便令宫人们都退出去，只留了颜素作陪。

徐九英知道这是要进入正题了，连忙打起精神，笑着说道：“这几天辛苦太后一直照顾青翟。”

“皇帝是我的儿子，”太后微微一笑，“母亲照料儿子天经地义，太妃何出此言？”

徐九英听了这话，脸上的笑容便有些僵硬。这就是她不喜欢顾氏的原因。没错，顾太后对谁都不会缺了礼数，哪怕徐九英在宫中处处受人嘲笑，太后对她也一直都很客气。但是她的客套里始终带着一点居高临下的味道，有时候反而比直接的白眼更加让人难受。而且顾氏好名，做什么事都讲究个姿态优雅。这又是徐九英看不惯她的地方。

昨日听完颜素转达的话，徐太妃直接一掌拍在了妆台上。明明是对双方都有好处的事，顾氏却还想显示自己手段高明，偏不就着她的台阶下，简直是得了便宜还卖乖。

可是再怎么不满，此时她也只能放低姿态，依旧笑着道：“太后说得是。

日后臣妾还要多仰仗太后呢。"

太后自然知道徐九英这话言不由衷。她们本不是一路人。若不是目前利益一致，她又何尝愿意与徐九英这种俗人打交道？既然都清楚彼此的肚肠，双方也不必再过多敷衍。徐九英示弱以后，太后也就直入主题："皇帝恐怕还得暂时住在我这里。"

这个结果徐九英心里也有数，点了点头，不过神色间终究有些不大自在。

她的神情太后看在眼里，耐着性子解释："只有皇帝在我这里，我才能和赵王谈条件。"

徐九英闻言站起来，郑重地向她表态："臣妾明白。"

"再说他是皇帝，"太后轻叹，"总不能一直留在母亲身边。"

徐九英赔笑道："话虽这样说，可是青翟才三岁……"

这点太后倒也同意："当然皇帝现在还年幼，没有人照料终究不妥，何况目下局面并不太平，也不急于一时。"

这话总算合了徐九英心意，连声附和："就是就是。先帝这才刚走，就有人想欺负咱们孤儿寡母了。"

太后一双妙目在徐九英身上转了一转，暗自叹息。虽说徐氏不蠢，可她说话未免过于直接了。

徐九英揣摩太后的神色，猜到太后定是在腹诽她不够委婉，摸着鼻子道："太后恕罪，臣妾大字不识几个，实在不会绕着弯说话。"

太后也清楚徐九英的斤两，笑着道："直来直去也有直来直去的好处。我们也别兜圈子了。说说吧，你有什么打算？"

徐九英振作精神，坐直身体道："我们平时都在内宫，外面的事，多半是最后一个知道。要是有人趁机动什么歪心思，我们可就被动了。所以这头一件，就是朝堂上的事，我们要能第一时间拿到消息。不……不光是得到消息，最好还有人可以替我们说话。"

这也是太后的想法。她点头赞同："不错。朝政不能全由外臣做主。先帝在世的最后一年多由你伴驾，可曾与你面授机宜？"

徐九英迷惑地看了一眼颜素。颜素马上猜到她定是没有听懂太后的话，上前低声向她解释了"面授机宜"的意思。

徐九英听完抿了抿嘴唇，却又很快笑道："先帝曾经说过，青翟太小，由后宫和朝臣一道打理朝政比较妥当。"

太后慢慢转动着手里的金盏，不置可否地重复："后宫主政？"

颜素适时插口："先帝说这句话时，奴婢也在场。先帝说妇人临朝听政虽有弊端，然而终归不是长久之势，一旦皇帝成年便须奉还大政，倒是比将权柄归于臣下来得稳妥。"

太后不语。先帝也许确实有这意思，可他遗诏中说得十分含糊，只说大事不决者，可由太后裁断。何为大事？又何为不决？且先帝说的是太后，而不是皇后，这一字之差也耐人寻味。

皇帝生母也有可能成为太后，这是否意味着徐氏也可参与政事？正因有此顾虑，大臣们才联合赵王向太后建议，只将徐九英奉为太妃，免得她将来有理由扰乱朝纲。可是双方若要合作，就没有再压着她的道理。

太后沉吟了一会儿，终于拿定主意，再度笑着开口："将皇帝生母一同尊为太后，国朝其实有过先例。你是皇帝生母，替他打理朝政也顺理成章。不如由我同诸大臣商量，把你太后的名分定下来，日后你我二人一道主政？"

她语气温和，但目光却一刻不离徐九英，审慎地观察着她的反应。

徐九英却似吓了一跳，脱口而出："那可不成！"

太后微微诧异："怎么？你不愿意当太后？"

"不是不愿意当太后，"徐九英眼珠转了转，赔笑道，"只是听政这种事实在太难为臣妾了。臣妾连字都不认得几个，别说拿主意，光听他们说话臣妾都犯晕。政事臣妾实在弄不明白，还是麻烦太后吧。"

徐九英这番表态显然颇令太后满意。不过心喜归心喜，她还是笑着嗔了一句："怎么倒成了我的事？"

"先帝常和臣妾说太后能干。相信太后一定能把朝政打理好。"徐九英信誓旦旦地说。

太后打量她神色不似作伪，慢慢收敛了笑意，放下茶盏道："你可知你这是将权力拱手相让？今日让了容易，他日你再想拿回去可就难了，将来可别后悔。"

徐九英咧嘴一笑，答得满不在乎："这有什么好后悔的？臣妾早就想明白了，对臣妾来说，青翟才是最重要的。只要他平平安安，什么事都好商量。"

太后点头："这倒是句实话。"

"另外……"徐九英说到这里，第一次直视太后，微微一笑，"太后不是要看臣妾的诚意吗？这份诚意，太后可还满意？"

徐太妃未时离开太后殿，申时赵王便匆匆入宫。

外男求见太后不合礼数，但赵王是先帝一母同胞的兄弟，也一向得到先帝的厚待，终究有些不同。不过这么快就来求见……得到消息的太后抿嘴一笑，看来是真急了。

"罢了，就请他进来吧。"她吩咐团黄。

团黄应声，出外与中官传话，让他们请赵王入内一叙。

赵王急，太后就不急了，不但不急，她还有心拖延一阵，因此团黄一走她就命白露替她整理衣饰。

按理说太后寡居，又才刚刚除服，妆容上大可不必这么讲究，白露却对太后的意思心领神会，将太后的发髻细细整理了一遍，又替她将衣上折痕一一抚平。待太后表示满意，外面的天色已略显昏黄。

太后瞧着时间差不多了，终于起身走了出去。

另一边，赵王十分不耐地等着太后。他得到消息后匆匆入宫，本就有些不快，偏偏太后这时候和他摆架子，更让他憋了一肚子气。

原以为太后与徐氏并不相善，他又许她这么大的好处，她必会欣然与他合作。谁知今日他刚回府就接到消息，说徐太妃今日到太后殿中密谈许久，且无人知晓二人谈话的内容。这就让赵王有些坐不住了，立刻整装入宫，试探太后的态度。

现在太后将他晾在外面是什么意思？难道她竟被徐氏这样的蠢妇蒙蔽？赵王越想越焦躁，但又怕自己表现得太过急切，让人瞧出破绽。等待的时间因此变得越发难熬，宫人们奉上的茶果饮食，他看也不看，只是不断地起身坐下，起身又坐下。就在他耐心即将告罄的时候，内殿总算走出了好几对宫女。

殿中早已有宫人移来的屏风分隔两端。赵王抻长脖子，透过屏风上的薄纱隐约瞥见了自宫女们身后步出的美貌妇人，心里暗暗松了口气。太后终于肯现身了。

屏风两侧都已设了坐榻。赵王起身，隔屏向太后行礼。太后还礼，抬手请赵王入座，自己则以一贯优雅的步态走向屏风之内的坐榻。

宾主落座，太后率先开口："赵王前来所为何事？"

如此明知故问，让赵王更为不满，却也只能压着怒气问："听说太后今日见了徐太妃？"

"赵王的消息倒是灵通。"太后淡淡一笑，并不否认。

"恕臣直言，留着徐太妃对太后并无益处。"

"杀了她又有何益？"太后反问，"将来皇帝长大，得知生母死得不明不白，岂不是第一个就疑到我头上？"

"只要事情做得干净利落，陛下又怎会知情？"

"干净利落？"太后冷笑，"说得轻巧。倒要请赵王教教我，怎么个干净利落法？行了此事，我便落个把柄在你们手上，日后抖出来，岂不是得任你们拿捏？"

"难道在太后眼里，臣竟是此等背信弃义之人？"赵王面露不悦之色。

太后当然知道此时不宜激怒赵王，探明他的态度后适时圆场："我倒不是怀疑赵王的诚意，不过事关重大，总要考虑周全才好。日后皇帝那里如何解释暂且不说，我看徐太妃这个人也不简单。此事恐怕没我们想的那样容易，还望赵王三思。"

赵王有些难以置信。听太后这意思，徐太妃还能掀出什么大风浪不成？考虑了一会儿，他起身向太后深深一揖，一字一句道："请太后明示。"

赵王从太后殿中出来时，天色已颇为昏暗。

风雪已停，然而连日的积雪还未消尽，引路的中人不得不时时提醒他小心脚下。赵王心事重重，虽然听见中人说话，却并没有认真留意周围，因此在走到阁道下方被半空中飞来的物什击中前额时，他显得非常吃惊。

捂着额头愣了好一会儿，他才想起去看那打中他的东西。因为天色昏黄，他看不清那到底是什么，便弯腰从雪地里拾了起来。细看之下，却是一枚枣核。枣核上有极薄的一层冰，在他掌中片刻便化开，微微濡湿了他的手。赵王抬头望向阁道，一眼就瞧见了阁道上被内官和宫娥簇拥着的徐九英。

赵王看过来的时候，徐九英嘴里还嚼着东西。瞥见赵王看她，她挑衅一般地抬了抬下巴，从口中取出另一枚枣核，再次向他头顶扔过来。赵王弓身躲开，心里气恼至极。

他一向好洁，想到刚刚自己把沾了她唾液的枣核握在手中，又是恶心又是恼怒，要和她理论，又觉得和这样一个蠢妇计较太降身份。最后只是狠狠地瞪了她一眼，拂袖走开。

徐九英笑了起来，得意地去拽身边的陈守逸："怎么样，我打得准吧？"

22

陈守逸轻笑："太妃这么兴师动众，就是为了恶心一下赵王？"

徐九英把头探出阁道外，一边张望一边小声笑道："我是来看我这条小命到底保住没有？"

陈守逸也看了一眼赵王的背影："这也能看出来？"

"当然。我猜暂时是保住了吧。"徐九英笑言。

"何以见得？"

"笨啊！"徐九英戳了一下他的额头，"刚刚我打中他，他瞪我的时候只有气愤。如果太后答应他要对我下杀手了，他该再露一个'看你还能嚣张几天'的表情才对。"

陈守逸笑出了声，他扫了一眼四周的宫人，见诸人都配合地露出"原来如此"的表情，便也言不由衷地夸赞："太妃神机妙算。"

徐九英哼一声："他那点心思又不难猜，我自然会算。我还算得出太后和他怎么说的呢。"

陈守逸挑眉，旋即笑道："愿闻其详。"

徐九英将手上没吃完的蜜枣随手扔回宫女捧着的食盒内，漫不经心地说："她定是和赵王讲，先帝不可能不为青翟打算，临死前必然会有所布置。这些布置怕是只有我一个人才知道。在弄明白我手上有什么筹码之前，杀我太过冒险，不如等一阵，准备充分了再动手。"

陈守逸点头："像是能说服赵王的话。"

他扫了一眼四周，见在场的宫人都竖着耳朵听他们说话，便没有接着问下去，而是道："天凉了，太妃还是回去吧。"

徐九英伸手在他胸前轻轻一戳，用略带不满的表情对他说："你就不想知道我手上握的东西是什么？"

陈守逸含笑反问："奴婢当然好奇，但是太妃会告诉奴婢吗？"

徐九英的眼睛在他身上转了一转，收回手，冷冷道："自然不会。"

陈守逸几不可察地叹息一声，似乎有些失望。

徐九英打量他的表情，心情瞬间转晴。她一边在陈守逸的袍子上擦手一边低声笑起来："谜底揭得太早就没意思了，你说是不是？"说罢，她转过身，吩咐宫娥，"回去吧。"

宫人们跟在她身后鱼贯而行。陈守逸落在最后，对着她的背影微微皱眉。

徐九英直到诊出身孕才开始在宫中得势，谈不上根基深厚。她身边的人并不全都可信。今日这么多宫人在场，只怕她的话很快便会泄露出去。估计都不用等到明天，宫中就会议论纷纷，猜测先帝到底给徐九英留了什么护身的东西。

"谜底？"他唇边浮起一丝莫测笑意，喃喃自语，"先帝吗……"

"先帝？"萧索院落里，昏黄的灯影在破败瓦舍的纸窗上映出一个清瘦的男人身影。

天寒地冻，赵王却毫无怨言地立在门外，恭敬道："太后说，陛下是先帝唯一留存的子嗣，不可能不为他谋划。今日徐氏见她颇有底气，只怕先帝为她留了后手。太后不敢轻举妄动，才先拿话稳住了徐氏。先生以为太后这话是真心还是假意？"

屋内男子的笑声响起："半真半假。"

赵王皱眉："还请先生明示。"

"大王看不出来吗？"屋内人不疾不徐地说道，"太后打的是左右逢源的主意。"

赵王失声："怎么可能？"

"为什么不可能？"屋内人挑了挑灯芯，在跳动的灯影中继续道，"若是先帝当真为太妃留有遗策，太妃便有了与大王相争的实力。不过从陛下出生到先帝去世也不过短短两年，在此之前先帝已然接受东平王继位的结果。这两年先帝又一直病着，某料想他并无余力做下万全准备。太妃手上的筹码顶多让她与大王维持均势，否则她不必等到现在才向太后言明。试想大王与太妃相持不下时，谁会起决定作用？"

赵王不得不承认："是太后。"

"不错。太后现在既不能像大王一般接触朝臣，又不像太妃有先帝护身，只有维持两虎相争的局面，她才会举足轻重，不被大王和太妃踢出局外。这个时候，她不会允许大王对太妃下手。这招杀母立子，大王走得不是时候。"

赵王惭愧低头："先生教训得是，是某急躁了。现在某应作何对策，还请先生指点迷津。"

屋内人没有立刻回答，而是踌躇片刻后才道："均势局面迟早会有被打破的一天。某想太后也心知肚明。她要维持自己的优势，只有两条路可走：要么选择一方合作；要么自己坐大。以大王对她的了解，太后会选择哪条路？"

赵王想了一会儿道："太后不喜受人挟制，恐怕选择后者的机会大些。"

"这就是了。"屋内人点头，"太后要发展自己的势力，势必要插手朝政。大王可以此事为筹码，与她做些交涉。"

赵王豁然开朗："某明白了，多谢先生指点。"顿了一下，他又迟疑着道，"某若要求参知政事，先生觉得太后会答应吗？"

"大王不妨先把条件开得高点，之后再提参知政事，大概就会容易些了。"

赵王大喜："先生高明！"

"大王客气了，"屋内人停顿片刻，又继续道，"对了，过几日某便会搬离此处，可能会有一阵子不方便再与大王碰面。"

"先生这里确实简陋了些。"赵王点头，"先生不如搬到寒舍居住，某也好时时请教。"

屋内轻笑一声："大王客气了。只是某孤身一人，又向来不喜麻烦，还是简单些为好。何况现在不少人都盯着大王动向，某若搬过去，恐怕更不方便，只能辜负大王美意了。但是大王也无须心急，待某安顿下来，自会向大王传递消息。"

赵王点头，转念又想，这样一来怕是有段日子找不到他，便想多问两句："先生之意，某已明了。不过太后主政，她就有机会拉拢朝臣。若最后她真的坐大，某岂不是为人作嫁？"

"大王目前并不占据绝对优势，总要有所妥协才能争取到腾挪的时间。某想太后虽然聪明，却终究是个女流，在此以前又未曾参与政事，光是熟悉这里面的门道只怕也要好几年时间。以大王对朝政的了解，算计一个妇人应该易如反掌。大王又有何惧？"

赵王如醍醐灌顶，拊掌称赞："先生高论！佩服！佩服！"

"大王过奖。"屋内人受他如此称赞也不得意，只是淡淡地道，"比起太后，某倒更在意先帝留给徐太妃的东西。只怕这才是日后最大的变数。"

赵王的神色也凝重起来："先生觉得先帝会把什么留给徐氏？"

屋内人沉吟："先帝留下的应该不能让太妃为所欲为，但是必定足以影响局面。宰相、藩镇虽然都能左右局势，但是一来太妃名声不好，群臣对她向无好感；二来太妃身处宫中，要与他们接触也多有不便。内宫能够接触，必要时又能有一击之力的势力就只剩下……"

这番抽茧剥丝已给了赵王足够的线索，令他脱口而出："神策军！"

"太后的意思是，先帝可能把神策军交给了徐太妃？"

柔和的灯光下，太后端坐在棋盘前打谱，她对面则坐着一名两鬓微霜的中年宦官。

太后语气平静："太妃居于深宫，能接触的人有限。朝臣里又有不少人和赵王交好。我想先帝不会不考虑这点。北司是目前赵王染指最少的地方，宦官也比朝臣容易接触。且相较已被赵王拉拢的朝臣，宦官说不定还可靠一些。不过就算是宦官，也不是什么人都能托孤的，只有神策中尉或枢密使这样的人物才有可能。我已和两位枢密使深谈过。他们并没有接到过先帝的密令。那就只能是神策中尉了。我放在太妃身边的眼线也肯定了这点。"

护卫京畿的神策军约有十八万人，分为左右两军，皆由宦官掌握。

中年宦官微微皱眉："太妃若是掌握了神策军，已足以控制京内局势……"

"那倒未必。"太后拈着棋子的手悬停半空，侧头向他，"先不说神策军受不受太妃指使，她又有没有能力指挥他们，就是神策军内部也有许多不安定的因素。我记得两位神策中尉似乎就不怎么和睦。"

现任神策中尉的两名宦官分别是窦怀仙和余维扬。早些年两人还只是面和心不和，这几年关系已恶化到势如水火的地步。

"的确，"宦官露出深思的表情，"两位神策中尉都不是容易摆布的人。即便有先帝遗命，他们也未见得会听命于太妃。只怕太妃也有诸多顾虑，才一直秘而不宣。"

话音未落，只听一声脆响，太后将棋子落在了棋盘上。宦官目光微微下移，瞥见棋盘左上方缠斗的一片棋变成了双活的局面。他悄悄抬眼，见太后姣好的面容在灯影中忽暗忽明，便明智地缄口了。

良久，太后终于恢复波澜不惊的神色，淡淡地道："不过这些都还只是猜测。"

"就算是猜测，也不可大意。太妃本就有些不可理喻。把她逼急了，谁知道她能做出什么事来？如今之计，还是静观其变为宜。"中年宦官劝道。

太后点头同意，随即转了话题："今日叫你来，除了和你商量太妃之事，还另有一事要烦劳你去办。"

"请太后吩咐。"中年宦官恭敬回答。

太后向他招了招手。他附耳过去，听太后低声嘱咐了数句。听完，他点头道："老奴明白，这便去办。"

之后太后再无其他吩咐，他也就起身行礼，退了出去。

方出门口，他见白露领着颜素走了过来。

颜素看清是他时吃了一惊，脱口道："宣徽使？"

中年宦官微微一笑，上前招呼："没想到会在这里碰上三娘子。"

颜素回过神，向他福了一福："三娘也没想到会碰上陈院使。"

中年宦官笑道："太后有事相问，岂敢不到？我可不像陈守逸，背后有徐太妃这么大的靠山。"

这中年宦官正是陈守逸养父——宣徽南院使陈进兴。

听他讥讽陈守逸，颜素不便接话，可又不敢得罪他，便笑着说："三娘此番是奉太妃之命，前来探视陛下起居。"

陈进兴忙让到一边："那我就不阻碍三娘了。"

别过陈进兴，颜素入内拜见太后。这些时日皇帝留居于此，徐九英时常遣她过来看望。太后对此早已习惯，连头都没抬，只冲她挥了下手。颜素再拜而退，接着就由白露领着去小皇帝的居室。

皇帝对颜素十分熟悉，见她来了，高兴地抱住颜素的腿，眨着一双水汪汪的眼睛，一脸期待地仰头望她。

颜素猜到他的想法，微笑着安慰："过几天太妃就会来接陛下了。"

皇帝听完噘嘴，气呼呼地松开了她。

颜素笑道："太妃很想念陛下，要不然也不会让奴婢经常过来看陛下。"

因为皇帝情绪低落，颜素只能陪他多玩一会儿，返回徐九英宫室的时间不免晚了一些。

徐九英正在宫女服侍下晚妆。听到颜素进来的响动，她从铜镜前转过头来，露出她涂了一半的白脸。

也不知谁告诉徐九英晚上厚厚地涂一层脂粉有助于保养自己的容貌。从先帝的时代起，只要不侍寝，她晚上总是把自己涂成一副鬼样。这张大白脸起初着实吓坏了不少人。

好在颜素早已看惯她这副模样，不慌不忙地行了礼。

徐九英漫不经心地问："回来了？"

颜素微笑答道："让太妃久等了。"

"青翠怎么样了？"

"听殿中宫人说，陛下今天没怎么哭。奴婢去看陛下的时候，陛下玩得正高兴，大概习惯那边了。"颜素回道。

徐九英听完哼了一声，向宫女努了努嘴，让她涂另外半边脸。

"太后说，"颜素在她身后道，"等到垂帘以后就可以让陛下搬出来了。"

徐九英的脸色这才略微缓和，向她点头："这阵子让你来回跑腿，辛苦了。"

"不过……"

"嗯？"徐九英回头。

颜素想了想，又改了主意，笑着道："没什么。"她向徐九英行礼如仪，"奴婢告退了。"

徐九英觉得颜素的态度有些奇怪，歪着头沉思起来。晚妆之后，她身边的宫女小藤送上来一盏杏酪。徐九英接过，却没有急着喝，而是随手将银盏搁在案上，问另一名宫女小蔓："陈守逸呢？"

不多时陈守逸就被召进了内殿。

他进来时，徐九英垂足坐在榻上，两只脚不住地前后晃动。这并不是宫中贵妇应有的姿态。看见陈守逸，她冲他挤出一个笑脸。昏黄灯光下，惨白脸色上浮现的笑容诡异十足。这时她右足猛然往前一踢，脚上的小花履就朝陈守逸飞去。

陈守逸侧身避开，又从地上拾起那只被她踢掉的鞋，前行数步，在坐榻前跪下，双手将鞋递了过去，轻声唤："太妃。"

徐九英不接鞋子，反而把脚凑到陈守逸面前，动了动脚趾："累了，给我捶腿。"

陈守逸低下头，握住她的纤足，仔仔细细地替她把鞋穿上，然后才给她轻轻捶腿。

"最近可有什么消息？"徐九英斜倚凭几，状似随意地问。

"宫中都传遍了，说先帝给太妃留了个护身符。"

"哈！"徐九英道，"有人信吗？"

"听说赵王这两天四处找人打听，先帝有没有交代过太妃的事，又频频与

28

几位宰辅通信。”

“他反应倒是快，”徐九英笑得脸上的粉簌簌地往下掉，“你说我这手怎么样？”

“有利有弊。”

“嗯？”徐九英斜眼看他。

陈守逸含笑道：“先帝在世时，赵王不敢明目张胆地拉拢神策中尉。现在散布些真真假假的消息，会让他心有顾忌。以他的个性，这一年半载应该不会再轻举妄动。这一手法虽然会让太后警觉，但也能够保障短时间内她的立场不会摇摆。这都是对太妃有利的地方。弊端则是这些年南衙北司冲突频繁，太妃倚重宦官，只会让宰相们更加不满。日后太后临朝，再在他们背后推一把，怕是会经常找太妃的麻烦……”

“说得好像他们以前不找我麻烦似的。”徐九英不以为然地打断他，“我又没机会接触朝臣，不依仗宦官还能依仗谁？我倒不担心那位，她是明白人，不会做傻事。她要是真能把大臣掌握在手里，对我只会是好消息。”

陈守逸沉吟：“太妃似乎对太后很有信心？”

徐九英白他一眼：“怎么？你觉得太后不行？”

“那倒不是。只是奴婢倒是觉得太后过于精明，太妃与她合作未必占得到便宜。何况嫡庶有别，名分上太妃已然吃了亏，若连摄政的权力也一并让出去，太后的权威就更加牢不可破。太后威势越盛，太妃的局面就越艰难。”

陈守逸一边说，徐九英一边咬指甲，过了好一会儿才听她冷笑反问：“那你说我怎么办？你以为那位让我和她一起听政是安着好心？后宫和外廷利益不同，立场也一定会有不一样的地方，保不定什么时候就要掐起来。那些措大本来就看我鼻子不是鼻子，眼睛不是眼睛了，我再掺进去，不就是他们最好的靶子？到时候骂声都冲着我来，她只需要看准时机出来打个圆场，得了实惠不说，人人还要赞她贤德。你说我干吗抢着丢人现眼？”

陈守逸轻笑：“所以说太妃选择盟友时有些轻率了。”

徐九英猛然把腿抽回来。陈守逸抬起头时，徐九英的头已几乎贴到了他的鼻尖。惨白的脸在他眼前骤然放大了好几倍。

“那要有得选才行！”徐九英道，“朝臣、宗室，哪个肯搭理我？就算是我身边的人，除了三娘也没一个可信。我还能怎么选？”

“咦？”陈守逸笑着分辩，“奴婢怎么记得当年太妃亲口说过相信奴婢的

29

话？"

"我说过？"

"自然是说过的。"

徐九英转了转眼睛，没好气道："那一定是我以前瞎了眼，才挑了你这么一个坏坯，又奸又猾不说，嘴巴还那么毒，我吃错药了才会信你！"

陈守逸微笑着听她控诉，甚至还有闲暇在她说得口干舌燥时擦干净手，将几上还有几分温热的杏酪殷勤奉上。直到徐九英对他的责难告一段落，他才笑着开口："奴婢什么时候嘴毒了？"

"还说没有？"徐九英不接杏酪，瞪着他道，"上次是谁说我连北里的女人都不如的？"

北里是都中狎妓之所。徐九英家贫，十二三岁时差点被父亲卖到那里。她难得和陈守逸说起少年时的辛酸往事，得到的回应却是她连倡女都比不上，难免耿耿于怀。

"那是太妃说令尊还有一点良心，"经她提醒，陈守逸也记起旧事，微笑着复述当时的对话，"到底没把太妃卖进北里换酒钱，而是送进宫来当了宫女。奴婢说妓中佼佼者皆擅歌令辞赋。太妃为宫女时也受过内文学馆几年熏陶，却不见太妃多识得几个字，可见天资着实有限。如此愚钝的资质，说不定是北里的人不肯收，而不是令尊良心发现。奴婢这是陈述事实，可不是有意刻毒……"

话音未落，徐九英已经抢过他手中的银盏，将整整一盏杏酪都扣在了他的头上……

第三章
姚潜

屋内炉火正盛。

窗前大瓷盆内一株高达数尺的海棠花树枝叶茂密，枝头已有数朵浅粉色花朵绽放。花树旁边的几案上有温酒一壶，鱼鲊一碟，酒盏两个。

一双修长的手执起酒壶，向两个白瓷酒盏中徐徐注入温酒。

酒杯七分满的时候，那人放下酒壶，端起自己面前的瓷盏。接着，微含笑意的男声响起："想不到冬天竟然也有海棠盛开呢。"

坐在对面的赵王恭敬回答："昔年以炉火热气培植，但总嫌花叶稀疏，赏之无味。去岁某参阅典籍，在骊山坑谷建室，以温汤灌溉，总算养出几株好花来。这是今年第一盆开花的西府海棠，特意送与先生赏玩，以贺乔迁之喜。"

"大王客气了。"

"先生说哪里话。若非先生指点，当年庶太子之事又如何能进展得如此顺利？没有那件事，二郎也不会得先帝青眼。此次也是先生一语道破玄机，某才能与太后周旋至今。某知先生不图富贵，只好以此花树聊表敬意，还望先生笑纳。"

"那崔某便却之不恭了。"男人停了停，又漫不经心地问了一句，"听说元月以后太后便要临朝听政了？"

"是。"赵王提起此事，心情极是愉悦，"太后也答应在那时授某参知政事的头衔。元宗以后，亲王正式参政还是头一次呢！"

"看来进展顺利，那么太妃那边……"

赵王摇头："暂时无有头绪。先帝在世的最后一年几乎一直由她伴驾，哄得先帝给她一道密诏也不是不可能。某在内宫耳目有限，打听起来多有不便。反是犬子因为几年前曾在宫中住过，也许还能知道一些内情。某已给他发了帖子，这一两日就该有信了。"

"如此便好。得到确实消息以前，还请大王按兵不动。"

赵王点头称是。两人又说了些朝中见闻，赵王才起身告辞，回自己在苑城的府邸。

刚进家门，他的长子就迎了上来："阿爷回来了？"

"回来了。"赵王点头，"二郎呢？"

"已经到了，在里面等着呢。"

两人口中的二郎便是曾被先帝属意，现被封为东平王的次子。

东平王刚及弱冠。他幼年时期微微显胖，在赵王数子中并不起眼，谁知过了十四岁，就似柳树抽条一般迅速拔高。褪去孩童时的肥胖后，这位皇室贵胄的姿容就日渐出色，如今在京中竟也有了些许美名。

见到父亲，他不慌不忙起身施礼，继而含笑问道："大人特意令儿子过府，不知有何吩咐？"

赵王这几年对次子的心情颇为复杂，打量他片刻，冷哼一声："听说这阵子你时常出入北里，可有此事？"

"啊，那里……"东平王爽快承认，"对，常去。"

赵王一掌拍在案上，高声训斥："你看你现在成什么样子？先帝丧期才过，你就狎妓冶游，成何体统？你对得起先帝当初对你的器重吗？"

"以现在的情况来说，我越不成体统才越对得起先帝吧？"东平王漫不经心地回答。

"放肆！"赵王喝止。

东平王懒洋洋地朝父亲拱手："昨夜酒醉，现下头还疼得厉害。若大人叫儿子来只是要训斥儿子，可否容儿子先回家补眠，待儿子睡足以后再来恭领庭训？也省得大人白教训一场。"

"慢着！"赵王冷着脸道，"我还有话要问。当初先帝常让你出入禁中，你比谁都熟悉内宫的情况。你说说，徐太妃为人如何？"

　　"徐太妃？"东平王似乎真有些头疼，听了这话不时轻敲自己脑袋，"大人天天在家骂她蠢妇，难道不该早有定论？又来问我作甚？"

　　"有传言说先帝把神策军给了她。"

　　东平王一声嗤笑："她握着神策军竟然还没向大人你发难？这可稀奇。"

　　"你的意思是……神策军还没落入她掌控？"赵王对儿子的无礼言辞不以为忤，反而眼睛一亮。

　　东平王皱了下眉头，想了一阵才摇着头道："这我不敢断言，不过是觉得里面有些文章也说不定。但是话说回来，先帝最后病重的那一两年，性情可变了不少，谁知道他究竟是怎么想的呢？若他想保全徐太妃母子，给她留一道密诏，要神策军听命于她也不是说不过去的事。"

　　赵王沉吟："可你的话也有道理。她一个蠢妇，若掌握了神策军，绝不会到现在还没动静。有没有可能这只是她虚张声势？不对不对，这蠢妇哪里想得到这么长远？"

　　东平王见父亲颇为苦恼，打着哈欠补了一句："兴许她有什么顾忌也说不定。"

　　"什么顾忌？"赵王追问。

　　东平王挠了挠头，又恢复了嬉皮笑脸的模样："我又不是她肚子里的虫，如何知道她的想法？再说我一个做子侄的，又不想淫乱宫闱，留心伯父的妃妾算什么事？"

　　赵王听他越说越不像话，连忙摆手："罢了罢了，一点忙帮不上。回去睡你的觉吧！"

　　东平王耸了耸肩，一脸无所谓地辞别了父亲。

　　王府仆从一见他出来，连忙把马牵来。东平王却没有立刻上马，而是眯起眼睛打量着廊上的木柱。

　　元宗以后为防范宗室作乱，诸王不再出镇封地，而是居于京中十六王宅之内。五年前庚太子作乱，火烧苑城，又派兵把守出口，砍杀皇室宗亲。一众皇子王孙不是化为焦炭，就是毙命坊前。皇族子弟在这场大乱中被大肆屠杀，皇室近支仅赵王、颖川王等几家幸免于难。如今焦土已经掩埋，几处王宅也已重建完毕，除了一两根旧廊柱上的斑驳残痕，几乎已看不出那场大乱的印记。

东平王睡眼惺忪的表情就在他注视廊柱的时候慢慢消融。直到仆从将马牵到回廊下，他才将目光收回，慢吞吞地翻身上马，晃晃悠悠地出了府门。

他的宅邸离赵王邸不远，可他并不回自己宅院，反而出了苑城，前往宣武军在京都的留邸。

邸中小吏接了名刺，一看竟是东平郡王驾临，慌忙出迎。东平王却摆了摆手，免了他的礼，只道："我找姚潜。"

小吏忙催人去请。片刻后，一个二十八九岁的高个儿男人走出，含笑向他施礼："宣武军节度押衙知进奏兼歙州司马姚潜拜见东平郡王。"

东平王双肘撑在马背上，含笑打量他："峰鹤啊，你我也算老交情了，每次还报那么一长串官名，累不累啊？走，陪我吃酒去。"

姚潜正要推却，东平王却不耐地挥了挥手。姚潜不好扫他的兴，只得令人牵马过来，跟在他身后出行。

东平王向来多话，可今天这一路他竟没怎么开口，只低着头想事，不免让姚潜有些惊奇。出了坊门后，他试探着问："莫非大王今日有心事？"

东平王回过神，嗤笑一声："我近来越来越觉得总有一天我会死于非命，这算心事吗？"

姚潜大惊，连忙喝止："大王休要胡言。"

"胡言？"东平王微笑，"峰鹤兄知进奏，应该有细心留意京中局势吧？你倒是说说，现在是个什么情况？"

"主少国疑，"姚潜谨慎措辞，"难免人心浮动……"

"浮动？"东平王的语调十足讽刺，"你给节度使报事也写得这么委婉？我家那位大人明明该叫野心勃勃。"

"令尊近来的动作确实多了些……"姚潜微微皱眉，"只不知令尊是为大王打算，还是为自己谋划？"

"当太上皇哪儿有当皇帝顺心？"东平王笑道。

"若是那样……"姚潜眉头皱得更紧。若是那样，东平王的处境的确尴尬。

东平王苦笑："我家大人若是篡夺成功，因着先帝之故，恐怕会对我疑心。就算他不动我，我不是长子，偏偏又曾经被先帝选中，家中那位兄长估计也很难容下我。若是太妃或者太后胜了，更不用说，一家老小都是死路一条。啧，不管怎么看，都是个横死的命。"

姚潜想了一会儿，叹息道："说起来，如今这乱局都是先帝之故……"

"先帝又能如何？"东平王道，"谁料得到后来徐太妃竟能生下皇子呢？当皇帝的，哪个不希望继承大统的是自己骨血？"

"时局不稳，又是幼主即位，恐怕要生事端。"提及此事，姚潜也显得忧心忡忡。

"可不是。"东平王扳着指头计算，"太后、太妃、我家大人，还有北司南衙那么多号人，再加上不安生的藩镇，一出戏也不知多少人来唱，能不乱吗？"

"不是还有大王吗？"姚潜几度犹疑，终于还是开口，"不知大王可曾想过……"

"我？还真是想过的。"

"哦？"姚潜挑眉。如此正经可不像东平王素日的风格。

果然下一刻，他就听见了东平王的嗤笑："光想想我就头疼。让我收拾这烂摊子不如叫我去死，至少还落个痛快。我可想明白了，谁到最后不是一死？能快活一时是一时。否则到了黄泉，想起自己整天过得愁眉苦脸的，多亏啊。"

他一边说一边还指了指前方已出现的坊门。姚潜顺着他的手看了一眼，脸顿时皱成一团："所以大王出门就直奔北里？"

东平王笑得无比暧昧："我说峰鹤啊，我可听说当年你春闱及第，乃是两街探花使，难道就不曾来过此处？"

姚潜正色："某出身寒士，不比膏粱子弟崇侈宴游。何况既已身在朝籍，就更应洁身自爱。"

东平王顿觉败兴："我怎么就识得你这么个呆子了呢！"低头思忖片刻，他又坏笑起来，"我看你是还没见识过此间娘子们的才情，才能这么道貌岸然。今日我定要让你开开眼界。"

见东平王挽了袖子来拽他，姚潜慌忙躲避："某不好风月之事，大王还是饶了在下吧。"

东平王闻言罢手，上上下下打量他一番，嘴里啧啧有声："你说你偌大的年纪，既不娶妻，也不流连风月，难不成你好的是男风？"

姚潜勃然变色："大王休要妄言！某家一脉单传，岂能有那种癖好！"

"那你倒是娶个妻我看看呀。"东平王笑道。

姚潜脸上的情绪有些复杂，良久以后才回答："不是不愿娶，只是有缘无分。"

"咦？听你这意思，难不成已有意中人了？"东平王大感兴趣。

姚潜想了想，略有些难为情地点了点头："就算是吧。"

"只是为何又说有缘无分？"东平王越发好奇，摸着下巴猜测，"莫非那小娘子出身崔卢望族，你高攀不上？"

姚潜摇头："那倒不是。"

东平王转转眼珠："既非门第悬殊，难道是她定了亲？嫁了人？"

姚潜垂目，良久以后竟真的点了下头。

真见他承认，东平王反倒愣了一下，才笑骂起来："好你个姚峰鹤，平日里一副谦谦君子的模样，竟然好这口！你这还不及我流连风月有品格呢。"

姚潜苦笑："知道大王定是这话，某才不想告知。她既有了归宿，某自然不会还有什么想法，只是缘悭一面，始终有些遗憾罢了。"

"听你这意思，你竟然连意中人的面都没见过？"东平王更好奇了，"这可有趣。到底怎么回事，来来来，和我好好说道说道。"

姚潜知道他的性子，真告诉了他只怕他会经常拿来取笑，便不肯答话。

东平王却不依不饶，连北里也不去了，只顾对他拉拉扯扯："不行不行，不能这么说一半吞一半的，你得把话说全了，否则我晚上连觉都睡不着！"

他纠缠不休，姚潜无可奈何，终是据实相告。

谁知东平王一听他说完，笑出了声："竟然是她！"

"谁？"徐九英的面颊被满满当当的吃食撑得鼓了起来，导致这个诧异的表情做得无比艰难。

"不是说了还没查明身份吗？"陈守逸伸指拈走她黏在脸上的饭粒，"上次赵王身边的中人说漏了嘴，奴婢才知道还有这么个神秘高人。听说连赵王几个素日看重的心腹也不知此人年貌，只晓得赵王经常背着人见他。前几日好不容易查到点线索，奴婢找人前去查探，谁知找到那宅院时竟是人去楼空。邻家说住在宅子里的人一个多月前就搬走了。此人如此警觉，看来相当难缠。"

"所以呢？"徐九英嘟囔着把碗里的饭粒尽数扒进嘴里，把碗递给陈守逸，含含糊糊地说，"不够。再来一碗。"

陈守逸又好气又好笑："除了吃，太妃脑袋里还有别的东西吗？"

"有啊。"徐九英道，"有青翟呀。当然青翟不是东西。呸呸呸，我可不是骂我们家青翟啊。"

陈守逸却没有如往常一样配合徐太妃的俏皮，而是正色道："赵王身边有这么个神秘谋士，太妃得小心防备。"

"可咱们不是逮不着他吗？"徐九英道，"那就等着呗。"

"等？"陈守逸扇着茶炉的手顿住。

"不等能怎么着？"徐九英夺过他手里的扇子，拿在手里把玩，"就像你煮茶，火候不到，水就不开。这水不开，你就煮不了茶。该等的时候就得等着。"

"那这水要是一直不开呢？"

"下面有火烧着，怎么可能不开？"徐九英白他一眼，笑道，"正月一过，那位可就要听政了。我看他们迟早得闹起来。"

"太妃这么笃定？"

"就听政这件事，她和赵王都来来回回过了好几次招。你觉得他们以后会和和气气的？赵王在朝中经营了好几年，算是有根基。那位心气高，若一直在后宫倒也罢了，现在她却要走到前面去，能事事由赵王说了算？她出来指手画脚，赵王难道又忍得了？他们这一对上，你还怕那人不露出狐狸尾巴？"

"这些太妃一早就算到了？"陈守逸笑问。

"那倒没有。"徐九英有一下没一下地扇着茶炉，"我不过是觉着局势越乱，对我越有利罢了。本来我还盘算着再挑拨一下他们呢，没想到我什么还没做，他们自己就乱成一团。倒没我什么事了。"

"所以太妃就一心养膘了？"陈守逸揶揄她。

为先帝守制时就没见徐九英瘦过，新帝登基以后，她竟然又圆润了些。

徐九英踢他一脚，抱怨道："不吃饱了，我怎么有精神对付他们？我又不像那些人精，我想个主意得费多少精神？守制守得一点油腥不见，饿得我头昏眼花，还要想法子保命。我这都多少年没尝过挨饿的滋味了。虽然现在在丧期是过了，可那位太后一直吃着素，我怎么好意思大鱼大肉？不然我稀罕吃你这茶水泡饭？"

"太妃可不要小看了这温淘饭，"陈守逸笑道，"要做得好吃，这米、茶、水可都是有讲究的。"

"再讲究还不是一碗茶水泡的饭。"徐九英撇嘴。

陈守逸不反驳了，默默低头往漆碗里盛冷饭，又从食盒里拈出干脍、紫菜铺在饭上。待水煮沸，取上好的蜀中散茶投入水中，加入青盐略煮，即以长柄木勺舀出茶汤浇在饭上。那干鱼脍和紫菜丝吸足了茶水，片刻后便散发出一阵淡淡的鲜香。

徐九英不停抽动着鼻尖，去嗅空气中的茶饭香气。见陈守逸端起碗，她忙伸手去接。

谁知手才伸出去，陈守逸却又把碗收了回去，轻笑道："太妃说得不错。粗茶淡饭，实不足取，还是奴婢自己吃了吧！"

到嘴的吃食竟然这样没了，恨得徐九英直捶床。

见她气急败坏的样子，陈守逸才又把碗放回到她面前，笑眯眯道："区区一碗温淘饭就急成这样。太妃若哪天坏了事，准是坏在这张嘴上。"

"你要坏事也准是坏在嘴上，"徐九英瞪他，"要不是看你还有点用，就你这张臭嘴，我早把你剐了喂狗。"

"奴婢喂了狗，谁还能随时为太妃整治吃食呢？"陈守逸含笑道。

"反正又不是多好吃。"徐九英小声嘀咕。

"太妃说什么？"陈守逸似乎没听清，抬头看她。

"宫里这么多人，难道还找不出一个会做吃食的？"徐九英道，"实在不行，我上宫外吃去。当年我家穷，好多京里有名的吃食可都还没尝过呢！"

陈守逸看着她直笑："宫禁森严，太妃出得去吗？"

徐九英挑衅地瞪他："我要是出得去呢？"

陈守逸眨了眨眼睛，轻笑起来："听太妃这意思，莫不是已经有了主意？"

"算是吧。"徐九英笑道，"太后前日和我说，今年因着先帝，我们是不好取乐的。可是宫人们辛苦一年，不该让他们也过得这么凄苦。既是宫中不举乐，不如准他们出宫去走百病。这不就是出去的机会？"

陈守逸略一思索，便明白了她的意思："太妃想混在宫人里面出去？"

徐九英说："机会难得，当然得出去看看。"

陈守逸却是沉吟良久："的确是个机会。只是中宗时曾在上元日许宫人出宫观灯，结果却有不少宫人趁机逃逸，让皇室颜面无光。太后熟知宫中掌故，不会没有防范，只怕混出去并不容易。奴婢猜测宫门一定会有人核对出宫宫人的身份。"

38

"这我倒没想到。"徐九英皱眉，过了一会儿才有些泄气地提议，"那，我水性好，哪天我从御沟游出去？"

陈守逸喷笑："出了郑中丞的事以后就装上栅栏了。若太妃身轻似叶，大概还能顺水漂出去。可是太妃珠圆玉润的，奴婢怎么觉着有点悬呢？"

徐九英恼了："这不行那不行，你倒说个办法出来呀。"

陈守逸想了一会儿，笑着道："若是一定要出去，恐怕还得打上元节的主意。奴婢想那日出宫的人多，他们不可能一一细查。太妃殿中宫女不少，找个年纪、身量和太妃相仿的应该不难。太妃顶了她的身份，就能出去了。唯一可虑的是碰上熟人。太妃的身份要是被揭出来，可就大失体统了。得有个人先去打点好了，才能蒙混过关。"

"坏坏！"徐九英笑嘻嘻地在他肩上一阵猛拍，"知道我最喜欢你哪一点？"

陈守逸揉着肩膀，淡定地回答："坏坏除了干坏事，大概也没别的长处。"

"没错，你干起坏事最有一套。我才想到一，你却是二三四五都想到了，可见是天生的坏坏子。"

陈守逸含笑道："奴婢不幸生而嘴贱，若再不让太妃用得顺手，岂不是早就喂了狗？"

"不过怎么打点呢？"徐九英问。

"太妃身份贵重，自然不能亲自出马。宫女也不适合出面。只好交给奴婢了。好在这些门路奴婢也熟悉，定无不成之理。"

徐九英想了一阵，点头道："你去倒也合适。"

"不过……"

徐九英凶巴巴道："不过什么？"

"奴婢有个请求。"

徐九英一脸嫌弃地看他："你不会是想让我带你一起出去吧？"

"宫外不安全，还是有个人跟着为好。"陈守逸赔笑，"再说奴婢不是也想出去看个热闹嘛。"

"好吧，多带你一个也无妨。"

陈守逸应了，却又忽然想起一事，说："此事不可让三娘知道，否则她又要苦劝。"

"知道了又能怎样？"徐九英撇嘴，"她还能去太后面前揭我的底不成？"

陈守逸一想也是，便笑着说："这倒也是。那就请太妃静待上元佳节吧。"

都中风俗，上元节前后三日，城内广饰灯影，不禁夜行。昔年国朝鼎盛之时，所设灯楼往往高达数十丈，可谓盛景。近年来国力虽不如前，上元灯节却依旧火树银花，热闹非凡。

只是这一年因先帝身故，京里不便大肆铺张，宫中更是冷清得不像样。虽说新君守制以日代月，但毕竟还有心丧之说。就算已经除服，也断没有大肆庆贺的道理。别说上元佳节，除夕、元日也莫不如是，连宴饮都一概缺省。

不过太后体恤下情，宫中虽然不曾预备，却准许宫人们在十五、十六这两日轮番出宫走百病，又许诺正月以后会择三千宫人释归民间。

国朝虽然常有释放宫人返乡之德政，但一次就释放三千人也十分少见。此举令太后在宫人中赢得了极高的声望。也因有太后这番承诺，宫人借出宫之机逃逸的事定然大为减少。当然，防患于未然也有必要。获准出宫的宫人都登记在案，出入皆要核对身份。若有人胆敢逃逸，自有官军按名册追捕。

到了上元那日，太后为让宫人们早些出宫，特地将几位太妃、太仪请来一道用饭。食毕各人自回宫室歇息，余下便是宫人们活动的时间了。

徐九英应付完了太后，又和皇帝玩了一会儿，让乳母将皇帝带去睡了，才返回自己的殿中。陈守逸早就选中一名宫女，让她睡在徐九英的寝帐内。等徐太妃换好宫人服饰，两人便悄悄溜出来，前往开放的宫门。

初时徐九英怕被旁人认出，走路时低头缩胸，又不时用袖子遮挡面容。在被陈守逸提醒鬼鬼祟祟反而更引人注意后，她才恢复正常的姿态。除此之外，出宫的过程异常顺利。一来宫人们只顾着出宫游玩，根本不曾关注他们；二来陈守逸选择的路径极为巧妙，一路上他们碰到的人并不多。宫门前核对身份的宦官已事先得了陈守逸好处，不过对着徐九英抬了一下眼皮，就去和陈守逸寒暄："老弟这就带人出宫了？"

陈守逸也笑道："是啊，我这义妹也在太妃身边服侍，只因偶犯小过，被罚不得出宫。我一个做兄长的实在不忍心，这才求到阿兄头上。此番还要多谢阿兄通融。"

那宦官笑道:"多少年的交情了,还说这些客气话干什么?你的妹妹就是我的妹妹,哪儿有不通融的?太妃那里……"他机警地看了看四周,又小声道,"还望老弟替愚兄美言几句。"

"这是自然。"陈守逸笑答。

有了他的保证,那宦官便笑着挥手放行。

到了宫门前,又有兵卫再来验身。不过因为之前已验过一次,这次不过草草核对便放行了。直到步出宫门,徐九英还有些难以置信:"这就出来了?"

"可不就出来了。"

徐九英几乎笑出声来:"要知道这么容易混出来,我早该动这脑筋。"

"这是可一不可再的事,"陈守逸道,"也不是次次都能碰上这样的运气。"

"也是。"徐九英笑道,"难得出来,可要吃个够本。"

出了宫门,都城的景象就在两人面前徐徐展开。一条笔直宽阔的大道直通城门。道路两旁则是各市坊的围墙,随着道路一起延伸到看不见的尽头。矗立在夜色下的楼台、高塔灯火闪烁,犹如繁星。这三日各坊不闭坊门,虽然这一年乐舞之声甚少,却也有不少欢声笑语飘溢出坊外,交织成愉悦的声响。

今岁官府不曾出面布置花灯,但百姓们祛病延年的心愿始终如一。进入市坊,依旧能见着各家各户门前悬挂灯盏。城中寺观的香火也很旺盛,到处挤满了祈福之人。妇人们结伴而行,又有年长妇人向出嫁不久的新妇赠送花灯。小贩们也在街头巷尾奋力兜售各种吃食。

自入宫后,徐九英便再没见过市井的模样。如今见街市繁华依旧,不免雀跃,拉着陈守逸横冲直撞。陈守逸不得不出声提醒:"还请娘子注意些。"

"我怎么了?"徐九英不服气道。

陈守逸微微一笑:"街上鱼龙混杂,还请娘子跟紧在下,别走散了。不然惹到什么麻烦人物,可不好收拾。"

徐九英不屑:"我可是在京里长大的,什么街巷没去过,又有什么人没见过?京城这地方,你都未必有我熟,到时候还不知道谁惹麻烦呢。"

也不知是不是天意弄人,她只顾着说话,没注意前方道路。话音刚落,她就与一名路人撞了个满怀。

这路人生得颇为结实,徐九英只觉得好像撞上了一堵墙,碰得脸颊生疼。她正要破口大骂,不意看见撞上的竟是个长相出众的男人,顿时眼睛一亮,满腔怒气烟消云散。

这人约有三十岁，身量高挑儿匀称，脸形周正，剑眉星目，鼻梁高挺，嘴唇厚实，不但好看，还有一股端方正气。不像陈守逸，生就一副女相，再眉清目秀也总让人觉得阴郁。

徐九英向来以貌取人，喜得转头拉陈守逸："哎，你看！"

陈守逸的反应却出乎她的意料，踏前一步将徐九英护在身后，喝问道："你是何人？意欲何为？"

这恶人先告状的姿态倒弄得那人一愣。不过他的目光在陈守逸和徐九英的衣饰上微一睃巡，便已明白情况，退后一步，彬彬有礼道："冲撞这位内人是在下的不是，某这厢赔礼，还请中贵人恕罪。"

陈守逸刚要答话，徐九英却先他一步道："其实是我先撞的你，你用不着赔罪。"

那人抬头，见徐九英的脑袋从陈守逸身后伸出来，笑得十分灿烂，便也大方一笑，温和道："内人无事就好。"

"无事无事，"徐九英笑嘻嘻地回答，"你也没事吧？"见徐九英还有意攀谈，陈守逸忙冷淡道："既是无心之失，说清楚也就是了。告辞。"说罢他就要拉着徐九英走开。

"请问……"那人似还有话说。

他才一张口，陈守逸已严厉道："我二人与郎君素不相识，虽有冲撞，但既然已经说清，就应各奔东西。某看郎君是知书达理之人，如此纠缠不清意欲何为？我二人可是徐太妃身边的人，郎君还是谨慎些为是。"

那人被他这番夹枪带棒的话弄得十分莫名，好在他不是个爱计较的人，只在听到陈守逸自陈是徐太妃的人时微微皱了下眉头。

待两人走了，他才摇头苦笑："徐太妃？果然和传闻一样，连身边的中人都这么嚣张……"他叹息一声，从雪地上捡起一个女子用的绣袋，"不过是想问问这袋子是不是他们掉的而已。"

他拾起绣袋。那袋子用素缎制成，绿丝镶边，上面用银线绣着卷草暗纹，看似素净，实则十分精致。当他看清这绣袋上的纹饰时，手竟微微颤抖起来。

"是她！"他喃喃自语，"竟然是她！"

第四章

颜素

虽然已走出很远，徐九英还在恋恋不舍地回头张望。

陈守逸轻哼一声："别看了，看不见了。"

"你刚才这么凶干什么？"徐九英悻悻，"我可算知道我的坏名声是怎么来的了。"

"太妃的名声不是自己作出来的吗？"陈守逸冷笑。

徐九英怒目。

陈守逸视而不见，悠悠道："奴婢听说街市上有些无赖，不学无术，却专以讹人为业。那街巷狭窄昏暗，谁知道撞上来的是什么人？被他缠上了怎么办？"

徐九英抱着肚子笑："你这都是听谁说的？陈守逸你到底见没见过无赖啊？哪儿有长得这么好的无赖！"

"奴婢长得也不错，太妃不一样叫奴婢坏坏？"

徐九英笑得更欢："那怎么一样？"

"有什么不一样？"

"因为你是……"话才出口，徐九英就知失言，连忙把最后两个字咽了回去。

虽然没说出来，但陈守逸何尝听不出她言下之意？因为他是宦官。他垂下目光，不说话了。

徐九英一见他这表情，就知道他生气了。陈守逸这人看着脸皮厚，心思却极细，听了怕是要多想。她要解释，又怕越描越黑。

她正在头疼，忽然看见路边有人在卖一种人形糕点，连忙转移话题，指着那糕点问："你看，那是什么？"

陈守逸看了一眼，回答道："是芋郎君。"

"芋郎君？"徐九英问，"好吃吗？"

陈守逸摇头："食芋郎是东都风俗，西京并不常见，奴婢也没吃过。"

徐九英连忙道："那我去买个尝尝。"

陈守逸叫住了她："太妃可曾带钱？"

徐九英笑道："这我能忘了吗？你在这儿等我，我请你吃。"

陈守逸听了，果然留在了原地。

徐九英走向那小贩。小贩见了她，满面笑容地问："娘子要买芋郎君？"

"我买两个。"

"好嘞！"那小贩麻利地为她包了两个。

徐九英一边摸钱袋一边和他闲聊："我听说吃这个是东都的风俗？"

"正是。不瞒娘子，某就是东都人。因想着这个西京不常见，才做了些来卖。我们那里过上元节，家家户户都要做来吃呢！"

"原来如……咦，我钱袋呢？"徐九英这才发现腰间空空如也，那钱袋竟不知何时失落了。

小贩与她面面相觑，过了一会儿他有些为难地赔笑："娘子，某这只是小本买卖……"

"放心吧，我最穷的时候也没干过赊账的事。等我叫朋友来。"她回去欲找陈守逸，却并未看到陈守逸。他竟然不声不响地消失了。

"这坏坏！"徐九英气急败坏地跺脚，"怎么走了？"

那小贩倒是个心善的人，也替她着急："娘子看看是不是掉在这周围了。"

"用不着！"徐九英赌气地把双臂一伸，"以为我离了他就不行吗？你拿剪子来，我把衣袖绞了给你。虽然不是什么名贵料子，买你两个糕饼总还够。"

她话音刚落，身后传来一声低笑。徐九英只道是陈守逸终于回来了，立时就想开骂。谁知一转头后发现站在她身后的并不是陈守逸，而是之前撞上的那个男人。

她忙把骂辞都咽回去，改口道："是你？"

"是我。"那人浅笑着上前数步，拿出十多枚铜钱，递与那小贩，"够吗？"

"够了够了。"那小贩连声道。

"这怎么好意思？"徐九英嘴上推辞，手却不客气地接过了小贩递来的纸包。

那人微笑，露出一口齐整的白牙："冬夜寒凉，娘子若光着臂膀，怕是会染上风寒，还是让某代劳吧。"

徐九英对仗义的人一向有好感，笑嘻嘻地说："竟然又碰上你了，真巧。"

"也不算巧，"他笑道，"某已找寻娘子多时。"

"找我？"徐九英微微诧异。

他从袖中取出绣袋："此物可是娘子所有？"

徐九英惊喜道："我的钱袋！"

那人一笑，将钱袋双手递给她："想是适才某与娘子撞上，这钱袋才掉落在地。现在原物奉还。"

徐九英接了。她是穷苦出身，对钱财颇为敏感，一掂就知钱袋没被动过。她对此人印象更好，真心实意地说："让郎君一路找来，真是不好意思。"她索性分了一个芋郎君给他，"请你吃。"

那人并不点破这芋郎君本是他付的账，爽快接过，又四下观瞧："方才与娘子在一起的那位中贵人呢？"

"跟我怄气，自己跑了。"徐九英满不在乎地道。

那人嘴角微微上扬："伙伴不见了，娘子要回去吗？"

"我这么难得才出来一次，哪儿有这么快回去的道理。再说我现在有钱了，更应该吃……我是说好好游玩一番。"她得意扬扬地道。

那人竟很赞同："是这个理。"

徐九英看了他一眼，客气地问："不知道郎君怎么称呼？"

他停住脚步，规规矩矩地向她一揖，自我介绍："在下姚潜。"说话时，他抬头看了一眼徐九英。

徐九英对这名字全无印象，草草福了一福："原来是姚郎君。"

姚潜对她的反应有些失望，却并不表现出来，而是顺势问："还未请教娘子名姓。"

"我……"徐九英当然不能直承身份，转了转眼珠后说，"我只是个无品阶的宫女，不敢让郎君知道我的贱名。"

姚潜想她身份敏感，不愿言明也在情理之中，便转而问道："那么娘子还想去哪里游玩？"

徐九英咬着芋郎君想了一会儿才道："既是走百病，也该去庙里看看。"

正好去为青翟点个长命灯，保佑他长命百岁，也不枉她出宫一趟。

"荐福寺就在这附近。听说此寺颇为灵验，"顿了顿，他又续道，"娘子久居宫中，怕是不熟悉京中道路。若不嫌弃，某可为娘子带路。"

徐九英心道她熟得很，但转念一想，她现在身份不一样了，在路上独行到底不太方便。这人看起来挺老实，倒是不妨与他同行。她微微低头："那就有劳郎君了。"

姚潜暗生欢喜，一句玩笑话脱口而出："娘子就不怕某是坏人，带错路吗？"

徐九英心中不屑，却也知他并无恶意，脸上浅浅一笑，故作天真地说："我是听说有些坏人专门拐带良家妇女，骗来了就卖到北里去。可是我资质不好，卖也卖不出去，只怕你要折本。"

姚潜有些错愕，笑着道："怎么会呢？"

徐九英认真地道："真的，有人说我说话不好听，北里不肯收。"

陈守逸说的是歌令辞赋，可徐九英根本分不清楚其中区别，便如此含混。

姚潜听来却又是另一番意思，只道她这些年屡遭坎坷，不知听了多少难听话。他心中酸楚，语气更是柔和："那种人必是嫉妒娘子才貌。娘子不必放在心上。"

徐九英笑道："我没放在心上呀。说这话的人被我狠狠教训了呢。"

陈守逸被她泼了一头一脸的杏酪。冬天晚上，那杏酪估计一会儿就能冻成冰，滋味可想而知。她徐九英什么时候吃过亏？

姚潜见她毫无凄苦之色，越发欣赏她。她遭逢大变，却还能笑得如此爽朗，可见心性坚韧。又兼不拘小节，以直报怨，真是难得的女子。他只恨宫墙相隔，他们竟至今日才得聚首。

而这相聚也是极短暂的。她已是宫中之人，终究要回到那里。他暗暗叹息，可惜荐福寺近在咫尺，若是这路再远些该有多好。

不过姚潜很快发现这段路可能比他预料的要长得多。他也曾经想过，有一天自己与她相逢，会是什么情景，可是穷尽他的想象力，也绝对想不到会是他目瞪口呆地看着她连吃三碗馄饨，这还是在她吃过芋郎君、胡麻饼和蒸糕以后。也因为她一路上看见什么都要吃，不过一小段路程，两人竟走了大半个时辰。这似乎有点违背他对意中人的认知。

"这清水馄饨果然很好吃。只是为什么叫清水馄饨呢？"徐九英心满意足地吃完第三碗馄饨，放下碗问。

"清水意指这馄饨漉去汤肥，水清足以煎茶。"姚潜从震惊中回过神，耐心解释，"不过时人煎茶，多以辛香之物为佐，味已极重，便是以汤汁煮茶，想来分别也不大。"

陈守逸也说过类似的话，不过陈守逸说话更直白："什么葱姜橘皮都往里加，连茶味都没有了，就是用刷锅水煎煮也一样吃不出来。"

同样的意思，这人说出来却比陈守逸委婉得多，加上他为人仗义，徐九英便很乐意附和："郎君说得是。茶叶自有清香，加了葱姜反而掩盖了这股清气。其实煎茶稍微用盐调味便已足够。若是好茶，连盐都不必加呢。"

姚潜眼睛一亮："佐料而烹茶，必损茶之正味。娘子果是懂茶之人。"

徐九英汗颜。她对茶事一窍不通，不过是原封不动搬陈守逸发过的牢骚而已。她再谈论下去就露馅了，于是毅然起身："不早了，我们还是先去荐福寺吧。"

姚潜点头，含笑在前为她引路。

出了食店不远，两人就看见了荐福寺的塔院。入得寺中，徐九英便自寻大殿拜佛，拜完又张罗着替青翟点长命灯。姚潜不信神佛，徐九英忙东忙西的时候，他便在庭中信步游逛。

放生池畔的树上挂着祈愿的花灯，随大人出来走百病的孩童就在灯下嬉戏玩耍。不多时其中的三两个女童唱起了歌谣，稚嫩的童音在寂静的夜里格外动听。姚潜站在树下，听着孩童的歌声，脸上隐现微笑。

"郎君在看什么？"身后的女声笑问。

姚潜闻声转头。

徐九英点完了灯，正站在他的身后。柔风拂动，树上花灯也随之晃动，柔和的光影在她身上摇曳不定。她走近姚潜，嫣然一笑，如花初绽，连漫天灯影也黯然失色。

姚潜只觉得胸中漏跳一拍，有些不自然地别开头，笑着道："不过是觉得几个孩子唱得有趣罢了。"

徐九英走到和他并肩的位置，神色柔和地看着那几个孩童："我小时候也最喜欢上元节，可以穿最好的衣裳出来看花灯、走百病。可惜今年不怎么热闹。若是以往，那灯树可以堆到两三层阁楼那么高，好多人在灯下唱歌跳舞，好看得不得了，都不知道该怎么形容呢！"

姚潜莞尔，轻声念道："踏歌清夜月，归去烛花红。"

徐九英一愣："你说什么？"

姚潜将那诗句又重复了一遍："踏歌清夜月，归去烛花红。娘子不觉得此句形容得很妙吗？"

他目含深意地望向徐九英，谁料她竟低下头去不说话。这态度让姚潜有些疑惑，难道她还未记起来？几度神交，姚潜不信她会印象全无。他的心一点点沉了下去，若非忘记，就是她不愿和他相认，所以才沉默以对。

徐九英则在纳闷，这文绉绉的话到底什么意思啊？

回去的路上，姚潜懊恼于自己的冒失，怕再唐突佳人，话便少了许多。

而他的缄默在徐九英看来却是另外一番意思：她不就是没听懂他那句诗吗？这人就一副话都不想说的模样，明明之前还聊得挺开心的。要不怎么说读书人难讨好呢！一句话没答上来就摆脸色。纵然徐九英被人鄙视惯了，也觉得有点不高兴。不过她转念一想，自己与这人也就一面之缘，今夜一过谁又还认识谁，他怎么想关她什么事？她便又心安理得起来。

眼见宫门轮廓渐渐显现，徐九英停了脚步，客气地向姚潜道："已看得见宫门了，郎君且送到这里吧。"

"娘子这一回去，不知何日有缘再见？"姚潜问。

"这可难说，"徐九英心不在焉地回答，"又不是年年都有这样的机会，出来一次就不容易了。就算以后出来了，又哪里有这么巧刚好碰上？"

姚潜叹息一声，不说话了。

这让徐九英有些疑惑。这人好像刚刚还嫌弃她没学识吧，怎么现在又像是有些不舍？难道他并不是讨厌她？那为何一路上话都不说一句？她不得其解，正想问个明白，却听得角落里有人一声冷笑。

二人不约而同地循声望去，只见一个人自街角的暗影里走出。那人一身内官衣饰，不是陈守逸是谁？

徐九英一见他就来气，却又顾忌在姚潜面前，不好发作，忍着气埋怨道："你去哪儿了？我转个身，你就影都不见了。就算我得罪了你，也不至于这么对我吧？"

陈守逸既不看姚潜，也不回答她的问话，走到离二人几步远的地方停下，硬邦邦地说："时辰不早，该回去了。"

徐九英自然知道自己出宫的时间太久，也不与他废话，转身向姚潜道谢，又要将他代付的钱还他。姚潜还礼，连称不敢，又坚决不收她的钱。陈守逸冷眼看他们推来让去，嘴唇抿得更紧。见二人还要依依惜别，他上前一步，硬生生插在了二人中间，向徐九英道："走了。"

说完他也不等徐九英，自己迈步向宫门走去。徐九英跺了下脚，低声骂了句："反了你了。"骂归骂，她到底还是一路小跑，跟了上去。

往常和陈守逸同行，他都老实跟在徐九英身后。偶尔作为前导引路，他的步子也都迈得很小，方便旁人跟上。这次他却一个人大步走在前面，进了宫门也没有慢下来的意思。

徐九英逛了一晚上，已有些疲累，跟上他的步子便有点吃力。走到阁道上时她忍不住气喘吁吁地叫："陈守逸，你倒是等等我呀。"

陈守逸猛然顿住。

徐九英正急着追他，没刹住脚步，一头撞上他的后背。徐九英一个晚上接连撞了两次脸，不免抱怨："你怎么回事啊？闹一晚上别扭了，有完没完？"

陈守逸没回答，而是动了动鼻尖，问她道："什么味道？"

徐九英连忙否认："哪儿有什么味道！"

"拿出来。"陈守逸伸出手。

"鼻子这么灵，"徐九英不甘不愿地从怀里掏出一包还有余温的杂果点心，"你属狗的啊？"

陈守逸用两个手指提起纸包，一字一顿地说："吃独食？"

这是相当严重的指责。徐九英连忙解释："不是你想的那样……"片刻后又觉这样未免显得自己心虚气短，恶声恶气道，"那又怎么样？你还故意把我扔在街上走掉呢！我没跟你算账，你倒恶人先告状了。"

"两码事。"陈守逸顿了一下又道，"再说奴婢何曾故意走掉？"

"还不承认？"徐九英指着他鼻子道，"我去买芋郎君的时候，转个身你就没影了。我又掉了钱袋，要不是人家援手，我差点就要剪袖子付账，你知道多狼狈吗？还敢说你不是故意的？"

陈守逸眨了眨眼，慢慢解释："真不是故意的。奴婢不是还特意问过太妃带钱没有吗？哪里知道太妃刚好就掉了钱袋。若是知道太妃没钱，给奴婢十个胆子也不敢走开呀。"

"那你干什么去了？"徐九英没好气地问。

陈守逸笑道："人有三急。不过，太妃为什么就认定奴婢是故意的？奴婢和太妃　道出去，要是把太妃弄丢了，奴婢有几个脑袋赔？等奴婢回来找不到人，太妃知道奴婢有多担心吗？一个晚上哪儿都不敢去，只敢在宫门附近守着。"

"还不是因为那句话，怕你多心……"徐九英嘀咕一句，怕再勾起他的心事，到底未曾明说。

"哪句？"陈守逸想了想，似乎明白了，"哦，那一句。太妃多虑了，奴婢并没有放在心上。"

徐九英道："就你这皮笑肉不笑的表情，还说没放在心上？谁信啊！陈守逸，你知道你的毛病是什么吗？"

陈守逸一怔："请太妃赐教。"

"死鸭子嘴硬。"徐九英道，"明明在意得要死，却要装得不在乎，结果只会给自己找不痛快。"

"太妃不也一样？"

"我和你才不一样，"徐九英一脸不屑，"我是真不在乎。别人怎么说都影响不到我。你看我什么时候因为别人说我粗野不高兴了？哪儿像你，触到痛处就上脸。也就是我，你看宫里还有谁这么纵容底下人？"

陈守逸用空着的手摸了摸自己的脸："奴婢表现得这么明显？"

他却没听到徐九英的回答。徐九英的这番话，其实是为了转移他的注意力，以便抢回纸包。她见陈守逸陷入深思，此时不夺更待何时？她蹑手蹑脚地上前，猛然出手抢夺。陈守逸却在此时灵活地转了个身，将手举过头顶，笑着道："就知道会是这样。"

"还我！还我！"徐九英越发气急败坏，干脆跳起来抢。

陈守逸哪里肯这么轻易地让她夺回，坏笑着将手里纸包举得更高。徐九英没能抢回纸包，反倒一巴掌拍在了包上。陈守逸没料到她竟能触到纸包，一时没抓牢，纸包就在徐九英的拍打下飞出了阁道。

两人眼睁睁地看着那纸包在半空中画出一道完美的弧线，最后落进了阁道外的阴影里。

徐太妃与陈守逸面面相觑。

过了一会儿，她才狠狠地跺脚："都怪你！"

"怪我，怪我。"陈守逸苦笑。

"还不去捡回来！"徐九英道。

陈守逸只好走出阁道，一路绕行到阁道底下去捡那包果子。

阁道下光线昏暗，陈守逸找了好一会儿才找到那纸包。所幸虽然从阁道上掉了下来，纸包却没破，顶多是里面的杂果有些碎了。

"太后的意思你都明白了？"

就在陈守逸拾了纸包要折返的时候，他听到柱子另一边传来说话声。他听出了团黄的声音，循声望去，果然看到不远处有两个女子身影。

"我明白，"另一个人答道，"我会把太妃的动向及时禀报，请太后放心。"

是颜素。

陈守逸一凛，闪身躲到木柱后面，听她们还有什么话说。可是团黄和颜素却并没再说什么重要的话，两人很快就道了别，各自消失在阁道下方的暗影里。

陈守逸等她们都走远了，才从暗影里走出来，慢慢踱了回去。

阁道上的徐九英已等得不耐烦了："怎么去了这么久？"

"下面太黑，找了一阵。"陈守逸答道，"还能吃。"

徐九英伸手："拿来。"

这次陈守逸乖乖递过了纸包。

徐九英抱了纸包，正要继续走，却被陈守逸叫住："前阵子太妃说过，能信任的人只有三娘？"

"说过。"徐九英漫不经心道，"怎么了？"

"没什么，"陈守逸笑得意味深长，"只是忽然想确认一下三娘是不是真的值得信任。"

徐九英并没有看见颜素和团黄二人，不明白他突然提起这话是什么意思，狐疑地看了他一眼，却瞧不出什么端倪，便耸了下肩："莫名其妙。"

陈守逸也不解释。他尽职地将徐九英送回了她的殿阁，然后回了自己居室。进屋后，他在几案旁坐下，沉思起来。过了半晌，他有了主意，起身走到屋子东南角。那里有口三尺见方的黑木大箱。他开了箱，在堆着杂物的角落下面翻出一个五六寸高的白瓷酒坛。他将酒坛小心地从木箱内移出，拎到了颜素房中。

敲门后，颜素来开了门，见是陈守逸，她颇有些诧异："这么晚了，有事吗？"

"前日得了一点好酒，"陈守逸微笑着举了举手中的酒坛，"难得上元佳节，三娘可愿共饮一杯？"

另一方面，姚潜在徐九英和陈守逸离开后心情郁致。徐九英的如花笑颜一直在他脑中挥之不去。他从未见过如此爽朗随性的女子。原以为见过一面便能了结当初的心愿，不想一见之下遗憾更深，反而再度激起他向往之心。她一消失，他连看灯的兴致也一并失去，径直返回进奏院歇息。

留在宅中的苍头见他回来，吃了一惊："郎君今日回来得倒早。仆还以为东平王的酒宴必定要到早上呢！"

"东平王？酒宴？"姚潜一愣，随即猛拍脑袋。他今日正是为赴东平王的筵席才出门的，怎么竟把这事给忘了？

苑城东平王的府邸中，舞伎们已伴着音乐跳起了胡旋舞，金铃响动，曼妙身姿飞旋，勾动阵阵香风。可是面对如此香艳场景，某王孙的表情却显得异常落寞。他百无聊赖地托腮倚在几上，连身边的青衣美婢为他送上葡萄佳酿，他也无心饮用。

最后他似乎是绝望了，趴在食案上哀怨道："姚潜怎么还不来啊？"

"娘子可是颜三娘子？"水井边，年轻宦官含笑问。

虽是宦官，却生得唇红齿白，一脸书卷气。若不是一身内官服饰，倒像个青年文士。

"是。"颜素放下桶，慌忙在裙子上擦了擦手，向他道了万福。见他目光落在自己指尖通红的冻疮上，起身后，她不自在地将双手藏到了背后。

"三娘子才名远播，在下亦曾闻之。"宦官潇洒地向她作揖。

"不敢。"她手忙脚乱地还礼，却踢到了足边的水桶。水花四溅，洒在了她的裙子上。颜素更加窘迫。才华横溢的颜三娘子，没入掖庭一年，已成了一个怯懦无用的妇人。

年轻宦官却并无轻视之意，转身向管她的宫人道："先别让她再干重活。"

颜素有些吃惊："中贵人？"

宦官回头，向她微微一笑："我叫陈守逸。"

"陈守逸，陈守逸！"

徐九英大惊小怪的喊声把颜素从回忆里拉了出来。

"奴婢在。"陈守逸快步走到徐九英身边。

"你看我脸上是不是长了个疙瘩？"徐九英拿着菱花镜，对着自己的额头左照右照。

"是有一个。"陈守逸仔细地看了下，从妆台下的抽屉里找出一个贝壳形状的錾花银盒，"涂些药，过几天就消了。"

颜素从他身后瞥见妆台有个抽屉上拴着一个精巧的铜锁。她记得几个月前那里还没有这把锁。

陈守逸用指尖挖了一点药膏为徐九英涂抹。涂完药，他放下银盒，回头瞧见颜素的目光，嘴角勾了一勾，却没说话。

涂好药，徐九英就坐在几案旁边切橙子，有一搭没一搭地和颜素说话："三娘，给我说个故事吧。"

"太妃想听什么故事？"颜素笑问。

"想听……"徐九英转转眼珠，"想听四只耗子的事。"

"四只耗子？"颜素有些困惑。

切好了橙子，徐九英开始往上面撒盐，同时含含糊糊地道："先帝和我提过一次，好像是住在什么商山。"

颜素还在苦思，陈守逸已先反应过来："商山四皓？"

徐九英一拍桌子："对，就是这个四耗。"

陈守逸捂着肚子，笑得直打跌："哎哟，不行，奴婢喘不过气了。竟然有人把商山四皓理解成四只耗子！让旁人听见这句，少说也要在宫里流传上十年。"

徐九英有点恼："你敢说出去试试？"

陈守逸忙道："不敢，不敢。"

相比陈守逸，颜素的表现就得体多了，对徐九英解释："商山四皓是指四个隐居在商山的贤者，因他们年皆八十，须眉皓白，所以称为四皓。"

"原来是四个老头，不是耗子啊。"徐九英恍然，把撒好盐的橙子递了一片给颜素。

"商山四皓出自《史记 留侯世家》。"颜素接了橙子，微笑道，"汉高祖宠爱戚夫人，欲废太子刘盈，立赵王如意。吕后问计张良，张良献策，请来商山四皓辅佐太子。后来高祖见到四人，问其身份，得知他们是大名鼎鼎的四位贤者，便打消了改立赵王的主意。"

"为什么见了那四个老头就改了主意？"徐九英叼着橙子问。

颜素回答："高祖谓戚夫人：'我欲易之，彼四人辅之，羽翼已成，难动矣。'"说罢见徐九英一脸茫然，她只得又用更浅显的话语解释一遍。

"那四个老头就这么厉害？"徐九英听完后一脸不信。

"未必是他们有多厉害，"陈守逸插口，"许是通过商山四皓一事看清了太子背后的势力。高祖自己尚且招揽不来的贤人，太子却能轻易招入麾下？必有高人出谋划策。有此人在，太子地位再难动摇。"

他一边说一边伸手去够橙子，却被徐九英一掌拍开："谁让你吃了？"

"不吃，不吃。"陈守逸苦笑。

徐九英放下刀深思："原来先帝是这个意思？"

"先帝？"陈守逸发问。

"有次我跟先帝说，"徐九英道，"既然他也觉得赵王以后不会安分，干吗不直接把他杀掉算了？多省事。他就笑了笑，让我想想商山四皓。把话说明白不行吗？非得绕这么个弯。"

陈守逸笑了："对先帝来说，商山四皓乃是常识。他一定觉得已经说得很明白了。"

"就你懂。"徐九英白他，从盐台里抓了一小把盐扔向他胸口。

"不懂，不懂，"陈守逸忙做求饶状，"奴婢什么都不懂，太妃饶命。"

颜素莞尔，想起她第一次见到徐九英时也是这样的情景。

陈守逸与她第一次见面后的数日，有宫女过来找她，将她领进了后妃们居住的殿阁。

她忐忑地跟着宫女一路行来，见到了还是才人的徐九英。彼时站在她身侧的正是前几日有过一面之缘的陈守逸。

"你吃不吃枣糕？"徐九英那时问她。

颜素迟疑了一会儿，最后摇了摇头。

徐九英又看向陈守逸。陈守逸笑道："奴婢不饿。"

她耸了下肩，一个人把一盘糕饼吃了个干净。

颜素疑惑，不知道这位徐才人把自己叫来是什么用意。

直到徐九英把掉落在自己衣服上的碎屑也都捡起来吃掉了，她才拍了拍手，问颜素："骊姬是谁？"

颜素一怔，不解她此话何意。

徐九英有些不耐，看了在旁边憋笑的陈守逸一眼，烦躁地重复："晋国的骊姬。"

"骊姬乃春秋晋献公夫人，"颜素毕竟学识渊博，很快醒悟，娓娓道来，"其事见于《左氏春秋》。骊姬为骊戎所献，生子奚齐。晋献公宠爱骊姬，立为夫人。骊姬为奚齐谋求嗣君之位，构陷太子申生，致使献公父子失和，申生身死，申生之弟重耳、夷吾流亡他国。"

"这个骊姬……"徐九英拖长了语调，"挺厉害嘛。"

狐媚惑主、掩袖工谗，到她口中却成了"厉害"。颜素受正统教养长大，不免心中鄙夷，却又不敢流露，只得低头不语。

旁边的陈守逸含笑道："奴婢没骗才人吧？骊姬的事迹就是这么回事。"

徐九英没搭理他，而是把颜素又上上下下打量了一阵，低声笑道："要不怎么说是才女呢！几句话就能说得清楚明白。我想办法把你弄来我身边怎么样？"

颜素有些吃惊："才人为何如此？"

"有人跟我说多看点史书有好处，"徐九英托腮，"可是我不识字呀，现在再去学也晚了。我就想干脆找个看过的人跟我讲讲，不是一样学经史？"

颜素听过这位徐才人的传闻，知道她粗鄙不文，在宫中风评不佳。颜素向

55

来不愿与粗鄙之人打交道，而徐九英漫不经心的语气又让她觉得受到了轻视，仿佛自己是一个低贱的伶人，必须靠取悦他人为生。她想了一想，婉转道："这位中贵人也很有学识，才人似乎并不需要奴婢。"

"他？"徐九英笑道，"他这人可坏了，说不定哪天就把我带沟里去了。我当然需要人了。我要一个我可以信任的人。再说听听不同人的说法对我没什么坏处，反而可以相互验证，这样我才知道这些是不是真话。"

颜素沉默。兼听则明，这徐才人似乎没有她想的那样傻。

徐九英等了一会儿都没听到颜素的回答。她挑了下眉，用拇指剔着无名指的指缝，居高临下地看她："还是，你宁愿回去当个洗衣妇？"

颜素打了一个寒战。

她出身良好，从小娇养，嫁人以后也生活顺遂，从来没做过粗活。直至夫家获罪，女眷罚没宫中，她被安置在了洗衣院。每日里光是打水就让她腰酸背痛，苦不堪言。曾经纤细的十指在干了一年重活后留下的是一层厚茧以及各种伤痕。近来天寒，她手上生了冻疮，又痒又疼。家里其他人死的死，散的散，她有时自己都惊讶，她怎么竟能坚持活到现在？

陈守逸来过之后，掌事的宫人免了她的重活，她才能稍微轻松一些。受苦时咬牙硬撑尚不觉如何，一旦放松下来，恐惧的浓云便罩在了她的心头。她不敢想象再回去做粗活的情景。她想活着，活得好一点。这位徐才人虽然粗野庸俗，可是她问她，愿不愿意摆脱这悲惨的境地。

"奴婢……"良久，颜素有些艰难地伏下了身子，"愿为才人效犬马之劳。"

钟鸣鼎食、富贵荣华已是昨夜云烟，她再也负担不起当初的清高，只能抓住眼前这根救命稻草。

"三娘？"

颜素从沉思中回过神，陈守逸正微笑看她："想什么呢？太妃在问你话。"

"太妃有何吩咐？"颜素忙道。

"我是说，刘邦和吕后一个比一个心黑，"徐九英道，"怎么养出来的儿子这么弱呢？"

颜素想了想，苦笑道："兴许正是父母太强，孝惠帝才如此柔弱吧。"

56

徐九英担心道："青翟这么爱哭，你说以后会不会和那个刘盈一样啊？"

"陛下年纪还小，"颜素安慰道，"奴婢看陛下天资还是很聪敏的。不过陛下将来肩负天下，早点磨磨性子，学点治国之道也没有坏处。"

"这个……我可不拿手。"这是徐九英最头疼的事。她哪里懂什么治国之道？

颜素一笑，不失时机道："太妃可以和太后多商量，一来太后参政，必有心得；二来也可通过她选几个饱学之士教导陛下。"

徐九英还没说话，陈守逸却笑着插口："怎么，三娘觉得在这件事上可以信任太后？"

颜素神色似乎有些微妙的变化，但很快她就若无其事地说："太妃与太后是盟友，有什么不能信任的吗？"

"三娘前几天教了我一句话，"徐九英也道，"叫疑人不用，用人不疑。我觉得说得挺对的。何况太后读过的书确实比我多嘛。"

"这倒是真话，"陈守逸取笑，"太妃压根儿就没读过书。"

徐九英捶了他一下。

陈守逸笑着受了，眼睛却有意无意地瞟向颜素。

颜素被他看得有些不自在，微微偏过了头。

两人之间的小动作没逃过徐九英的眼睛。她有些疑惑，这两个人这几天怎么一直眉来眼去的？对了，陈守逸以前好像说过喜欢知书识礼的女人。宫里除了太后，最知书识礼的可不就是颜素。难道这厮看上三娘了？

徐太妃觉得自己悟了。

第五章
差错

二月初五是太后第一次听政的日子。

虽说是临朝称制，然而国朝数代以来，君主都只在延英殿裁议政事，常朝反倒显得不那么重要了。如此成例倒是省却太后不少麻烦，只需在延英殿增设屏风数扇，即可在此奏对议政。

太后进入延英殿时，一干人等都已恭候在内——众臣、赵王、神策中尉及枢密使。神策中尉和枢密使各有两人，皆属北司。神策中尉掌兵，拱卫京畿；枢密使参掌机密，都是极紧要的职司。此时四人虽与南衙重臣同聚一堂，却与文臣们隔开了距离。两位神策中尉更是各踞一角，很有些泾渭分明的意味。

众人见太后驾临，纷纷起身行礼。太后客气地免了他们的礼，在屏风后坐定。

人都到齐，便可开始商议正事了。这日要决定的事主要有三件：第一件是新帝郊祀。以往新君即位，多在次年正月改元并举行亲祭，以示敬祖法天之意。这次幼帝即位，虽已改元永庆，却还未行祭礼。好在国朝祭礼都有典章、成例可循，虽然天子年幼，许多地方需公卿代行，却并不是多繁难之事。这件事并无多少可以争议之处，因而进展顺利。第二件则是赵王参政的事。早在这日之前，太后便通过枢密使向几位宰辅传达了尊贤的意思。虽说元宗之后对亲王诸多限制，但国朝初年却有不少亲王涉政的事例。如今孤儿寡母无依无靠，任用宗亲也是世间常理，再加上众臣多与赵王相熟，对此都没什么异议。这件事也很快有了定论。这第三件事却有些繁难。说来也不算大事，不过是近来查出在京诸司公廨本钱有所亏空。数目并不算多，这几年财赋也算稳定，倒不是多大的负担。只在议到如何管理诸司食利本钱、杜绝弊病一事上，诸臣有所分歧。

一派认为可由诸司三官通押，有案可查，既能避免本钱散失，也减少官员鱼肉百姓的机会；另一派却认为，共同押判之法国朝废弃已久，早失其用，此时重新引入，徒增冗繁，且未见得有所效用，倒不如设官专知其事。双方各自引经据典，辩论不休。

太后纵然精明，却不了解诸司本钱运作的方法，一时拿不定主意。然而她心知第一次召对就表现得犹疑不决，必然被他们轻视，将来恐受掣肘。

"赵王意下如何？"最后，太后不得不向一直没开口的赵王请教。

赵王早就等着太后问他，此时不慌不忙地回答："长官、通判、判官三者共同押署当司本钱，不失为杜绝舞弊之法。"

太后对赵王的判断并不尽信，但思来想去，又看不出有什么不妥的地方，便颔首道："就依赵王之议吧。"

赵王暗自心喜，果然如崔先生所料，太后一介妇人，根本看不出其中奥妙。不过表面上他却是不动声色，甚至还貌似诚恳地夸赞了一句："太后英明。"

太后掌管后宫多年，触类旁通，早猜到处理朝政必有门道。虽然暂时看不出赵王的盘算，她却明白一直让赵王掌握主动于己不利。因此奏对一结束，她就命人找来诸司出举本钱的卷宗查看。

刚看得数行，白露来报颜素来了。太后放下卷轴，让人请她进来。

颜素入内，先行礼如仪，又贺太后临朝。

太后只是苦笑："先别急着贺我。这里面的名堂多着呢！"

颜素怔了一怔，然后小心翼翼地问："莫非今日奏对并不顺利？"

太后叹气："我是稀里糊涂，也不知道算不算顺利。"

"总要有个适应的过程，"听完太后的陈述，颜素宽慰道，"赵王接触朝政的时间也不过数年，如今不也参知政事了？"

"这倒是，"太后微露笑意，"我也不信我能比他笨。"

两人相视一笑。

这时白露用托盘入内奉茶。太后赐颜素座，又让白露拿一盏茶给她。颜素谢过，太后才端着茶盏问："太妃让你过来可有什么事？"

颜素忙又起身，赔笑道："太妃说，太后当初承诺，等到临朝之日，便让陛下搬出来……"

太后抬手，让她不必再说："这我自然没忘，已让人去准备了。白露，你去问问皇帝那边什么时候能收拾好？"

白露领命而去。

待她走了，太后才又笑道："太妃近日还好？"

"太妃身心康泰，没见有什么烦恼。"

太后似笑非笑："还是太妃有先见之明，早早推了这些事，现在除了皇帝什么事都不用惦记，哪儿像我天生劳碌命。"

颜素听她这意思，对徐九英似有怨言，忙道："太后是能者多劳，岂是太妃能比的？"

太后面色稍霁："我也没指望她帮上多大忙，照顾好皇帝也就是了。"停了停，她又道，"皇帝已经继位，该有自己的寝殿了。我让人在太妃寝殿不远另收拾了一处，方便太妃就近照顾他。"

颜素连忙代徐九英称谢："太后有心了，奴婢代太妃谢太后恩德。"

太后点头，挥手让她退下。

颜素返回徐九英处，向太妃禀报太后已答应让皇帝从她那里搬出的事。徐九英喜不自胜，立刻便要开坛好酒庆祝。

她那里支使人去拿酒，陈守逸却抓住机会向颜素打听今日太后在延英殿议事的情形。

颜素将太后的说辞复述了一遍，陈守逸听了半晌没有说话。

"可是有什么不妥？"见他神色有异，颜素忍不住问。

"太后让人算计了。"陈守逸道。

颜素吃了一惊："怎么会？"

"三官通押是国朝初年之制，"陈守逸道，"元宗以后便有名无实，重新启用怕是不会有什么效果。"

颜素试探着问："现在改主意还来得及吗？"

60

陈守逸摇头："朝令夕改，更不可取。"

"那，就白被算计了？"

陈守逸笑了笑："这事并不是当务之急，也影响不了大局。今日特意拿出来说，我猜是有人想试试太后的深浅。太后的应对纵然不是最佳，也说不上有什么不是。赵王不是也赞同这法子吗？当真行不通，错也不是太后一人的，到时另设使吏也就是了。"

听他说影响不大，颜素微微放心。恰好徐九英取了酒来，听见几句两人的对话，插口道："三娘你还不知道他？这坏坯的话怎么能全信？你可别被他给唬住了。"

"这件事奴婢保证可靠。"陈守逸笑道。

徐九英哼一声："你要是有这么大本事，还用得着跟我混吗？"

"说得是呢！"陈守逸叹气，"奴婢最近常想，反正太妃也不欣赏奴婢，与其明珠蒙尘，不如另投英主算了。"

徐九英大怒，一掌拍在他背上："你敢！"

陈守逸被她打得不轻，苦笑连连："不敢，不敢。"

话虽这么说，徐九英显然也没拿陈守逸的话当真，斗了两句嘴也就罢了。

陈守逸取了杯盏。徐九英又从内室的柜子里翻出一包私藏的干朘，装在白瓷碟子里作佐酒物。三人坐下同饮。

徐九英马上就能把儿子接回身边，此时心情轻松，喝得最痛快。陈守逸饮得不多，却记着时时给徐九英斟酒。颜素则是心事重重。

徐九英的一句话点醒了她。陈守逸曾经把她带出苦厄，且此人虽在徐九英面前颇为放肆，但对她却一直彬彬有礼，甚至称得上细心体贴。按理说这样一个人，她该抱有很深的好感才是，可她始终对陈守逸怀有一种微妙的戒心，却又说不出原因，只是觉得他身上有些令人不安的因素。刚才徐九英的话为她拂去了迷雾，陈守逸的见识远远超出了一个普通宦官所应该有的。

诚然元宗以后宦官干涉政事渐成常态，但能升上高位的终归只是少数。多数宦官根本接触不到机密要事。陈守逸很早就跟随徐九英，在此之前似乎只是一个低阶的中人。三官通押一事，太后尚且看不出其中关键，以陈守逸毫不出奇的履历，却一语道破天机，不能不让她起疑。而且她觉得陈守逸最近似乎总在有意无意地试探她，不知他有什么目的。

"三娘，你怎么不喝了？"徐九英一人喝掉了小半坛酒，微醺地问她。

"奴婢一向量浅，可不敢像太妃那样喝。"颜素微笑着回答。

徐九英打了个酒嗝，轻笑起来："这倒是。我六七岁就开始偷我阿爷的酒吃了，你自然不能同我比。"

正在说笑，门外小藤的声音响起："太妃，太后那边来人说陛下已经打点停当，这就过来了。"

"这么快？"徐九英跳起来，"坏了坏了，我这一身酒气，怎么见青翟啊！小藤小蔓，快给我换衣服。对了对了，还要拿水来给我漱口。"

她火急火燎地跑进内室，又匆匆忙忙跑出来，把还剩的半坛酒封好，又抢过那碟干胳掭揣在怀里："咱们晚上接着喝，你们可不许都喝光吃光了。"

"奴婢保证不偷吃，太妃快去吧。"陈守逸安抚道。

得了他的保证，徐九英才放下碟子，心满意足地入内更衣。一时间，屋里竟只剩了颜素和陈守逸两个人。

"太妃也忒小气了。其实她的酒还没我私藏的好呢。"陈守逸笑道，"不过再好的酒，到了太妃那里也是牛饮一气，倒是糟蹋了。"

颜素尝过陈守逸的私藏，点头赞同："那些酒确实好，你是如何弄到的？"

"这是我的秘密，请恕我无可奉告。"陈守逸笑道。

"那……"颜素试探，"也许你可以告诉我一点别的事？"

"例如？"陈守逸挑眉。

"以你的学识，不愁遇不到识才之人，却为何要为太妃效力？"

陈守逸不意她忽然有此一问，怔了半晌，面上微泛笑容，用无所谓的语气说："因为……有趣啊。"

云淡天青，花木新发。微风拂动，吹得檐下风铃一阵叮当作响。

窗前矮几上供奉着一盆初绽的海棠。海棠对面的书案后，有人正用墨笔在纸上点染，寥寥数笔便勾出了花叶轮廓。

"想不到三娘会来拜访我这老头子。"陈进兴搁下笔，含笑对刚刚入内的年轻女子道。

"有些事想向陈院使请教。"颜素客气道。

陈进兴请她在榻上落座："三娘客气了。若有我能帮上忙的地方，但讲无妨。"

"三娘……想打听下陈守逸以前的事。"颜素试探着问。

"他？"陈进兴面色微沉，"三娘想知道什么？"

"身世。"

陈进兴失笑："都入宫当宦官了，能是什么身世？何况我养子二三十个，可没这挨个儿查问的工夫。"

"他原籍哪里院使总该知道？"

陈进兴一哂："中人籍贯宫中都有存档，三娘去查下不就知道底细了？"

"自然查过，"颜素道，"可他籍贯上写着天水。"

"天水？"陈进兴愣了一下，随即笑了，"我怎么给忘了。我收他当养子后，他籍贯就改了。"

"正是。且戾太子之乱后，宫中档案遗失颇多。三娘查不到他更早的记录，才来求教院使。"

陈进兴想了一会儿，摇头道："都当宦官了，之前做过什么，是什么人都不重要了。有些自幼入宫的连自己出生地都不记得呢，问了又有何益？所以我甚少在这些事上留心，只依稀记得他说过不是京兆人氏。不过我第一次见他时，他的京中口音已十分地道，我也判断不出他原籍所在。"

"那，陈院使慧眼识人，"颜素想了想，又微笑着问，"当初将他认为养子，总该有些缘故吧？"

陈进兴沉吟片刻，慢慢道："他遇上我的时候十三四岁。我看他长得比其他小中人好些，人机灵，又会说话，便让他跟着我。他服侍我一年有余，一直挺善解人意。有次他哄得我高兴了，就干脆收了他当养子。谁知到头来竟然还是只白眼狼呢？"说到后来，他甚是无奈地苦笑一声。

颜素垂目片刻，又追问道："遇上徐太妃前，他都任过何职？可有过什么奇遇？"

"我不记得他任过什么紧要职司，"陈进兴答，"我那些养子里，他并不是最热衷向上爬的一个。当初他宁愿去管理图籍，也不进内廷侍奉。后来听说他烧起徐太妃的冷灶，我还大吃一惊，觉得简直不像他做的事。别的奇遇我就真不知道了，他可不是喜欢把真实想法说出来的人。"

至此线索彻底断了，颜素见确实问不出什么有用的信息，只得起身告辞。

送走了她，陈进兴继续他未完的画作，可怎么画都觉得还未尽善，最后叹了口气，将画揉成了一团。服侍他的小中人送了茶来，他方饮一口，便有人来请，说是太后宣召。陈进兴连忙更衣，前去晋见。

到了太后殿中，陈进兴行礼如仪。

太后赐了座，开门见山地问："诸司公廨本钱亏空一事你怎么看？"

陈进兴答得谨慎："此事发现及时，损失不多。如今府库尚算充实，并不是不能解决。不过千里之堤，溃于蚁穴，需得想个办法杜绝营私舞弊，以免将来出现更大亏空。"

太后冷笑："叫你来可不是为了听这几句中规中矩的废话。前几日在延英殿已经议定三官共同押署当司本钱。不过有人说这法子并不可行，我被人算计了。"

"这……"陈进兴惊疑不定，"什么人如此大胆，竟敢算计太后？"

"还能是谁？"太后反问。

陈进兴当然知道是谁，却不敢回答。

太后知道他不敢直言赵王的不是，自己先缓和了语气："我听说他和几位宰辅关系十分密切？"

"先帝曾有意于东平王，"见太后不深究，陈进兴才敢顺畅开口，"因担心东平王年轻，控制不住局面，故而默许赵王结交大臣，以便将来辅佐天子。后来的情形，先帝也始料未及。"

"先帝种的因，结下的恶果却要我们承担。如今神策军不在我手上，枢密使虽然暂时听命于我，但他们究竟有几分忠诚，我也说不准。宰臣又亲近赵王，倒叫我如何收拾残局？"太后皱眉。

"其实还有一股势力尚未入局，"陈进兴小心道，"不知太后是否考虑过？"

"你指的是……"太后似有所悟。

陈进兴点头，肯定道："藩镇。"

太后不语。如今国中藩镇林立，且各镇都有兵粮，若是能借藩兵之威镇压赵王、徐九英，自然是上佳之策，她却怕藩镇不好控制，一个不慎就引火烧身。

陈进兴明白此事非同小可，不敢在此刻多话，安静地在一旁等待。

太后思忖一阵，才再度开口："只怕不好接触。"

"各镇都有进奏官在京，"陈进兴胸有成竹，"太后执政，见一见各藩留邸人员也是合情之事。"

64

太后点头，这倒可行。无论将来如何取舍，先试探一下各藩镇的态度，并无害处。

"国中藩镇数十，以你之见当从何处入手？"沉吟片刻，太后又问。

"河北时叛时降，桀骜不驯；东南财赋之地，却少兵卒；西北贫瘠，且有戎狄之患；依老奴浅见，还是中原诸镇为宜。"

太后心中大石落地，微露笑容："你这提议很好。"

"为太后分忧是老奴的本分。"

太后一笑，又似是不经意地问："我记得你有个养子在为徐太妃做事？"

陈进兴赔笑道："老奴是收养过一人，如今正侍奉太妃。不过他攀附上太妃后，就与老奴断了关系。"

"竟有此事？"太后略有惊讶之色，"本朝重视孝义，不想宫中竟有如此不忠不孝之人，我倒很为你不平呢。"

陈进兴连忙起身，惶恐道："老奴私事，怎敢让太后费心？"

太后一笑："用心做事的人，我不会亏待。如今他有徐太妃信用，我不便多言。不过天网恢恢，疏而不漏，忘恩负义之辈可不会一直得意下去。"

"有太后这句话，老奴就再没什么不放心的了。"陈进兴恭敬地道。

太后别无他话，便让他告退了。

陈进兴走后，太后起身入了内室。颜素和团黄都已等在里面。

太后抬手，制止两人行礼，直截了当地问颜素："可查出什么线索？"

"宫中档案几乎没什么有用的内容，"颜素回答，"陈院使也说，陈守逸嘴严，很多事都不曾告诉他。"

太后一声冷笑："想不到徐太妃竟能网罗到这么个能人。"

颜素不敢接口，过了一会儿才道："不过奴婢查了记录，把他这几年任过的职司都列出来了。"

她将手上的纸卷呈上。

太后接过展开，见陈守逸在侍奉徐九英以前任的多是看管书库图籍的职务，除此之外还协助过宫教博士在内文学馆讲学。

太后指着宫教博士的名字问团黄："此人现在何处？"

团黄想了想，回答道："奴婢记得他前几年就告老还乡了。"

太后有些烦躁地扔下纸卷。这人身上满是疑团，让她如芒在背。她不怕对手精明，怕的是无处着手，而陈守逸竟是浑身上下找不出一点破绽。

见太后脸色阴沉，颜素越发心惊，小心道："也许奴婢可以再试探他一下？"

太后毕竟老道，很快冷静下来，摇头道："不必。若是露了痕迹，让他有了防备反倒不妙。何况我与太妃现在还是盟友，追查太紧也容易引起她疑心。你多加留意，随时回报就是了。团黄会时常与你联络。"

颜素应了。她不敢在太后这里停留太久，很快起身离开。走到殿外，她才惊觉这一日忙于调查陈守逸之事，竟已到了这个时辰。若不尽快赶回去，只怕徐九英要不高兴。她匆忙赶路，不曾注意到不远处的复道上一个修长的身影正目送她远去。

颜素走远以后，陈守逸转头打量起太后所居的宫殿。之前皇帝居留此处，颜素常奉徐九英之命前来探问，多出入些也就罢了。如今皇帝都已不在，她还有什么理由来这里？连颜三娘都能被拉拢，太后手段可谓高明。

走回徐九英寝殿的路上，陈守逸不免思忖：徐九英深信颜素，若要指证她，得有切实的证据才行。又或者另想个办法不知不觉地将颜素除掉？他在沉思中走到徐九英殿阁门口，方要入内，忽又记起一事，折回自己房中，将架上一个密封的瓷坛拿在手里，才来见徐九英。

徐九英正和颜素说话。见他回来，她笑着向他勾了勾手。

陈守逸含笑上前，躬身施礼："太妃。"

徐九英面带微笑，等他走到近前，忽然伸手用中指在他额上狠狠弹了一下："上哪儿去了？一下午都找不见人？"

陈守逸一手捂额，另一手举起手中瓷坛："奴婢去弄了点好东西，这不一到手就拿来孝敬太妃了。"

徐九英眼睛一亮："是什么好东西？"

"松江鲈鱼脍。"

徐九英撇嘴："还以为是什么呢？不就是点干鱼脍，谁还没吃过啊。"

颜素却在旁笑道："太妃此言差矣，鲈鱼脍倒真是京中难得一见的东西。"

陈守逸拊掌："还是三娘识货。"

"真是好东西呀？"徐九英将信将疑。

"吴郡鲈鱼，味异他处，"颜素解释，"《吴馔》有云：'作鲈鱼脍，须九月霜降之时，收鲈鱼三尺以下者作干脍。浸渍讫，布裹沥水令尽，散置盘

66

内，取香柔花叶相间，细切和脍，拨令调匀……'"

陈守逸接口："霜后鲈鱼，肉白如雪，间以紫花碧叶，鲜洁可观。"

两人相视一笑，不约而同地说："金齑玉脍，东南之佳味也。"

徐九英见他二人摇头晃脑，一副心有灵犀的样子，略微气闷。这两人近来总是眉目传情也就罢了，还老说些她听不懂的话，再不就是一起消失。有两次甚至被她逮到躲起来偷偷吃酒。有好吃好喝竟然不叫她，简直叫人不能忍！徐太妃觉得自己有必要和颜素谈谈了。

午后，徐九英来找颜素。

近来陈守逸和颜素之间的情形让她十分在意。虽说现下宦官娶妻之风盛行，陈守逸长得不错，脑子灵光，又很会说话，在宦官里算得上出类拔萃，颜素一时有些迷惑也是人之常情，不过宦官始终是宦官，徐九英并不觉得这是好归宿。如果颜三娘真想再嫁，过几年局面安定，她想办法放她出宫就是，何必在陈守逸这棵歪脖子树上吊死？

不过颜素面薄，让人听见怕是会觉得没脸做人，所以徐九英打算私下和她谈，找她时一个人都没有带。可她到了颜素房中，却并不见颜素的踪影。徐九英犹豫了下，决定在屋里等她回来。

颜素的房间收拾得很干净，除了架子上堆放的书卷，几乎没什么可以消遣的东西。徐九英等她等得无聊，随手抽出几卷翻看，看来看去却没两个字认识。她叹一口气，正要将手中书卷丢在一旁，却忽然听见窗台边一阵窸窣响动。她走近窗台，见有人正把什么东西从窗缝往里塞。

鬼鬼祟祟的，一定不是什么好人。徐九英心中不悦，故意要给这人一个教训，便蹑手蹑脚地靠近窗台，猛然用手推窗。

窗扇应声而开，撞上窗外之人，却是个十一二岁的小中人。被打中后，他尖叫一声，捂着鼻子大哭起来。虽然涕泪横流，他却还未忘记自己的任务，手上依旧紧紧攥着一个信封。

徐九英见只是个半大的孩子，倒有些愧疚了："我可不是故意的，谁叫你行迹这么可疑？"

她摸摸他的鼻子以示安慰，小中人却连声惨叫："痛痛痛。"

徐九英忙放开手，又问他："你是谁？在哪里做事？到我这里来做什么？"

小中人不答，眼泪汪汪地举起手中书信："你的信。"

"给我的？"徐九英疑惑地问。

小中人点点头，把信给了她。

徐九英接了，正要问他是谁送的信，那小中人却一溜烟地跑了。

徐九英嘟囔："跑得倒快。"

她低头看信。信封上并没有写字，只用墨笔勾了一只冲天的飞鹤。她毫无头绪，拆开信看，纸上全是密密麻麻的字。徐九英顿觉头疼。反正颜素还没回来，她索性去找陈守逸看信。

谁知到了陈守逸房中，他也不在。

"一个两个都去哪儿了？"徐九英没好气地弹了下信封，"这人也是，不知道我不识字吗？送什么信啊！"

她一脸晦气地返回自己居处。正好小藤和小蔓见她回来，迎上来。徐九英干脆叫她们过来读信给她听。

小藤和小蔓都面露难色："太妃，我们认得的字不比你多多少，这信……"

"让你们读就读，哪儿来这么多废话。"徐九英不耐烦道。

两个宫女互相看了看，最后小藤勉为其难地展开信念："什么三……娘……子……什么……启……"

徐九英一愣，信是给颜三娘的？她一拍脑袋，她当时在颜素房内，那小中人一定是把她当成颜素了。怎么会有这么蠢的中人，连人都没问清楚就把信给了？

她走神的这一会儿，小藤已经接着念了下去："什么一别，什么什么思……思……"

小蔓在一旁道："服，是服字。"

小藤继续道："思……服……"

"思服是什么意思？"徐九英问。

小蔓想了想，说："好像就是思念的意思。"

徐九英哦了一声。

小藤道："后面这一大段奴婢都不认识。最后是什么什么月，什么什么花……"

"算了算了，"徐九英抢过信，"我看你们俩比我强点有限。平时不念书，现在抓瞎了吧。"

"太妃也不读书啊。"小蔓嘟嘴。

徐九英让她噎了回去，强词夺理道："我是太妃，用不着读书。"她把那信翻来覆去地看，嘴里嘟囔，"这又是思念，又什么花啊月的，听着像是情信。"

小藤道："奴婢也觉得像。"

小蔓吓了一跳："谁这么大胆，敢给太妃递情信？"

"谁说是给我的，"徐九英白她一眼，"没听见前面三娘子这几个字啊？"

"咦，是给三娘的吗？"小藤问。

徐九英快让她们这慢半拍的反应给气死了："明显有人对三娘有意思嘛。"

小藤和小蔓面面相觑，最后小藤问："会是谁呢？"

徐九英招手，让她们靠近了，才神神秘秘地道："你们就不觉得三娘和陈守逸最近有点不对劲？"

小蔓张大了嘴："太妃是说……"

徐九英点头："一男一女老是眉来眼去，又净说些莫名其妙的话，还一起躲起来吃酒，你们说是什么意思？"

"一男一女？宦官也算男人吗？"小藤奇道。

徐九英轻轻戳了一下她的头："不算男人，但还当自己是男人呀，不然怎么这么多宦官娶妻？你想啊，宫里和陈守逸差不多年纪、地位的宦官，有几个没娶妻的？他能不想？不过他这个人性子怪，眼光又高，普通女人八成看不上，拖到现在也不奇怪。可是三娘不一样啊，出身好，教养好，学问好，不正好是他喜欢的类型？"

"有道理，"小藤道，"奴婢也觉得他们很谈得来。要不太妃成全他们算了？"

"你想害死三娘啊？"徐九英在她头上拍了一下，"要嫁也得嫁个正常人吧。再说三娘家里坏了事，命已经够苦了，你们忍心再坑她一次啊？"

"那要是三娘自己愿意呢？"小蔓问。

徐九英想了想，说："如果是那样，我就只能先找陈守逸谈谈了。他先放弃，三娘就不会有什么话说了。虽然这么做有点对不起陈守逸，但这毕竟是三娘一辈子的事。他早点死心，对谁都好。三娘那边你们暂时都别漏口风，这信也别让她看见，等我和陈守逸谈过了再作打算。"

小藤和小蔓都答应了。

因为存了这个主意，晚间徐九英特意支开了颜素。

陈守逸跪坐在地上给她捶腿。徐九英见时机差不多了，向小藤、小蔓使了个眼色。两人会意，都悄悄退了出去。

"陈守逸。"等她们都走了，徐九英才开了口。

"太妃有何吩咐？"陈守逸抬头笑道。

"就是……"徐九英眼珠转了转，笑着道，"就是想问下，你多大年纪了？"

"为何忽然问起奴婢年岁？"

"看你年纪也不小了，就问问呗。你有没有想过娶妻呀？"

陈守逸手顿了一顿，才笑着道："还没想过。"

"真没想过？"徐九英白他一眼，"我才不信呢。宫里你这年纪的宦官，不少都娶过妻了。你就没想过成个家？"

陈守逸没作声。

"若是有喜欢的人，不妨跟我说说。"徐九英小心问。

"怎么？"陈守逸低声笑道，"太妃发了善心，要给奴婢作媒？"

"想得美！"徐九英给他一个白眼，"我才不会吃饱了撑的干这种缺德事。"

陈守逸笑笑，意味不明地叹了一声："奴婢也这么想。"

"那这么多年，你就没中意过什么人？"等了一会儿，徐九英又试探着问。

陈守逸垂目片刻，坦然回答："有过。"

他大方承认，倒让徐九英有些意外。她想了想，又迂回地问："是我认识的人吗？"

陈守逸想了想，应了："是。"

徐九英想她认识的人里符合陈守逸标准的可不就是颜素吗？确定了自己的猜测，她委婉地劝道："其实我很理解你的心情。不管什么人，最后总还是想成家的。不过呢，我觉得喜欢一个人，就不要让她困扰。如果我们的喜欢会成为别人的负担，还是不要喜欢为好。至少别去影响她的生活。反正我要是喜欢谁，一定舍不得那个人有任何不幸，你说是不是？"

陈守逸低头听着。最后徐九英问到他时，他抬起头，苦笑一声："是，奴婢明白。"

见他神色郁郁，徐九英也有些矛盾。一样都是人，宦官难道没有感情？何况陈守逸并不是轻易动心的人。可为颜素考虑，两人还是维持现状为好。徐九英暗暗叹了口气，陈守逸又不蠢，应该明白她的意思了，就体谅下他的心情，点到为止吧。

果然之后几日，陈守逸和颜素都没什么异状，徐九英觉得自己成功解决了一个大难题，不免心情愉快。这心情一好，徐太妃便惦记起别的事情来。

宫中太液池里养着不少鱼，极为肥美。因是皇家之物，宫人们绝不敢动，因而这些鱼格外呆笨，有人捕捞也不知道躲避。徐太妃对这满池肥鱼垂涎已久。如今开春，正可捞回来，抹点葱姜盐酒一腌，再放火上那么一烤。啧，光是想想，徐太妃口水就流了一地。说干就干，徐九英趁着殿中宫人不注意，偷偷扛了个网兜，出门直奔太液池。

她刚出寝殿，道旁忽地窜出一个半大的人影。

徐太妃正喜滋滋地盘算着如何整治那些肥鱼，被这人吓得连退两步，喝道："什么人？"

"别叫，是我。"那人答。

徐九英定睛一看，认出他是前几日送信的小中人，便笑着问："吓我一跳。你鼻子没事了？"

小中人摸了摸鼻子，有点不好意思地笑道："没事了。"

"你在哪里做事？"徐九英问，"等会儿有好吃的，我叫人给你送去，算是我前几天伤了你的赔礼。"

小中人连忙摆手，凑近她飞快道："明日未时三刻，蓬莱殿后面，有人要见你。"

徐九英好奇地问："谁要见我？"

谁知话音未落，那小中人又像上次那样快速跑开了。

"每次都跑这么快，什么毛病？"徐九英骂了一句。她脑子不慢，很快便想到，这小中人还当她是颜素。不用说，一定又是陈守逸搞鬼。

徐太妃大为不满，在她跟前答应得好，转个身接着打颜素的主意，也太不地道了。不过陈守逸一肚子坏水，欺上瞒下的事他还真干得出来。还好那个小

71

中人呆头呆脑，又将她错认成了颜三娘，否则她不就让陈守逸骗过去了？

未时三刻，蓬莱殿后面？徐太妃冷笑，明天就抓他现形，看他以后还敢不敢在她面前玩花样。

第二天，徐太妃换上宫女装束，准时前往蓬莱殿。

小藤和小蔓对徐九英的做法颇有微词。堂堂一个太妃，穿着宫女衣服到处招摇，也太不成体统。

"你们懂什么！"徐九英戳她们的额头，"我是想教训一下陈守逸，可不想闹得所有人都知道，当然是穿宫女衣服方便。不然让人抖出来，丢的还不是我的脸？"

徐太妃打定主意的事，九头牛也拉不转。小藤、小蔓最终还是只能由她去了。

蓬莱殿虽在内廷，但离紫宸殿和延英殿都不远，旁边则是教坊。这几处都时常有人出入，因此徐太妃非常小心地避过来往的宫女、宦官，才绕到了蓬莱殿后面。

殿外柳树下，已经有人等在那里了。

那人背对着她，看身形和陈守逸依稀有些相近。

徐太妃心里冷笑，轻手轻脚地走到他身后，在他肩上一拍，粗声粗气地唤了一声。

那人吓一跳，回过身来，却不是陈守逸。眉目俊朗，面有英气，正是徐九英上元节在宫外碰见的那个男人。

见了徐九英，他也有些惊异，向她一揖："没想到会这么快与娘子再遇。"

"你……"徐九英瞠目结舌，怎么会是他？

"在下姚潜，"他道，"娘子可还记得？"

"记得记得，上元那天……"徐九英及时收口，看看四下无人，才又道，"你怎么进宫了？"

姚潜道："某奉命入宫晋见太后。"

这勾起了徐九英的好奇心："来见太后？这么说你也是个做官的？"

"某是元德二十年的进士，"姚潜顿了顿，试探着问，"那年的事，娘子可还有印象？"

徐九英想了想，不记得元德二十年发生过什么了不得的事，摇头道："不记得了。是要紧的事吗？"

姚潜有些失望，看来她是真不记得了。他转念一想不记得也好，便又笑道："没什么要紧。"

接着两人就陷入了无话可说的境地。

徐九英觉得这情况实在尴尬，想了半天，总算找着了一句话："看你年纪不大，却能来见太后，看来官当得不小？"

姚潜一笑："官倒不大，不过朝廷与节镇之间总要有个人居中传达，因而有机会入见。"

"哦？你现在当的什么官？"

"宣武军节度押衙知进奏兼歙州司马。"姚潜答道。

徐九英听得有些犯晕："这官名怎么这么长？"

"其实这是三个官职。"姚潜比出三根手指。

"你一个人当三个官？"徐九英更不解了，"那还不把你累死？"

姚潜笑了："那倒不会。节度押衙是使府幕职，即在下为宣武节度使效力；歙州司马是在下正官，却并无实权；知进奏才是在下所司之职。除此之外，在下还有几个头衔，如银青光禄大夫、太子检校宾客，不过都无关在下职司，不提也罢。"

徐九英吐舌头："要记这么长的名字，你们当个官真不容易。"

姚潜莞尔："世间不容易的事多了。相较之下，记几个名字又算得了什么？"

"也对，"徐九英笑道，"那你见太后就见太后，跑这里来做什么？这里可是内廷，幸而是我，让其他人撞见指不定惹出什么麻烦。"

姚潜苦笑："某何尝不知此节？只是某见完太后，本该由内官引路出宫。谁知那人竟将某引到此地，又说忘了东西，不容分说就让某在此地等候。某虽觉不妥，可是不识宫中路径，也正着急呢。"

"那就是说，有人故意把你带到这里？"徐九英问。

"想是有人存心捉弄在下。"姚潜苦笑。

徐九英深思：本来以为是陈守逸约颜素在此地见面，但是陈守逸到现在都没有现身，她却碰上了这个人。他自称是有人把他带到这里来。若他所说属实，就是有人在背后策划，故意要自己与他见面。难道说那小中人的目标其实是她？可也不对，前几天那封信上明明写的是三娘子，说明信的的确确是给三娘的。而且除了陈守逸，也没有其他人知道她和这个人认识。等等，陈守逸……徐太妃豁然开朗，是了，那日回宫路上，她有和陈守逸提过姚潜的名字。当时陈守逸还开玩笑说："哟，都问名了，下一步是什么？纳吉还是请期？"

他消息灵通，何况查探消息本就是他日常做惯的事。他许是在什么地方看到过姚潜的名字，从而得知了他的身份。以陈守逸的能力，安排他们见面绝非难事。可他让姚潜和她见面的动机是什么？难道是怨恨自己坏了他和颜三娘的好事，所以故意弄这么一出戏耍她？

"这人无不无聊啊。"徐九英自言自语。

"他平日无所事事，因此什么热闹都要凑上一凑，"姚潜接话，"娘子不必放在心上。这件事某自会解决，定不让娘子困扰。"

徐九英心想，你怎么解决？难道还能进内宫把陈守逸揍一顿？

姚潜却觉得自己一力承担责任就好，便不与她细说，只深深看她一眼："某不宜在此久留，先告辞了。娘子保重。"

"嗯，你也保重。"徐九英心不在焉地答了一句。

姚潜从蓬莱殿后出来。他虽不熟悉宫中路径，但从来路估算，应该离延英殿并不远。他大致判断了一下方向，沿路而行，总算在教坊附近碰上两名中人。他上前解释自己入宫晋见，却迷失路径的情况。两名中人虽然有些诧异，却还是为他指清了方向，让他顺利出宫。

一出宫，姚潜便策马直奔东平王府邸。

东平王早就料到姚潜会来，见家仆领他进来，先自笑了起来："见到人了？"

这句话证实了姚潜的猜想。他脸色铁青道："今日之事果然是大王安排？"

"我这安排还不错吧？"东平王扬扬得意。

"大王为何要这样做？"

"你这话问得奇怪。"东平王笑道，"当然是看你苦恋不得，对你十分同情，不但不跟你算上元节重色轻友的账，还不计前嫌帮你秘会佳人。我这样两肋插刀的朋友可不好找，还不快对孤表示一下感激之意？"

"还请大王别再做此多余之事。"姚潜生硬道。

"怎么多余了？"东平王不满，"难道不是你爱慕颜三娘子才情？这么多年了都还对当初和诗之事念念不忘？我这不是想成人之美嘛。"

姚潜叹气："我仰慕她不假。可她身在宫墙之内，便受宫中法度制约。大王此举虽是出于好意，却可能害她丧命。某恳请大王别再添她困扰。"

东平王甚觉无趣："不识好人心。"

"大王！"姚潜看他不以为然，不由得提高了声音。

东平王翻了个白眼："知道了知道了。反正害相思病的不是我，我犯不着给自己找麻烦，你爱怎么样就怎么样吧。"

得他允诺，姚潜总算松了口气，否则他这么胡闹下去，自己顶多仕途受限，颜三娘却不知要遭什么罪。

东平王见他如此，有心再取笑两句，又怕真把这老实人惹急了，想了想，还是决定换话题："你今日见太后可还顺利？"

"还算顺利。"姚潜道，"不过某暂时还看不出太后对政事的想法。今日她也只问了些宣武治下四州的风土人情和使府的情况，并没有其他话。"

"太后不会无的放矢，"东平王道，"她特意召见你，必有缘故。"

"某也如此认为，却想不出其中关键。"姚潜道。

东平王看了姚潜一眼，不太确定应不应该把自己的猜测告诉友人。他对太后有所了解，所以想得比姚潜深一些。传言徐太妃手上有神策军，自己父亲则与文臣相善，太后的筹码其实并不多。此番召见想来是太后想借机试探藩镇对她的态度。

进奏官多为节帅心腹，太后若想利用藩镇，必要拉拢进奏官。若是如此，姚潜和颜素说不定还有机会。不过颜三娘现在跟的是徐太妃，就算太后愿意成全，徐氏不点头也很难把颜三娘弄出来。还是先不告诉他吧，东平王想，等他把事情办成了再说，到时也可以损姚潜几句，看他还敢不敢嫌自己多事。

另一边，徐九英却完全没想过她和姚潜碰面是东平王之故。从蓬莱殿一回来，她就奔向陈守逸住处，一脚踹开房门，叉着腰大叫："陈守逸，给我滚出来！"

陈守逸拿着书卷不紧不慢地踱出屋，脸上微有诧异之色："太妃若有吩咐，让人传话就是，何以亲至？"

"你干的好事！"徐九英气势汹汹，"一天到晚捉弄我，很有意思吗？"

陈守逸转了转眼珠，慢吞吞地道："莫非太妃知道了什么？"

徐九英哼一声："若要人不知，除非己莫为。"

陈守逸拊掌："都会用成语了，三娘果然教导有方。"

"少扯开话题，"徐九英怒道，"你干的坏事你敢不承认？"

陈守逸轻叹一声："事已至此，奴婢也只好坦白了。"在徐九英怒视下，他悠然道，"前年富平所贡石冻春，先帝赐了太妃两坛，太妃嫌味道不好，说以后再有这种酒不必拿来给太妃，都赏奴婢了。"

"啊？"徐九英没想到他说的是这件事，一时有点蒙，"唔，好像是有这么回事……"

"其实太妃让人开封之前，奴婢就用芦管把里面的酒吸走了大半，又兑了劣酒进去，所以味道才会这样糟糕。欺瞒太妃，又占这许多便宜，实在是罪该万死。"虽然是认罪，但陈守逸的语气完全没有任何负疚，最后的罪该万死更是轻飘得没有半点诚意。

徐太妃无语凝噎。

第六章
母疾

　　春日里百花争艳、姹紫嫣红，宜踏青游玩。

　　如此天光，徐太妃却只能耐着性子在屋中待客，不是不抑郁。百无聊赖之下，她抬眼看了一下坐在她对面的青年。他正低着头，仪态优雅地饮着茶汤。徐太妃暗自嘀咕跟他又不熟，怎么还赖着不走？

　　徐九英的反应青年看在眼里。他慢条斯理地放下茶盏，向她微微一笑，显得甚是悠闲。

　　徐太妃摸不准他的来意，不时向陈守逸使眼色，示意他快想办法把这人打发走。

　　陈守逸瞥了她一眼，果断扭头，装作没有看见。

　　徐九英不停挤眉弄眼，让青年觉得他再无视下去，未免显得自己太过蠢钝，遂清了清嗓子，彬彬有礼地开口："太妃是不是眼睛不舒服？"

　　"没事，没事，"徐太妃掩饰地端起茶盏，干笑着转移话题，"近来倒是很少看见东平王入宫呢。"

　　"不曾经常入宫拜见陛下、太后、太妃，是某失礼，也难怪太妃见责。日后一定常来。"东平王笑吟吟地回答。

徐九英正把茶送入口中，听闻此言，不小心将茶汤呛入气管，猛烈咳嗽起来。陈守逸连忙上前替她拍背顺气。徐太妃好不容易止了咳，心情更加郁愤。她不过是跟他随口客气一下，没想到这人脸皮比她还厚，竟然顺着杆子往上爬。难道以后她要经常见到这张和赵王有五分相似的脸？

东平王饶有兴味地打量着徐九英精彩纷呈的表情。这位太妃虽是个大俗人，却让他觉得颇为有趣。他想他能理解先帝总让她跟在身边的原因。和先帝其他妃嫔相比，这位徐太妃简直像一尾刚刚跃出水面的鱼，浑身都透着鲜活的气息。

"我是听说你忙，怕耽误你的正事。"徐九英勉强笑道。

"这是哪里话？"东平王笑道，"再忙也不该忘了孝敬太后、太妃。说来惭愧，这次入宫仓促，没准备什么好东西，带了几匹蜀锦，还请太妃笑纳。"

"太客气了。"东平王这么恭谦，徐九英也不好一直冷着脸，勉强撑起一副笑脸向他道谢。

东平王见她态度有所缓和，悬了半天的心总算落了地，看来徐太妃这个人也并不是那么难说话。不过他才刚开始和她接触，不宜急进，因此又坐了一会儿便起身告辞。

他一走，徐九英就跳下坐榻，往陈守逸身上一阵猛捶："跟个木头似的，没看见我的眼色啊。"

"看是看见了，"陈守逸苦笑，"可是太妃和东平王说话，哪儿有奴婢一个底下人插嘴的道理？"

打够了，徐九英绕着东平王留下的一堆锦缎转圈，嘴里嘟嘟囔囔："突然跑我这儿来，安的什么心啊？"

"他安什么心奴婢不知道，"陈守逸蹲在地上端详东平王送来的几匹蜀锦，啧啧称奇，"不过这蜀锦真是好东西。太妃要不要裁几身衣服？"

徐九英对东平王仍有疑心。她小心地用脚尖拨了拨最上面那匹织着蝴蝶穿花纹的彩锦，撇了下嘴："裁衣服？穿了皮会不会烂啊？"

东平王并不知道自己的来访给徐太妃带来了诸多困扰。他的打算是先和徐太妃改善关系，日后才好为姚潜和颜三娘铺路。可惜啊，东平王坐在车上想，今天颜三娘没有随侍在侧，也不知让友人念念不忘的才女是何种风采？

接着他又摸着下巴幻想着成就两人好事后，他扬眉吐气，狠敲姚潜一顿谢媒酒的情景。这无疑是最让东平王愉悦的事，让他在车上不时偷笑出声。车马就在他愉快的心情下驶入了府邸。挑起帘子刚要下车，他瞥见门内停着另一辆车。

东平王挑了下眉，问来迎他的苍头："谁来了？"

"回大王，是广平王。他正在里面等着大王呢。"

广平王是赵王的长子，即他的兄长。不知什么缘故，这阵子他常来看望东平王这个兄弟。可是东平王却不那么愿意和他亲近，一听他再度来访，脸就垮了下来。

"怎么又来了？"他嘀咕一句。

苍头见他不高兴，小心说道："要不大王先出去躲躲？他等不到大王，一会儿也就回去了。"

东平王想了想，叹口气："躲得了一时，躲不了一世，该来的总归要来。我还是看看他到底想干什么吧。"

虽然不大情愿，但是到了房门外面，他还是揉了揉面颊，换上一脸笑容进屋："小弟失礼，竟不知阿兄到访，让阿兄久候了。"

广平王起身笑道："你我兄弟，何须如此多礼？不知你有事出门，我就冒昧前来，说来还是愚兄的不是。"

"阿兄说哪里话？"东平王笑道，"请坐。"

广平王笑笑，随他入座。

宾主落座，东平王才问他："不知阿兄因何来访？"

广平王道："没事就不能来吗？"

东平王顿显尴尬："小弟不是这个意思……"

广平王笑了："知道你不是这意思，愚兄和你开玩笑呢。上巳将至，愚兄欲邀阿弟同游曲江，不知阿弟意下如何？"

"这……"东平王面有难色。

"怎么？不方便？"广平王问。

"那倒没有……"东平王其实不大想与这无趣的兄长出游，可思索半天竟想不出推脱的理由，只能闷声回答。

广平王面色一松："那就说定了。你我兄弟也好几年不曾一道出游了。"

"是啊是啊。"东平王干笑。

广平王一笑，又温和地问："方才听你府中人说，你今日进宫了？"

东平王道："很久没拜见太后、太妃，就去了一趟。"

广平王点头："这很好，无论如何，长辈那里也不应失了礼数。你如今懂得事理，愚兄总算放心了。圣人有言……"

"小弟腹中饥饿，"东平王怕他没完没了，连忙打断，"想进些酒食。"

"正好愚兄也有些饿了，"虽被兄弟打断，广平王却并无不悦之色，"阿弟不介意愚兄一道用些吧？咱们兄弟也许久没好好说过话了。"

东平王心里哀号一声，兄长最喜说教，席间要是一直这么喋喋不休地讲下去，他还怎么吃得下？

虽然心里一万个不情愿，到了三月初三这日，东平王还是只能认命地去曲江赴约。

上巳为三令节之一，由先民三月水边祓禊的习俗而来。传至国朝，上巳则成了赐宴胜游的节日。昔年鼎盛之时，长安、万年两县竞相比试，曲江边往往大陈筵席，锦绣珍玩无所不施。此等奢豪之事如今虽已禁止，江边却仍是彩幄翠帱，鲜车健马。

虽是烟水明媚，东平王却没什么欣赏美景的心情。广平王还未到，他便百无聊赖地立在柳树下，用手指一圈一圈绕着马鞭。

"阿弟。"不多时他远远听见一声呼唤，回过头去，正好见兄长在仆从簇拥下骑马缓缓行来。

走得近了，广平王下马，向他笑道："阿弟等很久了？"

"没有，我也刚到。"东平王道。

广平王笑着从袖中取出一物："想着应该送阿弟一个东西，所以路上耽搁了一会儿。"

东平王接过，却是一个细柳条编成的手环。佩戴柳圈是上巳风俗，有免毒避瘟之意。他心里微微一动，接过柳环套在手腕上："多谢阿兄费心。"

广平王眉间舒展："兄弟之间何须客气？走吧。"

两人牵马并肩而行。

堤岸边暖风阵阵，拂起垂落的柳枝。路上踏青的游人不少，哪怕贩夫走卒也一副怡然自乐的神色。偶尔有三两年轻士子聚在一起饮酒，议论着刚刚结束的春闱。高门大户游幸更为讲究，在堤上设着行障，以免家中女眷赏春时让旁人窥探。烟波之中，一叶轻舟浮于水上，舟上不知何人正敲击牙板，伴着一阵柔婉的歌声在江上低徊。

兄弟二人不约而同地驻足，倾听那歌声。

"唱得真好。"一曲终了，广平王赞道。

"比平时还差一点。"东平王心不在焉地答了一句。

"阿弟认识唱歌的人？"

东平王脸有些红，过了一阵才小声说："听声音是中曲的牙娘无误。"

广平王愣了好一会儿才意识到他说的中曲是北里的地名。他有些尴尬地咳了一声，正欲说话，那舟船恰在此时从他们面前悠悠划过。舟中一妙龄女子撩起船上的帘子，看见站在岸边的兄弟二人，她掩口一笑，向他们这方向挥了挥手。

东平王也潇洒地向那女子招了下手。广平王想，她必然就是牙娘了。

"当初阿弟和女孩儿说句话也要脸红，"舟船过后，广平王笑道，"若是受了她们冷待，还要躲起来偷偷哭呢。想不到如今连愚兄也要甘拜下风了。"

"还有过这种时候？"东平王摸着鼻子笑问。

"当然有，"广平王笑，"而且不少。可别说你不记得了。"

东平王不好再装不记得，哼了一声："阿兄干吗非得揭我伤疤？那时我胖成个球，当然不讨人喜欢。"

"为兄不是有意要揭你伤疤。只是想起那时候阿弟只要一受委屈就来找愚兄哭诉，倒是比如今亲近许多。怎么后来我们兄弟反而生分了？"广平王说到最后颇为感慨地叹了口气。

兄弟，东平王低头看向自己手上的柳圈。小时候，每到三月巳日，兄长都会亲手编一个柳环送他，说是能消灾。其实他十二岁以前什么灾祸都没有，最大的烦恼也不过是他喜欢的美人们都不拿他当回事。倒不是她们轻视他，而是他那时小，又胖乎乎的，五官都没长开，怎么看都是张团团的孩子脸，那些美人自然不会对一个孩子有什么想法，就算亲昵也仅限于捏捏他的胖脸。偏偏东平王心智早熟，每受冷待便跑来和兄长诉苦。

广平王比他大好几岁，也不像父亲那么严厉，总是好脾气地哄他，说等他大些就好了。那些年月里，他确实是很喜欢亲近这位兄长的，什么话都愿意和他倾诉。是什么时候变了呢？

"阿弟？"久久未听见东平王的回应，广平王有些不确定地开口。

"我在听。"东平王淡淡地道。

"过几天来愚兄家中坐坐吧，"广平王温和道，"愚兄备些酒菜，把阿爷也请来。再怎么说也是家人，不该闹得这么僵。"

东平王没作声。广平王和他回忆小时的趣事时，他脸上还有一点温情。可等他提到父亲，东平王仅存的些许情绪也从脸上消散了。他冷淡道："阿兄，小弟向来喜欢有话直说。若有得罪之处，还请阿兄见谅。"

广平王笑问："兄弟之间可不就该直话直说？只是不知阿弟要说的是什么话？"

"这阵子小弟经常在想，"东平王慢慢道，"徐太妃若是对我用心计不难以理解，毕竟她和我不怎么熟。阿兄和阿爷还使这样拙劣的伎俩，小弟可就有些伤心了。"

这不是广平王意料之内的反应。他动了动嘴，最后还是明智地保持了沉默。

东平王倒不指望他会回答，他转头面向兄长，嘴角上扬，形成一个讽刺的微笑："莫非在二位心目中，我脑门上真的刻了个'蠢'字？"

赵王坐在书室内，手指烦躁地轻敲面前的几案。

"二郎果真这么说？"他问。

坐在他对面的广平王回答："阿弟说，他对这些事没兴趣，让我们少去烦他。"

"没兴趣？"赵王冷笑，"我们若是失败，他能独善其身？"

"可是阿弟冥顽不灵。以儿子之见，还是另想办法为是。"

"若有别的办法，我何必找这逆子？太后掌握宫禁，若将来宫中有何变故，我们连个可靠的耳目都没有，岂不是陷于被动？二郎久居宫中，对里面的人事比我们熟悉，有些事他做更合适。而且崔先生也说了，要成事，他的助力必不可少。"赵王道。

听父亲提起崔先生，广平王半晌没作声。

赵王想了一会儿，又问："你可有好好和二郎说？"

广平王听父亲似有见怪之意，连忙说："这么重要的事，儿子能不好声好气和他谈吗？这些时日儿子花了不少心思和他接触，好话说尽，连小时候的事也都和他回忆了，阿弟就是不为所动。今日好不容易见他神色有些松动，可我才起话头，他就变了脸色。阿弟的性子阿爷也知道，哪里是轻易能说动的人？"

赵王听得直摇头，踌躇许久，他简短地道："随我来。"

父子二人命人备了马，一道微服出了苑城，到了归义坊内的一处旧宅之前。

这宅子狭小偏僻，且门廊斑驳，杂草丛生，很难想象会有活人住在这里。广平王见了惊疑不定，几乎将这里错认为鬼宅。赵王却恭恭敬敬地上前轻轻叩门。

"谁？"里面传出一个清朗的男声。

"崔先生，是我。"赵王道。

宅内有人问道："大王有事？"

门中人语气平和，却显然欠缺应有的恭敬。赵王毫无不满之色。他谦卑地站在门外，将事情的来龙去脉叙述了一遍，末了又道："二郎至今不肯点头，还请先生指点迷津。"

门内沉默了一阵，才又响起了说话声："某还是认为，要成事，东平王必不可少。"

"可是我们说服不了他。"

"动之以情，晓之以理。东平王并不愚钝，自然会权衡轻重。"

"先生为何一定坚持让阿弟入局？"广平王忍不住问。

"足下是……"门内人似乎有些疑惑。

"这是犬子。"赵王道。

"原来是广平王，失敬。"门内人虽然口称失敬，语气中却并无多少敬意。

广平王知道此人分量，连称不敢。

寒暄完了，门内人才续道："大王说过，以前东平王虽然也好美人，却并非不知节制。如今他日日笙歌，二位认为理由何在？"

"先生的意思是……阿弟在韬光养晦？"广平王一凛。

"也许。"那人道。

广平王似乎有些震惊："阿弟竟有这样深的心机？"

门内轻笑反问："先帝当初选择东平王总该有些缘由吧？"

赵王和广平王都陷入沉思。当初先帝曾考虑过数个人选，最后属意东平王，除了血缘亲近，是否还有其他考量？而先帝对东平王的器重对他们二人的前程又会产生什么影响？

"阿……阿爷……"回去的路上，广平王踌躇许久，期期艾艾地开了口。

"什么事？"赵王漫不经心地应道。

广平王似乎下定了决心："阿弟的事儿子没办好，还请阿爷再给儿子一个机会，让我去说服阿弟。"

赵王这才抬头看他一眼："你有把握吗？"

"刚才崔先生说要动之以情，晓之以理。不过儿子觉得犹未尽善。"

"怎么说？"

"诱之以利。阿弟可以不顾亲情，不讲道理，却不能不计较利益得失。崔先生对阿弟有如此高的评价，想必阿弟能够明白唇亡齿寒的道理。"

赵王终于有了赞许之色："这才是做大事的想法。"停了停，他又说道，"你是嫡长，有些事我不说，你也该明白。"

这句话让广平王精神一振："儿子明白，一定不辱使命。"

父子之间有了默契，一路上再无他话。

二人回到赵王府邸，刚进门便见王府内的几名属官紧张地迎了上来。赵王皱眉，问他们道："出什么事了？"

"宫中刚刚来的消息，说太后本家的老夫人病了。"领头的属官回答。

赵王不以为然："还道是什么大事。上年纪的人，还能没个病？"

"毕竟是太后本家，"广平王提醒道，"咱们不能缺了礼数。父亲应该遣使问候一声。"

赵王点头，派了名宦官入宫，转达自己慰问之意。

太后位尊望隆，她的本家出事，自然会有许多人派来使者表示关切。赵王遣来的宦官也不过是混在众人中间说了几句安慰的话。

太后虽有忧色，行止倒还镇定得体。听完诸人告慰之辞，她甚至不忘让来使们回去后转达她的谢意。好不容易把一批人打发走了，白露却又来报徐太妃求见。

太后蹙眉，这时候她可不想徐氏再给她惹麻烦。可徐太妃过来总是好意，她也不好避而不见。只迟疑了片刻，便让白露请徐氏进来。

"听说老夫人病了，"徐太妃一来就关切地问，"不知情形如何？"

"是中风。已遣了医正前去诊治，"太后道，"待他回来也就知道病况了。劳你费心。"

显然她已在众人面前重复了多遍类似的说辞，这句话答得索然无味。

徐九英何等敏锐，立刻察觉到太后心绪不佳。也难怪，老母病重，想必太后正心急如焚，哪儿有闲心和不相干的人废话？可她当惯好人，也不能在此时使性子坏了名声，因而不得不耐着性子敷衍。这么一想，徐九英倒有些同情顾太后了，这人活得可真够辛苦的。她扫视一圈，见四下只有白露一个人在，又是太后心腹，便凑近太后建议道："要不要回去看看老人家？"

太后一怔，过了一会儿才回答："太后出行，仪仗众多，过于引人注意。何况我母病重，此时去了，倒让家人徒费心神，不但于母亲病情无益，反而给他们添麻烦。"

"那就别带仪仗悄悄去呗。"徐太妃想也不想地道。

"这不合规矩。"太后道。

徐九英挑了下眉："那破规矩有什么要紧？"

"没有规矩，不成方圆。"太后面无表情地回答。

"下面的人守规矩就行，我们不见得要守。"徐九英不以为然。

太后定定看了她一阵，淡淡地道："上行下效，上位者更应以身作则。"

徐九英撇嘴："先帝以前和我说什么君子固穷，我可没见他去过一天苦日子。可见这说的是一套，做的可以是另一套。我就不信这么多人拼了老命往上爬是为了以后守规矩。"

太后不说话，而是拾起了几案上的佛珠。但她握着佛珠时却不如平日那样逐粒拨动，而是在指尖缠绕。

徐九英看她这神色，只道是劝不动，叹着气道："反正办法我给了，愿不愿意做是太后的事。说到底，病重的又不是我亲娘。"

她话音刚落，忽见团黄急步入内。她行色匆匆，直到张开嘴，才猛然看见站在一旁的徐九英，连忙捂住了嘴巴。

太后瞥了徐九英一眼，对团黄道："太妃信得过，说吧。"

不知道是不是错觉，徐九英觉得太后说这句话时，唇边似乎掠过一丝笑意。

团黄仍旧有些犹豫，过了一会儿才道："禀太后，车已备好，随时可以出发。"

徐九英眉心一跳，有些难以置信地问："太后难道一早就打算好要出宫？"

太后起身："太妃好像很惊讶？"

"我还以为太后绝对不会坏了规矩呢。"徐九英道。

"规则有存在的必要，"太后道，"否则上下相悖，世道也就乱了。但规矩再大，敌不过孝道。我不介意在特殊的时候破例一次。"

"太后这些年破过多少例？"徐九英下意识地追问了一句。

太后看了她一眼，没有说话。

话一出口，徐九英就恨不得咬掉自己舌头，多什么嘴啊！为了弥补刚才的失言，她立刻讨好地笑道："我这就去告诉王太妃、张太仪她们，说太后心情不好，我已经触了霉头，她们要是聪明就别今天来添乱。"

太后挑眉，竟然马上就想到替她掩饰，这徐氏着实机灵。她微微一笑："太妃这人情我记下了。"

徐九英眼睛一亮："真的？我是不是可以理解成，太后开始有点欣赏我了？"

太后莞尔，轻轻推她一把："你少得意。"

这还是太后第一次用亲昵的语气和徐九英说话，而不是以往客气却疏远的态度。徐太妃立刻捕捉到这一变化，顿觉不虚此行，心满意足地回去了。

顾家的人早就得了宫中将要来人的消息，虽然来使曾再三表示太后不欲声张，但当那辆普通的牛车驶进顾家时，庭中仍聚集了数十人，包括太后的父兄。

一只纤手撩起车帘，团黄率先下车。她拿了矮凳放在地上，才扶出了太后。

顾家人顿时跪倒一大片。太后先上前扶起老父，唤了一声："阿爷。"

太后入宫后极少有机会见到家人，此时相见，不免激动，连声音也微微发颤。

被她扶起的老者连称不敢。

也许因为他谨守君臣之礼，太后很快收敛了情绪，再开口时，已恢复了平静的语气："我来看看阿娘。"

老者匆忙道："太后这边请。"

一群人簇拥着太后进了内院。院里无关的人已都退了出去。进得房内，两名婢女挑开寝帐，太后便瞧见了床榻上仰卧着的老妇。

她快步上前，坐在床边，握住了老妇人的手。老妇尚在昏睡之中，太后摩挲着她的手，不住垂泪。

"夫人，"老者上前道，"太后来看你了。"

老妇似乎听见了老者的话，嘴唇翕动，却没有出声。

"她在叫十一娘……"老者费力地辨认出了老妻的唇形，轻声向太后解释。

这正是太后在家的排行。太后急切地回应："女儿在。十一娘在这里。"

也不知老妇听见没有，许久没有动静。

太后见母亲如此情状，急切地问老者："医正怎么说？"

"他说这次中风虽然来势甚汹，好在救治及时，尚无性命之忧，"老者答，"就是恢复如初怕是不能了，日后行动上应该会有些不便。"

听得母亲性命无碍，太后暂时放下心："也是不幸中的大幸了。若有什么需要的只管差人告诉我。我让人从宫里送来。"

老者谢过，又有些担忧地问："太后此番出宫不打紧吧？"

"宫里有徐太妃照应，不妨事。"太后道。

正说着，外面遥遥响起一阵鼓声。这是宵禁的前奏。

听见鼓点，两人的对话有片刻停滞。老者随即道："现在怕是来不及赶回去了，只好委屈太后在舍下暂住一晚。臣这便让人将正房打扫出来。"

"我就怕家里兴师动众才微服出宫，"太后微笑道，"若是方便，就住女儿以前的地方也使得。那里近，方便我照应阿娘。"

老者还要坚持，太后却摆了摆手，示意他不必再言。老者只好作罢，命人将太后以前的闺房清扫干净，转头又吩咐儿子置办宴席，务必要将太后素日爱吃的菜食都准备好。

顾家人做事颇有章法，不多时便有人禀报酒宴齐备。只是太后哪里有心情品尝美食？草草用了些饭食后，她便回到母亲卧房之内。

老妇除了在太后初来之时有些反应，便一直在昏睡中。太后让人绞了丝帕，一点一点地替母亲擦拭身体。

团黄和白露都上前道："太后，这些事让奴婢们做吧。"

太后摇头，依旧轻柔地为母亲擦拭。做完这件事，她又陪了母亲一阵，才在顾家人劝解下回房休息。

太后以前的住处一直被顾家保留着，并无他人居住。此番虽是匆忙收拾，但是太后一行人进来时，却也已经整洁干净。房内也有侍婢数人待命。见了太后，众人纷纷下拜行礼。

太后进屋先是一怔，随即环顾四下，脸上神色颇有几分旧地重游的感慨。她缓步走到窗前，伸手轻轻触碰几案上的香炉，旁边摆放的则是她曾经用过的棋盘，仿佛昨天她还在这里添香对弈，转眼却只剩下了斑驳回忆。

她轻叹一声，转过身来。衣风过处，扫到放置在棋盘边的一卷经卷，将之带落在地。

团黄和白露见经卷落地，都欲上前捡拾。太后却已先她们一步，自己弯腰拾起了书卷。她徐徐展开卷轴，看了片刻后云淡风轻地一笑："难为你们还记得我当初的习惯。"

顾府如今的婢女鲜少有人侍奉过太后。诸人听了太后的话，也摸不准她是满意还是不满意，故都屏息静气，不敢造次。

倒是一名小婢大胆，膝行一步回答："禀太后，都是林家娘子告诉奴婢们的。"

太后想了一阵，才似乎反应过来是谁："你说紫笋？她在京中？"

那小婢答道："正是。前年林家回京做生意，她便一道回来了。老夫人时常请她过来说话。因怕侍奉不周，府里一得了消息便遣人请她过来指点奴婢们。"

"她人在何处？"太后问。

"娘子已非顾府之人，不敢擅入，一直候在外面。"

"让她进来。"太后和颜悦色地道。

小婢领命，退出去传话。不多时便见一妇人入内，向太后盈盈下拜："奴婢紫笋拜见太后。"

太后笑着扶起她："快快起来。"

紫笋拘谨地起身，低头侍立。太后却很是亲昵，拉了她的手向团黄和白露道："这是我入宫前的侍女紫笋。"

白露和团黄都笑着上前施礼。紫笋连忙还礼，却被白露拉了起来。她拉着紫笋的手，和太后打趣："在宫里时奴婢们常说，太后这里蕲门团黄，西山白露，东川神泉都齐了，就差一个顾渚紫笋，却原来顾紫在这里呢。"

紫笋见她和蔼可亲，也就少了几分拘束，笑着说："不止呢，以前还有碧涧、明月、芳蕊。不过如今她们都嫁了人，要见面就没这么容易了。若不是奴奴此番随夫家进京，也没机会见到太后呢。"

"你家中都好？"太后问她。

"还好。"白露和团黄面前，紫笋不便多说，便只笑着回答。

两人说话的时候，白露和团黄已取来太后更换的衣物。太后却冲她们摆了摆手："我和紫笋难得见面，想说会儿话。你们先下去吧。一会儿有事我再叫你们。"

白露和团黄想她们主仆久别重逢，叙旧也是人之常情，便都应了。退出之前白露又嘱咐紫笋："奴婢和团黄就在隔壁，太后若有吩咐，烦请娘子传达一声。"

紫笋连忙应下。

人都退下后，太后却没什么话说，而是拿起方才的书卷慢慢展至最后。

她不说话，紫笋也不敢先张口，只能在一旁小心地察言观色。

太后的脸上却看不出什么情绪。良久，她放下卷轴，缓缓开口："这卷棋经是你放在这里的？"

"是……"

"你见过他？"太后问。

紫笋结结巴巴道："去，去岁奴家搬到永安坊，偶，偶然碰，碰上……这经卷也是他交给奴婢，嘱咐奴婢有机会转交给太后。"

太后的语气略显踌躇："他，还像以前那样？"

紫笋不太确定她这以前是指什么，便说："他一个人，还在和人赌棋。"

太后沉默。

紫笋见她不语，鼓起勇气道："他说……"

太后抬手："不必说。"

紫笋不解："太后？"

太后脸上浮现一丝苦笑："我不必再知道他的消息。"

"可是他说，还欠太后一个解释。"

太后闻言有片刻怔忪，最后还是摇头："如今才来解释，不嫌太迟了吗？"

"那，奴婢该怎么和他说？"紫笋有些为难。

"你说他还是一个人？"太后问。

"是。"

"那就说……"太后沉吟片刻，淡淡说道，"请他早归云馆，努力攻书，将来前程有望，尚可得配良缘。"

她语气平静得像是在说一个无关紧要的人。可紫笋深知太后当年之事，对这样一个答案，竟然只觉得茫然。可是太后明显已经没有和她谈话的兴致，说完之后便向她挥了挥手。紫笋知道这就是她最终的回应了，伏身行礼后默默退下。

太后身边离不开人，她退出后便去找了团黄和白露。两人得太后允许后重新进到房内，却见太后还在神思不属地看着身侧的经卷。

白露见屋内灯光略显暗淡，怕她伤眼，上前轻声道："奴婢让他们再点几盏灯吧。"

"不用了，"太后恹恹地将书卷起，"我累了，这就歇息吧。"

两人服侍太后睡下，一夜无话。

第二日，太后早早起身。大约夜里睡得不好，眼皮略微浮肿。太后不欲让家人看见自己憔悴，便吩咐团黄多加些妆粉为她掩饰容色。

梳妆完毕，太后正对镜审视妆容，却有人来报老夫人醒了。太后大喜，不待用饭便匆匆赶去。老夫人才醒过来，精神仍不大好，也还不能开口，见了太后却不知哪里生出的力气，紧紧握住了女儿的手。

太后另一只手覆在母亲手上，柔声和她说话。不多时有侍女呈上羹汤，太后接了，亲自喂母亲进食。其间白露和团黄数次欲接手，却被太后制止。喂完大半盏汤羹，又看着老夫人平静入睡，太后才草草用了些饭食，登车回宫。

虽然太后再三强调不要引人注意，顾家人也不敢不来相送，在庭前密密麻麻跪了一地。因紫笋尚未归家，也混在人群中。

经过她身边时，太后停驻了脚步。紫笋虽然低着头，也知道她正在看自己，她以为太后会对她说点什么。但是太后终无一言，很快便重新迈步，走向牛车。

第七章
待诏

　　太后离开，紫笋在顾家的任务也就完成了。她刚要回家，却有个顾家人叫住了她，对她道："太后指明赏你一百贯钱，稍后我会让人送至娘子府上。"

　　她听了微微迟疑，隔了半晌才追问一句："太后可有交代什么话？"

　　那人摇头："没别的话。"

　　紫笋思量许久，找到昨日为她应答的小婢，给了她些许钱帛后才离开顾府。

　　回到永安坊的家中，时辰已经不早。紫笋夫家只是寻常商贩，并不宽裕。紫笋到家，便急忙张罗起一家人的饭食。全家食毕，都各自忙碌起手中的活计。恰在此时，前院响起了敲门声。

　　紫笋只道是顾家来人，慌忙擦了手，出来应门。

　　门外站的却是一个瘦高的男人。此人三十五六岁，五官倒还清俊，只是眼窝深陷，极是消瘦，加上下巴生出的一层短短青碴以及洗得发白的袍衫，显得十分落魄。

　　见了紫笋，他微微一笑："我看见府上炊烟，便知娘子回来了。"

　　紫笋忙请他进屋，又取了一些小食招待。

男人却没有动那些吃食，只是问："昨日某来府上拜访，阿婆说娘子让顾家请去了。不知娘子此番，可曾见到那人？"

紫笋点头："见着了。"

男子有些急切地问："那我托娘子的事……"

紫笋垂下眼帘道："你给我的经卷，我已转交了。约定我完成了，我家那件拖了许久的官司，郎君是不是……"

"这你放心，我识得万年县令，一定帮娘子疏通。"男子沉默片刻后问，"她，问起我了吗？"

紫笋没有直接回答，而是道："她让我带句话给你。"她将太后的话复述了一遍，见男人神色木然，心有不忍，又劝慰道，"李郎君，时过境迁。你还是好好谋个前程，别再，别再想她了。"

男人叹道："竟能说出这样的话，她果然狠心。"

紫笋忍不住反驳："天地良心，她没有对不住你。当初不告而别的是郎君你。她一直等你回来。进宫前的最后一刻，她都还在等你。你那时又在做什么？如今她已是那样的身份，你，你何苦再去扰她平静？"

男子被她驳得哑口无言，良久才苦笑一声："你说得对，她没有对不住我，是我对不住她。我，也只是想知道她这些年过得好不好……"

"好又怎么样，不好又怎么样？"紫笋道，"我们又帮不了她。"

"帮不了？"男子忽然发出一声冷笑，"那可未必。"

紫笋的话似乎刺激了他。男子眉间的沉郁之色一扫而空，竟不看紫笋一眼，拂袖而去。

素手拈出白子，稳稳落在棋盘之上。十九道棋盘上呈现的赫然便是记忆中未完的棋局，也是他记录在那卷棋经中最后的一局棋。

入宫以后，她再未摆过这一局。原以为自己已经遗忘，想不到记得还是这样清楚，只要触到棋子，就能行云流水般地重现。

弈棋的双方旗鼓相当，且彼此熟悉，棋局未至中盘，中腹厮杀已经难舍难分。

"太晚了，再不回去，家里人该疑心了，"记得自己那时不无惋惜，"可惜了这么精彩的一局，若是时间再充裕些，说不定会成流传千古的名局呢。"

"那就封棋，改日再战。"对方如是说。

"到时可一定得分出胜负。"她道。

他微微一笑，在她耳畔道："好，输的那个人……"

最后两句话几不可闻，但是因为两人离得极近，她还是都听清楚了。以她素日的教养，听见这样的话该狠狠给他一个巴掌，至少也该面红耳赤，头也不回地走掉。可她并不如此，而是伸出手指，挑衅一般地抵在他的下巴上，笑着说了句："好啊。"

他将她纤长的手指握在掌心细细摩挲，轻笑着羞她："不害臊。"

"你调戏在先，怎么倒要我害臊？"她笑着反问，"何况喜欢一个人并不是值得羞耻的事。"

他笑了，慢慢靠近她。她知道他要做什么，闭上了眼睛等待。他侧过头，使两人的鼻尖稍稍错开。近在咫尺之时，她却突然调皮起来，踮起脚尖，抢先在他唇上落下一个亲吻，然后在他的错愕中轻快地走向门外。

上车离开时，她从牛车里凝望。他负手立于门前，虽是简陋的竹篱茅舍，却丝毫掩盖不了他在她眼中的光彩。看出她的不舍，他含笑抬手，向她轻轻挥动。她懂他的意思，不过是分别数日，不须如此恋栈。她想来日方长，便也一笑，放下了车帘。谁能想到一句改日，就成经年？

"太后。"身后团黄的声音响起。

"何事？"她从回忆中惊醒，及时掩盖住自己的情绪，平静地问。

"陈院使来了。"

"请他进来。"太后颔首。

陈进兴入内，看见的是太后坐在棋盘前的侧影。听见响动，她慢慢转过头，冷静清明的目光落到刚刚进来的人身上。陈进兴行礼如仪。抬起头时他注意到太后宽大的衣袖正覆在棋盘上。当她的手从棋盘上移开时，原本有序的棋子已混在一起，让人再看不出半点端倪。

"有消息了？"她平和的声音适时响起。

"是，"陈进兴躬着身子，从袖中取出一封书信，双手举过头顶，"留邸刚刚送来了宣武节度使的回信。"

"学棋？"陈守逸怀疑地盯着徐九英，"太妃？"

"是啊。"徐九英理直气壮。

93

陈守逸警惕地问："太妃又在打什么主意？"

徐九英白他一眼："你不知道太后喜欢下棋吗？我这是投其所好。"

陈守逸迟疑："太后爱好弈棋又不是一日两日之事，太妃怎么现在才想起来学？"

"之前太后都不拿正眼看我，学了有屁用？"徐九英道，"不过我最近发现太后这人有点意思，不像看起来那么冷情，可以考虑和她增进下感情。"

陈守逸干笑两声："太妃还真是不放过任何钻营的机会。"

"废话。我要不钻营，现在还是个扫地的宫女呢！"徐九英不耐道，"你就说教还是不教吧。"

陈守逸看了一眼身前还空空荡荡的棋盘，苦笑道："奴婢还想多活两年。"

徐九英拧他耳朵："什么意思？教我下棋还委屈你了？"

陈守逸连声求饶。待徐九英松开手，他才委婉劝道："学棋不是一蹴而就的事。再说……太妃知道太后的棋力吗？"

"不知道啊。"

陈守逸抚额："请太妃稍待。"

得到徐九英许可，他起身退出。大约过了半刻钟，他返回室中，手里多了一个卷轴，双手捧到徐九英面前。

徐九英接过展开，见上面画着好多方格，方格交叉的地方还密密麻麻地写着字，直接扔在一边："这什么玩意儿？"

"这是奴婢八九年前记录的几份棋谱。"

"什么是棋谱？"徐九英问。

陈守逸额上的青筋似乎跳了一下，不过他仍然很有耐心地和她解释："棋谱是棋局的记录。奴婢当初跟随宫教博士，有幸见过太后的数次对局。这就是那时奴婢偷偷记下来的。"

"你到底想说什么？"徐九英斜眼看他。

陈守逸指着棋谱道："奴婢是参详过太后棋路的。到目前为止，奴婢还没见太后有过败绩。奴婢自问若对局的人是奴婢，就算全力以赴也不会有什么胜算。"

徐九英有点纠结："是你没用还是她太强？"

陈守逸忍不住翻个白眼："显然是太后太强。"

徐九英咬了半天指甲，有些不甘地问："有多强？"

陈守逸想了想，说："堪比国手。"

徐九英倒吸一口冷气，过了一会儿才又期期艾艾地问："那你觉得我还有希望不？"

陈守逸张了几次嘴，到底不想太打击她，最后没有正面回答："奴婢棋力有限，怕是会耽误太妃研习。若太妃果真有心向学，奴婢就去棋院打听下，寻着一位名师也许能够事半功倍。"

徐九英想了想，到底不想放弃这个机会，便挠着头道："也好。总得先试试才知道，说不定我有天分呢。"

国朝棋风兴盛，也不乏爱好此道的君王，因而翰林院中特设棋院延揽国中高手。宫中其实也有指点宫人棋艺的内教博士，只是论棋力却远不及这里的几位待诏。虽然凭陈守逸对徐太妃的了解，对她学棋一事并不抱什么希望，却还是在次日一早就来了棋院。

早些年他因职务之故，不时在翰林院出入。几位棋待诏对他都还有印象，态度也很客气。可他们一听完陈守逸的来意，个个儿面露难色。

陈守逸也知此事难办，赔笑道："奴婢知道此事有些强人所难。但是奴婢觉得太妃不过是一时兴起，兴许过不了多久就会知难而退。只求诸位应付一下，让奴婢在太妃面前交得了差也就是了。"

几位棋待诏面面相觑，终于有人小声说了一句："要不让小李去？"

陈守逸忙问："不知这小李是什么人？"

一位年长的待诏赔笑道："是新来的待诏，以前的王待诏推荐的，进棋院还没几日呢。"

"王待诏？"陈守逸问，"可是当年胜了东国国手那位？"

"就是他。"

陈守逸拊掌："既是他荐的人，想必不差。不知奴婢今日可有幸一见？"

他发了话，立时便有人去请。不多时便见一瘦高男子入内，向陈守逸作揖："在下李砚，见过中贵人。"

陈守逸细细打量他。此人三十五六的年纪，瘦削憔悴，衣饰也颇为寒酸，一双眼睛却亮得骇人。他心里微觉诧异，面上却还是不动声色："李待诏客气了。"

他向身旁的棋盘抬了抬手。李砚知道这是要试自己棋力的意思，微微躬身后坐到了棋盘前。

陈守逸执黑先行。才下得数手，他便察觉此人棋力非同小可。果然未到中盘，他已觉得左支右绌。他看了李砚一眼。李砚神色从容，显然还有余力。他心知大势已去，勉强又支撑了一会儿，便彻底败下阵来。

"李待诏果然棋力超群。"投子后陈守逸笑着道。

"承让了。"李砚似乎懒于说话，只敷衍地对陈守逸拱了拱手。

陈守逸倒不介意他的态度，反而好奇地问："方才听几位待诏说，李待诏乃是王待诏所荐。某观待诏棋路似乎确有王待诏遗风，莫非是他的高徒？"

"他曾经指点过在下一二，却不是在下师承。"提起举荐自己的王待诏，李砚仍然是淡淡的神情。

陈守逸心道此人棋力虽高，却似有些不通世故，难怪会被同侪推出来接了这次苦差。他也不点破，微笑道："李待诏的棋力奴婢已经了解。还请明日到徐太妃宫中，指点一下太妃棋艺。"

李砚大概没听说过徐九英的名头，点头应下，全不似其他人那样推三阻四。

陈守逸走后，有位姓郑的待诏心善，见李砚还不明所以地在打谱，忍不住上前提醒一句："徐太妃以前没和棋院打过交道，小李你明日可要当心点。"

"哦。"李砚漫不经心地应了一声。

郑待诏知道他没听进去，叹着气道："听说这徐太妃张扬跋扈，偏偏她现在得势。也不知你这一去是凶是吉？"

李砚看了他一眼："诸位异口同声推荐我去，凶也好，吉也罢，我还能不去吗？"

郑待诏脸上有些挂不住，拂袖而去。

在他走后，李砚才对着棋盘中的一条大龙皱起眉头。

"徐太妃……"他喃喃自语，"有点棘手啊。"

第二天，李砚如约来徐九英殿中指点她下棋。

徐九英上上下下打量了李砚一番，小声问陈守逸："这就是你说的那个高手？"

"正是。"陈守逸回答。

96

"看起来好像也没多厉害。"徐九英嘀咕。

陈守逸翻了个白眼，低声道："难道要在脸上刻上'高手'两个字才算吗？太妃这以貌取人的毛病也该改改了。"

徐九英撇嘴："反正我不识字，他就是刻了我也不认识。"

陈守逸轻笑一声，不再搭腔。

徐九英回头见李砚正竖着耳朵听他们说话，忙又笑道："昨天陈守逸跟我夸了好半天，说李待诏的棋可厉害了。还请李待诏多指点指点。"

李砚连称不敢，又问徐九英："不知太妃棋力如何？"

徐九英吞吞吐吐道："其实我吧……"

陈守逸及时插口："待诏从最基本的教起就好。"

这是徐九英一窍不通的意思了。

李砚心里有数，便从最基本的棋理开始讲解："夫万物之数，从一而起。局之路，三百六十有一。一者，生数之主，据其极而运四方也。三百六十，以象周天之数。分而为四，以象四时。隅各九十路，以象其日。外周七二路，以象其候。枯棋三百六十，白黑相半，以法阴阳……"

虽是基础，但他言辞深奥，徐九英哪里听得懂？没过多久她便觉得眼皮沉重。哪怕她尽力保持清醒，最后还是撑不开眼睛，头也渐渐垂了下去。

"夫弈棋者，凡下一子，皆有定名……"讲到一半，李砚发现徐九英打起了瞌睡，倒也不恼，安静地住了口，垂目而坐。

陈守逸一脸早有预料的表情，轻声唤她："太妃，醒醒。"

徐九英头一点，猛地惊醒过来，连忙表态："我醒着呢。你接着讲，接着讲。"

李砚便接着用平板的语调讲下去："棋之形势、死生、存亡，因名而可见。有冲，有斡，有绰，有约，有飞，有关，有劄，有粘，有顶，有尖……"

徐九英忍不住又打了个哈欠。

李砚瞧见，即刻停下。

陈守逸觉得徐九英实在丢脸，轻轻扯了一下她的衣袖，让她不要过于失礼。

徐九英瞪他一眼，回头干笑着对李砚说："李待诏啊，不是我不尊重你，只是你说的话我是当真听不懂，你能不能讲得浅显一点？"

"恕在下直言，"李砚道，"博弈之道，贵乎严谨。世上消遣之物多的是，太妃若是毫无兴趣，实在不必勉强。"

徐九英道："我学棋倒不是为了消遣。"她干脆说了自己的打算，随后想想李砚对围棋的态度，忍不住又自嘲了一句，"李待诏想必会觉得我用心不纯了？"

李砚却道："上有所好，下必甚焉，某倒是能够理解。"

这有些出乎徐九英的意料："想不到李待诏还很通情达理。"

李砚笑了笑，又说："不过这弈棋之道，绝无捷径可言。在下认为短时间内太妃很难达到目的。"

徐九英有点气馁："我猜也是。可是太后也没什么别的爱好可以让我努力了。"

"若只是想博太后一笑，倒也不是没有办法。"李砚想了一会儿后慢慢道。

徐九英眼睛一亮："当真？"

李砚道："但这是个急功近利的法子，恐怕只能奏效一次。"

徐九英哪儿顾得了这许多，连声道："一次也行啊。快说，快说，要怎么做。"

李砚微微一笑："在某告诉太妃以前，某希望太妃能答应一个条件。"

"什么条件？"徐九英问。

"某想请太妃安排一次某和太后对局的机会。"

"李待诏想利用太妃接近太后？"陈守逸先出了声。

"不错。"李砚并不否认。

陈守逸冷笑："昨日倒没看出足下算路如此深远，竟是奴婢走了眼。"

徐九英却比陈守逸镇定得多，斜倚着棋盘道："我倒是不介意被你利用。可是帮了你，我有什么好处？"

李砚挑了挑眉，随即道："太妃还要挖空心思讨好太后，说明太妃与太后的关系还不稳固。太妃也说了，太后喜爱弈棋，且是此道高手。而某别无所长，只有一身棋艺。这技艺对太妃的好处十分有限，可对太后就大为不同。在下若得引见，倒是可能得她赏识。在下得了太后信用，便有可能对她施加影响。某在棋院乃是新进，位属微末，且受同僚排挤，有太后撑腰，也可在棋院立足了。"他抬头看了徐九英一眼，微微一笑，"在下有进取之心，太妃有用人之意，互惠互利，何乐而不为？"

徐九英坐着檐子，行进在前往太后殿的路上。

"太妃当真要用李砚？不再多考虑下？"虽然徐九英已作了决定，陈守逸却仍对李砚有些疑虑。

"为什么不用？"徐九英斜眼看他，"他说得有道理呀，而且他知道拿利益换他想要的东西，这么上道的人为什么不用？"

"此人初看老实，其实颇有心机，奴婢怕他有所图谋。"

徐九英嗤笑："管他要图谋什么，做到答应我的事就行。"

"他若做不到呢？"

"区区一个棋待诏，收拾起来还不容易？就算他成不了事，对我也没什么损失。"

陈守逸想了一会儿，也觉得徐九英不会连一个棋待诏都制不住，也就不再劝了。只是他到底没忍住，最后还是想提醒一句："不过他教那法子……"话才开头，檐子已到了太后宫室。殿中的宫人也都纷纷迎了上来。时机不对，陈守逸便不好再说，把话都咽了回去。

太后此时却在内室，翻阅紫笋转交的那卷棋经。上次她离开顾家，并没有将这经卷带走，回宫后想想又觉不妥，便命人去顾家索要。顾家人不知其中奥妙，颇觉奇怪。好在他们并不敢过问她的事，最终这棋经没经什么波折便回到了她的手里。

听人禀报徐九英来访，太后倒有些诧异。平日徐九英要是没事，是绝少踏足她这里的。不过她既然来了，太后也不会推拒。从内室出来，她便看见徐九英站在她的棋盘前，和陈守逸指指点点。

太后瞥了一眼棋盘，上面是今日早些时候打过的棋谱，倒没什么要紧，便笑着问徐九英："怎么有空这时候过来？"

"老夫人病了这么久，也不知近况如何，便想着过来问问。"徐九英也笑着向太后道了万福。

提及母亲，太后神色柔和许多："难为你特意过来。家母这病，要康复如初是不能够了。不过将养了这些时日，如今也能勉强下地。虽说落下点毛病，到底还是比医正之前预料的情形强上一些。"

"那太后可以放心了。"徐九英笑道。

自从上次徐九英出过主意，太后对她的印象改善不少，何况她今日又特意过来相问。太后感激她的好意，也想有所表示。她知道徐九英最好口腹之欲，便吩咐宫人去准备她爱吃的小食，又提到樱桃新熟，正可呈些上来。

徐九英在太后这里几时得过如此礼遇，有些受宠若惊，心里对引见李砚的事又多了几分把握。

太后与她入座，不免又问及皇帝的近况。徐九英随口说了些小皇帝的趣事。太后也耐心地听她讲，一副其乐融融的模样。

徐九英见气氛不错，看了一眼棋盘上摆了一半的棋局，笑着说道："我经常都看见太后一个人下棋，太后也不嫌闷？"

太后知她不懂围棋，也不解释她是在打谱，温和地回答："幼年时就养成的习惯，每日总要摸摸棋子才舒服，倒让太妃见笑了。"

"哪里哪里。臣妾最近也在学呢，正想请太后指点指点。"徐九英道。

"哦？"太后讶然，"想不到太妃对弈棋也有兴趣。"

徐九英道："三娘说围棋能陶冶性情，我这不是想陶冶下嘛，省得别人总说我不上进。我正手痒得很呢，太后要是不嫌弃，就和我下一盘吧？"

太后一笑："既然太妃有兴致，我奉陪便是。"她沉吟片刻，"我让太妃九子可好？"

"什么？"徐九英愣了一下。

"不够吗？"太后问。

徐九英拍案而起："太后也太瞧不起人了！哪儿有上来就让九子的？"

太后失笑："不是瞧不起你。你是初学，自然该多让几子。"

徐九英撇嘴："太后可别托大，一会儿还不知道谁输谁赢呢。"

"太妃这么有自信，想来天赋过人了？"太后笑道。

徐九英转了转眼珠，嘿嘿笑起来："太后这么瞧不起臣妾，臣妾倒真要露点本事给太后瞧瞧了。不用太后让子。"

太后再次确认："当真不用我让？"

"一个子都不用让，只要太后答应我两个条件就行。"

太后颇觉新奇，笑着问："你且说说是什么条件。"

"第一，咱们下这一局不要放座子。"徐九英伸出一根手指。

太后怔住，过了一会儿才说："这倒有些新鲜。那第二条呢？"

"臣妾要拿黑棋。"

太后不知她葫芦里卖的什么药，一时有些犹豫。但她想徐九英毕竟初学，

100

又不要让子，若不答应倒显得自己怯弱了，便点头道："好，都依你。"

两人坐下对局。

徐九英从棋盒里拈了一枚黑子，找准了中心的天元，将黑子放了上去。

初手天元？太后大为诧异，这算什么棋路？她略微踌躇，仍将白子落在了星位。

徐九英的黑子立刻落在对角的星位上。

两人下了数手后，太后便察觉到不对。每次她一落子，徐九英便在对角同样的位置放上黑子，好像在刻意模仿她的棋路。以子之矛，攻子之盾？太后恍然，难怪徐九英要求撤去座子，又要执黑先行，奥妙原来在这里。太后微微摇头，自作聪明，真以为她占着天元就能立于不败之地？

徐九英见太后脸现深思之色，以为得逞，自得地瞥了陈守逸一眼。陈守逸细察太后神色，觉得太后虽然有些惊奇，却并不慌乱，便冲她微微摇头，意为别高兴得太早。

太后思虑了一会儿，终于拿起一粒白子，贴着天元落了子。见太后贴上天元，在旁观战的陈守逸便皱起眉头，暗道不妙。徐九英却还不明所以，在天元另一边的位置放上黑子。

太后唇边隐现微笑，徐氏果然不通棋理，自己都攻向天元了，她竟然还不知变招。她胸有成竹，行棋也越来越快，开始一步步围住天元。徐九英不知她的打算，依旧按既定的策略跟着她落子。

陈守逸见徐九英气紧，有些着急，将手捂在嘴边轻咳一声，意欲提醒。

徐九英尚未有什么反应，太后却抬头瞥了他一眼。陈守逸见太后目光锐利，心里打了个突，不敢再出声。

徐九英紧跟太后，直到中心的黑棋不知不觉被白棋围死，她才发现中计。

太后提走她一大片黑子，微微一笑："承让了。"

徐九英瞠目结舌。之前明明是她占着优势，怎么突然之间，太后就吃掉她这么多子？李砚可没教她出现这种情况要怎么应对。这还怎么下？她用目光向陈守逸求助，陈守逸已经转开头，一副不忍直视的表情。

徐九英和陈守逸的小动作没能逃过太后的眼睛。她忍着笑问："还要接着下吗？"

"我认输。"徐九英果断投降。

出师不利，那李砚她是荐还是不荐呢？徐九英沮丧地想。

太后见她垂头丧气，又好气又好笑。她想出声安慰，又怕徐九英多心，最后只是示意宫人快些呈上乳酪樱桃。

一见吃食，徐九英果然情绪好转，虽然还有些气呼呼的，脸色却好了许多。

太后见她心情平复，这才笑着说："胜败乃兵家常事。太妃不必放在心上。"

徐九英鼓着腮帮道："我是气给我出馊主意的人。之前信誓旦旦说这法子准赢，到头来什么用都没有。"她心思转得也快，虽然输了棋，但难得她能把太后哄得这么高兴，还是得趁现在这机会，将李砚推出去。

"世上哪儿有必胜之法？"说到这里，太后似是不经意地扫了一眼侍立在旁的陈守逸，"不过我白子贴上天元时，他倒想提醒你。"

徐九英并没察觉太后对陈守逸的关注，闻言回头看了一眼陈守逸，耸着肩道："他提醒了也没用，我又不是真会下棋，该输还是得输。"

太后婉言劝道："你既不懂，便该老老实实请宫教博士教你，不可学这些旁门左道。"

徐九英撇嘴："反正太后赢了，随你怎么说喽。"

"怎么？还不服气呢？"太后莞尔。

徐九英道："我就是不服。旁门左道怎么了？又没坏了规矩，只要能赢，你管我用什么法子呢？"

"投机取巧，终非长久之计。若无真才实学，碰到高手，吃亏的只会是你。"太后白她一眼。

"哟，太后才赢我一次，就自封高手了？"

太后哭笑不得："你待怎样？"

徐九英觉得是好机会，赶紧道："我是新学，太后赢我当然容易。教我这取巧法子的人我看他下得也挺好的。你们高手对高手。太后要是能堂堂正正地赢他，我就服你，以后老老实实跟人学。"

"如此说来，我还真得会他一会了，"太后搅着碗里的樱桃，漫不经心地笑问，"是什么人？"

"就是棋院新来的待诏，"徐九英道，"叫……叫李砚。"

太后手中的银匙落到了食案上。

第八章
危机

李砚由中人领着前往内宫。

虽然不便多作打量，但这一路走来，亭台楼阁、高堂曲屋也多少收入了眼底。这就是她这些年生活的地方？他低头想。

不多时，一处巍峨的宫殿出现在道路尽头。殿前立着一人，正是陈守逸。

李砚见了他，上前几步，微微低头："中贵人。"

陈守逸也含笑招呼："李待诏。"

两人有片刻的相对无言。最终还是陈守逸先抬手，做了个请的姿势："太后和太妃已等候多时了。"

李砚迈步，经过陈守逸身边时又听见他略显凉薄的声音："世事如棋。有时一步走错，便会满盘皆输。太后面前，还请李待诏当心些。"

李砚听出他意有所指，停住脚步，微微一笑："在下会记得中贵人的提点。"

一行人进入内殿。李砚偷眼打量四下。太后不似徐九英那样随意，只见殿中纱幕低垂。帘内人影幢幢，隐约可见中间端坐一人。在她的下首又坐着一人，从身影来看是徐九英无疑。李砚向二人行礼如仪。陈守逸则在行礼后走到了帘幕之内，侍立在徐九英身侧。

"这就是你说的那位李待诏？"帘内传出一个轻柔的女声。

这声线李砚依稀熟悉，但比他记忆中的声音低沉一些。

只听一阵窸窣响动。李砚不敢抬头，但他感觉到有人掀开纱幕，向外窥探了一眼。接着徐九英的笑声响起："对，就是他。"

"请赐教。"那女声道。

李砚连称不敢。

已有宫女搬来了棋盘与棋盒，放置在他身前。李砚看了一眼纱幕后同样的棋盘，试探着问："太后可要猜先？"

帘内人沉默片刻，最后道："请待诏先行。"

听闻此言，李砚若有所思。

因他踌躇过久，徐九英忍不住出声："李待诏？"

李砚抬头，仿佛下定了什么决心。他打开棋盒，在棋盘东南角下出了第一手。

他落子的同时，有一名宫女入内，在帘内的棋盘放上棋子。待太后应手，这名宫女又出到帘外，在李砚面前的棋盘上摆放白子。

李砚见了她落子的位置，抬眼看了一下纱帘，不紧不慢地落了第二子。随即太后也落了子。

如此三四回合，太后却忽然迟疑起来，拈棋的手停在半空，似乎有些拿不定主意。

徐九英和陈守逸互看一眼，皆有些奇怪。

李砚却镇定自若地看向帘幕。她应该已经看出来了吧？他想。

过了一会儿，太后似乎有了决定，在东南角落了白子。

李砚唇边微笑隐现，毫不犹豫地放落下一手。

太后微微抬眼，不疾不徐地应下一手。接下来的数手，两人的步调都恢复了正常。陈守逸以为刚才他们的迟疑只是为了试探彼此棋力，也就不以为意了。十余手后，两人落子的速度渐渐快了起来。徐九英不入棋，不过看了一小会儿就打起了哈欠。她转头想找陈守逸说话，可是陈守逸看得津津有味，明显不想在这时搭理她。

徐九英无聊之下，瞥见了几案上的食盒，悄悄挪过去，打开食盒，惊喜地发现里面皆是她爱吃的各色干果，便抓了一把在手里边吃边看。

这期间，太后抬头看了徐九英一眼，但是未置一词。

棋局有条不紊地进行着，战况似乎非常激烈。除了徐九英之外的所有人都屏息静气、目不转睛地盯着棋盘。

然而棋至中盘，太后忽然停手，慢慢地道："今日就到此为止吧。"

这出乎所有人意料，连陈守逸都忍不住轻咦一声。

徐九英见大家神色古怪，口里含着半片果脯看向陈守逸，要他解释现在的情况。

可是陈守逸此时也很困惑，只对她摇了摇头。

李砚却是波澜不惊："太后可要封棋？"

太后的指尖不易察觉地抖了一下，声音却还平稳："封上吧。"

封好棋，太后挥了下手，李砚再拜而退。

他退出后，太后见徐九英像有说话的意思，抢在她前面抬手："我有些累了，改日再同太妃说话。"

太后明白无误地下了逐客令，徐九英只好揣着一肚子疑问告辞。一出太后殿，她就揪住陈守逸问："刚才怎么回事？太后输了？"

陈守逸摇头："双方势均力敌。依奴婢所见，胜负还很难说。"

"那为什么忽然叫停？"

"这点奴婢也很疑惑，"陈守逸猜测道，"不过此局才至中盘，却已精彩纷呈，堪比名局。也许太后对局时耗费太多心力，有些不支，因而叫停。"

徐九英回想了下，觉得太后并不像是很吃力的样子。但她毕竟不懂棋理，没法深究。她努力回想太后当时的神色，试图分析她的情绪，却始终理不出头绪。最后她所有的不解都化作了一句抱怨："这个李砚……到底行不行啊？"

李砚并不知道徐太妃对他多有腹诽。之后的数日，他一直在等待太后的消息。

太后让他执黑时，他确实有些惊讶。他们以前对局都要猜先，为什么这次太后却叫他先行？他们最后一次对局时是他执黑，难道她在暗示什么？

他犹豫良久，试探的心思最终占了上风。他选择了与他们最后一次对弈时一样的开局。这并不是特别新奇的一手，她也没有多想，随即应了一手。但几手过去，她便察觉了他的目的，迟疑许久才落了下一手——仍然落在了当年相同的地方。几个来回，两人便有了默契，按着当年的棋路进行下去。

旁人不知内情，只道他们战况激烈，但他们二人对棋局的走向心知肚明。她叫停时他并不惊讶。因为那里正是他们中断的地方。

她愿意配合他重现当初的棋局，说明她的心情并不像她表现出来的那样平静。他们之间必然还有后续。李砚确认了她的态度，便安心等待。只是他低估了她现在的耐心。数日过去，她那里都没有任何动静。

如今她是太后，而他只是品阶微末的待诏。她不动，李砚就没有可能接近，只能老实待在棋院消磨时间。好在棋院收藏着大量古今名局，他常去借阅，倒也不算难熬。

这日他如常进入书阁，刚要去拿书架上的经卷，不料有人自书架另一边先他一步抽出了他想要的那卷书。李砚未料到这里还有旁人，不由得一愣。

书架因移去的卷轴露出了一条缝隙。他得以透过这细微的空间窥探对方。映入他眼中的是一双清明而冷静的眸子。李砚倒退一步，随即下拜："臣不知太后在此，请太后恕罪。"

太后自书架后步出。李砚按着规矩伏地，不得直视，只看得见素净的裙裾由远而近，慢慢飘移到他面前。

"起来吧。"她轻轻道。

李砚起身。他环顾四下，确信室内只有他和太后二人，随即猜到这可能是她刻意安排的见面。虽然时机出乎他的意料，但她终究给了他机会。一时之间，他竟不知该说些什么。

"我来这里找一局棋的棋谱。"太后对他扬了扬手上的书卷，先开了口。

"太后想找的是哪一局？"李砚问。

"四仙对弈局。"

李砚转身，从书架上抽出另一个卷轴，双手呈上："在这一卷里。"

太后没有动。

李砚也不言语，低头托着卷轴一动不动。

"徐太妃……"良久，太后终于再度开口，"知道多少？"

她没有说明是什么事，他却听懂了她的意思，回答道："太妃并不知情。"

太后的神色顿时轻松不少，原来徐九英什么都不知道。她接过他手中的卷轴，向他点了下头，转身欲走。

李砚大急，脱口叫出她的小字："婉清！"

太后猛然顿住脚步。

"当年的事……"他艰涩地道，"我很抱歉。"

太后低头，许久才问："为何不辞而别？"

她满心欢喜地赴约，却只见人去楼空，满院萧索。她一直等到日落，依旧没能等到他。那几个月她也曾四处寻访，却始终找他不见。六个月后，她接到诏旨，入宫为后。

"家中突逢巨变。老仆辗转找到我时，情况已十分危急。我得到消息心神大乱，匆忙归家，这才失约。"

她神色微动："那你家中……"

他惨然摇头。

家破人亡，他虽然赶了回去也于事无补。最初的两年时间里，他都沉浸在悲痛懊悔之中，又哪儿有心思顾及鸳盟？及至心情平复，却又得知爱侣已入宫廷。

太后看见他的神情，便知那时他家中发生的是极悲惨的事，否则他不会离开得这样匆忙，连捎个口信的时间都没有。原来不是他负了她，只是他们无缘。她心中忽感释然，轻叹一声道："若你只是想取得我的谅解，那我已经原谅你了。"

见她又有迈步的意思，李砚忙道："还有……"

她停下脚步，等他下文。

"我回来，了当初未了之局……"

她摇头："这里没有需要你了的局。"

"你不要人帮你吗？"

听见这句话，她微微一动，抬首看他良久，最后轻蔑一笑："一个供奉棋院的待诏，能帮我什么？"

"婉清……"他还欲再言。

"请记得自己的身份，"听他再度叫出这个名字，她忍无可忍，用严厉的语气说，"李待诏。"

这三个字堵住了李砚所有的话语。他只能眼睁睁看着她走出书阁，走出他的视线……

虽然哄住了徐九英，但是陈守逸对李砚不是没有疑惑的。初时以为他孤傲

107

不通事故，却没想到此人虽然脾气古怪，却自有他的计较。陈守逸觉得自己有必要再去试探他一下。

这日他找了空闲去棋院。谁知走到半路，却见一名中年宦官从另一边上了阁道，正是陈守逸已经决裂的养父——宣徽使陈进兴。

狭路相逢，陈守逸顿觉头疼，犹豫着要不要先回避下，免得又在他手上吃亏。不料陈进兴眼尖，已先瞧见了他，露出一个似笑非笑的表情。见了他这神情，陈守逸就知道避不过了，硬着头皮迎上去，微微躬身："陈院使。"

陈进兴双手笼在袖里，上下打量他一番，冷笑一声："我道是谁。你竟然还活着哪。"

陈守逸低着头，在他看不见的地方翻了个白眼，抬头时却已笑容满面："院使不也还没死嘛。"

陈进兴被他刺了一下，冷哼道："你如今是越发嚣张了。"

"父不父，自然子不子。院使活这一大把年纪，这么简单的道理不用在下教吧？"陈守逸针锋相对。

"我倒要看你能得意到几时，"陈进兴冷冷道，"别以为有徐太妃护着就没人敢动你。我可知道有人正在查你。"

陈守逸眼光一闪，随即呵呵一笑："院使什么时候关心起在下的安危了？"

陈进兴咬牙道："你再这样到处树敌，只怕不等我出手，就先死在别人手上了。清理门户这种事，当然是亲自动手才解恨。"

"那就多谢院使了，"陈守逸讽刺道，"在下一定苟延残喘，长命百岁，绝不让院使白发人送黑发人。"

陈进兴又哼了一声，拂袖而去。

他走之后，陈守逸却没急着前行，而是在原地沉思起来。毕竟曾经当过十来年的父子，他很了解陈进兴的为人。此人虽然圆滑狡诈，但并不是个喜欢危言耸听的人。他说有人在查自己，多半假不了。可虑的是……陈守逸敲着廊柱，脸色阴沉地想，谁在查他？

归义坊旧宅，广平王恭敬地候在门外。

"大王来此，不知有何见教？"门内崔先生的声音响起。

"有件事想向先生请教。"广平王回答。

"大王言重了，在下愧不敢当。"崔先生道。

"先生不必过谦，"广平王道，"家父多次向某提及先生过人之处，还请先生不吝指点。"

崔先生也就收了客气，开门见山地问："不知大王想问何事？"

"上次先生说过，我父子如欲成事，必要阿弟之助。"

"不错，某曾经说过这话。"

广平王道："某谨记先生之言，之后曾经数次相劝阿弟，可是他无论如何都不肯松口。某已在阿爷面前许诺，必会劝得阿弟回心转意。如今与阿弟陷入僵局，某实在不知如何向阿爷交代，还请先生指点迷津。"

"想必是大王的劝说不得法。"

"不得法？"广平王苦笑，"动之以情，晓之以理，连利害关系也剖析了不止一次。先生说，某还能怎么劝？"

"某听说东平王极有主见，"崔先生道，"若不能找准症结，恐怕再怎么相劝也是徒劳。"

"请先生明示。"

崔先生沉吟片刻："东平王与大王及令尊的关系是否一直如此淡薄？"

广平王想了想，摇头道："并非如此。阿弟小时候与某甚是亲近，这几年大了关系才渐渐淡了。"

"他最初开始疏远大王是什么时候？"

"是……"广平王仔细回想，脑中灵光忽现，"好像是庚太子作乱之后。"

"庚太子之乱……"崔先生几不可闻地叹息一声。

广平王震惊了："难道是和庚太子有关？"

"未必是因为庚太子本人。不过东平王的态度不会无缘无故改变。还请大王仔细回想，其间是不是发生了什么事令他对大王及令尊有了心结。在他心结未解之前，某想大王劝说的效果会很有限。"崔先生道。

崔先生一番分析令广平王有了线索："心结？也许……"他没有说下去，而是向门内拱了拱手，"某明白了，多谢先生指点。"

辞别了崔先生，广平王立刻赶往东平王府邸。

此时东平王正在府中搂着姬妾在堂前看戏。广平王由中人引入时，看见伶人正在庭中上演《踏谣娘》。只见一名男子穿着女装边歌边舞。这男人身材矮

109

小，皮肤很黑，脸上厚厚一层白粉也盖不住黝深的肤色。他身上的衣装剪裁过长，不合时宜地拖在地上，殊为可笑。更可笑的是这人明明声音粗哑，唱歌时却捏尖了嗓子故作娇柔，又不时回头搔首弄姿。在场众人被他如此作态逗得不时哄笑。东平王更是笑倒在床，抱着肚子滚来滚去。

广平王见了如此低俗的歌舞戏，忍不住皱起眉头，轻咳一声。

这让在场人都注意到了他，笑声戛然而止。

东平王也瞧见了兄长，歪了歪嘴，却没说话，也没有任何欢迎的意思。

虽然兄弟俩谁都没开口，在场的人却像是收到了某种信号，不约而同地纷纷退后。正在歌舞的伶人停了表演，匆匆下场。就连东平王怀中的美人也在他松手之时慌忙起身，退到一旁。

"戏还没演完，怎么全跑了？"东平王故意对兄长视而不见，大声抱怨。

"我想和阿弟单独谈谈。"广平王道。

"有什么好谈的？"东平王白他一眼，不耐烦道，"我上次说得还不够清楚？你们爱怎么折腾都行，别拉上我。"

"阿弟以为这样就能和我们撇清关系？"广平王道。

东平王听闻此言，忍不住又翻了个白眼："我没想撇清，我就是不想掺和。"

广平王轻叹一声："因为颖王家那两个孩子？"

"什么？"东平王愣住。

"你厌恶我，是不是因为当初我没救那两个孩子？"广平王道，"在那之前，我们一直都很要好。"

东平王没回答。他偏过头，不想让广平王看见自己的表情，但是回忆已经不可抑制地在他脑中重现。

火光冲天，兵器之间的摩擦碰撞声不绝于耳。整个都城都在混乱之中，到处充斥着凄厉的惨叫和哭喊。平日里繁华整齐的街市尸骸遍地，一片狼藉。

"堂兄！堂兄！"堂弟们尖利的叫喊似乎又在他耳边回响。

"求你们！求求你们！"颖王妃也在哀求他们把两个孩子带走。广平王却像是没有听见，拽着他快步跑开。

他不知道的是，东平王被拉走时曾经回头看过两个堂弟。直到现在，他还会在午夜梦回时想起他们望着自己的空洞眼神。看见他们离开，年幼的堂弟们似乎明白死期将至，他们不再哭闹，不再祈求，只用呆滞的眼神看着他们。他怕他们的目光，却又挪不开自己的视线，眼睁睁地看着他们的身影越来越远，最后变成了火光中几个微小的黑点……

广平王虽然没有瞧见东平王的表情，但他看见兄弟无力地用手撑着额头，显然已经不堪重负，便知道自己猜中了。东平王对他的嫌隙果然由此而起。

"那时我要带着你逃命，"他耐心解释，"阿爷不在，我们自己都不知道能不能逃出生天，哪里还有余力管他们？"

"不是这样。"东平王轻声否认。

他斩钉截铁的语气让广平王心里一惊。

东平王吐出一口浊气，苦笑道："虽然事出突然，你手上却有准备好的粗布衣服，应该是早就计划好要扮成平民出逃。你带我钻的狗洞也是事前仔细掩藏过的。你是不是一直都知道戾太子在干什么？"

广平王没有回应。

见兄长默认，东平王长叹一声，说出在心里藏了几年的结论："那两个堂弟，你不是救不了，而是不想救。"

因为颖王与他们的父亲一样，都是先帝的胞弟。

多可笑。一直满口仁义的兄长，却能对两个年幼的堂弟见死不救。原来他教的那些道理他自己并不信。

广平王动了动嘴唇，最后还是决定保持缄默。

见兄长默认，东平王讽刺地续道："都说戾太子疯了。可是一个已经疯癫的人，却能调动兵马火烧苑城，还能指挥他们把守各处出口，令他们将皇室近支几乎屠杀殆尽。阿兄不觉得奇怪吗？一个疯子竟能把事情做得如此有条不紊？"

"你既然都知道了，"广平王缓缓道，"为什么不说出来？"

东平王张了下口，却始终没有发出声音。

广平王盯了他半晌，忽然明白了："因为我们是你的父兄，你狠不下心，对不对？"

东平王有些绷不住自己的表情，别开脸冷哼一声。

广平王并不介意兄弟的反应。他现在只觉得思路前所未有的清晰。以前怎么没想到，兄弟对他们的疏远竟是出于这样的原因？

他厘清了头绪，慢慢道："我原来以为你韬光养晦是对皇位还有想法，现在我倒明白你这番苦心了。上次你对阿爷说，现在的你越不成体统才越对得起先帝。阿爷让你气得半死，便不曾深究。我如今想来，那应该是你的真心话。先帝对你有知遇之恩，你不想与他的幼子相争，才成天寻欢作乐。你，比我想的更重情义。"

"阿兄未免太高看我，"东平王挑眉，"我像是在意什么狗屁情义的人吗？"

"那你能出卖父兄，看着我和阿爷送死吗？"广平王问。

东平王沉默半晌，哑着嗓子问："你什么意思？"

"太后正在联络藩镇，"广平王道，"据我所知，她已经和宣武节度使接上了线。宣武留邸的那位进奏官似乎正在积极促成此事。"

"宣武……你是说姚潜？"东平王目光一闪。

"正是他，"广平王点头，"都说神策军在太妃手里，若是太后能笼络住藩镇，她们二人合力，阿弟觉得阿爷和我还能抗衡吗？"

"这……"

广平王续道："我知道你对我和阿爷有诸多不满，觉得我伪善，觉得阿爷有非分之想。但我问你一句，你真心觉得太后和太妃是适合治国的人吗？"

东平王没作声。

他的沉默让广平王更有把握，再接再厉："太后连诸司如何运作都不清楚。上次食利本钱之事，她已经闹了一次笑话，日后还不知会出多少纰漏。至于太妃，为人粗鄙、目不识丁，让她涉政只会更加不堪。且她们都是深宫妇人，比起辅国重臣，她们更愿意亲近宦官。她们得势会重用什么人，可想而知。而国朝数代以来，宦官擅权，几经丧乱，如今才刚刚恢复些元气，阿弟放心把朝廷交给她们？"

东平王一声长叹，虽然仍没有说话，但神色之间已颇有松动。

广平王踏前一步："阿爷至少结交的都是南衙重臣，也有抑制宦官之意，难道不比她们强些？你感念先帝固然不错，但你别忘了，天下不是先帝一人的天下。这些年奉养你的是千千万万的百姓。祸乱一起，受尽颠连的便是他们。试问他们又何错之有？"

"姚潜……"良久，东平王终于艰涩地开口，"和徐太妃的一名宫人私下有来往……"

广平王有些不解："阿弟的意思是……"

"你刚才说太后试图拉拢宣武节度使？"东平王道。

112

广平王顿时醒悟，大喜过望："崔先生果然没看错阿弟！"

东平王却只是苦笑，果然还是躲不过，该来的到底终究是来了。

陈守逸在宫中廊道上飞跑而过，引得四周宫人一阵侧目。这位服侍徐太妃的宦官一向注重仪态，在人前表现得尤其从容自若。这般慌张可不寻常。莫不是出了什么大事？

陈守逸却顾不得聚集在自己身上的目光，他行色匆匆地回到徐九英居所，微微平气后走入内室，向徐九英道："出事了。"

此时徐九英正和颜素一起逗小皇帝玩，恰是一派其乐融融的景象。听得此言，徐九英抬眼看向陈守逸，见他表情严肃，明白他不是开玩笑，当即收敛笑意，转向乳母吩咐："先带青翟出去。"

乳母慌忙抱起不愿离开的小皇帝，一边小声哄着一边带他出去。

等一众人走得差不多了，徐九英才给他一个白眼，没好气地问："什么事啊，火烧眉毛似的？"

"就是火烧眉毛了，"陈守逸急切道，"宣武留邸的进奏官，太妃可有印象？"

"没印象，谁啊？"徐九英很干脆地回应。

陈守逸有片刻停顿，然后拖长了语调问："那么……姚潜这个名字呢？"

听到"姚潜"二字，一直默不作声的颜素抬起了头，甚是惊讶地看了两人一眼。

"姚……"徐九英瞠目结舌，转了转眼珠，"他怎么了？"

"有人弹劾姚潜行为不检，与太妃的宫人私通。"陈守逸道。

徐九英认真审视了陈守逸一遍，确定他不是说笑后，才疑惑道："私通？太妃宫人？"她想了想，又道，"不会说的是我吧？"

陈守逸脸色微变："等等，太妃的意思难道是……和姚潜有私的不是什么宫人，而是你？"

徐九英气呼呼道："你干的好事，又问我做什么？而且我和他就是凑巧碰见过，哪儿有什么私？"

想起这事，徐九英更来气。她见过姚潜就去找陈守逸算账，谁知又牵扯出陈守逸偷藏好酒这桩公案。让他一打岔，她竟然就把这事忘了。现在陈守逸倒一脸无辜地来问她。

"奴婢何曾干过什么好事……"陈守逸疑惑，但转念一想现在不是追究细节的时候，决定拣重要的先说，"这就更奇怪了，他们指证的人却不是太妃，而是三娘。"

徐九英大吃一惊："怎么会是三娘？"

相较徐九英和陈守逸，颜素还算得上镇定。她站起身，问陈守逸："你方才说那个人叫姚潜？"

陈守逸点头，又问她："三娘识得此人？"

颜素摇头："我与他素不相识，不过确实有过一段渊源。"

"怎么回事？"徐九英问。

陈守逸和颜素都道她是在询问自己，两人同时开口回答。

颜素说："是奴婢在汝州时的事。那时奴婢常随家母去寺中布施……"

陈守逸则道："今日延英奏对，有人弹劾姚潜，想来是赵王授意……"

"停停停！"徐九英大声道，"你们别一起说，一个一个来。"

陈守逸和颜素互相看了看，还是陈守逸先开了口："就像奴婢先前说的，有人指认姚潜和侍奉太妃的宫人有私情，据说帮他传递信物的中人也招认了。因为前朝变乱，宫中一向禁止朝官与宫人私下接触。现在赵王并几位重臣已把姚潜召到延英殿对质。姚潜是宣武节度使的人，身份敏感，又事涉太妃，奴婢只怕赵王会趁机大做文章，此事恐怕难以善了。"

颜素紧接着他道："奴婢少时，家父在汝州任职。因为家母笃信佛法，常去山寺布施，奴婢也因此经常随母出入佛寺。有次奴婢在一处寺院壁上偶然看见几句题诗，一时兴起，便和了一首。那人后来重访山寺，见了和诗，与奴婢又有酬答。奴婢见他和诗意志消沉，又题诗勉励了几句，之后便再无往来了。此人文才出众，故而事隔多年奴婢都还有印象。那几首诗的落款正是姚潜。只是奴婢虽与他有过唱和，却是素未谋面，这些年与他也全无联系，私通之事实是不知从何说起。"

徐九英干笑："是这么回事，上元那天，我和陈守逸私自出宫游玩，碰到过这个人。"

"什么？太妃私自出过宫？"颜素震惊。

徐九英心虚道："上元那几日好多宫人出宫，我就想出去凑凑热闹……"见颜素脸色不好，她急忙道，"现在也不是追究这个的时候。"

颜素不敢说徐九英，转而埋怨陈守逸："你也是，明知太妃喜欢胡闹，怎

114

么不多劝着她，反倒纵着她？"

陈守逸苦笑："当时哪里知道会闹出这么多事。"

徐九英皱眉："现在说这些也晚了。不过我觉着奇怪，上元那日我是遇见姚潜不假，可我又没告诉他我的身份。出宫这事又只有我和陈守逸知道，和姚潜在宫中见面这事也就我、他，还有中间递消息那个小黄门晓得，是怎么扯到三娘头上的？"

"想必中间有什么地方出了差错……"陈守逸苦思一阵，忽然想起一事，"奴婢记得太妃说姓姚的那天捡到了太妃的钱袋？"

"对呀。"徐九英点头。

"那钱袋现在何处？"陈守逸问。

徐九英随手从妆台上拿起一个绣袋递给他："喏。"

颜素却提醒道："这是上个月新做好的。上元那时太妃用的应该还是奴婢以前的那个。"

"对，我差点忘了。"徐九英翻箱倒柜，最后从柜子角落里拽出一个绣袋，交给了陈守逸。

陈守逸将两个钱袋一并接过。新旧两个钱袋十分相似，皆由素色锦缎所制，正面也都用银线绣着卷草纹。背面却有些差别。新做的这个背面也以卷草纹为饰，纹饰布满整个表面。旧的那个只在边缘处绣了少许花叶，袋子中心却是一个银线绣的暗圈，圈内用同色的银丝线绣了一个古朴的图案。陈守逸仔细一看，发现是一个篆体字。

他举起旧钱袋，让徐九英看上面的字："想必就是这个让他误会了。"

"这是什么？"徐九英问。

"是颜字。"陈守逸回答。

"竟然是颜字？"徐九英道，"我瞧着怪好看的，还以为是个什么古怪的花样呢。"

"旧的这个绣袋本是奴婢自己用的，"颜素解释，"所以上面绣了奴婢的姓氏。因为之前太妃喜欢，便赠予太妃了。不过奴婢后来觉得让太妃用奴婢旧物有些不妥，便又做了一个新的，将太妃那个旧的换下来。只是因这几个月宫中事忙，直到上个月奴婢才做好。上元节的时候，太妃用的应该还是那个旧的。"

陈守逸想了一遍，点头道："这就解释得通了。那日奴婢对他说过我们是

115

徐太妃的人，他又捡到绣着颜字的钱袋。他是进奏官，许是知道些宫中消息，便一厢情愿地将太妃认作了三娘。"

"你的意思是，他认错人了？"徐九英总算弄清了前后因果。

陈守逸颔首："奴婢是这么推测的。"

徐九英咬着指甲想了一阵，忽然又想起一事，回过身自柜中取出一封信来："那这封信……"

颜素接过拆开，先见开头"辗转反侧，寤寐思服"之语，不由得哂笑。待看到"踏歌清夜月，归去烛花红"一句，她神色渐趋严肃，向徐九英和陈守逸点了下头："这正是奴婢当年与他唱和的诗句。"

陈守逸就着颜素的手飞快浏览了一遍信的内容，冷笑道："此人也真是大胆，竟敢找人往宫中递信。他一个朝官，难道不知这是犯忌的事？幸好这封信没让赵王截住，否则咱们浑身是嘴也说不清。不过，这信怎么到了太妃手上？"

徐九英道："有天我去找三娘说话，结果三娘不在。刚好那时有人送信过来，我就接了。我可不知道信是姚潜写给三娘的，还以为是……"

"是什么？"听徐九英突然没了声，陈守逸不由得追问。

"反正这事现在说不清楚，"徐九英不好意思说是她误会陈守逸喜欢颜素，含含糊糊地道，"我们还是先想对策吧。这把柄落到赵王手里，你说他想干什么？"

陈守逸果然不再纠缠细节，而是皱眉道："必是想打击太妃。朝官和宫人私下传信已非小事，何况与他见面的还是太妃。这消息若是泄露出去，后果可比奴婢之前预想的还要严重。"

"我和他并没什么关系，"徐九英也是眉头深锁，"他们总不能强行给我扣罪名。"

陈守逸道："宫中法度森严，最忌讳的就是这种事。就算太妃和他没有情愫，你们私下见面也犯了禁。他又是进奏官，指不定人家会觉得太妃在图谋什么。依奴婢之见，太妃不出面为好。"

"我不出面，这事怎么解决？"徐九英问。

陈守逸没说话，只是瞟了颜素一眼。

颜素收到陈守逸的暗示，垂下目光。他话说得含蓄，但颜素已经明白他的意思。宫人违背宫禁，徐太妃承受的顶多只是御下不严的指责；若与外官有私的是徐太妃本人，宫中必定大乱，甚至会影响到年幼的皇帝。徐九英绝不能这时候出来当靶子。可赵王已把这件事闹了出来，必要有个人出来揽下责任。这人是谁，不言而喻。

徐九英此时也听明白了陈守逸的意思："你是说让三娘去顶罪？"

片刻之间，颜素脑中闪过种种念头。很快，她就有了决断，对徐九英道："太妃对奴婢有再造之恩，奴婢绝不让太妃为难。这件事奴婢会一力承担，请太妃放心。"

这番举动果然赢得了陈守逸的赞赏："三娘果然深明大义。"

如此一来，不但能够化解这次的危机，还能顺道清除颜素这个隐患，可谓一举两得。陈守逸刚刚松了口气，却听徐九英道："慢着。"

第九章

骂堂

　　延英殿上，太后正听赵王与姚潜对质。突然被召至宫中的姚潜似乎还有些弄不清状况，脸上一片茫然。赵王则显得咄咄逼人。

　　因为前朝有过宫变之事，朝官和宫人私下接触向为国朝所忌，但这显然不是赵王针对姚潜的根本原因。

　　姚潜弱冠之年进士及第，同年又登博学宏辞，可谓奇才，又兼他人品正直，颇有君子之风，朝中许多官员都与他相善。环顾帘外，在场不少听赵王质疑的人都面露尴尬之色。不过也有一部分人不住点头，附和赵王的诘问。

　　太后一边听一边暗暗记下这些人的名姓。显然他们都是赵王较为亲近的党羽。

　　姚潜倾听许久，总算弄明白了事情来龙去脉以及赵王的意图，几次想要开口申辩，却都被人打断。

　　太后垂目。被指认的姚潜和颜素，一个是她和宣武军沟通的桥梁，一个则是她布置在徐太妃身边的眼线。无论怎么处置，最终受到损失的都会是她。

　　赵王及其党羽指责许久，终于都有些口干舌燥，暂时停了下来。太后把握住这短暂的空隙，及时插口："姚潜，你可有话说？"

姚潜知道这是他分辩的机会，连忙回答："启禀太后，臣与颜三娘子确实有过神交，也曾有过两面之缘，但是……"

太后听了他第一句话就皱起了眉头。姚潜能力不差，为人处世的经验上却还有所欠缺。他这句话只会给对方更多的口实。

果然赵王斜睨了一眼姚潜，皮笑肉不笑地说道："就是说姚司马承认与太妃宫人有过接触了？"

"某与三娘子虽然见过，却一向清白。"姚潜忍不住道。

赵王一声冷笑："清不清白，却不是你说了算。"他转向太后，"太后执掌宫禁，想必熟知宫中法度。不知朝官、宫人私相授受，当如何惩处？"

太后有些为难。她自然明白该有什么后果。姚潜和颜素不但传信，甚至还私下约见。无论他们有没有情谊，都违背了宫禁。而且颜素还是罪没入宫的女眷，不同于一般宫人。她若触犯宫禁，必要从重处罚。这件事于姚潜，还只是仕途受损；但是落到颜三娘身上，立时便是性命之忧。可是明面上，她又不能偏袒二人。

若是先帝在时，碰上此事大可一笑置之，甚至将颜素赐婚姚潜，成就一段佳话。她却不行。纵然已执掌内宫多年，但只要她还是个女人，就需要顾忌宫中法规和众人的看法。更何况她初掌朝政，威信不足，稍有不慎就会影响她在朝臣中的声望。这局面倒真有些进退不得。

正迟疑不决，太后忽然瞥见两名宦官匆忙上殿。她心下诧异，却还是不动声色地问道："何事？"

二人向帘后的太后行了礼，当先一名宦官躬身道："启禀太后，徐太妃请求上殿。"

太后尚未说话，赵王已先变了脸色，高声喝道："岂有此理！这是讨论军国大事的地方，是她来得的吗？"

"若当真是军国大事，"跟在后面的年轻宦官不卑不亢地回道，"太妃绝不敢逾矩。然而这件事来得太过突然，又涉及太妃宫人，总该给太妃一个辨明真相的机会。还请太后与诸公通融一次。"

认出这人是陈守逸，太后心里有些隐约的猜测，便微微颔首："言之有理，我看便破例一次，请太妃上殿吧。"

太后开了口，众人也不好再继续反对。陈守逸低头领命，退了出去。待他重新上殿时，却并不见徐太妃的身影，而是一队宫女跟在他的身后鱼贯进入殿内。

一行人在殿中站定。众人看着这队年纪有大有小、高矮胖瘦各有不同的宫女，都有些摸不着头脑。

太后见了也颇为不解，问陈守逸："太妃这是何意？"

陈守逸向太后一揖，却并不急着回答，而是转向了姚潜："姚司马。"

姚潜抬头看他，认出他就是上元夜遇见的那个宦官。只是这宦官如今面带微笑，温和有礼，全无当日的气焰。

无视姚潜的困惑，陈守逸温和道："不知姚司马第一次见到颜三娘子是什么时候？"

姚潜疑惑。那日这宦官也在场，何以明知故问？不过他仍然清楚地回答："是上元节的晚上。"

"司马可还记得三娘子的样貌？"陈守逸又问。

姚潜点头："自然记得。"

陈守逸微笑着指向身后这队宫人："可否请司马指认一下？"

三刻钟前，徐太妃殿中。

"不行，"无论陈守逸怎么劝，徐九英都不同意让三娘顶罪的做法，"不能让三娘去。"

"弃车保帅是最明智的做法。"陈守逸仍在试图说服她。

徐九英斜睨他一眼："先不说三娘在这件事里全然无辜，没有让她顶罪的道理。就算我过得了自己这关，我也不觉得你这法子行得通。"

"为何行不通？"陈守逸问。

"你别忘了，当日可是有个中人替姚潜送信的。虽然那人有些糊涂，但是他认得出我。赵王既然敢把这件事翻出来，应该是已经找到了他做证人。如果那个人出来指证和姚潜见面的人其实是我，三娘白牺牲不说，只怕我也要落个做贼心虚的罪名。到那时，我就是全身是嘴都说不清楚了。"

陈守逸一愣："确是奴婢考虑不周。"

"你考虑不周的何止是这点，"徐九英续道，"我和姚潜见了面，出了事却让三娘替罪，你觉得别人会怎么看我？"

"这……"陈守逸语塞。

徐九英冷笑："在他们心里我本来就又蠢又坏了，现在还要再加一条没

120

种。出了事自己不敢担着，全推到别人身上。如果外人对我都是这样的看法了，你说我还找得到人为我办事吗？蠢和坏我都能忍，甚至可以拿来当伪装，但我绝不能软弱。一旦有人开始觉得我软弱可欺，我和青翟就离死不远了。"

陈守逸思量良久，小心翼翼道："太妃的顾虑也有道理。只是这样一来，事情就越发棘手了。"

不能让颜三娘顶罪，又不能把徐太妃牵扯进去。

"其实也没你想的那么难办。"徐九英说。

"太妃莫非有什么良策？"陈守逸问。

徐九英沉吟片刻，回头唤道："三娘？"

"太妃有何吩咐？"一直没有发言的颜素立刻响应。

"我记得上元那日你好像没随其他宫人出宫？"徐九英问。

"是，奴婢那日一直留在宫内。"颜素肯定地回答。

"你能找到人证明吗？"

颜素听了有些迟疑，不过最后还是实话实说："奴婢那日一直和团黄在一起。"

徐九英拊掌："团黄？她是太后的人，这个人证再好不过。"

"太妃的意思是……"陈守逸似乎有些明白她想做什么。

"姚潜从来没见过三娘本人，而他第一次见我是上元节那天。如果我们能证明那天三娘根本没出过宫，姚潜那日见到的人不是她，三娘的嫌疑也就可以洗清了。"

"可是……"陈守逸还有疑虑，"如果有人执意追查那天姚潜见到的人是谁，太妃打算怎么应对？"

徐九英伸指戳了戳他的胸口，对他风情万种地一笑："如果是那样，我出来认罪如何？"

听到陈守逸的要求，姚潜将目光转向那队宫女。

他缓缓扫视，将人都看过一遍，脸上露出大惑不解的神情。他再仔仔细细将这数十个宫女审视了一次，摇头道："不在这里面。"

陈守逸挑了一下眉："姚司马确定？"

姚潜点头："我确定。颜娘子不在这里面。"

陈守逸微微一笑，轻轻击掌："三娘子，可以出来了。"

121

宫女队中，有一名女子出列，向太后及众人微微一福。这女子二十六七岁，容貌秀丽，仪态端方，气度远胜普通宫人。

她微笑走向姚潜："姚司马说识得奴婢，却为何认不出奴婢呢？"

姚潜面色大变："你……你是？"

颜素缓缓开口："奴婢为故汝州刺史颜重之女，在家行三，如今是服侍太妃的宫人。"语毕，她又转向帘内的太后，"宫中识得奴婢的人不在少数，太后也可确认奴婢的身份。"

事态有些出乎意料，却是太后乐于见到的走向。她毫不犹豫地点头："她的确是颜三娘子。"

变故陡生，在场诸人都呆住了。

姚潜更是一片混乱："你，你才是……"

颜素的神情似乎有些惋惜："抱歉，奴婢不记得见过姚司马。"

赵王也有些乱了阵脚。本以为可通过此事对姚潜造成压力，迫他去职，从而影响太后与宣武的关系，谁知这姚潜竟然连颜三娘都认不出来？难道东平王给他的消息不对？

不过赵王的反应毕竟不慢，马上驳斥："三娘子莫不是担心受责，便和姚司马一起演了这场戏？"

颜素微笑："奴婢既然敢站出来澄清此事，就必有自证清白的法子。还请赵王少安毋躁。"接着，她又转向姚潜道，"方才姚司马说，是上元夜见到的'颜三娘子'？"

姚潜毕竟不蠢，虽然脑中仍是千头万绪，说出的话仍然条理分明："上元夜太后特许宫人出宫游玩。某那日与一位宫人偶遇。她自称是侍奉徐太妃的宫人，又随身携带绣了颜字的绣袋。某曾听人提过，太妃身边只有一位姓颜的宫人，便是曾经名扬一时的颜三娘子，故而便将她认作了三娘子……"

"如此看来，姚司马确是弄错了人，"颜素淡淡道，"上元那日，奴婢并未出宫。"

"口说无凭，三娘子可有证据？"赵王哪里肯放过她，紧追不舍地问道。

"那日出宫的人皆曾记录在册，"颜素不慌不忙地说，"有没有奴婢，大王一查便知。何况那天晚上奴婢一直与太后身边的团黄在一起，她也可为奴婢做证。大王可要召她上殿对质？"

这下连赵王也开始动摇："那，姚潜那夜见到的又是何人？"

姚潜心里盘旋的也是同样的问题。有太后做证，眼前人的身份应该可以确认无疑。何况她的行止确实比上元时巧遇的宫女更有闺秀风范。如今仔细回想，那宫女确实从未说过她是颜素，且她虽然直爽可爱，可是除了与他讨论茶道，于才情上似乎无甚突出之处。他念出颜素所作的诗句时，她也全无反应。如此看来，确有可能是他一厢情愿认错了人。那她……又是谁呢？

姚潜脑中闪过一个念头。他抬头看向陈守逸，这宦官显然清楚她的身份。他说他是徐太妃的人。莫非那女子是……

陈守逸一直留心姚潜的神情。徐九英的计划要成功，必须得到姚潜的配合。

"那中人只负责送信给三娘，但是误送给了我，"对于陈守逸的疑问，徐九英最后是这么说的，"他并不知道上元夜姚潜见到的人也是我。所以这里我们其实是有空子可以钻的。只要姚潜不把我供出来，那我就是安全的。我们不妨赌一下，赌他年纪轻轻能走到现在这位置，人应该不会太笨；也赌他在意自己的前途，能看出和我们配合对他也是最有利的。"

此时见姚潜带着疑问看向自己，陈守逸微不可察地点了下头。姚潜初带震惊之色，随即低下头，避免让旁人看见自己神情。看来姚潜已经猜到他见到的人是什么身份了，并且知道应该怎么应对了，陈守逸想。果然让太妃料中，这姚潜的确是个聪明人。

颜素也留意到陈守逸和姚潜的眼神交汇，反诘赵王为他们掩护："奴婢也想知道究竟是谁冒用奴婢之名？"

"即便三娘子那日没出宫，但姚潜先前承认，有中人为他向三娘子传递过消息，"赵王总算又找出一个破绽，"三娘子敢说你没收到他的书信？"

"奴婢没收到过任何书信，"颜素道，"赵王若有人证，奴婢也愿与他当面对质。"

赵王见她如此笃定，心中迷雾越来越浓，难道真和颜素一点关系都没有？

"可是……"他到底不甘心放过这个机会，迟疑一阵后开口，"那中人再三肯定，将信送到了三娘子房内。若非三娘子，又是何人接了此信？"

他话音刚落，殿外已响起一阵放肆的笑声："不用猜了，信是我接的。"

如此张扬的做派，除了徐太妃，宫中绝不会再有第二个。

一名相貌浓艳的年轻妇人排开众人，大步走了进来。

在场诸人多数并未见过徐太妃，却已久闻艳名。若非相貌极为出众，她一个出身寒微的扫地宫女如何能在短短八九年间升至淑妃之位？避让之余，众人也忍不住好奇，趁她刚刚站定时偷看两眼。

因为孀居，徐太妃不曾浓妆艳抹。可即使这样，众人也承认她美得惊人。平心而论，徐氏的脸形和五官都太过分明，皮肤也呈浅淡的麦色，并不是时下所崇尚的皮肤白皙、眉目如画的美人。可这不大标准的脸形和五官组合在一起却成就了一番别样的明艳风情。她又已在宫中熏陶多年，仪态举止虽还比不上太后端庄稳重，却已然褪去民间的乡野气息，同时又不失自然随性，为她增添了一种奇异的魅力。且她身上还有一股流动的活力，天生就能吸引他人的目光。

姚潜此时也在瞧她。因为有陈守逸的铺垫，他已能镇定面对现在的局面。不过徐九英出现的时候，他还是忍不住仔细打量了她一番。

与之前见面时不同，她这日衣饰考究，举手投足也刻意收敛了平日的习气，表情更是全无当日的随和天真，反而带着些许傲慢。但是毫无疑问，眼前这位太妃就是与他有过两面之缘的女子。

徐太妃一进来，先看了一眼陈守逸。见陈守逸轻微地点了下头，她便对现在的情形了然于胸。无视落在她身上的种种目光，徐九英径直走到赵王面前，微抬下巴，斜视他道："那送信的中人不识得三娘，正巧我那日在三娘房内，便顺手收了，看这信写得无稽，就搁置一旁，也没交给三娘。赵王有什么问题吗？"

"太妃收了？"赵王冷笑，"难道太妃不知朝官与宫人私下传信不合规矩？"

"知道，"徐九英瞥了一眼姚潜，轻笑道，"但是这关三娘什么事？飞蛾自己要扑火，难道还能是火的错？"

姚潜看清徐九英后便转头避开她的目光。听到这句话，他忍不住抬头看了徐九英一眼，嘴唇动了一动，却终无一言。

"果然是上梁不正下梁歪。"赵王冷哼一声。

徐九英似笑非笑："赵王这是什么意思？"

赵王懒得再与她分辩，只道："什么意思太妃自己清楚。"

徐九英眼光向上一挑，语带挑衅："我还真不大清楚，请赵王和我说清楚。"

"某的意思是，太妃自己行为不检，且一向放纵下面的人。这些年宫廷内外不知传了多少闲话，还累得先帝声名受损。"

"哦？不知这些年都传了什么闲话？"徐九英气定神闲地问。

赵王微微迟疑。他虽有些气急攻心，却还没失去理智，知道有些话要是说出了口，就再收不回去了。

许久都没等到他的回答，徐九英挑了下眉："怎么？赵王不敢说了？"

赵王素来痛恨徐九英，被她一激，脱口而出："先帝体弱，陛下出生前，宫中已多年未曾添丁。何况陛下与先帝不甚相像，外间早就传言，说陛下并非先帝亲子……"

此语一出，众人一片哗然。

先帝身体并不强健，即便年轻时子息也并不多，只有三子二女。戾太子作乱时火烧苑城，三个儿子竟是一个都没活下来。先帝得到消息时，急火攻心，当即便吐了血。先帝本就年过四十，后宫也有八九年没有再添人口。戾太子叛乱后，先帝身体越发虚弱，他自己都没抱希望能再生子，已准备从宗室里挑选合适的嗣子。谁知两年之后，徐氏突然有了身孕。

有人承继江山，先帝自然大喜过望，只是徐九英的风评向来不佳，朝野内外不免有些议论。然这终究是捕风捉影，也没人敢往先帝耳边传话。谁料到赵王今日气极之下，竟然口不择言，将这件旧事翻了出来。

太后见势不对，厉声喝止："赵王慎言。"

赵王话已出口，索性一不做，二不休，不但不住口，还语气恶劣地问了徐九英一句："如今太妃可敢验上一验，以释我等之疑？"

自己操行被质疑，徐九英却并未如众人所料那样勃然大怒。她面无表情地听完赵王的话，不慌不忙地问："你要怎么验？"

赵王看了身后的党羽一眼，立时便有人提议："自古以来便有滴血验亲之法。"

徐九英想了想，又问："那是要滴谁的血？验谁的亲？"

那人迟疑了一会儿，回答道："论亲缘，赵王与先帝最近。"

徐九英再度露出似笑非笑的表情："那验出来，是算先帝的还是赵王的？"

殿上不知谁笑了一声，大概发现自己不合时宜，马上又突兀地消了音。

赵王脸上青一阵，红一阵，狠狠瞪了那个党羽一眼。

125

那人缩了一下，过了一会儿才又怯声道："滴骨法也是可以的。"

"滴骨……"徐太妃摸了摸下巴，讽刺地笑道，"就是说先帝死了还不到一年，你们就要把他从坟里挖出来开膛破肚？啧啧啧，先帝可真是有一群忠臣啊。"

赵王冷笑："太妃何必转移话题？如此推托，难道是不敢验？"

"这有什么不敢的？"徐九英轻笑，"我就是再无知也知道皇室血统有多重要。列位要验，我一个无知妇人哪里敢拒绝？只是你们总归要给我一个可靠的法子吧。否则今天这个来验，明天那个又要验，岂不是让所有人都看皇帝的笑话？皇帝以后还要不要做人？"

"那依太妃之见呢？"总算宰相里有个老成之人出来打圆场。

"依我之见……"徐太妃的目光扫视在场诸人，"最好明天诸公把自己的儿女都带进宫来。"

"太妃这是何意？"那人显然不明白她的意思。

徐九英瞟他一眼，冷笑道："意思就是诸公先在太后和我面前验上一验。若是各位的儿女都和各位对得上，你们要皇帝验骨也好，滴血也罢，都没有关系。可要是有人对不上……"说到此处，徐太妃冷如寒冰的目光缓缓在眼前众人身上扫视一遍，接着叉起了腰，猛然提高声音，"就麻烦诸公先解决了自己家的野种，再来和我说话！"

此言既出，殿上顿时鸦雀无声。一方面大家震惊于徐太妃泼辣的性情以及粗鄙的用词。另一方面，众人也确实觉得，这滴血验亲的法子不是那么靠得住。

太后坐在帘后却几乎要笑出声来。徐九英一通胡搅蛮缠，所有问题竟然迎刃而解，简直妙不可言。此时气氛尴尬，正好是她说话的时机："太妃说的也有道理，滴血验亲乃是民间才用的土法，并不可靠。诸公皆为饱学之士，必不至于如此愚昧。"

一直沉默的太后开了口，气氛立刻有所缓和。反应快的人已附和起来："太后所言甚是。"

"何况皇室血脉何等重要，岂能无人查验？"太后又道，"宫中一向有彤史记载。妃嫔有孕，也有人推算时日，确认真伪。诸位怀疑皇帝血统，莫不是认为我治宫不善？"

众人一凛，倒忘了太后乃是执掌后宫之人。怀疑皇帝并非先帝亲生岂不是把太后也捎带上了？虽说太后为政经验尚浅，但管理后宫却从无过失。她既然如此说了，想必皇帝的身世是能够确定的。诸人纷纷低头，连称不敢。

稳住了众人，太后才道："我以为，姚司马与颜三娘子之事已然水落石出。三娘子毫不知情，自然无罪。姚司马毕竟年轻，此次虽有欠妥之处，念在是初犯，又未造成实质损害，不妨从轻发落。罚俸半年，诸公以为如何？"

多数人对此都无异议。赵王一党虽觉处罚过于轻描淡写，然而今日徐太妃一战成名，她皮笑肉不笑地看过来，这些人都是心里一紧，哪里还敢有什么意见？就是赵王本人也一脸灰溜溜的神色，活像一只斗败的公鸡。一场风波总算顺利平息。

因为这日的事实在尴尬，大家也无心再议什么政，草草结束召对便一哄而散。只有徐九英一行人留在后面，似乎还不急于离去。

徐九英瞥见姚潜还跪坐在原地，颇有颓废之色，心里倒有点过意不去。说起来，今天最倒霉的就是他了。她正犹豫着是不是该上前安慰两句，耳边却响起陈守逸含笑的语声："太妃怎么知道那滴血验亲的法子靠不住？"

徐九英头也不回："我不知道。"她顿了一下，才笑了起来，"猜的。"

陈守逸拊掌："奴婢今日真是服了太妃。"

别看她总是一副懒散的模样，真被触到逆鳞，可不是平常人消受得起的。

徐九英哼一声："那是，我谁啊。"当着陈守逸，她便不好再去和姚潜说话，干脆直接带着宫女们离开。

颜素也欲随她一道回去，却被陈守逸叫住："三娘留步。"

她闻声止步，等着他的下文。

"古语有云：'以国士遇臣，臣故国士报之。'"陈守逸语气温和，"今日太妃拼尽全力保下三娘，不知三娘是否会有一丝感动，向她坦白一些事？"

颜素若有所思，垂目片刻，最后却还是淡淡道："我不知道你在说些什么。"

说完她便跟在徐九英身后，步出了延英殿。

陈守逸对她的反应有些意外，愣了好一阵才感叹了一句："冥顽不灵。"

云板一敲，丝竹声动，风姿绰约的佳人婉转唱起坊间新曲。

虽然这歌喉悦耳，堪比花外莺声，东平王却听得有些心不在焉。他低着头，用食指在案上酒盏边缘打转，脑子里还想着刚才宫中送来的消息。

事态的发展不但与他的预料相差甚远，还让人啼笑皆非。谁想得到，姚潜竟然认错了人！待听到赵王要求小皇帝滴血验亲的叙述时，他更是忍不住抚额。一击不中，便应及时抽身，再作打算，而不是口不择言，徒惹笑话。虽然作为儿子不该有这样的想法，但东平王确实觉得父亲今日的应对愚蠢透顶。这下赵王与徐太妃怕是连表面上的和平都保持不了了。

　　"大王，"仆从的声音在门外响起，"姚司马来了。"

　　果然来了，东平王轻叹一声，回应道："知道了。"

　　他示意侍女推门，然后缓步走到廊上，果然看见姚潜负手立于院中的身影。

　　"峰鹤。"他轻声唤。

　　姚潜回头，向他作了一揖，却没有说话。

　　两人默默对视一阵，最后还是东平王先开口："你若想问，就问吧。"

　　姚潜略显迟疑，但是过了一会儿，他还是问出了口："某与三娘之事，可是大王向赵王透露？"

　　"是。"

　　姚潜没想到东平王会承认得如此痛快，一时无言。

　　"我很抱歉，"东平王道，"但我不得不这样做。就算我那对父兄贪心太过，脑子也不大够用，他们仍然是我的父兄。我终究不能对他们坐视不理。宣武节度使我鞭长莫及，太后那边我也无法施加影响，只能从你这里下手。"

　　不管是姚潜被撤换还是他自己辞去进奏官之职，都会影响太后与宣武的关系。自然这不是长久之计，但只要能暂时拖住他们的联系，说不定自己就可以想出一个万全之策。

　　"若不是三娘子今日自证清白，大王可知道她会面临什么后果？"姚潜问。

　　东平王沉默了一会儿，如实回答："我知道。"

　　宫人与朝官有私情，宫人受的惩罚是最重的。以颜三娘的情况，丢掉性命也有可能。可这是他阻断太后与宣武节度使结盟最有效，也是代价最小的办法。

　　姚潜露出一丝痛苦的神色。他缓缓道："某曾经以为大王与令尊有所不同。"

　　东平王笑容苦涩："我也以为我会不同。"

可是事实已经证明，他与他的父兄流淌着相同的血。

姚潜默然良久，最后举起右掌，在两人之间缓慢地划了一下。

这是割席断义的意思。道不同，不相为谋，东平王苦笑，他们再不是朋友了。

姚潜等了一会儿，见东平王没有说话的意思，向他微微躬身，转身走开。前行数步，他才听到身后一声低语："姚兄珍重。"

不再是峰鹤，而是姚兄。

姚潜胸中突然涌起一阵酸涩的情绪。他忍不住回头，东平王的身影却已经消失了。没有挽留，没有告别，他就这么平静地接受了这个结果。姚潜在庭中惆然了一阵，终于头也不回地走了。

东平王坐在华室之内，透过半掩的窗扇注视姚潜离去的背影，直到友人的身影彻底消失，他才发觉乐工和歌伎都停了乐声，忐忑地等候他的吩咐。他低头片刻，再抬头时，已经神色如常，甚至还能淡淡冲他们一笑："继续啊。"

众人连忙奏乐。不多时，曼妙的歌声重新在院落中回荡。东平王甚至接过乐工手中的云板，亲自敲打伴奏，似乎对于好友的决裂浑不在意。虽然姚潜并不把忠君挂在嘴边，但他无疑更认可小皇帝的法统。自己要保父兄，终究有一天会和他直接冲突。从小皇帝出生的那天起，分道扬镳便是他们注定的结局。现在断交，说不定对两个人都好。

陈守逸走进来时，徐九英正和皇帝一道用饭。

她这日狠狠灭了下赵王的威风，心情极是愉悦，便不要乳母伺候，亲自给儿子喂食。

小皇帝每日都要食一小碗蛋羹。现在这碗蛋羹摆在徐太妃面前，她正拿着银匙舀出一勺羹，轻轻用嘴为他吹凉。她不常做这件事，无法从经验上判断蛋羹是否凉到了适宜的程度，只能用自己的嘴唇试温。那蛋羹做得极为滑嫩，她才轻轻滋溜了下嘴，整整一勺蛋羹就被她吸进口中。

徐太妃略显尴尬，装作若无其事地把吃进嘴里的蛋羹咽了下去，接着她便发觉这蛋羹颇为美味，忍不住又挖了一勺吃。

陈守逸见她还想再挖第三勺，清了清嗓子，冲她身边的皇帝努了努嘴。

小皇帝等了半天都没等到母亲喂他的蛋羹，表情委屈而又困惑。

徐九英被儿子瞧得讪讪的，虚弱地为自己辩解："阿娘是在帮你试温度……"

"这都试下去半碗了。"陈守逸笑着揶揄。

徐九英瞪他一眼,没好气地问:"我们母子俩吃饭,你来凑什么热闹?"

"有件事想向太妃禀报。"陈守逸收敛了笑意。

徐九英挑眉:"有话就说。"

陈守逸道:"三娘一直在为太后传递消息。"

徐九英拿银匙的手短暂地停在了半空中。

陈守逸知她信重三娘,怕打击到她,因而小心斟酌着语气:"奴婢手上还没有切实的证据,不过奴婢觉得应该让太妃知道这件事,好有所防备。"

他说话的时候,徐九英已恢复正常的神色,无所谓地回答:"我知道啊。"

"太妃知道?"陈守逸吃惊,"什么时候知道的?"

徐九英将一勺蛋羹送入小皇帝口中,笑得意味深长:"一开始就知道了。太后那边的人刚和三娘接触,三娘就告诉我了。是我让三娘和他们保持接触。"

"太妃为何如此?"陈守逸不解。

"你还不知道太后?她这人事事都想掌控,哪儿那么容易对我放心。她一定会往我身边安插眼线。比起其他不知道靠不靠得住的人,倒不如让三娘来做这线人。那样我还能反过来利用这点向太后放消息。为了取信于太后,我还教三娘和她提条件呢。"

陈守逸略一思索,有些明白了:"去年刘家被特赦……"

徐九英点头:"这件事太后出了不少力。其实三娘嫁进刘家没多长时间,也没有个一男半女,刘家人对她远远没那么重要。但是刘家的事难办,正好让太后伤下脑筋。她为三娘花的代价越高,就越不容易对三娘起疑心。而且呀,我还跟三娘说,必要的时候,卖我两次都没关系。"说到这里,她又笑了起来,"不然你觉得太后为什么这么容易就相信了先帝把神策军留给我的说法?"

陈守逸恍然,笑着道:"敢情奴婢是白担心了。"

"所以,你之前和三娘走得那么近是因为这个?"徐九英终于回过味来。

"不然还能为什么?"陈守逸反问。

徐九英嗤笑:"之前看你们走得近,我还以为你喜欢上三娘了呢。"

130

"那样便是喜欢了吗？"陈守逸苦笑，"太妃大概从来没喜欢过什么人吧？"

"谁说的，"徐九英不服气道，"我六岁时就喜欢隔壁的屠夫了。"

"因为他家有肉？"

徐九英看他："你怎么知道？"

"还能有别的理由吗？"陈守逸笑道。

吃是徐太妃衡量一个人的最终标准。

徐九英摊手："我就是好吃嘛。"

"不过……"想了一会儿，陈守逸又道，"先帝最后这两年确实教了太妃不少东西呢。"

"也不完全是他教的，"徐太妃的笑容狡黠而魅惑，"我是没读过什么书，但是说不定我比他们都聪明呢……"

从徐太妃那里退出来后，陈守逸回房取了一小坛酒，再次来到三娘房中。

颜素回来后仔细一想，便猜到陈守逸今日是有意想借姚潜之事除去她。她涵养再好，也不免气恼，何况陈守逸身上的谜团还一个未解。开门看见陈守逸，她颇为冷淡地问："不知足下还有什么见教？"

陈守逸赔笑："之前以为三娘投靠太后，故而数次刁难，甚至还想借刀杀人。方才太妃已告知实情。错怪三娘，是在下的不是。这次是特意来向三娘赔罪的。"

颜素眼珠转了一转，忽然明白过来："莫非……你以为我背叛了太妃？"

"是我想差了。这段时日多有得罪，还请三娘海涵。"陈守逸向她深深一揖。

颜素失笑："我还道你屡次针对我是有什么坏心呢，正想好好查你，原来竟是大水冲了龙王庙。"

他们俩互相怀疑试探这么久，原来都是同一个目的。

陈守逸用手托起酒坛，长舒一口气道："总算可以心无芥蒂地与三娘对饮了。"

再好的酒，两个各怀鬼胎的人喝起来也没什么滋味。

颜素连忙抬手，让他进屋："里面请。"

两人抬首，相视一笑。

陈守逸和颜素打开心结、其乐融融之时，李砚也被白露领进了太后殿中。

殿内灯影昏暗。太后独自一人伫立在窗前。她身侧的棋盘上，棋子凌乱地混杂在一起。

听见响动，她缓缓回头，眸中有一抹意味不明的幽光闪过。

李砚在白露示意下向她行礼如仪。

"坐吧。"太后一指对面的坐榻。

李砚谢过，拘谨地坐下。

太后向白露偏了下头。白露会意，向她深深一福，旋即悄无声息地退了出去，并仔细地为他们掩上了门。

"上次你说可以帮我？"太后缓缓道。

"臣的确这么说过。"李砚回答。

"那就和我仔细说说，你打算怎么帮我？"

李砚有些迟疑："太后那时不屑一顾，为何现在却改变了态度？"

"今日延英殿上发生的事，你可曾听说？"太后淡淡道。

"是说赵王弹劾宣武进奏官一事？"

太后点头。

"听说了，"李砚道，"这和臣的事……有什么关系？"

"你以为他们这次针对的是徐九英吗？"太后指尖划过棋盘，发出一声凌厉的冷笑，"不，他们针对的是我。"

第二卷　尔虞我诈

第十章
前尘

东西两市乃是都中最为繁华的地方，不但商铺数不胜数，最有名的酒肆、食店也云集于此。每日里，两市人声鼎沸，迎来送往，络绎不绝。于是便有一些人，眼红这里的人潮，却又挤不进这寸土寸金的地方，干脆在坊门附近支一小摊，沾光混口饭吃。范芦生便是这样的人。

"震上坎下。震为动，坎为险……"

"遇险而动，乃脱困之兆。"一个促狭的声音抢先说出了他的卦辞。

此句一出，范芦生高深莫测的表情顿时有了裂痕。好不容易打发走了解卦的客人，他哭笑不得地转向旁边的摊子："小李，你能不能别跟我捣乱？"

"谁让你不学无术，翻来覆去就那么几句，连我都会背了。"写着斗大棋字的布幡下，懒洋洋的年轻人掏着耳朵说。

范芦生看了看天色，决定不与他计较："我这就收了。你今天生意如何？"

"买酒的钱总是够了。"年轻人笑着抖了抖装得满满的钱袋，露出一口好看的白牙。

和算卦的范芦生不同，这个叫李砚的年轻人赌棋为生。

他大概一年前出现在此地。初时他只是在坊间四处游荡，见人下棋便凑上前观看。弈棋之人讲究观棋不语，偏他喜欢评论，且说话不留情面，三言两语便能激得旁人勃然大怒。等把人激怒了，他就趁机立下赌约，邀人对战。说来此人虽是狂妄，棋力却是不低，一年多来未逢一败，竟然积累了不小的名气。国朝好弈者众，他打出名头后，上门挑战的人便不曾断过。两个月前他索性摆了个赌棋摊子，算是有了固定的营生。

范芦生闻言略显诧异："我看坐下来和你下棋的人不多呀，你怎么还能赚这么多？"

除了最后李砚捣乱的那卦，他这日生意着实不错，也没空仔细留意李砚的情况，只依稀感觉虽然不少人围着他的摊子指指点点，当真坐下来对局的人却不多，即使有，也都很快起身离开。

李砚笑道："他们怎么下都赢不了，连我都觉得怪没意思。今天我就换个花样，摆个棋局让他们解。三文钱解一次，解出来了我有彩头。结果到现在都没人解得。这下可好，我不用出力，赚得竟然比平时还多。"

范芦生看向棋盘，上面果然摆了个棋局。他不懂棋，便笑着问："你这小子身无长物，能有什么彩头？"

"金银珠宝我是没有，可是《棋经》一卷也是不差的嘛。"李砚拿起放在棋盘旁边的卷轴，得意扬扬道。

"《棋经》？谁写的？"

李砚指着自己鼻子道："本人亲撰。"

范芦生倒也曾经见他闲时在摊子上写写画画，顿时喷笑："就你那破书也好意思拿出来贻笑大方？"

"别小看这卷《棋经》，"李砚道，"我毕生所学可都在里面了。"

年纪不大，倒敢大言不惭称毕生所学？现在的年轻人可真是狂。范芦生一边收拾摊子一边摇头。

"今日收获不少，"李砚伸了个懒腰，对范芦生道，"我去打点酒，老范可愿共喝一杯？"

范芦生笑道："那我就不客气了。"

"帮我照看下摊子，一会儿就回来。"李砚向他挥了下手，走向街边的酒肆。

范芦生随口应下，收拾完自己的东西，便在棋盘旁边坐下，眯着眼睛等他。须臾，一阵悦耳的铃声在耳边响起。范芦生睁眼，一辆犊车已停在了他的面前……

一出酒肆，李砚便看见了那辆装饰考究的犊车。京中豪门贵戚为了彰显身份，往往在出行座驾上极尽奢华。这犊车外观上虽然并不张扬，但是用料皆为上乘，细微之处更见精致。最奇特的是车的四角各挂了一个轻巧的铜铃。车子一动便会发出叮叮当当的声响。李砚见了，不由得撇了下嘴，这定然又是哪位高门眷属出游来了。

提着酒壶回到摊位，他却没看见自己那卷《棋经》，便问范芦生："老范，你瞧见我的经卷没有？"

"刚刚有位小娘子来解了你的棋局，就取走了。"范芦生漫不经心地回答。

"我都没看过她解得对不对，你怎么就把书给她了？"李砚跳脚。

那棋局是他得意之作，他并不认为有人能解，至少不是这市坊内的寻常之辈解得了的，所以才敢拿他耗费不少心血撰写的《棋经》当彩头。如今经卷被人拿走，他便有些急了。

范芦生道："可是那小娘子说一定对。"

"老范你脑子坏了？她说对就对？那小娘子好大的口——"李砚后面的一连串抱怨突兀地中止了。

"不就是一卷破《棋经》，你至于发这么大脾气？"范芦生不耐烦地回头，却发现李砚的神情不对，"怎么了？"

李砚直勾勾地看着棋盘，咽了一下口水："还真对了。"

他急匆匆回头搜寻。接着他便发现了伫立在犊车边上的少女，头戴帷帽，身穿白衫，下着红裙，身形修长而窈窕。她扶着侍女的手，正要登上那辆挂着铜铃的犊车。直觉告诉他，这就是他在寻找的人。似乎察觉到李砚的目光，她微微转头，向他扬了扬手里的经卷。

因为帷帽的遮挡，李砚看不见她真实的表情，但他觉得她应该是在对他微笑。然后她便登上犊车离开了。

短暂的对视让李砚有些失神。等他回魂，想要追过去时，犊车已然走远，只余下几声悠悠铃响。

叮铃铃……

轻风吹动挂在窗前的铃铛，发出清越的声响。这响动引起了陈守逸的注意。他用微醺的双眼打量那串铜铃，脸上露出几分迷茫。小时候生病躺在床上，父亲为了给他解闷，曾经在他窗前挂过一串铃铛。那响声，和颜素这里的几乎一模一样。入宫后，他仗着养父宠爱，也在陈进兴的窗前挂过几个铃铛。风吹铃响，扰得那位养父不胜其烦。不过他已经有好几年没踏入过陈进兴的居处了，那串惹他讨厌的铃铛应该早就被摘下来了吧？陈守逸苦笑着想。

"我这里没什么佐酒的东西，你先将就些吧。"颜素推门，一边说笑一边端着盘子走到案前。

她将盘子放在食案上。陈守逸从窗前收回目光，看了一眼食案。只是一碟盐水煮的豆子，的确寒碜。他笑着叹气："早知道我连下酒菜也一并带来了。"

颜素也笑："那岂不是又要你破费？"

"反正也要为太妃准备，不妨事。"陈守逸笑答。

徐九英最好口腹之欲，陈守逸那里常年备着些易于保存和烹治的小食。这事颜素也是知道的。可她却摇头道："宫中再怎样，也不至在饮食上苛待太妃。你又何必多此一举？"

"我识得太妃时她还只是个采女，"陈守逸微笑着回忆，"那时我们地位都很低微，不可能像现在这样随心所欲。她又总是喊饿，我便时常准备些吃食。久了也就成了习惯。就算到现在，她都还时不时跑来找我要吃的。"

颜素沉默。陈守逸遇到徐九英远在她之前。他们的过往，她并不清楚。

"之前我们误会甚深，"颜素缓缓开口，"有些问题一直想要问你，却总是没有机会。"

"三娘想问什么？"陈守逸温和道。

"我最初对你起疑是因为你的学识远胜过一般的宦官，"颜素斟酌着说，"也和你在宫中任职的经历不相符。我不确定你留在太妃身边的目的，这才想要查你。"

陈守逸似乎有些好笑："三娘查到什么了吗？"

颜素摇头："问题就在这里。我什么都查不到，甚至在我动用了太后的关系后，仍然是这个结果。你的身世，是不是有什么秘密？"

陈守逸没有急着回答，而是先为颜素斟满了酒，才深沉道："前卢龙节度使杨定方，三娘可知道？"

"卢龙……"颜素悚然一惊，"难道，难道你是……"

陈守逸看了她一阵，忽然一声嗤笑："你还真信？"

颜素愕然："你骗我？"

"谁让三娘好骗呢，"陈守逸抱着肚子大笑，"我若能和节度使家攀上关系，又怎会当了宦官？"

颜素被他气得没了脾气，苦笑道："太妃真没说错，你这人半天都没句真话。"

笑够了，陈守逸才又慢慢开口："我的学识很了不起吗？好歹也管过几年图籍，又跟过宫教博士，读过几本书又有什么奇怪？"

"上次食利本钱的事，却不是读过书就能知晓的。"颜素说。

陈守逸笑笑："听我那位养父说过一些本钱运作之事，我又曾经留心过一点，这才略知。"

颜素暗自点头。若是陈进兴，倒的确可能通晓此事。

她接受了这个解释。可是陈守逸却还没完，一边剥着豆子一边说："其实我也有个问题想问三娘。"

"请讲。"

"太后在宫中的势力远大于太妃，三娘为何没有选择她？"

三娘微微一笑："太后拉拢我是为了让我监视太妃。因为太妃的存在，我对太后才有价值。太后若有一天失势，我便成了随时可以丢弃的棋子。可是太妃不一样。在太妃这里，我是不可或缺的。何况当初我最困苦的时候，太后并没有援手，帮助我脱离苦海的人是太妃。你说我有什么理由背叛她？"

陈守逸一想确实是这道理，举杯与她碰了一下："我早该想到。"

"你呢？"颜素问，"上次我问过你，你并不肯认真回答。你又是为什么对太妃死心塌地？"

"因为……"陈守逸慢慢道，"她是我造就的。"

她是我造就的。

陈守逸说这句话时神色深沉，让人无从分辨他的情绪。颜素对这句话暗自琢磨了好些天。她现在并不怀疑陈守逸别有用心，只是单纯好奇，他们之间发生过什么事让陈守逸有自信说这样的话？

"太妃是不是又吃蒜了？"陈守逸的说话声将她从沉思拉回现实。颜素抬头，看见陈守逸正嫌恶地对着徐九英掩鼻。

"吃了。"熟悉的人都知道陈守逸厌恶蒜味，徐九英难得有机会捉弄他，坏笑着追在他身后呵气。

陈守逸脸色难看，一个箭步冲到妆台前，从一个小银盒里取出一小片香花饼，迅速转身塞入徐九英口中，方才长舒一口气："幸好奴婢早有准备。"

"这是什么？"徐九英被他捂着嘴，含糊不清地抱怨，"真难吃。"

"除口气的香饼，"陈守逸含笑道，"前阵子特意请司药调制的。没想到昨天刚取回来，今日就派上用场了。太妃含着就行，别咽下去。"

徐九英一脸嫌弃，却还是勉强含了一阵才将香饼吐掉。

陈守逸眼睛一弯，将那银盒指给她看："以后要是吃了口味重的东西，太妃就含一片，尤其是去看陛下、太后的时候。"顿了顿，他又加了一句，"下次奴婢让她们再多加点蜂蜜，味道应该会好一些。"

颜素垂目，先不说陈守逸是否真的造就了徐太妃，他对徐九英确实是无微不至。若不是他时时提醒徐九英的仪态举止，又经常搜集宫中各种消息，徐九英未必到得了现在的位置。

"三娘？"和陈守逸又闲聊几句后，徐九英忽然回身唤颜素。

颜素起身应道："太妃有何吩咐？"

"一会儿我想去瞧瞧张太仪。"徐九英说。

张太仪比徐九英大了近十岁，却和徐九英一样，以宫人身份得幸于先帝。不过这张太仪的圣眷远不如徐太妃，性子也不像她那么张扬，且只在九年前生下过一位公主，宫人对她的关注程度便稀薄许多。虽然都是宫女出身，她和徐九英的来往也并不比别人多。

颜素对徐九英的心血来潮有些诧异，却并不追问，点头道："奴婢这就命人准备。"

午后小睡过后，徐九英便坐了檐子来张太仪殿中。

她下了檐子，刚要进殿，却听到一阵喧闹之声。她和陈守逸对视一眼，循

140

声走去，原来是张太仪所出的安阳公主正带着几个小宫女在庭前蹴鞠。一名清秀妇人坐在廊上，一边绣花一边含笑看她们玩耍，正是张太仪。

安阳公主年方十岁，身穿红色胡服，足蹬鹿皮短靴，打扮得极是利落。不过她年纪尚幼，还不能很好地掌控鞠球，一不小心，那球便自她足间脱出，直向徐九英的方向飞来。

跟随徐太妃的宫人见状都惊呼一声。陈守逸正欲上前为徐九英挡住飞来的鞠球，不想徐九英已提起裙子踏前两步，抬腿接住了那八片尖皮缝成的圆球。接球后她灵巧地颠了两下，猛然一踢，那球便划过半空，飞进了球门。

众人见了，都不由自主喝了声彩。

安阳公主认出徐九英，兴奋地冲上来："徐娘子好厉害！"

徐九英笑道："那是，当年徐娘子我……"刚说了半句，她似是觉得在孩子面前夸口挺不好意思，摸着鼻子道，"算了，好汉不提当年勇。"

安阳公主仰头笑道："我知道我知道。我阿娘说，阿爷就是因为娘子球踢得好才看上娘子的。"

张太仪见到徐九英就已起身，听见此语脸色一白，急忙喝止安阳公主："阿寿！别胡说！"

徐九英看了一眼张太仪，大大方方地承认："没错，就是这么回事。"

安阳公主冲她做了个鬼脸，转身又和宫女们玩去了。

张太仪立在原地，神色仍有些尴尬："阿寿口无遮拦，太妃别往心里去。"

"她说的是实情，"徐九英不以为意，"我确实是因为蹴鞠才被先帝注意的，有什么好往心里去的？"

张太仪见她不计较，暗暗松了口气，忙请她入座，又命人张罗吃食。

徐九英摆手："我就是闲着没事，找你说说话。你别费事了。"

张太仪这才与她一同坐下，赔笑道："难为你还记得来看我。"

徐九英笑笑："我主要是想看看我有可能过的生活是什么样子。"

张太仪一愣："这是何意？"

"青翟要是个女孩，我现在大概也和你一样，每日陪陪女儿，再绣个花什么的吧。"徐太妃想了想，稍微改了下措辞，"看你们绣花。"

张太仪莞尔："那我倒多个人做伴了。"

"不过要是那样，也就没什么权势可争了。"徐太妃又淡淡地补充一句。

张太仪低头道："我倒是觉得现在和阿寿平静度日很好，也不需要什么权势。"

徐九英抬眼看她："再过两三年，就该考虑阿寿的亲事了吧？"

"是啊。时间过得真快，转眼她都这么大了。"张太仪看向安阳公主，眸中满是温柔。

徐太妃却没什么感慨，手指绕着裙边垂落的丝绦，慢悠悠道："若是太后要与回纥修好，让阿寿和亲，你打算怎么办？"

张太仪脸色大变："你说什么？真，真会有这种事？"

"目前没听说太后有这样的打算。我就是拿来举个例子，"徐太妃用满不在乎的口吻说，"不过谁说得准呢？之前毕竟也有过太和公主下嫁的事。如果是这么个情况，无权无势的你能反抗太后吗？"

张太仪嗫嚅着，半晌说不出话来。

"你看，"徐九英微微一笑，"权势就是权势。未必是什么好东西，但关键的时候很管用。"

"太妃今日来，就是为了向我炫耀你现在有权有势吗？"张太仪低声道。

她和徐九英都是宫人出身，却从未像徐九英那样得先帝喜爱，虽说从来不敢口出怨言，心中不甘也在所难免。

"那倒不是，我其实是有点事想和你打听。若你肯好好合作，将来阿寿的亲事，我或许能出点力。"徐九英道。

"此话当真？"张太仪似乎燃起了某种希望。

"这就要看你能提供多少消息了。"

张太仪想了一会儿，下定了决心："你想打听什么事？"

徐九英凑近了，对她低语："我想知道，先帝和太后是不是有过什么矛盾？"

张太仪睁大了眼睛："你为何会有这样的想法？"

"我试探过先帝一次，"徐九英轻笑，"还是在戾太子作乱之前呢。先帝的反应很出乎我的预料呢。"

张太仪惊骇欲绝："你，你怎么敢？"

后宫嫔妃，从没听说哪个敢试探帝后之间的关系。徐九英简直胆大包天。

142

"这有什么不敢的？"徐九英不以为然，"事实证明我的猜测没有错。先帝似乎对太后有些……怎么说……忌惮？我听说你以前是在太后殿中做事的，可曾看出些什么迹象？"

张太仪回想，先帝对太后一直礼敬有加，但确实不怎么亲近。且这数月来她也听到宫中传闻，说先帝把神策军交给了徐氏，而不是素有贤名的顾太后，看来先帝对太后的确不太信任。要说太后年轻貌美、性情温和，处事又很得体，应该不至于让先帝有什么恶感。为何先帝对她会有如此微妙的态度？

"我当初也并不是近身侍奉的宫人，"张太仪最后道，"确实不知先帝为何要这样对待太后。不过，太后初入宫时，宫中曾经有过一个传闻。"

"哦？"徐九英挑眉，似乎颇感兴趣。

张太仪低头回忆："先皇后病重时曾经召见过顾家几个在室的小娘子。听人说，先皇后当时就相中了太后，赏赐了不少东西。都说先皇后选择太后是希望她能成为太子的保护人，可又担心将来新后诞下子嗣，反而对太子不利。所以那传闻说，先皇后给她的赏赐里有些，有些不大干净的东西……"

徐九英听了不置可否，仅是点了下头："我知道了。"

她起身告辞。张太仪不知道她这态度到底是满意还是不满意？可她又不敢直言相问，只能惴惴不安地把她送走。

一回自己居处，徐九英就把陈守逸叫来，复述了一遍张太仪的话，然后问他："张太仪这些话，你觉得可以信吗？"

"这说法当时在宫中流传甚广，奴婢倒是有所耳闻。"陈守逸回答。

"知道还不告诉我？"徐九英给了他一拳。

"奴婢觉得这是无稽之谈，便没有提过，"陈守逸捂着被打中的手臂道，"奴婢虽然不通医理，太后这些年也确实未有所出，但是奴婢并不认为是先皇后赐药造成的。"

"为什么？"

"若有能让人轻易绝育的药，"陈守逸忍笑道，"奴婢觉得以太妃招人记恨的程度，早该被下过十七八次了吧。"

徐九英瞪了他一眼，倒是没有反驳。

"还是，太妃有不同的想法？"陈守逸见徐九英仍有深思之色，微微

143

扬眉。

徐九英道："我是觉得，这件事的重点不在于有没有这样的药，而在于这个传闻，太后信没信。"

一把铜钱被人恶意砸到棋盘上。金钱滚落四散，引发一连串的声响。

正在小憩的李砚被响动惊醒，抬手移开覆在脸上的树叶，却在下一刻被午后的烈阳刺得睁不开眼。他将叶片微微倾斜，在额前形成微小的阴影以遮挡过于强烈的光线。待他基本适应了眼前的光亮，才半眯着眼睛打量来人。

这是个身着华服的青年，相貌尚算俊秀，只是脸形因为怒气的存在而有几分扭曲。盯着他的一双眼睛似乎随时能喷出火来。

"是你啊，"李砚看清他后绽开一个颇含恶意的笑容，"怎么，上次没输够，又想回来给在下送钱？"

"难为你还记得我。"青年被他彻底激怒，咬牙切齿道。

"一手臭棋还这么自命不凡，想不记得也难。"李砚掏着耳朵，懒洋洋地说。

这人的身份他只依稀有些印象，似乎是京中某高官之子。大约是出身不凡，又喜人奉承，棋下得平平，却对自己的棋力有着异乎寻常的自信。也不知他从哪里打听到了李砚，旬日以前上门求战，被李砚杀得片甲不留，含恨而去。

李砚这话显然触到了他的痛处。青年脸色铁青，冷哼一声："你别得意。我今日请到了王国手，你可有胆量与他一战？"

此语一出，李砚立刻坐直了身子。

习棋之人没有不知道这位王国手的。

说来这位棋手虽然一早就被棋院延揽，在棋坛的声名却并不显赫。直到五年前，他才真正一战成名。其时东国遣使来朝，随使节一道入京的还有一位东国王子。这王子痴迷棋道，年纪轻轻便成了东国第一高手。他在东国未逢敌手，深觉寂寞，后来听说天朝上国高手如云，便不远千里前来，欲与国中棋手一较高下。代表国朝迎战东国王子的棋手便有这位王待诏。

围棋源自中土，传入诸国后更是发扬光大，被各国引为风尚。堂堂上国，又是起源之地，若在此道上输给蕞尔小国，岂不是大失颜面？是以这一战引起了国中极大的关注。

那东国王子实力强悍，接连挫败国中数位有名的棋手，情势可谓危急。最后上场的王待诏力挽狂澜，终以一手"镇神头"战胜了这位东国高手。因为这一局棋，王待诏名声大振，"国手"之名不胫而走。

这位高门公子为了挽回颜面，竟然把他请出了山？李砚眼底精光大盛。有机会与国手对战，他自然是极兴奋的。可是表面上，他还是装作毫不在意的模样，十分冷淡地说："自己下不过，就找外人帮忙，足下脸皮的厚度倒也让人佩服。"

"你，你……"华服青年气得说不出话来，指着他全身发抖。

李砚正想再嘲讽几句，却在此时听到一阵悦耳的铃铛声。他举目一望，果然看见了人群外围的犊车。他心中微动，复又笑道："就算你找来的国手能打败我，那也不是你自己赢回去的，日后夸耀起来又有什么光彩？"

华服青年性子虽有些张扬，倒也不是全无自知之明。被李砚再三刺激后，他一张脸涨得通红，许久才憋出一句话："你待怎样？"

"不如我们下联棋？"李砚用诚恳的语气提议，眼中却闪过一抹狡黠的光泽。

回忆隐去，李砚看向面前的女子。

在这宫廷浸润了这许多年，岁月终究不可避免地在她身上留下了痕迹。这些印记并不全然反映在容貌上。实际上，宫中有种种妙方延续女子的容颜。在李砚看来，她的样貌其实并未有太大改变。可是当眼前妇人用肃穆的神情看向他时，他记忆中清丽少女的形象便无可奈何地开始褪色远去。

他忍不住苦笑一声。改变的又何止是她？自己也再不是以前那个神采飞扬的李砚。或许他的变化更甚于她。

"宣武……"他听见她低声开口。

李砚眸中有轻微的波动。虽未明言，但两次见面之后，他已明白她现下的处境。虽然身为太后，她手中的筹码却相当有限，否则她不会连一个微末待诏的助力也不愿放过。

"宣武牙兵天下闻名，"他缓缓道，"且是节度使私兵。宣武军又掌控汴渠，勾连财赋之地，位置十分紧要。若能争取到宣武节度使支持，并将他征召入京，哪怕他只能带来少量精兵，也足够太后自保。且以他的身份，入京后任职于中书门下也顺理成章，如此便可改变南衙的局面。一举数得，可谓妙招。"

太后听他点破自己用心，点头道："我正是如此打算。只是出了姚潜和颜三娘的事，目下局面甚是尴尬，有些进退不得。"

"不过……太后此招虽妙，却有个极大的弱点。"李砚道。

"是何弱点？"她眸中闪过一抹幽光。

李砚一笑："太后忘了考虑其他人的态度。有很多人并不乐于见到太后势力增长。赵王打击姚潜，便是明证。这位进奏官是太后与宣武唯一的沟通渠道。他丑闻缠身，太后与宣武便得有所顾忌，你们的计划也就只能暂时搁置。且这件事直接表明太后对于京师的掌控尚有不足，朝中反对他入京任职的人亦不在少数，臣恐怕宣武节度使会重新考量与太后的合作。"

太后叹息："我也觉得召他入京之事是办不成了。"

李砚见她眉头深锁，又出言安慰："太后毕竟保下了姚潜，宣武军的颜面算是维护过去了，将来未必没有再协商的余地。目下局势并非危急，暂时搁置倒也不影响大局。"

"可是这样一来，我就没有任何办法制衡徐太妃和赵王的争斗。"

"为何要制衡？"李砚反问，"鹬蚌相争，太后不是正好从中渔利？"

太后神色忧虑："神策军很可能在太妃手上。徐太妃的为人行事都太难预料，我担心将来局面会失去控制。"

李砚微微迟疑："这倒不可不虑。只是臣有些奇怪，既然先帝遗命允许太后执掌朝政，却为何不将神策军留与太后？"

太后有片刻沉默。过了一会儿，她将目光移向窗外，轻声道："毕竟太妃才是皇帝生母。"

李砚仍然一脸狐疑。就算先帝担心太后大权独揽，让太后与太妃各自分掌一军即可，完全不必做到如此地步。可是太后显然不愿多谈此事。她似乎关注起了在窗棂跳动的鸟雀，盯着它们的身影，许久都不发一言。

"即便如此，"她不开口，李砚决定自己接过话头，"太后对神策军也不是无法可想。"

太后一双妙目果然重新凝聚在他身上："此话怎讲？"

李砚微微一笑："太后动不了神策中尉，还不能动军器使吗？"

太后眼中亮起光彩："此法可行。"

军器使掌管武库器械，不失为牵制神策军的办法。

"除此之外，南衙重臣虽然普遍与赵王交好，也不代表他们就是一块铁板，将来未必没有分化他们的机会。"

　　太后点头，这也是可行之法。可是过了一会儿，她忽然又有些迟疑："你一直在宫外，如何能得知朝廷中事？"

　　"市井鱼龙混杂，却也是各种消息汇集之所。仔细留心，便能看出不少端倪。"李砚笑答。

　　"可是你……"太后摇头，"以前的你也混迹于市井之间，却从不关心这些事。"

　　李砚垂目，片刻后发出一声苦笑："那时的太后又何尝是现在的样子？"

　　当年的顾婉清秀丽娴雅，还有着女子身上难得一见的洒脱。她是高门千金，而他只是一介游民。他们之间原本有一道无法逾越的鸿沟。可是因为她的不在意，悬殊的身份从未成为他们之间的阻碍。那时的他们还带着涉世未深的天真，一心沉迷于棋枰之间的天地，自以为超脱世外，直到骇浪袭来，才发现这方寸世界并不能令他们免于世间凶险。

　　十几年分隔，他们已各自屈从于世俗规则。也许除了少数几个人，谁都不知道端庄雍容的太后曾经也有过那样一段少年岁月。

　　李砚拦下那辆行进中的犊车时，车夫吓了一跳，匆忙拉住缰线。车上的铃铛因为骤停，发出一阵急响。车夫惊魂甫定，高声呵斥："你是何人？怎么敢来挡我家的车？"

　　李砚向着犊车深深一揖："请恕在下冒昧。车中可是前几日解了某棋局的那位小娘子？"

　　车内沉默了一阵，终于有个女声回答："是我。"

　　声音不高，但轻柔悦耳，有如春风拂过，落在耳朵里说不出的动听。

　　"在下与人定了一个联棋赌局，需要一个搭档。小娘子可有兴趣加入？"确定了她的身份，李砚直截了当地问。

　　"大胆！"车内另一个女声斥道，"也不打听打听我家小娘子的身份，岂会与你们这等狂徒为伍，更别提参加什么赌局！"

　　"紫笋，休得无礼。"那柔和的声音轻轻喝止。

　　察觉车中的小娘子并无不悦，李砚连忙说道："赌注是十五贯。对方是翰

147

林院待诏。"不待对方回答，他又匆忙加上一句，"赢了东国王子那位。"

"什么国手？我家小娘子才不稀罕……"那个叫紫笋的女子才训斥了半句便没了声息，显然车中人再度制止了她。

这反应给了李砚希望。他踏前一步，又是紧张又是期待地追问："小娘子意下如何？"

片刻，一声轻笑自车内响起："好啊。"

第十一章
浑水

李砚从太后殿中退出时，正巧看见徐太妃从檐子上下来。

徐九英也瞧见了他，挑了下眉毛，将随侍的宫人们撇开，大步向他走来。

李砚不慌不忙地施礼："拜见太妃。"

徐太妃早就听说他接连数日都被太后召来对弈。走到近前，她一双桃花眼在李砚身上睃巡许久，轻声笑道："李待诏今天气色不错，看来近日很是春风得意哪。"

李砚客气回答："不过是有幸与太后手谈数局，哪里算得上春风得意？"

徐九英一声冷哼："李待诏没忘了我们之前的约定吧？"

"自然不敢忘。只是太后生性稳重，并不肯轻易交心。太妃总要给在下一些时间取得她的信任。"

"心急吃不了热粥，"徐九英笑道，"道理我当然是懂的。不过我这个人终归不怎么有耐性，说不定哪天就不想讲道理了。还请李待诏多上点心。"

李砚面色未变："在下会记得太妃的提醒。"

徐九英盯了他一阵。李砚在她的注视下泰然自若。

"有意思。"末了她低笑一声，向着身后招了招手。宫人们会意，都跟了上去。她便在宫女们簇拥下，婀娜多姿地走进了太后殿中。

李砚目送她远去，心里不知在想些什么。良久，他也笑了起来："是有意思。"

此时太后在殿中已得人通报，坐在榻上等着徐九英了。

徐太妃进来，两人见了礼。宾主入座，徐九英赔笑道："太后今天特意叫我过来，是不是有什么吩咐？"

太后向不远处的书案扬了扬脸。那上面有道摊开的奏疏。徐九英上前扫了一眼，完全看不懂，满脸疑问地等她解释。太后言简意赅："姚潜想调职。"

忽然听到这个名字，徐九英怔了一怔才问："调去哪儿？"

"剑南西川。"

这个地名让徐九英有些茫然："我怎么记得上次太后说过这地方不太安定？"

太后点头："南蛮、西戎不时寇边，目前剑南承压甚重。"

"他想干吗？"徐九英不解。

"也许因为上次的事受了打击，"太后道，"太妃觉得我应不应该答应他的请求？"

徐九英挑了下眉毛："朝政的事我又不懂，太后决定不就行了？"

太后盯着她："太妃没有意见？"

徐九英疑惑地反问："我该有什么意见吗？"

"我查过了，"太后慢慢道，"上元那日，你身边那个叫陈守逸的宦官出过宫。和他同行的还有一名宫女。"

徐九英的表情有一瞬间的僵硬。

太后没有放过这个变化。她微微一笑，再接再厉："那名宫女好像也是太妃殿中之人。"

不过片刻，徐九英已调整好了自己的情绪，满不在乎地笑道："还有这事？我倒是不知道。不过宫人们上元出宫不是太后特许的吗？还是我殿中的人有什么不妥，出去不得？"

太后用审视的目光看了她许久。徐九英镇定自若地与她对视。

良久，太后移开目光，淡淡回答："并没什么不妥。"

徐九英又坐了一会儿，见太后没别的话了，便起身告辞。

回到自己殿中，徐太妃叫来颜素，将她与太后之间的对话叙述了一遍，然后问她："太后今天的态度不大对劲，三娘觉得她是什么意思？"

颜素想了想，说："太后许是猜到上元那日出宫的人是太妃。"

"这不明摆着的事吗？"徐九英道，"我奇怪的是她为什么要提姚潜？难道她还在怀疑我和姚潜有什么不成？"

颜素蹙眉，过了一会儿才道："奴婢想太后倒不至于怀疑太妃与姚司马的清白。不过……"

"嗯？"徐九英挑眉。

颜素谨慎地措辞："奴婢听说太后之前积极联络宣武节度使，似乎有所谋划。姚司马为宣武进奏官。太后既然查到太妃那日出过宫，自然也就猜到那日见过姚潜的人其实是太妃。奴婢想她可能担心太妃与宣武有什么私下往来。"

徐九英恍然："原来是这样。"她顿了一下，又冷笑一声，"她这人就是喜欢想太多。"

颜素小心道："或者奴婢去向太后解释一下？"

"解释就不必了，"徐九英笑道，"让她误会才好呢。"

颜素不解。

徐九英并不理会颜素的疑惑。她咬着指甲想了一阵，忽地笑了一声："既然她这么喜欢猜，索性我再让她伤伤脑筋好了。"

"太妃想做什么？"颜素问。

徐九英向她招了招手。颜素附耳过去，听她将计划一一道来。

翌日，有中使来到宣武留邸，以太后的名义宣召姚潜入宫。

突如其来的召见让姚潜有些惊讶。但他身为朝官，到底不能违背太后的意思，虽然心里颇为疑惑，仍然具服前往。

入宫后他并未被领到太后寻常接见外臣的地方，反而往另外的殿宇走去。才经过之前的事，姚潜顿生警觉，止步询问："敢问中贵人，这是要往何处？"

引路的宦官含糊道："就在前面了。"

姚潜见他不肯明说，越发疑心，坚决不肯再往前行。

那宦官面露难色，有点不知如何是好。恰在此时，两人身后传来一个柔和的女声："司马勿疑，我们并无恶意。"

姚潜闻声一震。转过头来，映入他眼中的是一名身着宫女衣饰却气度不凡

151

的女子，正是颜素。

姚潜不意会在此处见到她，不由自主地后退一步。

颜素对这个举动视若无睹，含笑上前，对他道了万福："姚司马。"

"你……"姚潜眼中满是不解。

颜素向前方的通路抬了抬手："司马请。"

姚潜毕竟不是普通人。颜三娘的出现很快让他意识到了将要发生的事，站在原地垂目不语。

颜素并不催他，维持着抬手的姿势等待。

良久，姚潜拿定了主意，上前向颜素一揖："烦劳娘子引路。"

颜素微一低头："请随我来。"

姚潜沉默地跟着她。颜素也没有主动说话的意思。两人一路无声走到一处偏殿之前。颜素推开门，再度向他抬手："请。"

姚潜深吸一口气，迈步入内。

此时，坐在殿内的徐九英正抱着一盒酥饼吃得高兴，猛然看见姚潜和颜素进来，差点被饼噎到。她慌忙将食盒藏到身后，迅速坐正身子做出端庄的模样。

颜素自然看见了她的小动作，却只微微一笑："启禀太妃，姚司马到了。"

"知道了。"徐九英装模作样地答话。

颜素向她微微屈膝，退至殿外。

殿内只剩下徐九英和姚潜。虽说是计划好的会面，但两人自延英殿对质后便不曾见过面。此时相对，多少都觉得有点尴尬。

徐九英鬼使神差地从身后拿出食盒，递到姚潜面前，问了句："吃吗？"

姚潜盯着那盒酥饼，脸微微抽搐，过了一会儿才扯动嘴角，回答道："不必。"

徐九英也觉得自己的行为有点蠢，默默将食盒收了回去。

"不知太妃召在下前来有何见教？"最终还是姚潜先开了口。

徐九英当然不会告诉他自己的真实目的，只笑着道："上次的事后一直想和你说声谢谢。那日在延英殿上，你要是把真相说出来，我就得费事了。"

"某那样做并不是为了太妃，只是不想牵连无辜的人。"姚潜道。

徐九英当然知道他说的是谁，笑道："那更好了，横竖我领三娘的情。"

姚潜自觉不宜与她有过多接触，客气道："若太妃没有别的事……"

听姚潜有告辞的意思，徐九英连忙道："有事有事。"

姚潜本已起身，听闻此言只好又坐回去等她下文。

徐九英眼珠转了转，开始没话找话："你和三娘到底是怎么回事？"

姚潜低头片刻，缓缓开口："元德十九年，某赴春闱，途中借宿汝州山寺。夜读之时，偶然起兴，在寺壁上留诗一首。后来春闱下第，某失意而归，返程时再宿此寺，发现某题诗的壁上有人相和。某见其作不俗，便也回诗一首。只是那时某心绪不佳，诗中不免流露懊丧之意。次年二赴京师，某再度入寺，果然又在壁上见到新诗。诗中婉转劝谕，说世事难料，将来未必没有转机，让某不可灰心。某受其鼓舞，终于在元德二十年进士及第。某初见题诗时已注意其字迹清婉，显为女子手笔，及第后便托人前往汝州，打听题诗人的身份，得知她乃是汝州刺史之女……"

徐九英对文人间的诗歌唱和毫无兴趣，又早听颜素说过大致的经过，只觉得索然无味，听着听着就忍不住打起了哈欠。

正张着嘴，她忽然发现姚潜向她看过来，连忙用手掩口，然后若无其事地问："后来呢？"

"恕某直言，太妃看起来对在下与颜三娘子的事并无兴趣，"姚潜淡淡道，"某想太妃假借太后之名召某入宫也不是仅仅为了向某道谢吧？"

"这个……"徐九英干笑，"你看出来了啊。"

听她坦承，姚潜沉下脸，起身踏前一步，居高临下地质问："你到底想干什么？"

徐九英有一下没一下地戳着食盒中剩下的酥饼，偶尔抬头看看站在她对面的姚潜。姚潜神色坚定地与她对视。显然不得到满意的答案，他不会善罢甘休。

眼见着一盒酥饼都戳成了渣，徐九英才拍着手上的碎屑开口："我要说是为了帮你，你会信吗？"

"不信。"姚潜斩钉截铁地回答。

他直接的回答让徐九英愣了一下。过了一会儿她才悻悻地说："你还真坦白。"

姚潜缓缓道："恕某直言，太妃看上去可不像是乐于助人的那种人。"

"的确不是。"徐九英想了想，笑着承认。

"太妃究竟为什么召在下进宫？"姚潜追问。

徐九英将食盒扔到一旁："上次你没揭穿我，算我欠你一个人情。好吧，我告诉你实话，召你进来是为了做一个假象。"

"假象？"

徐太妃托腮笑道："你未时三刻入宫，到现在太后那边差不多也该收到消息了。"

姚潜想了一阵，不是很明白："然后呢？"

徐九英轻笑："不出意外的话，你想调职的愿望就快实现了。"

姚潜依然疑惑："为什么？"

徐九英白他一眼："这不明摆着吗？太后耳目那么多，我以她的名义把你弄进宫，一定会引起她的注意。她已经查到上元那日我出过宫，大概也猜到你在宫外见到的人是我。她这个人喜欢把事情想得过于复杂，八成会怀疑我那天出宫的意图。我这是将计就计，加深她的怀疑。费这么大劲把你叫进来，就是为了让她确信我和你之间有密谋。"

"什么密谋？"

"大概想通过你勾结宣武节度使什么的吧。"徐九英漫不经心地回答。

"太妃为何要制造这样的假象？"

徐九英瞪他："你是真傻还是装傻？你一个宣武进奏官，难道不知道她在积极拉拢宣武节度使？她要是成功了，局面对我就很不利了。我当然得想个办法破坏他们的关系。既然她已经在怀疑我，我就利用下她对我的疑心，给他们弄点麻烦好了。"

"太妃觉得这样就能离间他们的关系？"姚潜皱眉。

"这样就足够了，"徐九英笑道，"太后现在的处境不算好，在这时做任何引起宣武警惕的行为都不明智。她不会去找宣武节度使或者你确认我是不是真的和你们有密谋。她只会装成什么都不知道，但是暗地里开始防备你们。你和我认识，她不会放心你再在中间递消息。所以我猜你调职的事会进行得很顺利。而且我能够结识你，说明通过进奏官传消息也不是最好的方式。在她想出其他与宣武节度使联络的办法之前，他们的关系恐怕不会再有什么大的进展。"

"就算太后和宣武陷入僵局，宣武节度使也不大可能因此转向太妃。"姚潜沉吟。

"谁说我要他转向我？"徐九英挑眉。

"太妃大费周章，难道不是为了趁虚而入？"

"当然不是。"

姚潜再度陷入疑惑："那太妃这样做的目的何在？"

"制造混乱呀，"徐九英翻白眼，"水太清的时候是很难抓住鱼的。我把水搅浑了，说不定大鱼就出来了。"

"也就是，浑水摸鱼？"姚潜终于摸清了徐九英的思路。

徐九英露出一个魅惑的笑容："答对了。"

姚潜眉头深锁，显然不赞成她的做法。

他的神色没有逃过徐九英的眼睛。她轻敲着食盒的盖子，笑道："你看来好像有点意见？"

姚潜叹息："元宗以后，朝廷变乱不断，先皇在世时，好不容易才将局势暂时稳定。太妃意在挑起乱局的做法，恕某无法认同。"

徐九英冷笑："先帝刚死，就有人向太后提议效法什么汉武帝杀母立子。上次在延英殿，又意图拿三娘的事攻击我，不成功就质疑皇帝不是先帝血脉。他们都冲我挥了好几下刀了，我能怎么办？立地成佛？"

"既然太妃清楚现在的处境，"姚潜语重心长，"就不该再到处树敌。某以为，太妃应寻求的是与太后合作，而不是和她作对。以太后的声望，应能为太妃挡下许多攻讦。朝政终归是要交到陛下手里，想必太妃也不愿局势失去控制。"

姚潜这番话让徐九英有些吃惊。她垂目不语，脑子却在飞速运转。从她的观察以及陈守逸打听回来的消息看，姚潜基本称得上是个君子。他不认同她的做法是意料中事。不过令她意外的是，他并没用所谓圣贤的大道理来驳斥她，而是切实地考虑了她和皇帝的处境。或许这是个可用之人？

起了这个心思，徐九英收起嬉笑的表情，开始用诚恳认真的语气作答："我不是不想和太后合作，但太后未必有同样的想法。对她来说，我也许只是她诸多选择中的一个。你怎么保障将来我不会被她一脚踢开？"

"这……"显然姚潜从未考虑过这个问题，一时语塞。

徐九英见把他问住，有些得意。她慢悠悠地说："一个不能掌控的盟友比敌人还要危险。我会和她合作，但必须在她别无选择以后。"

姚潜没有答话，而是若有所思地看着她。这位徐太妃远没有她看上去那样简单。

徐九英坦然迎向他的目光，甚至还对他露出了一个风情万种的微笑："你看，我很清楚我在做什么。"

姚潜从偏殿退出时，颜素正握着几缕丝绦，跪坐在门外打络子。

听见响动，她抬头看了过来。见是姚潜，她便将那打了一半的络子收入袖中，起身向他施礼。

姚潜连忙还礼。

颜素微笑开口："太妃没有太过失礼吧？"

"娘子何出此言？"姚潜微有诧异之色。

"太妃有时不大注意仪态，说话又过于直接。若是不熟悉的人，难免会觉得受了冒犯。其实多数时候，她是个不难说话的人。"颜素婉言道。

听她曲折地为徐九英解释，姚潜笑了："娘子倒是很了解太妃。"

颜素也笑："奴婢是过来人，明白这种感受。请恕奴婢多嘴，有些人需要深一步接触后才能明白她的好处。若是太妃今日有所冲撞，还请姚司马见谅。她并不是不讲道理的人。"

姚潜想了想，温和地回答："娘子多虑了。某与太妃没有冲突。太妃这个人，与其说是无礼，倒不如说是出人意表。"

这让颜素吃了一惊。过了好一会儿，她才吐出一句："司马对太妃的评价比奴婢当初可高多了。"

姚潜笑道："也许是因为初见太妃时某把她当成了娘子吧。至少在下见到的那个人并不像传言中那样飞扬跋扈，所以某对太妃并未抱有太深的成见。"

听姚潜提起错认之事，颜素有些啼笑皆非。她低头片刻，才又问道："听说司马请求调职边郡？"

姚潜点头："是。某已取得宣武节度使的谅解，西川那边也愿意让某入幕。不过因为出了那样的事，毕竟有些不便，所以还要求得太后的许可，某才能放心赴任。若太妃所料不错，今日以后，太后就会同意调职。"

颜素听了略有忧色："那一带这些年都不太安定。司马若是因为上次与奴婢的事，大可不必如此。奴婢想过不了多久，京里就不会有人记得这件事了。"

"娘子误会了，"姚潜摇头，"上次的事不能说没有影响，可是某也不至

156

于为了这点事就仓皇逃离京都。某只是觉得，与其在京中看他们钩心斗角，不如去个可以做点实事的地方。西川这些年多受侵扰，急需整顿防务。也许在那里，某还能够做一点真正于国有益的事。"

"司马果真这样想，当然是再好不过。奴婢祝司马马到成功。"颜素见他确实不像受到流言的困扰，也放下心来。

"谢娘子吉言。"

虽说曾经以诗相交，两人终究不够熟悉，说完这几句话便陷入无言的境地。

"当初……"也不知沉默了多久，姚潜才又缓缓开口，"某仰慕娘子才情，只是一介白丁，恐难匹配刺史千金，所以未敢贸然求亲。某本待及第之后即遣冰媒，不料友人来信说娘子初春时已嫁入刘侍郎家。"

颜素点头："元德二十年二月初九。"

"与娘子有缘无分，某至今抱憾，"姚潜局促道，"若娘子不嫌弃……"

"姚司马。"颜素打断他。

姚潜讪讪住口。

"元德二十年二月，奴婢嫁入刘家，"颜素缓缓道，"四个月后汝州疾疫盛行，奴婢父母俱丧。又过了六个月，阿翁获罪，刘家男丁问斩，女眷尽数没入掖庭。仅仅一年，家破人亡，我自己也成了罪人……"

显然这并不是让人愉快的回忆。姚潜听她语带哽咽，连忙说："这些事某也是后来才听说。娘子这些年着实受了不少苦。"

颜素很快收敛了情绪，用平静的语气再度开口："奴婢告诉司马这些事并不是为了博取司马同情。奴婢只是想问司马，如果司马也像奴婢一样屡遭变故，历尽坎坷，是否还会记挂当年那些风花雪月、儿女情长？"

姚潜闻言踌躇，短暂思考之后，他还是诚实回答："大概……不会……"

颜素微微一笑："奴婢也不会。"

李砚打量着从犊车里走下来的女子。

她和上次一样戴着帷帽。垂落的轻纱遮住了她的容颜。外面的人只能看见一个秀丽的轮廓若隐若现。她身上穿着细白绸小袖衫和襦裙，外罩一件粉色半袖，亭亭玉立，仿若一支微风中摇曳的新荷。

李砚不由自主地露出笑容。他方要说话，她身后的青衣婢女已指着他的赌

157

棋摊子，大惊小怪地叫起来："那是什么？天啊，你难道要我家小娘子在大街上和人下棋？这成什么样子！"

"紫笋。"她轻轻喝止婢女。

紫笋哪里肯住口，压低声音道："在大街上和几个男人下棋，传出去女郎还怎么见人？"

"一次而已。你不说我不说，谁会知道？"她不以为然。

李砚也担心她反悔，闻言急忙插口："若是赢了，某愿与小娘子平分那十五贯。"

她轻笑一声，回头拉了拉紫笋的衣袖："听见没有？加上这笔钱，我便能将那冷暖玉棋子买回来了。"

不理会紫笋还在不满地嘟囔，她和李砚一道走向赌棋摊子。

紫笋只能不甘不愿地跟上来。

国手要来的消息一传开，市坊上看热闹的人便蜂拥而至，将棋摊围得水泄不通。直到李砚一行人来了，他们才让出道来。

人群中心已有两人等在那里。其中之一便是那人。见李砚二人来了，他冷哼一声，随即转向背对他们而立的男人，恭敬地叫了一声："王待诏。"

那人慢慢回过身。他四十余岁，相貌平常但双目有神，举止也极为沉稳，确是国手应有的风范。李砚收起嬉笑之色，向他深深一揖。跟在他身后的少女也向他道了万福。

王待诏的目光在李砚和那少女身上停留片刻，点了点头，不置一语。倒是那青年看着和李砚一起出现的少女，有些疑惑："你是……"

"这位就是某今日的搭档了。"李砚道。

"女人？"青年皱眉。

本来还在小声嘀咕的紫笋听了这话，顿时变了脸色，竖眉叉腰道："女人怎么了？你少瞧不起人，我家小娘子的棋艺……"

少女先抬手阻止紫笋说下去，然后淡淡说道："棋有黑白，倒没听说分过男女。女子又如何？"

一句反诘便将青年的话堵了回去。青年的脸青一阵红一阵，显然有些下不来台。偏偏李砚丝毫不顾忌他的面子，拊掌大乐，不住赞叹妙论，让他更加尴尬。

王待诏看了三人一眼，觉得气氛有些微妙，遂缓缓开口："这就开始

158

吧。"

说话间，青年的仆从已摆好胡床、几案和棋盘。青年入座前，又看了一眼少女，向身边的仆从低语一句。那仆从听了，很快又指挥人搬来了行障。有了行障，便能将几人与围观人群隔开。这样的设置显然很让紫筝满意，看向青年的眼神缓和不少。只是这样一来，人群都被挡在了障外，无缘得见棋局。不少人发出了不满的嘘声。

四人无视众人的不满，各自入座。猜先之后确定由李砚一方执黑先行。

联棋不同一般对弈。四人交替行棋，不止考较各人棋艺，还需要彼此默契配合。这日对阵的双方都未有过合作，因而最初的几手都走得甚是谨慎。换手两三轮后，又到李砚落子。

他拈起黑子，却先瞟了一眼身边的女子。这王待诏乃是国手，棋力非同寻常。若他们一味采取守势，怕是很难取胜。可是如果不能得到己方配合，贸然行动反而会加速他们的败亡。他在心里暗暗评估，以这小娘子的实力，能否看出他的想法？

察觉到他的迟疑，少女侧头向他看来。

片刻之间，李砚有了决定，试探性地在靠近中腹的地方落了子。

看清他落子的地方后，王待诏和少女不约而同地愣了一下。王待诏思虑片刻，决定静观其变，中规中矩地应了一手。

少女略一思索，在靠近自己的一侧落子，与李砚之前落的那粒棋子形成掎角之势。

那里正是李砚期望的地方。他眼睛一亮，心道这小娘子果然是高手，竟然马上便看透了他的意图。他有了底，出手再不犹豫，兵锋直指腹地。她显然已对他的计划了然于胸，有时只是李砚一个眼神，她便能明白他的意思，全力配合他行棋。不过十来手，两人便有了默契，要不是在场的人都看见他们换手，只怕会觉得是同一个人在下。

相较于李砚二人的如鱼得水，王待诏这边就不怎么顺利了。王待诏倒是不负国手之名，每每识破他们的用心，意图阻断对手攻势。奈何与他同下的青年棋力平常，又时常错判形势，令他们数次错过瓦解李砚一方的机会。李砚注意到有好几次，那青年一下子，王待诏的耳朵便会发红。

堪堪行至中盘，王待诏就摇着头扔下棋子，向那青年道："认输吧。"

"咦？"青年大吃一惊，"这才到中盘……"

"大势已去。"王待诏道。

"怎么会？"青年一脸难以置信，指着棋盘不死心地问，"若我们在此处造一个劫争，是不是还有反败为胜的希望？"

王待诏道："垂死挣扎而已。"

青年既不甘心失败，又恼他直言不讳，拂了自己面子，低声抱怨："还国手呢，连这么两个人都赢不了！"

"兄台此言差矣，"李砚开口嘲讽，"棋力再高，碰上你这么个拖累，也只有任人宰割的份儿。方才若不是王待诏力挽狂澜，就凭你这棋力，早就一溃千里了。"

"你……你们……"青年气极，指指王待诏，又指指李砚，却是一句完整的话也说不出。

王待诏对那青年道："这局棋我终归输了。收你的钱我退还与你，一文不取。"

李砚则向青年摊开五指："说好的十五贯，一文不能少。"

青年看看王待诏，又看看李砚，拂袖而去。

过了一会儿，便见他两个家仆抱钱而来，重重往李砚摊子上一放，然后便转身走了。

李砚看着眼前堆成山状的十五贯钱，直笑得合不拢嘴。回头瞥见刚要离开的王待诏，他又急忙唤道："待诏留步。"

王待诏止步，回头看他："二位还有何见教？"

李砚整了整衣服，上前深深一揖："今日多有得罪，还请待诏海涵。"

"胜败乃兵家常事。输了就是输了，没有什么海涵不海涵。"王待诏道。

"只论棋力，我二人加起来也不是待诏的对手，"李砚笑道，"实是在下囊中羞涩，又不能不应他这局，只好出此下策。那人棋力不足，下联棋必然连累待诏。有心算无心，自然不难取胜。日后若有机会，某愿与待诏堂堂正正一战。"

王待诏抚须而笑："老夫就奇怪，原本说好是来教训一下你这狂生，怎么倒变成了四人联棋？原来是中了你的激将法。不过老夫更想不到的是你这里竟然还藏着一个棋艺同样高超的小娘子。"

"待诏误会了，某并不认识这位小娘子。她上次解了在下一个棋局，在下便知她棋艺不弱，今日正巧看见她的犊车经过，硬是上前挡下她的车，邀她入

160

局。某其实连这小娘子姓甚名谁都还不知道呢。"

王待诏吃了一惊："难道二位今日是第一次合作？"

李砚道："正是。"

王待诏再度打量两人，不住赞叹："后生可畏，后生可畏。"

他一边叹息一边走了。

王待诏走后，看热闹的人群也渐渐散了。李砚这才心满意足地搓着手，转头对少女道："我们这就分钱吧。"

一直没说话的少女向紫笋点头："你去点点，可别少拿了。"

紫笋领命，马上就去点数。虽然说了不少拿的话，但是少女显然没太将那笔钱放在心上。紫笋走后，她不紧不慢地踱到李砚面前，笑着问他："上次那卷《棋经》是你写的？"

"是。"李砚回答。

"有些观点倒是新奇，只是为何并未写完？"她说。

李砚挑眉："小娘子已看过了？"

"若非看过，你这么喜欢剑走偏锋的棋路可不好配合。"她含笑说。

"那某就多谢小娘子赞赏了。"李砚也笑。

"我几时赞赏过你？"她十分奇怪。

李砚正色："能与在下配合到如此程度，小娘子对在下的《棋经》绝不止是看过而已。某猜定是小娘子对在下所著欣赏至极，因而反复研读，时时揣摩，才有今日之效。"

少女似乎觉得受了冒犯，轻哼一声，再不与他说话。待紫笋清点完毕，让车夫把钱都搬进了车里，她便头也不回地走向犊车。

李砚暗觉可惜，这小娘子棋艺虽精，心眼儿却有些小，一言不合就发脾气。

谁知上车后，那少女却又不急着启程。她掀起帘子一角，向李砚招了招手。

李砚无奈趋前："小娘子还有什么指教？"

她低头片刻，忽然抬手摘了头上的帷帽。出现在李砚眼前的是一张秀美的鹅蛋脸，眉如远山，眼似水杏，肤色白皙仿若凝脂，樱唇未点却自有朱色。

虽然李砚早猜到她的长相应该不俗，却没想到会是如此娇美，呼吸顿时一滞。

"你方才说不知我姓甚名谁?"她曼声问他。

　　"是。"李砚应了一声后才意识到她问的是什么问题。他想要解释两句,喉中却似有什么东西哽着,最后一个字也没说出来。

　　"那你听好了,"她轻笑道,"我姓顾,单名一个昭字。"

　　李砚没有说话,但下意识地点了下头。

　　顾昭的脸上泛起一层淡淡的红晕。片刻后,她还是抬头直视李砚,鼓足勇气说:"家里人都叫我婉清。"

第十二章
中尉

李砚把玩手中棋子许久，最后忍不住问："这是……冷暖玉？"

太后点头："东国进贡那副。"

李砚便知这是王待诏与东国王子对弈时所用的棋子。他举手对光，再度审视那枚棋子。

当初她正是为了冷暖玉棋子才答应他联棋的邀约。可惜那时她虽然赢了钱，却并未如愿。王待诏在那次对局之后便与他二人结成忘年交。他得知原委后告诉他们，冷暖玉冬温夏凉，至今也只有东国进贡过一套。市中商贾所贩必然不是真品。她那时只道无缘，还为此怏怏不乐了很长一段时间。想不到这棋子终究还是到了她手中。

沉默多时，他将棋子放回，一边阖上棋盒一边笑道："也算得偿所愿。"

太后明白他的意思，淡淡一笑："以前觉着稀罕，如今也只是寻常。"

李砚若有所思。

谈及旧事，太后眼中多了一抹暖意："王老致仕后，我已许久没有他的消息。也不知他是否康健？"

李砚笑答："臣去年去看他的时候，瞧他倒还硬朗。虽说年纪大了，却是精神矍铄。他现今时常携了棋具，驾车四处游荡。无论什么身份的人，只要愿意和他下，他便停车对局。若是输了，奉些酒肉与他也就是了。以他的名气，不管走到哪里都有好棋之人前来求战，听说他还从那些人中挑了几个颇有天分的人做弟子，逍遥得很。"

太后听了，神色略显微妙。

以前她与李砚情投意合的时候，也曾说起过将来的生计。

李砚一介布衣，总担心她出身高门，受不了清贫的日子。她却笑他多虑："茶饭果腹，片瓦栖身，有什么过不了的？何况国中好棋者众，凭你我二人的棋艺，走遍天下都是不怕的。"

她的乐观感染了李砚。他忍不住调笑："古有卓文君当垆沽酒，今有顾婉清对街赌棋。有趣，有趣。"

她面上发烧，嘴上却不甘示弱："效法先贤，有何不可？"

"好，那时你我同游山水，访遍棋道高手，做对神仙美眷。"他微笑许诺。

未曾想他们期待过的生活，倒让王待诏去实现了。

她的神情李砚看在眼里。他刚想开口，却瞥见团黄的影子在门外一晃而过。

太后也瞧见了，扬声问道："什么事？"

团黄入内，附在太后耳边一阵低语。

李砚不知她在禀报何事，但是徐太妃这三个字，他却听得分明。

太后面无表情地听完，问了一句："此事当真？"

团黄肯定地点头："千真万确。奴婢也问过了三娘。她说今日太妃确实和姚司马密谈许久。不过当时她被命守在外面，并不知晓两人谈话的内容。"

太后冷笑："还能有什么内容？我不过试探一句，她便匆匆忙忙找姚潜进宫，也未免太心急了。"

团黄看了李砚一眼，没有立刻答话。

李砚知她顾忌自己在场，不便直言。但是太后并没叫他回避，他便佯作不觉，只在一旁垂目看着棋盘。

太后修长的手指轻轻叩击棋盘，许久才道："传信给陈进兴，让他晚些时候过来一趟。"

团黄领命离开。团黄走后，太后又是一声冷笑："这个姚潜果然有问题。"

李砚心里五味杂陈。他等了许久时日才找到合适的机会与她叙旧，方才气氛如此融洽，他几乎有回到过去的错觉。可是转瞬之间，她才隐约展现的温情已消散无踪，只余下一脸冷漠。一切又回到了原点。此刻的李砚比任何时候都怀念当初的精灵少女。

敲门声不疾不徐地响了数次，终于有人开了门。出现在门扉后面的正是睡眼惺忪的李砚。

白衫青裙的少女侧身而立。李砚开门时，她已将覆面的帷帽摘下，拿在手中百无聊赖地轻轻转动。听见响声，她转过头，向他展颜一笑，竟是顾昭。

"你？"李砚大吃一惊，顿时清醒，"小娘子何以到此？"

他看向她身后，没有紫笋的踪影，也不见她惯乘的犊车，仅有一只灰黑色的毛驴在门前悠闲地啃着草皮。

"东市那个卜人告诉我你住在这里。"顾昭说。

李砚想了一会才意识到她指的是谁："你说老范？"

"大概是了。"一阵风过，她微微瑟缩一下，低头转动手里的帷帽，小声嘀咕，"外面有些冷呢。"

李砚醒悟，连忙让她入内："小娘子请进。"

顾昭跟着他进屋。李砚独身一人，钱财上又一向散漫，只能在狭小的房舍内栖身。他室中的陈设也极简单，有客来访时便显得十分局促。见顾昭一脸好奇地打量这间陋室，李砚不免有几分窘迫。

匆忙整了下屋子，又擦了把脸后，他开始四处翻箱倒柜，想寻找一点待客之物。偏偏这日家中空空如也，急得他直搓手。后来总算在箧中找到一块茶饼，他兴高采烈地问："小娘子可要饮茶？"

顾昭看了眼他房中的茶炉，但笑不语。李砚这才意识到，他这日还未生火。再看水缸，竟然也是空的，他不由得一声长叹。

顾昭对他的情形了然于胸，体贴地转了话题："今日怎不见你去赌棋？"

"昨日与王老吃酒，醉得有些厉害，便不曾去。"李砚讪讪回答。

165

王老自然便是王待诏了。

顾昭一脸艳羡："真好。"

李砚不太明白她的意思，挑了下眉。

"你们男人可以随意在外行走，想见谁就见谁，想吃酒就吃酒，"她轻声叹息，"不像我，若不想个好理由，连门都出不了。"

"小娘子今日是……"李砚疑惑道。

顾昭轻笑："是偷跑出来的。"

"偷跑？"李砚严肃道，"以小娘子的身份，这样做是极不合适的。"

顾昭的眼睛在他身上转了一转，依旧微笑："以我的身份，当街和人对弈也不合适，你却还是来问我了。"

她说话时的神色俏皮而狡黠，让李砚不由自主地想笑。好一会儿，他才勉强克制住笑意，再度开口："那，小娘子光临寒舍有何贵干？"

"你我还未交过手呢，"顾昭托腮道，"上次你口出狂言，我越想越是不忿，觉得有必要与你分个高下。"

她巧笑嫣然，哪儿有半点不忿的模样？李砚并不揭穿她，只是笑言："和我对弈可是要钱的。"

"我知道，三文一局。"顾昭笑着回应。

她示意李砚伸手。李砚有些疑惑地摊开左手。柔荑轻覆，三枚微温的铜钱便落入了他的掌心。

这时的两人站得极近。李砚触到铜钱时，甚至能闻到她身上若隐若现的兰麝香气。他抬眼，见她也正含笑瞧着自己。那笑容犹如初春的暖阳，瞬间消融冰雪。如果这也是一场博弈，他已经一败涂地。

她还未察觉他的心动，正侧过头，在他耳畔含笑轻语："现在郎君可愿手谈一局？"

"怎么了？"注意到李砚的沉默，太后出声。

李砚从沉思中惊醒。现在显然不是追忆过去的时候。他定了定神，掩饰地问："听团黄刚才的话，似乎是和徐太妃有关的事？"

"我倒忘了，"太后似笑非笑地瞥他一眼，"你是徐太妃荐来的人，想必会有顾忌？"

李砚听她有疑己之意，连忙解释："臣在棋院资历甚浅，一直烦恼没有机会得见太后。恰巧徐太妃召见，臣只能用她破局。但是这一切都是为了襄助太后。即使太妃对臣有举荐之力，臣也没有偏向她的道理。"

太后审视他一阵，终于慢慢道："上次姚潜与三娘之事，我总觉有些疑点，便让人查了上元日太妃殿中宫人出入的记录。我很肯定徐太妃那晚假借宫人身份，私下出宫。"

听她告知内情，李砚便知自己的回答让太后满意。他思量片刻，问道："太后怀疑徐太妃？"

太后点头："我怀疑所谓姚潜和三娘的私情只是徐氏的掩护，因此前两天我稍微试探了她一下。若事实真如她在延英殿上所说，她和姚潜应该没什么关系才对。但她今日却急急忙忙把姚潜叫进宫来。这就不能不让人生疑了。"

"莫非有私情的是徐太妃和姚潜？"李砚有些吃惊。

太后有些好笑地看他一眼："徐太妃虽有点不着调，但大事上她还算明白，我想她不至于做出让先帝蒙羞的事。我怀疑的也并不是她的清白，而是她是否试图与宣武达成什么私下交易？"

李砚应了一声："这倒不可不虑。若果真如传言所说，先帝给了徐太妃调动神策军的权力，她再得藩镇之助，那……"

太后接口："那就没有人制得住她了。"

"那么宣武的事，太后打算如何处置？"

"宣武节度使很赏识姚潜，"太后沉吟，"虽然我暂时不宜和宣武再有什么瓜葛，但将来未必没有合作的可能。我并不想因为一个姚潜影响到和宣武的关系。可是因为他和徐氏的联系，我以为，他也不再适合做我与宣武的中间人。既然他有调职西川的意愿，我就顺水推舟，随他去吧。"

"那徐太妃呢？"李砚问。

太后淡淡道："她还有用，何况我们有过一个口头盟约。我暂时不会动她。但是……"

"但是？"李砚重复。

太后把玩着手中棋子，冷冷一笑："但是她近来的小动作也未免太多了。她得明白，是谁在掌控局势。"

太后的讯息很快就传到了徐太妃那里。

其时她正和颜素在水池边喂鱼解闷。

"我看姚潜这人不错，"徐九英一边随手扔着鱼食一边说，"三娘若觉得合适，我不介意成全。"

颜素笑着为她递过鱼食："太妃这么说，莫不是嫌弃奴婢了？"

"我要是嫌弃你，才懒得替你打算呢！"徐九英道，"你又不是我们这些太妃太仪，还可以再嫁的。"

"若是奴婢愿意跟随太妃呢？"

徐九英丢给她一个白眼："那我得找个医人瞧瞧你是不是有毛病。"她将手中剩余的鱼食尽数丢进池中，拍着手坐到颜素对面，一本正经地说，"跟着我你图什么？就算以后我出得了头，能提拔你，顶多就是在宫里当个女官，那不还是得看上头人的脸色？你跟了姚潜，就是官家娘子，再不用这么小心翼翼地做人。而且我打听过了，他父母都不在了，你连翁姑都不用侍奉，不比在宫里强多了？怎么想不明白呢？还是说你嫌姚潜官位太低，所以不愿意？"

颜素微笑道："姚司马弱冠之年进士及第，同年又登博学宏词，可谓难得一见的奇才。多少人到他现在的年纪都还在辛辛苦苦考科举呢，奴婢哪里有资格嫌弃？"

"那你为什么不愿意？"徐九英越发不解。

颜素想了想，慢慢解释："无论奴婢在本家还是夫家的时候，内宅女眷都不大知道男人们在外面干什么。可是出了事，她们却要一道承担恶果。就如刘家，无论之前是怎么样的富贵，一朝获罪，什么都烟消云散。一大家人，侥幸活下来的没有几个。试问奴婢这些姑嫂妯娌又何曾作恶？不过是生错了地方，嫁错了人。而这些甚至不是她们自己能够决定的。太妃明白奴婢的意思吗？"

徐九英眨了眨眼睛，讪讪地回答："老实说，不是很明白。"

颜素轻叹："嫁了人，生死荣辱就要与夫家绑在一起。对女子来说，之后的命数如何全凭运气。富贵显达还是家破人亡都不是内宅妇人能够左右的事。奴婢受过刘氏之累，已知世道无常，因而不愿再寄托姻缘，依附他人。"

"你这么一说，我好像有点明白了，"徐九英点头道，"这要是你真心话，我也无话可说。不过你可想好了啊，过了这村就没这店了。将来要是后悔了，可不见得还有第二个姚潜等着你。"

"奴婢想得很清楚，"颜素道，"比起姚司马，奴婢觉得跟随太妃更安全些。"

"那可不一定，"徐九英失笑，"我不见得能赢到最后。我要是失了势，你以为你跑得掉？"

颜素笑道："跟着太妃当然也会有风险，但这是奴婢能够把控的。就算最后结果不尽如人意，至少也是奴婢自己选择的道路，没什么好抱怨的。何况太妃未必会输。"

徐九英听了，嘴角微微上翘："你觉得我能赢？"

"奴婢从不怀疑这点。"颜素微笑以对。

徐九英挑了下眉毛，过了一会儿才又笑道："虽然知道你是奉承我，不过这话我还是很爱听的。"

颜素一笑，刚要答话，却瞧见陈守逸从回廊另一边向她们走来。她打住话头，向徐九英示意："陈守逸来了，想必有新消息。"

片刻之间，陈守逸就已走到近前，笑着问道："太妃和三娘在聊什么？"

"三娘正在滔滔不绝地表达她对我敬仰之情。"徐九英回答。

陈守逸听了，脸上的笑容又加深了一些："看来奴婢来得不巧，打扰二位雅兴了。"

徐九英瞥他一眼，含笑道："你知道就好。说吧，又得了什么消息？"

"姚潜调职西川一事已经定下来了。"陈守逸道。

这在徐九英意料之中。她和颜素对视一眼，都没作表示。

陈守逸又道："另外，太后替换了两三个藩镇的监军，包括宣武。"

徐九英想了想，问他："这大概是发现进奏官不太可靠，所以想用监军与藩镇联络？"

陈守逸点头："奴婢也这么猜想。"停顿片刻，他又续道，"还有就是太后更换了军器使。"

这一条让徐九英有些疑惑："军器使？"

"太后恐怕是对神策军有想法了。"颜素在旁解释。

"她脑子转得倒快。"徐九英撇嘴。

陈守逸道："转得快的何止是太后。奴婢来见太妃前，收到一封窦中尉的亲笔信，说是得了几坛吴中糟蟹，想找机会送与太妃尝鲜。"

徐九英听得两眼放光。过了很久她才按捺下内心的激动，迟疑着看向陈守

169

逸："他这是……要巴结我了？"

"投石问路，"陈守逸笑着揶揄，"太妃可得稳住，别让人看出来几坛螃蟹就能把你收买了。"

徐九英瞪他一眼，虽然一脸不服气，最终却没有反驳。

颜素怕他二人没完没了地斗嘴，及时插话："这是好事。之前两位神策中尉一直不大愿意和太妃接触，如今总算是有转机了。"

"想必是知道太后想动神策军，开始急了，"陈守逸道，"太妃若能趁机把他争取过来，以后就什么都不用怕了。"

颜素也道："太妃可得好好想想怎么说服他。"

"这还不容易？"徐九英笑道。

"窦中尉本人没有背景。他能一路升迁到神策中尉，是有些本事的。太妃还是当心些的好。"陈守逸劝道。

徐九英笑而不语。她抓起一把鱼食，揉搓片刻后扔进水里。本已散去的鱼群重新聚集起来，抢食落入水中的饵料。

"你们瞧这些鱼，"她轻笑着看向陈守逸和颜素，"扔一点吃的进去，它们就会出来争抢。那些人啊，自以为聪明，其实和这些鱼没什么两样。只要我手上的诱饵足够大，不怕他们不来。你看，窦怀仙这不就上钩了？"

数日以后，神策左中尉窦怀仙就出现在了徐太妃面前。

窦怀仙的经历和其他宦官有些不同。他并非幼年进宫，而是成年后才自愿入内侍奉。因此，他的样貌比其他内官要显得魁梧。他不像之前的神策中尉，是懂得些领兵之道的。因为时常出入神策行营，他的皮肤略显黝黑，乍一看倒颇有几分阳刚之气。或许是入宫时年纪太大，他从未认过养父，也一直游离于宦官们的派系之外，全凭先帝信用，才得以晋升高位。

这些事是在窦怀仙来见徐九英之前，陈守逸一桩桩说给她听的："他和余中尉不一样。余氏一脉已在宫廷侍奉数代，根基深厚。就算这些年北司与南衙时有冲突，他们这一系也仍然和南衙关系密切。太后更换军器使，对余中尉的影响还算有限……"

"但是对窦怀仙这样没背景的人来说就不一样了，"徐九英接口，"神策军是他唯一的倚仗。所以太后一打主意，他就跳出来了。"

陈守逸笑着点头："正是如此。此番他主动示好，就是有向太妃靠拢的意

170

愿，但如何笼络他，却要看太妃的手段了。"

有陈守逸这番提点，徐九英一早就打好了腹稿，此时便先笑着开口："中尉上次命人送来的糟蟹味道很是不错，比进贡给宫里的那些都强呢。"

"这样的东西窦某那里多的是，"窦怀仙恭敬回答，"太妃喜欢，某再让人多送些过来便是。"

徐九英正用银匙拨着莲子羹，听见这话对他抬了下眼皮，斟酌了一下才又接着说："那岂不是又要让你破费？"

窦怀仙微微一笑："太妃是陛下生母，某孝敬也是应该的。"

"那我就先谢过中尉了。如今难得有人还记得我是皇帝生母呢。"徐九英道。

"太妃说哪里话，"窦怀仙含笑道，"太妃和陛下是母子，这是无法否认的事实。"

"不是我说，"徐九英道，"老早我就觉得中尉和我有些像，今日一见，中尉果然是我知己呢。"

"哦？某倒未曾想过，"窦怀仙不动声色，"不知是哪里让太妃觉得相像？"

"我和中尉在宫中都没什么背景，全是靠自己爬到现在的位置。"

窦怀仙恍然，摸着下巴承认："太妃这么一说，倒确实有几分相似。"

"既然我和中尉如此相像，想必也能理解彼此的难处。中尉说我们是不是应该互相帮助呢？"徐九英笑问。

窦怀仙拊掌："理应如此。"他稍作停顿，试探着问，"之前宫中传言，先帝给太妃留了一道密诏，不知……"

"我与中尉不是决定要互帮互助吗，有没有那道密诏又有什么关系？"听他提到密诏，徐九英的嘴角虽然还保持着上扬的姿态，眸中却已没有了笑意。

窦怀仙赔笑："某对太妃自然是忠心耿耿，但有与没有毕竟有所不同。若先帝当真留下密诏，让神策军听太妃指令，某自然任凭太妃驱策。若是没有，窦某师出无名，总归会有些为难。还请太妃明示。"

徐九英将杯盏放下："我明白中尉的顾虑。在我明示之前，有些话我想先和中尉说道说道。"

"洗耳恭听。"

171

徐九英慢悠悠道："我知道，就算我再怎么和中尉拉关系，其实中尉都是瞧不上我的。"

窦怀仙忙道："这万万不敢。"

"没关系，这点自知之明我有，"徐九英摆摆手，"我一个出身低微，连字都认不得几个的人，和你们比起来当然什么都不是。不过中尉若想大权独揽，却非和我这样的人配合不可。"

"这是为何？"窦怀仙眼中闪过一抹意味不明的幽光。

"因为……"徐九英对他嫣然一笑，"只有我才会甘心当你的傀儡。"

徐太妃咬着银匙，时不时瞟一眼窦怀仙，查看他的反应。

窦怀仙的表情十分怪异，像是惊讶，又像是哭笑不得，最后还有一丝隐约的尴尬。好一会儿，他才恢复了平淡无波的表情，不紧不慢地开口："窦某还是第一次见到甘当傀儡的人。"

徐九英没有立刻回应，而是先看了一眼侍立在侧的陈守逸。她和窦怀仙寒暄时，陈守逸一直没有插话，只在旁边察言观色。此时见徐九英看过来，他飞快地给了她一个肯定的眼神。

窦怀仙对徐九英的话虽然有些意外，却没有出言否定。这表明徐九英的提议对他是有吸引力的。形势对徐太妃有利。

陈守逸的判断让徐九英有了底气。她轻笑一声，将银匙扔回碗里。银匙轻击碗壁，发出连串叮当脆响。

"明人不说暗话，"她慢悠悠地说，"我虽然没什么见识，也知道现在谁能控制神策军，谁就能掌控整个局势。我当然要尽最大努力来争取中尉的支持。"

"哪怕是做别人的傀儡？"窦怀仙问。

"当然，"徐九英满不在乎地回答，"皇帝年纪小，亲政怎么也得是十年后的事情。我首先得保证我们母子活得过这十年。不怕中尉笑话，我这样大字不识几个的人，难道还管得了朝政？自然是别人说什么，我做什么。反正都是当傀儡，何不找最有权势的那个？也许，中尉看我听话，能对我仁慈点也说不定？更何况我这里说不定还有中尉需要的东西呢？"

窦怀仙目光闪烁，却不置可否："比如说？"

徐九英微笑续道："中尉现在很有权势，这我不否认。可是再有权势，名义上宦官始终还是皇帝家奴。要保住中尉现有的势力，皇帝的支持终归是不能

172

少的。可问题是，不见得每个皇帝都愿意给中尉无条件的支持。至少，赵王对宦官的好感就很有限。"

窦怀仙点头，赵王正是由于他抑制宦官干政的主张才赢得了南衙重臣的支持。也因为这个，北司的人就算不敌视赵王，也多半态度消极。

"相比之下，我们母子对中尉的威胁就小多了，"徐九英道，"我是后宫妇人，接触外朝时总有许多限制。那些文臣还不怎么喜欢搭理我。比起他们，我也宁愿和宦官打交道，至少说话方便不是？其次，我不是能管事的人，皇帝又只有三岁。无知小儿怎么也比成年人好摆弄吧？而我限于肚子里没几滴墨水，显然也会比太后更听话。有正统的名分，却不能主事，我敢说中尉找不到比我们母子更好的傀儡了。"

"太妃所言确有几分道理，"这些理由窦怀仙自然也曾有所考量，缓缓道，"但是，十年之后呢？陛下总归要亲政的。"

徐九英嗤笑："十年后的局面我可没法预见。中尉这个问题，我现在给不了答案。不过有一件事，我可以很肯定地告诉中尉，选择我，你至少能掌权十年；选别人，你连这十年都不会有。无论太后还是赵王，只要有机会，他们一定会将权力集中到自己手里。赵王不喜宦官，即使要合作，他应该也会倾向与南衙关系更密切的余中尉。至于太后……更换军器使已足以表明她的态度。而这不过只是开始。如果我是中尉，我会早做打算，免得将来陷入被动。"

这正是窦怀仙一直担忧的事。他神色渐趋严肃，缓缓说道："太妃所言甚是。只是某并不确定太妃就是某需要的人。的确，陛下与太妃对某没有威胁，可没有威胁也意味着实力不足。请恕在下直言，窦某恐怕太妃提供不了某需要的助力。"

徐九英失笑："窦中尉，我是读书少，但那不代表我好骗。若不是想从我这里得到某样东西，中尉何必急着见我？"不待窦怀仙说话，她已转头吩咐陈守逸，"去把那东西拿来。"

陈守逸点头，躬身退入内室。

徐太妃终于肯将她手中的筹码示人，窦怀仙的精神一振，屏息静气地等待着。

不多时，陈守逸双手捧着一个一尺见方的镶螺钿的黑漆木匣回返室中。

"打开给中尉瞧瞧。"徐九英道。

陈守逸应了，走到窦怀仙身前，跪坐下来，打开了木匣。

　　窦怀仙只向木匣里看了一眼就大为震惊，连声音都开始发颤："这，这是……"

　　"我知道外面在流传什么。很遗憾，我确实没有传言中的那个东西，"徐九英轻笑，"不过有这个，我觉得也差不多。窦中尉总不会以为先帝什么都没给我们母子留下吧？"

　　窦怀仙再度看向盒中之物，脑子已飞速运转起来。虽然和他预料的情况有些出入，但徐太妃手里掌握的东西确实非同小可。不，应该说她手里的这件东西比传言中让她有权调动神策军的密诏更有价值。若能妥善使用，再加上他手上的神策军，足以撼动整个朝廷……窦怀仙很快有了决定，这东西绝不能落在别人手里！

　　他的表情变化没能逃出徐九英和陈守逸的眼睛。两人对视一眼，接着就响起了徐九英微哑的笑声："现在，我是不是可以认为中尉和我已经达成共识了？"

　　会面结束后，陈守逸送窦怀仙离开。

　　"我记得你好像是陈进兴的养子？"上廊道时，窦怀仙忽然发问。

　　"是，"陈守逸想了想，补充道，"曾经是。"

　　窦怀仙笑道："我是听说过有个养子和他闹翻了，原来就是你。"

　　陈守逸苦笑一声，低头不语。

　　窦怀仙似乎颇有感慨："我就说认养父、收养子没意思，谁知道哪天就会反目成仇？"

　　陈守逸的神色略有些尴尬。

　　窦怀仙察觉，笑着拍了拍他的肩："我知道很多人收了养子并不好好对待，反而经常打骂。你和你养父的事也不见得就是你的错。我今日也不是为陈进兴抱不平，只是想提醒你一句。太后现在很器重他，你可要当心些。"

　　"多谢中尉提点。"陈守逸微微躬身。

　　"你我现在是一条船上的人，客气什么？"窦怀仙往他手里塞入一件沉甸甸的物件，压低声音道，"太妃这边，还请你多替我留心。"

　　陈守逸等到窦怀仙走后才摊开手。躺在他掌心的是一块黄澄澄的金子。他啼笑皆非，思量片刻，还是将金子收入了袖中。

返回殿内，陈守逸发现徐九英已叫来了颜素，正向她吩咐什么。见他回来，徐九英向颜素点了点头，颜素便退下去了。

"太妃要把消息透给太后？"陈守逸看着颜素离开的背影问。

"窦怀仙这么重要的人，她不可能不留心。他来见我的事估计很难瞒住。与其让她从别人那里知道消息，倒不如让三娘透露给她，顺便还能加深下她对三娘的信任。"徐九英道。

陈守逸觉得有理，也就不提了。

"你送窦怀仙的时候，他可说了什么？"徐九英问。

陈守逸取出袖中的金子。

徐九英拍案而起："怎么送我就是臭鱼烂蟹，送你倒是真金白银？"

陈守逸一笑，将金子递到她手中。徐九英接了，放在嘴里咬了一下，是黄金没错。

"这块金子未必换得到那几坛糟蟹，"陈守逸道，"不但能准确把握时机，还能摸准太妃的喜好，这窦怀仙确实有几分本事。"

徐九英放下金子："可惜他越有本事，忌惮他的人就越多。"

"太妃的意思是，很快就会有人向他下手？"陈守逸问。

"现在的问题不是有没有，"徐九英看了他一眼，低声笑道，"而是……谁？"

凉意随着夜幕一道侵入，开始漫布于馆舍之内。

几名侍婢入内，点燃了室中的树灯，又向正襟危坐的东平王道了万福，才慢慢退走。

东平王并未留意她们的去向，依旧目视前方，神色肃然地等待着。

良久，终于有人打开了通往内室的门，广平王徐徐步出。

东平王转向他。

广平王面带歉意，缓缓摇了下头。

"看来阿爷还是不愿谅解，"东平王叹息一声，"我过几日再来。"

他方起身，广平王却叫住了他："阿弟。"

东平王回头。

"姚潜的事闹成这样，阿爷颜面扫地，难免着恼。你别往心里去。"

东平王苦笑："我明白。"

"不过上次的事……"

"阿兄还要我解释多少次？"东平王打断他，"为了你们，我连挚友都出卖了，贼船我也上了，坑害你们我能有什么好处？我和你们讲的都是实情。我也没料到，姚潜竟会弄错人。"

广平王拍拍他的肩膀："不是我和阿爷要怀疑你。之前阿弟一直不肯出力，这次又让阿爷丢这么大的脸，他难免会有想法。"

"要怎么样，你们才肯信我？"东平王问。

广平王道："证明你的诚意。"

东平王垂目许久，最后一言不发地离开了。

第十三章

汉书

秋雨已下了整整一日。

蒸腾的水汽为园中的亭台笼上一层迷蒙烟云。顾昭倚靠窗边，仰头注视檐前纷落的雨丝。

忽有一人自廊上疾行而来。那人身形纤细，显为女子。她匆忙移至近前，撑开手中纸伞，步出长廊，穿过庭园，走向顾昭所在之处。

看清来人身影，顾昭转过身，急步行至门前。她打开门时，那个人刚好走到门口，正将纸伞收起，向着地面挥动。附在伞上的水珠纷纷抖落，打湿了门前的地面。听见门响，她慌忙收手，向门内看过来。这人正是紫笋。

"可找着他了？"顾昭将她拉进屋内，急切地问。

紫笋摇头。

顾昭眼中的希冀顿时熄灭，颓然坐到榻上。

紫笋心有不忍，轻声唤她："女郎……"

顾昭回神，对她露出虚弱的笑容："我没事。"

紫笋正想安慰几句，顾昭却先她一步开了口："你淋湿了呢。"她指着紫笋肩上的一块水痕，温和地道，"快去换身衣裳，别受了凉。我叫人……叫人送姜汤过来。"

虽然表现得平静，但她说话时的断续，还是让紫笋察觉到她此时混乱的心情。

顾昭提醒后，紫笋也觉出了身上的凉意，只得先将想说的话搁置一边，下去更衣。

回转之时，已有人将姜汤送至顾昭房内。此时的顾昭显然已经收拾好自己的情绪。看到紫笋，她甚至还能露出柔和的笑容，并体贴地将案上姜汤轻轻推向她。

紫笋坐下，小口饮着姜汤。辛辣的味道自口腔向胸腹蔓延，激出阵阵暖意，驱散了身上的湿寒。

她缓过劲后，便放下碗，向默坐一旁的顾昭道："女郎别急。奴婢明日再出门寻找。"

"不必了。"顾昭叹息。

紫笋急道："女郎难道不想见他了？"

顾昭沉默一阵，终究还是摇头："已找了这么长的时日，仍是音信杳然，想来天意如此。以后不要再提这个人。"不待紫笋说话，她又道，"你去更衣时，我已让碧涧去请阿爷过来。"

紫笋呆住。山盟海誓，花月情浓，顾昭与李砚的事，没人比她更清楚。她不信顾昭会甘心就这样算了。

顾昭知道她的心思，苦笑着说："这是命，得认。"

不待紫笋再劝，顾昭的生父顾钧已匆忙赶来。

一个月前，皇帝下达了将册立顾昭为后的诏旨。因她已是未来皇后的身份，顾家不能将她再作顾家女看待。她的任何要求，在顾家都成了头等大事。顾钧本人更是不敢有丝毫慢怠。

"贵人召见，不知有何吩咐？"如今顾钧已不敢直呼女儿的名字，只能恭敬地弯腰询问。

"阿爷坐下说话。"顾昭示意紫笋退下，抬手道。

顾钧这才入座。

然而这之后，顾昭却又沉默了。

顾钧等了许久都不见她出声，只得小心翼翼地开口："贵人……"

"为什么是我？"顾昭终于开口。

顾钧神色困惑："某不太明白贵人的意思。"

"家中姊妹这么多，"顾昭缓缓道，"为何偏偏会选中我？"

先皇后病中曾让人传信，说是思念家人，让家中在室的姊妹们入宫一见。顾昭当时便有疑惑，皇后入宫多年，与她们这些族妹并不熟悉，说想念她们未免牵强。因着这层顾虑，顾昭入宫时十分谨慎，皇后问话她也只用套话搪塞。一众姊妹里，她应该是相当平庸的一个，何以最后竟会中选？

顾钧这才明白她问的是入宫之事，踌躇一阵后回答："是先皇后的意思。"顿了顿，他试探着问："这一月贵人时常闷闷不乐，莫非是不愿入宫？"

顾昭沉默以对。

顾钧从她的缄默中得到了答案，长叹一声："恕某僭越，作为父亲，某并不希望贵人入宫。但这既是先后遗愿，陛下又已下了诏旨，万无更改的可能。何况顾家也有需要贵人完成的事。"

"要我完成的事？"顾昭喃喃。

"太子年纪尚幼，需要后援。"

"后援？"顾昭抬头，若有所思。

顾钧细细与她剖析："陛下春秋正盛，后宫也不可无主，必要再立新后。先皇后担心新后出自别家会对太子不利，因而恳求陛下，若她一病不起，应从她本家择立继后。先皇后并未说明选择贵人的原因，但以某素日观察，家中适龄女子以贵人最为敏慧，恐怕也只有贵人能够担当此任了。"

"也就是说，"顾昭缓声道，"只要我成为太子的保护人就可以了？"

"这……"顾钧有些迟疑。这也许是先皇后的意愿，却未必是他的意思，甚至整个顾家都未必这样想。但是这些话却是不便明言的。

顾昭显然已得到了她要的答案。闭目片刻，她再睁眼时，表情已经平淡无波："如此，我入宫便是。"

"中宫……救我……救我……"浑身是血的青年拖着一条残缺的腿蹒跚前行，痛苦地向她伸手。她想要后退，却发现自己动弹不得。当青年倒在她面前，却仍在试图抓住她的裙摆时，恐惧终于让她自梦中惊醒。

她坐起身，惊魂未定地环顾四周，只见帘幕低垂，月华映照窗枕。清夜寂静，唯闻草虫低鸣。

179

须臾帘帐微动，却是白露听见动静，过来查看："太后？"

"没事。"她长长出了一口气，回答道。

白露见这情形，便知太后又被恶梦所扰。她将纱帐用金钩挂好，嘱咐宫人去取安神的汤药，自己则取来薄衫，为太后披上。

"什么时辰了？"太后问。

"丑时刚过，"白露答道，"进过汤药，太后还能再睡会儿。"

太后轻叹一声，抚着额头没有说话。

不多时安神汤药送来。白露将药奉与太后。她看看四周，见守夜的宫人都在远处，于是轻声问道："太后莫不是又梦见了……"

太后饮了一小口汤药，轻轻应了一声。

白露柔声劝慰："太后不须如此愧疚。先太子的事怪不得太后。"

"我入宫是为了保护太子，"太后叹道，"最后却是我先放弃了他。"

"太子那时的状况根本不可能为君，太后那样做并没有错。"白露说。

太后惨笑："不，我有错。当初若能早些决断，事情不至于到后来那个地步。先帝也不会含恨而终了……"

宫人们为顾昭梳妆时，她也正偷偷从铜镜里打量坐在身后的皇帝。

皇帝的姿貌风仪，就算年轻时也只能说是中人之姿，近年来又微微发福，越发显得憨厚圆润。不过入宫仅仅数日，顾昭已觉出他是个十分温和的人。对宫女内官，他绝少疾言厉色。就算他们偶有疏失，皇帝也不大计较，有时甚至还会在宫监面前为他们掩饰，免去他们的责罚。

察觉到顾昭正在观察自己，皇帝微微一笑，放下手中书卷："皇后在家时都爱做什么事？"

顾昭连忙站起身来。

这情态却惹得皇帝一笑："只是随便聊聊，皇后不必拘礼。"

顾昭应了一声，低头回答："臣妾在家中时多与姊妹同处，学些女子应有之艺。闲暇时……臣妾喜欢钻研弈棋。"

皇帝瞥了一眼身旁的棋盘，笑着道："那正好，皇后陪朕下盘棋吧。"

顾昭闻言略显吃惊，但她很快就收敛了表情，低头应下。

两人对坐行棋。猜先之后是皇帝执黑。皇帝不假思索，下出了第一手。顾昭不知皇帝棋力，拈子时颇有犹豫。

皇帝久不见她落子，忍不住出声："皇后？"

顾昭深吸一口气，终于落了子。只交换数手，顾昭就看出皇帝棋艺寻常，下子时再无犹疑，倒是皇帝思考的时间越来越长。

"皇后的棋艺很是了得呢，"棋至中盘，皇帝即便告负，"朕认输了。"

顾昭一惊，她心事重重，竟忘了自己正与皇帝对弈，慌忙起身："臣妾一时好胜，请陛下责罚。"

皇帝初时似有不解，片刻后却似想起了什么，笑着问她："是不是有人告诉皇后，和朕下棋时不能赢？"

顾昭讪讪点头："在家时阿娘曾经叮嘱过。"

皇帝失笑："令堂多虑了。皇后该不会以为朕连自己的棋力都不知道吧？棋院的待诏们也经常赢朕，朕也没责罚过他们，何况是皇后？"他低头看了眼棋盘，摇头自嘲，"不过输得这么难看也不多见。"

一句话又让顾昭的心提了起来。

许是觉察到她的紧张，皇帝吩咐身侧的内官："叫人把东国进贡的棋盘和棋子取来。"

内官领命而去，大概一炷香后，便有数名宫人捧来了棋盘和棋子。

皇帝指了指顾昭。宫女们便膝行到她身前，向她举起手中之物。

顾昭看了看棋盘和棋子，惊讶道："这莫非是揪玉局和冷暖玉棋子？"

皇帝抚须笑道："正是。皇后棋艺高强，又识得货，想来不会辱没它们。这些东西便赠予皇后吧。"

他示意宫女们将东西放在顾昭面前。捧着棋盘的宫女便先上前来。这宫女略有几分姿色，最难得的是一双手纤长细嫩，肤色白皙。她放棋盘时皇帝刚巧抬头，不免多瞧了一眼。

顾昭看在眼里，却只作不知。

等皇帝离开，她看向那名宫女："你叫什么名字？"

宫女还摸不准这位新皇后的性情，有些忐忑地回答："奴，奴婢叫张翠兰。"

"从今天起，你留在我身边。"顾昭道。

皇帝再来皇后殿时，奉茶上来的人就变成了这位张姓宫人。

接过杯盏时，皇帝无意间抬了下头，立刻认出她是上次的宫女，不由得一怔。

但他并未深究，而是接着和皇后说话："刚才我进来时，皇后好像是在看书？"

顾昭点头："是。"

"皇后看的是什么书？可否容我一观？"

顾昭将摊在案上的书卷取来，双手奉上。

皇帝看了一眼，先是有些讶然，片刻后却又笑着道："《汉书》？想不到皇后年纪轻轻，已涉猎颇深。"

"臣妾才德浅薄，唯恐有失国母之职，因此想多学习先贤之道。"顾昭回答。

"朕倒觉得皇后所学已经太多。"皇帝淡淡地道。

皇帝此语，顾昭并不意外。她低下头，默不作声。

"也罢，"皇帝沉默了一会儿，轻声叹道，"既然皇后有这样的意思，朕就如你所愿吧。"

接着他便起驾，前往别的妃嫔居所了。

皇帝走后，顾昭仍在原地，维持着低头的姿势，一动不动。直到宫女战战兢兢地再三提醒，她才神色平静地站起身来。

自那之后，皇帝便很少再踏足皇后的宫室。而且没过多久，皇帝便将皇后殿中那名姓张的宫女升为了采女。皇后入宫未久，尚属新婚，皇帝却已急着纳新，不免让宫中有些议论，猜测皇后这么快失爱于皇帝的原因。有好事的人甚至向皇后殿中宫人打听，却连近身服侍皇后的宫女们也说不出个所以然。

不过很快，大家又发现帝后之间好像并没有失和。皇后该有的尊重和礼遇，皇帝并不吝于给予。虽然见面不多，但需要两人出席的场合，帝后也相敬如宾，甚至还能谈笑风生，丝毫不像有矛盾的样子。时间长了，众人虽然还是不明白原因，却也渐渐了悟，皇帝也许并不喜欢皇后，却仍然愿意维护她的地位。

虽然觉得怪异，但没人会进一步深究帝后的关系。慢慢地，所有人都接受了这样的现状，东宫的人更是乐于见到这样的局面。

东宫上下对于这位新皇后的心理颇为微妙。新后与元后一样出自顾氏，理应与太子互为奥援。然而太子终究不是她亲生之子。皇后又还年轻，仍有诞育皇子的可能。将来若是再有嫡子，皇后对太子的态度未必还会和现在一样。因为这层疑虑，东宫属人一方面需要依靠皇后的力量，一方面又不免心存戒备。但是皇帝疏远皇后，情况则又不同。皇后无宠，自然不会有新的嫡子降生。这时皇后就算为了自身利益，也会不遗余力地扶助太子。因此东宫在皇帝冷落皇后之后，反而日渐缓和了对皇后的态度。

而这正是顾昭早有预见的。为了消除东宫对她的猜忌，她才故意将《汉书》呈进给皇帝，表明自己对太子之位并无企图。不但如此，当宫中开始流传她无法生子的谣言时，她虽然啼笑皆非，却并不禁止。只要太子地位稳固，她就完成了顾家和先皇后的嘱托。至于外间的评论，她并不怎么在意。

然而她苦心制造的局面没能延续下去。在顾昭入宫四五年后，太子身上开始出现了一些不同寻常的症状。

第一次见到太子时，顾昭就隐隐觉得太子的性情有些问题。但虑及太子失恃未久，有些敏感孤僻乃是人之常情，对着她这个只大了五六岁的继母大概也难免觉得尴尬，便没太放在心上。等到症兆显现时，一切已经迟了。

初时太子只是偶有幻听，后来就变得越来越频繁。大概有一年的时间，太子总是抱怨有人在他耳边说话。接着他开始指责呈给他的吃食有异味，后来他就变得疑神疑鬼，总是担心有人要暗害自己。

东宫对太子的安危不可谓不重视，为此彻查了好几次，却并没查出什么问题，最后只能不了了之。这令太子的疑心越来越重，不但变得暴躁易怒，还经常责罚侍奉他的宫人和宦官。两三年后，一个颇得太子宠爱的姬妾忽然急病身亡，太子受此事刺激，发作起来。他抱着那宠姬的尸身，不让任何人碰。后来内官想强行将尸身从他身边带走，太子竟然暴起，拿烛台打伤了其中一个宦官。看到太子如此癫狂，东宫属人们才意识到问题严重，急忙上报皇后。

顾昭接报大惊，匆忙请父亲入宫，商议对策。

顾钧听顾昭说了经过，也是惊疑不定："中宫确定是癫症？"

"事关重大，暂时还未让医官检视，"顾昭忧心忡忡道，"不过从东宫人描述的情形看，恐怕八九不离十。"

顾钧一时也失了主意，焦躁地来回踱步："怎么会？太子怎么就患了这样的病？"

相比父亲，顾昭反倒十分镇定："依女儿看，还是先想办法确认一下为是。我听说得这种病的人，其亲族里也常会有人发病。既然皇室和顾家都未有人得过这病，可否请阿爷再去查查先皇后母亲的本家，看是否曾有人出现过相

183

同的病症？"

"臣立刻去查。"顾钧道。

数日后，顾钧的调查有了结果，先皇后母亲的本家确实曾有人患过此病。顾昭听完，再无怀疑，当即道："此事必须立刻告知陛下。"

"不可。"顾钧断然道。

顾昭愕然："为何不可？"

顾钧斟酌道："东宫三岁即被立为储君，中宫可知这些年有多少人的身家性命都系在他的身上？此事上报，朝中必起轩然大波。这已不是一人、一家之事，还请中宫三思。"

顾昭半晌无语，许久后才问："那依阿爷之意呢？"

"依臣之见……"顾钧犹豫片刻后道，"皇后最好能诞下一名皇子。"

顾昭猛然拽紧了自己的裙摆。

见她不语，顾钧劝道："中宫与先后系出同源。太子得疾，先前效忠于他的人必会愿意效忠中宫之子。只有这样才能避免朝中出现大的变故，顾家也能全身而退。"

"可是……我并不合适。"顾昭道。

"这是何故？"

顾昭低头。当初她呈给皇帝看的那卷《汉书》，展开的地方刚好是《外戚传》中关于孝宣王皇后的部分。汉宣帝原配皇后许氏育有嫡子而早亡，宣帝废了加害过许皇后的霍氏，又另立皇后王氏，令她抚养太子。王氏虽为皇后，却极少有面圣的机会。宣帝此举，是不欲再有嫡子与太子相争之意。顾昭正是以此举向皇帝表明了她的态度。皇帝那时已首肯了她的想法，此时她再去邀宠，岂不是明确告诉皇帝，事情有变？

听顾昭说了原委，顾钧连连叹息："这可如何是好？中宫当初真不该如此任性。"

"事已至此，说什么都晚了，"顾昭很快拿定了主意，"如今也只有两策可行。"

顾钧忙道："请中宫吩咐。"

"第一件是寻找名医，秘密为太子诊治，看能不能控制住太子的病情。这件事需要做得隐秘，绝不可走漏风声。"

顾钧点头："臣明白。第二件呢？"

"这第二件……"顾昭沉吟良久，"请阿爷在族中寻觅适龄女子，献给陛下。"

顾钧很快便从顾氏旁支里选定了一名妙龄女子。没过多久，顾昭便以皇后的名义将那位族妹召进宫来陪伴自己。

因她吩咐过，顾钧特意选了个俏丽活泼的女孩送来。毕竟是同族，这女子相貌与顾昭有几分相像，更难得的是机灵好动，颇有几分顾昭少年时的神采。顾昭审视这位满脸好奇的族妹时，竟然也有些恍惚。

"中宫？"见她失神，白露出声轻唤。

顾昭回过神，对这位远房堂妹道："过几日我会设宴，请陛下过来。你……好好准备。"

顾昭知道皇帝更喜欢娇俏可爱的女子，除了几条必须知道的禁忌，便不再教这族妹宫中规矩。进宴时，这位堂妹果然表现得一派娇憨，惹得皇帝不时侧目。

顾昭察言观色，见皇帝不时面露微笑，觉得这族妹应该是投了他的眼缘。小宴结束，那族妹被人带去更衣，只余帝后二人。顾昭见皇帝颇有愉悦之色，便婉转询问皇帝对那位族妹的看法。

"虽说是同族，这小娘子和皇后倒是两个风格呢。"皇帝抚须道。

顾昭微笑道："妾向来木讷，自然不如阿妹讨喜。"

"春花秋月，各胜其场。皇后端庄大方，处事得体，乃是难得的女子，又何必定要拿自己的短处和别人的长处相比？"

顾昭试探着道："既然陛下对小妹甚是喜爱，何不将小妹留下，侍奉陛下巾栉？"

皇帝没有马上说话。

顾昭等了一会儿，不见皇帝答复，有些忐忑："陛下……"

"莫非在皇后眼里，朕就是一个好色之徒？"皇帝淡淡地问。

他语气平静，但顾昭觉出不对，赔笑道："臣妾怎敢如此作想，只是选择德才兼备的女子充实后宫本就是臣妾的职责……"

"那也不必让朕的后宫都姓顾。"皇帝淡淡打断。

顾昭一惊，连忙道："臣妾绝无此意。"

"朕明白皇后是好心，"皇帝放缓了语气，"不过日前才纳了一名宫女，

185

朕若这么快又收新人，恐怕言官们会有议论。此番只能辜负美意了。"

皇帝话说到这个地步，顾昭知道此事是断不能成了，只得收声。

倒是皇帝离开前又想起一事，吩咐她道："对了，前几日那个蹴鞠宫女，朕已决定将她封为采女，烦请皇后安排一下。"

顾昭应了，在原地默默送皇帝离去。

皇帝态度明确，短期内顾氏很难再送女子进入后宫。既然一时半会儿都不可能再有顾氏所出的皇子，顾家只能先寄希望于稳定太子的病情。

顾钧一直寻访名医，又劝服太子借去顾府做客的机会接受医人们的诊治，药材等物也通过顾家送入东宫。两年间试过无数医治方法后，太子看上去确实有所好转。他不再那么狂躁易怒。情况最好的时候，他除了偶尔会做出一些让人费解的怪异举动之外，几乎和正常人无异。

不过时间长了，到底还是有人注意到了储君的异常。终于，一道质疑太子的上疏终于打破了平衡。弹劾的人似乎并不了解太子的疾患，但他确实指出了太子许多不妥当的言行。且因为这道上疏，越来越多的人开始注意太子的一举一动。

这无疑给了太子许多压力，令他本已脆弱的精神状态更加紧绷。后来连皇帝也有所察觉，向顾昭提起此事。

顾昭不得不小心应对："臣妾并未听说太子有什么失德之处。想来只是偶有放纵，无伤大雅。"

皇帝仍无法放心："恐怕不是偶尔放纵这么简单。太子品行关乎国运，皇后还须多加留意。"

顾昭试探道："陛下是不是对太子有什么不满？"

"朕确实觉得太子近几年时有不当的行为，有些担心太子的资质。"

"可那些都是小事……"

皇帝正色："很多事情看似微小，却往往能判定一个人的品性。太子身为储副，若连自己的言行都不能约束，又如何指望他担负君主的责任？"

顾昭心惊肉跳，好一会儿才道："太子年轻，又无大过，何况还是先皇后嫡出……"

"嫡出？"皇帝似笑非笑，"本朝君主并非个个都是嫡出。"

顾昭不由得变了脸色。

皇帝也觉出这话不妥，很快放缓了声气："皇后研习《汉书》，应该读过《元帝本纪》？"

顾昭垂目，好一会儿才答："读过。"

皇帝道："元帝为太子时，宣帝就知其非上佳之选，却因许皇后之故，未曾改易，致使汉室衰落。朕说这些不代表朕现在有易储的想法，可是社稷为重的道理，皇后总该明白。"

这番话让顾昭颇为触动，皇帝离去后，她仍沉思良久。

几日后，太子不知从何处得到风声，跌跌撞撞闯入了顾昭殿中，扑倒在她面前："阿爷是不是要废了我？"

顾昭连忙扶他："太子何出此言？"

太子语无伦次道："英王、荣王他们都盯着太子的位子。他们一定已经知道我有病，告诉阿爷了，不然阿爷不会说那些话！他们要害我，我就知道他们要害我。我要是被废，肯定活不了。中，中宫，你，你要救我！"

顾昭见他又有癫狂之状，暗自皱眉，却还是试图安抚他："陛下已经说过，他并无易储之意，只是希望太子约束自己言行。太子不要自乱阵脚。"

太子却拽紧她的衣袖："若不是想废了我，阿爷为什么说本朝有不是嫡出的君主？"

显然太子曾经派人窥探她的举动，否则如何知道仅发生在帝后之间的对话？顾昭立刻冷下脸："果真如此，太子就更应谨慎行事，不要莽莽撞撞，给人更多的口实！"

太子猛然噤声，惊疑不定地看向她。

顾昭也知此语对太子过于严厉。深吸一口气后，她又换上了温柔和缓的语气："现在确实有些对太子不利的风声，但是太子未曾失德，岂有改易之理？群臣中效忠太子的人也不少，他们不可能让陛下轻易易储。还请太子安心养病，切勿冲动。只要病好了，他们再抓不到把柄，自然危及不到你的地位。"

太子将信将疑："中宫说的是真的？"

"绝无虚言。"顾昭道。

太子盯着她看了很久，似乎在揣测她真实的意图。

顾昭知道太子现在有如惊弓之鸟，不会轻易消除疑虑，又上前主动握住他的手，一字一句地安抚他："顾家会全力支持太子，请太子放心。"

太子的眼神有些闪烁，不过最终他还是听从了顾昭的建议，再没提过这件事。

虽然暂时劝住了太子，但太子那日的话还是让顾昭有所警觉。太子固然过于敏感，但也不能完全排除有人针对太子的可能。对方若果真以太子为目标，绝不会轻易退却。她需要找机会和顾家人详谈，商量出一个应对之策。

一个月后，顾昭求得皇帝许可，回到顾家省亲。

抵达顾家还不到一日，白露便拿了一封信函给她过目，说是在门口拾得的。

信上并未署名，让顾昭颇为疑惑。拆信读了两行，她就猛地拢上双手。

"谁送来的？"她惊疑不定地攥着已被揉成一团的信纸，转向白露。

"信就放在门口台阶上，奴婢并没瞧见送信的人，"白露见她神色有异，关切地问，"怎么了？"

"信上说……"顾昭声音微颤，"太子意图谋逆。"

白露大惊，急急出门查看一番，确定四下无人，才返回顾昭身边："这可如何是好？"

片刻之间，顾昭已有决断："马上回宫。现在！"

车驾进入宫城时，顾昭忽然想起一事，唤来团黄，吩咐了几句。团黄领命而去。一行人刚到皇后殿中，团黄就急急忙忙回来禀报："奴婢打听过了，这两日确实更换了好几处宫门的守将，而且都说是奉东宫的指令。"

"禁军呢？"顾昭又问。

团黄回答："十几天前有人报告，说有来历不明的人混入太子宫院。太子担心有人要对东宫不利，就以加强防卫的理由抽调了一些去东宫。"

"太子可在宫内？"

"听说太子皮肤生疮，请求去城外温泉疗养，昨日就出宫了。"

顾昭缓缓坐到榻上。种种迹象都指向了信上所说的事。

见她无言，白露也露出十分担忧的神色："中宫，现在怎么办？"

顾昭用手撑着额头，也是一筹莫展。起事如此仓促，太子绝无成功之理。等他事败，自己还有整个顾家都要被牵连进去。除非……

一个念头在脑中闪过。她霍然起身，向团黄和白露道："团黄找人送消息给顾家，让他们马上出京暂避。白露……"她稍作停顿，深吸好几口气后才又续道，"白露随我面圣。"

顾昭来时，皇帝正与几个伶人戏谑。听闻皇后求见，他大为诧异。顾昭进来时，他忍不住冲她笑道："中宫难得有省亲的机会，我还以为会在顾家多住些时日，没想到这么快就回来了。"

顾昭没有理会他的玩笑，而是肃容向他下拜："臣妾有要事回禀，请陛下屏退左右。"

皇帝见她神色郑重，心知必有大事，依言令众人散去。顾昭这才说明自己匆忙回宫的缘由，并将收到的匿名信呈交皇帝过目。

皇帝阅后也变了脸色，将这封信反复翻看："信上所说可都属实？"

"臣妾已让人查问过各处宫门，有几个地方的守卫确实被调换过了。东宫又调动了禁军，臣妾恐怕太子确有不臣之心。"

皇帝沉默半晌后道："依皇后之见，朕该怎么做？"

顾昭毫不犹豫道："下密令给神策中尉，命他们调军入京。在神策军抵京以前，关闭所有宫门。不得陛下手令，任何人不得出入。再传令给左右监门卫，将之前调换过的城门守将都先行拿下，分别关押。接着召集内官，发给武器，驻守几处紧要的殿阁。最后谕令各处嫔妃宫女留在自己处所，不得任意走动，否则格杀勿论。"

一旦采取这些措施，必会引起众人的恐慌，皇帝看上去相当犹豫。

顾昭上前一步："事态紧急，请陛下早下决断。"

最终，皇帝一声长叹："就按皇后说的办吧。"

突然下达的连串指令果然令宫廷上下骚动不已。然而皇后处置得宜，不到半日，禁中局势就已稳定。入夜后，内宫无人敢于走动，竟成一片死寂。

宫女悄无声息地进来，点起灯烛，照亮内殿里相对而坐的帝后。

紧闭宫门的举动，在阻止乱党进来的同时也切断了宫内的消息来源。此时他们能做的事也只剩下了等待。

皇帝面无表情地盯着微微跳动的烛火，似乎甚是镇定，但他不住敲击几案的举动泄露了他的焦躁与不安。

顾昭当然明白皇帝此刻复杂的心境。皇后出首告发太子谋逆，无疑是个令他极为难堪的局面。但这是她唯一能让自己和顾家撇清关系的办法。至多三日，神策军就会抵达京都。也就是说，她和太子之间，会有一个人在这数日内迎来自己的终局。

189

殿外忽然传来一阵人声。顾昭抬头看向皇帝，见他点头，便命人出外查看。不多时团黄领着宣徽使陈进兴入内回禀：太子领着一支数百人的兵马出现在宫城之外。但因城门紧闭，叛军无法攻入，目前双方正在僵持。

　　局势听上去十分糟糕，顾昭却暗地里松了口气。她赌对了。

　　皇帝面色铁青地听完，吐出一句话："太子疯了吗？"

　　顾昭低头，没敢说话。

　　皇帝似乎也并不在意她的回答，向陈进兴挥挥手，让他退下。

　　陈进兴领命，退了出去。可是半个时辰后，他竟然又来求见。皇帝让他进来，却见他一脸古怪地禀报："太子的兵马退却了。"

　　帝后面面相觑。最后皇帝问："退向哪里了？"

　　陈进兴尚未回答，东面的天空忽然现出一片红光。初时并不起眼儿，须臾之间就越变越亮，映红了整个天际。

　　皇帝也看见了这片红光，暂停询问，走到窗口查看："那是……"

　　"好像是火光。"顾昭命令宫人，"去问问是哪里的宫院。"

　　"不用了。"皇帝抬手。

　　顾昭惊讶："陛下？"

　　皇帝闭目，良久才哑着嗓子道："是苑城。"

第十四章
奉药

    风炉上的药煲咕噜冒出一阵白汽。掌药的宫女用厚布包住药煲，将它从炉子上端了下来。熬煮多时的褐色汤药自煲内倾泻而出，注入錾有缠枝花纹的莲瓣金碗。宫女盖上金碗，又将之放置在嵌有镙钿的黑漆托盘上，最后捧起托盘，走出来送与典药、司药检视。

    两名典药女官用银针试过，又各自用小匙舀出一点药汁尝了一下，向司药点了点头。司药接药看过，转交尚食与太医署一众医官。诸人一一验过，汤药才获准送往皇帝内寝。送药的一行人穿过回廊时，刚巧看见皇后在宫女们簇拥下，从长廊另一头款款向他们走来。所有人都急忙低头避至一旁，让皇后先走。

    经过他们身边时，皇后忽然停住了脚步，侧头看了过来："这是给陛下的汤药？"

    为首的尚食女官回答："是。"

    "交给我吧。"皇后道。

    端着药的宫女迟疑着看向尚食女官，见她点头许可，才将托盘双手奉上。

    皇后身边的宫人过来接了药。一行人继续前行，很快就抵达了皇帝的寝室。

天子卧病多时，越发不喜喧哗，如今就算是近身侍奉皇帝的宫女、宦官，未得允许也不敢轻易进入内寝。因此顾昭在门口就接过了宫女手中的托盘，独自拿药入内，奉与皇帝服用。

此时距离戾太子的叛乱已经足足五年。

那场叛乱彻底摧毁了皇帝的健康。除了太子，皇帝尚有两个庶子，孙子也有好几个了。即使太子谋反被废，也并不缺少可以继位的人选。但是所有人都低估了太子的疯狂程度。他见夺取宫门不成，竟转而攻击诸王所居的苑城。宫中本是仓促防御兵乱，人手不足，苑城那边并未布置足够的防卫。戾太子没花多少时间就顺利攻下苑城，并且放了一把大火，又令兵卒击杀皇室宗族。皇帝的后嗣不是死于叛军刀下，就是在大火中殒命。

皇帝遭受如此沉重的打击，当时就吐血晕厥，接着便是一场大病。那之后，他的身体便时好时坏。最近两年他开始寄希望于丹药。可是丹药不但未能让他恢复元气，反而加剧了他的病情恶化。

前几日，太医署的医官们已委婉告知顾昭，皇帝所中丹毒已深，药石也不见效用，恐怕时日无多。

内室铺设的厚重红线毯，隐去了顾昭的脚步声。透过层层纱幕，她窥见屏风后的卧榻旁边还跪坐着一个人，心有迟疑，便在屏风前暂时停驻了脚步。

那是一个曼妙的女人身影。因为背对门口，她还没意识到皇后的到来，手里正拿着条丝帕，粗鲁地为皇帝擦脸，同时口里不住地数落："早听我的，少吃那些乱七八糟的丹药，哪里会变成这样？"

顾昭听出是徐淑妃的声音。

徐氏出身宫女，虽得幸于皇帝，之前的地位却并不高，直到戾太子之乱时都还只是个才人。变乱之后，大抵因为心情郁结，皇帝越发偏爱起她这种开朗的性子，先是进晋美人，旋即升为婕妤。三年前徐氏有孕，皇帝大喜过望，当即让她晋位昭仪。等到生下皇子，皇帝又册她淑妃。仅仅三四年，徐氏就由一个微末的才人跃居四妃之一。从那时起，她几乎一直长伴皇帝左右。

皇帝一边挣扎着躲避她手上的丝帕，一边答了几句话。只是他病中气力不足，顾昭听不清他说话的内容。

徐淑妃不耐烦地道："知道知道，你就是觉得青翟一个不够，想再多生几个保险呗。现在儿子没多生出来一个，倒把自己整得半死不活的，也不知道挨不挨得过这三个月。"

顾昭有些震惊。她还是第一次见到敢在皇帝面前如此嚣张的人。徐氏不学无术，胸无点墨，她是早就清楚的。但徐氏在她这个皇后面前一向还算恭敬，是以她完全没想到淑妃在皇帝面前竟是这样无礼。

更让她意外的是，皇帝对徐氏竟然十分容忍。听了她如此放肆的话，他也只是苦笑一声，甚至没有反驳一句。

徐氏为他擦完了脸，将丝帕扔进了脚边的铜盆。她正要端铜盆出去，却看见屏风下露出的绣鞋。她抬头望上去，发现那人竟然是皇后，表情顿时有些微妙。显然她很清楚，刚才那些并不是她应该说的话，更不应该让皇后听见。

皇帝这时也瞧见了屏风上映出的人影，问道："谁在那里？"

顾昭捧着托盘，神情自若地走出来："陛下该进药了。"

徐淑妃也在片刻间恢复了正常的神色，上来和她见了礼，若无其事地笑道："既然皇后来了，臣妾就先告退了。"

说完她就贴着墙根飞快溜走了，并且出去时不小心踢翻了床边的铜盆。

顾昭啼笑皆非。但皇帝都不去追究，她也不便在此刻多说什么。

徐淑妃走后，顾昭出去叫了人来，移走翻倒的铜盆，并且拭干了地上的水迹。她自己则等人都退下后，才扶皇帝坐起来，喂他服用汤药。皇帝温顺地接受着她的照顾，但是始终不发一言。

这五年来，帝后之间的关系一直有几分尴尬。

戾太子的叛乱最后是由时任左神策军护军中尉副使的窦怀仙平定的。在指挥军将扑灭苑城的大火后，窦怀仙亲自入宫，呈上了戾太子的人头。至此，皇帝已无任何子嗣幸存，心情惨痛可想而知。

听窦怀仙叙述完平叛经过，顾昭便褪下华服、卸去钗环，素衣散发，跪伏在皇帝面前请罪："臣妾管教无方，有失母职，致使太子做出此等大逆不道的行为，请陛下降罪。"

皇帝沉默良久，最后一声长叹："皇后并非太子生母，这些年又尽心维护太子，岂能把他的过失怪罪到皇后身上？且这次若非皇后当机立断，叛乱不会平定得如此之快。皇后有功无过，不但不能治罪，还应奖赏。"他下令赐物一万段，作为对皇后的嘉奖。

太子之事总算是让顾昭掩了过去。顾家也因及时出京躲避，未受任何损失。只是这件事以后，皇帝似乎对她有了芥蒂。之前帝后二人虽然没有多少夫妻的亲密，至少还算互相尊重，从那时起却是日益疏远，到最后只剩下了表面客气。

顾昭至今都不知道皇帝猜出了多少内情。皇帝也许性格温和，却并不愚蠢，对于她在那次事件中扮演的角色，他应该有所察觉。只是戾太子已经伏诛，死无对证，就算他有心追查，也已找不到任何证据。但是顾昭相信，若她有任何把柄落在皇帝手里，他是不会对自己留情的。是以这六年里她极为小心，不敢有任何疏失，以免皇帝有机会对她不利。

皇帝喝完药，顾昭才开口："淑妃平日里也如此没有忌讳吗？"

徐氏那番言论，她若是没听见倒也罢了。既然听到了，于情于理，她都应该过问。

皇帝本已放下药碗，闭目养神，闻言睁眼，在她身上扫了一下，才慢慢说："淑妃虽是心直口快了些，但她说的都是真话。现今这世道，会说好听话的人很多，敢讲真话的却是难见。还请皇后看在朕的面上高抬贵手，别太为难她。"

皇帝表明了回护的态度，顾昭也只能低头回答："陛下言重了。臣妾明白陛下的意思，不会再追究此事。"

她见皇帝没有别的吩咐，正要告退，却又被皇帝叫住："皇后……"

顾昭止步，等着他的下文。

皇帝却又踌躇起来，几次欲言又止之后，他终究还是苦笑着摇了摇头，轻叹一声："算了，你出去吧。"

即使服用了安神药，太后依然一大早就醒了过来。

东方微泛熹光，窗外的树上却已传来清脆鸟鸣。不多时，报晓的钟鼓声也响了起来，只是与宫城隔得远了，隐隐约约，听不真切。

太后并没有立刻叫人进来服侍，而是盯着绣了卷草纹的帐顶出神。

其实她猜得到先帝当初想说而未说的话是什么。想必是他自知命不久矣，又见徐氏母子势单力薄，想叫她多看顾些。至于为何先帝最终没说出口，无非是经过戾太子一事，他对她心怀猜忌，思虑再三，到底没敢将大事托付。

所以他最终选择了徐氏，一个永远不可能对小皇帝不利的人。

先帝作此选择，定然会对他们有所安排。所以颜素告诉她先帝许徐氏调动神策军时，她已信了七八分。前阵子她又更换军器使试探神策军，不久后就收到消息，窦怀仙向徐太妃献食，并在几日之内就探访了徐氏。显然颜素所言非虚。徐太妃与神策军确实有联系。她已有了神策军，若是还取得藩镇支持，自己和顾家还压制得住她吗？

"太后可醒了？"思量间，城内已敲了第三遍钟鼓，白露便来帐外问候了。

"醒了。"太后道。

白露听见她的回答，挂起帘帐，扶太后起身，又唤人侍奉太后梳洗。

太后洗漱完毕，司饰便进来请示要梳的发式。

"今日不开延英，简便点就好。"太后道。

司饰领命，为太后盘了一个简单的发髻，又用玉梳替她插戴，正要打开钿盒，请太后挑选装饰的花钿，却有一名内官在这时入内，将一张帖子交给团黄。

团黄接帖看了一眼，向太后使了个眼色。

太后向司饰挥手，让她退去。等司饰走了，团黄才将帖子呈交太后。

"谁送来的？"太后接了帖子，却并没有马上看，而是漫不经心地问了一句。

团黄回答："东平王。"

太后缓慢地转动着手中的杯盏，抬眼看向眼前正朝她行礼的年轻男子。

男子施完礼，抬起头来。他的眉眼其实算不上十分精致，但是眼神清亮，专注起来的时候甚至有几分深邃。且他鼻子生得挺拔，让他本有些寡淡的面目生动不少，脸形也在褪去幼年时期的肥胖后日渐显出棱角。印象中外貌略显平庸的孩子，竟在几年里长成了俊秀的青年。

太后微笑着放下茶盏："东平王出宫以后，确实很长时间没往我这里走动了。"

东平王客气而不失诚恳地回答："太后面前，臣不怕说句实话。以臣的身份，若往宫中走动太勤，恐会引人猜疑。"

太后明白他的顾虑，点头叹道："那时都以为大局已定，谁知又有了变化……也难怪你要避嫌。"

东平王笑道："虽然不方便经常拜见太后，但臣在宫中时常受太后看顾，一直铭记不忘。"

"你是晚辈，我照拂你也是应该的，"太后顿了顿，有些疑惑地说，"莫非东平王此番入宫，只是为了叙旧？"

"那倒不是，"东平王笑道，"是臣有一事不明，欲请太后解惑。"

太后失笑："我一个妇道人家，如何能为东平王解惑？"

"太后过谦了，"东平王道，"臣这些年看着，太后的见识别说寻常妇人，就是男子里也找不出几个能抗衡的。还是说臣太过愚钝，入不了太后法眼，故而不肯赐教？"

"言重了，"太后道，"既如此，就请问吧。"

"不知太后对神策军有什么想法？"

太后面上的笑容消失了。她向东平王抬了下眼，再开口时，语气中有着显而易见的不悦："原来你想问的是这件事。"

"太后更换军器使应该不是心血来潮，"东平王对她的不满似乎浑然不觉，依旧面带微笑，"前阵子左中尉窦怀仙又秘会徐太妃，臣想宫中的局势未必像看上去这样平静吧。"

太后短促地笑了一声："东平王虽然不常进宫，消息还是一样灵通呢。"

东平王镇定道："毕竟曾在宫中住了这么长时间，要打听点事情还不算很难。"

太后盯了他一会儿，冷冷道："平静如何，不平静又如何？"

"若太后与徐太妃志同道合，亲密无间，自然没有臣说话的余地。但若太后有别的打算，也许臣能助太后一臂之力。"

"是助我？还是助你们自己？"太后冷笑。

"恕臣直言，"东平王道，"以现在的局势来说，两者没有区别。"

"何以见得？"

东平王稍作斟酌，再度开口："宫中原本就有传言，说先帝把调动神策军的权力给了徐太妃。最近窦怀仙的动向也说明神策军确实有倒向太妃的可能。神策军是什么分量，太后应该心知肚明。若徐太妃真的掌控了神策军，局面马上就会失衡。那时无论是太后还是臣等，都很难再有立足之地。"

"你的建议又是什么？"太后淡淡打断。

"合作。"东平王道。

太后冷笑："几个月前令尊还在千方百计算计我，现在你又来要我合作？我凭什么相信你？"

东平王踌躇片刻，缓缓说道："臣生性散漫，尤喜在坊间厮混，这些年三教九流的人物，多少也识得了几个。四年前机缘巧合，臣认得了一名胡医。据他说，他曾经进入顾府，为太后本家的老夫人诊治过。"

太后本在疑惑，他为何忽然讲起不相干的事。待听到"胡医"二字，她脸色微变，看向东平王的眼神更是充满了戒备。

"若是臣没记错，那两年里，顾府延请了不少医人为老夫人诊治，连番邦的医人也请去了，"东平王不理会她的变化，自顾自地续道，"照臣想来，如此频频就医，老夫人的病况应该十分糟糕了。可是那位胡医却告诉我，老夫人只是上了年纪，略有些体弱而已，并不是什么了不得的病症。倒是看过夫人之后，府上又令他为一名年轻男子看诊。这男子的病情就有趣多了。太后可想知道那人得的是什么病？"

"你威胁我？"太后冷冰冰道。

"太后觉得是就是吧，"东平王道，"太后不相信臣，其实臣也不相信太后，尤其在得知这件事以后。但现在臣和太后谈论的是一个更大的危局。神策军能造成什么后果，太后想必也很清楚。无论是太后还是家父都不可能独力对抗他们。合作也许还能有一线生机。"

"我与令尊的想法多有分歧，就算合作也不可能长久。"太后道。

东平王步步紧逼："但在这件事上，太后与家父的利益是一致的。臣要求的也并不是长久的联合。"

最后这句话让太后微微震动。她将东平王重新审视了一番，忽然低声问道："你当初没把真相告诉先帝？"

若是先帝知道了内情，绝不可能毫无反应。

东平王摇头，接着苦笑道："府上只告诉那胡医此人是顾氏亲族。那医人自始至终都没猜到那男子的身份。臣听这医人说过此事后就给了他一笔钱，让他返回西域的故乡。临走前他答应臣，永远都不会回返中原。"

"为什么这样做？"她问。

他与先帝的关系远比她来得密切，没有理由为她隐瞒。

东平王轻叹一声："诸子已死，就算禀明先帝也于事无补，只会徒增先帝烦恼。"

太后沉默了。

东平王见她神色似有触动，又恳切道："以顾家和太子牵扯之深，若非太

197

后及时掉转船头，臣想顾家绝无可能在变乱中全身而退。臣相信太后是能准确判断局势并作出明智决定的人。请殿下三思。"

太后沉吟许久，终于再度开口："你能代表你的父兄？"

东平王听她口气有所松动，大喜过望："太后肯答应臣的要求？"

太后长长出了一口气："你先回答我，你今日对我说的这些话是出自令尊的授意，还是你自作主张？"

东平王面露迟疑之色。

太后了然："看来是后者。我相信你的诚意，但很遗憾，我不能答应你任何条件。当年我能保下顾家，是因为我能让顾家遵从我的指令。你呢？"说到此处，太后对他露出一个微带讥讽的笑容，"你那对父兄，你做得了主吗？"

未能达到目的，东平王固然失望，太后对这结果其实也不甚满意。东平王虽已离开多时，她却还是觉得心烦意乱。白露不明就里，只道太后素来苦夏，怕是受不了现在这酷暑天气，便建议她移驾到自雨亭中。

所谓自雨亭，乃是西戎传入的消夏法子，从湖泊、山泉引水，灌注亭台顶部，再让水流沿四檐倾注而下，远远看去，有如幕雨飞瀑。这道道水幕不仅带走暑热，还能激起阵阵凉风。亭内即使在最热的时节，也能维持着舒适宜人的温度。

亭中的凉爽确实让太后稍稍平静。她小坐一会儿后，就叫人去传唤李砚。

时值炎夏，骄阳似火，整个宫廷都被这酷烈的日光烤得无精打采，太液池却还是一派生机。池畔绿荫成片，细长的柳丝一直垂落到湖面，随着柔波轻轻摆动。湖中遍植芙蓉，正是盛开的时节。田田莲叶之间点缀着无数盛放的粉荷。小宫女们划着小舟，在莲间穿梭嬉戏，摘取新鲜的莲蓬。

李砚来时，看见的正是这样一幅景象。

隔着水幕看去，太后正斜靠在栏杆上。她身侧的小几上摆放着一个荷叶形状的青色瓷盘。里面鲜绿的莲蓬堆叠如山。太后手里也有一个碗口大的莲蓬，正被她心不在焉地把玩着。

在亭内侍奉的白露先瞧见李砚，俯身在太后耳边说了句话。太后回头，正好看见他撑伞走了进来。

进得亭中，李砚收了伞，交给一旁的中人，向她下拜行礼。

太后免了他的礼，又微微一笑："你来了。"

李砚起身，不见亭中摆有棋具，心知是有其他事找他商量，便没急着说话。

果然太后在赐了他座后就遣退众人，将东平王今日到访之事叙述了一遍，问他道："这件事你怎么看？"

李砚沉吟片刻，并不急于评论，而是先问："虽然这不是臣应该说的话，但是，先帝当初若将神策军交给太后，应可避免如此僵局。"

他曾经向太后提过类似的话，但太后那时明显回避了他的问题。

听他又言及此事，太后微微颦眉，不悦道："事到如今，又说这个做什么？"

"太后想听臣的看法，"李砚回答，"就应该把来龙去脉都告诉臣。否则臣很难作出准确的判断。"

太后沉默良久，终于艰涩地开口："因为，先帝不信任我。"

李砚嘴唇动了动，似乎想要追问。最终，他还是按捺下自己的疑问，没有作声。

第一句话出口后，太后像是卸下了负担，再说话时便顺畅了许多："我早就知道太子有病，也知道他不宜为君，但是顾家的前途已与太子绑在了一起，所以我并没有把太子的事告诉先帝。我本待徐徐图之，谁知太子疯癫已甚，铸成如此大错。我欺瞒在先，先帝自然不肯信我。"

"先帝……知道内情吗？"李砚问。

"不知道，"太后苦笑，"但我想他怀疑过。"

李砚点头："所以先帝宁愿相信徐太妃。"

徐氏再怎么粗鄙，终归不会害自己的儿子。

两人一时都没有说话，只有亭外潺潺的水声回响。

李砚将这前因后果想了一遍，终于有了结论："若是这样，暂时与赵王联合不失为打破僵局的办法。"

"这我当然知道，"太后说话时，脑中浮现的却是东平王精明的面孔，"我担心的是，答应这样的合作，会不会引出更大的麻烦？"

纵然比不上太液池的百里莲香，赵王府邸中的这片荷塘也算得上一处胜景。

199

赵王素爱此处，甚至将书室也移到这里。书室并不是简单的临水修建，而是在塘内打桩，将屋舍的一半直接悬在水面上。盛夏时节，将面向池塘的一排窗扇敞开，便有习习凉风自水面而来。亭亭玉立的清莲更是伸手可撷。东平王虽与父亲不睦，对这片荷塘却向来赞不绝口。只是这一日，他没有任何赏景的心情。

书室内，他满脸无奈地看向眼前的父兄。赵王此时坐于上首，广平王则坐在他身侧向南的位置，两人正神色复杂地听他说话。

东平王已连续说了近半个时辰，有些口干舌燥，便先停口，举起面前的银盏，将里面的杏酪一饮而尽。放下杯盏时，他忍不住轻轻叹气。万万没想到，说服自己的父兄竟是个比说服太后还要艰巨的任务。

"事情就是这样，"东平王缓过气后，才又续道，"太后不肯与我继续谈下去，恐怕还需阿爷出面。"

赵王听完，神色颇为犹豫，不过片刻之后他就沉下脸，呵斥东平王："你怎不先与我商量？"

广平王也在旁附和："是啊。如此重大之事，阿弟怎么好自作主张？"

"我倒是想与你们商量，你们肯见我吗？"这段时日，东平王对父兄也积攒了不少怨气，忍不住出言讽刺，"若不是我今天带了太后的消息过来，你们肯坐下来听我说完？"

赵王自觉理亏，便不在这个话题上多纠缠，冷哼一声道："太后是什么样的人你又不是不知道。找她有什么用？"

"没有太后配合，我们动不了神策中尉。"东平王道。

广平王试着提议："或者我们可以试着把窦中尉拉拢过来？"

他说话时，东平王从面前的银盘里摘了一粒葡萄，正欲放入口中。听得此言，他停了动作，白了兄长一眼："这些年南衙北司是什么情况，阿兄又不是不知道。南衙重臣之所以愿意支持阿爷，就是因为阿爷一贯反对宦官弄权。现在再掉过头拉拢神策中尉，你让那些文官怎么想？太后初掌朝政，正愁找不到地方破局，这时候阿爷与他们离心离德，岂不正遂了她的心愿？何况阿爷未必就能把窦怀仙拉过来。"

广平王被东平王这一通抢白弄得脸上青一阵红一阵，半晌说不出话来。

赵王对东平王张狂的态度也颇为不满，不过东平王毕竟不是直接冒犯他，因此他最后没有直言相斥，而是沉吟道："这么说，你也觉得先帝确实把神策

200

军给了徐氏？"

"先帝有没有给徐太妃兵权还不能确认，"东平王道，"但是窦怀仙本人显然更倾向于她。"

"可是太后……"

听父亲又要把话题拉回太后身上，东平王不免焦躁，打断他道："徐太妃势力过大，对太后也很不利。她完全有理由助我们。"

赵王皱了下眉，却还是道："她巴不得我和徐太妃斗个两败俱伤，好从中渔利。我不信她会诚心和我们结盟。"

"此一时，彼一时也。何况我们未必需要稳固的联盟，"东平王再一次不耐地截断了父亲的话，"只要她肯配合我们除掉窦怀仙就行。"

赵王有些疑惑："不需要稳固联盟？"

东平王终于意识到父兄可能到现在都还未理解他的想法。他深吸一口气，试图用和缓的语气向他们解释："左右逢源这招，并不是只有太后一个人可以用。"

赵王和广平王面面相觑，一时都没作声。这对他们而言是前所未有的思路。在崔先生猜到太后的想法后，他们就不敢再寻求太后的支持。现在东平王却说，只要能达到目的，与她短暂合作并无不可，甚至他们可以其人之道，还治其人之身，在太后和太妃之间来回摇摆。

"这会不会太激进了？"良久，赵王终于出声。

东平王回答："无论太后还是徐太妃，都不可能和我们形成长远的联盟。但是如果我们能利用她们之间的分歧，也许还可以走出一条路来。"

赵王仍有满腹的疑虑。他正要开口，远处却响起了钟鼓的声音。这是日暮的第一通钟鼓。这意味着不久就要开始宵禁了。

东平王成年后就极少在父亲府中过夜，遂起身道："上次你们问我要诚意，这就是我的诚意了。除掉窦怀仙，我手上便沾了血。从此以后，你们再不必担心我袖手旁观。请大人和阿兄认真考虑一下这个提议。"

赵王和广平王互视一眼，都没接话。

东平王见他们仍一副瞻前顾后的样子，苦笑一声，转身走向门口。临出门前他又忽然停住脚步，回头说道："若你们还是难以决定，就去归义坊问问吧。"

对赵王和广平王而言，这句话不啻一声惊雷。显然东平王指的是隐居在归

201

义坊的崔先生。可是无论赵王还是广平王，都从未向东平王谈起过崔先生其人。陡然听东平王提及此人，都是一阵慌乱。

他是什么时候获悉了崔先生的存在？

两人的反应东平王都看在眼里。不过他已奔波一日，疲累至极，实在不愿再费唇舌，草草向他们拱了拱手，算是告辞。

东平王走后，广平王才紧张地问赵王："阿弟怎么会知道崔先生的事？"

赵王虽然不住地皱眉，口里却道："你还不了解他？就知道在这些地方耍小聪明。"

听父亲对东平王仍然颇为不满，广平王才稍稍放心，接着小心翼翼道："不过阿弟并没有说错，我们还是去问问崔先生的意思吧。"

赵王也没有更好的办法，只能点头。但是思量一阵，他又开始抱怨："只不知崔先生在忙什么，近日总不在家。我好几次找他都扑了空。"

广平王笑道："这倒不费什么事。明日一早，儿子派人往他宅中递信。等他什么时候回了信，我们再登门不迟。"

赵王想了想，觉得这样安排甚是妥当，也就不提了。

次日清晨，广平王的信使就去了崔宅。恰好这日崔先生在家，即刻让他带了口信回来。

赵王父子得信，立即赶到他在归义坊的宅邸。

这日崔先生倒没让他们再站在门外说话，而是在他们敲门后说了一句："门没锁。"

赵王便推开门，让广平王跟他进去。广平王虽然随父亲来访过几次，自己也私底下拜访过，却还是第一次被许可进入宅内。

这宅子建在背阴处，就算夏天也并不觉得明亮。屋舍也极为狭小，进门不过斗室一间，勉强算作厅堂。房间两边各有一门，都垂着布帘，想来应是厨、卧之所。

屋舍虽然逼仄，不过因为崔先生的生活极为简朴，倒还不至拥挤。厅堂右边立着一个竹架，上面散放着一些书卷。对门墙上开了一个小窗，亮光透过窗上的白纸投射进来，在窗前形成小块光斑。窗下设一几案，一个男人正坐在案前。因他坐着，广平王无法准确估算他的身量，只觉得他颇为瘦削，一件洗得发白的青色衫袍在他身上显得格外宽大。他面前是一幅纸卷，龙飞凤舞的字迹大约占了纸卷的一半。父子俩进来时，看见他正用笔蘸着砚台里的墨汁。空气中飘荡着坊间廉价墨锭特有的刺鼻味道。

虽然听见父子俩进来的响动，他却没有回头，依旧背对他们，伏案书写。见父亲向他作揖，广平王就知道他是崔先生了。

跟着父亲施了礼，广平王再度打量室内，发现只有面前两三个草垫可让他们坐下。对养尊处优的广平王来说，这样的简陋有些不可思议，但他看父亲都没抱怨，也就强忍着不适，在草垫上坐下了。

崔先生坦然受了两人的礼。写完了整整一行字后，才缓缓开口："听府上使者说，大王有事相商？"

"是，"赵王恭敬道，"二郎昨日有个提议，我们听着像是不错，但细思之下，又觉得过于行险，有些拿不定主意。先生素来睿智，是否可对我等指点一二？"

接着他就把东平王的想法说了一遍。崔先生初时还有些漫不经心地边写边听，后来他书写的速度逐渐放慢，最后他索性将笔搁在架上，专心听赵王讲述。赵王话音一落，崔先生就笑着说："东平王这想法倒是有些意思。"

"先生觉得此法可行？"崔先生的态度让赵王略微吃惊。

"诚如东平王所言，"崔先生道，"无论太后还是太妃，都对大王深怀戒心，不可能与大王形成长久的联盟。原本的局面，是太后在大王与太妃之间坐收渔人之利。但是现在因为窦中尉，太后与太妃生了嫌隙。如果大王抓住机会，兴许能说动太后一起对抗太妃。一旦她有对太妃不利的举动，大王就能离间她们。若大王肯放下对太妃的成见，和她弥补关系，左右逢源的人未必不能是大王。东平王如此谋略，果非池中之物。"

最后这句话，赵王听了尚不觉怎样，广平王却是疑心大作。很久以前，崔先生就不遗余力地要拉东平王入局，莫非他与东平王有什么阴谋？

猜忌之下，广平王不禁脱口问道："恕某冒昧，先生可曾识得我阿弟？"

"不曾，"崔先生道，"不过崔某认为先帝并非愚人。他既然选择东平王，必有他的缘由。如今看来，东平王倒也配得起先帝这份器重。"

广平王有心追问，但瞥见父亲的目光，只能先按下疑问。之后赵王又就东平王的策略问了几个问题，在得到崔先生的解答后，便觉有了把握。

他对崔先生一向佩服，临走前又忍不住道："这些年一直依赖先生解惑，

203

感激不尽。只是先生近来似乎事务繁剧，某实在有些遗憾。”

"近来确实在忙一些别的事情。"崔先生重新提笔，心不在焉地回答。

"哦？"赵王极少听他说起自己的事，不免有几分好奇，"不知是什么事务？也许某帮得上忙。"

崔先生的笔有片刻停顿，不过很快，他的笔尖又开始照常移动。

"私事。"他淡淡道。

第十五章
构陷

大块晶冰雕琢出的亭台楼阁立在大殿正中，丝丝向外渗着寒气。不远处的食案上摆放着一个大银盘。盘内新鲜瓜果堆叠如山，外皮上还残留着自井中带出的水珠。两名身着轻纱衣裙的宫女手执长柄团扇，不疾不徐地扇着风。隔着冰台吹来的风，带着飕飕的凉意，沁入人心脾之间，驱散了连日的暑气。又有一名面容姣好的宫女，提着酒壶，向银盏中注入琥珀色的酒液。

这是今年刚刚酿好的梅酒。太后殿中的梅酒是摘取清明前将熟未熟的青梅，用米酒和蜂蜜浸泡数月而成。因为浸泡的时间尚短，味道略显浅淡，但在炎夏之季，将之冰镇之后饮用，却是格外的酸甜爽口。

美人相伴，佳酿入喉，若是往日，东平王必定已经乐不思蜀。今日却是例外。他这酒饮得心不在焉不说，目光也一直盯着内室的门。赵王已和太后在里面谈了许久，不知结果如何？他一心牵挂密谈，便不记得节制自己的饮量。只要感觉到杯中有酒，他就随意往口中送去。那斟酒的宫女并不了解东平王的性情，还当这位宗室贵胄贪杯好饮，不敢怠慢，只要见他杯子空了便赶快为他满上。这样一个喝，一个倒，不知不觉就把满满一壶酒喝了个底朝天。好在东平王酒量尚可，这青梅酒也不算烈性，虽然吃了一整壶，他也只是脸上泛红，脑中却还清明。

就在宫女为他取来第二壶酒时，里屋终于有了动静。

只听一声轻响，宫女打开了通往内室的门，又卷起了门前的垂帘。接着，赵王和太后一前一后走了出来。东平王见二人现身，忙将手覆在自己的酒盏上，示意宫女不必再为他斟酒。然后他整了整衣衫，大步迎了上去。太后和赵王的表情都很平和，看来并没有起冲突。东平王暗松一口气，向两人躬身施礼。

赵王也回过身，客气地向太后拱手："之后的事就要仰仗太后安排了。"

太后颔首："南衙那边也请赵王费心。"

这意思应该是谈成了。东平王彻底放心，自觉退到一边。

太后却在这时瞧了他一眼，含笑道："二郎像是有些喝多了呢。"她转头数落侍奉他的宫女们，"你们怎么也不劝着大王一点？"

赵王也看见了东平王脸上的酡红，连忙接话："犬子向来任性，她们几个怎么劝得住？"随即转头训斥儿子，"这么大个人了，还不知道节制，叫太后笑话。"

"吃了这么多酒，路上颠簸起来，只怕不大好受，"太后体贴道，"让二郎在我这里醒了酒再回去吧。"

赵王也不推却："劳烦太后了。"

两人这么看起来，倒真像是相处融洽的亲戚。只是东平王看着这二人惺惺作态，忽然就打了一个寒战。

被逼着灌了一大碗醒酒汤，东平王脸都皱成了一团。他从宫女手中接过绞好的丝巾，在脸上捂了好一会儿，终于觉得不那么难受了。

"酒醒了吗？要不要让他们再送一碗来？"太后的声音响起。

"醒了醒了，"东平王连忙回答，同时把手中的丝巾递还给宫女，"本来就没醉。"

他扫了一眼太后，似乎瞥见她唇边隐约的笑容一闪而过。

不过她很快就恢复了严肃的表情："我下面要和你谈的是性命攸关的大事。你若是糊里糊涂，我可不敢托付。我再问你一次，清醒了没有？"

东平王知道非同小可，便也郑重地回答了一次："请太后放心，臣非常清醒。"

太后这才满意地做了个手势，让宫女们都退了出去。

等人都退下了，太后便接着说道："关于窦怀仙，我和令尊已达成一致。事成之后，护军中尉我来选定，但是都知兵马使会由令尊推荐。"

东平王点头。能得到三都之一的职位，赵王不算吃亏。如此一来，太后和赵王都能得到神策军的势力，虽然难免要互相牵制，但总好过手无寸铁。

"现在最让我们顾虑的是窦怀仙手上的兵权，"太后续道，"前几代先皇，也有人试过解除宦官擅权之患，却因风声走漏，被他们挟兵反扑，不但未能竟功，自身反受其害。为免重蹈覆辙，我们得有一个周密的计划。"

东平王有些疑惑："这件事，太后该与家父商议才是。"

至少也应该有赵王在场。

太后清明的目光定在他身上："合作是你一力促成，自然该问你的想法。"

东平王苦笑："没这么简单吧？"

太后不与赵王商量，反而只向他问计，以父亲的性子，知道之后怕是会有些想法。

"你说过这不会是一个长远的联盟，"被他点破，太后也不再掩饰，"我自然要抢占先机。"

东平王不知该哭还是该笑，当着他的面挑拨他们父子的关系，偏偏他还发作不得。

他的反应，太后看在眼里，遂对他微微一笑："想要左右逢源可不是那么容易的事。"

见太后识破他的用心，东平王索性略过此节不提，而是说："余中尉与窦中尉不和，这一点应该可以利用。"

太后颇有赞许之色："这话不错。窦怀仙这些年颇立了些功劳，很瞧不起凭借家族之力当上神策中尉的余维扬，时常出言嘲讽。余维扬则觉得窦怀仙不过是个有些运气的田舍汉，又一心讨好先帝，才能居于高位，私底下也一直对他不服。据我所知，他曾经试探过枢密使，意图邀他们合力打压窦怀仙。我想就算我们不出手，他们迟早也会反目。我有把握劝服余维扬与我们合作。不过神策军终究是不可或缺的力量，两方大打出手，对朝廷总是不利。再说用了余维扬，难保他将来不会居功自傲。所以按我的意思，不到万不得已，最好不要动用余维扬的兵马。"

如今已不是国朝初年的格局。朝廷几经丧乱，如今还能在藩镇林立的局面中保有威信，最重要的依靠便是这十几万神策军。无论太后还是赵王，都不愿因为一个窦怀仙过度削弱神策军。何况窦怀仙不同于其他宦官，颇有些治军的能力。就算余维扬肯出手，能不能挡住窦怀仙还未可知。

东平王自然也明白其中利害，思索一阵后，只说了四个字："分权，架空。"

窦怀仙带兵反扑是他们最大的顾虑，但若是能稳住，甚至策反窦怀仙手下的兵将，再出其不意地制伏窦怀仙，事情就容易多了。

"能架空窦怀仙当然最好，"太后点头，"难的是怎么在不引起他警觉的情况下做到这一点？"

窦怀仙一个毫无背景的宦官能成为执掌兵权的神策中尉，自然不是无能之辈。无论太后还是赵王，要越过窦怀仙与他下面的人接触，都必定引起窦怀仙的疑虑。若是他察觉到他们的意图，难保他不会生变。如何才能与他手下的军将接触，又不让他起疑，就是他们计划成败的关键。

东平王摸着下巴想了一会儿，问太后："高位的宦官中可有殿下信得过的人？"

太后对此早有成算，但她并不急于说出来，而是略想了想才说："两位枢密使倒都是信得过的。"

东平王摇头："枢密使常与护军中尉争权，且中尉之职出缺，也常由枢密使递补。他们出面，还是会打草惊蛇。"

太后露出一个不易察觉的笑容："那么……宣徽使呢？"

宣徽使地位低于四贵，且主要供奉宫廷内外，与神策中尉较少直接的利益冲突。同时内诸司使又由宣徽使掌管，这样的身份往各处走动也很方便。

"从职司上说，宣徽使的分量倒是足够了。不过要策反窦怀仙的手下，除了为人可靠，还要善察颜色、能说会道。"东平王道。

太后再度微笑："南院使陈进兴就符合你说的条件。此人八面玲珑，处事又很谨慎，与中护军也有交情。且他还有个养子在神策军中任判官之职。便是他走动得勤些，旁人也不会觉着奇怪。"

东平王立刻猜到，这陈进兴必定是太后心腹，也多半就是她属意的神策中尉人选，因而笑道："如此看来，陈院使确是合适。不过……"

"不过什么？"太后问。

从宣徽使一跃成为神策中尉，可是破格提拔了，恐怕会有人不服。但东平王思量片刻，终究觉得不宜在这件事上令太后不悦，于是摇摇头赶走了脑中的疑虑，笑着说道："没什么。既然殿下都这么说了，想必是极妥当的人选。"

"此事风险极大，"太后又道，"若不许他些好处，只怕他不肯冒这个险。"

东平王顺水推舟："他若当真说服得了窦怀仙手下的军将，自然是极大的功劳，让他做护军中尉也未尝不可。何况窦怀仙在军中多年，神策军中多少会有些死忠。我们除掉窦怀仙，难免会有骚动，换了毫无根基的人只怕也弹压不住。这陈院使既然和中护军相熟，想来可以安抚军心。毕竟兵变是我们最大的隐忧。能有人维持局面，对我们只会是好事。"

太后显然颇为满意他的表态，笑吟吟道："我正是这样想的。"

"除此之外，还须给窦怀仙罗织罪名，"东平王又道，"他恶名昭彰，手下的人便不好跟着鼓噪，也就不会有什么变故了。"

"此言极是，"太后微微一笑："不过这方面，就得看令尊的本事了。"

这年十月，西川传来西戎寇边的消息。

前代大乱之时，西戎乘虚而入，先取安西，复夺陇右，最后连河西也落入其手。戎人兵锋最盛之时，甚至一度攻陷京都。后来战乱虽然平定，但是国朝对西戎仍然心有余悸。有二十来年，京城每年都要戒严防秋，以防备西戎袭击。

先帝时西戎陷入内乱，国力大为衰落，再无大举入侵之力。即便如此，两国边境的摩擦也始终未曾中断。每逢秋冬，都会有小股西戎兵马到剑南西川一带侵扰。

太后执政不久，又是妇人，初逢战事难免紧张，因此窦怀仙得到她急忙召开延英的消息时并不感到吃惊。

多数情况下，延英奏对并不需要神策中尉参与，然这次涉及军事，备御西戎又是神策军职责之一，因此太后特意令窦怀仙和余维扬同到延英殿商议对策。

这要求合情合理，窦怀仙也没多想。只是进入宫廷时，他察觉宫内气氛有些凝重，且一路上几乎没见宦官在外走动，偶尔撞见一两个，也多半神色紧张地避开。为他引路的两名宦官也沉默异常，但是目光闪闪烁烁，似有深意。

209

其时窦怀仙只道他们害怕再次陷落，前代之事重演。他一向好以军功自夸，特意宽慰了二人几句，说西戎国力倾颓，不足为患。何况这一年来西川重整防务，已颇见起色，再不济还有十几万神策军拱卫京师。戎人绝无可能突破这么多道防线，他们不必过于担忧。两人互看一眼，都唯唯诺诺地应了。

不多时几人到了延英殿。引路的宦官即便止步，恭敬地请窦怀仙入内。进殿时，窦怀仙发现除了他和右中尉余维扬，太后和赵王等人竟都已先到了。他正欲向坐在帘后的太后行礼，并为自己的迟来告罪，孰料此时竟有人断喝一声："拿下！"

窦怀仙一惊。不待他有所反应，一队甲兵已从殿外涌入，将他当场拿住。

甲兵之后，又有一人施施然走进殿内，竟是神策右中尉余维扬。

窦怀仙已知有变，却还不明其中因由。

"窦怀仙，"帘后沉着女声喝道，"你可知罪？"

窦怀仙双手反剪，被压在地上。他咬着牙道："臣不知罪。"

太后还未说话，一旁的赵王已急不可耐地起身，拿出一个卷轴展开，冷笑着宣读窦怀仙的罪状，大意是说他张扬跋扈、卖官鬻爵、扰乱朝纲、残害忠良、有不臣之心，甚至他当年平定戾太子之乱，也说成是他包藏祸心，故意纵容太子袭击苑城，好为自己争功。

赵王才念了几句，窦怀仙便想要反驳。为首的军将却得了余维扬的眼色，拿一布巾，一把塞住他的嘴。窦怀仙自是不服，挣扎起来，却被几个兵士死死压住，最后竟是五花大绑捆了起来。赵王读完他几十条大罪，直接命人把他押入内侍狱，竟是一句辩驳的机会都没给他。

窦怀仙自然明白，这是太后、赵王还有余维扬联手算计他。为了让他失去戒心，他们竟然想到借西戎入侵的机会做文章。若非如此，他岂会毫无防备，入了他们彀中？他堂堂一个护军中尉，在延英殿上被人拿下不说，竟然连嘴也被堵上，简直颜面扫地！不，现在已不光是颜面的问题，只怕他的性命都未见得能保住。

窦怀仙越想越是恼恨。到了牢中，有人给他松了绑，他才终于冷静下来，脑子开始飞速转动，寻思脱困方法。

不得不承认，太后和赵王这次的布局十分巧妙，打了他一个措手不及。如今他孤身陷在宫中，且收押他的还是内侍狱，使得他连传递消息都十分困难。

内侍狱为北司诏狱之一，由宦官统领，平日连御史也不得入内巡囚，便逢大案，也不过事后移牒而已。窦怀仙知道北司诏狱的厉害。文官无权过问北司，狱中严刑逼供，甚至捏造伪证都极为容易，冤狱可说是层出不穷。就算他自己，也曾利用诏狱构陷政敌。就算文官能够干涉北司事务，朝廷那些措大也早就对他心怀不满，说不定他的罪名还是这些人罗织的，还能指望他们替自己辩明冤屈？若是北军狱，凭他在神策军中的影响，递信出去倒不是难事。偏偏现在收押他的是与神策军没什么关联的内侍狱，连找个人为他奔走都极困难。这不是摆明了要置他于死地？

窦怀仙一掌拍在地上，只恨自己陷牢笼，不然凭他手上的兵马，别说太后和赵王，就是再加上余维扬，也没一个是他的对手。早知他们如此阴险，他应该更积极地与徐太妃联合，共谋大事……

徐太妃？窦怀仙拍拍脑袋，对了，徐太妃！他怎么把她忘了！

搜遍全身，窦怀仙终于勉强凑了些财物出来，贿赂了内侍狱里一名低位的宦官，让他给在徐太妃身边做事的陈守逸传个口信。

窦怀仙不敢言明自己的目的，只对那宦官说，看这情形，自己一时半会儿出不了内侍狱。那陈守逸是他旧友，许能看在往日情分上，给他送床被褥进来。

陈守逸是聪明人，听到他在内侍狱，自然会知道出了事。他又是徐太妃心腹，肯定明白事态的严重性，必然会向太妃禀告。只要徐太妃知道他的情况，就能出手营救。她手上的那件东西，足以将他救出北司诏狱。

然而窦怀仙满心焦躁地等到晚上，始终不见那宦官回转。入夜后他勉强在稻草上睡下，蒙胧间，忽然听见了来自牢房外面的脚步声。

窦怀仙猛地睁开眼，果然看见一个颀长的身影出现在门口，正是陈守逸。

牢中灯光昏暗，陈守逸的面容在这昏黄灯影中忽明忽暗。不过这时的窦怀仙已顾不上观察陈守逸的表情。他急急忙忙起身，走向囚室门口迎他。

陈守逸却不是独自一人。同来的除了狱卒，他身后还跟着一个抱被褥的半大中人。

在牢前站定，陈守逸神色平静地向狱卒点了下头。狱卒上前开了牢门。陈守逸向抱着被子的中人道："把被子给窦中尉拿进去。"

小中人依言进了牢房，在窦怀仙面前把被子放下。

他出去后，陈守逸又举起了手。原来他手上还提了一个三层的黑漆食盒。

他把食盒也交给那小中人："这个也给窦中尉。"

小中人又把食盒提了进来，一样放在窦怀仙面前。

两人放完了东西，狱卒便过来锁了牢门。

这举动让窦怀仙十分诧异。他想了想，自以为明白了，陈守逸要掩人耳目，许是把给他的指示藏在了送来的东西里面。他顾不上客套，急急忙忙去翻陈守逸送来的东西。可翻来翻去，这也只是寻常被褥，并无其他物件。他又打开食盒，里面也不过是一碗蒸羊肉、一碟醋芹外加一大盘雕胡饭。除此之外，就只有一箸一匙。

窦怀仙急了，见陈守逸都快走出牢狱了，慌忙出声："等一下。"

陈守逸停住脚步，回头时脸上的微笑依然恭谦："中尉若还需要别的东西，也请尽管吩咐。"

窦怀仙瞥了一眼狱卒，哑着嗓子道："我能和你单独说两句话吗？"

陈守逸看向狱卒。

狱卒连忙道："小人去外面守着。中贵人可以慢慢说。"

说完，他和那中人一道退到了门外。

两人走后，陈守逸似乎有些迟疑，但最后还是走了回来。

窦怀仙却管不了这许多，直截了当地问："徐太妃怎么说？"

"太妃？"陈守逸挑了下眉毛，状甚惊奇，"中尉的口信里并没有提到太妃啊？"

窦怀仙一拳砸在门上，气急败坏地问："你难道就真的只送了床被褥给我？"

陈守逸眨了眨眼睛，看起来似乎甚是困惑："不是中尉让人传信给我，让我送被褥过来的吗？我与中尉虽然不曾深交，这点小事总还是可以帮忙。"

窦怀仙气极，指着他"你"了半天，都没说出一句完整的话。

这陈守逸平日里看着精明，怎么关键时候竟犯起了糊涂！他哪里是要被褥，是为了传消息，让徐太妃出手。

陈守逸看着他的神色，唇边浮起笑意，压低嗓子道："还是，中尉在期待什么？"

窦怀仙猛地抬头，盯了他好一会儿："你果然都明白。"

陈守逸摇头："那是保命之物，她不可能为你动用。"

窦怀仙揣测徐太妃不可能这么不知轻重，她一定是利用这难得的机会和他谈条件，急切道："我要是死了，太妃就再无倚仗，她手上那件东西又保得了她多久？我们是一条船上的人。只要我在，没人动得了她。"

陈守逸垂目不语。

窦怀仙知道这是自己唯一说服他的机会，又郑重许诺："太妃不是对太后和赵王不满吗？我有兵马。只要我出去，就能立刻调兵，为她扫清所有障碍。"

陈守逸却短促一笑："中尉自身都难保，又谈什么扫清障碍？"

窦怀仙的表情阴沉得可怕："你觉得我做不到？"

"这几个月发生了什么事，看来中尉是一点不知情，"陈守逸道，"若不是先行策反了副使、中护军、三都等人，太后他们如何敢向护军中尉下手？"

窦怀仙脸色大变："你说什么？"

陈守逸慢条斯理道："中尉驭下严苛，且好争抢功劳。你立了功，下面的人并没有得到任何好处，自然不肯再给你卖命。一有人拉拢，他们就都倒戈了。"他抬眼看了看窦怀仙，淡淡地加了一句，"你早就被架空了。"

"怎么会？"窦怀仙难以置信。

他经营多年的势力竟这么轻易就被瓦解了？

"连敌人在自己眼皮底下的动作都察觉不到，"无视窦怀仙难看的面色，陈守逸冷笑着给了他最后一击，"又有什么资格与太妃谈条件？"

回到徐太妃殿阁的时候已经很晚了。

陈守逸找了一圈，却没见到徐九英，问正在往床帐上挂香薰球的小蔓："太妃呢？"

小蔓挂好香球，向着窗外指了指。不远处的阁道上有个隐约的人影。

陈守逸随手拿了一件对襟长衫，走出来寻她。

这处阁道建在高处，视野极为开阔，白日里能将内宫层层环绕的亭台楼阁尽收眼底。第一次发现这里时，徐九英还是采女。那时她像是发现了什么了不起的东西，兴致勃勃地带他登上这里，让他欣赏这里的景致。

陈守逸对这成片的宫殿毫无兴致。徐九英倒是很喜欢这里。就算到现在，她都不时来这里远眺。只是现在夜色正浓，从阁道看出去，只能瞧得见一个个朦胧的殿宇轮廓和其间星星点点的灯光。

徐九英没有让人跟着，而是一个人背靠木柱、侧身坐在栏杆上。她身边放

213

着一个柳条编的小箩，里面有三四个未吃的橘子以及一大堆叠得整整齐齐的果皮，她手上还有一个剥了一半的橘子。

"别吃那么多，"陈守逸道，"会把牙根酸倒的。"

徐九英冲他挑了下眉毛，三两下将手上的橘子剥好，递到他面前。

陈守逸微微一笑，先将手里的衣服披在她身上，然后才接过橘子。

"天凉了，太妃早些回去吧。"他说。

徐九英没理会，而是问他："东西都送过去了？"

陈守逸点头。

"对不住啊，"徐九英咧了咧嘴，"让你接这么糟糕的差事。他骂得很难听吧？"

陈守逸不自觉地捏紧手里的橘瓣，垂目不语。

听完他的话，窦怀仙难免情绪激动，对他破口大骂。他骂徐太妃背信弃义，骂余维扬是个阴险的小人，最后连赵王和太后也一并骂了进去。整个内侍狱都听得到他的高声咒骂。不过窦怀仙骂得最多的还是他面前的陈守逸。被他用恶毒言辞攻击的陈守逸并未动怒，只是沉默地听着。窦怀仙骂了半天都不见他有任何愠色，恼怒至极，一口啐到他脸上。

陈守逸面无表情地举袖拭去唾液，终于开口："中尉要是没有别的话，在下就告辞了。"

"你不过是她身边一条狗罢了，"窦怀仙满怀恨意的声音在他背后响起，"她现在丢弃我，迟早有一天也会对你弃如敝履。"

徐九英看他把橘子挤出了汁，就知道窦怀仙骂得有多难听，不由得轻轻叹了口气。

听她叹息，陈守逸摇摇脑袋，将窦怀仙的言辞抛诸脑后，冷静地说："他一个必死之人，也只能逞下口舌之利了，太妃不必放在心上。其实，太妃装作不知道也就是了，没必要和他解释。"

徐九英短促地笑了一声："至少该让他死个明白。"

"死到临头的人还会在意原因？"

徐九英沉默了。

太后和赵王不会给窦怀仙任何机会。这次他必死无疑。为了窦怀仙与太后他们正面冲突并不明智，何况这其实也是她计划中的一环。

陈守逸转头看向徐九英。她的情绪显而易见地低落。他能明白徐九英现在的苦恼。再怎么聪明果断，这仍是她第一次参与权力的争夺。虽然她不是直接对窦怀仙下手的人，但毕竟整件事都因她而起。头一次手上沾了血，心绪波动在所难免。他忍不住伸手摸了摸她的头，柔声问："是不是觉得很难受？"

这是极不妥当的举动，不过徐九英并没有注意到他的逾越。她又拿了一个橘子，重复地做着向空中抛出又接住的动作，苦笑着说："虽然这是早就预想到的结果，可是事到临头，还是有点心慌。毕竟这次是真的要死人了。"

"奴婢早就提醒过太妃，"陈守逸淡淡道，"这是世上最无情的游戏。如果没有面对残酷的准备，最好不要贸然进入。"

"你说太后、赵王他们是怎么做到的？"徐九英问，"一个窦怀仙我都觉得挺难受的，他们却能轻易就作出决定，哪怕他们知道这些决定会填进去几百几千条人命。"

"习惯了吧，"陈守逸道，"手上已经有了这么多条人命，大概也不会介意再多上几个。太妃若不想被人踢出局，最好尽快适应这一点。"

"这种事还能适应？"徐九英皱眉，"不觉得亏心吗？"

陈守逸似乎想做一个微笑的表情，最后却只是扯动了一下嘴角，回答道："也许。"

"也许什么？"徐九英有些摸不着头脑。

陈守逸缓缓道："也许他们作出决定时，并没有他们看上去那么心安理得；也许午夜梦回之时，他们也会想起那些死去的人，甚至还会觉得有些愧疚；也许，也许只有夜深人静的时候，他们才会允许自己流露出软弱的一面。当他们回忆那些死在他们手上的人时，也许会意识到，有些是他们恨过的人，有些是他们可以漠然视之的人，还有一些是与他们关系密切的人。也许他们曾经是朋友，亲人，甚至于……爱人。"

"然后呢？"徐九英听得出神，见他停在这里，不由自主地追问了一句。

陈守逸摇头："没什么然后。无论他们对那些死去的人抱着什么样的情感，第二天的太阳一升起，他们都会，也只会按照既定的道路走下去。他们走得太远，已经不能回头了。"说到这里，他指了指外面那片已隐没在黑暗中的宫室，露出一个讥讽的笑容，"你看，无论那里是怎样的膏粱锦绣，富丽堂皇，说到底也不过是个肮脏的地方。"

窦怀仙一案很快就有了结果。

赵王认为窦怀仙身为宦官，理应由北司审理，不必经过南衙诸司。朝中略有风骨的文官都对宦官擅权不满已久，自然不会为窦怀仙发声。他们担心的反而是北司审理此案会否徇私？赵王为此一再向他们保证，他和太后都会关注此案进展，绝无可能徇私枉法。至于平日里奉承窦怀仙的人，此时都忙着撇清关系，更是无暇为他说话。

在太后授意下，北司先是抄没了窦怀仙家产，又剥夺他一切官职，流放崖州。后来见神策军对此并无多大反应，太后与赵王商议之后，直接让使者带着鸩酒去往窦宅。窦怀仙甚至还没来得及收拾行装，就已一命呜呼。

权倾一时的窦怀仙就此成为历史，并很快被人遗忘。

窦怀仙一死，神策中尉的职位便有了空缺。虽然按照惯例，护军中尉多由枢密使递补此职，然而太后却在此时表示，宣徽使陈进兴劝服神策军诸人，于此案出力最多，且现在时局不定，需要一个能稳住神策军的人，陈进兴与神策军诸将相善，无疑是目前最合适的人选。

这一提议也得到赵王等人的首肯。很快就有诏命下达，令陈进兴出任左神策中尉。

接了任命，陈进兴先来向太后谢恩。

太后正和李砚对局，听了禀报便让他进来。

陈进兴恭恭敬敬地向太后行了大礼，又说了不少感恩的话。

太后温言勉励了一番，才让他退下。

陈进兴走后，太后屏退诸人，只留李砚说话。

李砚察言观色，觉得太后眉宇间似有舒展之意，笑着道："太后看来甚是愉悦。"

"何止愉悦，"太后道，"我现在才算是安心了。"

李砚不解。

太后的笑容里有一丝无奈："自从先太子……不，应该说是自从入宫以来，我从来没有一刻觉得舒心顺意。开始是担心有人对太子不利，后来是怕先帝会对我或顾家下手。先帝殡天，又夹在徐氏和赵王的争斗里进退不得。现在陈进兴掌握神策军，我总算掌握一定的主动权了。"

她抬头看向李砚，却见他正专注地凝视着自己。他眼中带着不同于往常的怜惜与炽热，让她暗觉不妥，而且他靠得有些太近了。她想不着痕迹地离他远些，却在起身时被他握住了手。

"你干什么？"她大吃一惊，却顾虑外间还有宫女守候，只敢轻声喝问。

"我不知道你过得这样辛苦……"李砚低声呢喃着，一把将她揽住。

她试图挣脱，却还是抵不过他的力气。在她的惊恐中，李砚的另一只手已抚上她的鬓发，又慢慢滑向她的脸颊。

他的手温暖而干燥，手上有经常拿捏棋子而形成的老茧，在她脸上摩挲时带着轻微的不适。但他手上的温度却让她略微失神。一时之间，她竟然忘记抵抗，由着他为所欲为。

表面上她待他和其他人并无区别，但她自己清楚，他的出现究竟在她心里掀起了多大的波澜。这是她最初，也是最后的恋慕。与他的回忆虽然短暂，却是她人生中最为欢愉的片段。无论她怎样压抑，那些隐藏的情感还是在暗处萌芽，从微弱的涟漪变成惊涛骇浪。

察觉到她的变化，李砚再不犹豫，低头吻在了她的唇上。温热的气息彻底瓦解了她的防线。她闭上双眼，开始回应他温柔的亲吻。

"太后。"一声呼唤令她恢复了神智，猛然推开了李砚。

是团黄的声音。太后神色惊慌地看向门边。还好内室的门还关着，团黄也没敢擅自进入，而是在门边询问，并没有看见室内两人的情形。

太后暗暗松口气，竭力让自己的声音显得沉稳："什么事？"

"徐太妃来了。"

217

第十六章
回忆

　　天高云淡，碧空如洗，铺满落叶的小径上洒满金色暖阳。窗前红枫轻曳，不时有叶片飘落案头。

　　摊开的书卷上，红叶与墨色相映，极是雅致。陈守逸伸手，拾起其中一片落枫。竟然又是一年秋天了。

　　他低头看向手里的落叶。虽已落下枝头，叶子的颜色却还鲜红可爱，让人不忍丢弃。他随手压在砚台下面。然而过了一阵，他似是想到了什么，取出那片已压得十分平整的枫叶，提起墨笔在上面勾绘了一头小猪。

　　他跟画院的待诏们学过绘画的技法，那小猪虽只寥寥数笔，却刻画得极为传神，不但体形珠圆玉润，表情也很俏皮。它微微低头，做出一副可怜巴巴的神情。垂着脑袋上的两只耳朵更显得它憨态可掬。陈守逸觉得这活脱脱就是徐九英乞食时的写照，忍不住微笑，想象她看见这幅画时的反应。

　　他正要效法前朝宫人，往叶子上再题句歪诗，却忽然听到一阵细微的响动，似乎是靴子踩在落叶上发出的沙沙声。这个时辰，他这里是极少有访客的。诧异之下，他转头查看，没看见人，但窗前的青石地上投映出了一个极淡的人影。这影子被斜照的阳光拉得很长，不过他依稀可以辨认，是个男子的轮廓。

看清那个人影之后，陈守逸面上浮起一丝了然。他搁下笔，顺手将那片红叶翻转，仍旧压在砚台下面。刚刚放好石砚，他便觉得眼前一暗。来人的身影已挡住了窗口的光线，正居高临下地俯视他。

此人背光而立。身后的金色光芒与他藏在暗影里的脸形成了鲜明的对比。

陈守逸却微微一笑，从容起身，双手合拢，向来人深深一揖。

太后看似不紧不慢地吃着茶，其实却在暗自观察徐九英。后者看上去有些心不在焉，但她往嘴里塞茶果的速度却并不比平时慢多少。

太后很是疑惑。徐九英主动拜访，可是来了这么半天，却仍旧没有说明来意，未免奇怪。总不会是为了吃她殿中的点心而来吧？

吃着糕饼的徐九英其实也很踌躇。她和太后的这次谈判至关重要。可以说他们母子今后的命运都会在今日决定，怎么才能在不激怒太后的同时，逼她答应自己的条件？

吃完了大半盘果子，徐九英终于有了计较，开口道："有件事……"

太后也同时说道："最近……"

两人都停了口，最后还是太后笑着道："你先说。"

徐九英耸了下肩："我就是想问问，窦怀仙的事，太后是不是该和我解释一下？"

太后暗道，徐氏果然为此而来。他们计划对付窦怀仙时，就预料到徐九英会有所动作。为此她和东平王还商量了几个应对之策。谁知那些对策一个都没用上。从头到尾，徐太妃那里都毫无动静。不但窦怀仙被革职时她无动于衷，甚至后来他们赐死窦怀仙，她都没有显露任何阻止的意图。既然当时已经决定袖手旁观，此时又何必再来追问？

"这件事……"虽是如此作想，太后还是温言道，"你就是不来问，我也要向你交代的。"

徐九英嘴里叼着一个吃了一半的果子，静待她的下文。

太后缓缓道："窦怀仙典兵既久，又不听号令，独断专行。有他在，我们很难掌控局势。"

"是你，不是我们。"徐九英拿下嘴里的茶果，生硬地说道。

听出她的不满，太后似乎有些无奈，但还是试图安抚徐九英："我知道你

219

和窦怀仙有来往，故而对我的做法抱有疑虑。我可以保证，这件事绝没有针对你的意思，你不需为此担心。"

"既不是针对我，"徐九英拖长了语调，"太后为什么不事先告诉我实情？"

太后回答："你不读史，不知前代之事。窦怀仙手握重兵，稍有不慎，就会掀起血雨腥风。我不告诉你这件事，一来是不愿消息走漏；二也是怕你担惊受怕。"

徐九英斜睨她一眼，似乎觉得好笑："那赵王怎么倒知情呢？任谁看了这情形都会觉得他才是太后的盟友吧。"

"神策中尉是什么分量你应该清楚，"太后轻叹一声，"单凭我一个人动不了他。我只能先借助赵王之力。但这只是权宜之计。我很清楚赵王的野心，并不打算和他有更进一步的合作。当然，我能理解你的顾虑。我可以明确告诉你，我从来没想背弃我们的盟约。可是另一方面，我也希望你能看清现在的局势。南衙重臣至今都宁愿相信赵王，而不是你我两个妇人。枢密使又首鼠两端、态度暧昧。我若再不把神策军握在手中，如何能与他们抗衡？"

"所以你把窦怀仙拉下来，把陈进兴推上去？"

"窦怀仙桀骜不驯，太难控制。神策中尉里，至少得有一个信得过的人。"

"太后觉得陈进兴是你能掌控的人？"徐九英笑了起来，"还是说，你听信了三娘的话，认为先帝给我留了一道密诏，令窦怀仙听命于我？也许这才是你急于除掉他的真正原因？"

太后的用心被徐九英一语道破，不由得脸色微变。她动了动嘴唇，但最后还是明智地保持了缄默。

徐九英见她不说话，自行接下去："若是那样，我可以明白地告诉太后两件事：第一，先帝从来没有给我调动神策军的权力；第二……"说到这里，她意味深长地一笑，"太后确定陈进兴效忠的人是你吗？"

从笼中取出上好的顾州茶饼，用小槌敲下一块，放入碾中细细研磨。研好的茶末用茶箩筛过数次，置于青色瓷盏之中。须臾瓶中水沸，乃取水少许，注入盏中调成茶膏。待茶、水交融之时，开始注水点茶。注水时茶筅回环击拂，令盏中泛出厚厚一层细密浓白的汤花。

点好茶后，陈守逸将瓷盏置于托上，恭敬等待来客的评价。

客人此时却立于窗前，随手翻看陈守逸案上的那方石砚。察觉到陈守逸的目光，他放下砚台，转过身对陈守逸微微一笑。

此人四十多岁年纪，身上也穿着宦官衣饰，脸上虽然还没有多少皱纹，两鬓却已有了几缕霜白。

他缓步走到茶盏之前，并不急于享用茶汤，而是凝神观察盏中浮沫。不多时，瓷盏中的乳花便开始消退，现出下面的水痕。这时那人才抬起头，温和地笑道："似乎有些生疏了呢。"

陈守逸赧然道："太妃不吃点茶，这几年确实疏于练习。"

"上一次和你斗茶好像还是四年前的事？"来客颇有感慨之色。

陈守逸回答："是。"顿了顿，他又自嘲道，"如今技艺生疏，不堪匹敌。父亲此番若为斗茶而来，恐怕是要扫兴了。"

这人正是刚刚上任的左神策护军中尉、前宣徽使陈进兴。

陈进兴嗤笑着丢给他一个白眼："说得好像你以前赢过似的。"

陈守逸也笑了："父亲说话还是这么不留情面。"

"演了好几年的父子反目，突然要改回来还真有些不习惯，总还想着要损你两句。"陈进兴拍拍养子的肩膀，"这几年害你吃足苦头，真是委屈你了。"

"戏做足了，太后他们才会相信，"陈守逸道，"儿子还没恭喜父亲呢。"他整了整衣衫，郑重向陈进兴下拜，恭贺他晋升之喜。

陈进兴笑着扶他起来，和蔼道："父子之间，何须如此客气？说起来，我能有今天，也都是你的功劳。"

"这儿子可不敢居功，"陈守逸起身后道，"计策原是太妃想出来的。"

陈进兴点头："当初太妃找到我时，我其实并不看好她的计划。中间变数太多，只要出一个纰漏，就可能满盘皆输。没想到她竟然真的能做到。"

"太妃的才智容易被人低估，"陈守逸道，"就算是先帝，当初听完太妃的计划，也直说太妃疯了。若不是后来别无选择，能不能劝服先帝配合也很难说。"

与其说先帝为徐九英留了后手，不如说先帝是按照徐九英的意愿在行事。大概没人能猜到，无论是刻意在两位神策中尉之间制造矛盾，还是遗诏上那语焉不详的"大事不决者由太后裁断"，其实都是出自她的授意。

陈进兴没有置评。

陈守逸原以为陈进兴听完，怎么也会夸赞徐九英几句，不料半天都没听见养父说话。他转头看去，却见陈进兴正一脸古怪地看着窗外，像是大惑不解，又像是哭笑不得。陈守逸也疑惑起来，小心翼翼地唤他："父亲？"

陈进兴回过神，指着窗下一排排郁郁葱葱的植物问他："我记得你以前只爱养兰花，怎么现在都改种这些东西了？"

陈进兴指的是陈守逸种在窗下花盆里的葱姜蒜。来的时候他并没有在意，直到刚才无意中看见，才突然惊觉，在他们缺少联系的几年里，养子的趣味竟已变得如此不同。

陈守逸面皮微微泛红，不好意思告诉养父，这都是为了方便随时烹煮食物给太妃享用才种的，摸着鼻子回答："这些好养活。嗯，好养活。"

送走养父，陈守逸重新坐下，将那片红叶从砚台底下取出，拿在手里把玩。思绪却不由自主飘回到四年以前。

那是元德二十四年的暮春。

因为曾经跟随过的宫教博士年事已高，请旨出宫安度晚年，陈守逸特意告假送行。两人言谈甚欢，不觉忘了时辰。回转居所时，宫中已是掌灯的时候。

檐下灯影昏黄，仅能在台阶正中投射出一块微弱的光区。陈守逸直到踏上石阶，才瞥见台阶上还有一个抱膝而坐的人影。因为身处暗影之下，他看不清此人面目，只依稀辨认出显露在明暗边缘的一片樱草色裙摆。

陡然出现的人影让陈守逸吓了一跳。他提起手中灯盏，照向那人。被这突如其来的光亮照射，那人显然有些不适，微微偏开头，又抬手在眼前遮挡。

浓艳的样貌，是徐九英无疑。

陈守逸认出她，将灯移开，温言问道："婕妤怎么坐在这里？"

徐九英看了他一眼，没说话。

"难道是又饿了？"得不到回答，陈守逸只好自己推测。徐九英来找他，十回里大概八回都是为了吃。

他微笑着推开房门，向徐九英做了一个请的姿势。

从花盆里摘取葱叶数根，又用小刀切下几片生姜，与巴掌大的十数条干鱼混在一起，加上一点清酒，在风炉上蒸熟。接着炉上支起一块铁板，将两块冷蒸饼切开，两面涂抹熊脂，撒一点细盐，置于铁板上烤脆。再有一碟盐水煮豆子、一壶温酒，很快几道还算像样的吃食就摆到了徐九英的面前。

徐九英却没有碰她面前的食物。

这实在不像徐婕妤的作风。陈守逸只道是这些菜不合她口味，有些歉疚地说："这几日着实太忙，很多东西来不及准备，确实粗陋了些。只好请婕妤将就一下了。"

徐九英终于举箸。要向蒸鱼下手时，她的手却又停在了半空。最后她叹了口气，收回了手。

这着实让陈守逸惊讶。细看她的神情，他发现徐九英全不似往日那般无忧无虑，反而颇有困扰之色。再从头回想，从见到他的时候起到现在，她好像一句话都没说过。

"是不是……"他探究地打量她，"是不是陛下又和婕妤吵起来了？"

大约两年前，皇帝冷落过徐九英一段时间。

陈守逸至今都不知道两人之间发生了什么。他只听说那一天皇帝来过徐九英这里，最后怒气冲冲地离开。直到庶太子事变以前，皇帝都未曾踏足过徐九英居所。事情发生时没有其他人在场，仅有几名在外间侍奉的宫人曾经隐约听到皇帝的呵斥声。他也私底下问过徐九英，却只得到一个"有些口角"的敷衍回答。庶太子伏诛以后，皇帝不知怎么想起了徐九英的好处，又开始常常召她伴驾，并在不久之后就将她从才人一路升至婕妤。以徐九英的性子，再冲撞一次皇帝不是不可能。

"有件事……"徐九英终于哑着嗓子开口。

她却没有继续说下去，而是招了招手，让陈守逸附耳过去。陈守逸依言凑近，听她在耳边低语。只听得两句，他就睁大了眼，惊愕地问："婕妤确定？"

徐九英瞪他："这才多久，怎么可能确定？"

"多长时间了？"他又问。

"已晚了七八天了。"她答。

"也未见得就是吧，说不定只是晚了几天而已。"陈守逸犹豫着说。

"以前都很准的，"徐九英看上去有些烦躁，"万一是呢？"

陈守逸想了想，低声说："奴婢有认识的朋友，能弄到打胎的药……"

徐九英愤怒地捶了他一下："我现在可没心情跟你说笑！"

"不是说笑。"

223

徐九英的动作猛然一顿。她审视陈守逸，见他神情严肃，才确信他没有说笑。

"你这出的什么馊主意？哪儿有上来就劝人打胎的？"她看似气愤，语气却并不激烈。

"婕妤自己也清楚吧，"陈守逸叹气，"要是真的，这孩子可来得太不是时候了。"

皇帝的身体并不强壮，后宫也有七八年未曾添丁。戾太子叛乱以后，皇帝自己都放弃了再生男嗣的希望。一年以前，皇帝命赵王的次子入住宫中。这番举动意味着什么再明白不过。

如今朝野上下都已接受这个结果，只待皇帝什么时候正式下诏，就能定下未来天子的名分。这时突然冒出来个皇子，岂不是又要天下大乱？

听徐九英方才的口气，想来也对自己现在的处境心知肚明。

陈守逸抚着额头道："之前都以为大局已定，不管是拉拢的还是投诚的，都已经把该做的事情做完了。这时候婕妤出去传个消息，说你有孕了，不是搅局吗？最后生出来是公主还好，这要是个皇子……奴婢可不敢想那时会是什么局面。"

"凭什么啊，"徐九英嘟囔，"明明是正经的皇室血脉，又不是野种，凭什么让我打掉？"

"说句大逆不道的话，"陈守逸劝道，"陛下看着可不像是有寿数的人，恐怕，到时他是撒手人寰，一了百了，你们孤儿寡母又怎么办？婕妤一没有强大母家支持；二不通政事，连认个字都困难，怎么和他们斗？依奴婢看，倒是悄悄处理了为好，至少能保住性命，安安稳稳过下半辈子。"

"这……"徐九英犹豫，"不是还有你吗？你帮我的话，说不定可以呢？"

"奴婢算什么东西？"陈守逸苦笑，"就是再加上奴婢，也不够给他们塞牙缝。"

徐九英何尝不知他说的是实情，闻言沮丧道："难道真的只有打掉这一条路？"

陈守逸又仔仔细细想了一遍，摇头道："至少奴婢想不到更好的办法。"

两人相对，都是一筹莫展。

也不知过了多久，他听见徐九英说："不行。我还是没办法这么做。我又没做亏心的事，为什么不能生？要是个女儿最好，我们母女安心过日子就是。要当真是个男孩，这皇位该是他的，凭什么要我让？"

"婕好……"陈守逸还要再劝，却被徐九英打断。

"我知道你是好意，"她说，"但你不也说了，陛下那身体，能活多久谁都不知道。也许我这辈子，也就这么一次有孩子的机会。我可不想放弃。"

陈守逸沉默了好一阵，最终长叹一声："若是这样，奴婢无话可说。"

徐九英刚要说话，却又听见他道："不过婕好既然可能参与皇位的争夺，最好先弄明白你将要面对的是什么。"

作出决定以后，徐九英的心情似乎轻松了不少。她马上恢复了胃口，先吃了一块烤饼，然后慢慢剥着豆子，准备听陈守逸的故事。

陈守逸也不知是该笑她没心没肺还是赞她临危不乱。

"不是要说故事吗？你倒是讲呀。"他迟迟不开口，徐九英忍不住出声催促。

陈守逸有些恍惚，拿起酒壶要为徐九英斟酒，满了一杯后才想起她现在已经不宜饮酒，便将那杯子拿来，自己喝了。饮尽这杯酒后，他慢慢起了话头："某镇节度使……"

"哪一镇？"徐九英问。

不知是不是有了酒意，陈守逸的眼神略显迷离。他摇着头道："这不重要。婕好只要知道是真事就好。"

徐九英没再追问。

陈守逸接着叙述："这节度使有两个儿子。大儿子年长很多。小儿子出生时，他已经成年，并且开始带兵了。不过节度使一直觉得大儿子资质太过平庸。这节度使所辖的方镇并不是个太平之地。一个能力不足的节帅很难弹压手下军将，也挡不住外敌的进攻。他一直担心他辛苦创下的基业，有朝一日会毁在儿子手里。但是很多年里，那都是他唯一的儿子。所以虽然不大满意，他仍然只能将他视为自己的嗣子，直到小儿子出生。

"节度使对小儿子的出生非常高兴。多一个儿子，他就多了一个选择。而且他很快发现，这小儿子十分聪颖。不管骑射诗策，他都学得很快。节度使越来越喜欢这个儿子，渐渐生出让小儿子继承家业的想法。但是大儿子当了这么多年嗣子，怎么甘心把家业拱手让给弟弟？于是他趁节度使卧病在床的机会起兵，杀死了自己的父亲。"

听到这里，徐九英倒抽一口冷气。

陈守逸抬头，直视她的眼睛："权力争夺从来都是最残酷的游戏。哪怕亲如父子、兄弟、夫妻，一朝反目，也会毫不留情。奴婢告诉婕妤的事例只不过是一个节度使的家事，就已激烈如此，御座的争夺只会比这更加血腥无情。婕妤若想加入，就请做好最糟糕的心理准备，否则会死得很难看，很难看……"

故事讲完后的很长一段时间内，他和徐九英都没有说话。

"我会想出办法的。"最后她说。

陈守逸笑笑，勉强算是鼓励。

"对了，"离开前徐九英忽然回头，"刚才那个故事你没有讲完呢。那小儿子后来怎么样？"

陈守逸没料到她还会追问，露出了一个极为复杂的表情：像是惊讶，又像茫然，最后还像是有点伤感。

徐九英从来没见过这样的情绪。但是很快，他就恢复波澜不惊的神情，让徐九英觉得刚才那一瞬间只是她的错觉。

"死了。"他淡漠地回答。

"你那个养父，人怎么样？"两天以后，徐九英问陈守逸。

"婕妤莫非在打奴婢养父的主意？"陈守逸微微皱眉。

徐九英丢给他一个白眼："你说呢？"

陈守逸低头想了一阵，摇头道："恐怕有点难。"

"总得试试吧。"徐九英说。

陈守逸问："这就是婕妤想出来的办法？"

"是啊。"徐九英答得理所当然。

陈守逸长叹："如果婕妤只能想出这样的办法，奴婢还是劝婕妤考虑奴婢之前的建议。"

"你别总泼冷水，"徐九英道，"说不定我能说服他呢。"

"奴婢的养父是个十分精明的人，"陈守逸道，"他不可能选择劣势的一方。"

徐九英指着自己的鼻子问："劣势的一方……是说我吗？"

陈守逸无奈，反问道："难道婕妤还觉得自己是优势方？"

徐九英撇了下嘴，但还是说："你不是他的养子吗？跟他应该还是说得上话吧，帮我递个信试试呗？"

陈守逸摸着下巴想了一阵，最后说道："传话是没有问题，甚至婕妤想和他见面，奴婢也能代为安排。但是要说动他支持婕妤，奴婢可是没有半点把握。"

"那没关系，"徐九英道，"一步一步来嘛，先让我和他见个面再说。"

因为徐九英的吩咐，次日清早，陈守逸就来拜见养父陈进兴。

许是宣徽使多与内廷诸司打交道的缘故，陈进兴是个看上去很和气的人，见谁都不吝送上一张笑脸。

他的意趣也和大多数宦官不同，并不执着于敛财，反而喜好风雅。陈守逸当初也是因为投了他这点眼缘才能被他收为养子。哪怕陈守逸在他诸多养子中晋升最慢，成就最低，陈进兴也没有减少对他的偏爱。

"你来得倒巧，"一看见陈守逸，陈进兴便笑着说，"为父近日刚得了几幅好画，正要找你一同鉴赏呢。"

他兴致勃勃地让小中人搬来画幅，请陈守逸一同赏看。

陈守逸耐心陪他看画。他深知这位养父的喜好，这日刻意顺着他趣味点评，直哄得陈进兴心花怒放，赏完画后又特意留他品尝今年的新茶。

陈守逸自然也对着他的茶赞不绝口。

许是夸得太过，陈进兴吃完一盏茶便回过了味，摇头笑道："往日为父说东，你必定往西，今天怎么转了性，倒附和起为父来了？这么献殷勤，别不是有什么事要求为父吧？"

"倒真有件事要与父亲商量。"陈守逸赔笑道。

"能让你这么低三下四，准不是小事，"陈进兴笑着猜测，"是不是在徐婕妤那里受委屈了？我早跟你说了，在内廷侍奉后妃虽然更易升迁，但你这么孤傲的性子，哪里忍得下来？何况那徐婕妤也太不堪了。这不，受不了了吧？要不要为父想办法把你调出来？"

这番话说得陈守逸略微尴尬："儿子觉得在徐婕妤那里挺好的。今日找父亲，是为别的事。"

"哦？"陈进兴奇道，"不为这件，那又是什么事？"

陈守逸将自己的来意叙述了一遍。

陈进兴只听他说了几句，脸上的笑意就逐渐消失。不过他还是耐着性子听他把话讲完。

陈守逸一停口，陈进兴就毫不犹豫地拒绝："我与徐婕妤没什么好说的。"

"父亲，"陈守逸还不死心地劝他，"如果婕妤真的生下皇子，那就是奇货可居啊。"

陈进兴打断他："我又不是吕不韦，要什么奇货可居？注定失败的事不值得耗费心力。"他顿了顿，又责怪陈守逸，"你怎么不劝她打掉？"

陈守逸静默片刻，轻声说了句："谋害皇嗣可是大罪。"

陈进兴也不说话了。

"这件事风险太大，"沉默良久，他才再度开口，"我不愿意参与。我劝你也别去掺和。你要是觉得为难，我可以想办法把你从徐婕妤身边调走。哪怕是重新回去管图籍，也比你跟着她送命强。"

"我不会离开。"陈守逸道。

陈进兴失笑："你别鬼迷心窍，以为徐婕妤母凭子贵，你就能跟着飞黄腾达。就算要求富贵，也得看看之后有没有命让你享受。现在是什么情势你不知道？徐婕妤哪里有胜算？你听为父一句劝。我们不过是皇室家奴，侍奉谁不是一样？何必为他们搏命？"

陈守逸不直接回答，只是重申自己的立场："我不会离开徐婕妤。"

这句话让陈进兴捕捉到了足够的讯息。他仔细回想了陈守逸跟随徐九英以来的举动，神色渐趋严肃："老实告诉我，你是不是对徐婕妤有……男女之情？"

陈守逸嗤笑一声，刚要说话，陈进兴已严厉道："别和我嬉皮笑脸，也别说什么宦官不是男人的话！我自己也是宦官，清楚得很！"

陈守逸不敢再拿话搪塞，低着头一声不吭。

陈进兴还有什么不明白的，一掌拍在几案上："糊涂！"他指着陈守逸，气得直发抖，"她是什么人？你是什么人？你怎么能对她有非分之想？"

"不是非分之想，"陈守逸艰难地说，"我很清楚自己的身份。"

"这还不叫非分之想？"陈进兴恨得又拍了一下几案，"你，叫我怎么说你！"

"开始只是觉得她好玩，"陈守逸垂目道，"除了一张脸，资质明明差得一塌糊涂，却莫名自信。帮她也只是想看看，她这种人爬上去了会怎么样？等我发觉不对时，已经迟了。"

228

"那她对你……"

　　陈守逸摇头："她不知道。"

　　陈进兴想了想，果断道："你不能再留在她身边。明天我就想办法，把你调到其他地方去。"

　　"父亲！"陈守逸提高了声音。

　　"你们不会有结果。早点断了，对你对她都好。"

　　"我不求结果，也不会让她知道，"陈守逸恳求，"我只想留在她身边而已。"

　　陈进兴微微动容，轻叹一声："你这又是何苦？"

　　"我并没觉得苦，"陈守逸苦笑，"如果不是遇上她，我的一生不过是个笑话而已。"

　　最后这句话击中了陈进兴的软肋。陈守逸的身世他是知情的。他唯有苦笑："你为了她还真是什么都肯做。"

　　"我知道父亲怎么想她，"陈守逸道，"但她不是你以为的那种人。我希望你至少能听一下她的想法。"

　　陈进兴考虑良久，最后说："好，我去听她的说法。不过我把话说在前面，你对她的感情不会影响我的判断。如果她没有能够说服我的理由，我是不会插手的。"

第十七章
逆转

    徐九英踮起脚尖，从帘子后面偷窥在堂上饮茶的中年宦官。陈进兴眉眼长得不及陈守逸，再加上有些年纪，自然算不得俊秀，不过气度沉稳，仪态端雅，倒也不像个俗人。

    观望完了，徐九英退回内室，问陈守逸："那个人就是你养父？"

    陈守逸点头，又说："婕妤以前不是也见过他？"

    "隔得太久，都不记得他的长相了。"徐九英说。

    陈守逸帮她理了一下衣服："奴婢养父不太好对付。一会儿婕妤出去了，万万不可露怯。记着奴婢教你的话。你得理直气壮地跟他说，陛下是站在你这边的，而且已经许诺把神策军交给你了。"

    徐九英斜眼看他："他是你养父，你编这种话骗他合适吗？"

    陈守逸整理衣服的手有片刻停顿，随即移动如常："奴婢的养父可是说了，要是婕妤没有说服他的理由，他是不会帮忙的。婕妤手上什么筹码都没有，还能怎么办？当然是先骗过去再说。记住了，你表现得越自信，他越容易信你。"

    徐九英还是不怎么相信的样子，但她也明白，不能让陈进兴等太久，很快就和陈守逸一道出去了。

见他们来了，陈进兴放下茶盏，起身与徐九英见礼。徐九英连忙让他不必多礼。陈进兴也就顺势起身。

他站起来时与徐九英短暂地四目相接。徐九英见他锐利的目光向自己看过来，心里就先打了一个突。

宾主入座后，陈进兴就笼着袖子，等着听她说话。

谁知徐九英一直没有开口。她低着头，似乎在考虑什么。

陈守逸见徐九英像是有些犹豫，轻咳一声，冲她使了个眼色，让她不要怕。

"陈守逸和我说过，"徐九英终于开始说话，"陈院使是个很精明的人。"

"不敢当。"陈进兴客气道。

徐九英笑笑，继续道："既然陈院使这么精明，想必已经猜到接下来我会说什么，说不定还猜到那些话都是陈守逸教我的。"

陈守逸没料到她竟然一开始就向陈进兴坦白了真相，急急出声："婕好！"

徐九英却没理会他，而是目不转睛地盯着陈进兴，观察他的反应。

陈进兴的目光在徐九英和陈守逸之间游移一阵，没有表态。

徐九英发现他虽然面无表情，却不像是生气，便大着胆子道："陈守逸或许觉得那样就能说服你。但是我很清楚，一旦我把那些话说出口，就再也无法取得陈院使的信任。"

听着谈话完全走向不可控的局面，陈守逸急得满头大汗，却不知道该怎么阻止她。陈进兴则是表情微妙，显然这样的发展也在他的意料之外。

徐九英见他如此神色，心里慢慢有了底气。她借着整理鬓边散发的时机重整一下思路，抬起头来，对陈进兴嫣然一笑："所以，我不会对你说那些话。"

这句话出口，陈守逸就感觉到了养父的变化。

也许在旁人看来，会觉得陈进兴十分平静。毕竟除了微微垂下的眼帘，他的表情没有任何改变。但是陈守逸深知养父的习惯：当他不愿意让人察觉自己的想法或情绪时，就会做出这样的举动。虽然谈话的走向脱离了他的掌控，但是毫无疑问，主导局面的人是徐九英。犹豫片刻，陈守逸决定静观其变。

室内的静默保持了许久，最后终于还是陈进兴先出声："那婕妤打算对某说什么呢？"

"实话。"徐九英回答。

陈进兴瞟了一眼陈守逸。听到这两个字时，养子很细微地皱了下眉头。这说明徐九英和他说的这些话确实不是陈守逸教的。陈进兴露出一个饶有兴味的神情："洗耳恭听。"

"我很明白，现在这个时候有男嗣出生，一定会引起混乱，"徐九英道，"尤其他的母亲还是我这样一个既没出身、又无学识的人。"

这样有自知之明的剖白并没有得到陈进兴的赞赏。他似笑非笑地说："即使这样，婕妤仍然不愿意放弃，不是吗？"

徐九英用罕有的严肃表情道："不管生母是谁，这个孩子都是正统。那是他应得的。我不认为我的要求很过分。"

"恕某直言，"陈进兴轻叹一声，"以目前局势而言，婕妤几乎不可能有胜算。"

"我清楚其中的风险，"徐九英缓缓道，"也明白陈院使的顾虑。我并不要求陈院使也承担同样的风险。"

陈进兴不解："婕妤要某相助，难道还不明白，一旦某出了手，就会被划归到婕妤的阵营里？某既与婕妤成了同道，当然会承担一样的风险。"

"所以陈院使与我不会在同一阵营里，"徐九英微笑，"至少很长一段时间内不会。"

陈进兴不说话了，目不转睛地盯着徐九英，等待她进一步的解释。

"现在的神策中尉和枢密使年纪都不算大，"徐九英道，"如果没有变故发生，我想陈院使很可能得在宣徽使的位子上终老。"

陈进兴对此当然心知肚明。到他这位置，再往上升的可能性已经微乎其微。宣徽使堪称显贵，与其为了再进一步去搏命，倒不如在现在的位置上安分待着。不过这是他基于现实的考量，并不代表完全没有过想法。

听见徐九英此语，他眼里闪过一抹不可捉摸的幽光，试探着问："婕妤所谓的变故是指……"

"只要我能让其他人相信神策中尉或者枢密使里有和我一伙的，必然会有人对付他们。一旦四贵里有位子出缺，就是陈院使的机会。"

"然则，婕妤要怎么让其他人相信这点，并且除掉其中一个？"陈进兴问。

神策中尉和枢密使又不是傻子，岂能轻易让她摆布？

徐九英简单道："这是我需要操心的问题。"

陈进兴对她的回答哭笑不得。与其说这是她深思熟虑的想法，不如相信她根本就是临时起意。他停顿片刻，用平静的口吻道："先假设有奇迹发生，婕好能够做到这点，那也绝不可能毫无风险。"

徐九英笑道："我是说对陈院使没有任何风险。至于其他风险，你有什么必要在意？"

陈进兴沉声问："这是何意？"

徐九英慢悠悠道："陈院使如果公开支持我，即使我能借他们除去四贵，这美差也很难落到陈院使头上。我以为最好的办法，是陈院使加入其他阵营。到时四贵的位置必定要有人填补。若你能取得某个贵人的信任，将来填补空位的就不会是别人。毕竟能递补的人选也就那么几个，他们当然会想扶植一个值得信任的人。不过……"

"婕好的意思是，这四贵的美差还得某自己谋划？"陈进兴哭笑不得。

"院使总不能什么活儿都不干吧？"

陈进兴笑了："活儿都让某干了，那还需要婕好做什么？"

"当然需要我了，"徐九英微笑，"要形成一个联盟总得有一个共同的敌人，有谁比我更适合扮演这个角色？"

陈进兴沉默了。

徐九英看向陈守逸，见他向自己点了下头，知道陈进兴动心了，趁热打铁道："如果陈院使决定与我合作，今日以后，我不会再与陈院使有什么来往。没人知道我们的关系，这计划才有可能成功。我如果成功，必定遵守和院使的约定，到时陈院使就会成为最有权势的宦官；我若是失败了，表面上陈院使还是他们的人。你不必担心被人清算，仍旧可以当你的宣徽使。当然了，如果我没有怀孕，又或者生了女儿，这个计划都可以当作没有存在过。相应的，陈院使如果认为风险过大，在你晋升之前可以随时终止计划。也就是说，赢了，你一本万利；输了，你不会有任何损失。"

"这样的条件似乎过于优厚了？"陈进兴斟酌了一会儿，说。

按照这个提议，所有的风险都会由徐九英承担，但最终得到好处的人却是他。这条件优渥得让人不敢相信。

"乞丐是没有选择权的，"徐九英冷静地说，"既然现在我是劣势的一方，自然要开出最优厚的条件。只有这样，陈院使才会难以拒绝，不是吗？"

"那么，婕妤要从某这里交换什么？"陈进兴问。

徐九英肯开出这样的条件，自然是有所图谋的。

"忠诚，"徐九英回答，"无条件的忠诚。"

陈进兴独自坐在花树下冥想。

即使徐九英给出如此丰厚的条件，他也没有马上作出决定，而是要求给他考虑的时间，然后他就如老僧入定一般在花树底下坐了大半个时辰。

徐九英和陈守逸无所事事，只能百无聊赖地趴在窗沿上，对着他的背影窃窃私语。

"你觉得我之前那些话有可能说服他吗？"徐九英问。

"难说。"陈守逸看着养父一动不动的背影，轻声回答。

"他能考虑这么久，应该还是有希望的吧？不然他早就一口回绝了。"虽是这样说，徐九英的语气并不笃定。

"这要看他如何衡量。奴婢不敢乱猜。"

"你不是他养子吗？"

陈守逸白了她一眼，有些没好气地说："婕妤也知道奴婢只是他的养子，不是他肚子里的蛔虫。婕妤自己变更计划，怎么倒来问奴婢？"

"怎么？"徐九英好笑地点了下他的鼻子，"还跟我怄上气了啊？"

陈守逸到底没忍住，小声埋怨："如果婕妤从一开始就不打算采用奴婢的办法，可以和奴婢直说，何苦把奴婢编了瞎话教你的事也告诉他？以后奴婢见了他该多尴尬？"

"其实一直到我见你养父的时候，我都准备用你教我的说辞，"徐九英摸着鼻子说，"毕竟你是他养子，肯定比我了解他。可是一瞧见他看我的眼神，就知道你的办法行不通。他根本就没打算和我做任何交易。如果我不能几句话把他镇住，不管我后面有什么提议，他都会一口否定。我只能……"

"只能先把奴婢卖了？"陈守逸从鼻子里哼了一声，"从来没听说这种事只凭一个眼神就能断定。说不定奴婢养父就信了那套说辞呢？"

徐九英低笑："那万一他不信，我岂不是一点机会都没有了？"

陈守逸顿时语塞。

两人正在僵持，徐九英瞥见陈进兴慢慢站了起来，冲陈守逸努了努嘴："行了行了，我的判断对不对，马上就知道了。"

陈守逸也看见了陈进兴的举动，不必她再吩咐什么，径直向养父走了过去。

"父亲。"他先向陈进兴作了个揖，然后才有些忐忑地抬起头来。

陈进兴面色平静，也没有追究养子帮徐九英骗他的事。

"婕妤的提议，父亲有什么想法？"陈守逸稍稍心安，试探着开口。

"这么激进的手法，不是你教出来的吧？"陈进兴问。

陈守逸苦笑："不是。"

陈进兴凝视着窗台边徐九英的身影。本来还趴着的徐婕妤察觉到他的目光，赶紧直起身子，端庄地冲他点了下头。

"那些话真是她自己想出来的？"陈守逸听见养父低声问话。

陈守逸点头："是她的想法。我认识她的时候，她的想法就挺多的。只不过以前的想法比较异想天开，现在……"

陈进兴淡淡接口："现在也没好多少。"

听养父说出这句话，陈守逸心里一沉。这评价可不像是什么好兆头。但是他马上就发现自己错得离谱，因为陈进兴接着说："去告诉她吧，我答应她的条件了。"

陈守逸大吃一惊："父亲？"

"这不是你希望的事吗？"陈进兴失笑，"都敢伙同外人欺骗为父了，又何必做出大惊小怪的模样？"

陈守逸难得红了下脸，但是很快又道："可是父亲的口气听上去并不怎么看好婕妤的计划。"

"确实，"陈进兴叹气，"她的计划变数太多，我没有太大把握。"

陈守逸大惑不解："既然如此，父亲又为何答应？"

养父是个极为理智的人，绝不可能因为一时冲动或是对他的喜爱就应下这么紧要的事。

"诚如婕妤所说，"陈进兴微微一笑，"这件事对我没有任何风险。并且，确实让人难以拒绝。"

陈进兴能从一名普通的内侍升至仅次于四贵的位置，当然有其高明的地

235

方，何况宣徽使本就有着不小的权力。

得到他的指点，徐九英的担子顿时轻松了不少。陈进兴让她在头两个月尽量拖着，不要急着公布消息，一来要等胎像稳固；二来也让他有时间上下其手。

接下来的两个月里，陈进兴和陈守逸则合力演了一出父子反目的戏。

宫中宦官收养子的不在少数。虽说养父子之间的关系各有亲疏，但闹到像陈进兴父子这样势如水火的却不多见。宫人们对此不免议论：陈守逸虽然很受徐婕妤宠信，但宣徽使位高权重，仅凭徐九英的力量是不可能撼动的。只怕这场父子相争，陈守逸会落于下风。谁知不出俩月，形势就大为改变。

徐九英等到自己孕期已满三月，便告知皇帝并且很快得到了确诊。得知自己还有后嗣，皇帝的欣喜自不必说，宫廷内外也都震惊不已。徐氏若是一举得男，不但会打破朝中刚刚形成的平衡，她本人也会母凭子贵，一步登天。

如此一来，陈守逸作为她的心腹，必然会跟着徐氏鸡犬升天。局面渐渐走向对陈进兴不利的方向。陈进兴当然也不会坐以待毙，很快众人就看到他开始经常出入中宫殿阁。

从皇后身上着手也是陈进兴和徐九英商量之后作出的决定。

"陛下健在，又可能会有皇子出生，赵王必然要避嫌。就算某去拉拢他，他也未必敢和某交心。相较之下，皇后是个更容易接近的目标。且中宫和赵王、东平王的关系一向还算不错，也有利于某在他们之间周旋。"陈进兴这样向徐婕妤解释。

"皇后可不好对付，"徐九英问，"你有把握取得她的信任？"

陈进兴笑得不怀好意："这是某需要担心的事。婕妤需要担心的是怎么让你许诺的位置空出来。"

这是徐九英以前回答陈进兴的话。此时被陈进兴原话奉还，她干笑一声，知趣地停止了追问。

陈进兴的为人处世确实值得称道。四五个月后，他就向徐九英示意，他已取得中宫信赖，可以进行下一步计划了。

接下来自然是要取得皇帝的支持。陈进兴固然有分量，但要让皇位平安过渡到自己孩子手中，一个陈进兴远远不够。皇帝的配合才是最关键的一环。

揣摩皇帝的心思无疑比劝服陈进兴难得多，也危险得多。徐九英在这个问题上也尤为慎重。整个孕期，她都没对皇帝提及自己的想法，以免引起他不必要的疑心。直到皇子出生，徐九英都还在考虑怎么和皇帝说这件事。没想到皇帝的表态来得比她预想的还快。他竟然在小皇子还没满月的时候命令赵王之子迁居宫外！

小皇子出生，东平王的地位受到影响是可以预见的，可是皇帝这番举动未免操之过急，必然会引起赵王等人的不满。得到消息后，徐九英知道她不能再等下去了，立刻前来求见皇帝。

因她诞育皇嗣之功，皇帝不但让她进位淑妃，对她的态度也变得格外优容。小皇子出生前他又大病一场，此时仍在休养。即使精神不佳，他仍然许徐九英入见。徐九英进来时，他强打起精神，和颜悦色地嘱咐她："你身子还没养好，该多休息下才是。"

"我倒是想休息，我休息得了吗？"徐九英如今也懒得再作掩饰，直接没好气道。

"这是怎么了，现在谁还敢给你气受？"皇帝温和地问。

她现在是四妃之一，又育有皇子，还有自己撑腰，就算是皇后也得礼让她三分。

徐九英在床边坐下，单刀直入地问："让东平王出宫算怎么回事？"

皇帝终于明白她的来意，笑着道："原来是为这件。我这也是为青翟考虑。早些出宫，断了某些人的念想。这不该是你希望看到的局面吗？"

"你这么做，岂不是会得罪赵王他们？"徐九英挑眉。

皇帝笑容微淡："迟早也要得罪的。"

徐九英认真地盯着皇帝看了一阵。

"怎么了？"皇帝问。

"你真打算传位给青翟？"徐九英一本正经地问。

皇帝苦笑："东平都出宫了，我怎么想还用说？"

"太心急了。"徐九英说。

皇帝似觉好笑："依你的意思，应该怎么处理？"

"你若真想青翟平安继位，"徐九英道，"后面的事还真得听我的。"

皇帝失笑，抬眼看她良久："你？"

徐九英听出皇帝的不以为然，沉下脸道："照现在的情况，寻常的办法保障不了我们母子的平安。照我的方法来，也许还有一线生机。"见皇帝想插话，她立刻打断，"我知道你觉得我俗，从来没把我当回事。但是也请你回想一下，戾太子出事前，我有没有提醒过你，太子状态不对？几个月前你吃丹药，我又有没有劝过你，少吃那些乱七八糟的东西？这两件事你都没听我的，结果怎么样？"

皇帝无言以对。

这两件事上，徐九英确实都有先见之明。戾太子出事前，她曾经对他说过太子看人时的眼神不大对，让他留意些。那时他以为徐九英别有用心，勃然大怒，并在那之后冷落了她很长时间。太子叛乱后，他想起她说过的话，又羞又愧，这才重新命徐氏伴驾。

徐九英告诉他有孕时，原本心灰意冷的他又看到了希望，开始服食丹药以求长生。那时徐九英也明确反对，说这丹药要是真这么神奇，怎么不见方士自己吃？可见是靠不住的。但他急于恢复强健体魄，没有理会她的劝告，结果皇子出生的同时，他自己也病倒在床。

皇帝这时想起的还远不止这两件事。一直以来，徐氏给人的印象都是直来直去，说话不过脑子。他也觉得这女人蠢是蠢点，但是并不让人讨厌。而且她的蠢话经常逗得他大笑不已，连宫里养着的伶人都不能让他如此开怀。这也是他愿意让徐九英一直留在身边的原因。可现在仔细回想，除了逗乐的时候，她并没有做过几件真的特别愚蠢的事。莫非她看似傻气的外表下隐藏着很深的心机？

"这些年……"皇帝鬼使神差地问了一句，"你是不是一直在装傻？"

这句话有些出乎徐九英的意料。她抬了下眉毛，倒是并不避讳，反而自嘲地笑道："我认得清自己的位置。对你来说，我和小猫小狗差不多，没事逗着好玩而已。我从没指望你会真的看重我。反正我的富贵是你给的，你喜欢，我配合就是。"

虽然心底已经有了答案，但是听她大大方方地承认，皇帝还是变了脸色："你……你竟然骗了朕这么多年……"

徐九英觉得他这怒火来得莫名其妙："我一个耍猴戏的都不生气，你一个看戏的生什么气啊？"

一句就把皇帝堵得说不出话来。确实，这些年来，不管他怎么戏弄徐九英，她都没生过气。他一直以为她只是蠢，连自己被耍了都感觉不出来，所以戏耍过后，他又经常觉得她可怜，因此对她格外照顾。却不想她其实什么都明白。也许在她眼里，自己才是被耍的一个。

见皇帝久久不语，徐九英只当他还在生气，嗔怪道："行了行了，都火烧眉毛了，就别和我翻旧账了。我错了还不行吗？往好的方面想，我不蠢，才有可能保护好青翟嘛。"

皇帝摇头苦笑。其实也不能怪她，他想，宫里人都说他脾气好，他也觉得自己算得上一个宽宏大量的主君，可是他心里清楚，自己并不是真的良善，不过是懒得和蝼蚁们计较而已。当了几十年天子，对于别人的讨好奉承早就觉得理所当然。除了皇后、太子这些人，世上本就没几个人值得他注意。对待徐九英的时候更是如此，也难怪她懒得与自己多说。他从来没尊重过她，她当然也没必要真心相待，不过是各尽本分，各取所需罢了。

这样想着，皇帝慢慢平静下来："你打算怎么做？"

徐九英说得没错，现在不是追究的时候。他应该庆幸，徐氏并不像她看上去那样胸无城府。

皇帝主动问起，徐九英精神一振，立刻开始叙述她的打算。

可是听完她的陈述，皇帝却皱起了眉头："太儿戏了。"

徐九英白他："那你倒想个不儿戏的办法出来。"

皇帝语塞。自从徐九英有孕，他不是没在心里筹划过，如何不知现下的情势？

"别的不说，"皇帝叹着气道，"你怎么保障陈进兴不会变节？也许某个时候他见机不对，直接就出卖了你。"

"所以我需要你配合，"徐九英道，"接下来的时间里，不管我要你做什么，你都不要有任何怀疑。你要清楚，我做的一切都是为了我们的儿子。"

"要我怎么做？"皇帝不再犹豫。

"我要一件东西，"徐九英道，"一件能威胁到陈进兴的东西。一件能让他明白，只要他敢有任何异动，我就可以要他命的东西。"

"你说先帝没把神策军给你？"听完徐九英的话后，太后十分吃惊。

以先帝生前对这对母子的重视程度，不可能不为他们筹划。

徐九英慢悠悠地又吃了半块枣糕，才轻笑着回道："不管你信不信，他的确没把神策军交给我。"

先帝其实说过，可以再给她一道密诏，让她有权在危急时调动神策军，只不过被她拒绝了而已。

"第一，即使有密诏，我也未必调得动神策军，"她深思熟虑后对他说，"有诏旨情况下还调不了兵，只会让别人把我们母子的处境看得更加清楚，不如不要；第二，有这道密诏存在，皇后就不可能真的认同我。她本来就轻视我的出身和学识，要是再加上这么一道密诏，她只会更加肯定，我不过是靠着你的庇佑活着。我得让她看到我的手段。"

"皇后？"皇帝皱眉，"你难道想打她的主意？我不是告诉过你，皇后聪明太过，最好别把希望放在她身上吗？"

"聪明才好呢，"徐九英嗤笑，"聪明人才看得清局势。我的斤两我自己晓得，制造混乱，让他们自相残杀，我也许还办得到，但是要稳定朝局，靠我是不可能的。青翟还有十几年才能长大，在他能够支撑局面以前，我必须有一个可靠的同盟。不管是立场、声望或是能力，皇后都是最好的选择。"

皇帝仍未被她说服，严肃警告："皇后也许看上去很温柔和顺，但是杀伐决断不输男子。一旦她握有大权，很可能反戈一击，把你彻底踢出去。"

"我知道这样做有很大风险，"徐九英道，"但是现在没有更好的选择。当然我也不会马上跟她合作。我得先狠狠耍她一次。只有她清楚我能做到什么程度的时候，她才会对我有所忌惮。当她有了顾忌，就会开始重视我的意见。那时我们才有可能成为真正的盟友。这个计划的最终目的不在于我取得多大的权力，而是要让皇后别无选择，只能和我站在一起。所以我不需要你的诏旨来保障我的地位。我倒觉得模糊一些才好。权责不明确，才能给他们争抢的空间。只要他们争起来，便有我插手的空隙。"

布了几年的局终于到了收网的时候，徐九英一边感慨着自己的不易，一边把整块枣糕吃下了肚。

在太后惊疑不定的目光中，她拍了拍手，对太后说道："我十分明白，太后和我的联盟只是暂时的。如果有必要，你随时都能放弃我，转向其他人。所以你察觉我和窦怀仙的关系时，你第一个想法不是我们的势力壮大了，而是迫不及待想除掉窦怀仙。因为你根本不觉得和我的联盟有延续的价值，所以你不能容忍任何潜在的威胁。只是呢，我这个人比较固执。我如果和谁联手，就会期望对方遵守和我的约定。当然了，陈进兴出任神策中尉也是我很乐意看见的局面。介于我对现在的状况非常满意，这一次我可以暂不计较太后背着我做的事情。"

太后已经明白她是为人作嫁了，但是表面上，她还保持着克制冷静的态度："你想怎么样？"

　　徐九英拖长了语调："之前太后不了解我的为人，采取这样的做法无可厚非。我也不会因为这次的事怨恨太后。不过现在，我已经清楚讲明了我的底线，希望从此以后，你能与我保持一致的步调……"说到这里，她露出一个更加甜美的笑容，"否则就别怪我不客气了。"

青湘 作品

女盟列传

[下册]

青岛出版社
QINGDAO PUBLISHING HOUSE

第三卷

图穷匕见

第十八章
戎人

永庆二年初春。天气初暖，花叶催发。

离京三十余里的官道上，一队奇装异服的人马疾驰而过，激起阵阵呛人的烟尘。

这群人辫发左衽，并以赭石涂面。虽非中原服风，衣饰却异常华贵，无一例外地穿着上好的皮靴和蕃锦长袍。翻开的衣领和袖口边缘缀着虎豹皮毛。其人肤色略深，身材也远比中原人高大。内中五六个人头上有塔状缠头。其余的人则只在头上勒一条红额带。若是边地百姓，很容易认出这都是西戎人的装扮。

一行人驰至驿馆门前，互相呼喝着下了马。他们旁若无人地用蕃语谈笑，向馆舍走去。内中也有几个粗通汉话的人，一进门就大声命令馆卒为他们喂马，又要他们速速上呈酒食。驻于馆内的几个驿卒点头哈腰，一边殷勤将他们迎入上厅，一边忙不迭地让人准备饭食和草料，生怕怠慢了他们。

其时馆舍之内尚有数名因公外出的朝廷官员暂居。他们虽然都听到了外间的喧哗，但想此处临近京都，说不定是哪路得罪不起的显贵，都想着多一事不如少一事，便不作理会。唯有住于中厅的人是个例外，听见响动即出来查看动静。

此人是个三十岁左右的男子，身穿便服，手握书卷，一时不易叫旁人看出他的身份。不过从他俊朗的相貌，以及儒雅的做派来看，有些像个文官。只是他虽然举止文雅、相貌堂堂，却又似乎多受日晒，肤色虽不似戎人那般粗黑，却也比寻常男子深了许多。出屋时，那几个戎人正巧与他擦肩而过。戎人们正用蕃语高声谈笑，并不曾注意此人。而这人虽然看清他们的形貌后微微皱眉，也未与他们冲突，反而侧过身子，为他们让路。

待那几个戎人走远，他才叫住捧着酒食经过的驿卒，客气地询问："那些人莫非是西戎的使者？"

"正是呢。"驿卒见那些戎人已进了上厅，不再掩饰自己的情绪，愁眉苦脸地回答。

西戎上一位赞普病亡后，诸子争位数年，直到上个月才终于确立新君。新赞普嗣位，第一件事便是向中土派遣使团。

"不是说递交国书的使团已经抵京，此时应该尚未回返，怎么竟在此地出现？"男子不解地问。

馆卒叹气："戎人习性粗野，都中虽然繁华，他们却嫌气闷，根本待不住。这阵子他们经常出来游逛。就小的这处馆舍，都是第三回接待他们了。"

男子眉头锁得更深："各处驿馆乃为方便朝官公干而设，朝廷三令五申，各级官吏不得无故在馆驿淹留。就算奉公出行，相随家口也须于村店安置，不得入居馆舍。这些戎人怎么敢无视我国律令，来此骚扰？"

"有什么办法？"馆卒苦笑，"谁不知道现在当政的是没打过仗的妇人，还能指望朝廷对西戎硬气？听说这些戎人在京里的时候也作威作福，经常闹事，现下出了京，更是无人管束。上面都管不了，我们这些小卒还能怎么样？当然只能忍着了。"

男子听了，表情甚是复杂，低头沉思起来。直到那驿卒走后很久，他都还站在原地。

"都头，"也不知过了多久，一名军士走进来，在他身后道，"马都喂好了。"

"知道了，"听到禀报，男子恢复正常神色，淡淡点了下头，"明日一早，我们入京。"

与此同时，京中的徐太妃仍在为修复和太后的关系发愁。

上次谈话以后，太后确实对她有了忌惮，没有再自行其是，碰到重要的事情，她还会主动和徐九英商量。可是这不代表太后对她心悦诚服。即使承认低估了徐九英，她对徐太妃仍无多少好感。

想来想去，徐九英目前的策略只能是多带着小皇帝往太后那里走动。自己一时半会儿是没法得到太后的友谊了，让青翟多和她相处，不失为折中的办法。

"又要去太后那儿？"陈守逸办事回来，刚巧看到她牵着小皇帝出门，笑着上前询问。

"嗯。"徐九英漫不经心地应了一声。

"最近太妃去得未免太勤了些。"陈守逸说。

"反正闲着也是闲着，多带青翟去看看她，说不定能养出点感情来。兴许那时候，她看在我们的情谊上，对我们母子手下留点情呢。"徐九英抱着小皇帝上了肩舆。

陈守逸微微犹豫，最后还是直言："奴婢觉得，太后现在未必愿意见到太妃。"

"现在最重要的是让我们的联盟稳固，"徐九英耸肩，"她愿不愿意，并不重要。"

如今情势逆转，就算是太后也不能不给她几分薄面。不过太后对太妃近来频频造访的反感也十分明显。

她和徐九英从来不是意趣相投的人，何况才在她手里受挫，心里难免有些芥蒂。而且徐九英自己来也就罢了，还经常带着皇帝过来，打扰她的清净。

小皇帝现在刚满四岁，正是淘气的年纪。虽然他还是不爱说话，腿脚却是越来越利索，跑起来一阵风似的，宫女、宦官都追不上。可是他们又不能由着皇帝乱跑，只能硬着头皮对皇帝围追堵截。皇帝还不到知事的年纪，完全不知其中利害，反而觉得好玩，越追他跑得越欢，每每闹得太后殿中鸡飞狗跳。

太后向来喜静，对此不是不感到厌烦。偏偏现在掌控局面的人是徐九英，虽然讨厌，她也不便表露，只是默默忍耐。

可人的耐性终归有限。当小皇帝再一次追着她殿中养的那只拂林犬满屋乱窜时，太后终于克制不住，啪的一声，将手里的佛珠砸在了案上。

正往嘴里塞着酥饼的徐太妃听见响动，抬头看了一眼她的脸色，知道不妙。她的目光迅速锁定正在地上和小狗滚作一团的皇帝，严厉呵斥："青翟！不许胡闹！"

小皇帝并不知道自己做错了什么，但听到母亲叫唤，他连忙从地上爬了起来，还急急用沾满灰的袖子抹了两下脸。

看他把脸越抹越花，徐九英差点绷不住笑出来，但她马上板起脸，示意他到自己身边来。

小皇帝不情不愿地放开一起玩耍的小狗，摇摇摆摆地走过来，乖乖让徐九英给他擦脸。

徐九英一边擦一边数落："你这孩子，怎么就知道惹人生气？那狗招你惹你了？你再看看你这身衣裳，来之前刚给你换的，就脏成这样了。一会儿回去了，看我怎么收拾你！"

小皇帝被母亲训斥，怏怏不乐地噘起了嘴。他看一圈四周，瞧见坐在一旁的太后，觉得可能是个救兵，猛然挣脱了徐九英的钳制，向太后飞扑过去。

太后全无防备，只觉眼前一花，怀里就突然多出一个又小又软的身子。她吓了一跳，定了定神，才发现扑到她怀中的是皇帝。这突如其来的亲近让她有些手足无措。迟疑间，皇帝已经仰起头，浓密细长的睫毛下，一双水汪汪的眼睛对着她眨个不停。那可怜巴巴的神情，与那只拂林犬竟有几分神似。

太后极少接触这个年纪的孩子，只觉得怀里温软一团，又被他澄澈的眼神盯着，顿时心软，反而为他求起了情："他也不过是喜欢和那条狗玩罢了，太妃别罚他了。"

徐九英斜眼看她，心道刚才也不知是谁发那么大火？虽是这么想，面上她却不动声色："那怎么行？就算太后大度，不和他计较，我也不能放着他不管。你看他这样子，成什么体统？长大了还这么吊儿郎当，怎么当这一国之君？"

"才四岁，"太后劝道，"还小呢。"

徐九英当然知道儿子只是喜欢和小动物玩，不过是见太后不悦才这么疾言厉色。既然太后现在不计较，她乐得顺水推舟："太后为你说情，这次我就先饶了你。"

皇帝机灵，知道太后护着他，迈着一双短腿，跑到徐九英身边，猛然抱走她面前盛着糕饼的高脚银盘，再小跑回到太后面前，献宝一样把银盘举过头顶。

徐九英见儿子把她的吃食拿去讨好太后，不由得笑了："你倒知道卖乖！"

小皇帝对徐九英做个鬼脸，一脸讨好地看向太后。

太后觉得，这孩子要是长了尾巴，现在一定摇摆比那只拂林犬还欢。对着这副模样的皇帝，她最后残留的一丝不快也在不觉间消散，从盘里取了一块糕饼，递到他面前，温和地说："你吃吧。"

248

小皇帝接了糕饼，却先看向徐九英，见母亲点了头，他才双手捧着糕饼，美滋滋地吃起来。

太后仔细瞧他。以前倒不觉得，如今看这孩子倒是生得极好，虽然有时淘气些，却没有权贵子弟常见的娇纵蛮横。光这一点就极难得了，她心里想着，脸上的表情也渐渐缓和了。

注意到这一变化徐九英不免诧异。虽然她是存着让太后和青翟多相处的心思才带他来的，可她自己都没期望太后能很快接受这孩子。没想到儿子随便撒了个娇，太后就快抵挡不住了。一定是她生得好，让青翟继承了一张无比可爱的脸，才这么人见人爱，徐九英自得地想。

小皇帝吃完东西，又想把魔爪伸向拂林犬。徐九英好不容易才让太后对他生出点怜爱之情，可不愿他马上又惹乱子，忙冲乳母使眼色："带皇帝出去玩吧。"

乳母会意，牵着小皇帝出去了。只是小皇帝一边走，还一边恋恋不舍地回头望着趴在太后脚边的拂林犬。

那小狗也像是有些忧伤，垂着脑袋，小声呜咽着。

太后见状，指着狗道："把它也带出去吧。"

站在她身侧的白露立刻让人把拂林犬牵出去。不多时就听见外间一声欢呼以及一连串欢快的犬吠。

徐九英笑道："太后可真疼青翟。"

意外被小皇帝亲近，太后的心态也起了微妙的变化。她思量片刻，慢慢开口："我知道你为什么总往我这里来。其实大可不必。"

"嗯？"徐九英吃了一惊。这么坦率的说话风格可不像是太后。

太后语气平和："你现在占着优势，我不可能做出对你不利的举动，你不必时时刻刻过来盯我。"

徐九英想了想，也认真回道："现在你的确不会背叛我，但谁也不知道将来会发生什么。戾太子不会料到有一天他会被东平王取代，而取代了他的东平王也没想到后面还有个青翟。"她稍作停顿，对着太后嫣然一笑，"世道在变，我得杜绝一切可能。"

天还未亮，京外馆驿中的男子就动了身。

疾驰数十里，一行人在城门刚刚开启的时候就抵达了京城。

因为时辰尚早，入城后男子并不急于前往自己的目的地，而是牵马缓行，

249

仔细打量这座尚未完全醒来的城邑。

晨钟响后，各个市坊陆续打开了门。朝参官们一大早就已向皇城集结。路上行人渐多。街边食肆也都做起了生意。食店门口堆叠如山的蒸饼散着阵阵热气，雾气后隐约能看见店主在里面忙碌的身影。男子料想众人赶了这几十里路，腹中必然饥饿，便买了十几个蒸饼让他们分食。他自己却没有取食，而是驻足观望市井各处。离都一年，忽然又见旧京景物，总归有几分感慨。

众人食毕，才又继续前行。不多时，一处规整庄严的宅院就出现在了他们眼前。男子抬头看看日头，推算着时辰差不多，才命人上前叩门，递交名刺。

小吏收取名刺入内，不多时便见大门洞开，一个中年男子急急走出询问："姚君何在？"

男子上前数步，向他从容揖拜："姚潜在此。"

"剑南西川上都留后张维，"中年男人一边还礼一边自我介绍，"昨日才接手书，某还以为总要再过个三五日，足下才能抵京，没想到来得这么快。"

这男子正是一年前离京任职的姚潜。

因为宣武节度使的推荐，他甫到西川即受重用，先是访查被俘之民，使僧道工匠三千余人归于本道；接着辅佐节度使巩固关防，训练士卒，修理兵器。短短数月，西川军容为之一变。去岁小股戎人入寇，姚潜正在边境，便亲率兵马将其击溃。虽然只是小规模对战，但严防死守之下，这年秋冬西川竟未受侵，令得此地民心大振。

朝廷对西川防务向来关切，得到捷报也甚感鼓舞，急欲知晓此战细节，因此节度使特命姚潜入京奏事。

来西川一年，姚潜的变化着实不小。因为历经战阵，他不但皮肤黑了不少，人也沉稳许多，竟隐隐有了几分大将之风。听得张维之言，他也只是微微一笑，从容说道："发信第二日，某就出发了。"

张维闻言愣了一下，不动声色地将他迎入留邸。待邸中婢女奉上茶点后，他才开口细询："这次来得这样急，可是有什么大事？"

姚潜没有直接回答，反而问他："某听闻西戎使团已经抵京？"

"正是，"张维回答，"西戎新君虽立，但国中局势尚未稳定。此番除了告知新君嗣位，戎人还有会盟之意。"

西戎与中原时战时和，会盟也不是头一次了。

姚潜先点了点头，接着却又有些疑惑："不过某观西戎使团气焰嚣张，不像有订盟的诚意。"

张维也面露忧色："想必是戎人看陛下年幼，又是妇人当政，以为孤儿寡母好欺负吧。听说戎使还在要求中原缴纳岁捐呢。"

姚潜再有涵养，也忍不住拍案而起："欺人太甚！"

张维忙安抚他道："姚君莫气，太后并未答应。"

姚潜胸口起伏，显然正竭力克制怒气："先帝即位之初，西戎、中原约为甥舅，几时见过舅舅向外甥纳捐的道理？"

张维失笑："两国又不是真的甥舅，何况现在早不是先帝即位时的光景了。"

"西戎也不是以前的西戎了，"姚潜到底不是寻常之辈，很快就冷静下来，向张维道，"实不相瞒，某这次急着入京也是为西戎之事。"

张维知进奏，对于西川的动向也有所了解，闻言面露喜色："莫非……"

姚潜点头："韦公这些年精心筹划，去岁整顿本镇防务又颇见起色，西川上下都觉得是时候收复维州了。"

维州乃险要之地，多年来中原与西戎反复争夺，数易其手。前代大乱之时，西戎乘虚而入，一举夺取维州在内的数州。门户失守，中原在西疆遂陷于被动。朝廷平定内乱之后也曾试图改变局面，然而数度举兵，却始终无法收复这处失地。

听得姚潜之言，张维初时也颇为振奋，没过多久却又泄气道："太后执政时日尚短，又是个深宫妇人，未必有出兵的胆略。"

"某倒觉得不然，"姚潜道，"某在京任职时，太后曾经问对于某。以某看来，太后是明白事理之人。晓之以理，动之以情，未必不能说服她。现在西戎赞普新立，无暇东顾，正是经略维州的最佳时机。否则等到戎君站稳脚跟，再想收复可就不易了。"

"所以姚君才急着进京？"张维有些明白了。

姚潜点头："某正是希望能抢在和西戎正式会盟前，向太后陈情。"

"明白了，"张维道，"在下一定尽力为此事奔走。"

姚潜入幕西川，并不能直接晋见太后，而要由本镇进奏院先行上奏。张维知道此次西川所图甚大，不敢有丝毫延误，很快就上报了消息。

太后因戎人会盟之事，对边事甚为关注。她又早在捷报中见过姚潜之名，很快就让人传召。

姚潜入宫那日也正好是开延英殿的日子。姚潜到时，奏对尚未结束，便一直在殿外等候。大约又过了半个时辰，宰相们奏事完毕，依序退出。在这之后，姚潜才由宦官引入殿内。

太后正坐在帘后饮茶。听见响动，她放下茶盏，对姚潜温和一笑："姚卿别来无恙？"

看来太后还记得自己，姚潜心内稍安，向她行礼如仪，得到许可后才起身回答："承蒙太后垂询，臣一切安好。"

太后让人赐了座，又微笑道："西川的奏报我都看过了。去岁之役，卿立功不小，朝廷早该有所嘉奖。"

姚潜忙道："守疆护土乃是臣的本分，何况去岁来袭的只是小股兵马，实在不足挂齿。等臣真立下大功，再向太后请赏不迟。"

太后在张维的奏报中已见端倪，听姚潜此语，知道应进入正题了，便顺着他的话问："卿说的立功，是指什么？"

姚潜肃容道："自失维州，戎人利其险要，来去自如，频频侵扰，致使川蜀一方残弊。韦公素有壮志，数年来革除积弊、厉兵秣马。如今西川上下一心，誓雪前耻。"

太后一向敏锐，只听得前面两句就明白了西川的意图。她果然如张维所料，颇有踌躇之色："此事还须从长计议。"

姚潜也没指望太后能一口答应，继续劝说："维州南抵江阳，东临成都，北望陇山，为兵家必争之地，绝不可弃于戎人之手。如今西戎大局未定，正是中原收复山河之机，还请太后三思。"

"正是仔细思虑过，知其重大，我才劝卿等慎重。"太后道。

姚潜思索片刻，再度开口："川蜀本为富庶之地，近代以来却为戎寇所困，民生凋敝，百姓听之破胆，兵丁闻寇则惧。韦公赴任西川，加固关防，训练兵卒，休养生息，完残奋怯，方有复兴之象。然而戎人盘踞维州，掳掠西蜀，直如芒刺在背，令川中百姓寝食不安。臣此次入京，乃是代西川十二州的百姓请命，恳求朝廷允诺出兵，光复维州。"

他说得很慢，语气也并不激烈，但自有一股动人心魄的力量。

太后听完这番话也微微动容，但这仍不足以令她改变主意，片刻缄默之后，她还是坚决道："战端不可轻启。"

姚潜有些心急，不由得提高声音："太后！"

“我明白西川这些年所承受的重压，”太后打断他，“也欣赏韦卿为国尽忠之心，更理解川蜀百姓的期盼。可是朝廷也有朝廷的考量。战事一起，所耗资费何止千万？若是当真一举克复维州，当然是极大的喜事；可要是出师不利，又或者战事陷入僵局呢？西川一镇之力，不足以支持长久的战事，到时必要朝廷支援。而朝廷的钱粮又来自哪里？前代大乱以来，百姓税赋已重，又岂可再行苛政，对他们横征暴敛？何况中原进兵，必引来戎人报复。若有不慎，让戎人长驱直入，难道又要重演前代都城陷落的惨事？”

“西戎内乱已久，”姚潜犹自辩解，“非复往日之盛。何况这次韦公谋划多时，有必胜的把握。”

太后忍不住冷笑：“我虽为妇人，也知战场凶险，胜负难测。中原对阵西戎已近百年，胜负之数几何，姚卿又岂能不知！”

几句话将姚潜堵得哑口无言。他虽曾与太后打过交道，却还是第一次从她口中听到如此犀利的言辞，一时之间，竟是谁也说服不了谁。

太后似觉自己话说得过火，顿了一顿，又将话锋一转：“我并非不知维州之重，也绝非胆小怕事，不敢出兵。我既柄国政，就对天下万民负有责任。此事牵涉太大，更加不能轻率，须与诸位宰辅仔细商议，方可决断。希望卿能理解我的苦心。”

姚潜听闻此言，倒是精神一振：“臣明白。”

既然要与宰相商议，说明出兵一事不是毫无转圜余地的。太后疏于兵事，未必懂得其中利害。宰臣之中，总会有明白的人。不仅南衙重臣，就是神策军的两位护军中尉也都不妨一试……

他一时想得出神，连太后和他说话，他也不曾响应。直到太后唤了他好几声，他才猛然回过神，向太后告罪。

太后宽宏，并不计较他的失礼。虽然立场不同，但姚潜为国之心她并非不能体察，此时反而还有几分歉意。她于是温和道：“五日后，宫中赐宴西戎使臣，卿既然在京，不妨同来赴宴。”

姚潜正打算回去和张维商议，再找机会进言，赐宴倒是个可以利用的时机，也就答应下来了。

款待西戎使臣的宴饮设在了太液池西侧的麟德殿。

麟德三殿建在高地台基之上，楼阁廊屋以飞桥互相连接，四周又有廊庑环

253

绕，远远看去，气势恢宏，却又错落有致。

此殿历来是国朝君王赐宴之所，朝官多以能出席此处的宴饮为荣。可是姚潜这次受邀赴宴，却并没有兴高采烈，反而有些心事重重。

五日以来，他和张维试图游说几位重臣支持西川收复维州的提议，可惜诸臣都怯于西戎雄兵，不敢轻易应承。请求出兵一事，竟比他想象中还要艰巨。照这个趋势，这次西川恐怕很难如愿。

"咦，你不是那谁吗……"一个女声令姚潜从自己的思绪中惊醒。

他循声望去，却是徐太妃盛妆华服，在宫女、宦官簇拥下，从庑廊上走了过来。

姚潜止步，向徐九英施礼："姚潜见过太妃。"

徐九英打量他一阵，含笑说道："不是听说你去西川了？"

姚潜回答："是。这次某是奉节度使之命，回京奏事。"

徐九英应了一声。

姚潜等了一会儿，见她没有继续说话的意思，便客气地问："太妃也会列席今日之宴？"

照理说，她并不需要参与这样的场合。

"我听说这次要用浑羊殁忽招待西戎使节，就来凑个热闹，"徐太妃笑嘻嘻地说，"反正太后现在不会说我的不是。"

所谓浑羊殁忽是将整鹅宰杀洗净，除去五脏，再在鹅腹填入调好五味的肉及糯米等物。接着将填鹅置于剥皮去肠的整羊腹中，缝合之后上火烤制。进食之际却将外面的全羊弃之，只取食其腹中熟鹅。

这本是宫中名菜，不过因先帝不喜铺张，如今宫中已极少烹制。徐太妃入宫多年，对这道声名在外的佳肴也只有耳闻，却是连见都没有见过。因此一听说要以此馔款待西戎使臣，她就向太后要求出席。太后无奈，只得破例让她参加。

姚潜听了，心里却是灵光一现。

虽然远在西川，但他仍然关注着京中局势。窦怀仙赐死、陈进兴接任神策中尉这么大的事，他自然也曾听闻，并且为此疑惑过许久。

回京后，他便向张维打听事情经过。张维所知也不算多，但他毕竟身处京中，终归听过一些不为外人所知的细节。在他的帮助下，姚潜总算解了部分疑惑。再凭借他任进奏官时对太后、太妃、赵王等人的了解，多少推测出一些内情，陈进兴多半早就被徐太妃拉拢，所以他一当上神策中尉就明确表示了支持太妃。如今恐怕再没人敢将徐太妃等闲视之。

"恕某冒昧，"姚潜没时间再作犹豫，果断开口，"太妃可否借一步说话？"

徐九英诧异于姚潜的主动。她还记得上次哄骗姚潜进宫时，姚潜所表现出的不悦和抗拒。不过惊讶归惊讶，她并没有拒绝姚潜的要求。示意身边人原地待命后，她就和姚潜走到了廊外空旷之处。

"有什么话就说吧。"徐九英爽快地说。

"不瞒太妃，"姚潜道，"某这次回京，除了述职，还有其他使命。"

他将西川欲复维州一事原原本本向徐九英道来。

"西川百姓盼复维州久矣，"说完后姚潜又道，"然而朝中苟且偷安者甚众，难遂韦公壮志。某恳请太妃助某一臂之力。"

徐太妃微微皱眉："这件事，你该同太后商量。"

"某一到京即向太后进言，惜乎太后惧战，无意进兵。"姚潜回道。

徐太妃微微迟疑，最后还是道："朝政上的事是太后在管。她要是觉得不可行，我也不好插手。"

"太妃！"见她转身要走，姚潜急了，"维州要冲之地，不可不复。何况收复此地，利在太妃，还请太妃三思。"

徐九英果然止步。她环顾四周，在离她不远的栏杆上找了个地方坐下，才甚有兴趣地问："说说看，怎么符合我的利益了？"

姚潜侃侃而谈："维州地势险要，以国朝、西戎目前的形势而言，可说是哪方占据此地，哪方就握有优势。自从维州落入戎人之手，国朝在西疆一直陷于被动。为了防备戎人，不得不屯驻大量兵力，不但对朝廷是个沉重的负担，也限制了朝廷可动用的兵力。元宗大乱以来，藩镇割据，屡有节镇不听号令。如今虽说有神策军弹压，但一来神策军由宦官掌控，本身也有可能成为乱源；二来神策军现在的战力远不如前，当真出了事，未必抵挡得住各藩精兵。国朝如能夺回维州，边境压力便能减轻。以后再逢变故，朝廷也可从西疆调兵，岂不便利？"

徐九英听完，眼帘微垂，认真思考着姚潜的提议，浓密的睫毛在她眼前形成了一小片阴影。

姚潜目不转睛地盯着她，试图窥探她的想法。

良久，徐太妃却只发出了一声轻笑。

"太妃？"这反应让姚潜隐隐不安。

"姚……郎君，"她并不记得姚潜的职级，含糊其词地称呼他，"打仗的事我是不大懂，但是你不要以为我就很好糊弄。"

姚潜连忙道："姚潜绝无此意。"

徐九英笑了笑，继续说道："你描绘的图景确实很美妙。但是打仗本身就是件风险很高的事。你刚才也说了，之前朝廷几次出兵都没能把维州收回来。朝廷花这么大力气都收不回来，你怎么保证这次就能收回？还是说你明知道有风险，却故意不对我提起？"

姚潜想不到她会如此回答，一时愣住。

"我能从一个扫地的宫女走到现在这个位置，自然有我的本事，"徐太妃站起身，在他胸膛上一拍，轻声笑了起来，"和我玩花样，你还嫩了点。"

回廊的另一边，陈守逸密切注视着在远处交谈的徐九英和姚潜。

他不能不留意到，谈话中的两人都有极为出色外貌，站在一起的时候简直称得上是交相辉映——如果他们不是太妃和臣子的话。

陈守逸微微黯然。他知道自己长得并不差，但是因为他的身份，他永远无法像姚潜一样坦然地与她并肩而立。

须臾，徐九英就终结了和姚潜的谈话，向陈守逸走来。

"走吧。"她若无其事地对陈守逸说。

姚潜却又不死心地追了过来："某并非故意向太妃隐瞒此事风险，而是某认为太妃不是听到风险就裹足不前的人。"

徐九英回头看了他一眼，浅淡一笑："的确不是。但是那不代表我会忽视风险。"说罢，她直接将姚潜晾在一边，迈步向殿内走去。

陈守逸见姚潜尴尬，倒是有心打个圆场，但他并不知晓两人谈话的内容，最终也只能不痛不痒地安慰两句，然后就急急追赶徐太妃而去。

"奴婢没记错的话，他就是以前追求过三娘的那个人？"追上徐九英时，陈守逸问道。

徐九英对他抬了下眼皮，漫不经心地应了一声。

"可惜今日三娘没来，不然倒是他们的机会。"陈守逸似乎甚感可惜。

"我问过三娘不止一次了，"徐九英笑道，"但凡她有一点意思，我早下手撮合了。这件事终归要看他们自己，你就别多事了。"

陈守逸听她这么说，便略过不提了。

不多时他们就进到殿内。太后、鸿胪寺诸官并吐蕃使臣都已到场。徐九英被安排在了太后身边的席位上。过了一会儿，姚潜也由宦官引了进来，却是陪坐末席。宾主到齐，太后即令开宴。

无论姚潜如何作想，朝廷目前的立场仍是想积极促成与西戎的会盟，故而在招待使团时格外用心，不但有浑羊殁忽、飞刀脍鱼这样的名菜，还有各种精心烹制的水陆奇珍。美食之外，席间又有歌舞、百戏助兴。在观赏伶人精湛表演的同时，一道道精美馔食流水一般呈上来，令吐蕃使团大开眼界，尤其是为首的小论赞松，对着中原风物赞叹不已。

然而姚潜观察之下，却觉得朝廷如此举动并不明智。戎人本已因为妇人执政而看轻朝廷，再见识了中原的物产丰沛，只怕更激起他们的贪欲。看到赞松打量殿中陈设时隐隐流露出的热切表情时，姚潜便知自己的猜测没错，对此越发忧虑。就算会盟，也不能是在这种情况下。

除了姚潜，酒宴倒还算得上宾主尽欢。太后知道戎人喜爱马球，酒宴之后又特意安排了马球赛，请他们观赏。

麟德殿前就有一个巨大的马球场。宴罢，众人便随太后移步景云阁观看球赛。

宾主坐定，分着红、黄两色队服的中原健儿骑马入场。双方先遥向太后等人行礼，接着一声锣响，球赛即开始。

"小论可还尽兴？"比赛进行到一半时，太后客气地询问赞松的观感。

"中原人骑术不精，"不料赞松却轻蔑地说，"球也打得软绵绵的。不像马球，倒像女人打架。"

他身旁的通译面有难色，不知道该不该把这句话翻译出来。

太后虽然不懂戎语，但看他神情，也知道不是什么好话。局面顿时有些尴尬。偏偏徐太妃还在旁边追问："他说什么？"

陈守逸轻轻拉了一下徐九英的衣袖，向她摇了下头，让她不要多问。

经他提示，徐九英也回过味来，斜睨了赞松一眼："你不要夸口，倒让我们见识见识，这球该是怎么个打法？"

通译战战兢兢地将徐太妃的话译给赞松听。赞松冷笑一声，神情倨傲地回道："有何不可？"

他向身边的西戎亲随吩咐了几句。那人很快就下了楼阁，向使团的其他人走去。几句话后，便有十来个西戎人出来应战。

赞松挑衅地看向太后："太后可愿较量一场？"

太后有些犹豫。

徐九英却在她身后道："这种时候，可不能让人看轻了去。"

太后只能点头："那就比试一下吧。"

她让人中止了正在进行的比赛，从场上换下了一队人马，改由西戎骑士上场。双方约定先入三球的一队获胜。

一场观赏性质的比赛忽然变成了西戎、中原两国较量，令所有人都兴奋起来。

西戎骑士上场前，赞松忽然向他们做了个手势，一队人看了，都露出了心领神会的表情。

戎人个个儿人高马大，一上场就对中原骑士形成了巨大的威压。才刚开球，便有一名戎人抢上前去，凭借身体之利，硬生生从中原骑士手里夺下球来。他一挥杆，那球便直向另一名戎人飞去。那个戎人接球，又是快速一击，传给了第三名队友。最后接球的这个戎人带球飞驰，最后用力一击，将球打入门中。

不过片刻，西戎便进一球。中原这边不免压力倍增。不多时便又让西戎把球截走。

一名中原骑士鼓足勇气上前，试图争夺球权。那戎人看见，也不回避，竟然直接撞了过来。两骑交错的瞬间，那戎人突然球杆一斜，击中中原骑士的马腿。那马正在急驰，受此一击，身子一歪，连人带马翻倒在地。

变故陡生，阁上观战之人皆是一声惊呼。

徐太妃霍然起身，怒视赞松："你们什么意思？打球还是打人？"

赞松斜了她一眼，傲慢道："马球是勇士的游戏。中原人这么怕受伤，唱唱歌跳跳舞就好了，打什么马球？"

此语一出，不但徐太妃气得发抖，连太后也是脸色铁青。她正要说话，一直位于末座的姚潜忽然越众而出，缓步走到赞松面前，从容一揖，淡淡道："彭州都知兵马使姚潜拟奉陪。"

第十九章
马球

　　阁楼上一阵寂静，所有的目光都聚集在了姚潜身上。

　　通译惊讶之下，竟然忘记为赞松翻译。赞松上下打量眼前的青年官吏，微露疑惑之色。

　　姚潜没等到回应，目视通译，把方才的话又重复了一遍："彭州都知兵马使姚潜拟奉陪，可乎？"

　　通译终于回神，赶紧将他的话译给赞松听。

　　赞松这才明白姚潜是想上场的意思，眼珠转了转，笑得不怀好意："没想到这里还有个不怕死的。"

　　姚潜刚要答话，身后又传来了另一个人的声音："宦官陈守逸拟奉陪。"

　　景云阁上一片哗然。

　　姚潜的举动虽然出人意料，但他毕竟是朝廷命官，大家尚不觉得如何。这陈守逸却是个宦官。让一个宦官代表中原上国对阵西戎，未免有失体统。

　　徐九英也想不到陈守逸会突然跳出来，急得直扯他衣袖："陈守逸你行不行啊？不行不要瞎凑热闹。这不是好玩的事。"

　　刚才戎人那么野蛮的打法，景云阁上谁不气愤？陈守逸肯定也气得不轻，才会这么冲动。可是她认识陈守逸这么久，从来没听他说过会打马球。这不是找死吗？马球的激烈程度远胜蹴鞠，球手受伤也频繁得多。严重的时候，断手断脚、脑袋开花都是有的。那几个戎人下手又重，要是也照刚才那样往陈守逸身上招呼，他缺胳膊断腿只怕都算是轻的。

赞松略识中原服色，听完译言，再看陈守逸一身宦官打扮，勃然变色："中原上国，竟要派阉奴上场吗？"

陈守逸被他羞辱，依然面不改色，淡淡反问："击鞠可曾有禁止宦官参与的规则？"

这当然是没有的。

赞松暴跳如雷："你一个残废的贱奴，怎么敢和西戎勇士较量？"

"节下说得不错，"陈守逸微笑回应，"奴婢只是一介贱奴。可是连一个半残之人都敢叫阵，堂堂西戎勇士倒要怯战吗？"

赞松气得浑身发抖。这些中原人，打不过西戎球手，竟然派一个阉奴来羞辱他们！不过赞松终归是西戎副相，被激怒以后，他反倒冷静下来，脸色阴沉地盯了陈守逸半响，最后冷笑一声："好，我倒要看看，你一个阉奴有几分本事！"

姚潜没料到除了自己，还会有人挺身而出，且站出来的还是一个宦官。惊奇之下，他不免认真打量起陈守逸。这个宦官还是他以前见过的样子，眉清目秀，举止斯文，嘴角永远带着看似谦卑的笑容。想不到这样一个人，竟然还有如此勇气，令他刮目相看。

察觉到姚潜的审视，陈守逸微微侧头，坦然迎向他的目光。

姚潜嘴唇动了动，似乎有话要说。可是最终，他也仅仅是对陈守逸点头致意。闹到这一步，不让陈守逸上场也不行了，劝阻的话，说之无益，倒可能打击己方士气。

姚潜的友善让陈守逸有些困惑。说不清为什么，明明姚潜和他没有任何利益冲突，他却总对此人有几分莫名的敌意。他方才站出来，除了回击戎人，未尝没有和姚潜较劲的意思。可是姚潜对他的挑衅毫不在意，反而大方地向他表示敬意。陈守逸顿时泄气，不自在地移开了目光。

恰在此时，陈守逸脑后突然被人拍了一掌，接着响起了徐九英咬牙切齿的声音："陈守逸！"

陈守逸回头，果然看见徐太妃叉着腰，恶狠狠地瞪着他。他立刻换上讨好的笑容："奴婢没和太妃商量就自作主张，还请太妃恕罪。"

"宫里马球供奉多的是，要你抢着出头？"徐九英恨得直拧他胳膊，"想死你倒是早说啊，我一定成全你！"

陈守逸知道她这是担心自己，温言宽慰："太妃放心，奴婢早想好了。有奴婢在场上，中原无论输赢，都不会丢了脸面。赢了，他们不过胜了一个宦官，想来也没脸出去夸耀；输了，堂堂西戎，连中原一个阉奴都打不过，又有什么脸逞威风？怎么都吃不了亏的。"

徐九英冷哼一声："你就逞能吧！"

虽是这么说，但她何尝不知，到这一步，息事宁人是绝无可能了。就连最持重的太后也只是叹息一声，就让人带姚潜和陈守逸下去准备和西戎的对战。

经过徐九英身边时，姚潜忽然止步，轻声对她说了一句："某会尽力保全中贵人。"

徐九英正在烦心，闻言翻了个白眼，觉得他好大的口气。可她抬起头，看见姚潜一脸真诚坚毅，倒不好出言讥讽了，勉强对他点了下头，算是赞许。

一旁的太后也觉得陈守逸此去凶多吉少。且那宦官走后，徐九英就一直目光不善地盯着赞松，她不免有些头疼。如今的徐太妃可不比往日了，真把她激怒了，她什么事干不出来？抚额片刻，太后吩咐身边的团黄："去找颜三娘子来。"

除了陈守逸，徐氏最信任的就是颜素了。只望她来了还能劝上几句，别真让徐太妃坏了两国邦交。

此时姚潜和陈守逸已到了球场。中原球手都关心队友伤情，仍然围在受伤的人身边，有几人还对戎人怒目而视。场上的戎人却依旧嘻嘻哈哈，骑着马示威似的在他们身边绕来绕去，甚至还有人对着中原球手做了个划脖子的动作，再度激起中原球手同仇敌忾之心。

医官检视了受伤的球手。连人带马摔下来，那人着实伤得不轻，不但身上多处擦伤，肋骨断了一根，右腿还有一处骨折。所幸他头部未伤，神智倒还清醒。

姚潜和陈守逸到场时，医人正在为伤者正骨。两人远远就听见伤者的痛呼。陈守逸微露不忍之色，姚潜则是暗暗握拳。

众人见姚潜和陈守逸走过来，都有些奇怪。为他们引路宦官将景云阁中发生的事对诸人叙述了一遍。中原球手听完，都很佩服两人的勇气。只是在看清

261

陈守逸身上的宦官衣饰时，所有人都是一怔。

不过此时到底不是讲究身份的时候。等医人固定好伤者的断骨，并让人用担架将他抬出场外后，中原球手便纷纷向两人围了过来。

姚潜不慌不忙地向他们拱手为礼，接着让人请来管理马匹的胥吏，指着陈守逸道："烦请为这位中贵人挑选温顺的马匹。"

"且慢。"陈守逸却在此时出声。

"中贵人有何吩咐？"姚潜温和地问。

陈守逸客气地说："如果可以，奴婢想自己去马厩挑选。"

姚潜微微踟蹰，但他最后还是尊重陈守逸的意愿，请他自便。

陈守逸一笑，跟着小吏向马厩去了。

姚潜在他走后，接着向众人道："戎使气焰如此嚣张，无非是以为我国中无人，孤儿寡母好欺负罢了。中原若输此战，以后与西戎打交道时必会更加被动。这场比赛关系到的不仅仅是国朝的颜面，还请诸位打起精神，赢下此局。"

中原球手早就积攒了一腔怒气，立刻便有人按捺不住地问："都使可有克敌之法？"

姚潜道："戎人身材高大，冲击力强，气势上确实惊人。"

听他此言，众人刚刚燃起的希望又立刻低落下去。

"但是，"姚潜却在此时来了一个转折，"据某刚才观察，他们运球的技巧并不高明，打球之时也是各自为战，几无配合。击鞠之道，并非全靠力量。列位皆是马球供奉，技巧上应远胜他们，若能善用优势，必有取胜之机。"

有他这几句话，球手们的斗志又高昂起来。

"听凭都使安排。"一阵交头接耳后，有个球手代表所有人道。

姚潜点头，开始向众人讲解他的布局，并根据他的战术重新排定上场的人选。

"不过那位中贵人……"做好安排后，又有人吞吞吐吐地表示了对陈守逸的疑虑。

姚潜也看向陈守逸，后者已挑了一匹个头儿中等，体形、皮色却极漂亮的黑马，正在试用鞠杖。

"这位中贵人激怒了赞松小论，"姚潜道，"戎人一定会接到指示，向他出手。还请诸位多加留意，莫让他们得逞。"

众人听了这话，知道必得带上这个累赘了，不约而同地叹息一声，没再表示异议。

姚潜安抚好他们后才向陈守逸走去。

他们说话的时候，陈守逸已挑出了称手的鞠杖，拿在手中挥动。他余光瞥见姚潜，对他恭敬一笑，退到一旁，彬彬有礼地请他挑选鞠杖。

"一会儿上场，中贵人不必与他们正面交锋，"姚潜没有动，而是走近他，温和地和他说话，"几位供奉也会随时留意中贵人的情形，中贵人可放心待在后场。"

"姚都使，"陈守逸正色道，"恕奴婢直言，此局关乎国朝颜面，须得全力取胜。让他们分心保护奴婢并非明智之举。"

"可是……"

陈守逸看出他的顾虑，微微一笑："不必担心我。"

不待姚潜说话，他已利落地翻身上马。杖随手动，轻轻巧巧就将球挑了起来。接着他随手一挥，那球便向半空飞去。与此同时，人也策马冲出，在球下落之际，飞驰而至，抬手又是一击，让球再度跃向空中。只见他来回奔跃击鞠，初时似乎尚有生疏之感，十数次后他渐渐得心应手。拳头大小的彩球在他杖上腾挪跳动，竟无一刻落地。

在场之人无一不是高手，如何看不出这是极高明的球技，绝非一朝一夕可以练就。这宦官究竟是什么来头？

不多时陈守逸热身已毕，在诸人吃惊的目光中驰回场边。靠近姚潜时，他的鞠杖收归腋下，右手一勒缰线，那马低鸣一声，生生停在姚潜面前，接着左手微抬，手心向天，半空中的彩球正好落入他掌中。

他手托彩球，居高临下地看向姚潜。巧的是，这一人一马正在背光之处。耀目的阳光为他们的身影染上一层浓重的金色。姚潜仰头，看不清陈守逸此时掩藏在金光之下的面容，但他想绝不会是平日里的恭顺表情。他能感觉到，某种隐藏了很久的东西正从这宦官身上脱鞘而出，尽露锋芒。

颜素被领到景云阁时，远远就听见了球场爆发的欢呼声。

在来的路上，她已听团黄说了原委，心知若是西戎占据优势，她们绝不会听见声势如此雄壮的喝彩。中原应该是止住颓势了。

团黄却不如她这般通透，急急地向守在阁前的宦官询问战况。那几名宦官都是一脸喜色，七嘴八舌地向她们讲述刚才的盛况。

戎人应是接到了赞松的指示。再度开赛时，就有两个戎人直奔陈守逸而去。不想陈守逸十分滑头，见势不对，他掉头就跑。戎人哪里容他逃脱，在他身后紧追不舍。双方围着马场你追我赶。姚潜却趁戎人追逐陈守逸、防备松懈之际把球抢了过来。

没想到姚潜看起来文质彬彬，球技竟然极好。戎人匆忙回防的时候，两三个人也堵不住他。转眼之间，就让他进了一球。

两人听说双方已经打平，都暂时放下心来，一同走上楼阁。到了楼上，颜素向太后行礼如仪。自陈进兴一事后，太后对颜素一直淡淡的，此时也只是客气而疏离地让她不必多礼，随即冲着徐太妃的方向，对她扬了扬脸。

颜素会意，走向徐九英："太妃。"

"来了？"徐九英只是瞥了她一眼，依旧关注球场。

"听说陈守逸也上场了？"颜素小声问。

"嗯。"徐九英漫不经心地应了一声。

"奴婢还听说中原已经追成了平手，实在是可喜可贺。"颜素又微笑道。

"可贺什么啊，"不同于其他人的欣喜雀跃，徐太妃显得有些愤愤不平，指着球场道，"竟然让陈守逸冲在最前面。姚潜刚才还信誓旦旦地跟我说会护着他。原来就是这么个护法！"

颜素顺着她的手指望去，果然看见陈守逸一马当先。他不似戎人那样魁梧，骑的也不是高头大马，跑起来显然缺乏戎人的冲击力。但是腾挪转身，他却比那些戎人灵活多了。

大概因为姚潜之前的表现太过抢眼，戎人已将防御的重点放在了他身上。姚潜被戎人团团围住，暂时无法脱身，中原的进攻顿时受到压制。

因为身材上的劣势，其他中原球手都小心地与戎人保持距离，不太敢与他们正面碰撞。球很快回到了西戎手上。见戎人再度展开攻势，两个中原球手终于鼓起勇气，迎面向戎人冲过来。持球的戎人却并不把他们当回事，冷笑一声，猛力一击，将球传给队友。

陈守逸却如鬼魅一般，忽然出现在两骑之间，鞠杖一伸，截住了已在半路的彩球。一触到球，他即用力一击，将球传给姚潜，接着掉转马头，果断退走，戎人甚至还没反应过来，就让他轻松逃离。

这个转折颇出人意料，景云阁上的人都很惊奇，就连颜素也忍不住发出了一声："咦？"

另一边的姚潜看准机会，摆脱戎人包围，轻轻松松接住了球，向西戎的球门冲过去。他一边击球飞驰一边闪避戎人的狙击，不但动作敏捷，身姿还十分飘逸优美，即便在戎人堵截的时候，他都不失潇洒。观球的众人不免又是一阵赞叹，宫中的马球供奉球技固然精妙，却没人能把马球打得像他一样赏心悦目。

就连对他满腹牢骚的徐太妃看了这情景，也禁不住眼睛一亮，由衷夸赞："这姚潜看着弱不禁风的，球倒是打得漂亮。"但她马上想起她正恼着姚潜，又阴阳怪气地补了一句，"就是人太奸猾，让陈守逸在前面挡刀。"

颜素极有见识，只看了这么一小会儿，已对陈守逸的球艺心中有数，安慰徐九英："想必姚都使也是看陈守逸球技过人，才让他担任先锋吧。"

"什么球技过人！"徐九英冷哼，"当我看不出来啊，他分明是利用陈守逸引开那些戎人。刚才那球，他就是趁戎人追逐陈守逸时进的。"

颜素并没看见那一球，无可辩驳，何况她也不确定这是否真是姚潜的策略？

不过她的话到底引起了徐九英的疑惑，问道："开赛前太后和我说，元德二十年，新进士在月灯阁打球，当时得头筹的就是姚潜。他现在任兵马使，平时在军中应该也没少练，有这样的球技倒不奇怪。陈守逸却是什么时候学会的？认识这么久都没听他提过，藏得可够深的。"

颜素早看出陈守逸功底不错，喃喃道："这怕是从小苦练的……"

"啊？你说什么？"因姚潜已持球逼近了球洞，景云阁上一阵沸腾，纷纷为他呐喊鼓劲，完全淹没了颜素的声音。徐太妃只看见她嘴唇动了动，却听不清她说了什么。

颜素略有迟疑，最后只是对她笑笑："没什么。"

说话间，姚潜已驰近球洞。戎人见机不妙，加紧对他围追堵截。姚潜被戎人防住，仍旧气定神闲，看准一个空当，从两个戎人之间传球给陈守逸。他传球的角度极为刁钻，戎人根本来不及截他，只能急忙转头去追陈守逸。

陈守逸接了球，却是毫不犹豫一个回击，把球又传回到姚潜手上。姚潜拿到球，一个漂亮的俯身仰射。彩球腾空，旋转着穿过了球洞。

连串动作在电光石火之间一气呵成。场外观众几乎没人看清姚潜和陈守逸之间的传递。但是姚潜最后飞球入洞，大家却是有目共睹。瞬间之后，球场内外欢声雷动。开赛不过片刻，中原已连进两球，胜利在望，怎能不让众人兴奋？

"怎么样？"徐太妃当然不会放过讽刺赞松的大好机会，斜睨着他道，"我们这边可还有个宦官呢。西戎勇士，竟然连个宦官都比不过？"

赞松面色铁青，狠狠瞪她一眼，回过头向从人比了个意味不明的手势。从人点头，悄悄走下楼阁。

球场上，姚潜举目远眺，见西戎球手都围在一处交头接耳，转向陈守逸道："最后一球，他们可能会下狠手。中贵人千万当心。"

陈守逸点头："奴婢会注意。"

姚潜有些歉意地说："某原本向太妃承诺保护中贵人，最后却食言而肥，让中贵人当了诱饵。中贵人若因此受了损伤，某的罪过可就大了。"

最初的计划里，他并没将陈守逸的实力考虑进去，甚至在他的计划中，这宦官只是一个需要分心照顾的拖累。没想到陈守逸竟是个深藏不露的高手。看过他的击球手法，姚潜果断更改了计划，请他担任前锋，吸引戎人注意。

因为景云阁上的事，戎人一定会盯紧陈守逸。有他在前方诱敌，其他人身上的压力便能减轻。只是如此做法，却是将陈守逸置身险境。

陈守逸当然清楚自己是戎人的目标，却没有拒绝姚潜的提议。不过比赛期间，他一直避免和戎人正面交锋，而是采用一触即退的战术，绝不让戎人有机会与他缠斗。到目前为止，他们的计划都进行得很顺利。只是现在戎人战况不利，极可能为了扭转劣势铤而走险。最后这一球，怕是凶险万分。

"太妃要是怪罪，"陈守逸毫不在意地笑道，"就说是奴婢的主意好了。"

"她不会信吧？"姚潜苦笑。徐太妃哪里是这么好哄骗的人？

陈守逸想了想，回答说："一口咬死了，不信也得信。"

姚潜一愣，转头看了一眼陈守逸，却见这年轻宦官眼中隐含笑意。姚潜顿时释然，与他相视而笑。经此一役，他已对陈守逸十分欣赏。可惜终究只是个宦官，他惋惜地想，否则该是个不可多得的人才。

戎人那边很快有了结果，西戎球手开始返回球场。

"来了。"陈守逸道。

姚潜收敛笑意，握紧缰绳道："速战速决。"

陈守逸点头，与他一道纵马驰向中心。

戎人这次进攻果然凶猛，几乎是不管不顾地冲了过来。姚潜知道戎人这是背水一战，气势非同小可，必须第一时间瓦解他们的攻势。他向陈守逸使了个眼色。陈守逸会意，紧紧跟了上来。接近戎人之时，两人忽然交错而行，分驰两边，竟是要一左一右地夹击正持球的那个戎人。

持球的戎人避过了姚潜，却没能避过陈守逸。球很快就让陈守逸抢了过去。陈守逸正要传球，身边忽然又有两个戎人围了上来。姚潜见势，心知不妙，戎人定是要向陈守逸出手了。

他正欲上前救援，陈守逸却看准时机，把球传了出来。

姚潜接住了球，可是他的心思还在解救陈守逸上。他正欲把球传给其他队友，却听陈守逸一声断喝："走！"

姚潜略微犹豫，最终还是掉转马头，向球门狂奔而去。

剩下陈守逸被戎人围在中心。三个戎人，一个在他身前，另外两个从左右挤压着他，让他无法挣脱。面前的这个戎人狞笑着向他靠近，高高举起了鞠杖……

徐九英一直关注着陈守逸在场上的情形，一见戎人向他围拢就察觉不妙，她摔了手上的杯盏，开始挽袖子，一副要去找赞松算账的阵势。

颜素连忙将她拉住，硬是把她按回座位上好言相劝。徐太妃对颜三娘向来尊重。在她动之以情，晓之以理地说明现在不能和西戎大动干戈之后，徐太妃总算勉强克制住了她的脾气，仅是狠狠地瞪着赞松，没有再进一步的举动。

太后早就担心徐九英恼怒起来，当场给西戎使臣难堪。看见徐九英起身时她不自觉地身体前倾。如今见颜素不负所望，劝住了徐九英，她微微放心，继续关注球场上的动静。

场上陈守逸见鞠杖向他横扫而来，连忙伏下身紧贴马背，堪堪躲过了这一击。他见机也快，低伏的同时瞥见挤在他右边的戎人也准备出手，手中鞠杖猛挥，狠狠打中那个戎人的坐骑。健壮的棕色大马受击吃痛，不受控制地踢打跳跃。那戎人手慌脚乱，试图控制他胯下的惊马，再顾不上攻击陈守逸。

一击得中，陈守逸直起身，收紧手上缰绳。在他操控下，座下的马匹微微转向，接着一声嘶鸣，人立起来。在它站立起来的同时，马蹄不停地上下挥动。另两个戎人见马蹄向他们踢了过来，不得不后退几步。

此时场外欢声如雷，想必姚潜不负众望，又进一球。中原赢了。

陈守逸松了口气，将精力集中到与他对峙的戎人身上。

虽然被他暂时逼退，但那几个戎人显然不打算就此退却，慢慢又向他围过来。陈守逸不欲与他们硬碰，想要掉转马头，却又被另一个戎人截去了后路。

戎人的鞠杖重新举了起来。陈守逸额上微微沁出冷汗。他握紧手上鞠杖，准备迎接戎人的攻击。恰在此时，一只手斜伸过来，稳稳握住了那个戎人的鞠杖。接着一个还伴随着粗重喘息的嗓音响起："胜负已分，诸位可以回去了。"

是姚潜。

原来姚潜担心陈守逸的情况，一球射出，顾不上查看结果即回转马头。掉头之际他听到场外的欢呼，已知那球进了。他再无后顾之忧，急忙赶来救援陈守逸。一路狂奔，他总算在戎人再向陈守逸下手前赶到。

他突然出现，让那几个戎人吓了一跳。但他们不懂汉语，仍在原地僵持。

姚潜此时稍稍平复因急驰而有些紊乱的呼吸，看这几个戎人毫无反应，目光一冷，持杆一勾，将一个戎人手中的鞠杖挑飞。

他动作极快，那戎人只觉眼前一花，鞠杖就从手中脱落，远远飞了出去。接着姚潜纵马，硬是挤进他们和陈守逸之间，一脸不善地打量他们。一接触到姚潜阴沉的目光，被击飞鞠杖的戎人打了个寒战。另外几个戎人也为他气势所慑，一时不敢妄动。他们知道眼前这人不比那个阉奴，乃是中原有品阶的官员，惹急了他，说不定会引起两国的纠纷。

其他几个中原球手见状也都围了过来，同姚潜一道做出戒备的姿态，将陈守逸护在后面。

见了这样的情形，几个戎人都知道他们绝讨不到便宜，冷哼一声，退了回去。

西戎球手一退，场外的人群就纷纷涌入。他们沉浸在胜利的喜悦中，几乎没人察觉到之前中原和西戎的短暂对峙。

姚潜成了所有人的目标。

狂欢的人们把他从马上拉下来，高高举向空中。这场比赛，三球都是他一人所进，可谓力挽狂澜。而西戎输了这次比赛，之后的会盟绝不敢再像之前那样嚣张。中原总算是扬眉吐气了！

庆贺的众人将姚潜抛举了好几次以后，才将他放了下来。姚潜深知此战陈守逸功不可没，一落地就转头找他一起分享此刻的荣耀。谁知搜寻下来，竟然找不见那位年轻宦官的踪影。

陈守逸在人潮刚刚涌入之时就开始向场边退却，此时他已走到了场地边缘。彻底退出之前，他回头看了一眼位于人群中心的姚潜，神色稍显复杂。良久，他将手上的鞠杖放入筒中，默默转身走开。

在这狂喜的时刻，几乎没人注意到，那个参与球赛的宦官已经悄然离场。

阁楼上，徐太妃见姚潜阻止了戎人，陈守逸平安无事，不由得大乐。她毫不顾忌赞松，大声道："传话给参与比赛的球手们，一会儿我重重有赏。"

太后虽不像徐九英那样喜上眉梢，但见赞松脸色难看至极，心里也颇觉畅快。只是作为东道主，她不能不出来打圆场："不过是助兴的游戏而已，小论无须把胜负放在心上。"

她语气温和，让赞松脸色稍霁。

不待赞松回话，太后又正色道："不过分出胜负后，贵国球手的举动却让人有些费解，莫非是有意针对敝国那位宦官？虽说宦官身份低微，终归还是敝国子民。若他有什么违规之举，小论尽可告知，敝国自会禀公办理，此番越俎代庖却是何故？还是说小论对与敝国会盟一事心怀不满，故而借此向敝国示威？"

太后此语，似乎要把此事引到两国邦交之上。赞松额上冷汗直冒。他此番领受君命，务必要与中原和解。不过到访之后见中原孤儿寡母，他心中渐有轻慢之意，方才骄横如此。若是因为区区一场赛事致使两国交恶，他如何向赞普交代？抹一把额上冷汗，赞松急忙起身，向太后连连鞠躬："外臣绝无此意。敝国是诚心诚意要与上国会盟，还请太后明察。"

太后也不愿真与西戎交恶，不过是想趁机打消西戎的气焰，以便将来的会谈。现在目的达到，她也就微微一笑："诚意可不是嘴说说就算的，小论说是不是？"

"太后所言甚是。"赞松一改之前的倨傲，唯唯诺诺地回答。

双方尽欢而散。

中原击败西戎球队之事很快传遍都中。姚潜之名更是不胫而走。街头巷尾都有百姓聚在一起，听所谓的知情人描述那无比惊险刺激的球局。孩童们也拿着自制的球杆，在道旁模仿姚潜做过的动作。豪门贵族对马球更是热衷。京中俨然又掀起了一股击鞠风潮。

北里虽是寻欢作乐之地，却素来紧跟风向。消息一传出，便有精明的假母将手下诸妓组织起来，打球取乐。

这些娘子并非自幼熟习击鞠，比赛的激烈程度自然比不上男子。然而此间女子个个儿风姿绰约，打球时那香汗淋漓、气喘吁吁的娇态，也别有一番韵致。都中又向来不乏自命风流的猎奇之士，因此北里的马球比赛场场爆满，甚至里坊之外都能听见球场传来的阵阵欢声。

北里中曲一间精巧的堂舍内，一名男子坦腹仰卧窗下，脸上覆着一条女子用的轻薄绣帕，似乎正在小睡。然而外间欢呼之声有如潮水，一波接一波地侵扰着他的酣眠。

"吵死了。"被吵得睡不着的他，扯下脸上的绣帕抱怨。

"既是嫌吵，何不回你自己府邸睡去？"正站在廊下为鹦鹉添食的美貌女子听见，挑开帘子，倚在门边，似笑非笑地道，"你走了，我还能去球场看个热闹。"

"我府里这些天，是个人都在谈论马球，听得我耳朵都起茧了。各家亲眷也三天两头来邀约击鞠。好像他们打两次球，就能像姚潜那样给中原长脸似的。我烦得不行，才躲到你这里来，谁知你这里也不得清净。"青年男子哀叹一声，坐起身来。

那女子从铜盆里绞了巾子，递给他擦脸："奴家记得，大王与那打败西戎球手的姚峰鹤是认识的？"

虽是他自己先提的姚潜，但从旁人口中听见这名字时，男子却明显地怔了一下，才含含糊糊地应了一声。

"是这样的，"女子讨好地笑道，"奴家有几个女弟，对那位姚郎仰慕得紧，不知大王可方便与她们引见引见？"

男子胡乱擦了把脸，嗤笑道："你们还是趁早打消这心思吧，没戏。"

"奴就知道，"女子冷笑着将他递回的巾子扔回盆里，"大王平日怜香惜玉都是假的，竟连敷衍奴家一下都不肯。"

"牙娘可是冤枉我了，"男子摊手叹息，"不是我不肯帮忙，是姚潜早与我割席绝交了。我哪儿还能替你们引见？"

被称为牙娘的女子愣了一下，不相信地说："那姚峰鹤有几个胆子，和东平王也敢绝交？大王可别信口开河，哄骗奴家。"

这男子正是东平王。

"他就这脾气，"东平王一边系衣带一边苦笑，"我和他结交时就知道他是要走仕途的人。元宗以后，朝廷对诸王管制越发严格。朝官们怕被君上猜忌，已很少结交皇室近支。他是我第一个知心朋友，我特别担心他为了前途疏远我，一直不敢告诉他我的身份。后来他知道我是谁了，却并不忌讳，仍和我照常来往。先帝看重我的时候，他也不因为我得势就格外奉承我，还像以前一般待我。他交朋友不看身份，绝交时当然也不会顾及。"

"就凭这一点，这姚峰鹤也是个极难得的朋友了，"牙娘笑道，"大王怎么倒和他断交了？"

"是我的错，"东平王道，"我擅用了他对我的信任。有时我想，若我不是皇族，甚至于……只要不是我阿爷的儿子，大概都能继续和他做朋友吧？"

"大王要不是皇族，"牙娘见他有郁郁之色，有心开解，便掩口笑道，"此时怕是正苦心夏课，一门心思作行卷　诗文吧？哪里还有工夫到奴家这里消遣？何况大王文采平平，定不能像姚峰鹤那样，年纪轻轻就金榜题名。也不知大王考到七老八十，能不能得回个进士出身？要奴家说，还是像现在这样，当个富贵闲人为好。"

她这一番揶揄，果然把东平王逗乐了。他摇头大笑："牙娘啊牙娘，你这张嘴真是一点不饶人。"

这时窗外传来一个声音："谁不饶人了？"

听见这声音，东平王和牙娘都吃了一惊。

牙娘拂开门帘，却是名青年男子立于门外。此人方脸浓眉，高鼻厚唇，眼睛的形状和东平王有些相似，却不像东平王那么深邃有神。

"足下是……"牙娘有些疑惑地开口。

来人对她一笑，方要开口，牙娘身后却传来东平王略显诧异的声音："阿兄？"

牙娘与东平王往来日久，多少知道些他家的情形，闻言笑道："原来是广平王驾临。奴家失礼了。"她向广平王深深一福，又训斥跟在广平王身后的青衣小婢，"既有贵客来访，怎可如此怠慢，竟不通报？"

"这不怪她，是我拦着不让，"广平王笑道，"失礼之处，还请娘子海涵。"

"岂敢。广平王里面请。"牙娘听他如此说，也就不追究了，笑吟吟地请他进屋。

东平王却有些不大高兴："阿兄怎么找到这里来了？"

"到你府里不见人影，可不只有来这里堵你了？"广平王语气里不无责怪之意。

牙娘八面玲珑，见这情形便知兄弟俩有话要说，奉上茶果后便笑着道："一日之内竟有两位皇室亲贵光临寒舍，真是蓬荜生辉。还请两位大王稍坐，待奴家整治酒食。"说完，她仪态万方地带着婢女退了出去，留他们单独说话。

"为兄倒是羡慕阿弟，竟能寻得此等逍遥去处。"牙娘走后，广平王打量着屋舍，对东平王笑道。

他极少来北里寻欢。进来时见牙娘这里堂宇宽静，前植花卉，后有闲池，茵褥帷幄无不精致考究，再看牙娘善解人意，温柔体贴，不免恍然，如此佳人，又是此等清幽之地，难怪他这兄弟会在此恋栈不去。

"阿兄有话就直说吧。"东平王却没什么兴致叙谈，只淡淡道。

广平王和气地说："这段时日，阿弟与我们颇为疏远，不会是又恼了阿爷和为兄吧？"

东平王冷笑："之前我不过搞错了姚潜和颜三娘的事，你们就疑我和你们不是一条心。上次窦怀仙和陈进兴的事我又弄巧成拙，你们岂不是更要猜忌我？既如此，倒不如我自己离远些，省得再惹人嫌。"

他如此直言不讳，倒让广平王略微尴尬，沉默一阵后才又开口："陈进兴一事，阿爷是有些生气。不过这事毕竟不能全怪阿弟。谁料得到徐太妃竟能布一个这么深远的局？如今她尽占优势，太后也不敢再有什么动作。局面对我们越来越不利，我们父子三人这时更应摒弃前嫌，同舟共济才是。"

东平王有些无奈："说吧，你们又想做什么？"

"西戎使团来访之事，阿弟应该听说了吧？"广平王问。

"听说了，"东平王顿了一顿，"你们想打西戎的主意？"

"朝廷与西戎的会盟要是成了，西疆至少会宁静好几年。阿爷担心……到时徐太妃没了后顾之忧，立刻就会对我们下手。"

东平王眯起眼睛："阿爷想破坏会盟？"

"姚潜近日正在京中奔走，希望朝廷出兵收复维州。"广平王道。

东平王听到姚潜二字，微微皱眉，问他："归义坊那边是什么意思？"

"崔先生似乎觉得这个机会可以利用。"

东平王沉默半晌，摇头道："我不赞成。"

"阿弟？"广平王有些惊讶。

"你们无非是觉得朝廷没可能收复维州，可以此牵制神策军，又可消耗朝廷威望，方便你们以此攻讦太后、太妃。但是你们有没有考虑过，万一朝廷成功收复维州呢？以维州之重，一旦收回，太后和太妃的声望必会高涨。且维州一复，不但神策行营，连西疆数镇原本用以备边的兵马也都能为她们所用。局面反而会对阿爷更加不利。"东平王道。

"若我们能确保朝廷收复不了维州呢？"广平王问。

东平王脸色一沉，硬邦邦地道："我反对。"

广平王唇边的笑意也消失了，显然对兄弟的态度十分不悦。谈话一时陷入僵局。

"前方浴血奋战，"东平王深深吸了几口气，才又缓和了语气道，"阿爷却在后面作乱，天下人会怎么想？尽失人心的事，绝不能做。何况戎人一向垂涎中原物产丰沛，战局若是不利，他们必然大举犯边。万一京师再像以前一样落入戎狄之手，国朝好不容易恢复的元气岂不是又要一夕散尽？阿爷想要的应该也不是一个满目疮痍的江山吧？"

广平王颜色稍霁："那依阿弟之见呢？"

"让我想一想。"良久以后，东平王回答。

广平王并没留下享用牙娘准备的酒食。与东平王谈完，他便起身告辞。

送走广平王后，牙娘返回室内，却见东平王轻叩面前几案，一副心事重重的模样。

她素有分寸，并不过问他们兄弟间的事，只体贴地为他按压头皮。

东平王在她适度的按摩手法下，微微纾解，反手握住她的手。

"牙娘，我替你脱籍吧。"他说。

夜凉如水。

月光清冷映照宫墙。昏黄灯影下的阁道上，一个颀长的身影安然伫立，独自凝望着下方殿宇里的微光。

"杨翌。"身后传来一声轻唤。

修长的身影微微一僵，好一会儿才转过头来。月华下的面容十分清秀，正是陈守逸。看清来人，他目光微露温和之意，口中却道："三娘在叫谁？"

颜素已从廊柱后的阴影转了出来，对他微微一笑："自然是叫你。"

陈守逸短促一笑："你果然还是去查了？"

"要么就别说，这说一半又藏一半的，不是更勾得人好奇吗？"颜素已走到近前，和他并肩远眺，"当时虽然觉得不可思议，后来一想你并不是信口开河的人，既然对我提到前卢龙节度使，应该有些缘故。我顺着这线索查下去，大致猜到了你的身份。不过一直到今天，我才敢完全确定。"

陈守逸既不承认也不否认："三娘特意约我来此，就是为了这件事？"

"普通人家的孩子连学习骑术的机会都很难有，"颜素见他不置可否，自行续道，"更别说精通击鞠。若是节度使，尤其是卢龙节度使之子，从小学习这些技艺却是再合理不过。且我看你年纪和杨定方的次子相近，就猜你定是杨翌了。"

陈守逸沉默许久，轻叹一声："已经十几年没人叫过这个名字了。"

"你怎么会……"颜素顿了一下，换用了更为委婉的说法，"都说你当初死在杨翌刀下了。"

"他那时急着抢夺阿爷的令符，"陈守逸叹道，"没顾得上杀我。有几个忠仆拼死护我杀出重围。可惜他们后来……我们一路被他追杀，逃出河北时，就剩我孤身一人了。"

"那你入宫……"

"自然是为了报仇。"陈守逸平静地回答。

颜素细思，面色陡变："莫非当年卢龙那场兵变……"

若她所记不错，他的长兄杨翌继任节度使不到两年，就遇上卢龙军队哗变。不但杨翌本人，他的妻儿家小也尽数死在了乱军之中。兵变之后，原节度使麾下的几员大将互相攻伐厮杀，两三年后才确立了新的卢龙节度使。

陈守逸摇头："不是我。那时我不过是个无品黄门，根本不可能对他做什么。"他声音渐低，"我原是想，总要等我掌握了神策军，才动得了卢龙。没想到……"

颜素知道他说的没想到是指什么。卢龙是割据河朔的方镇之一。朝廷对于河北几乎没有任何约束力。因为节帅可以自立，河朔藩镇一向变乱频生。杨翌无才无德、刻薄寡恩，明眼人都看得出，卢龙迟早会有大乱。只是谁都没想到，他弑父杀弟才得来的节度使之位，竟然这么快就被人夺走了。

陈守逸又默然良久，才轻轻吐出一句："自作孽，不可活。"

274

"之后呢？"颜素问。

"之后？"陈守逸笑得不无讽刺，"亲人都已死绝，血海深仇也用不着我去报了，还有什么之后？"

颜素黯然。她也是历经忧患的人，如何想象不到他当初的窘境？不到十五岁的少年，身负血仇，吃尽苦头逃到京都，还能做出什么事？隐姓埋名、投身宫廷，本拟忍辱负重，报仇雪恨，没想到仇家竟早早死了，连向他讨还血债的机会都不曾有。卢龙已经易主，自己又成了宦官，是绝无可能再回去了。命运对陈守逸开了一个最残忍的玩笑。

"当初你听到杨翚死讯时，"颜素道，"并不像现在这样云淡风轻吧？"

陈守逸低笑一声，没有回答。

"我曾经问你，"颜素叹息，"以你的才学，不愁无人赏识，何以会追随太妃？你当时回答说有趣，我却不相信。现在看来，你和我说的竟是真话。"

经历这么多事，功名利禄应该早不放在眼里了。对于陈守逸这样通透的人来说，除了有趣，大概确实没有什么理由能让他出手。

陈守逸并不否认："我知道这是个什么样的游戏，也见过太多虚伪的人。但是太妃不一样，她从来不掩饰她的野心和目的。"

颜素第一次在他脸上看见如此畅快的笑容。

"我帮她，因为她的存在本身就是对这游戏最大的讽刺。"

第二十章
监军

再度接到宫中邀约时，姚潜并不吃惊。马球赛时，他就隐隐有所预感，宫里的事不会这么简单地结束。他一定还会被召见。

不出他所料，赛后第三日，便有中使前来西川留邸宣召。

姚潜没有询问是谁召见。具装入宫，他再度被引至上次徐太妃见他的殿阁。看见守在门口的颜素，姚潜不由得一笑，自己果然没有猜错。要见他的人是徐太妃。

许是还介意与他的那段前缘，颜三娘对上他时的神情略有些不自在。但她终归是识得大体之人。即便觉得有些尴尬，她仍不失大方地向他道了万福，礼貌地请他入内。

徐太妃早已候在殿内。她这回一身家常打扮，较之上次见面简素了许多。姚潜进来时，她正揉着一个打了一半的络子，神情甚为纠结。

姚潜的到来及时转移了她的注意力。她心安理得地把那个乱七八糟的络子扔到了一边。

"如果朝廷答应出兵维州，你们打算怎么做？"徐九英甚至没和姚潜寒暄，在他施礼后开门见山地问。

惊喜来得太快，姚潜有些措手不及："啊？"

"那天款待西戎使臣时的情形你我都看到了，"徐太妃道，"老实说，我现在不太确定西戎会盟的诚意，所以这几天我一直在考虑你对我说过的话。"

姚潜大喜过望："太妃愿意襄助西川？"

虽然他之前就已想到，球赛之后，也许会有人重新评估和西戎的关系，但徐太妃立场转变之大，仍然让他惊喜不已。

"别高兴得太早，"徐九英慢悠悠地说，"我只说我愿意重新考虑，可没说一定会帮你。朝政的事我不怎么干预，一向是太后拿主意。你可以当作这是我和她之间的默契。要我插手，你得给我拿得出手的理由。也就是说，在我去说服太后前，你要先说服我。"

"臣明白。"姚潜思量片刻，郑重回答。

听到这句回答，徐九英怔了一下，抬头仔细看了他一阵。朝官对太后、皇后之外的内命妇是不用称臣的。姚潜在她面前也一向以"某"自称。这次他却主动改了称呼。

她挑了下眉，竟然懂得用这么含蓄的方式对她表示忠心，这人倒没他看上去那么迂腐。徐太妃一向喜欢聪明识时务的人，对于姚潜的变化，她并没什么不满意。

既然彼此心照不宣，徐太妃便不和他客气了，直接道："我需要知道你们的整个计划。"

"是，"姚潜应了，又整理了一下头绪，才缓慢开口，"韦公这些年为收复维州，励精图治……"

"套话就不用讲了，"徐九英打断，"说重点。"

姚潜从善如流："西川出兵之前，首先要解决南蛮……"

"等，等等……南蛮？"徐九英再度打断他。反复确认他说的确实是南蛮后，她一脸不可思议地叫了起来："这关南蛮什么事？你们收复个维州，竟然还要扯上南蛮？"

颜素在门外守了大半个时辰，才看见徐太妃和姚潜并肩走出偏殿。

她忙迎上去，向两人深深一福。得到徐九英许可后，她站起身，小心打量他们的神色。

姚潜显得十分平静。徐太妃的表情虽则有些古怪，却并不像是生气的样

277

子。颜素微微放心，看来两人谈话的气氛还算平和。

"你们的计划和我预想的完全不一样，我要仔细考虑一下才能给你答复。"最终还是徐九英先说话。

姚潜知道自己这一席话必然给了她不小的冲击，微笑回答："臣静候佳音。"

徐九英听他如此笃定，没好气地白了他一眼，随即吩咐移驾。不料姚潜看了一眼她身旁的颜素，忽然又道："臣还有一个请求。"

"什么请求？"徐太妃停步问。

姚潜似乎有些踌躇，但他还是坦白地说："可否允许臣与颜三娘子单独说几句话？"

徐九英的目光只在他和颜素之间游移片刻，便痛快地向颜素挥了下手，示意她留在原地。徐太妃自己则转身上了檐子，先行打道回府。

徐九英一行人走后，就只剩下了颜素和姚潜二人。

虽然徐太妃看上去十分淡定，可是颜素分明瞧见她走上檐子前和小蔓、小藤交换了一个极暧昧的笑容，显然还是觉得她和姚潜之间有什么情愫。她面上尴尬，心下更是着恼。上次她明明已婉拒了姚潜，他怎么还来纠缠不休？颜素暗暗打定主意，若他再旧事重提，她必得狠狠训斥他一顿。

大概看出她的想法，姚潜微笑开口："娘子不必多疑。某虽不才，也知姻缘之事不可强求。娘子既已明确拒绝，某断没有继续纠缠的道理。"

听他说非为姻缘，颜素略显愕然。但她终非寻常女子，很快就收起尴尬的表情，落落大方地道："不知姚都使有何见教？"

"见教不敢，"姚潜忙道，"是有些事，想向娘子打听一下。"

姚潜和颜素说话的时候，徐九英已回到了自己殿中。她更衣后的第一件事就是让人把陈守逸叫来。

陈守逸很快应召而来。

徐九英让他坐了，接着向他转述了姚潜的方略，最后问他："他们这计划，你觉得行得通吗？"

陈守逸沉吟片刻，回答道："南蛮、西戎时有勾结。若南蛮在朝廷出兵之际骚扰西南，确实会令战局更为复杂。在开战之前离间两国，杜绝南蛮出兵的可能，不失为可行之策。"

"但是他们这计划相当庞大，"徐九英道，"计划越复杂，变数就越多。若是他们的离间计不成功，南蛮和西戎反倒可能联合起来跟我们作对。"

"西川所图应该不止维州一地，"陈守逸道，"这计划牵涉甚多，确实需要朝廷鼎力支持，所以姚都使才这样急切。还是说，太妃现在更倾向于太后持重之议？"

徐九英叹气："倒也不是。只是觉得两个选择看上去都不怎么好。西川的计划风险不小，但现在中原对西戎毫无威慑力，会盟也占不到多少便宜。"她一筹莫展地想了一阵，问陈守逸，"你觉得哪方有理？"

"都有理。"

徐九英瞪他："说了等于没说！"

陈守逸笑笑，温言解释："治理一方水土从来都不是容易的事，更何况太妃面对的是一个泱泱大国。权力不止意味着生杀予夺，还意味着责任。很多时候居上位者需要在两难中作出决定。"

"说了这么多，你还是没告诉我应该怎么选。"徐九英嘀咕。

"以这件事言之，无论太妃选择哪个，都有充分的理由，"陈守逸道，"也许只有最终的结果才能判定当初的选择是否正确。"

"你这意思是让我随便选？这么简单还要朝臣干什么，抓阄不就好了？"徐九英斜睨他道。

陈守逸笑了："当然不是随便选。奴婢的意思是，这件事没有绝对正确的选择。太妃根据你所知的情况，给出最好的判断，同时做好最坏的打算就可以了。"

徐九英想了一会儿，说："我还得再和太后谈谈。"

陈守逸也知此事牵涉重大，点头道："奴婢这就让他们准备。"

"对了，"他起身时，徐太妃忽然又叫住他，把她先前打了一半的络子扔到他怀里，"你要的赏赐。"

陈守逸用两根手指拈起那根络子。看清楚是什么东西以后，他浑身都抖动起来。这络子手工之粗糙，配色之难看，可说是他平生仅见。

"这就是太妃给奴婢的赏赐？"他忍着笑问。

徐九英当然知道自己手艺糟糕，却理直气壮地道："你自己要的，不喜欢可也赖不着我。"

那日徐太妃重赏了所有参加比赛的球手。陈守逸和众人一道领了赏，回来后却又向她退还，说是使不了这许多财帛，愿意用来交换其他赏赐。徐九英想他在戎人那里受了许多委屈，要些额外的赏赐也合情合理，便一口答应。

谁知陈守逸要的竟是她亲手做件东西给他。

徐太妃从来不擅长女红，对这要求别提多嫌恶了。但她答应在先，最后也没好意思反口。这几天她硬着头皮打了个络子。可是她的手工实在拙劣，就算是最简单的样式，她打出来也难看至极，才做了一半就没了兴致。

"丑就算了，"陈守逸提着那根络子评价，"竟然还没做完。"

徐太妃不肯示弱地回击："就你要求多。你和其他人一样乖乖领钱不就完了，非要我动手。我的手艺你又不是不知道，顶多就能补个衣服，要我做这种精致活儿不是为难我吗？想要好看的，你找三娘去。"颜素曾经给她打过几根络子，花样、配色都极为典雅。对比之下，自己打的这个玩意儿算是个什么东西？徐太妃越看越觉得别扭，干脆劈手夺过："算了，我明天另赏你些好东西。这个我拿去扔了。"

陈守逸急忙把络子抢回去，收进袖中："说好赏奴婢的，怎么能变卦？"

"你刚刚不是嫌丑？"徐九英翻着白眼说。

"丑是丑点，也还可以用。"陈守逸慢悠悠地道。

徐九英光是想象了一下陈守逸佩戴着这络子的画面，就忍不住一阵恶寒："这能怎么用？"

"挂门上，"陈守逸一本正经道，"辟邪。"

"不知都使想打听什么事？"听姚潜说明了目的，颜素考虑了一会儿后谨慎地问。

姚潜也很仔细地斟酌着自己的措辞："某很清楚对于出兵维州这件事，朝廷最大的顾虑是什么。不过恕某直言，如果战事不利，又引来戎人报复，首当其冲的正是西川。这一战，西川其实比朝廷更加输不起。"

颜素点头。在这一点上，她承认姚潜说的确是实情。但是西川并不是她能够插手的事，因此她虽认可姚潜的说法，却还是婉拒道："若都使想让奴婢从旁劝说太妃，恐怕奴婢爱莫能助。"

"娘子误会了，某并非此意，"姚潜连忙解释，"太妃那里，某已分说明白。出兵与否，相信她自有判断。某担心的是朝廷同意出兵之后的事。"

"出兵之后？"颜素一愣。

280

"除了河北，各镇都有朝廷监军，"姚潜含蓄道，"西川也不例外。"

"难道都使是想……"颜素隐隐猜到了他的用意，露出吃惊的表情。

姚潜点头："监军直达天听，权过节帅。某担心的正是监军擅权，侵扰军政。娘子涉猎文史，前代之乱，想必熟知。当时若非两个监军恃权斩杀名将，自毁长城，以国朝那时之力，何致惨烈到后来的地步？将星凋零，致使战乱久不能平，朝廷才会一路衰颓，至今未复。西川此战，绝不能重蹈覆辙。是以监军一职，至关重要。"

元宗以后监军皆由宦官充任。颜素何其聪明，顿时明白了他来找自己的意图："都使莫非相中了陈守逸？"

前几日的马球赛，姚潜和陈守逸并肩作战，两人场上又配合颇为默契，姚潜注意不到陈守逸才是怪事。想必他从那时起，就打上陈守逸的主意了。

姚潜毫不掩饰："正是。"

颜素想了想，摇头道："恐怕没这么容易。"

姚潜苦笑："若是容易，某也不会厚颜劳烦娘子。"

颜素叹息道："都使想必知道，他是太妃的心腹。奴婢怕太妃不会轻易松口。"

"他是太妃心腹正是某看重他的理由之一，"姚潜道，"某并非愚人，岂会不知若由太妃力主出兵，就是把太妃和西川的前途绑到了一起。太妃待西川甚厚，西川又岂能不示之以诚？由她信任的人出任监军，正便于太妃了解战况，让她放心。除此之外，某还有一个理由。这几日，某已打听过了，这位中贵人不但深受太妃信用，还是神策左中尉的养子。西川此战必定需要神策军配合策应。有一位与神策中尉渊源深厚的监军，沟通起来也会更加容易。"

"所以姚都使想和奴婢打听他的情况？"颜素问。

姚潜颔首："那日他挺身而出，某固然敬重，但是某与他始终仅有数面之缘，了解有限。娘子与他共事，想必熟知其为人。不知以娘子之见，他可适合担任此职？"

与姚潜谈完话，颜素便返回徐九英殿中。她急欲将姚潜的话向徐九英报告，谁知寻过来时却被小藤告知，徐太妃和陈守逸都去了太后那里。颜素无法，只能耐心等他们回来再作商议。

她却不知道，此时太后殿内，徐九英和太后的谈话正陷入僵局。

"我还是不同意出兵，"太后近来在徐太妃面前颇显弱势，可在维州一事上她却异常坚持，"你我不过两个妇人，并不熟悉兵事，西戎现在又有和解之意，何苦轻启战端？"

"西戎的态度，球赛那天太后难道没看见？我们该由着他们欺负不成？"太后始终抱着多一事不如少一事的态度，让徐九英也有些焦躁。

太后淡淡道："赞松固然张狂，但他一个人并不代表整个西戎。我看西戎还是真心想要会盟。"

"赞松是西戎副相，"徐九英冷笑，"太后说他不代表西戎？"

太后也被徐九英的话气得不轻。但她一向涵养极好，深吸几口气后，再说话时仍维持着轻柔平和的语调："你年轻，没经过上次京都落陷，不知当时戎人烧杀掳掠的惨状……"

"我是没经过，太后难道又经过了？"徐九英挑眉。

上次戎人攻陷京城可是四十几年前的事。太后比她大不了几岁，不可能见过当时的情景。

"我是没经过，"太后回答，"但是先帝经过，顾家的长辈经过，京城的百姓们也都经过。"

那次戎人直逼京都，天子匆忙出奔陕州，行状极为狼狈。戎人不但劫掠都城，甚至另立伪帝。幸而那年夏天酷热非常，城中疾疫盛行，令戎人不得不回撤，否则不知各路勤王的兵马要花多少时间才能夺回京城。自那以后，陇右十三州全部陷于西戎之手。

彼时先帝虽在冲龄，却对那次随父出逃记忆深刻，登基为帝后也多次提及。后妃们几乎都听他说起过那次经历。徐九英也记起他对于回京时所见惨状的描述，一时垂目不语。

见她似有触动，太后轻声续道："太妃是皇帝生母，必定不希望皇帝也有相同的经历。"

"我当然不愿意青翟也经历这样的事，"徐九英叹口气，"但是两方争斗，不是你退让，对方就会给你活路。西戎至今都还轻视我们孤儿寡母，连派来议和的使节都这么嚣张，你让我怎么相信他们的诚意？何况我也问过别人，以前中原和他们不是没有过和议，可是西戎哪一次真的遵守了？顶多过上几年，他们就会卷土重来。我看这次也不会例外。他们新立的赞普地位不稳，才愿意跟我们暂时和解。过几年他站稳脚跟，十有八九会撕毁协定。与其那时再仓促应战，倒不如趁西川现在还有锐气，先下手为强，把维州夺回来，到时说不定还能占点优势。"

太后听了若有所思。徐氏的话倒也不无道理。

徐九英见她似有意动，再接再厉："再说了，就算真要订盟，也不能是在我们弱势的时候。说句可能会让太后不高兴的话，若我之前不和太后玩上一手，让太后对我有了忌惮，太后现在能坐在这里认真听我说话吗？西戎也是一样。就算要定约，我们也得先显示下实力，让他们知道我们并不是那么好欺负的。"

太后仍然沉默不语。

徐九英也没指望她能拍拍脑袋就转了态度，该说的话说完后也就起身告辞。只是走之前，她又回过头，恳切地对太后说："朝政的事我确实没什么立场插嘴，若是太后仔细想过之后还是觉得不该出兵，我也不会一意坚持。但我希望太后至少认真考虑一下其他的可能性。"

颜素在门口等了许久，终于看见徐太妃一行人的身影。

徐九英也早就瞧见了颜素，待檐子近了，她先笑了起来："三娘等在这里，莫不是有什么事？"

颜素道："关于姚都使，奴婢有事回禀。"

徐太妃这时已扶着陈守逸的手下了檐子，闻言对她挑了下眉："怎么？三娘终于想通了，决定和姚潜再续前缘？"

"太妃别打趣奴婢了，"颜素道，"姚都使今日和奴婢说的是正事。"

"正事？"徐九英一怔。除了婚姻大事，姚潜还有什么正事和颜三娘说？

她看了一眼陈守逸，见他也是一脸不解。

"什么正事？"她慢慢问。

颜素看了一眼跟在后面的陈守逸，走近徐太妃，在她耳边低语数句。

徐九英听完，微露诧异之色，旋即道："进去说。"想想此事和陈守逸也有关系，她又对他道，"你也进来。"

三人进了内殿，遣退诸人，颜素才向徐太妃详述姚潜想让陈守逸担任西川监军之事。

陈守逸听完垂目不语。

徐九英却有些哭笑不得："这个姚潜真会得寸进尺，才刚哄我替他说服太

283

后，接着就把主意打到我的人身上，他倒是挺敢想。"

"姚都使也有他的考虑，"颜素道，"西川此战，只能胜，不能败，他自然是想杜绝一切不利的因素。奴婢刚才也想过了，论人品，陈守逸当然是信得过的；论学识，他也不比朝廷的文官差什么；论名声，他擅长马球，又刚刚胜过戎人，西川那边应该会很容易接受他。有个自己人充任监军，便于太妃了解前线的情况，也是极有利的。"

不待徐太妃说话，陈守逸已先表了态："我不去。"

徐九英看看陈守逸，又看看颜素，没吭声。

颜素只道他不愿离京，婉转劝他："西川虽说比不上京城繁华，却也算得上富庶之地。你能力算得出类拔萃，只是资历太浅。若你出任监军，又立了功，以后想要高升也更容易。"

陈守逸不为所动，冷冷回答："我不在乎。"

叩门数次之后，颜素才听见陈守逸的声音响起："进来。"

她推门入内。陈守逸坐在窗下，正拿铁钎翻动着小风炉里的炭火。

颜素进来，他不过冲她抬了下眼皮，就低下头，依旧专注做自己的事。

他面前的几案上放着一大一小两个碗，瓷碗旁边则又有一个小锅和一个五六寸高的白瓷坛。

虽然一句话没说，但是颜素很清楚，陈守逸正在闹情绪。

适才她在徐太妃面前提起让他监军的事，太妃还一句话没说，他就断然拒绝，弄得徐九英和她都有些尴尬，最后不欢而散。

"就这么不想当监军？"她走近陈守逸，故作轻松地笑问。

陈守逸只从鼻子里哼了一声，自顾自将小锅支在炉上。

颜素向那大碗里看了一眼，看见里面是满满一碗蜂蜜，便知他在炼蜜。陈守逸转向几案的时候，她主动捧起盛有蜂蜜的大碗，递到他手上。

陈守逸冷着脸接了碗："想要监军差事的人多的是，并不缺我一个。"

"但你最合适。"颜素平心静气道。

陈守逸不答，见火候差不多了，专心将蜂蜜注入锅中。

颜素在他身旁坐下，看着炉中细弱的火苗，轻声叹息："都说以前的杨翌年纪虽小，却是出类拔萃，聪敏过人，所以杨公才起了易嗣的心思。若不是有后来的变故，你怕是早就立下一番事业了。"

284

"现在说这些又有什么用？"陈守逸冷冷地道。

　　"怎么会没用？"颜素说，"你原是有才干的人，只在宫中服侍未免屈才。要你监军固然是西川的意思，但对你又何尝不是施展的机会？"

　　徐九英并不知道陈守逸的身世，这些话颜素不便在她面前提及，只能私下和他分说。

　　锅中小火炼制着的蜂蜜很快发出咕嘟的声响，并且泛起淡黄色的气泡。不知是不是火光映照之故，陈守逸的面孔半明半暗，看上去阴晴不定。

　　"是太妃要你来当说客？"良久以后，他哑着嗓子问。

　　颜素摇头："你知道太妃不是这样的人。至少对于你我，她从来没强迫我们为她做什么事。我出来时，她还和我说，这件事得看你自己的意愿。我想无论你怎么决定，她都不会干涉。"

　　"但是你觉得……她希望我去？"陈守逸听出她的弦外之音。

　　颜素垂目片刻，低声回答："我不便揣测太妃的想法。不过我觉得，你出任监军的好处，她是明白的。"她等了一会儿，没听到陈守逸的回应，便又叹息一声，"还是，你有什么不能离开的理由？"

　　陈守逸沉默着。

　　不多时，锅中的气泡已接近红棕色。他持箸点了一下蜂蜜，提箸时已可见一道拉得极长的白丝。

　　颜素见状，将几上装着清水的小碗端给他。陈守逸提腕悬于碗上，等着沾在箸上的蜂蜜滴落水中。蜜滴入水即形成一个小球，沉到了碗底。

　　陈守逸对这火候颇为满意，神情微微舒展，将小锅从炉上移开。

　　"你把我的事告诉姚潜了？"他搅动着蜂蜜问。

　　"我是那么爱嚼舌根的人吗？"颜素失笑，"你在宫中这么多年都没几个人知道你原来的身份，想来你并不愿意旁人知晓。这些事我连太妃都没说过，何况是姚都使？他只是因为那日的比赛，才对你格外留心。你的身世他应该一无所知。"

　　陈守逸再度沉默。等炼制好的蜂蜜热度微微散去，他将之倒入坛中密封。封好瓷坛以后，颜素才终于听见他一声轻叹："让我考虑一下。"

　　颜素规劝陈守逸的同时，太后也在考虑徐九英的话。思来想去，她仍觉得难以决断，最后还是叫人去棋院请李砚。

李砚被引入之时，正看见她神思不属地把玩着手中的棋子。

"你来了。"在他行礼如仪之后，太后虽对他露出笑容，举手投足间却有些不自然。

上次两人情火忽炽，太后虽然及时推开了他，却也乱了方寸。自那之后，她再也没召见过李砚。此时的她看上去甚是平静，但略微紊乱的呼吸声还是出卖了她的情绪。她现在的心情定然比她表现出来的要复杂得多。

"不知太后召臣前来，所为何事？"太后屏退左右后，李砚也掩饰着自己的情绪，抢先问道。

"西戎使团的事，想必你已听说了？"许是为了掩饰尴尬，太后一边说一边走到窗前，用背对的姿态和他说话。

李砚迟疑片刻才点头道："听说了。"

"原本诸臣一致赞成与西戎确立疆界，立碑会盟，"太后道，"可上次马球赛后，朝中主战的声音渐渐多了起来。你，可有什么想法？"

李砚垂目，良久才道："太后见我就为了这件事？"

"我该为了什么事见你？"太后看似镇定地反问。

"上次的事……我们……算什么？"他断续问她。

太后担心的就是李砚因为上次的事和她纠缠不清，轻叹一声："我会当没发生过。"

李砚猛然转头："可它终究是发生了。"

在他吻她时，她分明回应过。既然心里有他，为什么还要抗拒？

"那是不应该的。"太后察觉他又打算像上次那样靠近，正欲退开，手腕却又被他一把拽住。

"应该？"李砚眸中似有火焰跳动，"答应和我赌棋是应该的吗？主动来家中访我是应该的吗？和我私订终身又是应该的吗？"

他步步紧逼，让太后有些狼狈，转开脸道："都已经过去了……"

"如果已经过去了，你为什么不敢看我？"

太后没有回答。李砚越靠越近，她扶着窗沿，几乎无法维持站立的姿势。见她摇摇欲坠，李砚伸手揽住了她。两人触碰的一瞬，她精心构筑的防线土崩瓦解，无力地倚靠在他身上。

香软的身躯令李砚涌起无尽爱意。他大胆环抱她，鼻端贪婪吸取她身上的芬芳，情不自禁地在她耳边柔声轻唤："婉清。"

李砚温热的气息扑在太后颈项间，已让她渐渐沉迷。然而"婉清"二字如一记当头棒喝，令她陡然惊醒。她猛烈挣扎，终于摆脱了他的钳制。在李砚再度试图靠近时，她伸出手臂，将他挡在身前，冷冷道："请自重，李待诏。"

听见"李待诏"这三个字，李砚全身一震，满腔柔情顿时化作乌有。

在她严厉的目光中，他渐渐恢复理智，低头认错："臣失礼了，请太后恕罪。"

太后见他冷静下来，暗暗松了口气，缓缓开口："我需要有人助我一臂之力。你说你能帮我，所以我给你机会。"

李砚垂头良久，应了声"是"。

太后居高临下地看着李砚屈服的姿态，脸上露出一个略显复杂的表情。但最后她还是冷静道："顾婉清和你定下的誓约，在我成为皇后那日就不复存在。现在我是太后，你是待诏。只要我们还是这样的身份，就不能逾越你我的本分。君臣之外的任何关系都会让我困扰，希望李待诏能记清这一点。"

"臣，会记得。"李砚从牙缝里挤出几个字。

太后坐回榻上，淡淡道："现在是不是可以讨论正事了？"

李砚深吸几口气，强迫自己用冷静的口吻说："出兵维州一事并非不能考虑。"

太后盯了他一会儿，才缓缓说道："其实我也不相信戎人会信守承诺，但是中原这些年对西戎一向势弱，贸然出兵也许会适得其反。"

"以太后的了解，西川节度使韦裕可是好高骛远之人？"李砚问。

太后想了想，回答道："此人官声不错，应该不是这样的人。"

"臣也听说此人精明强干，风评甚佳，"李砚道，"这样一个人，应该不会做毫无把握的事。何况战局失利，受害最深的正是西川。韦裕身为节度使，对这点应当心知肚明。即使这样，他还是一意出兵，太后可想过为什么？"

太后沉吟一阵，不确定道："他有必胜的把握？"

李砚一笑："是不是必胜臣不敢断定，但若是胜算不高，他绝不会如此坚决。臣认为此事未见得有太后想的那么严重。何况收回维州，有助于太后在朝臣中建立威信。臣以为西川的计划值得考虑。"

太后深思。倘若西川真有把握取胜，她何尝不想收复维州？也许确实该如徐九英所说，趁现在西戎没有防备，一举光复失土？

她想得入神，便不曾注意到此时李砚眼中闪过的一道莫测寒光。

287

三日后，姚潜和张维并肩立在了延英殿前。

虽然还没有最后的决定，但从徐太妃昨日给留邸的消息来看，太后那边的口风已经渐渐转向。太后既不反对，只要他们能在今日召对时拿出令人信服的计划，出兵一事就能成为定局。

姚潜深吸一口气，对张维笑道："终于走到这一步了。"

张维回以一笑："此皆姚君之功也。"

他还记得初时两人在京中游说的艰难，甚至他一度放弃了劝说朝廷进兵的希望，是姚潜硬凭着一场马球赛扳回了局面。

"并非是我的功劳。"姚潜道。

即使马球赛后，太后都还坚决反对出兵。他面见徐太妃不过短短数日，太后就突然变换了立场，中间是谁的作用不言而喻。

张维略微不解，正欲询问，却有宦官出殿，示意他们跟在他身后入内。他只得暂时打住话头，和姚潜一道进殿。入内后两人发现，几乎所有朝廷的关键人物都已聚集在了殿内。

姚潜和张维向太后行礼如仪。

"免礼，赐座。"帘后清冷的女声传来。

二人谢恩。入座时，姚潜飞快扫视一遍诸人，发现除诸位宰相、神策中尉、枢密使之外，殿内还有一个他颇为熟悉的身影。看到这个人，姚潜的嘴角忍不住微微上翘。这次奏对的结果，他心里已然有数。

那个人也察觉到姚潜的目光，向他这边转过了脸。

是陈守逸。

第二十一章
离京

人都到齐，姚潜和张维在太后示意下，向在场的人详细陈述了西川的计划。

在他们讲解时，不时会有人插话，提出一些疑问。姚潜都从容不迫地一一作答。叙述完毕，太后即命他二人退去。

姚潜知道此事重大，他们必然要花时间讨论，因而并无异议，和张维再拜而退。

出去以后，他让张维先行一步，自己却不急于离开，依旧在殿外等候。

半个时辰不到，他果然等到陈守逸从延英殿出来。

看到陈守逸出现在延英殿，姚潜就知他出任西川监军一事十拿九稳。他清楚规矩，今日奏对并不会只议维州这一件事。等他们商议其他政务时，陈守逸是无权参与的，必会先行离场。这时就有和他说话的机会了。

一见陈守逸，姚潜就迎了上去，彬彬有礼地唤道："中贵人。"

陈守逸也早就看见他了，笼手止步，皮笑肉不笑地回应："姚都使有何见教？"

"不敢，"姚潜道，"维州之事，太妃出力甚多，西川上下感激不尽。只是外臣不便出入内宫，只能请中贵人向太妃转呈谢意。"

劝服太后，又答应让陈守逸出任监军，西川算是欠了徐太妃两个极大的人情，怎么也该有所表示。

相较于姚潜的客气，陈守逸显得有些漫不经心。他低头理了理自己的衣袖，很久以后才不紧不慢地答了一句："知道了。"

见他抬脚要走，姚潜连忙说："中贵人留步。"

陈守逸的脸色略有些不耐："都使还有什么吩咐？"

姚潜对陈守逸的情绪似乎一无所觉，仍旧和气地笑道："中贵人即将任职西川，但适才某在殿中奏对，却不闻中贵人一言，因而有些疑惑。不知中贵人对我等的计议有何看法？"

陈守逸似乎对姚潜的态度有些惊异，仔细看了他一眼，才似笑非笑地回答："殿中都是国朝柱石，奴婢何德何能，敢在他们面前插口？"

"中贵人此言差矣。监军一职举足轻重，何况此次牵涉大事。太后今日破例令中贵人列席召对，想必也是希望中贵人早日熟悉西川事务。日后出镇，中贵人更要代表朝廷，难道也如今日一般闭口不言？"

陈守逸嗤笑："西川特意向太妃讨要奴婢，不就是不愿受监军掣肘吗？奴婢若还在一旁指手画脚，岂不是太不知趣？都使放心，这次出兵，奴婢绝不敢阻挠大计。"

"中贵人看来有所误会，"姚潜恳切道，"西川并非不愿接受朝廷监管，而是此战对西川至关重要，某不能在监军的人选上冒险，因而希望由中贵人出任。那日球赛之时，某便知道中贵人是明白事理之人，颜三娘子也向在下盛赞中贵人的人品和才干。有中贵人监军，实乃西川之幸。西川上下绝无以中贵人为傀儡之意，还请中贵人明察。若我等战略有所疏漏，也请中贵人直言不讳。"

陈守逸审视姚潜良久，终于用较为缓和的语气问："南蛮之事，西川准备如何解决？"

适才奏对，姚潜已言及南蛮之事，便耐心和他解说："西戎先君之时，曾逼迫南蛮向其称臣。两国原为兄弟之邦，却突然变成了君臣，且戎人贪图便利，在南蛮境内设置营堡。南蛮对西戎不满已久。韦公正与南蛮接触，欲使他们归顺国朝。"

陈守逸沉吟片刻，慢慢说："纵然南蛮对西戎不满，但他们一向惧于西戎威势，若不能激化他们之间的矛盾，奴婢看南蛮也未必能下决心与西戎反目。到时他们若在中间首鼠两端，反而棘手。"

"那依中贵人之见呢？"姚潜急切追问。

"西戎使团不是还在京中，何不利用他们？"陈守逸道。

姚潜似有所悟，然而回应时却还有所迟疑："中贵人的意思是……"

陈守逸微笑："戎使此行欲与中原订立盟约，我们正可把南蛮作为和西戎谈判的条件之一。南蛮对西戎本有积怨，若再得知戎人欲用他们与中原做交换，都使说他们会作何感想？"

姚潜眼睛一亮，旋即又有些顾虑："但某恐怕赞松小论会断然拒绝。"

若是西戎严词拒绝，倒会让中原自讨没趣。

"这点都使不必担心，"陈守逸胸有成竹，"赞松此行是奉赞普之命与中原媾和。若是和谈失败，他的官位怕是难保。戎使之前的嚣张不过是欺负我中原无人。等中原真对他们强硬了，他们反倒会安分。奴婢听太妃说，那日球赛一结束，太后便训斥了赞松，这几日又一直冷待他们。现在最着急的不是别人，正是赞松。中原和他谈，他求之不得。就算他不愿在南蛮事务上让步，奴婢赌他也不敢直言拒绝。哪怕他只是含糊其词，也足以让南蛮起疑了。"

姚潜拊掌："中贵人此计大妙！"说完他又状似惋惜地说，"只是赞松小论回去以后，恐怕不好向戎君交代。"

"奴婢爱记仇，"陈守逸淡淡道，"球赛的账，总归要找个机会和他算上一算。"

姚潜急于把陈守逸的主意上报给西川节度使，与陈守逸大致拟订一个计划后便匆忙告辞，回返留邸。然而方出宫门，却有车驾向他迎面驶来，看方向应该是去往宫禁。姚潜瞥见车上有象辂为饰，已知车中之人身份高贵，便先下马避至一旁。

孰料车驾经过他身边时忽然停住。有人掀起帘子："姚兄别来无恙？"

姚潜听出是东平王的声音。他虽与东平王断交，却也不肯失了风度，施礼后回答："多谢大王垂询，某一切安好。"

东平王沉默片刻，又客气道："姚兄近来的事迹，我都听说了，十分钦佩。"

姚潜连声道"不敢"，抬头时看见东平王身着素服，不免一怔："大王这是……"

东平王低头看了看身上的衣服，轻声说："今日是几位堂兄的忌日。"

姚潜恍然，低头不再言语。

东平王见他如此，也觉得有些尴尬，很快就与姚潜作别，吩咐车驾继续前行。

当初戾太子叛乱，火烧苑城，不但宗室折损大半，先帝子孙也都遇难。开国以来，皇室从未发生过如此惨事，因而宫中逢此忌日都会做场法事超度亡者。在大乱中丧子的妃嫔悲痛欲绝，前几年纷纷离世，如今也只有一位尚在人世。不过失子以来，她一直深居简出，也只有死忌这日才会公开露面。

东平王来时，那位太妃正手持佛珠，跪坐在蒲团上，虔诚听高僧说法。

荣王之母——太妃孙氏算来年纪尚不到四十五岁，却已是垂老之态：头发近乎全白，脸上布满皱纹，眉眼之间尽是愁苦之色，再加上佝偻着的身子，看上去竟与老妪无异。

东平王见她如此形状，脸现悲悯之色。他定了定心神，走上前与她见礼。

"是东平啊，"孙太妃客气地回礼，"难为你还记得日子。"

东平王先上了香，然后环顾四周，并不见其他人在场，不免过问一句："其他人没来吗？"

孙太妃答道："周、张两位太仪已经来过，只是她们都有事，略坐了坐就回去了。太后在延英殿议政，想是没空过来，不过她身边的白露已送来了许多供奉。徐太妃那边有人捎了信，说是晚些时候会亲自过来。"

东平王对这情况早有预料。毕竟叛乱已过了好些年，除了在叛乱中失去至亲的人，怕是没多少人还记挂着亡者了。不过孙太妃提到徐九英，却让他有些意外："徐太妃？"

孙太妃点头："是啊，她是年年都来的。"

东平王若有所思，一向只以为太后周到，没想到徐氏竟也能做到这个地步。他正要开口询问，却有宫人进来禀报说徐太妃到了。孙太妃向东平王点了点头，转身去迎门口的徐九英。

徐太妃也是一身素净打扮，客气地和孙太妃寒暄着，接着又到灵前上了香。回过身时，她瞥见站在一旁的东平王，先是一怔，随即露出一个似笑非笑的表情。孙太妃看起来和她关系不错，拉着她的手说了好些话。虽然徐九英不怎么笃信佛法，却很耐心地听她絮叨准备法事时的情形。一直陪着孙太妃布施完毕，徐九英才退到一边，向东平王走过来。

"倒没料到会在这里碰上你，"她说，"别是又在打什么坏主意吧？"

陈进兴告诉过她，太后和赵王联手扳倒窦怀仙，就是东平王在中间牵的线。他再三提醒，要她千万小心此人。是以徐九英一见他就起了戒心。

"在下就不能只为祭奠亡者而来？"东平王微笑回答。

徐九英从鼻子里哼了一声。

东平王见了，轻声叹道："太妃也许不信，其实我对太妃没什么恶意。"

"我对你也没恶意，"徐九英冲他翻了个白眼，"但我要是有机会在你背后插刀子，我一定往死里捅。"

东平王对她的言辞十分震惊，盯着她许久没有说话。

徐九英理直气壮："看什么看？我和你怎么都不可能是一伙的，有机会当然得动手，你有必要装得这么吃惊吗？"

"令我惊讶的不是太妃的态度，"回过神的东平王仍带着错愕的表情，"而是太妃竟然敢把如此想法不加掩饰地说出来。大多数人即使心里有同样的想法，也会在表面上维持基本的礼仪。"

徐九英嗤之以鼻："何必呢？明明心里恨不得扒了对方的皮，嘴上还要假惺惺地客气。我倒宁愿他们直接告诉我真话。"

东平王道："不是每个人都承受得起真话的残酷。"

徐九英冷笑："这都受不了，还想争权夺利？趁早退出算了。"

东平王沉默了好一会儿，向她郑重一揖："受教了。"

法事之后，徐太妃冷眼看着东平王与孙太妃作别。她不是很瞧得上东平王故作从容的做派，所以在他经过她身边时忍不住哼了一声。东平王脚步微顿，显然听见了这声冷哼。但犹豫片刻，他还是目不斜视地走了过去。

离开徐九英的视线后，他却加快了脚步。车驾出宫，他甚至等不及回府更衣，直接命车驾驶向北里。

虽说都中也不乏好往北里寻欢作乐的高官显贵，但去得如东平王这般招摇的却是少见，何况他下车时还是一身素服，更显得和这里格格不入。

东平王却不顾旁人侧目，直入牙娘馆舍。

牙娘向来晚起，这时正在内室对镜梳妆。听见小婢传报，她回过头来，眼波往东平王身上转一个来回，脸上笑容微微凝固："大王这，未免也太不讲究了。"

东平王却无心和她调笑，直接在卧榻上躺成一个大字出神。

牙娘见了，知道他有心事，也不与他多话，仍旧去盘她的发髻。她很快就盘好一个堕马髻，接着打开妆盒，仔细挑选用于发上的饰物。

"赢不了。"这时身后床榻上的东平王忽然哀叹一声。

牙娘已在发间插了一把金镶玉的小梳，正拿着一枚精巧的花形金簪对镜自照，听见东平王这没头没脑的话，她手上的动作一顿，回头问他："什么赢不了？"

"目前的情况对我们不利，"东平王道，"这些时日我一直在想对策，却总是没有头绪。今日在宫中见着徐太妃，更觉得我家大人赢不了。"

牙娘在头上疏疏插了几朵花簪，回身时觉得他这白衣着实刺目，便从箱笼里取了一件深青襕衫给他，口里则好奇地问："那徐太妃当真这么可怕？"

"母亲为了孩子什么事做不出来？"东平王见她拿了衣服出来，站起身张开臂膀，让牙娘为他更衣，"气势上我们就先输了。"

牙娘一边为他脱下素衣一边叹道："何必非弄到你死我活的地步？就不能各退一步？"

"我那对爷兄陷得太深，哪儿这么容易抽身？"东平王也是一声长叹，"我看，得想办法出京一趟。"

"怎么突然想起出京？"牙娘奇道。

换好常服，东平王坐回榻上，接过牙娘递来的酪浆，慢慢对她解释："陈进兴和徐太妃结盟以后，京中已很少有人敢于和他们公开作对。现在就是太后也得忌惮他们几分。京城之内的局势暂时很难扭转。去到京外，也许还能找到一线生机。"

"当真一点办法没有？"牙娘问。

东平王想了想，摇头苦笑："也不是完全没有，只是法子太过阴损，用出来就得天下大乱。怎么说我也受了这么多年百姓奉养，终归不愿走到那一步。"

牙娘担忧的却是另一件事："诸王不得擅自离京，大王怕是不易走脱吧？"

"的确如此，"东平王点头，"所以得想个法子掩人耳目。好在平日里我荒唐事没少做，就算在你这里醉生梦死，应该也不会有人怀疑。今日来就是请

294

牙娘帮我这个忙，另外也麻烦替我收拾一套行装。过两日我就搬过来。"

牙娘聪慧，虽然已经猜到他的计划，嘴上却半真半假地嗔道："就知道拿奴家作筏子，奴家可还想好好找个良人嫁了呢。"

东平王笑道："等我回来，就替你脱籍，耽误不了你什么。"见牙娘仍然端着架子惺惺作态，他不失潇洒地起身，对她深深一揖："一切拜托，一切拜托。"

东平王密谋出京的同时，朝廷也终于开始对南蛮采取行动。姚潜先给西川送了一封急信，将最新的计划告知节度使韦裕。西川方面很快有了回音，表示节度使对这计划十分赞赏。

得到他的首肯后，姚潜和陈守逸分别游说徐太妃和陈进兴，再由他们劝说太后同意离间南蛮、西戎的计划。

太后既已决定出兵，自然不会在这等小事上与他们为难。她配合得比姚潜预想的还好。太后没有立刻开始与赞松谈判，而是再拖了几日。等到赞松心急如焚，她才授意诸臣与西戎使团商谈两国盟约。

马球赛后，赞松就察觉出中原对使团的态度日渐冷淡。他几度试探，中原的官吏却总是顾左右而言他，令他深感不妙。就在他心慌意乱的时候，中原却突然表示了和谈的意愿。这无疑让赞松喜出望外。经过前次之事，赞松谨慎了许多，就算中原提出西戎放弃南蛮这样的苛刻条件，他也没有动怒，只是含糊表示，此事需要慎重考虑。

赞松自以为手腕高明，却不知这正是姚潜和陈守逸希望看见的局面。

因为中原在南蛮问题上的坚持，两国和谈暂时陷入僵局。这就给西川创造了活动的机会。在韦裕的精心操控下，中原和西戎商谈的内容很快就泄露出去，并通过边境传到了南蛮王廷。

此前西川一直积极与南蛮接触，可是南蛮一直表现得举棋不定，从来不肯给出明确的答复。得到中原和西戎竟想瞒着他们进行谈判的消息，南蛮可谓朝野震惊。

虽然这次先提条件的是中原，但南蛮与中原从未缔结盟约，因而南蛮君臣对于中原并没有太深的怨恨。西戎和他们却是同盟，甚至此前西戎入侵中原，还数次要求南蛮调兵。以西戎和南蛮的关系，西戎对中原的要求竟没有断然回绝，反而暧昧地表示可以考虑，已经足够让南蛮心寒了。

韦裕感觉到南蛮的动摇，加紧了对他们的拉拢示好。虽然南蛮对与中原结盟之事仍有顾虑，但他们很快就明确表示，不会再助西戎侵扰中原。

这无疑为西川收复维州提供了便利。暂时解决南蛮的问题后，陈守逸正式授职，出任西川监军。得到任命不过数日，他就与姚潜一道启程离京了。

因他是跟随徐太妃最久的人，又是第一次离京任职，徐九英特别给他脸面，亲自送他启程。

除了她，陈进兴也来为养子饯行。

不过见着太妃和陈守逸送别的情形，陈进兴顿时有种他完全没必要来的感觉。这一路上，完全是陈守逸一个人在说话，根本没旁人插嘴的余地。大到朝政的种种门道，小到什么季节该用什么薰香，他都事无巨细，不厌其烦地向徐九英反复交代，听得陈进兴无比气闷。

他收养陈守逸的这些年里，也就最初两年享受过养子这么无微不至的关怀。在陈守逸打消了报仇的心思后，他就日渐懒散。平日里别说殷勤侍奉，少和他这养父顶两回嘴都算是恭敬了。

儿子白养也就罢了，偏偏徐太妃看上去还不怎么领情。她一开始就听得心不在焉，最后更是不耐烦地说："这么多事我哪儿记得住？"

陈守逸也不生气，笑眯眯地道："没关系，奴婢都写下来，交给三娘了。"

徐九英瞪他："那你还和我啰唆这么多？"

"奴婢这不是不放心嘛。"

陈进兴在旁边听得直摇头。他面前的清高少年，到别人那儿却这么卑躬屈膝，真是让人不痛快。

徐太妃毕竟身份贵重，再怎么惜别，也不能送到宫外去。遥遥望见宫门的时候，她就止步，对陈守逸道："我就送你到这里吧。路上小心。"

陈守逸应了，郑重向徐太妃下拜，起身后又问："太妃可还有什么要交代的话？"

"我没什么话了，"徐九英看了陈进兴一眼，笑着道，"不过我猜你们父子分别，定然有话要说，就不耽误你们了。"

她做了个请的手势，自己带人走到一旁稍作休息。

陈进兴确定徐太妃走出了能听见他们谈话的距离后，才痛心疾首地说："看看你这没出息的样子。几时见你对为父这么用心过？"

296

陈守逸笑嘻嘻道："父亲那里又不缺人伺候。"

陈进兴冲徐九英的方向抬了下脸："她难道缺人伺候？"

陈守逸有点不好意思："当初可不是现在这样的光景。如今虽说不缺人了，可这习惯也没那么容易改。"

"行了行了，"陈进兴摇头笑道，"谁让我和你是父子，还能真和你计较？快走吧。"

陈守逸却又沉默了一阵，小心翼翼地开口："我走之后，是不是可以请父亲……"

陈进兴知道他想说什么，颔首道："为父的利益和她早就绑在一起了。你便不说，我也会照应她的。放心去吧。"

得他允诺，陈守逸神情有所舒展。不多时宫门缓缓开启。

门的另一边，姚潜一行人已等候他多时。

看见陈守逸走出来，姚潜含笑上前与他见礼，并亲自牵了一匹马给他。

陈守逸上了马，却没有立刻动身。犹豫片刻，他仿佛下定了决心，掉转马头，驰回到徐九英身边。

徐太妃这时正客气地和陈进兴叙话，听见马匹嘶鸣，抬头看见陈守逸又跑了回来，微微不解："怎么了？"

"有句话，奴婢想对太妃说很久了。"

陈进兴在旁听见，不禁皱眉。难道养子因为离别，打算把不该说的话都说出来？

徐九英却不觉有异，温和道："有话就快说吧，别误了行期。"

陈守逸一脸严肃地对她道："晚上不要往脸上抹那么多粉。也不知道太妃从哪里学来的，这法子根本不可能养颜，还容易吓到别人。"

陈进兴万料不到听见的是这么一句话，虽然知道不应该，惊愕之下还是忍不住笑出了声。太妃身边的宫女、宦官也都一副忍俊不禁的表情。

徐九英脸上有些挂不住，跺脚道："要你管！"

陈守逸展颜一笑。离开之前，他最后深深看了她一眼，用清润柔和的声音说："保重。"

从采女的时候起，陈守逸就一直陪伴徐九英左右，并在她往上攀爬的过程中给予了极大的帮助。

没有陈守逸，她绝对学不会宫廷中微妙复杂的关系，也适应不了那么多烦琐的礼仪。他离开之后，徐太妃忽然发觉她有点不适应没有陈守逸的生活。碰到事情，当她习惯性地回头征询陈守逸的看法，却发现身后空空荡荡的时候，竟然有些茫然。

因此，接替陈守逸的宦官她怎么都觉得看不顺眼。人长得又黑又胖就算了，脑子还不好用，总要她说两三次，他才听得懂她的意思。哪像陈守逸，一个眼神就能明白她的意思，还会为她把不足的地方一一完善补足。陈守逸才走了不到两天，徐太妃就开始后悔听信姚潜的挑唆，把她用得最顺手的人给放走了。

这日小藤服侍徐九英晚妆，照例打开粉盒，要为她涂粉。谁料徐太妃坐在镜前，忽然想起陈守逸临走时的嘱咐，恹恹地冲她摆了下手："今天就算了。"

小藤虽然惊异，却不敢违背她的意思，顺从地关上了妆盒。她跟随太妃的时日不短，瞧出徐九英这两日情绪不高，正想说几句话逗她高兴，外面却传来了颜素请见的声音。

小藤看向徐九英，见她脸上也有诧异之色。不过徐太妃对颜素向来宽容，很快就道："进来吧。"

她示意宫女开门。片刻后，颜素就捧着一个大托盘走了进来。

"三娘这是……"徐太妃看着她手里的托盘，更加疑惑了。

颜素将托盘放在妆台上，笑着说："陈守逸走之前交代的事。奴婢这是奉命伺候太妃晚妆。"

"晚什么妆啊，"徐九英没好气道，"走之前他还取笑我，要我晚上少涂粉，又把你叫来干什么？"

颜素微笑道："铅粉确实不宜多用，临卧之时更应少沾。其他养颜的面方却不必如此忌讳。奴婢就知道一些润肌的方子，今日特来与太妃一试。"

徐九英听她如此说，也有了些兴趣，便任由她摆弄。

颜素让小藤取来水，请徐九英用丁香、皂角、檀香等物磨制的粉末净面。之后她将蒸熟的杏仁及落葵子粉，混以极少许的冰片、滑石、轻粉，再用牛乳、鸡蛋清调匀，在徐太妃脸上敷了大约一刻钟，然后让她洗去。最后颜素又挑了一点用各色花露和猪胰调制的面脂，在掌心化开，涂抹在她脸上。

做好以后，徐九英对镜自照，摸着细滑的脸庞，点头承认："这法子的确清爽得多。你从哪儿学来的？"

颜素正取出香丸，加入炉中焚烧，闻言笑答："这是家慈以前教奴婢的，这几个月又拿出来和陈守逸参详过，由他做了少许改动。今日用的这助眠的香丸也是他走之前亲手调配的。"

"我倒忘了，"徐九英笑道，"他原是懂这些的。"

颜素听了，却有些犹疑。她抬头环顾一圈，见小藤她们都退了出去，便小声道："太妃这么多年就没觉得奇怪？"

"奇怪什么？"徐九英问。

"陈守逸怎么会精通这些东西？"

自从得知陈守逸的身世，颜素就对他有浓厚的兴趣，总想探他的底细。可是越观察，她对陈守逸的疑惑越多。熟知军政也就罢了，他怎么连女人的琐事都了如指掌？按杨定方教养杨翌的路子，他应该没怎么在脂粉堆里厮混过，如何能知道得这么清楚？

"他们这些宦官本来就是伺候别人的，"徐九英不以为意，"陈守逸就是学过也不奇怪啊。"

颜素觉得并不是这样简单。陈守逸这些时日的举动她都看在眼里，心里早有猜测，几番欲言又止，她终于还是没忍住，小心翼翼道："奴婢是觉得，他对太妃的事总是格外上心……"

徐九英何等聪敏，听了她这吞吞吐吐的语气，转转眼珠就猜到了她的想法，笑着说："三娘该不是以为陈守逸对我有意思吧？"

颜素犹豫了一会儿，轻轻点了下头。这是她认为最合情理的解释。

徐九英从微笑变成大笑，最后笑得滚到榻上："怎么可能！"

颜素对她的反应十分不解，愕然问道："太妃为什么觉得不可能？"

"当然不可能了，"徐九英坐起来，一边抹着笑出来的眼泪一边道，"他可是亲口说过，绝不可能喜欢上我这种人的。"

颜素大吃一惊："他这么说过？"

徐九英道："我骗你干吗？是我刚认识他的时候吧。他那时说就算他是正常的男人，喜欢的也必是个知书识礼的女子，绝不可能是我这么粗鄙的人。有一阵我还以为他喜欢的是三娘你呢。"

颜素低头不语。她阅世毕竟深过小藤等人，在旁边看了这么久，多少看出陈守逸对待徐太妃的态度与其他人大为不同。她也不像其他人那样，认为宦官没有男女之情。徐九英的心思她摸不太透，但她十分肯定陈守逸对徐太妃的感情。谁知她随便一试，徐太妃竟然给出了这样一个答案！

颜素相信徐九英不会对她说谎，陈守逸应该是说过这些话的。只是她原本已经笃定陈守逸暗暗恋慕太妃，可听徐九英这么一说，却又有些不确定了。陈守逸到底是出于什么原因，又是在什么情况下，才说得出这种话？

徐九英见她一脸深思之色，不免失笑："怎么，三娘还不相信啊？"

"当然不是，"颜素掩饰道，"奴婢只是见陈守逸对太妃如此体贴，故而有些好奇罢了。"

"他对谁不体贴呀！"徐九英嗤笑，"也幸好他是个宦官。这要是个男人，可不知得祸害多少良家女子。"

"哈啾！"驿馆内的陈守逸一连打了两三个喷嚏。

"中贵人不是着凉了吧？"姚潜关切地问道，又顺便起身把敞开的窗扇关上。

"总觉得是什么人在背后议论我，"陈守逸揉了揉鼻子，笑着说，"奴婢没事，都使继续吧。"

姚潜挑了挑灯芯，才继续指着书案上的地形图，为他讲解西川的布防。

陈守逸听得不住点头。等姚潜的讲述告一段落，他就笑着夸赞："都使到西川不过一年，已有如此建树，实在让人佩服。当初都使因三娘子之故离京，奴婢还颇觉可惜，没想到却是为西川送去了一员猛将。"

姚潜赧然："过去之事，监军休要再提。"

"也许这话不该奴婢问，"陈守逸笑道，"不过都使和三娘现在是怎么一个情况？"

姚潜垂目片刻，旋即自嘲一笑："三娘子对某避之不及，想来姚某还未入她法眼。"

"那都使对三娘可还有意？"陈守逸问，"若都使痴心不改，奴婢倒是愿意为你们说合。"

"这……"姚潜搔头，"不怕监军笑话，其实某现在也很困惑。"

陈守逸挑眉："哦？这是何故？"

姚潜笑笑："某想监军应该知道某与三娘子相交的经过。"

陈守逸点头："有听三娘提过。"

300

姚潜缓缓道："某确实对三娘子诗句中所表现的才情、风骨十分钦佩，因而这些年一直念念不忘。上元节时，某以为终于有缘与颜三娘子相见，当时心中的确欣喜不已。可是后来却发现她并不是颜三娘。及至后来在宫中见着真正的三娘子，某却越来越迷茫。某见到的三娘子和诗句中的三娘子并不是同一个人。某也是到这时才发现，其实某对三娘子一无所知。这些年姚某仰慕的究竟是颜三娘子，还是某想象中的佳人？"

陈守逸听完却似有所触动，叹息道："难得都使能这样自省。"

"让监军见笑了，不过是某胡思乱想而已。"姚潜笑道。

"不，奴婢很佩服，"陈守逸语气诚恳，"这世上总有很多自作聪明的人，觉得什么都看得明白，到头来却发现连自己的心意也可以弄错。若他当初能像都使这般认清自己，应该能少吃很多苦头吧。"

姚潜对他话中之意似有不解，又看陈守逸似有消沉之意，便不欲再继续这个话题，转而说道："儿女情长终是小节。男儿在世，还是该建立一番功业，方才不枉此生。"

陈守逸失笑："奴婢只是个宦官，并无都使的宏志。"

"监军此言差矣，"姚潜正色道，"事在人为。谁说宦官就不能建功立业？"

陈守逸苦笑："奴婢要这功业又有何用，难道还能传诸子孙？"

姚潜一怔。宦官注定没有后嗣，立再大的功，受再大的封赏，也无法传给自己的血脉。他神色微黯，想要安慰几句，却又不知从何说起。任何的言辞，在此时都显得苍白无力。他几番张口，始终无法吐出一字。

反是陈守逸瞧出他的尴尬，自己笑着圆场："都使志存高远，奴婢十分感佩。只是人各有志，奴婢求的不过是一个人的平安喜乐而已。"

姚潜心里微微一动："不知监军所说之人，可是我中原的子民？"

陈守逸不意他有此一问，愣了一下才轻声笑道："除了赞松，奴婢也不识得什么戎狄了。"

姚潜也猜他会如此回答，微笑续道："某无意追问此人是谁，但既是中原子民，你我便有护卫之责。国境安宁，人人才得平安喜乐，监军说是不是？"

陈守逸一怔，随即舒展了眉宇。他站起身，对姚潜深深一揖："谨受教。"

第二十二章
维州

　　一路疾驰，姚潜一行人在数日以后抵达成都府。

　　西川节度使韦裕对姚潜京都之行的结果十分满意，得信亲自相迎。一入使府，姚潜便热情地把陈守逸引见给了韦裕。监军使代行朝廷监管之职，韦裕不敢怠慢，殷勤上前见礼。

　　在姚潜和张维的积极沟通下，韦裕和陈守逸在此之前已大致了解过对方的履历。此时相见，两人不免互相审视。

　　剑南西川节度使韦裕出自京兆韦氏，现年四十七岁，历任华州参军、使府监察御史、营田判官、殿中侍御史等职，于元德二十三年拜检校户部尚书，兼成都尹、剑南西川节度使。虽已年届不惑，韦裕的姿容仍然称得上出众：方额广颐，精心修饰过的美髯和挺拔的身形，正显示出一方大员应有的威仪。

　　相比之下，陈守逸的经历不免失色。不过他眉清目秀，仪态翩翩，也让韦裕颇为意外，觉得此人不似寻常宦官。

　　姚潜原有些担心节度使与监军会有不和，见他两人对彼此的初次印象都还不错，暗地里松了口气。

　　不过陈守逸久未远行，终究不比姚潜等人，连日奔波之后略显疲态。韦裕察言观色，稍微寒暄几句就着人带他去馆舍休息。

送走陈守逸，韦裕才有机会和姚潜叙谈。虽然姚潜在京时，和西川的书信从未中断，但出兵之事千头万绪，就算频繁传书，也仍有隔靴搔痒之感。且姚潜离京前已和朝廷议定出兵之期，深感时间紧迫，因此婉拒了韦裕稍作休息的提议，要求立刻开始奏事。

韦裕只稍作考虑，便将他请入了私室。

因是单独对谈，许多讲究都可免去。这无疑是韦裕体贴之处。姚潜坐下后略进了些食水，便把都中见闻以及争取朝廷支持的经过向韦裕一一道来。

韦裕听完，颇为感慨："虽然早知你此行必定不易，但没想到还要你以身犯险，和戎人对抗。若是球赛之时有个不测，西川岂不是要折损一员大将？"

姚潜笑道："幸而不辱使命，说动朝廷收复维州，否则当真无颜来见西川诸位同僚。"

韦裕一笑，却又关心起另一件事："和你同来的这位陈监军……"

姚潜立刻道："此事是某自作主张，请求太后临时换人。明公若是觉得不妥，某甘愿领罚。"

韦裕抚须笑道："知道峰鹤是一心为西川打算，我又怎会怪罪？不过，你刚才说他是徐太妃的人？"

"是，"姚潜回答，"太妃对他很是倚重。此外他还是神策左中尉陈进兴的养子。"

这消息让韦裕又喜又忧："若他肯与西川合作，这身份自是极大的便利。可是若一个不慎，开罪了他，他和徐太妃、陈中尉的关系反而会成为西川的阻力。"

"某正是担心监军擅权才向徐太妃要了此人，"姚潜道，"一来太妃为西川出力不少，此举可向太妃显示西川投桃报李的诚意；二来若他真的与西川不睦，我们也可以通过太妃牵制他。不过就某观察，此人倒是颇识大体，并非跋扈之辈，才干、人品也都可以信赖，应当不至出现那样的情形。"

韦裕点头："那就好。起居饮食方面，我会让人特别关照他。"

姚潜略微迟疑，随即吞吞吐吐道："关于这一点，某其实有些不同的想法。"

"哦？"韦裕温和道，"说来听听。"

"某觉得，是否可以安排他在军中和将士们同吃同住一段时间？"

"这如何使得？"韦裕大吃一惊，断然否决。

监军背后是朝廷，权威尤胜于节帅，怎能如此慢怠？

姚潜忙道："明公莫急，听某细细道来。此次出兵虽以西川为主，却并非一镇之事。兵马、粮草、军械都需要朝廷调度支援。若是朝廷中途有所动摇，拖延本来答应好的物资，必然影响前线战事。某想监军既是明理之人，不妨多让他参与西川事务。他参与得越多，越容易理解西川的立场，将来向朝廷奏事，也会更愿意站在西川的角度考虑。就说催要钱粮之事，把他放在军中，军士们的每日消耗，他看得到，查得明，又怎会不知朝廷及时拨付的重要性？他背后又是徐太妃和陈中尉，足以左右朝廷的态度，岂不是比我们自己斡旋容易得多？"

韦裕思忖片刻，颇有欣慰之色："这上面确是峰鹤考虑得周到，看来这一年着实长进了不少。"

刚来西川时，姚潜处事还稍欠圆融，如今却已独当一面，足以托付大事了。

"某也是受他人启发。"姚潜笑道。

姚潜善于自省。来西川前他就被徐太妃震惊过一次，这次又见陈守逸设计赞松，难免重新思考自己的做事方式。以后自己行事是不是也应该更灵活一些？

"就按你的意思做吧，"韦裕笑着作出了决定，"不过监军自有官署，让他和将士们同吃同住，就做得太明显了。我看你多带他走动走动也就是了。我这边也会配合，以后但凡议事，我都会尽量请他列席。希望他真如你所说，是个明理之人。"

韦裕比姚潜老道，想得也更深远。坐到他这位置，再想往上升就只能入朝。不管愿不愿意承认，朝中北司对南衙的压制已是既定的事实。要在朝中有所作为，须得慎重处理和北司的关系，至少也得留一点回旋的余地。西川这位监军年纪虽轻，却已有徐太妃、神策中尉为其后援，若是再有成功收复维州的功勋，日后前程必是不可限量。于公于私，他都应该与此人维持密切的关系。

姚潜也觉韦裕这建议甚是妥当，欣然领命。

休整两日之后，陈守逸走马上任，立刻就接到了无数邀约。

任职于使府的官吏对他都很热情，常常邀请他一同出游。节度使韦裕对他也极尊重，不但大事小事都特意和他说明，有时议事时甚至会请他去旁听。

陈守逸觉得这情形略有些怪异。虽说监军权重，但也不至事事都要参与。如今一些节镇巴不得监军什么都不管才好。何况各级文武官吏，虽然不少惧于宦官权势，也往往只是表面恭敬，心里还是看不起他们。西川这些人如此折节下交是为何故？

"想必是他们仰慕监军人品，故而倾心结交。"陈守逸向姚潜询问时，得到这样的回答。

陈守逸失笑："奴婢有什么人品值得他们仰慕？"

"监军过谦了，"姚潜微笑道，"西川饱受戎人侵扰，提起西戎，哪个不是咬牙切齿？光是监军马球赛上力克戎人这件事，就足够他们钦佩了。"

"三球全是都使一人所进，奴婢有什么值得夸耀的？"

姚潜正色道："话不是这么说。击鞠不是一人之事。若无监军相助，某一个人也对付不了他们。说到也巧，近来军中常有球赛，正好明日某要去查看军械的准备情况，监军可愿随某同往，给他们指点一二？"

姚潜虽然担任的是彭州兵马使，目下却包揽了西川大部分兵事。他一直怂恿陈守逸和他一起往各地军营里跑。陈守逸不免怀疑他是否在这些邀约中扮演了某种角色。可无论他怎么审视姚潜，后者都表现得泰然自若，似乎一点不心虚。

陈守逸到底没能拒绝姚潜的邀约，几日后就被他拖去了兵营。

姚潜在西川军中显然甚有人望。入营之后，遇到的所有兵士都热情地和他打招呼。陈守逸小时候出入过军营，能看出来这里的人都是真心敬爱姚潜。

"都使看来很受军士爱戴。"陈守逸评论。算来姚潜来西川也不过一年多，竟能建立如此威望，不由得他不服。

"军中流行击鞠，"姚潜笑言，"擅长此技的人很容易赢得他们的喜爱。我们先办正事。之后监军若愿意露上一手，某敢打赌，他们那时也会如此爱戴监军。"

陈守逸但笑不语。

姚潜没听到他的回答，偷偷看他一眼，见他面上并无抗拒之色，也就不多说了。

很快就有人来引他们去看军械。出兵在即，西川上下都在积极备战。维州地势险要，除了粮草，攻城器械便是头等大事。姚潜非常仔细地查看了这些器械、箭弩等物更是亲自试用，不时还与工匠探讨改进的方案。

他们聊得火热，陈守逸却只是冷静旁观。偶尔姚潜征询他的意见，他往往摇头表示不懂，再不就是微笑不语。姚潜也不勉强，继续和人讨论。

谈完了正事，姚潜才领着他走向球场。

比赛才刚刚开始，可是场上已经热火朝天。看见姚潜过来，看球的兵士们纷纷为他们让出道来。

击鞠不但讲求配合，对骑术的要求也极高，是以各军往往以此作为练兵之法。

陈守逸随姚潜看了一阵，觉得这日打球的军士骑术固然不错，但是控球却远不如宫中的马球供奉精妙。姚潜显然也察觉了这点，看完比赛后不住提点他们技巧。

兵士们都很佩服姚潜的球技，球场上尊卑并不分明，一听他点评便纷纷起哄，要他下场示范。

姚潜笑着转向陈守逸："监军可愿随某一显身手？"

陈守逸大大方方地回应："那就献丑了。"

姚潜朗声向众人道："就由我二人和你们比试一下吧。"

并不是所有人都听说了陈守逸对抗西戎球手之事，不少人看见陈守逸并不雄壮的身形，脸上都露出点疑惑的神色。这监军使看着文质彬彬，和他对阵似乎有些胜之不武？

偏偏姚潜还在旁边激将："先不托大，我与监军两个对你们四人。若我们胜了，你们再往上加人如何？"

此言太过狂妄，众人听了都鼓噪起来，大有不服之意。

姚潜却是毫无惧色，含笑看向陈守逸，从容做了一个请的姿势。

比赛的结果毫无悬念。姚、陈二人皆是此道高手，对于局势的判断都极精准，再加上前次已经有过磨合，这次配合更是十足默契。两人上场几乎所向披靡。对阵的人数也不出意外地由四人增加到六人。可是人数的增加依然无法阻挡他们的攻势。

这次球赛不同于和戎人的那一次。对阵的双方虽然也看重胜负，却并不敌视彼此，更不必担心有人暗害，因此赛事虽然热烈，气氛却十分轻松。

没有后顾之忧，陈守逸更显得挥洒自如。姚潜本是有意让陈守逸展露锋芒，因而并不像上次那样积极进攻，反而频频传球给陈守逸，为他制造机会。

在他的刻意配合下，陈守逸果然得心应手，连进数球。他的球风与姚潜迥异，极少与人进行力量对抗，而是灵活地使用技巧，神出鬼没，无孔不入，往往能从极刁钻的角度出手，让人防不胜防。姚潜的打法在场之人见过多次，俱已熟知。陈守逸这风格却是初见，且他还是个宦官，更让大家添一层好奇。看到精彩之处，众人也忘了计较姚潜之前的挑衅，纷纷为他们叫好。比赛尚未结束，陈守逸已收获了大量的好感。

姚潜知道陈守逸体力略有不足，并不想让他透支，见自己目的达到，也就叫了停。

众人意犹未尽，却不敢违背姚潜的命令。可是高手在前，大家到底还是按捺不住，等陈守逸走到场外，就把他团团围住，七嘴八舌地夸赞，也有几个人热切地向他询问控球的技巧。

陈守逸似乎不太适应被这么多人瞩目，面对他们时的神情甚是茫然。在他有意退缩的时候，却有人轻轻按了一下他的肩膀。陈守逸回头，却是姚潜。

"大家都很佩服监军的球技，"姚潜微笑鼓励，"还请监军不吝指点。"

姚潜发了话，陈守逸就不好拒绝了，只能针对大家的问询一一作答。姚潜看得出他有些勉强，不时为他补充两句。有他圆场，陈守逸尴尬略减，说话也顺畅不少。说到关键之处，姚潜又拉着他当场示范，引得众人赞叹不已。大约是被他们的热情感染，陈守逸神色渐渐缓和，话也越说越流利。

他本是玲珑八面的人，一旦适应这样的氛围，不但与诸人有问有答，还时不时和大家说笑。众人很快发现，这宦官不但球技高超，言语还很风趣，对他越发喜爱。虽然有人问他何处学艺的时候，他语焉不详，不过大家对这样的含糊其词也不甚在意。反正宫中高手很多，他私下拜过师也说不定。

姚潜对于今日的成果非常满意。他带陈守逸来，就是为了让他和大家打成一片。试想他与西川将士朝夕相处，日后西川需要他支持的时候，他还能无动于衷吗？

"都使故意的吧？"回程的路上，陈守逸问姚潜。

虽未明说，但是姚潜知道自己用心已经被他识破，便低笑一声，坦坦荡荡地承认："确是有意为之。韦公再三嘱咐不要做得过火，没想到还是让监军瞧出来了，看来某的功夫还是不到家。"

陈守逸心道果然如此，又微笑道："想必近日的邀约也是都使安排的了？"

他出身卢龙，又在宫中浸润多年，姚潜这点心思怎么瞒得过他？就算之前还有疑惑，适才姚潜在营中那么积极地怂恿，也足以让他获悉真相了。

"有一些是，"姚潜笑道，"另一些则是听某说过监军的事迹后，对监军十分好奇，因而想与监军结识。"

显然姚潜一回西川，就把他们和戎人的那次比赛四处宣扬，为他造势了。陈守逸哭笑不得，这姚潜看着一身正气，没想到内里也是一肚子的心机。不过此人虽对他用了机谋，却不是为了自己的私欲，姿态上也算得光明磊落，并不令人反感。因此陈守逸只笑着说："都使用意，奴婢已经尽知。收复维州不但是西川夙愿，也是朝廷根本利益所在，奴婢自会尽力，还请都使放心。"

这一路上姚潜明里暗里对他开解劝慰，又想方设法让他融入西川，可谓苦心用尽。他又不是木头，岂能感觉不到其中厚意？何况今日军中之行，也让他忆起幼年在卢龙的岁月。父亲第一次带他到校场看操演时的热血仿佛重新燃了起来。也许他这残破之躯还能做一些有益之事？

姚潜虽然不知道他具体的想法，但见他神色似有触动，便知自己计划成功。这位监军应该不会再借故推托，而会与西川同心同德了。

之后两人一路无言，骑行返城。行近使府的时候，却有一人匆忙而来，差点与他们撞上。

姚潜勒马，定睛一看，发现是使府一名参谋。因见其行色匆匆，他下意识地问上一句："可是出什么事了？"

那人看见他们，却露出一脸喜色："某正要去找陈监军和姚都使呢。韦公刚刚接到南蛮国主的信，说是南蛮愿恢复朝贡！"

南蛮虽已有意离绝西戎，但在对中原的态度上仍有些犹豫。韦裕一直在争取他们的支持。此言若是属实，确是一件大事。姚潜与陈守逸对视一眼，不约而同向使府行去。

韦裕得信激动不已。姚、陈二人被领进书室时，只见他在室中搓着手来回踱步，显然兴奋得难以自抑。

"二位想必听到消息了？"见到他们，韦裕眼睛一亮。

陈守逸和姚潜一起点头。

"西戎入寇，常以南蛮为前锋，"韦裕喜不自胜地说，"如今南蛮与西戎离绝，无异于斩断戎人臂膀。南蛮国主在信中说，近日便会遣使朝贡，与中原通好。"

姚潜也是一脸喜色："南蛮臣属西戎以来，与国朝断绝关系近二十年。今日复通，我们收复维州就更有把握了。"转头见陈守逸并无喜色，反而一脸深思，他不由得一怔，出声询问，"监军莫非觉得不妥？"

陈守逸笑笑："这确是喜事。不过奴婢尚有一言，不知……"

韦裕看出他有顾虑，连忙道："监军但讲无妨。"

陈守逸这才慢慢开口："奴婢想，南蛮朝贡之事是否可以暂缓？"

"哦？敢问这是何故？"韦裕十分惊讶。

"西川出兵攻打维州，无论成负，都会引来戎人报复。"陈守逸道。

韦裕点头。之前朝廷一直犹豫不决正是为此。这也是西川积极备战的原因。

"虽说我们并不惧怕戎人，"陈守逸道，"但如果可能，还是应尽量减少己方伤亡……"

他尚未说完，姚潜已想明白其中关节，拊掌赞道："监军又有妙计！"

韦裕看看陈守逸，又看看姚潜，依旧满脸疑惑。

"明公刚刚不是说，"因此计实在太妙，姚潜解释时一直强忍笑意，"西戎大举入侵中原，多以南蛮为前锋。以戎人的作风，这次想来也不会例外。陈监军的意思是，暂且隐瞒南蛮与我们结盟的事。若西戎要求南蛮出兵，不妨让南蛮应下。待两国联军兵临城下之时……"

"反戈一击，戎兵自溃。"陈守逸言简意赅地接话。

韦裕禁不住拍案叫绝："果是妙计！"

戎人绝想不到南蛮会临阵倒戈，到时必然阵脚大乱。中原、南蛮再一合兵，必能大胜！韦裕越想越是兴奋，忍不住夸赞："此战若捷，监军应算首功！"

"韦公谬赞了，"陈守逸微笑道，"励精图治，操练兵马的是阁下；争取南蛮，打开局面的还是阁下，奴婢不过稍作改动，何功之有？"

韦裕正要开口，却是姚潜插话："二位就别你推我让了，日后自有论功的时候。我们还是先说正事要紧。监军此计虽妙，但若是没有南蛮的配合也无济于事。某以为，明公应该立刻遣使，游说南蛮。"

这却有些繁难。要说动南蛮，派遣的人必要能说会道，但又不能过于油滑，分量也不能太轻。韦裕的目光在姚潜和陈守逸之间游移。这两人倒是都有能力，可是出兵在即，姚潜分身乏术，陈守逸却是个宦官。虽说宦官权高位重，但要代表中原出使，却还是不够体面。

姚潜观察韦裕神色，猜到了他的顾虑，可这件事上他也不便开口，便保持了沉默。倒是陈守逸主动说："明公若是不弃，奴婢愿承担此任。只是奴婢这身份，怕是有些不便。还请使君另择正使，奴婢为副，于南蛮的面上也就过得去了。"

这几句话解决了韦裕的难题，令他大喜过望："如此就有劳监军了。"

正使很快择定，乃是使府一名判官。陈守逸很快随他启程前往南蛮。也不知他是怎么谈的，南蛮一口应下西川的提议。不过在成都的韦裕和姚潜都很清楚，南蛮虽然答应了他们的条件，最终是否出兵却取决于他们首战的结果。不待陈守逸一行回返，西川的兵马就出动了。

永庆二年六月，西川兵分三路挺进维、松等州。姚潜亲率兵马五千，进逼维州城。

因使团仍在与中原商谈会盟之事，西戎并未料到中原突然出兵，被打了一个措手不及。西戎守将虽也英勇奋战，却终不及西川有备而来。开战不久，西川军就击溃数万戎军，斩杀逾万，俘虏六千。八月中旬，维州宣告收复。

中原背盟令西戎大为震怒。很快，南蛮就接到了戎人出兵的请求。陈守逸抓紧时间，与南蛮定下了计议，然后返回西川。

不想才入西川境内，他就听闻了一个重大消息：神策右中尉余维扬在京中遇刺重伤。

已近立秋，但是川蜀一带仍有暑热残留。庭前矮树茂密葱茏，枝叶的缝隙间不时传来几声蝉鸣。使府接山泉活水，引入窗下一处深潭。飞落的流泉带来潺潺水声。敞开窗扇，凉风徐来，举目可见碧空如洗，远山苍翠。

然而此时的节度使韦裕并无心思观赏这幽远宁静的景色。他谨慎地注视着眼前风尘仆仆的青年宦官，等待他先开口。

一到成都，陈守逸就直入使府请见。

韦裕得知余维扬遇刺，十分震惊，也和幕僚讨论过此事。奈何西川真正熟悉京中局势的人不多，最了解京城动向的姚潜又正领兵在外，商议半天也没得到什么头绪。知晓陈守逸返回成都，并前来使府求见时，韦裕欣喜不已，立即请他入书室详谈。

神策中尉在京中遇刺绝非小事。韦裕看陈守逸脸上颇见疲态，就知他定是

310

得到消息后一路快马加鞭赶回，恐怕连稍作休整的时间都没有。

　　韦裕向来体恤他人，并不急于问话，而是先让家仆为陈守逸送上饮食。只是陈守逸看上去没什么胃口，几乎没怎么动那些吃食，只不停喝着面前冰镇过的蔗浆。韦裕见状，忙让侍婢再添。连饮三杯之后，陈守逸似乎缓过了气，开始向韦裕仔细询问经过。看过张维的亲笔信后，他才揉着眉心道："此事确实蹊跷。余氏几代侍奉宫廷，自有一套行事规则，轻易不会得罪人。余中尉虽然不似奴婢养父这般长袖善舞，却仍是个有分寸的人。这么多年他只与窦怀仙有过仇怨。奴婢一时也想不出什么人会针对他。"

　　余维扬和窦怀仙交恶还是徐九英为了方便行事，让先帝刻意挑拨的结果。若非着意引起他们内斗，两人也还到不了水火不容的地步。

　　"那……"韦裕小心推测，"有没有可能是窦怀仙的余党？"

　　陈守逸一凛，若是窦氏余孽，他们会不会对太妃不利？

　　韦裕见他脸色陡变，连忙问道："监军可是想到了什么？"

　　陈守逸只是被突然冒出的念头惊住，细思一阵之后，他稳住心神，摇头否认："不像。"

　　不同于其他宦官，窦怀仙自恃才干，为人傲气，向来不屑于做收买人心的事。即使他曾经有过几个还算忠诚的手下，也早就被陈进兴策反。窦怀仙余党作乱的可能性不是没有，但是实在太低。

　　思虑良久，他才又开口："奴婢记得，负责今年秋防的人正是余中尉？"

　　戎人不惯蜀地湿热，往往等到秋高气爽之时才会大举东进。此次中原收复维州，西戎必会有所行动。朝廷因此特别重视今年的秋防，不但西川、凤翔、朔方等镇严阵以待，还计划从神策行营大举调兵，加固防线。

　　"正是，"韦裕点头，"某如此焦急也是为此。这么紧要的关头，竟然出了这样的事，只怕会影响我们的布局。"

　　陈守逸沉思一阵，缓缓开口："明公觉得，西川这次若是失败，谁会受益？"

　　"受益？"韦裕惊奇道，"维州不复，边境不宁。国朝受制于戎狄，谈何受益？"

　　"奴婢换个说法，"陈守逸道，"维州的位置极为重要，的确没人会因为收复失败而真正获益。但是对某些人来说，更重要的问题不是能不能收回维州，而是由谁收回。"

这么一说，韦裕就明白了，接口道："听说太后在朝臣中的威信一直不足。这次出兵由太后主导，若能成功收复失地，想来足以让她立威。监军的意思是，有人不愿意见到这样的局面，因而蓄意破坏朝廷的计划？"

"京中不是没有这样的人。"陈守逸道。

韦裕有片刻沉默，然后轻声说："赵王？"

"只是猜测，"陈守逸道，"不过正如明公所言，如此紧要的关头，实在不能冒任何风险。宁可错杀，也不可放过。奴婢会向京中去信，请太后太妃防备赵王。也请明公修书张公，让他密切留意京城的变化。"

显然京中也有与陈守逸看法相同的人。

原本战事进行顺利，太后和徐太妃都很高兴。虽说现在她们暂时掌握了主动，但两人都心知肚明，朝臣对于妇人执政始终有些微词。有了收回维州的功绩，重臣们以后就不敢再轻视她们了。本来已胜利在望，忽然横生波折，不能不让徐九英焦躁。

"这叫什么事啊！"一听到出事的消息，她就赶来和太后商量对策。

和徐太妃相比，太后却显得颇为沉稳："收复维州风险不小。我原也没指望能一切顺遂。这次他们能迅速地攻克维州，已远远超出我的预期。不过是一点意料之外的情况罢了，你不要自乱阵脚。"

话虽这样说，徐九英还是有些心浮气躁，拿着团扇快速地小幅扇动："关键是谁会对余维扬下手？太后说会不会是……"

太后立刻读懂了她的暗示，轻微地点了下头："刺客身份已经在查，一有结果，我就告诉你。苑城那边……我早就派人盯着了。"

徐九英听说太后已有所准备，稍稍心安，转而关心起另一件事："余维扬那边，我们是不是也该表示一下？"

"已派医官为他诊治，又赐了许多东西给他。"太后道。

"光是送点东西不够吧？"徐九英把扇子抵在下巴上，眼睛眨也不眨地盯着太后。

太后察觉到她的期待，转眸看她："你难道想……"

"余维扬虽然暂时听我们指挥，但是还不能算自己人。这次他受伤，是送上门的机会。我们亲自探望他，可不就显得我们很有诚意？"徐九英一边摇扇一边笑道。

太后见她果然在打这个主意，微微皱眉："这不大合适。"

国朝对宰臣一向礼遇，甚至还有君主为生病宰相亲手制作饮食的佳话流传。若是南衙重臣，这番举动也算合情合理。可是去探望余维扬就有点不伦不类了。宦官的权势再大，名分上终归是皇室家奴。关怀大臣是礼贤下士，可对一个宦官如此关切却是有失体面。

徐九英打量太后神情，猜到她有顾虑，转着扇子笑道："他是宦官不错，但是统领神策军的宦官，分量也不输给那几个宰相了。现在都什么时候了，还讲究姿态好不好看？余维扬虽然没和我们冲突过，可也一直没向我们交底，正好该趁这机会和他拉拉关系。"

"我不是放不下身段，"太后道，"而是担心我去了，文臣们会有想法。"

这些年南衙北司一直不睦。余维扬虽和南衙重臣关系尚可，但终究隶属北司。她若对此人表现得太过关切，众臣不免会疑心她是否对北司有所偏向。

这倒不能不虑。徐九英想了一会儿才说："这么说的话，太后去确实不合适。不过我就没这么多讲了。反正旁人眼里，我从来也不是什么识大体的人，去了也不丢朝廷的脸。"

太后觉得有理，也就不反对她私下探望余维扬的举动了。

有太后首肯，徐九英的车驾很快就出了宫，驶向余维扬在京中的私邸。

元宗以来，宦官权势渐重。自那以后，宦官娶妻之风日益兴盛。不独娶妻，宦官们多半还会收养子女。待这些子女长大，又往往相互通婚。几代延续下来，竟然形成不少宦官世家。余维扬便是出自这样的家族。

因为太妃驾临，余维扬的家眷不免要出来拜见。当先一人便是余维扬的妻子程氏。

程夫人四十多岁的年纪，五官倒还端正，只是脸颊少肉，显得颧骨有些高。她身形过于瘦削，并不符合时下审美，不过身上的衣着却是十分考究。想是余维扬重伤之故，她身上没有佩戴任何首饰。

这位夫人跟随余维扬日久，也见过不少大场面。听闻徐太妃亲至，她领着余家子女出来迎接的时候非常镇定。见程夫人行礼，徐九英忙亲自扶她起来，要她不必多礼。等她起身，太妃先仔细打量了一下程夫人，又扫了一眼她身后这十来个孩子。里面有男有女，最大的已经十五六岁了，最小的才不过六七岁，都很规矩地跟着养母。

313

徐九英对于宦官娶妻的风俗向来嗤之以鼻。然而世风如此，她一时也无力改变。只是她对这几个孩子，尤其是几个女童，不免有几分同情。余氏喜和其他宦官通婚扩大自己势力，这些孩子怕是很难嫁到正常的人家。察觉到徐九英打量几个孩子的目光，程夫人只道太妃嫌他们失礼，忙呵斥他们上来拜见。

徐九英为人通透，极快掩饰好自己的情绪，客气地让他们不必多礼，又命人给他们一些赏赐。程夫人这才放心，领着她向内宅走去。

因为余氏经营数代，又在宫中世居高位，实力雄厚。余维扬又是他们这一代的佼佼者，所居的这处私宅自然极有气派。徐九英这一路走来，只见这宅子占地极广，亭台楼阁一应俱全，雕梁画栋，富丽堂皇，精细程度比皇宫也不差什么。

不多时，程夫人就将她领到余维扬所居院落。余维扬虽然伤势颇重，但并未伤及要害，且救治及时，已经没有生命危险了，只是要卧床休养一阵。看见程氏领着太妃进来卧房，他连忙让婢女扶他。

徐九英看他似乎想挣扎起身，急忙上前两步，亲切地笑道："中尉有伤在身，就不要多礼了。"

余维扬本也只打算做个样子。徐太妃发了话，他就顺势在程夫人搀扶下躺回榻上，有气无力地说："伤势未愈，有失礼仪，还请太妃恕罪。"

徐九英观察余维扬。他伤在胸腹，半掩的衣襟下隐约能看见层层缠绕的白布绷带。她心里有数，余维扬方才那番作态是特意给她看的。不过他脸上毫无血色，且躺下时因为牵动伤口，疼得连抽冷气的模样也不像是假的，估摸他的伤势的确不轻。

"受了伤就不要讲究这些虚礼了，"徐太妃和善地开口，"好好躺着吧。"

"不过是些许小伤，竟然劳动太妃亲自探望，某实在惶恐。"余维扬道。

徐太妃温和地笑道："这话就不对了。你看你都成这样了，怎么还能说是小伤？我和太后可都指望着你呢。听到你受伤的消息，我们急都急死了。我想着在宫里干坐着也不是办法，总要亲眼看你无事才好。太后本也想来，但是你也知道，自打西川出兵，她那边的事总是忙不完，实在是脱不开身，只能打发我一个人来了。不过她很记挂你，托我给你带了不少东西，都是给你补身子用的。"

她一边说，一边示意内官呈上礼单。

314

听闻太后有赏赐，余维扬连忙又要起身，却被徐九英一把挽住："又起来干什么？躺下躺下。"

余维扬在她坚持下又躺了回去。这么一来一往，不免又触动伤口，疼得他脸都扭曲了起来。

徐太妃见状叹道："你再这么多礼下去，倒显得我来瞧你是添乱了。"

"太妃说哪里话？"余维扬抽着气道，"太后、太妃如此厚意，某又岂能不知感恩？"

徐九英见他答话艰难，便转而询问程夫人："医正看过以后怎么说？"

"说是没伤到脏腑要害，"程夫人回答，"不过失血太多，到底伤了元气，恐怕得养好一阵才行。"

徐九英听了不由得蹙眉，余维扬伤成这样，今年的秋防可怎么办？

"是某无能，"缓过气后，余维扬虚弱地接话，"竟让贼人有机可乘，还要劳动太妃操心。"

"不要这样说，"徐太妃很快神色如常，亲切道，"又不是你想伤成这样。我担心的是，你这一伤，神策军群龙无首，可如何是好？"

余维扬明白她的顾虑，小心道："这次秋防，可否由陈中尉代为主持？"

"这……"徐太妃面有难色。

陈进兴是她现下最大的倚仗，若非万不得已，她绝不愿把他调离京城。之前她向太后要求让余维扬负责秋防，也是出于这个原因。虽说都是神策中尉，但是陈进兴和她是绑在一起的，说是息息相关也不为过。余维扬和她可没这么密切的关系。

不同于窦怀仙，余维扬背后有一个势力庞大的家族，所以当时他并不必急于为自己找寻靠山。在局势明朗化之前，他一直小心保持中立，游离于各方势力之外。只有在窦怀仙一事上，他基于两人之间的私怨，选择了与太后、东平王这方合作。也许余维扬觉得自己不偏不倚，可在徐九英看来却是另外一回事。

小皇帝乃是正统。起初他们母子势单力薄，余维扬明哲保身也算情有可原。她都把陈进兴推上神策中尉了，他竟然还不表明忠心，就不能不让徐太妃多心了。不来雪中送炭就罢了，连锦上添花都比别人慢了好几步，要么是这人不懂事，要么就是他另有打算。余维扬能到这个位置，说他不通人情世故，徐九英是绝不相信的。所以她虽有心拉拢此人，却又不能不保持一定的戒心。

315

"中尉手下可有能用的人？"踌躇一阵后，徐太妃才问道。

余维扬嘴角不易察觉地向下沉了一下，但他很快说道："倒也有那么一两个还算精强的人，只是他们资历不足，经验也浅，恐怕还压不住下面的军将。"

"那……"

徐九英一转眼睛，余维扬就猜到她想说什么，直接打断："武将乱政是国朝衰落之始。神策军乃是朝廷最后的兵力，万不可放权。"

这句话堵死了徐九英最后的退路。她想了一会儿，悻悻地说："这件事牵涉太广，不是我现在就能决定的，得先和太后商量。"

别人或许不晓，余维扬却对顾太后和徐太妃之间的消长心知肚明。如今的形势，只要徐太妃肯坚持，断没有她做不了主的情况。虽然明知是推托之辞，余维扬还是用通情达理的口吻说："这是自然。"

徐太妃被这话题弄得有些扫兴。现在显然不是她拉拢示好余维扬的时候。这一趟算是白来了。她不痛不痒地慰问几句，又和程夫人聊了一会儿后，便起驾回宫了。

程夫人殷勤地把徐太妃送到门口。等徐太妃的车驾驶出大门，她才返回余维扬居室，等他示下。余维扬似是精神了一些。他沉思一阵，似乎是下了某种决心，向程夫人轻轻点了下头。

程夫人会意，招来两个家仆，把靠墙而立的一扇屏风移开。原来这内寝的墙上竟然藏有一道暗门。

打开木门，里面是一间狭小的暗室。已有一人等候在内。显然在徐太妃到来之前，他就已经在里面了。

那人久在暗处，并不适应开门时突然射入的光亮。他伸手微微遮挡光线，过了一会儿才缓步走出来，却仍选择藏身在屏风后的阴影里。

"可试探出来了？"刻意压低的男声响起。

余维扬脸色阴沉："你说得没错。她们还是猜忌我。"

徐太妃刚才的态度明白无误地传达了一个意思，她信任的是陈进兴，只愿让这个心腹坐镇京师。

"能试探出她们的态度，就算没白费这番苦肉计，"那人轻笑，"也是当初中尉太过犹豫，没有及时决断。即使后来中尉援手，除去了窦怀仙，仍然无法取得太后、太妃的信任。不像陈进兴，早早搭上了徐太妃这条线，现在如鱼得水，平步青云，而且……"

"而且什么？"余维扬追问。

那人笑着续道："而且谁又能保证中尉不是另一个窦怀仙呢？窦怀仙那时可是向徐太妃投过诚的，最后不也被她毫不留情地舍弃了？焉知太妃执意把你调出京，不是存了什么别的心思？"

余维扬神色越发变幻不定。窦怀仙的下场他可是记忆犹新。

"阁下甘心吗？"那声音继续蛊惑，"同是护军中尉，凭什么只有你受人压制？何况你和窦怀仙、陈进兴不一样，背后可还有个那么庞大的家族要支持呢。中尉一旦失势，族里这么多子弟的前程还能着落在哪里？"

听他提到家族，余维扬眼中闪出一抹凌厉。他盯着那道身影，一个字一个字地问："还请先生指点。"

回宫路上，徐九英也一直在考虑目前的形势。

余维扬这情形，一时半会儿是不可能再领兵了。而他的说法也不能说没有道理。秋防这么大的事，的确不能随随便便交给他人，最好还是神策中尉亲自坐镇。可是真要让陈进兴去吗？这已经不是她信不信任的问题了。左右中尉各领一军，互不统属。余维扬的提议，等于是要两军互换，必然会改变许多原来的布置。万一出了岔子怎么办？

徐九英越想越觉得头疼。这时候要是陈守逸在就好了，至少还能和他商量商量。

她一边揉着太阳穴一边想到，自己好像已经很久没有收到陈守逸的消息了。

"三娘，"回到处所后，徐太妃做的第一件事就是向颜素询问，"这几日陈守逸可有送信回来？"

颜素摇头："最近的消息还是上个月的呢。"

"也不知道他在忙些什么，"徐九英没好气地说，"连个信都懒得捎了。不是在那边乐不思蜀了吧？"

颜素忍了半天还是没忍住，笑着纠正她："他人正在蜀中呢，怎么思蜀？"

徐九英愣了一下，然后讪讪抱怨："什么时候了你还挑我毛病？"

颜素到底不敢过分，婉转劝解："他最后的消息不是说要去趟南蛮吗？南

317

蛮王都路途遥远，想来不方便通信。"

"那就是说，他可能还不知道京里的消息？"徐太妃深思道。

颜素道："他并没有说会在南蛮多久，兴许现在还没返回西川呢。"

徐九英沉吟："不问问他总觉得心里没有底。三娘还是替我写封信给他吧！把京中的情况和他交代清楚，看他会不会回。"

颜素答应了。她取来纸笔，正要修书，外面却报团黄求见。

这个时辰？徐九英与颜素对视一眼，都觉得有些奇怪。最后徐太妃还是说："请她进来。"

团黄匆忙入内，向徐九英行了礼，开门见山道："太后特命奴婢请太妃过去。"

徐九英疑惑地问："这么急？出什么事了吗？"

团黄深深吸了一口气，竭力用平静的口吻回答："行刺余中尉的人已经抓到了。"

第二十三章
谜底

"当真是赵王的人？"出乎太后的意料，徐九英听完她的讲述后，既没有震怒，也没有喜出望外，反而露出怀疑的神色。

"抓获的刺客已经招认，"太后回答，"王府的下人也证实他确实在王府做过事。赵王的贴身侍婢还指认那刺客曾经出入赵王私室，似乎过从甚密。"

徐九英想了想说："这算是人证。物证呢？"

太后略显迟疑，斟酌了一会儿才继续回答："赵王府邸里搜出一件带血的刀具。医官检视后说，刀的形状与余维扬的伤口十分吻合，应该就是凶器。"

"这肯定不对，"徐九英说，"刚刚不是说刺客是在京郊躲避时被抓住的？这明显不合情理。不管得没得手，这种时候刺客当然是跑得越快越好，哪儿有跑之前再折去赵王府藏凶器的道理？"

"应该是有人要嫁祸赵王，"见徐九英立刻发现了疑点，太后嘴角微微上扬，也就直言不讳了，"所以我让团黄请你过来，问问你是什么意思？"

听了太后这话，徐九英挑了下眉毛："太后这话我可不明白了。我什么意思？我能有什么意思？难不成太后怀疑是我做的手脚？"

太后知她误解，摇头道："你误会了，我不是怀疑你。"

徐九英瞟她一眼，微微冷笑："太后什么时候这么信任我了？"

太后苦笑："倒不是我多信任你，而是我不信你手法会这么拙劣。能在好几年前就布下陈进兴这步棋的人，城府当不止如此。就算要栽赃，也应该有更高明的办法。"

徐九英一时不确定太后是讽刺她还是恭维她，又或者兼而有之？她思忖一阵，索性直截了当地问："那么太后到底是什么意思？"

"你不是一直不放心赵王吗？不管这次的事是谁做的，你若是……"太后在这里顿了一下，才又续道，"若是有什么想法，这都是一个好机会。"

她说得隐晦，但徐九英马上听懂了她的暗示，轻笑出声，原来太后打的是这个主意！

在陈进兴表明立场后，太后只能暂时放弃左右逢源的打算，选择与她合作。计划改变，她的态度也不得不随之转换。既然和徐太妃联盟已经是她唯一可行的出路，就没必要再保留赵王这个筹码，不如趁早铲除，以绝后患，还能卖徐九英一个人情。只是赵王的野心虽大，至今都无切实的反迹。她正愁无处下手，有人将把柄送到她们手上，自然应该加以利用。

"可是……"徐九英稍显迟疑，"这么明显一个局，朝臣们不会有话说吗？"

赵王和文官的关系向来不错，这案子又有个这么大的破绽，恐怕难以服众。到时若是闹出什么风波，吃亏的多半还是她。

太后猜到她在顾虑什么，微微一笑："朝臣们若有意见，我自会应付。"

徐九英审视太后，心里仍旧犹豫不决。这几个月以来，太后和她确实算得上合作愉快，可这并不代表她能对太后完全放心。毕竟这位以前可是背着她做过不少动作。这件事上，她能不能相信太后的判断？

"你也说了，"猜到徐九英的想法，太后不慌不忙地开口，"这是一个局。太妃难道不想知道是谁设的局？"

徐九英目光闪动："太后知道？"

"不知道，"太后慢条斯理地回答，"所以得引他们出来。"

徐九英懂了："我明白了。只有装作我们中了计，幕后的人才会有下一步的动作。这样我们才能顺藤摸瓜，揪出在背后搞鬼的人。"

"正是，"太后再次对徐九英露出赞赏的表情，随即就是脸色一冷，"我倒要看看，什么人敢在我们面前弄鬼？"

抓捕赵王的命令很快下达。

自从余维扬遇刺，太后就命人监视苑城的一举一动。赵王虽然察觉到了，但在如此严密的监视下也没办法采取任何举措自救。他唯一的行动就是找机会给归义坊的崔先生捎信。谁知派出的使者回来却说崔先生栖身的那处宅子早就人去楼空。至此，赵王终于觉出不对。等到消息传开，说刺客受他指使的时候，一个念头忽然在他脑中闪过，那个刺客不正是崔先生荐入他府中的吗？

当初是崔先生随口提起他有一个远房亲戚，生活没有着落。因为之前崔先生给他出了不少主意，却从未向他要过回报，所以他立即投桃报李，提出让他进府当差。因是崔先生的亲戚，那人进府后他还特意关照过几句。不过他后来看这人确实木讷，不像是能有大用的，也就没有再去留意。谁想到他一个不慎，竟然栽在了这么一个人手上！

其实赵王也清楚，崔先生不是很瞧得上他。对于这么一个来历不明的人，他也不是没有怀疑过。只是这个自称崔收的人一不求官，二不图财，出的主意又个个儿绝妙。他利欲熏心，权衡之后还是听从了他的建议，不想却导致了现在的泥潭深陷。而且即使猜到是崔先生算计他，赵王却还是想不通，他和此人无冤无仇，崔收为什么要陷害他？

他的确不愿看到维州在太后主导下收回，但东平王上次的警告他还是听进去了。虽然不满，他并没有妨害朝廷用兵。何况余维扬握有重兵，他拉拢尚且来不及，又怎会派人去行刺他？可是那刺客又确实是他府中出去的人，现在谁还相信他不是幕后主使？就算他把崔收招出来，但是崔收早就跑得不见踪影，又怎么证明这不是他为了脱罪编造的借口？且以崔收素日的狡猾，他必是早就安排好了后路，绝不会轻易让人抓住。说不定连崔收这个名字也是假的。赵王第一次体会到了百口莫辩的感觉。

因为受到崔收背叛的打击，被收押时，赵王没有作任何反抗。

除了他本人，广平王、东平王等成年的儿子也都在收押之列。其他人的抓捕倒还顺利，但是收押东平王时却出了岔子。

东平王向来喜欢往北里跑，有时甚至会在那边长住。得知他这段时日一直留在北里相好的妓家那里，追捕的军士也没觉得奇怪。谁知追捕的人到了那处宅院，却还是找不到东平王的人影。

那名叫牙娘的女子似乎被涌入的大队兵士吓到，不待他们喝问，她就

321

一五一十全说了。根据她的说法，东平王一个多月以前就悄悄离京了。因为东平王给了不少资财，又允诺为她脱籍，并且为她寻个好人家从良，她便答应为他遮掩这事，其他的事她却是一点都不知道。

得到东平王不知去向的消息，太后大惊失色。

她对此人的了解远甚于徐九英，知道他只是看上去吊儿郎当，实际却是个极聪明的人，远比赵王难对付。东平王长住北里她是知情的，但也只是以为他因窦怀仙之事受挫，暂时躲起来韬光养晦而已，全没想到此人的胆子大得远超她的想象，竟然敢违背禁令，私自离京。

太后深思，莫非东平王早就看出了端倪，所以早早逃出京师避祸？他这一走脱，事情可就棘手了。

"现在怎么办？"徐九英问。

"这样……倒也不错。"考虑良久后，太后似乎有了主意。

"不错？"徐九英不解。

"群臣对我收押赵王父子的做法其实也有些微词，"太后说，"早就托枢密使向我进言。我安抚他们说，因为战事正紧，才不得不暂时关押他们父子，等西川那边有了结果再作打算。皇室近支不得擅自离京。东平王私逃，不是正好证明他们父子确实有鬼？现在就是群臣也无法为他们辩解了。"

徐九英抿着嘴想了一阵，问道："太后打算怎么处理东平王？"

"自然是传令各道缉拿。"

徐九英隐隐觉得有些不妥，却又说不上来哪里不对。她心事重重地辞别太后，返回自己所居殿阁。

"三娘，"她叫来颜素，"再替我写封信给陈守逸。"

颜素有些奇怪："昨天不是才写了一封？"

"事情有些变化，"徐九英道，"这里面的门道，陈守逸比较清楚。我想知道他是什么看法。"

数日以后，成都的陈守逸同时收到了颜素的两封来信。

他前两天才给京中去信。算算时间，徐太妃应该还没有收到他的信。这两封信看来是余维扬遇刺不久的时候就发出来了。

他将两封来信反复翻看。第一封信的字迹从容工整，似乎颜素写信时还有余裕；第二封却是潦草了许多，看来是急急写就。显然在太妃心里，东平王逃脱是件更为紧急的事。

思虑良久，陈守逸有了决定，先提笔写了一封简短的回函，走出来交给信使，让他发往京中。接着，他就让人备马。

"监军要去哪里？"他手下一名都知看天色不早，有些奇怪，便多问了一句。

"使府。"

陈守逸到达使府时，已是亥时。

韦裕早就结束了一日的公务，正与家人在亭子里乘凉赏月，共享天伦之乐。听闻陈守逸来访，他不免吃惊。但他与陈守逸已共事了一段时日，知道此人极有分寸，若不是要紧的事，绝不会这个时候还过来打扰。

他立即让家眷先行回避，同时吩咐仆从把陈守逸领进来。

不多时，陈守逸就由家仆引着进到庭中。

"监军此时到访，可是出了什么事？"韦裕一边起身相迎，一边开门见山地问。

陈守逸彬彬有礼地向他一揖："刚刚收到南蛮的消息。从他们探查到的情况看，西戎大军已经在集结，恐怕不日就要出动。"

韦裕一凛，这确是极紧要的事。他立刻道："请监军入室详谈。"

虽说维州暂时回到西川手中，但韦裕心知肚明，他们目前还不能算真正收复了失土。只有挡住戎人的大举来犯后，这次出兵才能宣告成功。

移步书室后，陈守逸简要地讲述了南蛮的消息，接着坦率地说明自己的真正来意："戎人正在催促南蛮尽快出兵。眼看大战在即，奴婢希望能前去维州助战。"

"这……"韦裕盯着铜树上跳动的烛火，显得有些为难。

虽说与陈守逸合作愉快，但真要让他去前线，韦裕却又有些不放心。监军有专断之权，万一他在维州弄权，岂不是要误了大事？

陈守逸看出韦裕的犹豫，不慌不忙道："不令奴婢犯险是明公体谅，但是奴婢又岂敢因韦公的体谅就玩忽职守？不说南蛮的事务已移交给奴婢，就凭这次的计划是由奴婢经手，奴婢也不能置身事外。何况这次还牵涉两国，若不亲自去一趟，奴婢总有些不放心。"

韦裕知道他说的是南蛮和西戎联兵一事。虽说南蛮答应在此战中襄助中原，但这计划真要顺利执行也并非易事，不但需要两军密切配合，还得提防南蛮毁约。万一南蛮见战况不利，不肯倒戈，反而再度投靠戎人，陷入被动的就是中原了。在这一点上，陈守逸没有说错，西川的确有必要派人去盯紧南蛮。而他上次出使时就得到了南蛮的信任，无疑是最合适的人选。

陈守逸的理由让韦裕无可辩驳。且韦裕细思之下，也觉得陈守逸素日的为人，并不像会独断专行的人，何况维州还有姚潜，应当出不了事。所以他很快作出了决定："如此就辛苦监军了。"

得到韦裕首肯，陈守逸不再迟疑，第二日一大早就动身赶赴维州。一路疾行，不过数日，他便抵达了维州州城。

这时身在州城内的姚潜也得到了戎军出动、随时可能发动攻击的消息。陈守逸来时，他正在州府与众将商议对敌之策。突然听到有人通报陈监军到了，姚潜大感意外，急急率众出迎。

一行人出来，正看见一身便服的陈守逸伫立庭中，仰着头打量州府院墙上大大小小的缺口。巡视一圈后，他饶有兴味地走近土墙，查看其中几处缺口，甚至还伸手摸了一下。夯土断面的颜色比墙体稍浅，应是新近才出现的。考虑到维州之役结束不久，这些缺口应该是两军交战的结果。

一返回成都府，陈守逸就看过前线传回的战报，知道西川收复此城时，曾经有戎人负隅顽抗。然而直到此时，他才真切感受到当时战况的激烈。连州府都有如此严重的损伤，可以想见当时双方寸土必争的情形。

入城时他注意到有工匠正在修整、加固城池的外墙，反而州府这里几乎没有修缮的痕迹。墙体坍塌得最厉害的地方，也不过用木板略作遮挡。想来姚潜已预感到戎军将至，所以把每一分力量都用在了城防上。

"陈监军。"听到姚潜的声音，陈守逸转过头。

姚潜及他身后众将都穿着甲胄，大步向他走来。姚潜原本就生得高大，这么一披挂，越发显得英气逼人。

陈守逸将他打量一番，含笑开口："姚都使这样子，奴婢都有点不敢认了。"

姚潜这时已走到他面前，豪爽地笑起来："换了身铠甲而已。监军若找身铠甲穿上，保证气势也不一样。"

虽然对陈守逸的突然到来感到奇怪，他却很聪明地不去追问，只是热情地邀请陈守逸进了正厅。一进门，陈守逸就看见了悬挂在墙上的地图。

"这是……"陈守逸转向姚潜。

姚潜笑着解释："近日斥候回报，戎人的营堡有些异动。某猜西戎很快就会攻来，正和大家商量退敌之策。"

陈守逸听了，又仔细看了一眼那幅地图，上面果然密密麻麻地做了各种标记。

姚潜却想着他从成都赶来，必定有些疲累，笑着说："监军一路兼程，想必十分劳累，可要先休息一下？"

"不妨事，"陈守逸笑道，"不知诸位议事之时，奴婢可否旁听？也好长些见识。"

姚潜笑道："当然可以。"

他示意众人给陈守逸让个座。

维州的军将多半年轻，姚潜又向来随和，因而大家都不大讲究礼数，随意给陈守逸让出个位置后，便继续讨论刚才的议题。

因为陈守逸为西川献过两条妙计，姚潜对他十分敬重，也格外想知道他的看法，议事时一直细心留意他的反应。可是陈守逸听得有些心不在焉，不知在想些什么。

姚潜不免疑惑。陈守逸突然来维州已经让人奇怪，现在又有如此反常的表现，难道是有什么变故？他心中怀疑，面上却不动声色，直到议事完毕，众人都已散去，他才笑着问陈守逸："监军方才频频皱眉，可是觉得我等的策略不妥？"

"啊？"陈守逸回过神，"其实，奴婢有件事想请教都使。"

"不敢。监军请问。"姚潜客气道。

"奴婢记得，都使曾与东平王相交？"

听到东平王的名字，姚潜怔了一下，但还是如实回答："是。"

"实不相瞒，"陈守逸道，"奴婢来维州之前收到了来自京里的消息。赵王因余维扬遇刺一案暂被收押。东平王本来也应一起关押，可是他却逃脱了。"

姚潜大惊："他，他当真……"

陈守逸点头，接着又问："以都使对东平王的了解，可知他逃离之后会采取什么样的行动？"

姚潜张了张口，似乎想说什么。话到口边，他却又有些犹疑。深思半晌，他才缓慢摇头："若是以前的东平王，应该不会做出有损大局的事，但是……"

"但是现在的东平王已经变了，是吗？"陈守逸听出弦外之音，接口道。

就算已经断交，姚潜也不愿在旁人面前议论旧友的是非。他没有回应陈守逸的这句问话。但是在陈守逸看来，他的沉默足以说明一切。

　　"奴婢明白了，"陈守逸长长地吐出一口气，"刚刚都使问奴婢是否觉得你们的对策不妥，现在奴婢可以说实话了。这计划稳扎稳打，本是不错的战略，但考虑到现在的形势，却有些保守了。"

　　"现在的形势？"姚潜不解。

　　"夺回维州后，形势本已变得对我们有利，"陈守逸道，"只要据险坚守，等待戎人战意消退再行决战，取胜应该不难。但是现在京师暗流汹涌，余中尉遇刺，又有东平王逃脱。奴婢担心京都有失，觉得不宜与戎人僵持太久。"

　　"监军认为余中尉的事和东平王有关系？"

　　陈守逸笑笑："有没有关联，奴婢还不能确定。但这两件事看起来并不像是偶然。奴婢认为是有人故意设局。既是有意而为，想必不会止步于此。东平王现在又不知去向，谁知道他是不是在旁虎视眈眈？一旦京师生变，西川的战局也会大受影响。"

　　姚潜想了想，说："监军何以肯定京城必有变故？"

　　陈守逸冷笑："若不是为了制造变乱，何必在此时行刺余维扬，并且嫁祸给赵王？以余中尉现在的情况，绝不可能再主持今年的秋防。大战在即，朝廷绝不可能放松秋防。不能放弃，就只能换人。奴婢推测，这差事多半会着落在奴婢养父的头上。"

　　姚潜明白了："调虎离山？"

　　"有奴婢养父坐镇，没人动得了京城。换了是奴婢想谋划什么事，也定会想方设法把他调开。因此奴婢以为，此人的目标绝不是余维扬。"

　　"也就是说，京师可能随时有变？"姚潜喃喃，"若是那样……"

　　陈守逸点头："必须速战速决。"

　　蹄声。

　　开始时只是细碎隐约的声响，要将耳朵贴近地面凝神倾听才能分辨。后来这声音越来越清晰。等到响声轰鸣如雷的时候，地面也开始了轻微的颤动。

　　戎人渐渐显出了身形，如同一片黑压压的乌云，飞速驰近。远比中原人魁梧的体形散发着惊人的气势。已经出鞘的兵刃闪动着耀眼的白光。无数这样的光芒连成一片，晃得人睁不开眼睛。藏身山林的西川兵士都盯着眼前的敌军。现在他们已近到能看清戎人涂满赭石的面容了。

"都头？"副将悄声请示。

"再等一等。"姚潜说。

副将点头，向着身后无声做了一个手势。埋伏山间的兵士们没有发出一丝声音，但是这支隐藏多时的队伍已经做好了出击的准备。这大半个月来他们已经听过太多败绩，急切地想要一雪前耻。

另一边，由陈守逸带领的一队人马已经展开了行动。

"决战的地点不能是维州，"看着混在人群中冲杀的陈守逸，姚潜不由得想起了他们战前的那番对谈，"一旦让他们围困州城，战局就会不可避免地陷入僵持。现在的我们负担不起这样的久战。"

"所以，监军打算直接和西戎对决？"姚潜记得他这样问。

"不错，"陈守逸点头，"将戎人引诱到我们选中的地点，决一死战。中原若能在此战中取胜，就能逼迫戎人与我们谈判。"

戎军已经锁定了出现在眼前的西川兵马，大吼着冲了过来。

陈守逸也率众迎击。

铮然一声，双方短兵相接。

混战中，砍杀之声不绝于耳。半空中不时有血肉模糊的断肢横飞，原野上很快泛起一层血色。

"中原的目的是维州，"姚潜脑海里还响着陈守逸沉稳的声音，"守住维州，再取得一场大胜，我们就能掌握主动，与戎人订盟。有了这样一个盟约，至少可以让两国边境安稳几年，朝廷便有余裕解决隐患。"

"将所有赌注都押在一场战役上，真的明智吗？"姚潜对于这样激进的战法仍有重重顾虑。

"都使别忘了，我们还有南蛮这个后手。胜算其实比都使想的要高。"陈守逸道。

姚潜失笑："南蛮若能配合当然好，但是将希望寄托在他们身上，会不会有些托大？"

"姚都使，"陈守逸正色道，"我们参与这一战的目的各有不同。韦公想建功立业，都使想保境安民，而奴婢想守护重要的人。但不管这理由是什么，希望赢得战役的心情是一样的。如果对南蛮的配合没有把握，奴婢不会贸然提出这样的建议。"

　　姚潜将目光投向远方。南蛮的军队就在西戎身后，却只在周围逡巡，并未加入战场。

　　陈守逸率领的西川军人数虽然不少，但无论体形还是战力都处于劣势。即使西川兵卒作战时已拼尽了全力，中原这边还是慢慢显出了颓势。地上中原兵士的躯体渐渐堆积，未死的伤兵倒在血泊之中。战马嘶鸣、奔腾，有时也会踩踏在他们身上，令他们发出更加苦痛的呻吟。

　　"都头。"副将看着倒下的己方士兵越来越多，忍不住出声催促。

　　"再等等。"姚潜不为所动。

　　"都头！"副将有些按捺不住，稍微提高了声音。

　　姚潜在他的喝问下似乎有些动摇，但他很快稳住了情绪。伏击的机会只有一次，他们又付出了如此惨重的代价，绝不能有任何差池，必须等戎军主力进入埋伏地点才能行动。闭目片刻，姚潜再度睁开眼时，眸中已然平静无波。他面无表情地重复自己的命令："再等一下。"

　　"诱敌是个问题，"姚潜对着地图皱起眉头，"以某与戎人交手数次的经验，他们并不好骗。这戏不好做。"

　　"所以不能抱着做戏的心思，"陈守逸道，"我们得真输给他们。而且不止一次，可能要两次、三次，甚至更多。只有彻底消除戎人的警戒，他们才会毫无知觉地踏进陷阱。"

　　姚潜沉默半晌："伤亡会很重。"

　　"如果能取胜，这些损伤就是值得的。"陈守逸不为所动。

　　姚潜脸色阴沉："这岂不是让兵将们送死？"

　　陈守逸淡淡回答："弈棋时为了占据主动，有时也会故意弃子。"

　　"这是人命，不是棋子！"姚潜胸中激奋，双拳重重击在案上。

　　陈守逸不说话了。

　　气氛一时有些僵硬。过了好一会儿，姚潜勉强平复自己情绪，竭力用平和的语调说："非是某惜兵怯战。若与戎人正面交锋，西川上下绝无一词推托。可是这次不一样，名为诱敌，实是送死。最后成功还好，若是此计不能奏效，岂不是白白牺牲战力？西川练兵不易，还请监军三思。"

陈守逸沉默片刻，亦用平和的语气说："我何尝不知西川的艰辛？但这也是为了以后不再有伤亡。这是唯一一个能在短时间内结束战局的办法，我绝不会放弃这个方略。但是我可以向都使保证，这些牺牲不会白费。"

姚潜再度沉默，良久后一声叹息："也就是说，监军是打算一意孤行了？"

"监军有专断之权，"陈守逸淡淡道，"我不是在同你商量。"

转眼间陈守逸所领的兵马已折损过半。时机成熟，陈守逸开始指挥残兵且战且退。

戎人已经杀红了眼，对中原人紧追不舍，显然是打算在此战中将他们赶尽杀绝。

自从西戎出兵，西川虽然组织了一次又一次的抵抗，却始终无法瓦解戎军的攻势。初时见中原溃退，西戎还甚是小心谨慎，生怕中了埋伏。西戎主帅也下令不许追击败退的中原兵马。然而数次突破西川防线后，戎人觉得中原的战力不过如此，渐渐放松了警惕。之后他们对于中原军队越来越轻视，追击时的顾虑也越来越少。

这一次是西戎出兵以来遭遇到的最大规模的抵抗。戎人们都相信，这是中原在西川的最后力量。只要打退这支兵马，他们就能直逼州城，将维州从中原人手中夺回。连戎人中最谨慎的主将也开始失去警觉，下达了全歼的命令。

戎军渐渐被陈守逸引入一处谷地。这山谷极为狭窄，不利骑兵施展。戎帅机警，一看这地形便察觉不对。他急忙下令回撤，却还是迟了一步。

中原那位并不高大的主将突然从怀中拿出一面令旗。他举起令旗，猛然一挥，山谷两边喊声大作，巨石滚滚落下。紧接着又是一阵箭雨。戎军措手不及，纷纷落马。没被射中的戎人也慌了心神，纷纷向谷口涌去，反而引起一波踩踏。

戎军主帅呵斥，试图维持秩序，然而无济于事。近卫们保护着他，刚想退出山谷，孰料还未进入山谷的戎军也乱了起来。

原来中原伏兵出动时，山顶上就升起一阵冲天狼烟。一直裹足不前的南蛮军队看到狼烟，终于投入了战场。初时戎军发现南蛮军队出动还有几分喜色，可等他们发现南蛮攻击的竟然不是中原的军队，而是他们自己时，戎军顿时乱了阵脚。

南蛮的突然倒戈令戎军措手不及，连基本的阵形都无法维持。埋伏在山上的西川军也在姚潜带领下冲了出来，与南蛮合在一处，共同攻击谷外的戎军。

在外的戎军不知山谷内的情形，许多人慌乱之下又向山谷涌去，更加剧了谷中的混乱。

戎帅见此，知道败局已定。可是看到西戎损失如此惨重，他心中极为不甘。明明中原人已经不堪一击，明明他们都快夺回维州了……不能就这么败了，戎帅巡视战场，寻找突破的机会。就在这时，他瞥见了山谷另一端的西川兵马。是他们将自己诱入绝地，戎帅忽然握紧拳头，就算兵败，也得把这笔债讨回来！

愤怒激发出戎帅胸中的孤勇。他大喊一声，让还活着的戎兵跟在他身后冲锋。

陈守逸带领的这支西川军与戎人激战最久，早已是强弩之末。如今诱敌成功，他们才刚刚松了一口气，抬头却又看见数百名戎人正在主帅带领下不管不顾地向着他们冲了过来……

西川激战的同时，京城的郊外却展现着一幅恬静优美的秋景。

清浅的溪水被引入庄院之内。园内红枫连接成片，仿若彤云。落枫无声掉落。有几片飘进溪中，顺流而下。溪边树下放置着一张榉木棋盘。棋盘边上，坐着一名身着宽袍的青年。他向面前的白瓷杯中注入清酒，一边饮着美酒，一边随意往棋盘上摆放棋子。

李砚进门时看到的便是这样的闲适景象。他驻足良久，终于缓缓上前，坐在了棋盘的另一边。

青年抬头，视线在李砚身上流转片刻，接着从身边的竹篓中取出另一个瓷杯，倒了一杯酒递过去。

李砚接盏，一饮而尽。

这时，青年慢悠悠地开了口："应该怎么称呼呢？李待诏，还是……"他停顿片刻，露出一个意味深长的笑容，"崔先生？"

第四卷

和衷共济

第二十四章
崔收

水声潺潺。分坐棋盘两侧的人都没有急着再说话。

斟酒的青年抬高手腕，将壶中流出的酒液拉成了一道细长的水线。

"陇西李氏？"酒杯斟满，他不紧不慢地放下酒壶，慢悠悠地问了一句。

李砚嘴角一勾，语气里带着淡淡的嘲讽："没落已久的旁系。"

青年冲他眯起眼睛，似乎在揣测什么。

李砚了然一笑："昔年魏帝定四姓，李氏恐不入，星夜乘明驼至洛，时人讥为驼李。数百年名门著姓，亦不过蝇营狗苟之辈。我是不是真的出身陇西李氏，出自哪个旁支，知道了又能改变什么？"

"言之有理，"青年不再追究，转而问道，"先生如何识得牙娘的？"

李砚轻笑："某与那位娘子并不相识，不过是打听到她喜好弈棋，尤其欣赏王老，便雇人在她门前叫卖。前棋院待诏亲笔作注的无名《棋经》，她听见了岂会放过？只要经卷到她手里，大王看到不过是迟早的事。"

"先生投其所好的功夫真是炉火纯青，难怪能把我家大人耍得团团转。"青年说话时颇有几分咬牙切齿的意味。

因为事实太过匪夷所思，他连素来信任的牙娘都不敢再接触，只能躲在京郊悄悄调查。最后却被告知，他不过是被人戏弄，任谁都难免激愤。

这青年正是一直行踪不明的东平王。

自从知道崔先生的存在，他对此人的怀疑就从未断过，却是直到最近才猜出崔收的底细。

线索来自离京前，牙娘给他看过的一卷《棋经》。

不得不承认，崔收对他和牙娘的判断极为精准。

经卷有缺，著者也籍籍无名，却有国手为之批注。但凡好棋之人，见了这样的东西，哪里有不好奇的？何况这位牙娘曾以重金购入过王待诏的墨宝，绝不会认错他的笔迹。以她的性子，以及与东平王的密切关系，得了这么件稀罕之物，必然会拿来与他分享。

东平王对棋道无甚兴趣，当然不会如牙娘这般激动。但是这字迹，他却是见过的。乍看之下，他便觉得这字体有点眼熟，只是一时想不起来在哪里见过。那时他急于出京，虽然疑惑，也并未多想。直到他在河南一带盘桓，才忽然记起来究竟是在哪里见过这字迹——崔先生和赵王通信时的笔迹，与这经卷上的一模一样！

李砚抚掌笑道："能从笔迹猜中在下身份，东平王果然敏锐。"

东平王冷哼一声："言不由衷的夸赞还是省了吧。那笔迹不过是你故意露出的破绽。若非如此，我大概想破头都猜不到棋院默默无闻的李待诏和深藏不露的崔先生竟然是同一个人。想来当初那几封信也是你故意让阿兄给我看的了？"

广平王有意无意地给他看过两封崔先生写给赵王的信。只是东平王对这个藏头露尾、行事鬼祟的谋士向来厌恶，不愿细看，草草扫了一眼就扔了回去。然而此人笔锋怪异奇峻，虽然只是匆匆一瞥，却还是给他留下了印象，所以后来还能回想起来，确定那是崔收的字迹。可是那卷《棋经》上的落款却是李砚。有了这条线索，崔收的真正身份也就呼之欲出了。

东平王是粗中有细的人。身份暴露的过程太过顺理成章，反而让他察觉不对。以此人素来的机警，不可能察觉不到自己笔法特殊，极易辨认。明知可能被人认出，他却始终未加掩饰，未免不可思议。唯一可能的解释，就是他根本是故意泄露身份。

"确是有意为之。"李砚坦率承认。

得到预想中的答案，东平王脸色一沉，重重一拍棋盘，厉声喝问："你构陷我父，意欲何为？"

赵王被关押的事打乱了他全盘的计划。

原想以抑制宦官擅权的理由联合南衙、藩镇，压制神策军在京中的势力，重新构筑朝廷平衡，再图后计。他此番出京，目的也是游说各藩合作。谁知他才走访了几个河南方镇，京中便出了一连串的变故，让他措手不及。不得已，他只能先放弃之前的计划，赶回京师救人。

东平王才智远胜其父，很快就发现其中的蹊跷。他离京前数度警告广平王，让他们不要在朝廷出兵期间轻举妄动。广平王把话转达给了父亲，也得到了赵王肯定的答复。他这对父兄虽然不够聪明，但是趋利避害的道理总还是明白的。若非如此，他也不会这么放心地离京。没想到还是棋差一着，他们父子竟被人用这么低劣的手法给陷害了。

东平王首先怀疑的对象自然是太后和太妃。但以他对这两人的了解，觉得她们不会做得这么拙劣。且以赵王对太后她们的戒备，她们也很难在父亲身边安插人手而不被怀疑，更别说栽赃陷害。她们顶多是利用机会顺水推舟，先把赵王控制住而已。可是除了这两位，还有谁会处心积虑对付他们父子？在发现崔收的身份后，案情便有了合理的解释。

赵王对崔先生深信不疑，崔收想安排一两个人到赵王身边简直是轻而易举。只是他这样做的目的何在？这却是东平王百思不得其解的地方。

面对质问，李砚却是不慌不忙地一笑："在回答这个问题以前，某有件东西想请大王过目。"

戎人伤亡惨重，开始溃退。厮杀声渐渐止歇。

敌军退去，西川的兵士们也分批撤离战场，到选定的地点安营扎寨。受伤不重的士兵由同袍挽扶着走向营地。无法移动的伤兵只能由人抬着回去。清理战场、掩埋战死者的工作也开始有序进行。

姚潜亲自带队远远跟随，确定戎人已经远遁，绝不可能再回头施以突袭以后，才返回营寨。

营地里已升起炊烟，兵士们三三两两地坐在一起休息。经历大战，身体都已疲累，但因此战大胜，他们的精神颇为愉快，连伤者的创痛也似乎因此有所减轻。

姚潜等不及脱下战甲，先至陈守逸帐中看望。

335

陈守逸已卸了甲胄，正由医官为他治伤上药。为了便于医官检视，他未着中衣，只在身上随便搭了一件短衫。

听见响动，他抬头看向门口。

姚潜取下头盔，向二人微微躬身，然后打量陈守逸。他身上的血污、尘土都已清理干净。旁人可以清楚地看见他脸上青一块紫一块的擦伤。姚潜见了，极为关切地问："监军伤势如何？"

"大部分是皮外伤，"陈守逸将肋下一大块淤痕指给他看，"最重的一处也没伤到骨头，不碍事。"

姚潜松了一口气："那就好。"

戎人最后的那次冲击着实猛烈。谷中局势未明，更兼地势狭窄，被戎军阻隔在外的姚潜无法及时驰援。

诱敌成功，陈守逸就带领这支兵马慢慢退出。然而由于戎军的冲击，陈守逸的兵马被冲散不少，无法在短时间内尽数撤出。陈守逸一直留在谷中救援掉队的军士。此时见戎人冲来，他明知不妙，也只能带着仅剩的人马迎战。

戎帅的目标显然是陈守逸，直奔他而去。

陈守逸看他勇猛，不敢硬碰，且战且退。然而山谷狭小，且每个地方都有交战的双方士兵，很快他就被逼入死角，无可退避。听得耳边风声，陈守逸猛然低头，抱紧马腹，堪堪避过敌方锋刃。

戎帅一击不中，兵刃转向，直接斩飞马头。

马身倾倒的同时，陈守逸灵活地一滚，没被压住。

然而戎帅不容他逃离，追在他身后出刀。陈守逸无法，只能满地打滚，狼狈躲避攻击。他清楚双方的体力差距，知道久战对他不利，因而看准空隙，闪身到戎帅马腹之下，抽出藏于靴内的短刃，奋力斩向马腿。

战马吃痛，人立起来。戎帅措手不及，不得不分神控制。马匹惊起落下之时，踢向陈守逸肋下，好在他见机够快，往旁边躲闪了一下，没被正面踢中。饶是如此，胸腋之间也是一阵剧痛。他忍痛从地上捡了一柄大刀，再度砍中马腿。马身跌地，戎帅失去重心，也掉下马来。

陈守逸趁他落马，狠狠往他背上砍了一刀。

戎帅也极勇悍，被砍中后只闷哼一声，回身一记猛拳击向陈守逸，接着飞身扑来。两人双双滚倒在地。

姚潜终于带着一队人马杀出一条血路，前来解救时，看见的是陈守逸和戎帅扭打在一起。双方兵马多半还在厮杀，顾不上他们。何况两人正斗得难分难舍，贸然上前也未必帮得上忙。

可是姚潜又很清楚，陈守逸力量不及戎人，如此近身肉搏，定然吃亏，因而他提刀候在旁边，准备随时援手。

也不知陈守逸干了什么，忽然就听见戎帅一声怒吼，伸手捂住了右耳。他似乎承受着巨大的痛楚，甚至顾不上钳制对手。陈守逸虽然摆脱了他的纠缠，但也没了力气，手脚并用地爬到一旁。

姚潜看到陈守逸脱身，立刻动手，双手紧握长刀，插入戎帅胸腹。

戎帅毙命。陈守逸趴在地上喘了半天的粗气，终于双手撑地，慢慢爬起来。勉强站直后，他狠狠从口中吐出一物，却是半个人耳。那戎人竟被陈守逸硬生生咬下半片耳朵，难怪如此痛苦。

看见这片人耳的时刻委实是姚潜此战中印象最深的一幕。

一直以来，陈守逸都显得从容不迫，智计百出，姚潜还是第一次看到他如此凶残的一面。他本人历经战阵，其中还有过不少苦战，对于陈守逸的行为倒也能够理解。生死之际，自然是无所不用其极。只是观感上，他难免有几分复杂情绪。

"今日大胜，还斩获戎军主帅，"姚潜努力将自身的感觉抛到脑后，装作若无其事地开口，"是不是可以准备和戎人谈判了？"

陈守逸似乎察觉到姚潜的心态，露出一个似笑非笑的表情。等姚潜被他盯得不自在地移开目光，他才轻笑一声："哪里有胜者求着议和的？现在我们不但不能提和谈，还要摆出进攻的姿态才行……"

"余维扬？"东平王抖着手里的信笺，对李砚挑了下眉，"向我投诚？先生可真是带了一份大礼啊。"

李砚似乎没听出东平王语气中的讥讽，平静道："神策军在手，足够大王掌控全局。"

东平王再次低头细阅书信，确定是余维扬的笔迹和花押没错。再抬起头时，他收起嘲讽之色，有些疑惑地问："你怎么说服他的？"

赵王不是没想过拉拢余维扬，只是余维扬一直谨守中立。现在他们明显处于劣势，怎么余维扬反而愿意与他们合作了？

"之前余维扬保持中立是因为局势未明，"李砚道，"原想等情势明朗一

337

些再作打算，没料到局面变化之快，远远出乎他的预料。等他回过神时，大局已定。他错过了选择的时机。太妃先有了陈进兴，足可自保。这时他再去投靠也只不过是锦上添花。太妃不可能给他和陈进兴同样的信任和重用。"

"就算不能投靠太妃，不是还有太后，难道他就没考虑过？"东平王不以为然。

李砚笑了："太后和太妃也许看起来嫌隙很深，其实她们不会真的反目。"

东平王垂目片刻，已明白他话中之意，脸色变得十分难看。

李砚见他听出自己弦外之音，颇有赞赏之色。他慢悠悠地续道："从名分上来说，皇帝的母亲其实并不是太妃，而是太后。幼帝在位，对太后是最有利的。她也许会利用赵王压制太妃，但她不会真对皇帝不利。徐太妃有恃无恐，原因即在于此，也就是令尊才会相信太后愿意与他合作。更何况陈进兴任宣徽使的时候就与太后来往密切，就算余维扬投靠太后，她会偏向谁也很难说。太后处置这次行刺的方式也足以说明她的态度。如此形势之下，余维扬会做什么选择难道不是显而易见的事？"

东平王还是不怎么相信："他握着神策军，即使太后、太妃不信任他，也不会轻易动他。他有什么必要铤而走险？"

李砚道："那可未必。掌握军权，却不能得到主君的信任，权势如何能够长久？即便现在能够只手遮天，将来也难保不被人取代。匹夫无罪，怀璧其罪。正因为他握着神策军，才更不能退让。"

"即便他是真心投效，"东平王冷笑，"我阿爷现在身陷囹圄，又能如何？"

"大王误会了，"李砚微微一笑，"余中尉和在下想扶立的人从一开始就不是令尊。"

东平王愣住："那是……"

李砚毫不犹豫地回答："是大王。"

"我？"东平王低笑一声，"我何德何能，竟得先生青眼？"

"大王不必妄自菲薄，"李砚道，"某注意大王很久了。无论是韬略、智计还是应变的能力，大王都远胜令尊。先帝当初确实没有看错人。设计令尊只不过是为了逼出大王。否则以大王的心慈手软，只怕会一直自欺欺人下去。"

"自欺欺人？"东平王挑了下眉毛。

338

李砚一笑："大王出京想做什么，在下多少能猜到一些。但是恕某直言，大王的努力只会是白费力气。不管太妃还是令尊，都没有维持均势的想法。即使你千辛万苦，让朝廷暂时趋于平稳，也不过是一时之计。稍有风吹草动，平衡就可能再被打破。某想以大王的聪明，不会看不出这点。可是大王仍然一厢情愿地觉得，只要将局面维持下去就能相安无事。其实大王与某都心知肚明，要真正解决争端，只有一条路可走。"

东平王面色变幻不定。

李砚将他的神情看在眼里，微笑着又加了一句："还是说，大王真能狠下心，置自己家人于不顾？"

"你的目的是什么？"良久以后，东平王哑着声音问。

李砚怔住："大王何以有此一问？"

东平王冷冷道："你不遗余力地穿针引线，想把我推上帝位，必定有所图谋。以你的能力，却甘愿屈居棋院待诏，我想你求的应该不是功名利禄。更何况我阿爷对你言听计从，你若只想要荣华富贵，根本没必要大费周章逼我出来。除非……你想求的是我阿爷不能或者不愿给你的。"

李砚笑笑："大王果然敏锐。"

"说吧，你究竟想要什么？"东平王紧盯着他问。

李砚露出一个复杂的神情，像是伤感，像是怀念，又像是一种奇异的温柔："我要，带走一个人。"

一声清脆的细响，太后剪下了一处多余的枝蔓。一盆盛放的粉菊在她修剪下越发婀娜多姿。又剪去两处枝叶后，太后放下剪刀，后退两步，仔细审视植株，寻找还需要修整的地方。

就在她用优雅的步态围绕植株的时候，白露进来禀报："太后，陛下和徐太妃来了。"

太后的目光仍停留在花枝上，听见了也只漫不经心地说了一声："请。"

白露屈膝退出。很快徐九英就牵着小皇帝走了进来。

皇帝现在已和太后十分熟悉，不待母亲吩咐，他便向太后行了家礼，然后就抱着太后不放。

他们进来时，太后已让人收起利剪。这时皇帝向她撒娇，她忍不住莞尔一笑。宫女取水与她净手后，她亲昵地捏了捏皇帝的脸蛋，又吩咐宫人为他取食。

和宫人交代完毕，她才抬眼打量徐九英。

太妃这日没有上妆，眼圈有些泛青，无精打采地向她福了一福。

近来事情一件接着一件，太后搂着皇帝想，也难怪她心烦。先是让姚潜几句话拐跑了她身边最得力的宦官去西川；接着又碰上余维扬遇刺，不得不让她最大的后援陈进兴离京，主持今年的秋防；最近则是西戎大军压境、西川接连战败的消息。这么多事压下来，她心情能好才奇怪。

这一个月，戎军逼近维州。初时西川还有消息传来，近几日却是彻底断了音信。徐太妃急得跟热锅上的蚂蚁似的。出兵是她力主，要是败了，她的损失是难以估量的。她现在每天总要往太后殿跑上两三趟，打探最新的进展。

太后对她的打扰早已见怪不怪，此时还能笑着对徐九英说："今日来得倒早。"

徐九英不比太后气定神闲，闻言轻哼一声。她一进门就看见了那盆菊花，再看到堆放在旁边大盘内刚刚剪下的断枝，简直气不打一处来。都火烧眉毛了，这位还有心情莳花弄草！

徐九英气哼哼的表情太后倒是瞧见了，却只作不知，牵着皇帝的手嘘寒问暖。

不多时，宫人呈上糕点。太后放开皇帝，让宫人领着他去吃。等皇帝走了，她才坐下和徐太妃说话。

"还没有消息呢。"知道她的来意，太后也不卖关子，直截了当地说。

"这都多少天了，"虽然预料到会是这个结果，徐太妃还是一脸焦躁，"怎么还没消息？陈守逸和姚潜到底在干什么啊？"

当初姚潜可是信誓旦旦说能把维州收回来的。再这么输下去，别说守住维州，只怕还得倒赔进去几州！

太后笑了："你以为打仗这么简单？真到激烈的时候，他们哪里顾得上往京里送信？十天半个月没消息也是常有的。"

徐太妃唉声叹气，连送上来的吃食，她都没心情动。

太后婉言相劝："现在你急也没用，且等着吧。兴许过两天，消息就来了。"

"说得容易，"徐九英没好气道，"横竖当初不是你拿的主意，输多惨也不关你的事。"

"这话可就没意思了，"太后半是玩笑半是嗔怪地说，"出兵是你先提的不假，可终归是我点的头。真要输了，我还能置身事外？"

徐九英也意识到自己这话造次，连忙赔笑："一时口不择言，还请太后恕罪。"

太后并不计较，笑着接了宫人递来的酪浆。

徐九英有些没趣，又咬着指甲打量了太后一阵："我就是奇怪，这几天一想起西川的事，我连觉都睡不好，怎么太后就一点不慌呢？"

太后微笑："处在我们这样的位置，每天多少只眼睛盯着。你若是慌了，下面也就跟着慌了。你资历尚浅，所以还不习惯。越是这种时候，越要表现得胸有成竹。"

徐九英听她说着，不知怎么就想起戾太子叛乱时候的事来。她是没有亲见太后的表现，但是那一连串的命令，她可是都听人说了。事后人们也纷纷传扬太后如何临危不乱，处置叛贼。她一直以为，太后从来都是这么果断沉稳，难道那时她也只是强作镇定吗？

太后并不知道徐九英心里对她的微妙变化，踌躇一会儿后，她又慢慢开了口："有几句话，也许你听了会不高兴，但是你我既然要合作下去，我却是不得不说的。"

枫树下，依旧是东平王自斟自饮。

不同的是，这次坐在他对面的不仅仅是李砚，还多了一个余维扬。

连饮数杯之后，东平王抬起头，发现那两人都目光炯炯地盯着自己。他后知后觉地提了下手中酒壶，笑着说："你们也来点？"

余维扬先忍不住抱怨："都什么时候了，大王还有心情吃酒？"

东平王知道自己是没办法搪塞了，无奈地叹了口气："非得挑这个时候动手？"

"现在是最好的时机，"李砚道，"西戎来势汹汹，西川屡战屡败。连败之下，士气必然低落。近日那边一直没有消息，恐怕维州是凶多吉少。说不定戎军已经兵临城下。戎人报复心重，绝不会夺回维州就罢手，必会继续东进。那时陈进兴所率的神策左军就得直面戎军。他不但要防守灵武、朔方一线，还需支援蜀中。重压之下，陈进兴绝不敢轻易移师。一旦他被戎军牵制，还有谁能阻止我们控制京师？只要掌握了京都，主动权就在大王手里了。"

东平王沉默不语。

"不止如此，"余维扬插口，"西川这次进兵，朝中反对之声一直没断，就是太后当初也不赞成。只因太妃一意孤行，朝廷才不得不同意。诸臣对太妃本就有成见，因为西川近来的连败，朝中对她攻讦又多了起来，只不过太后暂时压下去了而已。她声望跌入谷底，也利于我们争取舆论。"

东平王把玩着壶盖，还是不肯表态。

"良机稍纵即逝，还请大王速作决断。"李砚进一步劝道。

"让我想一想。"等待许久之后，两人终于听见了东平王的回答。

余维扬对东平王的优柔寡断颇为不满，听闻此言，他更是脸现焦躁之色，刚想说话，却被李砚用眼神制止。余维扬到底不是寻常之辈，李砚一个示意，他就醒悟过来，勉强道："大王多想想也好。"

他事务繁忙，见今日不可能有结果，也就很快起身告辞。离开前，他向李砚使了个眼色。见李砚轻微地点了下头，才放心离去。

两人的种种反应，东平王看在眼里，却未置一词。等余维扬走了，他才苦笑道："这次先生又要拿谁要挟我？"

李砚一笑："以大王的才智，应该早已明白，现今局势下，与余中尉合作是唯一的出路。某不必再对大王施压。只是某对大王的犹豫有些不解，还请大王释疑。"

"你们的计划都是建立在西川必败的前提下，"东平王不看李砚，而是盯着面前的酒盏出神，"但是，你如何笃定西川一定会输？"

李砚略显迟疑："大王的意思是……"

东平王道："我总觉得西川现在的情形有些蹊跷。韦裕能在几年内将凋敝的西川经营得风生水起，可见其人精明强干。这次出兵也经过仔细筹谋，并非仓促应战。戎人在中原夺回维州后大举报复的局面，他不可能毫无预料。领兵的姚潜也不是无能之辈。近日的连败似乎不合常理。"

"元宗以后，中原对阵西戎的战绩一向不佳。韦裕虽然干练，但是要在几年之内大幅提高西川战力也并非易事。夺取维州时西川伤亡不小，后继无力也有可能。"李砚道。

"即便中原兵士的战斗力不敌戎人，"东平王摇头，"但是现在维州已经夺回，凭借维州地利，据险而守，戎人再勇悍，面对一座坚城，一时半会儿怕也无可奈何。何况西戎目前的局势并不稳固，他们未必能够支持久战。若我是韦裕，应该会想办法把战局拖到冬季。那时戎人粮草不济，再逢严寒，极可能不战而退。西川连败之后仍在主动求战，让人委实不解。"

李砚一凛："大王觉得西川还有可能反败为胜？"

"局势也许没有我们估计的那样……乐观。"东平王说到最后两个字时，语气微带嘲讽。

这次轮到李砚沉默了。

东平王不疾不徐地往盏中注酒，慢悠悠地加了一句："西川若是大捷，先生打算如何应手？"

李砚面色变幻不定。东平王也不催他，将盏中之酒一饮而尽。

"若是这样……"许久以后，李砚开口，"现在就是大王最后的机会了。"

东平王倒酒的手顿了一下。他放下酒壶，没有作声。

李砚神色严肃："太妃主战的立场几乎是朝野皆知。战事不利之时，她是众矢之的；可要是西川最终赢得此战，舆情就会变成太妃深谋远虑、当机立断。威信本是徐太妃最欠缺的东西，而西川的大胜足以平息所有对她的质疑。且西川取胜，不但陈进兴再无压力，可以随时回援京都，就是西川也能调兵支援。那时大王就是想翻盘，亦不可能了。只有趁现在局势未明，先控制京师，令他们投鼠忌器，大王才有胜算。"

东平王已明白他的意思，再度拿起桌上银壶，向盏中注入酒液："先生的结论是，不管西川战果如何，我们都非得行动不可？"

"是。"李砚给出了肯定的答复。

东平王饮尽盏中之酒，低头摆弄空杯良久，终于自嘲一笑："早前我还警告父兄，让他们不可乘人之危，现在我自己却要行叛逆之事，可真是讽刺。"

"世事难料。"李砚淡淡道。

东平王苦笑一声，过了一会儿又道："关于徐太妃母子……"

李砚适时插口："全凭大王做主，某并无异议。"

东平王颇为意外："我以为先生会劝我斩草除根。"

"这确是最符合大王利益的做法，"李砚道，"但某明白，大王不是只讲利益的人。先帝对大王虽有知遇之恩，却未必有多少子侄之情。即便这样，大王仍然对先帝怀有感激之意，这几年对太妃母子也再三退让。若非如此，以大王之能，现在也不至落到如此被动的境地。或许有些人会认为大王优柔寡断，但某并不这样看。事实上，这正是某选择大王的原因。最初某确有辅佐令尊的意愿，可是某很快发现，令尊对某虽然言听计从，但他心中全无情义。而某知晓太多内情，事成之后难免被他兔死狗烹。某不得已，只能重新物色人选。某看重大王，正是因为大王重情重义。既是重情义的人，自然不愿将事做绝。某正是知道这一点，才不打算相劝。只要大王兑现承诺，让某把人带走，太妃母子的性命，某又何须在意？大王自己权衡就好。"

"先生倒是难得坦诚。"东平王嗤笑。由始至终，他在乎的都只是那一个人。其他人不是棋子就是梗在他和爱侣之间的障碍，压根儿不值得费心。

李砚一笑："某知道大王对某一直有成见。某对令尊确实缺少敬意，但是对大王，某却是句句肺腑之言，绝无欺瞒。"

东平王盯着李砚，这样的肺腑之言，听着可真刺心。

李砚坦然相对。

良久，东平王平复心情，低声笑了起来："既然先生愿意开诚布公，那我也和先生说几句实话。"

"洗耳恭听。"李砚道。

东平王用手指在酒杯边缘画着圈子："我不了解先生的过往，也不知道那人当初是怎样的面目。不过以我后来的了解，那一位可不是会轻易受人摆布的人。先生花费这么长时间精心设局，可谓痴心。但是……"说到这里，东平王露出一个古怪的笑容，"若我是先生，至少会先确认下，她愿不愿意配合这个计划？"

第二十五章
残局

"团黄？"正在内室读书的太后忽然出声。

团黄快步入内："太后有何吩咐？"

太后放下手中书卷："西川，多久没有消息了？"

团黄想了想，回答道："最新的消息是半个月前，韦公的密报。"

"已经这么久了？"太后喃喃。

团黄安慰："太后不是说了吗？战事最紧的时候，十天半个月没消息也是有的。"

"话虽如此，但是总没有音讯，也叫人放心不下，"太后苦笑，"陈守逸也没动静？"

"听说陈监军亲自在前线督战，怕是无暇分身吧。"

太后眉头紧锁，盯着眼前的卷轴出神。

团黄笑道："前几日太后还数落徐太妃呢，原来自己也很担心。"

"打仗不是小事，稍有不慎，葬送的是成千上万的性命，哪里能不担心？"太后似乎有些怅然，"徐太妃也好些天没来了。前阵子日日听他们母子聒噪，这突然安静了倒有些不习惯。"

团黄失笑："上次太后话说得这么重，太妃哪里还敢来？"

太后轻声叹息："她经的事少。我担心她以前过于顺遂，得意忘形，所以借机敲打敲打，否则日后危机一来，她怕是要自乱阵脚。"

团黄点头："太后用心良苦。"

太后再度苦笑："就怕她会错了意。"

团黄猜到太后挂念小皇帝，笑着说道："要不明日奴婢往太妃那里走一趟，与她分说分说。若是太妃心里有什么怨气，奴婢也能开解，省得她与太后有心结。"

"也好，"太后正要点头，忽又轻蹙眉尖，"不过我最担心的还不是太妃。"

"那是什么？"团黄问。

"赵王一事明显有人设局，"太后说，"然而设局之人一直藏身暗处，让人猜不到他的目的。若是他有什么谋划，只怕现在就是他出手的时机了……"

李砚与东平王谈完时，天色已晚。他来不及赶回京内，便在别庄歇息一晚，次日清早才动身回返京中。

他连日奔波于东平王和余维扬之间，已在棋院告假多日。为免引起旁人疑心，他抵京后的第一件事便是去棋院销假。谁知刚到棋院，太后便遣人召他。

李砚不敢怠慢，即刻随那宦官前往。去的路上，他不免又想起东平王说过的话，一时心中千回百转。等到大事成功，她会不会愿意随他远走高飞？要是当初的顾昭，这应该是毫无疑问的。可是听过东平王的话后，他却不是那么确定了。

从他接近时的反应看，她仍然尚存旧情，只是始终与他保持距离。即使已然情动，她也总能及时将他推开。若到时候她不愿同他相守，他这许多年的筹划又有什么意义？

正是思虑重重的时候，中官已将他引至太后所在的佛室。李砚抬头，已见宫女上前开门，并为他挑起了帘子。李砚定了定神，深吸一口气，打起精神进到室内。

他一入内，门便在身后阖上。太后坐于窗下，却没有诵经，而是伏在案前抄写经文。娟秀的字迹已布满了大半个素色长卷。秋日的一抹暖阳透过窗纱，正照在她侧影之上。

346

因为这日未开延英，她只做了极为简素的打扮：头发松松绾了个髻，面上略施粉黛，身上穿着雪青色衫裙，肩搭一条白纱帔子。除了头上两支束发的银钗和腕上的素银柳叶镯，全身再无一饰。执笔时，她微微低头，稍露一段白皙细腻的颈项。松松套在腕间的银镯随着她写字的动作，做着轻微的晃动。

这恬静安详的姿态让李砚有些失神，好一会儿才想起向太后行礼如仪。

"来了？"太后并不计较他方才的失态，抬首对他温和一笑，"坐吧。"

李砚颇为拘谨地拜谢，然后入座，低头说道："不知太后召唤，所为何事？"

此时太后笔中所蓄之墨已然用尽，她便不急于开口，而是重新蘸墨。在石砚边缘轻轻刮擦笔尖时，她才缓缓开口："你常在外面行走，容易打听消息，可曾听闻坊间对维州一战的议论？"

李砚不知她问话的目的，便谨慎地回答："市坊百姓对于此战也是众说纷纭。有说戎人勇悍，朝廷不该开战；也有人觉得戎人年年进犯，国朝应该予以反击；还有人说维州固然有必要收回，却不应如此轻率进兵。"

太后听了，将笔杆抵在颔上，思忖良久后才又问道："那他们对徐太妃又是什么看法？"

这更要小心回答。李砚斟酌片刻，方赔笑道："太妃风评一向不佳，如今，也没什么起色。"

太后点点头，不说话了。

李砚正与东平王谋划大事，最担心的正是计算之外的变故。他怕太后有什么想法，等了一会儿，小心翼翼地试探："太后忽有此问，莫不是听到了什么风声？"

太后漫不经心道："宫中消息不便，真有什么风声，我怕也是最后才会知道。战局不明，东平王又至今不见踪迹，终究是个隐患。我想他若真打算有什么动作，应该就是现在了吧。徐太妃声名不佳，他要起事，岂会不加利用？什么时候坊间有大量不利徐氏的流言出现，大概就是东平准备出手了。"

这猜测竟与真相十分接近。李砚心中惊骇，面上却还是不动声色："会有人做这样的事？"

太后笑得耐人寻味："这样的事我可没少见。东平这孩子比他父亲强得多了，能一朝逆转局势也未可知。"

李砚动了动眼珠，甚是关切地问："郑娘子那里可曾提供什么线索？"

太后笔尖一滞，抬起头，意味不明地重复："郑娘子？"

李砚只道她尚未明白自己话中之意，耐心解释："那位饮妓肯替东平王掩饰，显然交情匪浅，也许能问出些消息。"

"哦，你说牙娘……"太后低笑一声，垂首看着眼前的经卷，"她早就放回去了。"

这事李砚倒也听说了大概，只是一直不解朝廷这样做的用意，此时正好询问："这是何故？"

太后从容地将笔搁于架上，侧头向他："换了你是东平王，可会把机密告诉一名身份低微的饮妓？"

李砚恍然，笑着回答："自然不会。"

"这不就结了，"太后道，"东平是聪明人，想必也不会犯这样的错。牙娘不过是个拿钱办事的人罢了，审不出什么有用的东西，关着也不过白白做个弃子，倒不如放她回去，再派人盯着。万一东平王与她接触，我们也就有眉目了。"

李砚五味杂陈，不知该佩服她的机谋，还是暗呼侥幸。牙娘被放出来时，他也疑惑朝廷怎么轻易放过她？原来是想用她做饵，引东平王出来。以东平王和牙娘的亲厚，若非有自己字迹一事令他疑心，不敢再与北里接触，只怕真会露出行藏。

多年谋划险些功亏一篑，纵然李砚心机过人，也惊出一身冷汗，许久都吐不出一句话来。等他稳住心神，却见太后一双妙目正盯着他。不知为何，他背脊间隐隐生出几分寒意。虽然心下惊疑，他却佯作不知，笑着问她："太后为何这样看着臣？莫非是臣有什么失仪之处？"

太后移开目光，神色如常地提笔抄经："并非如此。只是刚才忽然想起前日我遣人去棋院找你，棋院的人却说你告假，要过两日才回来。我只道你是不是又一声不吭地走了。"

李砚释然。他早料到告假这么多日，必有人过问他近日的去向，便不慌不忙地作答："早些时候收到王老抱恙的消息，便告假几日，前去探望。太后放心，臣，不会再不辞而别。"

"王老？"太后深敬这位国手，听到他的消息果然关切，连声询问："要紧吗？可要我遣个医官为他诊视？"

"已找医人看过，并无大碍，"李砚道，"毕竟年岁大了，底子有些虚。

他家里人如今也不许他出门，只让他静养。臣这两日看着已见起色，太后不需担心。"

"那就好，"太后似是放心，然而眉间终有惆怅之色，"初入宫时，我并不适应这里的生活，还是王老托人捎信，对我劝慰鼓励，我才能支持下来。他于我有半师之谊，又助我良多，我却碍于身份，不好过于亲近，实在有愧。"

李砚也忍不住幽幽叹息："太后的身份，确实有许多不便。"

太后苦笑："你明白我的难处就好。你我都曾受教于他，我不能尽力的地方，还请你多多费心。若有什么需要，只管告诉我。"

"这是自然。"李砚爽快应下。

太后点头，埋首经卷，再无他话。

李砚知道这通常意味着召见即将结束。很快就会有人来领他出去。然他还有未尽之语，不愿就此离去。

"当初……"虽然知道唐突，他还是忍不住开了口。

太后果然又抬起了头。

话到口边，李砚却又有些迟疑，踌躇一阵后才继续说道："前岁臣与王老重逢之时，王老其实狠狠责骂过臣。"

"他为何骂你？"太后奇道。

李砚话既出口，便再无顾忌，连称呼也下意识地改了："自然是骂我不辞而别，有负于你。"

"他……"太后惊愕之下，竟也忘了计较他的无礼，"王老知道我们的事？"

当初她自知与李砚之事为礼法所不容，因而一向小心保密，就算王老与他二人情谊深厚，她也不曾告诉他实情。难道他早就知道？太后看向李砚的眼光又深了一些。

"王老那时已近半百之龄，人情世故上岂不比你我老道，又怎会猜不到我们已情愫暗通？"李砚道，"不过他那时乐见其成，便不曾阻止。他后来和我说，你虽贵为国母，却一直郁郁寡欢，还说若是早知你要入宫，定不会任由我们胡来，致使……他说，当初竟是误了你……"

太后的神色一时难辨悲喜。沉默良久，她才长声叹息："这如何怪得王老？他那时若阻挠我们来往，恐怕反而会激起我们叛逆之心。那时候……"

她没有再往下说，而是凄然摇头。

"那时候……"李砚喃喃重复。

"说了你也许不信，"太后轻声说，"入宫前的那个晚上，我都还在想，你会不会突然出现在我面前？那时候，只要你一句话，天涯海角我都跟着你去。"

"当真？"李砚又惊又喜。这恐怕是重逢以来，她对自己说过的最为动听的话了。

"绝无虚言，"太后笑容苦涩，"一入宫门深似海。就算贵为国母，要见家人也非易事。先皇后虽然是我堂姐，我却只在很小的时候见过她一次。我早就知道这是个什么地方，哪里会想进来？"

"所以……"李砚试探道，"太后对这里并不留恋？"

太后失笑："留恋？一个巨大的牢笼，有什么值得留恋的？"

没什么比这样的答复更让李砚满意了。他眉心舒展，放下了最后一点担忧。她的心终归还在他这里。还差一点点，他凝望着太后秀美的容颜，在心里默念，再过几天，他们就能永不分离。

太后和李砚交谈的同时，团黄已来到徐太妃殿中。

她熟知太妃习惯，知道这个时候，徐九英一般已睡过午觉，不是在听颜素讲些古人逸事解闷，就是和宫女们玩长行、呼卢消遣。这往往是她一日里心情最好的时候。

通报之后，很快就有宫女出外，领她入殿。还未走到内殿，团黄便先听到一阵笑声。她暗暗心喜，看来她不但没挑错时间，颜三娘这日还把太妃哄得很高兴。这对她此行的目的十分有利。

寻思间，她已由宫女领着走过层层帐幔，接近了内室。想必徐太妃已得知她来到的消息，笑声很快隐去，颜素也坐在了门口，正用五彩丝绳打着结子。

听见响动，颜素放下手中的绳结，不慌不忙地起身与团黄见礼。

团黄连忙还礼，然后听颜素向里间通报："太妃，团黄来了。"

片刻后，内里响起徐九英的声音："让她进来吧。"

听到回答，颜素退到一旁，微笑着对团黄抬了下手。

立刻便有两名宫女上前，为她打开门。团黄向颜素点了下头，迈步入内。

这是徐太妃日常起居之处，房内的布置并不华丽，却很舒适。窗下设有长榻，榻上置有隐囊。徐太妃一身家常打扮，斜靠在上面。她身侧又有矮几，上面摊着一副双陆和一个吃了一半的橙子。长榻左边帘幕低垂，掩住了通往内寝的路。团黄下拜之时，觉得那处垂帘极轻微地晃动了一下。团黄余光看去，觉得帘后似乎有个隐约的影子一晃而过。可等她定睛再看时，那里却是空无一人。

"怎么？"徐九英瞥见团黄神色异样，向她挑了下眉毛。

团黄没有头绪，只道自己眼花，依旧向徐太妃行礼如仪。

徐九英也不深究她刚才的举动。妙目在团黄身上睃巡一回，她直截了当地问："太后让你过来的？"

团黄赔笑："这几日总不见太妃带陛下过去，太后有些挂念，所以打发奴婢过来探问一声。"

徐九英嗤笑："这怎么敢当？我要是跑得太勤，岂不是又显得沉不住气，让旁人看了笑话？"

口吻阴阳怪气，看来徐太妃还在记恨前几日的事。团黄连忙说几句软话："来之前，太后就吩咐奴婢，前阵子话说得有些重，让奴婢代她赔个不是，请太妃别放在心上。"

"哪儿说重了，不挺有道理的吗？"徐九英冷笑。

这就让团黄为难了。毕竟她是太后的人，总不能直言太后的错处。斟酌片刻，她又开了口："太妃向来明白事理，奴婢还请太妃摸着心口想一想，若不是把太妃当成自己人，太后又何必和太妃说那番话？要是太妃因此和太后疏远，岂不是辜负太后一番苦心？"

徐九英不意她说出这么一番话，过了一会儿才似笑非笑道："听你这意思，我要是记恨，就是我不明事理了？"

"奴婢绝非此意！"听她有诛心之意，团黄一惊，连忙伏身请罪。

室内一时沉寂下来。团黄还道自己惹怒了徐太妃，正自惊疑不定，眼前忽然裙摆一飘，却是徐九英起身走到她面前了。

"怎么，真吓到了啊？"头顶传来徐九英的笑声。

团黄听她语气里全无刚才的恼怒，愣了一下才反应过来，暗暗松了口气，有几分做作地拍胸口："原来太妃是故意吓唬奴婢！"

徐九英亲自扶她起身，又笑吟吟地捏了下她的脸："看你这么会说话，就想逗逗你。不会生我气吧？"

团黄哪儿敢和她计较，连说不会，只是半开玩笑地嗔了一句："就是太妃吓得有点狠了，奴婢到现在都还心惊肉跳的。"

"这就是我的不是了，"徐九英笑着向她一福，"这厢给你赔礼。"

"奴婢怎么敢当，"团黄忙去搀她，"太妃若是真心疼奴婢，还请体谅奴婢的难处，别和太后置气。奴婢才好和太后交差。"

"我哪儿能真和太后生气呢，"徐太妃笑道，"这两天青翟有些咳嗽，我才不让他出门。等过两天皇帝好了，我就带他去瞧太后。"

团黄听她这样说，彻底放下心，回去向太后复命了。

送走团黄，徐九英的笑脸立刻垮了下来。她伸了个懒腰，往榻上一倒："人走了，出来吧。"

窸窣响动之后，帘后走出一个人来。团黄不曾看错，室内确实还藏了一人。此人穿着无品宦官的服色，然而身材修长，仪态也十分出众，并不像低微之人。且随着他从暗处走出，脸上轮廓也逐渐清晰，眉清目秀，唇红齿白，在宦官中乃是极少见的容貌，只是略显黑瘦，竟是本该在西川督战的陈守逸。

刚才徐九英和团黄的对话，他在帘后听得清楚。走出来后看了一眼已经阖上的两扇门，微微皱眉："太后和太妃有龃龉？"

徐九英撇了下嘴："前阵子西川一直没消息，有点心急，让她逮着机会敲打了几句。"

"所以就拿团黄出气？"陈守逸温和数落。

徐九英不接话头，而是白他一眼："你不好好在西川当监军，跑回京做什么？"

陈守逸赔笑："奴婢担心京里的局势，总要亲自回来看一眼才能安心。"

"擅离职守可不是小事，"徐九英哼一声，"还这么大摇大摆地进宫来，不是让我难做吗？"

"西川那边，奴婢已与韦公分说明白，他也愿意替奴婢遮掩。京中就更不必担心了。奴婢那么多兄弟在呢，安排奴婢悄悄进出几次也不是难事。"

陈进兴养子甚多，升任高阶内侍的也不在少数。以他们的势力，把陈守逸在神不知鬼不觉的情况下带进来确实不难。

徐九英听他这么说，也微微放心。她才刚见着陈守逸，外面就传团黄来了，她还什么都没来得及问，这时正好继续之前中断的谈话："西川那边吃这么多败仗，究竟什么情况？"

"那些败仗其实是我们故意的……"

才刚起了头，陈守逸就被徐九英拧住了耳朵。

"故意？"徐太妃咬牙切齿，"我费那么大劲说动太后出兵，天天在京里担惊受怕，你们倒在西川故意打败仗？陈守逸，你这监军当得可真不错啊。"

"疼疼疼！"陈守逸被她拧得直抽冷气，"太妃先别动气，听，听奴婢解释。"

徐九英松了手，面上却像挂了一层寒霜："这事你今天要是说不明白，我和你没完！"

陈守逸一边揉着耳朵一边道："奴婢一接到余维扬遇刺的消息，就觉得京里可能会出事，所以想了个速战的计策。要说这个计策啊……"余光瞥见徐太妃面色不善地抬手，他赶紧把故弄玄虚的话都省了，飞快总结一句，"之前那些败仗，都是为了迷惑他们。"

徐太妃不为所动，沉着脸道："赢了还是输了？"

陈守逸咽了一下口水，干巴巴地说："赢……赢了。"

"真的？"徐太妃仍旧不动声色。

"真！"陈守逸迭声道，"真得不能再真了。"

徐九英的脸色瞬间由阴转晴，还喜得给了他一拳："赢了你早说啊！害我担心这么久！"

陈守逸看了看几案上的双陆，暗自嘀咕她还有心情和颜三娘玩双陆，看来这担心也很有限，可是嘴角还是忍不住扬了起来。

徐九英喜笑颜开，双手合十，不住地念叨："佛祖保佑，总算是赢了。我可以放心了。"

陈守逸目光温柔。虽然刚才还在笑她心口不一，嘴里说担心，却也没耽误玩乐，但是转念一想，这不正是他希望看到的吗？她平安顺意，他在战场上的种种凶险才有价值。

徐九英欢喜过后，也不免好奇，向他打听："听说戎人凶悍得很，你们之前又一直输，怎么突然一下就赢了呢？"

陈守逸不紧不慢地说："太妃以前不是也学过围棋，可知棋手有时候为了取胜，会有意识让对方吃掉自己的棋子？"

"我连规则都没弄懂，哪儿能算学过？"徐九英轻轻推他，"别和我绕弯子，快说快说。"

陈守逸见她急，便不卖关子了，耐心和她解释："说穿了也简单，就是用之前的败仗迷惑戎人，让他们以为中原战力不过如此。等他们掉以轻心了，再将他们引到我们一早埋伏好的地方围歼。中伏时，他们几乎毫无防备，所以伤亡尤其惨重。”

徐九英追问："然后呢？"

“那一战歼灭了不少戎军主力。他们无心再战，已退到昆明城内。奴婢离开时，姚都使已与南蛮合兵包围昆明，相信很快就会有结果。”

“你的意思是，你们不但守住了维州，还能抢戎人的地盘？”对徐九英来说，这算得上意外之喜了。

陈守逸失笑："西戎在昆明经营多年，哪儿这么容易攻下来？围城不是为了抢他们的地盘，而是向他们施压，迫他们求和罢战。"

“我懂了，”徐太妃恍然，“好比我和你打架，虽然我现在占了上风，但是打起来我也肉痛，当然是想见好就收。可是我又怕你看出来，继续和我纠缠，所以先摆个不肯罢休的架势，说不定你一怕，就向我求饶了。”

陈守逸拊掌称赞："太妃一点即透。"

“可是不对呀，”徐九英想了一会儿，又皱起眉头，“照理说你们赢了，该马上向朝廷报捷，可是西川到现在都没音信。”

陈守逸脸上的笑容消失了，平静道："这是奴婢的意思。"

“为什么？”

“余维扬遇刺是个局，”陈守逸道，“若是现在传出大捷的消息，做局的人也许会就此收手。”

“那不是很好？”

陈守逸摇头："敌暗我明，终归是个隐患，倒不如趁这机会引蛇出洞，一网打尽。而且……"

徐九英接口："而且什么？"

“虽说是合作关系，但是太后之前的立场一直摇摆不定，”陈守逸微微一笑，“太妃就不想试探一下吗？”

阴雨断续下了两三天。

深秋本已寒凉，绵雨之后冷冽之气更甚。一夜之间，京城便显出几分萧索的味道。

掉落的黄叶铺满地面，即使步子放得再轻，踩上去也会发出细微的沙沙声。捕捉到这声响，李砚迅速转头，却还是一无所获。

从棋院出来，他就觉得不太对劲，背后像是有道目光一直跟随着他。

没有发现任何异常，李砚若无其事地继续前行，脑子却转得飞快，什么人在窥视他？难道是他们筹划的事情走漏了风声？若是事泄，是哪个环节出了差错，还能不能补救？

心事重重地在巷中绕了几圈，李砚终于又听见了来自背后的脚步声。

"什么人？"他趁其不备，猛然跳起，一把按住对方的肩头，将人推到巷道的墙上，嘴里还大声喝问。

来人没料到他突然发难，吓得浑身一个哆嗦，连声尖叫："好汉饶命！好汉饶命！"

李砚听着这不伦不类的话，一时哭笑不得。他仔细分辨，此人嗓音尖细，不像歹人，倒像是宫中的内官。他松开手，上下打量，见这人身上确实穿着宦官服色，便放缓语气问："刚才跟着在下的是中贵人？"

"啊？"这宦官一脸茫然，结结巴巴道，"我没，没跟踪你啊。我是宫里人，奉太后之命，来向棋院的李待诏传旨。可是他住的这地方实在太偏了，我转了半天都没找到，还和同伴走散了。"

李砚失笑，原来是虚惊一场。这宦官年纪不大，又呆头呆脑，确实不像能盯梢的人。他自嘲地想，大事将近，自己未免有些风声鹤唳。他放下心，客气地为这内官掸了掸衣服，在对方疑惑的目光中开口："在下李砚。不知太后命中贵人前来有何吩咐？"

"原来你就是……"宦官忙清了清嗓子，挺直身子，捏着嗓子道，"太后口谕，请李待诏明日入宫一叙。"

李砚低头领旨。

大约是因为受了惊吓，那宦官无甚谈兴，传完旨立刻就告辞了。倒是李砚在原地沉思许久。

或许是被王老之事触动，太后近来对他的态度明显软化。这几日更是频频将他召入内宫，且言辞之间不时流露出对往昔的怀念。种种迹象都向着李砚期望的方向发展。余维扬那边已经在紧锣密鼓地策划起事，他觉得也是时候和她交个底。明日正是个好机会。

李砚打定了主意，次日一早就入了宫。

进入太后殿中，他看见太后独坐棋盘之前。棋盘上黑白棋子交错，似乎已至中盘。而太后正对着棋局沉思。

此时室中并无宫娥侍奉。领他人内以后，引路的宫女也在太后的示意下退出，以便两人单独说话。

李砚向她行礼。太后摆了摆手，让他不必多礼。

她指了指棋盘另一边。李砚会意，低头人座。坐下时，他向棋盘瞟了一眼，不由得怔住。棋盘上摆的竟是他们未完成的那局棋。

"你曾经说过要了未了之局，"太后目视他，缓缓开口，"可是这一局，到今日都未了呢。"

当年二人虽然情投意合，却还是免不了少年人争强好胜的心性。哪怕相知已深，彼此还在暗暗较劲，一心要分个高下。这一局原本是他们约好决定胜负的一局。谁想聚散无常，竟然十几年都没能完成。

重逢时的隔帘对弈，太后虽与他重现此局，却也只到他们中断的地方。之后即使她和他谈论弈棋，也不过是复盘了几个名局，对弈却是再未有过。想不到今日，她竟主动摆出了这一局。

"太后为何突然有此雅兴？"惊喜来得太快，李砚反而有些迟疑。

"西川那边怕是不太好。"太后语气沉重。

李砚一愣，不太好的意思难道是指……

见李砚一脸疑问地看过来，太后苦笑着点了下头。

得到肯定的答复，李砚一时也不知该作何表情。虽然早有这样的预期，然而当真听到，第一个感觉竟是茫然。

他的神色太后看在眼里。她长叹一声，走向几案。

因为背对着太后，李砚看不见她的表情，只道她因西川之事灰心丧气，心里对她越发怜惜。

他不知道的是，太后此时的目光正落在几案正中的赤金酒具上。片刻之后，她镇定自若地拿起錾满凤鸟缠枝纹的酒壶，向八角金杯中注酒。

"明日朝中指不定是风是雨，"斟满一杯，她亲手将盛着琥珀色酒液的杯盏递到李砚面前，"以后怕也再难有这等闲情逸致。你若体谅，同我饮过此杯，同我下完这一局，将来也不至留下什么遗憾。"

她语义不详，李砚听了微微皱眉。但他转念一想，西川战败，她必要面对朝臣责难，自己如何忍心在这个时候坏她兴致？他当即接过酒杯，柔声劝慰："胜败乃兵家常事，太后不必过于介怀。"

说罢，他便将杯中之酒一饮而尽。酒杯空了，他才觉出酒味苦涩，不似寻常之酒。

太后虽然手持酒杯，却未饮酒。她愁眉不展地将酒盏放下，幽幽叹道："朝廷为此战投入甚多，我能不介怀吗？"

"情势也未见得很糟。"见她愁眉不展，李砚无心追究那杯酒，颇有些急切地安慰她。

太后回身，嫣然一笑："糟糕也好，不糟糕也好，总归是明天才需要操心的事。今日尚有片刻欢愉。"

李砚看她的目光越发柔和。终于，他从盒中拈起一枚黑子，放落棋盘。

太后一笑。待看清他落子的位置，她微露讶异之色。低头思量片刻，她眸子一亮，自信满满地应了一手。

这次却轮到李砚吃惊了。拿着棋子沉思许久，他才决定了下一步的走法。

见了这一手，太后的神色顿时严肃起来，白子在半空停留良久，终于落在棋盘上。

两人你来我往，却是越下越慢。十几年来，两人不知将这棋局揣摩过多少回，都觉得对方可能的应对尽在自己计中。然而双方接续的几手竟都在彼此意料之外。盘面也瞬息万变，风起云涌。预感到此局或成名局，对弈的两人更不肯草率，必要深思熟虑之后才会出手。

李砚精于算路，已看出目前形势下，旗鼓相当的局面很有可能一直维持到终局，不由得出声赞叹："臣自觉这些年也算勤勉，棋力颇有提升，想不到还是只能与太后平手。"

"与我平手难道很丢脸？"太后笑问。

"怎么会？"李砚失笑，"臣进入棋院以来，也曾留心观察。太后事务繁剧，不比臣闲云野鹤。说是平手，其实臣已经输了。"

说到这里，他心中暗叹，若当年良缘得成，他二人一同钻研此道，也不知今日是何等光景？

太后幽幽道："待诏若能像当初那样心无旁骛，此时恐怕早已胜我许多。"

李砚不解："这是何意？"

"意思是……"太后微微一笑，落下手中白子，"这一局终归是我赢了。"

李砚大吃一惊，重新审视盘面。太后这一手巧妙地遏制了他的攻势。若她在中盘时出这一手，他尚有挽回失利的可能。现在临近收官，能施展的地方十分有限，怕是再难回天。

"太后毕竟技高一筹。臣认输了。"已看到终局的李砚爽快投子。

"你确实该认输了，"明明取得胜利，太后却并无喜色，反而神情冷峻，"崔先生。"

这三个字有如惊雷。李砚霍然起身："太后，叫臣什么？"

"我也正想请教，对阁下应该如何称呼？"太后语带讽刺，"相识多年，我竟不知你究竟是叫李砚，还是崔收？"

李砚声音发颤："你什么时候……怎么……"

"你想问，我什么时候，又是怎么知道的？"太后苦笑，"老实说，我宁愿不知道。"

李砚飞快地盘算着措辞："臣做的一切都是为了太后。臣原本打算事成以后再向太后和盘托出。现在太后既已知道，臣愿意告知太后真相。"

"真相？"太后缓缓道，"这个真相是指你替赵王图谋不轨，还是你利用我刺探消息？又或者，是先太子叛乱时你扮演的角色？"

多年算计被她一一道破，李砚冷汗淋漓，却还是极力自持："这些臣都可以解释。"

"迟了，"太后摇头，"太迟了。"

李砚愣住。

太后目视他，眼中浮上一层悲哀之色："你差不多也该感觉到了吧？"

她一提醒，李砚才察觉到自己有些不妥：舌下发麻，头晕胸闷，腹部也开始隐隐作痛。过了一会儿，他的呼吸开始加快，肌肉也微微抽搐起来。

"那杯酒……"李砚想起她赐的那杯酒。

之前就觉得那杯酒有股异乎寻常的苦味。她坚持让他在棋局开始前喝下，也十分古怪。只是当时他心思还在西川的消息上，竟没有太过注意，多年谋划的美好愿景，难道只能是泡影？

"你……"挣扎着想要起身，可是他已开始全身痉挛，最终也只是碰翻了她面前的棋盘。

哗啦一声，曾是稀世奇珍的冷暖玉纷纷掉落，碎了一地。

第二十六章
变生

地上的躯体缩成一团，手脚不时抽搐，发出呼气声。随着抽搐的间隔越来越长，呼吸也越来越弱，几不可闻。最后的时刻，他似乎想要靠近太后，可是费尽全身力气，也只爬动了半步。反而是散落在他周身的棋子被他拨动，发出几声脆响。

太后端坐原处，甚至不曾看他一眼。

良久，呼吸声彻底断绝，她才转动双眸，看向地上的李砚，却在短短一眼后就闭上了眼睛。

"白露。"重新睁眼时，她眼中平静无波，清冷的女声在室中响起。

"奴婢在。"白露推门而入。

"徐太妃到了吗？"太后问。

白露对李砚的尸身视若不见，沉稳答话："已经到了，正在佛室等候。"

太后点头，起身时她的目光最后一次飘向李砚。发绀的面色使得原本清俊的相貌变得有些可怖，青紫的嘴唇以奇异的弧度上扬，像是一个诡异的微笑。

"太妃还等着太后呢。"白露怕她看了不适，在她耳边小声提醒。

太后收回目光，垂眸片刻，低声吩咐："这里交给你了。"

白露领命。

太后深深吸了一口气，用沉稳的步态走向佛室。

徐九英正在佛室里吃果子。与她同来的还有颜素和陈守逸。在室中陪他们说话的则是团黄。太后入内时，众人不约而同地转过头，接着纷纷起身行礼。

太后的目光缓缓扫过几人。视线落到本该在西川监军的陈守逸身上时，她只微微一顿，没作任何表示。

徐九英抢先开口："团黄说的事情是真的吗？那个李砚真是东平王的奸细？"

太后点头。

徐九英倒吸一口冷气。回想起此人还是她推荐给太后的时候，徐太妃的表情更是十分微妙。

太后猜到她的心思，平静道："此人我已经妥善处置，太妃不必担心。"

徐九英知道她所谓妥善处理是什么意思，打了个寒噤，突然失去了吃果子的心情。

"恕奴婢冒昧，"陈守逸适时插口，"太后如何看出李砚有问题的？"

这也是在场所有人的疑问。徐九英和颜素也都把目光转向太后。

太后缓缓道："原本我也不知道他和赵王等人的关系，是他自己说漏了嘴。"她在这里停顿了片刻，才又接着说，"他提到牙娘时，用的称呼是郑娘子。"

"郑娘子？"徐九英不解。

"牙娘的假母姓吴。"太后淡淡补充。

徐九英和陈守逸露出恍然之色，唯有颜素仍然一脸迷惑。

陈守逸料想以颜素的经历，必定不知北里习俗，遂出声解释："北里诸妓多冒假母之姓。"

"你倒是挺懂嘛。"徐九英轻哼。

陈守逸听这语气不对，摸了摸鼻子，不敢再说。

他这边停了口，徐九英却兴冲冲地拉着颜素说了起来："原来还有三娘你不知道的事。我跟你说，也不知道是什么缘故，北里的饮妓很少在外面使用自己的姓氏，都是用假母的姓。就算是常客，都未必知道她们的本姓。这李砚既然知道牙娘原来的姓，自然是她的相好，那必定就是奸细了。"

太后摇头："并非如此。"

360

陈守逸嗤笑了一声。

徐九英难得有机会炫耀自己的见识，谁料竟然闹了笑话。她不敢对太后不敬，便瞪了陈守逸一眼，讪讪说了句："不是这样啊？"

"李砚若是牙娘入幕之宾，又岂会不知其假母之姓？"太后道，"正相反，他对北里应该不太熟悉。我猜他是通过其他方式与牙娘有过接触，才会无意中露出破绽。"

徐九英一拍桌子："有道理！"

陈守逸沉吟片刻后说："一个称呼未必代表什么。"

太后看他一眼："当然不能因为一个称呼就定他的罪。但是北里与东平王关系匪浅，京中却是众所周知。东平王私自出京，替他遮掩的人正是牙娘。现今东平王不知去向，李砚往来宫廷，又与牙娘有所联系，未免微妙。如今正是多事之秋，小心一些总不会错，所以我让人查他。"

陈守逸点头认可，又接着问："太后查出了什么？"

"我告诉他，北里一直有人在监视牙娘动向。他若当真与东平王有什么瓜葛，必定会避开那里。确定他不会靠近北里以后，我派人搜查了牙娘居所。然后……"太后向团黄点了下头，"就搜出了这个。"

她说话的时候，团黄已从几上的匣子中取出一个长约一尺的卷轴。得到太后示意，团黄小心展开卷轴。

陈守逸细看，是一卷手抄的《棋经》，著者正是李砚。

太后看着那卷《棋经》，神色略显复杂。这《棋经》的来历她是熟知的。这一份乃是李砚抄录给王老品评的，她还曾经与他一道研读过王老的评语。想不到李砚会将它交给牙娘，更想不到这份经卷竟然成了暴露他身份的关键。

"这似乎是讲解围棋要略的书？"陈守逸显然不解太后拿出这卷书的意义。其他人更是一头雾水。

"他写的内容不重要，"太后回过神，再次示意团黄，"重要的是这卷书证明李砚确实与牙娘有过来往。我并没有疑错他。接下来要查的便是他与东平王等人是否有关系。"

陈守逸想了想："牙娘可曾招认？"

太后摇头，语含讥讽："这位娘子虽然籍属教坊，倒是个节烈女子，抵死不肯承认她和李砚有联系。好在她也不是唯一的线索。李砚若与东平王他们有来往，总归还会有其他蛛丝马迹。缉拿赵王等人时，已经搜过他们的府第，如

361

今也不过是再筛查一遍。"

　　太后再度示意团黄。团黄又取来两封书信。陈守逸和颜素分别上前看过。信很短，不过是答谢赵王赠送的礼物，落款是一个叫崔收的人。这两封信，光看内容并无不妥，但当两人对比那卷《棋经》后，却都露出了古怪的神色。最后还是颜素开了口："这似乎是李砚的笔迹？"

　　太后点头："赵王交游甚广，和他有信件来往的人不在少数。这两封信内容并无异常，赵王大概认为没有毁去的必要。当时搜查的人也确实没对这些书信起疑。现在有了这卷《棋经》，我们才发现，原来这位李待诏还有另外一重身份。"

　　"这个崔收……"陈守逸皱眉。

　　"我让人连夜提审赵王，"太后说，"他很痛快地招认，这个叫崔收的人一直在为他出谋划策，甚至……"

　　"甚至什么？"徐九英追问。

　　太后沉默一阵，终于说："甚至，先太子之乱，也是他一手策划。"

　　徐九英惊呼："怎么可能！"

　　太后苦笑："我刚听到消息时也觉得匪夷所思。可是赵王说得有板有眼，所有细节也都对得上……"

　　赵王交代他当时无意中发现太子的隐疾，并把这件事告诉了崔收。崔收以此策划了一场变乱。他让赵王以一个慈爱长辈的身份接近太子，在太子心里播下对继母的疑虑。连串伪装下，表面上太子的病情似乎是控制住了，实则疾患越来越深，后来竟发展到神志不清，无法正确判断事态的地步。这时太子越发依赖赵王，因而很容易就被他蛊惑，走上叛逆之路。然而赵王和崔收的目标并不是太子。因此在皇后回顾家省亲时，崔收将一封密信送到了她手上……

　　崔收对赵王言道，以皇后素来的决断，必能看出太子谋反不会成功。为了保全顾家，她定会壮士断腕，舍弃太子，保护皇帝。而仓促之间，皇宫守卫不足，必然只能关闭宫城。宫门紧闭，阻住太子攻势的同时，也会切断宫廷与外界的联系，这时再鼓动太子攻打诸王所居的苑城，尽斩皇帝血脉。届时皇帝直系子孙尽亡，一切罪责又有太子承担，赵王则会因为血缘最近，成为最大的受益者。

　　说到这里，太后幽幽一声叹息。这些年，她一直不得其解，究竟是谁把那封书信送去顾家，告诉她太子谋逆的消息。想不到真相竟是这样……

"崔收既是赵王谋士，为何又要行刺余维扬，设计赵王？"得知所有来龙去脉后，陈守逸却皱起了眉头。

"我想他是发现了比赵王更值得扶植的人。"太后说。

陈守逸目光一闪："东平王？"

"东平是先帝选中的人，"太后点头，"名分上比赵王更有说服力，智计也远胜其父。何况我们到现在都还不知道，他手上究竟有什么筹码……"

夜色中，一辆朴素的牛车驶进京郊别院。

牛车停稳后，东平王迎上前去，对着牛车深深一揖："见过孙太妃。"

车中人无意与他寒暄，单刀直入地问："你信上说的都是真的？"

东平王并不正面回答，而是慢悠悠地说："太后一直都知道戾太子的病情。兵变时皇宫内的布防也是她一手安排。某那时身在苑城，不敢妄言真相如何，但是太妃身在宫禁，理应比某知道得更加清楚。"

车内沉默良久，最后伸出一只手来。那手本已枯瘦至极，又因紧握一物而显得骨节分明。

东平王一见那棱角分明的形状，就意识到是什么。他上前一步，摊开双手。片刻，一个方形物件落入他的掌心。此物微带凉意，触感细腻光滑。东平王手指向下摩挲，触摸到八个凹凸不平的古老篆字："受命于天，既寿永昌。"

永庆二年十月，泾阳。

无论朝野，冬季往往是一年里最为宁静的时候。扰边的戎狄多半会在入冬后退却。纷争落定，田间收割又毕，家家户户备好越冬之物，正可稍事闲暇，以待来年。

泾阳县归属雍州，距离京城不过数十里，几乎便在天子脚下。又因地属要冲，物来人往，几十年来这一带倒是算得富足安宁。因为此地已很多年未曾遭逢兵祸，当城外忽有大军出现的时候，城中的人们面面相觑，竟都有些不知所措，甚至好事者还偷偷爬上城楼，饶有兴味地窥望。

驻守城楼的军将倒是一眼认出了神策军的旗帜，却暗自疑惑这时节怎会有大军调动？且他们事前也未收到任何消息，未免有些不同寻常。百思不得其解之际，城下有兵将越众而出，手执敕命，高声喝令他们开城。对方乃是神策精锐，开罪不得，何况朝廷也时有从行营调兵入京轮换的举动。虽说这次调动的时间略显奇怪，倒也不是没有过先例。因此守将不过犹豫片刻，即便下令开城。

谁料兵马入城，变故陡生。百名精锐牙兵直奔城楼。泾阳守军不多，又全无防备，甚至还来不及反应便被卸去了武装。拿下城门，为首的什将举旗为号，城外兵马大举进入城中，很快就占领各处要冲。闻讯匆忙赶来的泾阳县令一字未吐就被拘拿。

变乱突起，还在街上的县民俱是一头雾水，胆子略小点的已经吓得魂不附体。好在这支兵马似乎无意惊扰平民，夺城后只是喝令他们各自归家，无事不要出门。百姓们虽然有过一阵惊慌，但因无甚伤亡，倒也很快恢复了秩序。只是家家户户紧闭不出，让泾阳县转瞬之间变成了一座死城。

城中局面得到控制之后，城门再度开启，又有一队兵马自城外进入。这次人数不多，领头的则是两个人。这二人身材并不魁梧，然而俱穿甲胄，骑着高头大马，在众兵甲护卫下进入县府。

入府之后，两人才摘下头盔，却是久未在人前露面的东平王和余维扬。

听完军将报告完泾阳县内的情况，余维扬先松了一口气，笑着说："大王此计果然大妙。咱们兵不血刃就拿下了泾、云等县。"

东平王却未有喜色，而是问他："普润、奉天等地可还稳妥？"

"大王放心，"余维扬自信满满道，"近畿八镇本由神策军屯守，可确保万无一失。京畿之地尽在掌握，接下来只要围困京师，就能瓮中捉鳖，手到擒来。"

"然则我父兄尚在牢狱……"东平王眉心微蹙。

余维扬知他投鼠忌器，出言相劝："大王不必担心。崔先生神通广大、智计百出，等他来后，必有对策。"

"他？"东平王嘴角一勾，颇有讽刺之意，"关键时候都能好几天不见踪影的人，我怎么敢指望？且他所图不过是一己私情，几时在意过我爷兄性命？"

余维扬知道东平王对李砚素有心病，不好接话，转而言道："说来奇怪，他为此事筹划日久，照理说，这么紧要的时节，他怎么也该露面才是，何以突然之间杳无音信？"

东平王没好气道："此人向来喜欢故弄玄虚，又神出鬼没的，且随他去吧。没有他，我一样能解救家人。"

"不知大王接下来有何打算？"李砚不在，余维扬拿不了主意，只能唯东平王马首是瞻。

东平王略作沉吟："我欲修书一封，烦劳中尉派人替我送往京师，呈交太后。只是此事须得保密，万不能让徐太妃得到风声。"

余维扬大吃一惊："大王这是何意？"

"京师城池坚固，若要强攻，恐怕伤亡甚巨，"东平王道，"中尉岂不闻'不战而屈人之兵，上善者也'？目下京畿八镇尽在你我之手，各藩就算入京勤王，一时半会儿也无法突破防线。且我料想，现在宫中应该也已发现国玺失窃之事。没有国玺，太后恐怕连下诏勤王都不可得。仅凭京城的兵力，在神策军围困下支撑得了多久？太后一向识得时务，当会权衡轻重。只要她肯合作，不但京师能够无血开城，也可保我父兄无虞，岂不胜于两败俱伤？"

"我们现在形势大好，主动与太后交涉，不是灭自己威风……"余维扬小声嘀咕。何况东平王要是与太后和解，自己这功劳又怎么算？

东平王猜到他的想法，淡淡加了一句："拥立之功，并不敢忘。"

"大王言重了，"余维扬心思被他点破，顿觉尴尬，连忙道，"仆这就去办。"

东平王所料不差，宫中此时确实已经发现国玺遗失。太后所用的宦官极是精强，密信刚刚递交到团黄手上，宦官便查出了盗印的宫人，拷问之后得知此人受过孙太妃恩惠，因此愿为其驱使，窃取玺印。团黄持信求见之时，太后正在亲自审问孙太妃。

"盗取国玺一事，孙太妃有何话说？"太后声音不高，语气中却自有威严。

被押解而来的孙太妃佝偻跪地，身上仅着素色单衣，披发跣足。听得太后问话，她慢慢抬起头来，额前几缕花白乱发，零散地贴在她苍老的容颜上。样子虽然狼狈，她的神色却出奇镇静，慢慢答了一句："无话可说。"

"国玺现在何处？"太后又问。

孙太妃歪了下嘴："无可奉告。"

这有恃无恐的模样令太后几欲拍案。但她顾全大局，最后到底还是按捺住了一腔怒火。再开口时，她语气依然平静，只是多了三分生硬："太妃入宫多

365

年，侍奉先帝的时间甚至远长于我，岂能不知私盗国玺乃是死罪？"

"先帝？"孙太妃冷笑一声，"太后还有脸提先帝？妾倒想问一句，百年之后，太后有什么面目去见先帝！"

太后沉下脸："太妃这是何意？"

"何意？"孙太妃放声大笑，"你竟然问我何意？我儿子怎么死的，你不该比我更清楚吗？"

太后霍然起身："你说什么？"

孙太妃见她变色，笑得越发欢畅。可是笑到后来，她脸上却落下泪来："我们母子与太后无冤无仇，也一向安分度日。纵然不是太后亲生，他总归也奉你为母，敬爱有加。我的孩子到底犯了什么错，竟落得个身首异处的下场！"说到此处，孙太妃猛然抬头，凄厉质问，"庶太子有病，你为什么不报知先帝？就为你保全顾家富贵的私心，隐瞒他疯癫之事，令我儿女惨遭横死，先帝血脉几乎断绝。你，你就不怕报应吗！"

先太子之事一向是太后心结，陡然自孙太妃口中听到，她浑身一震，竟然一时无言。

孙太妃只道她默认了，积攒数年的悲痛与怨愤都在此时爆发。她猛然跃起，不顾一切地向太后撞过去。

幸而白露机敏，一早瞧出孙太妃神色有异，提前做了准备。孙氏跳起来的时候，已有五六个在旁待命的内官一拥而上，不待孙太妃靠近太后就将她压在地上。

孙太妃犹自挣扎不已，嘴里发出吼声。也不知她哪里来的力气，平日里手无缚鸡之力的女子竟让几个身强力壮的宦官都差点抓不住。最后有个内官急了，往她身上一坐一抱，才将她压制下去。

太后却还在震惊之中，对眼前的混乱浑然不觉。直到白露再三呼唤，她才似回过神，将头转向白露。

"还请太后示下，"白露用沉稳的口气道，"要如何处置孙太妃？"

太后看向地上的孙太妃。花白的头发遮住了她大半张脸。众人虽然看不清孙太妃的面容，但听她一会儿哭，一会儿笑，又一会儿骂，也知她必是处在极度癫狂的状态。

太后似觉头疼，揉着自己的额头，长声叹息："押下去，严加看管。"

盗取御印乃是重罪，孙太妃已经供认不讳，再加以下犯上，意图对太后不利，就是现在赐死她也不为过。太后此令，未免过于宽宏。白露诧异之下，不觉失声："太后？"

太后不容她置疑，恹恹地挥了下手。白露不敢再有异议，只能照做。

"让我静静。"押走孙太妃后，太后疲倦地说。

白露点头，命宫人散去，自己也退至室外。她刚要把门阖上，却见团黄一头撞了进来，连忙把她拦下："太后心情不好，不许人打扰。"

团黄说："我有急事！"

"太后正为孙太妃的事难受，"白露道，"你现在进去，不是更让她心烦吗？"

团黄焦躁道："事出紧急，哪儿还顾得了这许多。"

两人还在争执，已听太后在里间问："外面什么事？"

团黄提高声音回答："奴婢有封急信呈交太后。"

"进来吧。"

团黄入内，将东平王的密信双手呈上。

太后接信，只看得几行，不由得怒从心中起，将信揉作一团，狠狠扔在地上。

白露见她发怒，埋怨地看了团黄一眼，连忙跪下，请她息怒。

太后胸口一阵起伏，好半天才冷静下来，示意团黄捡起地上的纸团。

团黄拿起揉皱的信纸，小心抚平了，才重新呈交太后。

这一次，太后平静地读完了东平王的书信。

"安排人手，"太后先向白露道，接着转向团黄，"请徐太妃。"

夜幕降临。

窗外天光一点点转暗。没过多久，便有宫娥前来掌灯。树灯上浮起团团光晕，下一刻暖黄的亮光便布满室中。太后的身影也被这灯照拉成了细长的一道。宫人点完灯后即便退去。白露看了看仍在沉思中的太后，几次想要开口，却每每话到口边又犹豫。最终她也只是轻叹一声，默默退开。

太后听见这声叹息，微微转头，刚好将白露的神色收入眼中。她不由得苦笑，想起团黄离开之前，也露出了同样的表情。

"白露。"在她退出以前，太后轻声呼唤。

"太后还有什么吩咐？"白露连忙上前。

"东平王提的条件，"太后缓缓说，"你有什么想法？"

白露吃了一惊，连忙跪地："此事非奴婢所能妄言。"

"没关系，你但讲无妨。"太后语气温和。

白露踌躇片刻，小心翼翼地开口："诸军之中，以神策军战力最强。京师虽然尚有十六卫，但人数、军备皆不足与之匹敌。陈中尉又统兵在外，形势恐怕不容乐观。"

太后点头。这正是东平王和余维扬有恃无恐的原因。即使西川的战事已经接近尾声，但陈进兴所率的神策左军不可能立即班师。就算他能马上回援京都，长途奔袭之后，对上已将近畿之地纳入掌控的余维扬，也未必能占优势。且这一来一回，又要耗去不少时间，京城恐怕撑不到那个时候。

"其实……"白露续道，"诸镇若能入京勤王，余维扬倒也不足为惧。"

神策军再强，也不可能与国朝全部的兵力相抗。

太后听了，又是一声苦笑。这一点她岂会不知？不但她知道，东平王亦心知肚明，因而利用孙太妃，抢先一步盗去玺印。没有印信，朝廷又如何传旨各镇？

白露也想到此节，颇有忧色。过了好一会儿，她才又道："太后可是打算……"她微微犹豫，到底觉得不便直言相问，改为婉转暗示，"形势不利，恐怕要有所取舍。"

话说得十分隐晦，但是太后立刻听懂了她的意思。局面逆转，他们再与东平王对抗下去，显然并不明智。

太后沉默了。

她和东平王打的交道不算少，知道他的品性和赵王不同。只要她肯答应合作，必能得到他的善待。但是这也意味着，她要再度背弃徐九英这个盟友。和她不一样，徐氏母子对东平王是个巨大的威胁。落到他手上，他们的命运就很难预料了。

虽然东平王在信中表明了愿意保全皇帝的态度，但是太后并不认为他能信守承诺。皇权之争岂容得心慈手软？何况小皇帝还是名正言顺的天子血脉，不管他多年幼，行过登基大典，受了百官朝拜，便是朝廷正统。现在东平王或许不觉得小堂弟有什么威胁，但将来呢？即便东平王能忍着不动手，那些因他得益的人又克制得住吗？历来废帝，又有几个能得善终？

史书里从不缺少枉死之人。她熟读文史，见过太多的事迹，对此早已习以为常，有时甚至觉得世道本就如此。可是一想到同样的事可能发生在小皇帝身上，她却无法再漠然视之。

这一年来，徐太妃常带着皇帝来看她。因为走动得极为频繁，小皇帝已与她十分熟悉。小孩子没有心机，谁经常和他见面，他就和谁亲近。他会主动上来牵她的手，会拿徐太妃最喜欢的吃食向她献宝，还会在她看书时爬上她的膝头，亲昵地蹭她的脸。很少有人能对这样一个孩子设防，哪怕明知这是徐氏刻意制造的机会，她还是喜欢上了这个孩子。皇帝对她，已经不再只是一个模糊的印象，而是鲜活的生命。何况，他还是先帝最后的血脉。

想起先帝，太后不由得轻叹一声。人的感情就是如此捉摸不定。先帝活着时，她从未恋慕过他。他逝去之后，她反而时常回想起这些年他待她的种种好处。

当初她虽然为了顾家而答应入宫，但心里到底还是意绪难平。她向先帝进呈《汉书》，除了消除东宫的疑虑，也未尝没有赌气的意味。

先帝那时应该是难堪的。无论她表达得多含蓄隐晦，毕竟还是拒绝了他的亲近。即便如此，他也没有为难过她，反而顺从她的意思，从此与她井水不犯河水。

她曾经以为这样的冷落是因为她成功冒犯了皇帝，可是直到他临终的时候，她才察觉那其实是他不动声色的体贴。从一开始，他就什么都猜到了……

先帝弥留之际有过精神不错的时候。所有的人都明白，这是回光返照。皇帝的时间已经不多了。鉴于他在几日之前已留下遗命安排后事，也与百僚作了诀别，大家都默认，剩余的时间应当属于皇帝亲近之人。考虑到皇帝这一年几乎只许徐淑妃一个人伴驾，而她所出的皇子又是皇帝唯一还在世的子嗣，众人都以为皇帝必定会召见他们母子。就是顾昭自己也这样认为。没想到，皇帝最后要见的人却是她。

听到宦官传话时，她除了惊奇，也多少有些忐忑。皇帝殡天、新君继位往往是最为凶险的时候，尤其她和皇帝之间还有先太子这个心结。他并不令她接近现在的太子，想来对她疑忌已深。若他觉得她这个皇后会成为那对母子的隐患，趁着这个时候除掉她，也不是不可能。正因知道自己处境，皇帝病势沉重以来，她都尽力保持沉默，避免引起皇帝的注意。

可惜到底没能躲过去，该来的终究还是要来，由宫人引导着走进皇帝内寝时，她苦笑着想。

寝宫内弥漫着浓重的药味。皇帝病中怕冷，室中生了好几盆炉火，又有层层帘幕挡风。青烟渺渺，炉中火气与药草的味道交织，越发显露出主人的衰颓气息。

她一路走，一路不断有宫人为她挑起帘子。她不愿在人前显得软弱，因此竭力保持着平静的表情，走到寝帐前，向里面的皇帝行礼如仪。

帐内的皇帝动了一下，侍奉在旁的宫人便上来拂开帐子，挂上帘钩。

皇帝露脸后，恹恹地向宫人挥了下手。宫人们恭敬地行礼退去。不多时，室内就只剩下帝后二人。

"近前来。"皇帝这才哑着嗓子道。

她低头膝行数步，靠近了皇帝的病榻。

皇帝却又没了声息。

等了一会儿，不闻皇帝开口，她忍不住抬头看向皇帝，却发现皇帝也正盯着她看。

她微觉心慌，重新低下头去。

"对不起……"就在她惊疑不定的时候，皇帝慢慢说了三个字。

她以为自己听错了，一时竟然忘了礼仪，抬头看向他。

皇帝脸上浮起一丝苦笑。他轻咳两声，才又断断续续道："先皇后临去之前口口声声嘱托，必要选立顾家之女。当时只想满足她最后的愿望，不曾考虑过你的意愿，是我的不是。"

她万没料到会从皇帝口中听到这样一番话，一时之间竟有些茫然，不知该如何作答。

"你把《汉书》给我看的时候，"皇帝并不在意她的沉默，继续说道，"我就知道你并不愿意进宫。可是那时你已受过册封……我也考虑过废了你是不是更为妥当，但思前想后，总觉得无论你还是顾家，恐怕都承受不起这样的后果。"

她沉默不语。

"人生富贵何所望，恨不嫁与东家王……"皇帝叹息，"我也年轻过，如何不知道你的心思？我能做的也不过是尽量不让你看见你不喜欢的人。"

"臣妾没有……"她试图辩解，却只说了几个字就被皇帝制止。

他微笑着伸手，轻轻抚摸着她的头顶。这个举动不含任何男女之情，反而像是一个慈和长辈的安慰。

370

"很抱歉，"皇帝虚弱无力的声音在她头顶响起，"有些错误，就算是天子也没有办法修正。"

她说不清那一刻的感觉是什么，有委屈，有酸楚，还有几分歉疚。入宫一事，皇帝固然未曾顾及她的想法，但她对皇帝也并不是问心无愧。若不是她隐瞒了太子的病情，也许惨剧根本不会发生。

"主上……"良久，她鼓足勇气开口。

皇帝却在此时露出了困倦的表情，对她轻轻挥了下手。

她犹豫一阵，终于还是决定先不打扰他休息。离开寝宫之前，她最后看了一眼病榻上的皇帝。他已翻过身，正面向内壁躺着。因为病痛的折磨，他如今消瘦了许多，当初的富态圆润现在也只剩下单薄。那便成了她最后的印象。

皇帝就在那个晚上崩逝。到最后，她都没能把藏在心里的话告诉他。

门外忽然传来一阵说话声，应该是团黄把徐太妃请来了。白露听着他们越走越近，有些担忧地看向太后，不知她将作何决定。

徐九英声音响起的那一刻，太后却是心中一片澄静。她知道自己应该怎么做了。

徐九英嘴里叼着一块没吃完的点心，坐在绳床上听太后讲述来龙去脉。太后一边叙述，一边也在观察徐九英的神色。可惜徐九英没有任何反应。从头到尾，她都面无表情地叼着那块点心，让太后难以判断她现在的情绪。

太后说完，徐九英终于想起把一直挂在嘴边的那块点心按进口里。胡乱咽下口中食物后，她才向身侧的陈守逸和颜素挑了下眉毛。

徐九英听太后交代事情的同时，陈守逸和颜素都分别看过了东平王的亲笔信，这时得她示意，不约而同地点了下头，表示太后所言属实。

徐太妃低头想了一会儿，又拍了拍身上的点心碎屑，然后向陈守逸招了下手。

陈守逸上前，听她耳语数句。听完她的话后，他先是沉思片刻，接着肯定地点了下头。

"去吧。"见他未有异议，徐九英再不犹豫，直接吩咐。

陈守逸肃然领命。他起身向太后告了罪，之后便欲退下。

"且慢。"太后出声。

陈守逸微觉诧异。他看看徐九英，见她没什么表示，便站在原地听候示

371

下。

太后却转向徐九英："事非寻常，太妃若有什么打算，还请不吝告知。"

"哦，"徐九英若无其事地答道，"让他去拿件东西。"

"敢问是什么东西？"太后追问。

徐九英扫了她一眼，直言不讳："中书门下之印。"

太后目光一闪："你要动相印？"

"不然呢？"徐太妃斜视她，"东平再有本事，终归不是皇帝，总不能用斜封吧？"

朝廷诏旨须得经过中书门下。国朝天子虽然也有绕过宰相颁旨的事例，却得依照惯例使用墨敕斜封。东平王虽有玺印在手，到底不是法定之君，当然不可能如此行事。他的任何指令都须借助中书门下。徐太妃去收相印虽然不合规矩，可是御印失窃，事态紧急，倒也不失为补救之法。

"如此，请稍待。"太后向白露使了个眼色。

白露会意，走到门口拍了拍手，片刻之后便有一名宦官捧着黑漆托盘入内，双膝跪地，向她们举起托盘。

"你看这是何物。"太后道。

徐九英转向托盘，见里面是一方印章。她隐隐猜到了什么，但还是向陈守逸使了个眼色。

陈守逸会意，上前拿起印章检视。他环顾室中，见几案上有泥盒、白纸，便走到案前，打开盒盖，用印章按了下印泥，在白纸上盖了一个印。小心验证过纸上的戳印后，他眉心微展，向徐九英点头："是中书门下之印没错。"

得到肯定答复，徐九英看向太后的目光又深了一些，试探着问："太后既然已提前想到拿回相印，想必已经有法子应对现在的局面了？"

太后略微踌躇，最后还是据实以告："京畿尽在敌手，恐怕并无胜算。"

徐九英对此也早有判断，但从太后口中听到同样的话，还是十分泄气。她正要张口，却听太后话锋一转："可是到了京外，他未必还有优势。"

陈守逸和徐九英对视一眼，最后由徐九英开口："你的意思是……出京？"

太后点头："不错。"

"说得轻巧。"徐九英哼一声，"余维扬现在一定已经把京城重重包围了，哪儿那么容易跑出去？"

"京中尚有十六卫，"太后道，"虽然不足以战胜神策军，但是善择精壮，护你与皇帝突围也非难事。"

"我和皇帝？"徐九英立刻捕捉到其中关节，蹙眉道，"你不跟我们走？"

"东平王想和我交易。我在京中可与他假意周旋，为你们争取一些出逃的时间。"太后回答。

徐九英一口否决："不妥。我怎么知道会不会我前脚一走，你后脚就把我们卖了？那时我们流落在外面，岂不是叫天天不应，叫地地不灵？"

太后被她顶撞，也不生气，语气仍然平和："陈进兴是你嫡系，西川受过你恩惠，他们的监军又听命于你，只要你平安离京，断不会陷入窘境。至于我……"太后苦笑一声，"你进门之前，我已遣人去了北司狱，现在事情应该已经了结。我立场如何，你去那里一看便知。"

"北司？"相处这么多时日，徐九英对太后的行事风格也有些了解，皱眉问，"你不是把赵王他们给处置了吧？"

"不该处置吗？"太后淡淡道，"教唆太子谋反，加害先帝子嗣，还意图争夺不属于他的皇位。他们犯的哪一条不是死罪？"

"你……"徐九英还知道分寸，把要脱口而出的话硬生生憋了回去，向陈守逸和颜素扬了一下脸。两人会意，将人都屏退后，也都退了出去。

"你疯了？"等人都走了，徐九英这才气急败坏地开口。

太后神色淡然："现在你可愿信我了？"

徐九英被她气得跳脚："我信你有屁用！东平现在跳出来，为的不就是他的父兄？留着赵王，咱们还能和他谈条件。你现在把他们杀了，那是一点回旋的余地都没有了！"

"你想怎么回旋？"太后反诘，"把帝位让给东平？"

"这……"徐九英语塞。这当然是不能让的。

太妃的表情已给了太后答案。她沉声道："既是不能让，便该表明立场。向反贼屈服，只会让朝廷威信扫地。"

"可是京城……"

太后镇定道："你不用担心京城。我会先假意应承东平，尽量拖住他。等你们离开了，再把赵王的人头送给他。"

"你找死啊？"徐九英大惊，"东平知道你骗了他，还会放过你？他收到人头，第一件事就是攻打京城，取你性命！"

"你什么时候在意起我的性命了？"太后问。

"怎么说我们也合作了这么久，"徐太妃道，"就算出于盟友的道义吧。"

太后笑笑，平静道："果真如此，答应我一件事即可。"

"什么事？"徐九英问。

"护送你们的人我已经都安排好了，"太后缓缓道，"我只求你离开时，把我本家高堂一并带走。"

"为什么？"

太后一声轻叹："我父母年事已高，我怎么忍心再让他们经受变乱……"

"我不是说这个，"徐九英不耐地打断她，"你什么时候变成这么伟大的人了，竟然想牺牲自己保全别人？"

"在你心里，我究竟是有多不堪？"太后苦笑。

"并不是我要把你想得有多坏，"徐九英道，"趋利避害是人的天性，你又一向善于选边站。老实说，你选择第一时间把东平王的事告诉我，已经很让我惊奇了。正常来说，你该马上把我们母子绑了送给东平王才对。"

太后听完，默然良久，最后轻声叹息："你说得对，我这些年一直权衡、取舍。可是现在，我不想再这么做了。"

"你这么突然地转了性，"徐太妃问，"总该有个原因吧？"

太后低笑一声："你频繁带着皇帝来看我，不就是期望有一天我会做这样的选择吗？"

徐九英冷静道："我是这样期望没错。可我并不觉得你对青翟的喜欢已经到了你愿意拿命换他的地步。"

"单是皇帝也许不会，"太后道，"加上先帝呢？"

"先帝？"徐九英一脸不信。先帝在世时，太后可从没对先帝有过什么深情的表示。她怎么可能为先帝做出这么大的牺牲？

"我承认我从未倾心于先帝，"太后明白她的疑惑，苦笑着解释，"可是先帝待我毕竟不薄，纵然没有男女之情，也有夫妻之义。保全他最后的子嗣，就算是我偿还他的恩义了。"

徐九英仍然怀疑地打量着太后，似乎还有些难以置信。

太后却不容她再犹豫。她看看天色，低声催促徐九英："没有时间了，早做准备吧。"一边说她一边伸手轻推徐九英，不想反被徐九英一把拽住了手腕。

徐九英抓住她手腕后又踌躇了片刻，才下定了决心，沉声道："一起走。"

"什么？"太后有些错愕。

"我不信你，"徐九英说，"我不相信你对先帝的情谊，也不相信你能为青翟做到这个地步。"

太后对此倒不很意外。她只是轻轻拂开徐九英的手："该说的话我已说完。你若还是不愿意相信，我也不会强求。说到底，我这样做并不是为了你。"

"我还没说完呢，你急什么！"徐九英没好气地说。

太后失笑，只好又做了一个请的动作。

"我不信你，是因为你现在的表现不符合我对你一贯的观察，"说到这里徐九英对太后嫣然一笑，"也因为你从来没向我证明过你的诚意。"

第二十七章
香积

"和你们一起逃亡就能证明我的诚意？"太后哭笑不得地问。

"对。"徐九英干脆地回答。

太后审视徐九英一阵，轻轻摇头："我不明白。"

徐九英低笑："太后应该知道，我出身不好。从很小的时候起，我就在街市上讨生活了。想当年我可是见识过不少地痞无赖，那些人经常出去敲诈勒索，其实挺招人恨的，但是一般人都不敢去招惹他们，知道为什么吗？因为他们会组成帮会。你要是得罪了其中一个，就会有无数人来找你麻烦。所以没本事和背景的人，多半不敢和他们直接冲突。当然，也有些人会为了找靠山，去加入他们。可是要加入他们也不容易，新人得按照他们的规矩做一件事。那些人让做的当然不是什么好事，要么偷鸡摸狗，再不就是坑蒙拐骗。但是只有做完这件事，他们才会相信这个人的诚意。"

太后眨了眨眼睛，没有说话。

"还不明白？"徐九英一哂，"你和我们一起跑了，就是向全天下证明我们是一伙的。这么一表态，东平王当然不会再有和你谈判的想法，那我也就没什么可怀疑的了。都是一条船上的人了，当然可以诚心诚意地合作了。"

太后终于听懂了她的意思，有些哭笑不得："所以……你是把我也当作地痞无赖处置了？"

"有什么区别？"徐九英白她一眼，"要我说，你们这些人还不如无赖讲规矩呢！"

"是吗？"太后啼笑皆非。

徐九英语带讥讽："无赖虽然也做坏事，但他们自有一套规矩，而且多少讲点信义。收了你的钱，就绝对不会再来找你麻烦。你们呢？今天站这边，明天踩那边。就说那东平王，平日看着挺仁义，还不是说造反就造反。"

"他……"太后一声长叹，"其实他未必真想走到这一步。"

"结果还不是一样。"徐九英翻白眼。

太后一声叹息，不再争辩。不管东平王本人想法如何，他的行为已经算得上大逆不道。她想了想，道："我要是也走了，谁去拖住东平王？"

"总有办法的。"徐九英说。

不待太后说话，她已走向门口，叫了两声陈守逸。

陈守逸很快就从门边探出头："太妃有何吩咐？"

徐九英把他叫进来，简要地说了她的想法，又道："你看能不能想个办法，骗一骗东平？"

陈守逸略显迟疑，先看了一眼太后，才回答她："这倒不难。太后身份贵重，总不可能一开始就亲自出面与他交涉。只要不是面会，就有上下其手的余地。"

"书信？"太后在旁插口。

陈守逸点头："正是。既要谈判，总要先试探一下彼此的底线吧？东平王想谈的条件，太后应该能大致猜到。以奴婢之见，不妨事先写下几封书信，名为磋商，实则惑人耳目。京城去云阳并不算近，何况还要加上考虑、商议的时间，一天一个来回也不足为奇。几个来回也得要好几天的时间。等东平王意识到不对的时候，我们应该已经逃远了。"

徐九英猛地拍了一下陈守逸的肩膀，笑着对太后道："我说什么，这坏坏一定有办法。"

"不过……"陈守逸欲言又止。

"请讲。"太后说。

陈守逸道："这个策略要成功，关键在于不能走漏半点风声。一旦东平王生疑，必然发兵攻城。因此出逃之时只能简便，不能让任何人察觉到太后、太妃已经不在京城之内。"

"这确要仔细计划。"太后不免踌躇。无论朝廷还是内宫，主事之人接连数日不露面，都难免引人关注。

"请恕奴婢们放肆，"恰在此时，一直候在外面的颜素领着团黄、白露鱼贯而入，"这件事奴婢们愿意一力承担。"

"你们？"太后与徐九英对视一眼，都不动声色。

"元德初年以来，"颜素从容回禀，"延英奏对已有常制，逢三、七日不开。今日是初一，朝会刚过，也就是说要直到初五，太后才必须露面。"

"确实如此。"太后点头。

"只要外朝无事，"白露接话，"内宫奴婢们足以应付，拖到初五并非难事。"

"这岂不是让你们置身险境？"太后有些担忧。

"奴婢身受太妃、太后恩惠，"颜素道，"报还深恩，正当其时。"

"正是，"团黄附和，"奴婢几个无足轻重，总比太后、太妃容易走脱。何况东平王未必就注意到奴婢几人。"

"难得她们有这忠心，"徐九英下了结论，"就这么办吧。"

不等太后出声，她径直向陈守逸使个眼色。陈守逸会意，很快将各项事宜与颜素她们交代妥当。颜素三人都领了任务，分头行动。陈守逸则去负责安排从顾家接人的事。一时室中只剩下太后和太妃二人。

"给东平王的信得你亲笔写。"徐九英提醒她。

太后没有动，而是低头沉思。

徐九英只道她又有所犹豫，挑眉道："你不是还想着去送死吧？"

"嗯？"太后回过神。

"要死还不容易，"徐九英没留意太后的恍惚，仍然照着自己的思路说下去，"真没办法了，死就死吧，可是现在不还没到那个地步吗？"

"这件事我并无异议，"太后沉默了一会儿才轻声说，"我想问的是，你打算怎么处置孙太妃？"

"她？"徐九英没料到她会把话题转到孙太妃身上，愣了一下才说，"这种事你不该比我更清楚，怎么倒来问我？"

太后没说话。

徐九英从她的缄默中猜到了什么，问她：“你不想动她？”

“她也可怜。”太后道。

“可怜就不治罪了？那还要国法干什么？”徐九英嗤之以鼻，“死罪就是死罪。”

“我以为你和孙太妃的交情不错。”太后道。

每到忌日，徐九英都会陪同孙太妃做法事，平日也对她颇多照拂。太后原以为她会看在往日情分上对孙太妃网开一面。

“我也是做母亲的人，”徐九英回应，“她的心情我能理解。可以照顾的地方我不介意多照顾一下。可是我同她再好，也不可能越过我自己的儿子。你刚才说交情，好，我们讲交情。这几年我待她总不算差，怎么也该有点情分了吧？可是到了我们母子的生死关头，她竟然去帮东平王！她为东平盗国玺时考没考虑我和她的交情？又考没考虑过我和青翟落到东平手上会有什么结果？她都不考虑我，凭什么要我考虑她？”

太后苦笑，徐九英的判断永远这么简单直接，倒也能省去不少烦恼。

“当然了，”见太后尚有犹豫之色，徐九英话锋一转，“你若是一定要放过她，我也不会坚持。反正我们都要跑了，留她自生自灭也不妨事。”

太后意外：“你肯答应？”

“我听出来了，你根本不想动她，”徐九英看了太后一眼，“不过是个无足轻重的人，我愿意退一步。就算是我对盟友的尊重吧。”

太后微微一震。徐九英这日确实给了她太多惊讶。

徐九英没有理会她的反应，仰头看起天色：“时候不早，我也得做些准备。东平王那边就交给你了。”

太后应了。

与太后作别，徐九英走出殿外。陈守逸早已等在道旁，见她走出，向她微微欠身。

“顾家那边安排妥当了？”她问。

“已让人悄悄接了二老去城外。等我们出城了再与他们会合。”他答。

徐九英点了点头，继续前行。

“合适吗？”身后飘来陈守逸的问话。

“什么？”她停住脚步，回头看他。

陈守逸走近：“事情发展到这个地步，其实太后也有责任。”

"不然怎么办呢？你找得到比她更合适的人？"徐九英道，"青翟这么小，怎么都要十多年后才能亲政吧？我肚子里多少墨水，你又不是不知道。这么长时间，总得有个能干活的人。你和你养父虽然都是人精，但是台面上的事终究还是不便。只有她，名正言顺，又能让朝臣服气。"

"这奴婢明白，"陈守逸道，"只是太后立场一向摇摆，太妃这次又这么宽容，奴婢担心等她缓过气来，又会生出别的心思。"

"我觉得不会。"徐九英说。

"太妃未免太自信了。"陈守逸说。

徐九英说："不是我自信。先帝走的那天曾经把我叫到他的寝殿里，而且去之前特意让人嘱咐我，谁都不要带，就我一个人悄悄去。我到了那里，他也不说什么事，就叫我躲在屏风后面。我正纳闷呢，就听见太后来了，两个人说了一阵话。因为屏风隔得远，他们说的话我听不太真切，就依稀听见先帝跟她说了对不起。"

"竟有这事？"陈守逸颇为吃惊，"太后听了什么反应？"

"我看着好像有点感动，不过她什么话都还没说，先帝就让她退下了。"

"先帝特意叫太妃去听这几句话有什么用意？"陈守逸不解。

徐九英摇头："那时先帝精神已经很差了，也没力气和我解释，只说这是他能为我们母子走的最后一步棋，管不管用也只能日后我自己判断了。"

"太妃觉得管用了？"

"她刚刚说是为了先帝，"徐九英耸肩，"我猜是管用吧。"

"先帝崩逝这么久才起作用，未免太迟了些？"

"比如你酿酒，也不是马上就能酿好吧，总要给点时间发酵。虽然不知道是怎么回事，但我觉得她身上应该发生了点什么。"

"会是什么呢？"陈守逸摸着下巴，一脸深思。

"不管是什么，结果是我想要的就行了，解谜什么的，我可没兴趣，"徐九英满不在乎，"人心这么复杂的东西，我才懒得猜呢。"

"幽州馆客杨立，年二十九……"斟验过所的士官看到此处抬了下眼睛。

唇上粘了两撇胡子的陈守逸，穿着普通士子的幞头襕衫，牵着马匹，镇定自若地面对他的打量。

军士没察觉什么异常，低下头继续念："得万年县申，因兄早亡，欲奉嫂、侄归于本贯……哦，原来令兄……"他看了一眼陈守逸身后的马车。有人望过来，脸涂得蜡黄、一身仆妇打扮坐在车辕上的徐九英连忙坐直了身子，做出低眉顺眼的模样。

"是啊，"陈守逸用幽州方音叹道，"京城米薪甚贵，兄长生前仅为小吏，某又屡试不第，囊中羞涩，无力供养长嫂，只能暂归乡里，另想办法。"

"可怜，可怜。"士官这些年见过不少落第举子，对他的景况十分同情，并不留难，很快就将过所交还于他。

陈守逸接了文书，连声称谢，不多时车马开拔，驶出城门。

出城以后他们等了一阵，安排护送的十来个暗卫也各持文牒陆续混出了城。陈守逸见人到齐，将马交给原先的车夫，自己亲自坐上了赶车的位置，却并没有走去往幽州的官道，而是一路南行。

"你方才用的过所……"辘辘声中，带着小皇帝坐在车内的太后忽然出声。

不等陈守逸说话，徐九英已先笑了："这还用问？肯定是他伪造的嘛。"

陈守逸看了她一眼，没有否认。

车内沉默片刻，响起一声苦笑："这种事你们倒是轻车熟路。"

就陈守逸刚才的表现，再加上他能神不知鬼不觉地从西川跑回来，想必不是第一次这么做了。

徐九英听这语气不对，马上指着陈守逸撇清："全是这坏坯干的，跟我可没关系。我顶多就是出过点主意。"

"出主意的才是主谋，"陈守逸淡定接口，"奴婢不过帮凶而已。"

徐九英被他拆台，气得揪他胡子。谁想那胡子粘得十分牢固，她揪了几下都没揪下来。倒是陈守逸被她揪得嗷嗷直叫，连声讨饶："错了错了，奴婢错了，太妃别揪了。"

"这么紧，你用什么粘的啊？"徐九英松开手，有些好奇地凑上去看。

陈守逸单手捂着脸，心有余悸地回答："鱼胶。"

"胡扯！"徐九英笑斥，"鱼胶怎么可能粘成这样？"

"那是因为奴婢特别处理过呀……"

太后观察了这几日，已知这两人一聊起来就容易离题千里，不得不再次出声将他们拉回来："现在要往哪里去？"

"奴婢回来之前担心京中生变，"陈守逸回答，"所以委托父亲……就是陈中尉，向香积寺派驻人手，以便接应。太后的两位高堂也是以进香之名送出城的，现在应该已经到寺中。我们赶过去，正好与他们会合，明日一早就能动身前往子午关。"

太后听这安排，也觉得十分妥帖，在车里点了点头。

"奴婢知道……"陈守逸顿了顿，又低声说，"按国朝律例，私造过所，应处一年以上流徒。然而事急从权，不得不为。"

"你明白就好。"太后一笑，放过不提，不过心里对陈守逸颇有几分欣赏之意。聪敏机变，体贴入微，忠心耿耿，还分得清轻重缓急，也不知徐九英怎么挑出这人的？

透过帘子，并排坐着的徐九英和陈守逸有说有笑，哪有一点仓皇逃亡的模样？太后注视着两人的背影，目光微深。

香积寺坐落于京师南面的神禾原上，距离玉京大约三十里。此寺依山临水，宝殿庄严，旧时香火极盛，只是后来遭逢战乱，殿、塔多见损毁，不复往日光景。

徐九英一行人在入夜以后抵达寺内。

陈进兴原有一名养子任职功德使，陈守逸便通过他与香积寺保持联系。出发之前，他提早派人向寺中递了消息。因此他们抵达之时，不但寺内一切已安排妥当，还有人到门口恭候。

车马驶近，徐九英对陈守逸说了句："咦？怎么是他？"

陈守逸抬头望去。立在石阶上的人影只作普通士人装扮，却是长身玉立，气度不凡，不是姚潜是谁？

姚潜也第一时间认出了徐九英和陈守逸，向着马车微微躬身。

车马入寺，徐九英率先跳下地："不是说你正带了兵围困昆明？怎么会在这里？"

"其实监军走后不久，昆明城里的戎人就来求和了，"姚潜微笑作答，"现在戎军主力回撤，昆明也已移交南蛮，某见大局已定，就跟过来看看情况。"

"戎人的话能信吗？"徐九英给他一个白眼，"要是他们知道你这个主将走了，又杀回来，岂不是浪费了现在这么好的形势？"

姚潜笑问："太妃下过象棋吗？"

徐九英不知道他扯这话题是什么意思，没好气地回答："有话直说，少和我绕弯子。"

"象棋和围棋不大一样，"姚潜一笑，耐心和她解释，"主帅要是被将死了，不管外面形势多好，都算输了。现在的情况和象棋相类。陛下、太后、太妃若是有任何损伤，无论西川打了多少胜仗都没有任何意义。韦公此前就很赞同监军的判断，因此昆明之围一解，即命某入京察看情况。路上陈中尉又来信提醒，让我不要急于进京，先到寺中打听情况，没想到正好赶上接应诸位。"

这时太后也带着小皇帝下了车，闻言颇有深意地看了姚潜一眼。

徐九英就比太后直接多了，上下打量他，口里啧啧有声："姚潜，你这奉承人的功夫倒是见长了啊。"

姚潜被她这么说也只是微微一笑，继续说道："至于西戎，大军已经撤离，南蛮此战也大有所获，心满意足，还有韦公亲自镇守，应当不会有失，请太后、太妃放心。"

"请问我父母……"太后这时插话。

姚潜忙道："已经到了，正在后面禅房休息。"

太后听了，将小皇帝交给徐九英，自己快步向他说的地方走去。徐九英见陈守逸正交代寺中僧人照料马匹，想了想，觉得于情于理都应该带小皇帝与顾家两位长辈打个招呼，便向姚潜点了下头，自行牵着儿子的手慢慢跟着太后。

禅室内，两位老人一坐一卧。躺在卧榻上的是位老妇，似乎正在沉睡。坐在旁边照看她的人则是太后的生父顾钧。

"阿爷，阿娘。"太后见到两位老者后，短促地唤了一声，几步就奔了过去。

顾钧连忙起身，张了张口，却又有些犹豫。

太后猜到他的顾虑，柔声道："在外不好暴露身份，就不要讲究那些虚礼了，像在家时一样唤我就好。"

顾钧称是，转身轻摇妇人："夫人，婉清来了。"

老妇人被他唤醒，看见站在一旁的太后，挣扎着想起身，却被太后按下。她小心扶着母亲躺回坐到床边，轻轻握着老妇枯瘦的手。三人谁都没有开口说话，眼中却不约而同地有泪慢慢蓄上。

站在门口的徐九英见了这情景，倒觉着不好进去打扰了。

"真感人啊。"陈守逸不知什么时候到了她身后，轻声说了一句。

徐九英听他这语气，以为他又要出言嘲讽，回头瞪了他一眼。可是陈守逸接下来却什么都没说，只是安静地注视着室中的三人。

徐九英顺着他的目光看过去，无意中扫到了床边的矮几。上面放着两个水碗和三四个胡饼，却只有最上面的胡饼被掰去了一小块，余下的都完好无缺。

徐九英若有所思，过了一会儿对陈守逸说："看来寺里的饮食不合老人家胃口。后面几天都要赶路，不吃饱怎么行？我去问问这里的僧人，看能不能借他们的厨房做点吃的。"

"奴婢去吧。"陈守逸想动，却被徐九英一把按了回去。

她冲着陈守逸翻了一个白眼，似乎很不耐烦："赶了这么久的车，你不累呀？老实待着，帮我看好青翟。"

不容分说地把小皇帝塞给陈守逸，徐九英就去寻找厨房。她很快找到一名僧人，问明了厨房位置，又指使他去征得寺中管事僧的许可，并且为她取来灯烛和厨房的钥匙。

香积寺这些年并不富裕，且现在早已过了晚食的时辰，厨房里空空荡荡，灶膛内也不见火星，只有灶台上的箩筐里还剩着十几个胡饼，看形状和顾家二老禅房里是一批出炉的，想来是特意为他们预备的。

徐九英伸手按了一下胡饼，发现这些饼又干又冷，并且质地坚硬，心道难怪那二老都没怎么动，只怕他们咬都咬不动。她翻箱倒柜，最后总算在坛子里找到几斤面粉。拎着面罐想了半天，她决定将这面粉做成一大锅汤饼。

厨房里的水缸半满，外面也有劈好的柴禾。徐九英便不客气地搬了好几捆薪柴进来。她用纸头引火，慢慢往灶台里添柴，不时用嘴吹风。不一会儿炉中就有火焰渐起，跳动着舔擦锅底。

生完了火，她往锅中加水，正要开始和面，却听门外有个声音传来："我来帮你吧。"

徐九英回头。

炉中火光映照不到门边，她只能依稀窥见一个纤长的身影。

听不到她的答话，来人前移两步，又举起手中灯烛。微光映出一张姣好秀美的面容，是太后。

待徐九英看清是她，嗤笑一声："你？你会吗？"

太后走到灶台前，看了看罐中面粉，问徐九英："这是要做什么？"

"汤饼。"

她放下烛台，取来一个陶盆，将面粉倒入盆中，然后用葫芦瓢舀水，一边搅动面粉一边慢慢向盆内添水。待水加够，她便开始揉面，不多时就揉出了一个软硬适中的面团。

"咦？"徐九英惊讶道。太后和面的手法说不上纯熟，显然不是惯做此事的人，然而姿势标准，该有的章法也都具备。

面和好了，太后用白布盖上陶盆，抬头望见徐九英一脸惊奇，不由得一笑："怎么了？"

"想不到你还会这个。"徐九英诚实地回答。

太后轻描淡写道："你不是也会吗？"

"你和我能一样吗？"徐九英白她，"你什么身份？我又是什么出身？用三娘那句话说……唔，怎么说来着，什么什么鄙事……"

太后笑了："吾少也贱，故多能鄙事。"

"对啊，吾少也贱，"徐九英上下打量她，"你呢？再怎么都算不上卑贱吧？"

太后笑而不语，在炉边坐下，帮她看着火势。

估摸着面醒得差不多了，徐九英将面团拿出来擀开。她手里擀着面，嘴也没闲着："你别不说话呀。我看你刚才那架势倒摆得挺足，在哪儿学的艺呀？要说你家那么富贵，总不至于让你亲自下厨吧？"

"年少时总以为将来要漂泊四方，贫贱度日，所以偷偷和婢女学过。"被她一再追问，太后终于开口。

徐九英把擀面杖往案板上一顿，回头笑骂："骗鬼呢！就凭你这家世，当不上皇后，也会配个达官贵人，最不济也得去皇榜下捉个大有前途的才俊。你这样的人，就不是贫贱的命。"

太后沉默半晌，轻声说了一句："若我心许的不是他们给我匹配的那个呢？"

徐九英一怔，随即勉强笑道："又不是坊间演的俗戏，你还能和一个穷鬼私订终身？"

太后没有作声。

徐九英世故，看她沉默着往炉中添柴，似有郁郁寡欢之意，心里不由得生出几分疑虑："你，该不是和我说真的吧？难道还真和什么人私订过终身？"

不提倒好，一提起来，就越想越觉得像这么回事。她老早就疑惑，太后和

385

先帝怎么看都不像对夫妻。再怎么相敬如宾，也不会真敬得客人一样吧？太后要是另有喜欢的人，就好解释得多了。

"到底有没有……"徐九英想要追问，又觉这样问太嫌露骨，因此把后半句吞了回去。

太后哪里不明白她的意思？她安静看了徐九英一阵，忽然浅淡一笑："有。"

"还真有？"虽然有心理准备，但真听到这个答案，徐九英还是惊得睁大了眼。

相较徐九英精彩纷呈的脸色，太后表现得颇为平静，甚至在釜中水渐沸之时，她还能淡定地出声提醒："水开了。"

徐九英胡乱将切好的面片倒进锅里。她仍然沉浸在刚才的震惊之中，用汤勺在锅里搅动时都还不住地喃喃自语："原来如此，原来如此。"

虽说她不太在意太后和先帝的过往，但是先帝临死之前的那句对不起，她也不是没有疑惑。先帝又不曾错待过太后，为什么要特意和她说那么一席话？难道是因为他拆散了一对有情人？

"什么原来如此？"太后问。

"没，没什么，"徐九英回过神，掩饰道，"也不知道那是个什么样的人，竟然能让你为他做到这个地步。有机会我还真想见见呢。"

"你不是见过？"太后冷不丁道。

徐九英愣住："我几时见过？"

"不但见过，"太后慢悠悠道，"你还把他推荐给我了。"

徐九英的表情凝固了。她举着汤勺，嘴巴渐渐张大，最后大到能塞进一整个鸡蛋。

"李，李砚？"瞠目结舌半晌后，她干巴巴地问。

太后默认。

"他他他……你你你……"徐九英惊得跳起来，指着太后，好半天才说出一句完整的话，"你不是把他弄死了？"

话一脱口，徐九英就恨不得扇自己一个耳光，哪句不好说偏要提这句！不是戳人心窝吗？！

太后垂目，许久以后才发出一声低笑："是啊。"

"我没别的意思，"徐九英看着她脸色，小心解释，"我就是，就是有点吃惊。难怪他一见我的面就撺掇我把他荐给你……可是不对啊，你们既然有这层关系，他又为什么投靠赵王他们，难不成你们之间发生了什么事？"

"什么都没发生，"太后摇头，"我不至于这点分寸都没有。"

徐九英一拍大腿："我知道了。那就是他变心了，干脆利用你们的旧情为他自己博个前程。这些男人啊，为了荣华富贵，什么都能利用。"

"我想……不是……"太后再次否定，"富贵前程，我也能给，何必舍近求远？"

徐九英困惑了："那我可真不明白了，不为名利富贵，他还能图什么？"

太后没有回答。

炉中火旺，爆出一阵哗剥轻响。暖光跳动，映在她光洁的额头上飘摇不定。

"他为了什么我大致能猜到，"良久，徐九英才听见她幽幽叹息，"然而时过境迁，终归还是只能错过……"

因为听了这么一桩秘闻，徐九英不免心神恍惚，端着汤饼来找陈守逸的时候，她都还觉得脚下有些发飘。

陈守逸已带着小皇帝到卧房内坐下。她进来时小皇帝正抱着个布球，眼巴巴地望着陈守逸。也不知陈守逸从哪里找来的木头，先削了一个木杆，再用绳子绑上短木片，三两下就做得一个简易的马球杆。

他把做好的球杆交给小皇帝。小皇帝一手持球，一手拿杆，却似还有不足，不住地仰头看陈守逸。

陈守逸初时不解其意，和他大眼瞪小眼。许久之后他才有所醒悟，皇帝这是还缺匹马的意思？他迟疑片刻，终于还是站起身。

徐九英见他要伏地，沉下脸喝道："青翟！"

小皇帝被她呵斥，立刻缩了一下，却又不知自己哪里做错，噘着嘴想哭又不敢哭。

陈守逸见他委屈，免不了为他开脱："陛下还小。再说本来也是奴婢分内事。"

徐九英硬邦邦地说："我管儿子，你少插手。"

陈守逸只好闭嘴。

徐九英把手里托盘放下，拉过小皇帝，严厉道："我知道你乳母惯会迁就

387

你。现在她不在，我可不惯你的毛病。拿人当马骑，你还敢委屈？你以后再敢干这种事，看我怎么教训你。"

陈守逸见皇帝被她训得抬不起头，连忙说情："陛下已经知错了，太妃就饶他这次吧。下不为例也就是了。"

徐九英这才缓和脸色，对陈守逸道："我做了汤饼，你去吃吧。"

陈守逸看向托盘，果然有三碗汤饼。

"顾家二老那边……"他问。

徐九英答："他们的已有人拿过去了。"

陈守逸这才端碗，抬头见徐九英自己却不急着吃，而是先喂小皇帝。他放下碗："奴婢来吧。"

"吃你的，"徐九英不耐烦，"少来管我。"

陈守逸只得遵命。他这一日奔波，也确实饿了，很快便将一碗汤饼吃下肚。

"你这阵子事办得不错，"他放下碗后徐九英才说，"本来是该重赏的，不过现在正是困难的时候，你就先委屈一阵吧，日后回京了，我再好好赏你。"

这一刻，陈守逸只觉万花盛放，百鸟齐鸣，极力克制也无法阻止嘴角的上扬。

"已经很好了。"他低声说。

次日一早，一行人向子午关进发。

太后仍带小皇帝共乘一车，另有一车由顾家老夫人乘坐。临上车前，徐九英将一物交与太后："我坐外面不方便。这个你替我保管下。"

太后接过，却是一个上了锁的木匣。

"这是何物？"她问。

徐九英冲她抬了下眼皮："你该不会以为先帝真的什么都没给我们母子留下吧？"

太后一凛，先帝果然还是为徐氏母子安排了后路。

"有大用的，"徐九英道，"可千万拿好了。"

太后点头，带着皇帝坐到车内。

子午关靠近丰水，距离香积寺亦不甚远，乃是自京师入蜀所要经过的一道关口。香积寺毕竟多有香客往来，故而不便安置太多人手。姚潜来之前，便将多余的人安排在子午关附近。子午道之后则有韦裕的旧友、金商州防御使赵伯阳接应。按姚潜的说法，只要过了子午谷，他们就安全了。

车行不久，已能遥遥望见关隘。一行人正要松口气，却见身后忽有一阵烟尘，接着蹄声隐隐，大地震动。

陈守逸和姚潜互看一眼，都变了脸色："追兵。"

空室闲堂，青灯半灭。窗前人影独立。

天边火光渐淡，兵甲之声亦已止息。余维扬突率大军兵临城下，莫说京城百姓惊惧不已，朝中文武也全不知情。宰相急急具牍奏开延英，却发觉太后、太妃早就不在皇城之内——她们已经带着幼帝出逃了。

正主逃走，京师人心离散，不过半日便已易主。

然而成功占领都城的东平王并没有感受到任何胜利之喜。一入城，他便获悉了赵王等人已被太后赐死的消息。

为了父兄起兵，却终究没能挽回他们的性命。那一刻，余维扬甚至不敢去看东平王的表情。

"明明之前那么懂得审时度势……"漆黑夜空下，东平王喃喃自语。

太后一向识得时务，他往京中去信时颇有把握，在力量悬殊的情况下，她不会拒绝与他合作。他怎么也想不到，太后竟会将事情做得这样绝。到底是哪里出了纰漏？东平王百思不得其解。

"大王，"门外有人禀报，"宫中枯井里发现了一具尸身，经人辨认，似乎是棋院一位姓李的待诏。"

李砚？东平王有一丝恍然，难怪太后忽然改了风格，原来是从李砚身上窥出了端倪。李砚失踪时他就应该想到了。起事前他对李砚的嘲讽，竟然真的应验了。

"知道了，"他听见自己冷漠地回答，"找个地方安葬了吧。"

来人答应了，正要退去，却又听东平王道："把颜三娘子带来。"

京师陷落，留在城内的颜素等人自然也落到了他手上。那人应命，不多时，便有人押着颜素进来。

东平王坐回榻上打量眼前女子。颜素身戴镣铐，一袭素衣，脸上铅华未施，略显憔悴，然而一头浓密的乌发仍旧梳得齐整，人也还算洁净。见到东平王，她并不行礼，反而挺直身躯，微扬头颅。极简的打扮在她这股冷傲之下竟有一番别样风度。

押送的人见她无礼，立即出声呵斥。

东平王却冲他摆了下手，示意他客气一些。

那人讪讪住口。

东平王对颜素笑了笑，一指下首座榻，温和道："三娘子请坐。"

颜素微微迟疑。目光在他和座位之间游移许久，她终于还是屈膝入座。

"久仰三娘子之名，却是今日才得相见。"东平王道。

颜素闻言，颇有困惑之色。赵王身死，太后、太妃又不在，她原以为此番定要承受东平王怒火，想不到他竟会以礼相待，令她委实不解。

她的疑惑东平王看在眼里，但他并不为她解惑，反而露出几分感慨的神色。

一年多以前，他还在兴致勃勃地为撮合颜素和姚潜奔走，未曾想如今他已与姚潜决裂，而颜三娘也沦为他的阶下之囚。

他摇摇头，将多余的想法压下，再度开口："太后什么时候下令赐死的？"

颜素怔了一下才明白他问的是赵王等人，微垂双目："应该是接到大王书信不久。"

东平王苦笑："我并无伤害徐太妃母子的意图。"

"陛下为君，大王为臣，"颜素淡淡诘问，"为臣者起兵反叛主君，却说自己无伤人之意，大王就不觉得可笑吗？何况大王最后不还是直接攻入了京城？"

他们到底低估了东平王。接到太后假意应承的书信，东平王回信表示，他愿意答应太后的所有条件，但要太后双亲暂为人质。

谁也没预料到东平王会提出这样的条件。太后预留的书信自然无法用作答复。东平王何等精明，久未得到回音，已知不对，当机立断命余维扬攻城。京城攻破，一切真相大白。

东平王被她问住，脸上再度浮起一丝苦笑："这样看来，三娘子必定不会告诉我，太后、太妃的去向了？"

颜素正色道："太妃将奴婢从浣衣院解救出来，奴婢身受大恩，岂可背主？"

"娘子果真不怕死？"

"怕。但是要奴婢出卖太妃换取苟活的机会，奴婢宁可成仁。"

"那，我若让娘子再回去当个洗衣妇呢？"东平王问。

他注意到颜素脸上闪过一丝惧色，心道果然比起死亡，她更怕慢慢搓磨。

可是颜素并不如他所愿。片刻之间她就神色如常，淡淡道："奴婢已在太妃庇护下偷得数年安稳，现在也不过是回到当初而已，又有何惧？"

东平王目不转睛地注视颜素。虽然心下惊疑，颜素却不愿在东平王面前露怯，甚至鼓起勇气和他对视。就在她以为这样的对峙会一直持续下去时，东平王却忽然一笑，吐出了三个字："子午关？"

太后等人的去向颜素是知情的。因此突然听到这个地名，她不由得微微变了脸色。

这正是东平王要的答案。

颜三娘马上意识到自己的不妥，试图掩饰自己的神情，已然迟了。

"太后他们投奔的必是西川，"东平王推测，"他们也知道这一点瞒不过我。目的不能变，就只能在路线上做文章。京师到蜀地只有这么几条路。我猜他们不会选择最常走的褒斜道或是最为近便的骆傥道。陈仓道要绕太多远路，他们耗不起这个时间。如此就只剩下了子午道。且我记得金州的赵伯阳是韦裕同年，两人为政理念相近，关系也一直不错。为了迷惑我，韦裕很可能拜托他接应，而不是让他们直接到西川。"

颜素胆战心惊。自从决定留在京城周旋，她便做好了赴死的准备。没想到东平王如此难对付，甚至不用拷问就从她身上获悉了真相。也不知徐九英他们现在逃出了多远？还能不能走脱？

"方才大王不是还说，不想对太妃他们不利？如今又何苦紧追不舍？"她急忙劝说东平王。

"此一时，彼一时，"东平王冷冷道，"当初先太子起事，太后得到消息，第一件事是让顾家人转移至京城之外，为的是什么？"

颜素不敢回答。

东平王低笑一声，自行给出答案："父子有亲，人伦之道也。"说罢，他不顾颜素还在哀求，挥手让人将她带下去，冷声吩咐："叫余维扬来见我。"

遥遥望见烟尘，陈守逸和姚潜便察觉不对。看来还是没骗过东平王。

陈守逸看过来时，姚潜点了点头。以东平王的才智，发现上当并不奇怪。这些恐怕都是追击他们的人马。形势不妙，陈守逸不由分说地将还有些不明所以的徐九英强行推入马车之内。

车身本就狭小，又已坐了太后和皇帝，现在再突然加进来一个徐九英，一时间三人挤得连手脚都无处安放。

"快走，"姚潜这时已确认了追兵的服色，急速吩咐车夫，"到了前面关隘自会有人接应。"

车夫领命，加紧鞭策马匹。一行人沿着丰水河岸狂奔。然而追兵来得比他们预料的还快，没过多久就追上了他们。马声嘶鸣，其声如在耳侧。只听鸣镝呼啸，一阵箭雨如簇，向他们奔袭而来。落在队伍最后的两人立时被扎成了刺猬。

车夫急得满头大汗，愈加慌不择路，只顾逃亡。马车颠簸得越发厉害，令车内的小皇帝受到惊吓，开始放声大哭。

徐九英坐在最靠外的地方，得时刻提防自己被摔出去，腾不出手来。太后怕皇帝受伤，一时顾不得其他，只将他紧紧搂在怀里。

车内本已乱作一团，偏偏道上又有浅坑，车夫一时不察，直接从坑上碾了过去，本已东倒西歪的马车更是猛地倾斜一下，竟将徐九英早先交给太后的木匣摔了出去。

徐九英看着匣子掉落，发出一声惊叫。陈守逸一直护着马车前行，闻声回头。瞧见落在地上的木匣，他二话不说，掉转马头往回奔去。

"回来！"徐九英试图阻止，可是这时马车正好又是一颠，她只叫得一声便被打断。陈守逸去得又快，根本不曾听见她的喊声。徐九英好不容易缓过气，一边抓住车门一边连声高叫姚潜。

"怎么了？"姚潜听见，急忙赶过来。

徐九英指向陈守逸："帮他！"

姚潜并不知道发生了什么事，但是看见陈守逸和徐九英都如此紧张，他什么都不问，直接转身去追陈守逸。

这时陈守逸已驰近木匣掉落的地点，也几乎完全暴露在追兵的箭矢之下。无数长箭向他射来，有几支甚至是贴身飞过，在他衣衫上划出数道口子。

"怎么回事？"姚潜已经赶了上来，在他身后喊道。

陈守逸无暇回答。他一面用马身掩护，一面飞快俯身，抄起木匣，扔向姚潜，一声断喝："走！"

姚潜不明所以，只是下意识地接住木匣。他一向相信陈守逸的判断，听见叫他走，他便真的掉头驰走。

驰出数步，他已看见徐九英半个身子都探出了马车，不断冲他挥手。

陈守逸叫他走，徐九英的举动却是叫他不要走。姚潜一时有些迷糊，不知道应该听谁的。

恰在此时，徐九英脸色大变，冲他大喊大叫。四周一片砍杀之声，他根本听不清她的话语，但是她的口型，他却看明白了。

"陈——守——逸——"

姚潜回头，发现陈守逸还未逃出敌方射程之外。离他不远的地方，正有个人骑在马上，对准陈守逸徐徐张弓。

只见那人右手微动，破空声起。一支利箭没入陈守逸背心。

第二十八章
空诏

山南东道，金州治所。

一小队人马由北向南奔驰，不多时进入西城县内。领头之人正是姚潜。

入城后，姚潜遣散众人，只身前往县府。太后和徐太妃如今暂住于府衙后面的一处宅院内。此时两人都在正厅。刚有侍女为皇帝呈上蛋羹。姚潜进来时，徐九英正在喂小皇帝吃。听到响动，她抬了下眼皮，瞧见是姚潜，便没有动。倒是太后先起了身。

姚潜恭恭敬敬向他们施礼。

太后摆手叫免，又问他："可有消息？"

姚潜神色黯淡地摇了下头。

太后一声叹息。

"找了好几天都一无所获，恐怕……"姚潜哑着嗓子道，一边说他一边往徐九英的方向瞄。徐太妃专心致志地喂着皇帝，也不知听没听见。

那日遭遇追击，情势危急。幸而姚潜预留的一队兵马在附近巡查，听到交战之声，急忙赶来，得以及时参战。因为这支援军，姚潜得以护送太后等人过了子午谷，并在那之后得到赵伯阳的接应，平安抵达金州。遗憾的是陈守逸却在那一战里中箭坠马。

敌军人多势众，就算有援兵到来，姚潜一方也并不占据优势。他只能指挥兵士护着诸人且战且退，并且眼睁睁看着陈守逸的身影被人潮吞没。

姚潜对这个结果耿耿于怀。他看金商防御使赵伯阳为人可靠，一抵金州便将保护太后等人的任务暂时移交给他，自己则匆匆带着一队人马沿着丰水一路搜索陈守逸的踪迹。可是他一连搜寻数日，始终不曾发现陈守逸的任何线索。真正是生不见人，死不见尸。

太后听完沉默，倒是一直没有说话的徐太妃忽然开了口："走吧。"

姚潜有些吃惊："太妃？"

"不是说去西川吗？"徐九英的表情似乎有些不耐，"那就别再耽搁了，尽快动身。"

姚潜和太后看向徐九英，不约而同地微微皱眉。

徐九英这几天的表现实在反常。这并不是说她有什么怪异的举动。正相反，她太正常了，所以显得尤为奇怪。

陈守逸中箭时，徐九英表现出的惊骇绝非作假，但那时众人都忙着逃命，没人顾得上关心她的状态。脱险之后，众人回过神，才想起安慰徐太妃。谁知徐九英仅仅沉默了一会儿，就恢复了常态。别说伤心掉泪，连悲戚的神色都没多露一个。抵达金州的时候，她已经和没事人一样，一心一意照顾小皇帝了。

听到徐九英发话，姚潜动了动嘴唇，似乎想说什么，但是太后将他拦了下来。

"大局为重。"他听见太后低声说。

姚潜看看徐九英，又看看太后，一言不发地出去了。

太后知道他不满意。姚潜德才兼备，胸怀磊落，是个极难得的人才。也正因为他品性正派，让他放弃搜救陈守逸，不免违背他的原则。且从马球赛的时候起，姚潜和陈守逸已合作多次，算得上出生入死的同伴。现在陈守逸下落不明，自己却什么都做不了，哪里又会甘心？

只共事数月尚且如此，太后转目看向徐九英，那陈守逸跟随最久的这位呢？

维州的汗马功劳暂且不提，就凭陈守逸为了徐九英擅自离职回京，已足见其忠。他出了意外，徐九英怎么都不该是现在这个态度。

察觉到太后的注视，徐九英抬头，冲她挑了下眉毛："太后有事？"

395

"你……"太后轻叹一声，"究竟怎么想的？"

"什么怎么想？"徐九英反问。

太后张口，话到嘴边又似有些犹豫，顿了一下才婉转道："我看姚都使似乎还不想这么快离开金州，你其实也不必如此着急。"

"他想不想关我什么事？"

太后到底没能忍住，微带责备："陈守逸好歹是你的人，你就不关心他的死活？"

徐九英没说话。直到喂完皇帝最后一口蛋羹，她才放下碗侧头看太后："金州有多少兵马，太后知道吗？"

太后想了想，回答："不到一万吧。"

"余维扬要是带着他那八万大军攻过来，凭这里几堵薄墙，挡得住他？"

太后轻叹一声，摇了摇头。

"那不就结了，"徐九英摊手，"金州兵少，城防也不怎么样，这地方离京城还这么近，东平王要想打过来，估计都用不了两天。谁知道他什么时候会有下一步行动？到时难道又要来一次狼狈出逃？我们有什么理由在这里耽搁这么久？"

太后一时无言。她何尝不知金州并非久留之地？但是陈守逸出了事，且还是因为救护他们，就此弃之不顾，未免太过冷酷。

其实找了这么些天，所有人都心知肚明，那个宦官怕是凶多吉少。可是众人都知道他是徐九英心腹，谁也不敢在太妃面前多说什么。太后原本担心徐九英固执，打算找机会先和姚潜商量，通好气后再来规劝徐九英，没想到徐九英会主动提出离开金州。可是看着她一副满不在乎的模样，太后心里又不免五味杂陈。不过她一向善于克制，最后也只是道："既然你是这个意思，我无话可说。就这么办吧。"

她起身去找赵伯阳，留下徐九英一个人陪着皇帝。

前几日被追击时，小皇帝颇受了些惊吓。徐九英心疼儿子，这几日便不大拘着他。皇帝毕竟年幼，既不理解大人之间的复杂纷争，也不知晓其中厉害，休息了两三天就恢复了平日的活泼。又因母亲近日纵容，让他可以尽情玩耍，倒比平时更加兴高采烈。

如今他正迷击鞠，几乎时刻不离鞠杖。吃完蛋羹，他立刻就抓起球杆来玩。只是他尚不会骑马，如今又没人给他做牛做马，总觉有所不足。不过小皇帝毕竟聪明，很快他就发现，倒转杆头之后，这鞠杖倒很像他以前玩过的竹马，便又高高兴兴玩起来。

太后一离开，徐九英就有些发怔。等她回过神，小皇帝已骑着这简易的竹马在屋里疯跑好几圈了。她看皇帝跑得满头是汗，轻唤一声："青翟。"

小皇帝听见，连忙小跑到母亲跟前。

徐九英替他擦了汗才又放他去玩。可是小皇帝并没有马上走开，而是双手举起鞠杖，献宝一样捧到她的面前。

这是要母亲和他一起玩的意思。徐九英就着他的手看了一眼，忽然觉得这球杆有点眼熟。过了一会儿她才想起，这是前几天陈守逸给他做的那杆。

徐九英哑然，良久之后她才低笑一声，伸手在儿子水嫩的脸蛋上轻轻捏了一下，懒洋洋地说："没心没肺，跟谁学的啊？"

金商防御使赵伯阳擅长察言观色。他虽是进士出身，却在州县任职多年，颇知实务，一早猜到太后他们不会在金州久留。从接纳他们的时候起，他就已经在为他们再次启程做准备。太后、太妃才刚刚表态，他已经迅速安排好了此次出行所需的一切事务，效率之高连姚潜都只能叹服。

对太后、太妃而言，当然是越快启程越好。因此次日一早，一行人便准备妥当，从金州出发。

开拔以前，太后忽然想起一事，命令停车。正在送行的赵伯阳只当有什么地方让太后不满，连忙赶来请罪。

"不是你有什么差池，"太后温和道，"只是我刚才想到，东平王恐怕不会善罢甘休，兴许过不了多久就会派兵攻打金州。"

赵伯阳忙道："请太后放心。金州上下誓死效忠陛下、太后，绝不与反贼妥协。"

"你误会了，"太后道，"我并非要你与他们硬碰。金州的情形，我和太妃心里有数。你是此地父母官，想法保全一州百姓才是正理。"

她话说得委婉，但是话中之意赵伯阳却听得明白，向她深深一揖："臣代金州百姓谢过太后慈恩。"

果如太后所料，他们走后不过两三日，东平王便派兵包围了金州。

赵伯阳开始坚守了几日。估算着太后一行人应该已经走远，他才开始与东平王一方交涉。得到东平王不伤金州百姓的承诺后，他便答应开城。

不过赵伯阳本人并不打算与东平王妥协。在东平王的军队进入西城县的前一天，他在城中将太后、太妃收复维州之事，以及太后离开金州时对他的嘱托大肆宣扬了一番，然后就带着数名护卫连夜逃了。

因为担心追兵，离开西城县后，他不敢有片刻耽搁，一路向南疾行。

此时太后一行已经入蜀。虽然他们车马甚多，不过姚潜调度有方，速度却是不慢。赵伯阳虽是轻骑，却也是到了剑州附近，才追上他们。

此时韦裕和陈进兴都已得了消息，赶来剑州与太后、太妃相见。接到赵伯阳消息的时候，太后和太妃正要与这二人见面。虽然早有预料，不过真听到金州落入敌手，太后仍不免心情沉重。

"这姓赵的挺能折腾，"徐九英却在旁轻笑，"也算是个人才。一会儿见韦裕，把他也带上吧。"

晚间下起小雪。京城成片的屋顶很快就覆上细细一层浅白。

东平王独坐小阁楼上，守着火炉自斟自饮。

窗外细雪飘飞，层层台叠之下，是宫城的星夜灯火。廊间不时有执灯宫人走动，然而被雪雾隐去了身形。远远看去，他们就像是在半空飘浮的团团光晕。

细碎脚步声响起，接着内官的禀报声传来："大王，三娘子带到。"

东平王随意挥了一下手，内官向他鞠了一躬，默默退开，露出站在他身后的颜素。

寒凉天气，颜三娘的衣衫却甚是单薄，脸色比上次更加憔悴，嘴唇也轻微发紫。

东平王看她一眼，吩咐身边宫人："取狐裘来。"他让出火炉边的位置，又温和地对她说："娘子过来喝杯暖酒吧。"

颜素默默向他行礼，但是并没有移步。

东平王先是不解，随即心有所悟，摇头笑道："娘子放心。我这次没打算套你的话。"

颜素仍然站在原地，一声不吭。

她如此警戒，东平王无奈一笑，慢悠悠道："看来娘子是不想知道徐太妃的消息了？"

颜素的眸子亮了一下。不过因为上次的教训，她迟疑了许久，才谨慎前行两步。

东平王浅浅一笑，取过一个空杯，向内注满酒，又做一个"请"的动作。

颜素盯着酒杯看了一会儿，到底还是举杯，一饮而尽。

温热的酒液在喉舌之间转动，把丝丝甘醇留在唇齿。随着酒液顺流而下，一股暖意自胸腹升起，缓缓向周身扩散。

宫人很快取来狐裘。在东平王眼神示意下，那宫人前趋数步，将衣物搭在颜素肩上。宫人靠近时，颜素的神色显得有些不自在。然而楼台上寒风凛冽，她犹豫一阵，到底没有拒绝东平王的善意。

待宫人退去，她才哑着嗓子问："太妃他们……怎么样了？"

"我的人确实追上了他们，"东平王一边把玩着手中的空杯一边说，"不过很可惜，还是让他们逃脱了。我重新调兵耽误了一些时间，等到包围金州时又迟了一步。虽然这次我们顺利占据金、商一带，但还是没能及时俘获他们。后来连金商防御使自己都跑了。这次追击算是彻底失败了。按他们的脚程，现在应该已经快到成都府了吧。"

颜素本就担心徐太妃等人被东平王追上，因此听到东平王第一句话时，她只当大势已去，脸色一阵惨白。直到东平王把话说完，她才略微心定，却还是不放心地追问了一句："当真？"

东平王苦笑："这件事上，我有什么必要欺骗娘子？"

颜素想了想，也觉得他确实没必要在这件事上说谎。

东平王目前能控制的只有近畿一带，对剑南西川仍然鞭长莫及。徐九英等人只要顺利进入蜀中，他就暂时奈何不了他们了。

确认太妃等人平安，颜素整个人都松弛了不少。她从容起身，向东平王敛衽："多谢大王告知。若是没有别的吩咐，请容奴婢告退。"

东平王却出言挽留："娘子再坐一会儿吧。"

"这，恐怕不太合适。"颜素迟疑。

无论立场还是身份，她与东平王都不宜接触太多。何况此人极是聪明，难保不会再让他套出什么不利于太妃的消息。

"娘子不必惊疑，"似乎看出她的顾虑，东平王温和道，"这次真不是为了算计娘子。不过是夜阑人静，想有个人陪着说说话罢了。"

颜素推辞："大王风头正劲，难道还缺说话的人？"

东平王淡淡一笑："相识满天下，知心能几人？"

颜素沉吟不语。

见她仍然犹豫不决，东平王轻叹："若三娘子肯听我说会儿话，也许我可以免去那两个宫人的重役。"

他指的是团黄和白露。之前颜素和她们一道被关押在掖庭。可是上次见过东平王后，她却并没有被押送回相同的地方，而是囚于别室。颜素已经很久没有这两人的消息。她听了稍作考量，最终决定留下。

"娘子可能不知道，有一阵我对娘子十分好奇。"她坐下后，东平王再次持壶，为她斟酒。

颜素微微吃惊。饮下杯中之酒，她才自谦道："奴婢身份卑微，如何入得大王法眼？"

东平王笑答："这自然是有缘故的。去年那件事娘子还记得吧？其实那封信是我背着姚潜送的，约娘子见面的人也是我。只是不知怎么阴差阳错，信竟到了徐太妃手上，才惹出了那场风波。"

颜素稍作回想，便明白他指的是以姚潜名义送来的那封信。她并不知道这中间还有东平王这一层关系，先是愣了一下，然后才试探着问："大王与姚都使很熟？"

"曾经。"

短短二字，却让颜素多少获悉了一些内情，令她脸上现出深思之色。

"现在回想，那会儿竟然是我最逍遥快活的时候了，"东平王并不在意颜素的反应，自顾自地感叹，"没想到短短一年，局势就成了现在这样子。"

"先发难的是大王，"虽然知道不该触怒他，颜素还是忍不住道，"现在这局面又能怪谁？"

东平王哑然。好一会儿他才苦笑道："在娘子眼里，我自然是罪大恶极之人。但是也请娘子想想，换了娘子处在与我相同的境地，可有更好的办法？先帝选中我时，我说那个位子累人，不想要。先帝说，没合适的人了，只能是你。他还说，皇族宗室受着百姓奉养，就得承担重任。好，我承担吧，结果又不需要我了。而且因为先帝曾经的垂青，所有人都觉得我对皇位还有想法，对我不是猜忌，就是想加以利用。可是我又做过什么？无论先帝选我还是弃我，都没有我拒绝的余地。"

"难道起兵谋逆也是别人逼大王的？"颜素语带讥讽。

东平王叹息："他们终归是我的父亲和兄长。骨肉至亲，我实在没办法坐视不理。不想卷入纷争，还是卷了进来；不愿辜负先帝恩情，还是辜负了；试图挽救父兄，最后还是送了他们的性命。说起来，我的人生简直是个笑话。"

颜素沉默。若不是小皇帝的出生，坐在御座上的人本该是他。曾经离至尊之位一步之遥，谁会相信他没有野心呢？也难怪他一肚子牢骚。

"大王和奴婢说这些又有何用？"颜素叹息，"赵王与大王是骨肉至亲，难道太妃和陛下不是？大王已威胁到陛下的皇位，还能指望太妃与大王和解吗？"

两人说话的时候，外面的雪下得渐渐大了。东平王仰头，看着雪花自天际飘落。良久，他自嘲一笑："是啊，如今也只能把坏人的角色继续演下去了……"

与此同时，剑州也正进行着一场严肃的谈话。

"京师落于贼手，"听赵伯阳讲述完金州沦陷的过程，韦裕眉头紧锁，"内战已不可避免。中尉以为，合西川、神策左军之力，可有胜算？"

与会之前，陈进兴从姚潜口中得知了陈守逸的事，议事时一直脸色阴沉。此时听到韦裕问话，他抬起头，用略显生硬的口吻回答："京师沦陷，龙武军、羽林军必然也会落入东平王掌控。何况京城的意义不止如此。国都丢失，损失实难估量。"

"神策军战力如何，中尉应该最为清楚，"太后叹息道，"以当时京师的武力，绝无可能与神策军抗衡。弃城而去，亦是无可奈何。"

姚潜适时插话："事已至此，再纠结京城的弃留并无益处。神策军人数毕竟有限，各藩又皆有驻军。在一分为二的情况下，神策军的优势未必明显。臣以为，目下的关键还是在于藩镇的向背。"

"听起来，峰鹤对东平王的下一步行动已有想法？"韦裕问。

姚潜道："东平王擅长审时度势，必然会争取各个方镇的支持。他能用的手段无非两个：一是拿出更多利益与各藩交换；二是证明他比陛下更有资格问鼎皇位。"

太后皱眉："第一点倒也罢了。这第二点他要如何证明？就算先帝曾经有意于他，毕竟从未正式下过诏旨……"

"所以他一定会质疑陛下的正统地位，"姚潜接口，"只要能够证明陛下不合法，他就会成为最有资格的人了。"

"不合法的意思是指皇帝的血统？"一直没出声的徐太妃冷冷插进来。

"这是一个方面，"姚潜并不否认，"另外太后、太妃辅佐幼主的能力也会被用来做文章。不过西川的战事顺利，应该可以压制一些不利言论。"

韦裕不失时机道："西戎已经退兵，到明年秋季以前，西疆应该不会再有大的战事。只是两国要正式议和，不能没有国玺。"

"与西戎的和议尚非当务之急，"姚潜道，"臣以为太后至少应以朝廷的名义号令各藩勤王，没有玺印在手，确实颇为不便。"

"这件事也许我有办法解决。"徐太妃忽然道。

她在众人注视之下起身离开，不多时又重返厅内，手中多了一个木匣。

这个匣子太后和姚潜都不陌生，只是他们至今不知匣中究竟是何物。倒是陈进兴露出了然之色。

徐九英将木匣放置在桌案中央，徐徐扫视在场之人："这件东西是有人拿命换回来的，希望各位妥善使用。"

她没有参加接下来的讨论，留下这句话和木匣后，就转身出去了。众人知道她话中所指何人，对她的离场都予以理解。

太后和姚潜看着面前的木匣，都有几分迟疑。徐九英至今不曾告诉他们匣中存放的是什么东西，只说是十分要紧的物什。此时就要揭底，两人心中多少有些打鼓，只希望先帝留下的果真是能助他们脱困的锦囊妙计。见太后迟迟不动，陈进兴主动起身，打开了那个匣子。

匣内只有一张对折成两半的黄色麻纸。陈进兴将纸页展开，摊平在案上，然后退至一旁。诸人这才得以细看面前的这张纸。

麻纸一尺见方，上面并无文字。可是纸页的左下方却有一个墨色花押并一个朱印。这花押和印迹，在场之人都不陌生。

虽然都已心中了然，但除陈进兴之外的人还是将目光转向太后，等待她的确认。

太后没有辜负他们的期望，点头肯定："先帝。"

一张空白的诏书。这就是先帝留给徐太妃的最后依仗。

太后审视着先帝的花押，心情略微复杂。先帝为徐氏母子安排后路是意料中事，她并不会觉得惊讶。令她意外的是先帝留下的竟是这样一件东西。空白诏书意味着只要徐九英愿意，她就可以随心所欲地发布命令，并且将其作为先帝的遗命行使。

虽然这样的诏书只有一道，但要是徐九英野心勃勃，这已足够她在朝中掀起惊涛骇浪；又或者徐九英欠缺智慧，她也很可能将这仅有一次的机会轻易浪费掉。先帝留下这道空诏，不仅代表他放心徐九英的人品，也表明他认可徐九英的判断力，相信她能把握使用这件武器的正确时机。

　　这样想着，太后又将目光转向陈进兴。在场的人里，他是唯一不曾对这份空白诏书表示惊讶的人。之前她也曾经有过疑惑，以陈进兴素来的精明油滑，徐九英如何保障他的忠心？从这份诏书以及陈进兴的反应来看，他应该早就知道先帝留下的是什么，甚至，徐九英正是利用这道诏书的威慑力来保持他的忠诚？

　　察觉到太后的打量，陈进兴抬了下眼睛。看出她眼中的疑惑，他微微点了下头，肯定了她的猜测。徐太妃不但一早就给他看过这道道诏书，还直言不讳地告诉他，只要他敢有任何异动，她就会用这道空诏置他于死地。

　　太后垂目。不止是陈进兴，她想，还有窦怀仙。恐怕也是因为见过了这道诏书，窦怀仙才会倒向她。到目前为止，徐九英都很好地利用了先帝给她的优势。

　　韦裕和赵伯阳老于官场，虽然不像太后那样知道内情，但看到这份诏书后也很快猜到其中关键，并在心里对徐太妃有了另一番评价。只有姚潜没在此事上想得太深，而是注视着徐九英离去的方向，若有所思。

　　虽然心思各异，但是这道空白遗诏确实解决了他们目前的困境。经过讨论，众人确定了这道将以先帝名义发出的诏令内容，并一致同意由姚潜拟诏。

　　姚潜肃然领命，退去别室，准备草拟。因为这道诏令极其重要，他并不急于动笔，而是在庭中漫步，试图先厘清头绪。踱到回廊上时，他不经意地抬眼，蓦然看见坐在枫树下的人影。他心下诧异，不由得驻足观望，却是徐太妃带着小皇帝在园中玩耍。

　　抵达剑州之后，一行人终于摆脱了仓皇的状态，也有暇给小皇帝添置新的玩物。皇帝最爱玩的鞠球从布球换成了精致的软皮球，鞠杖也从普通的木棍变成了精美的雕花杖。此时他正举着鞠杖练习击球。

　　鞠球在他的击打下，于半空划过一道极漂亮的曲线。往常这时，徐九英必会为他喝彩。可是这一次，他却没有听到母亲的声音。小皇帝回头望向母亲，发现她正在走神。这让小皇帝微微不满，噘着嘴走到她面前，无声地提醒她自己的存在。

徐九英发现儿子，敷衍地摸了摸他的头顶，仍旧低头想着自己的心事。

姚潜注视这一幕良久，终于决定上前叙话："太妃。"

徐九英回头，发现是他，扯了下嘴角："是你啊。"顿了一顿，她又接着问："你们商量好了？"

"是。"姚潜点头，又将商议的结果向她转述了一遍。

徐太妃听了，并无反对之意："你们决定就好。"

她以为姚潜是奉命来告知她讨论的结果，听完后便挥手让他退下。可是姚潜并没有离开，而是沉默立于原地。

徐九英过了好一会儿才发现姚潜仍然站在她身旁，微觉尴尬，轻咳一声后客客气气地问："姚都使还有事？"

"臣……"踌躇片刻，姚潜还是决定开口，"臣与陈监军共事的时间不算长，但是臣对监军的为人和才智十分佩服。"

徐九英不知道他为何突然又提起陈守逸，不置可否地应了一声。

姚潜续道："陈监军在西川的所为，臣都看在眼里。和戎人作战时监军一直冲在前面。最后决战的时候，监军一度面临凶险。虽然幸运脱困，却还是受了些伤。即便如此，他也未在战后作任何休整，而是立刻与臣一道移师昆明。因为担心京师有变，一确认戎人无力再来进犯，他便马不停蹄赶赴京都。太妃应该知道，擅离职守乃是大罪。即使有韦公替他遮掩，他仍担着不小的风险。但是为了朝廷，为了陛下、太妃，他还是宁愿冒险而为……"

"你到底想说什么？"徐九英打断他。

姚潜叹息："监军尽心尽力为太妃做事，但他出了意外，太妃却无动于衷，臣曾经十分不平。但是适才听了太妃的话，臣才知道是臣误会了太妃。太妃与监军相处的时间远胜于臣，心情只会比臣更加沉痛，又怎么会真的漠然视之？"

"所以？"

姚潜用柔和的目光看她："失去监军是无法估量的损失。太妃大局为重，固然可敬。但是臣以为，与其强忍悲痛，倒不如抒发出来。这时的眼泪并不可耻。"

徐九英拿出木匣时说的那句话令姚潜窥探到她的真实情绪，也令他担心徐太妃的精神状态，怕她过于压抑自己的情绪，以致郁结于心，故而特意过来开导。

不过出乎他的意料，听完他这番话，徐九英脸上并无分毫感动之色，而是把姚潜上上下下打量一番，淡淡说了句："有什么好哭的？"

　　姚潜有些意外，但他沉住气，没有作声。

　　徐九英停顿片刻，嗤笑道："你以为我刚才坐在这里是在难过？"

　　"不是吗？"姚潜略显错愕。

　　"当然不是！"徐九英毫不犹豫道，"陈守逸这么拼命，难道是为了让我在这里哭哭啼啼的？"

　　"这自然……不是……"姚潜回答。

　　"那不就结了？"徐九英摊手，"既然不是，我为什么要哭？事情已经发生了，我哭一场，能把陈守逸带回来吗？你说得对，我和他认识的时间远远超过你，他是个怎么样的人，我比你更清楚。我走到今天，靠的不是我一个人的力量，有他，还有三娘。现在他和三娘都不在我身边，我更应该打起精神。因为他们费这么大力气，不是为了让我在这里伤心难过。我要是轻易让人打倒了，才是对不起他们。"

　　姚潜浑身一震。他从没想过会从徐太妃口中听到这么掷地有声的话。

　　可是徐九英还没完。她吸了口气，继续说道："我不会让他们的心血白费。你用不着担心我。我已经想明白了。他们要是死了，我就给他们报仇。青翟的皇位我会抢回来，害他们的那个人，我也会收拾掉。然后我就好好活着，连他们的份也一起活下去，替他们活出个样子来，要活得比任何人都好。这才是不辜负他们。"

　　姚潜哑口无言。如果徐九英说的是她真实的想法，那她比他想象的还要强大。

　　这时身后传来一声轻咳。姚潜回头，发现是太后和陈进兴。也不知两人站在这里听了多久。

　　徐九英原本还在慷慨激昂，可是对上陈进兴，心里不免发虚。她虽和陈进兴接触不多，但几年下来，她看得出陈进兴是真心喜欢陈守逸这个养子。而陈守逸是为了替她抢回先帝的东西才出的事。她再有想法，面对陈进兴，终究还是有些气短。

　　太后似乎察觉到徐九英的尴尬，对她微微一笑："我们那边刚刚结束，找姚都使有一点事。"

　　"哦，你们聊。"徐九英如释重负，连忙牵着小皇帝走了。

姚潜也顺势接话："不知太后还有什么吩咐？"

太后温和道："是关于那道诏旨……"

她和姚潜一边说一边向屋内走去。陈进兴却没有立即跟上他们，而是对着徐九英消失的方向张望许久，才低笑着吐出一句："那小子的眼光倒也没有很差。"

第二十九章
牲阵

永庆三年五月。

去岁东平王起兵反叛，至今已有大半年。战事时断时续，进行到现在，仍然没有分出胜负的迹象。

内战伊始，太后就以先帝遗诏的名义，发布了一道勤王令。诏令以先帝的口吻强调了幼帝的正统，并且声称任何敢于质疑幼主法统的人，天下可共击之。

虽然不少人对这道所谓的遗诏有些疑惑，但是确实有见过诏旨的人证实先帝玺印和花押的真实性。这道诏令的存在，多少捍卫了皇帝的合法性。

东平王方面当然也不甘示弱，直接将之斥为伪诏。同时他还多番质疑太后的执政能力：轻启战端、信用宦官、危急时刻竟然抛弃京师百姓逃生。不过韦裕对此也有所准备。战事一起，他便安排人手，在坊间大肆宣扬西川的战果。

民间早就传说西疆的战事是在太后和太妃大力支持下进行的，只是之前这些说法都被当成妇人不宜执政的证据传扬。然而在西川成功光复维州并击退戎人进攻的现在，意味便大为不同：由妇人无知变成了太后、太妃力排众议，收复失土。基调定下，东平王的攻击效果便大为减弱。

接着韦裕、赵伯阳等人又轮番指责东平王包藏祸心，图谋不轨，才使得太后、太妃不得不带着皇帝离京暂避。

唇枪舌剑的同时，兵事上双方也不曾放松。冬季时还只是零星交战，规模也都不大。一到开春，战事便激烈起来。两边的伤亡数字也成倍增长。随着兵力减少，双方不免要积极争取各个藩镇的支持。然而不管两边如何游说，多数藩镇却还是抱持谨慎观望的态度。

对于皇帝一方来说，好消息是多数人至少在明面上都认可幼帝的法统，坏消息则是诸镇对太后、太妃等人的能力仍然保持怀疑态度。历来权力之争，起决定作用的不是法理，而是实力。皇帝虽是正统，可年纪毕竟还小，无法承担治国重任。东平王却已经成年，而且素有机谋，兵力上也略占优势。这场皇族之争的胜负，目前还很难料，若是现在不小心站错了立场，将来恐怕难逃清算。是以即使承认皇帝血脉，真正明确出兵支持皇帝的也只有东川、荆南等镇。东平王却成功说动了昭义、泾原、淮西这三个强藩。

以浙西为首的东南诸镇虽然也派遣使者到成都表明支持的态度，然而这几镇兵力稀少，仅能提供一定的财赋支持。而且在最初的援助抵达后，东南各镇便常以蜀中路远为借口拖延，远远不能解决目前的需要。

诸镇的首鼠两端令徐太妃大为不快。太后却似早有预料，接待各镇使者时毫无愠色，甚至好言抚慰，让他们不必担心蜀中的情况。

"这些人半点忙都没帮上，你何必这么客气？"忍耐到送走了最后一名藩使，徐太妃终于忍不住开口抱怨。

"趋利避害也是人之常情，"太后道，"何况皇帝这么小，你我又是两个妇人，他们借故推托也在情理之中。"

徐太妃翻个白眼："你都知道他们是借故推托了，还和他们浪费时间？"

太后道："他们本就摇摆不定，你这时再给他们脸色看，岂不是把他们推向东平王？现在稍作忍耐，将来才有回旋的余地。"

"道理我懂，"徐九英道，"我就是气不过。再说了，他们不送粮，我们拿什么打仗？"

"从一开始，我就没指望他们，"太后说，"韦卿早就联络南蛮。那边已经答应借粮。现在军粮说不定都过了五尺道了。"

徐九英大喜过望："早说嘛，害我担心半天！"

太后却不像她那样乐观："不过这也只是解了燃眉之急。拖得越久，人心越容易散。我们还是得想办法尽快收复京畿。最好近期内能有一次大胜，才好游说各藩出兵平叛。"

"胜仗？"徐九英转了转眼珠，"你指梁州？"

太后苦笑："是啊。韦卿刚刚送达的消息，东平又出动大军进逼梁州。也不知姚都使这次，还能不能守住……"

梁州北依秦岭，南屏巴山，扼守在蜀地、关中之间，易守难攻。无论哪一方得到此地，都可以之为根基，直捣敌军腹心。因其地理位置极为重要，这半年来双方兵马在此地反复交战，可谓死伤无数。

姚潜多次来往于京畿、西川之间，对一路上的关隘谙熟于胸。战事方兴，他就带领数千人马，抢先一步占据了梁州。要冲落入敌手，东平王当然不会坐视不理，连月派兵攻打梁州，却始终无法从姚潜手上夺得此地。

另一方面，姚潜虽然成功守住了梁州，日子也并不轻松。这半年来，他不断整合梁、利数州兵马，几乎独力承担了敌方的大部分攻势。虽然多次打退余维扬，但是对方的兵力有增无减，丝毫没有缓解前线的压力。这一次除了昭义、泾原之外，东平王还借得部分回纥精兵，组成一支强大的联军。轮番攻击之下，梁州军几乎没有任何休整的时间。

联军咄咄逼人，梁州却兵马困顿，已是强弩之末，即使善战如姚潜，脸上也开始有了愁容。在敌军强大的攻势下，他只能收缩防线，并且接连派信使到成都，请求增兵。

可是求援的消息已送出多日，援军仍不见踪影。眼见敌军逼近治所南郑，成都却还没有任何回应，姚潜急得嘴上都生出了燎泡。要是再没有援军，梁州就真守不住了。

这日姚潜正带人查看军中器械的损伤情况，忽然有人来报，利州方向出现了大批人马。姚潜知道这必是他等候已久的援军，精神大振，急忙亲自出迎，不料援军还没来得及看清，倒先在城门碰见了被护卫簇拥而来的两个女子身影。

"太后，太妃？"姚潜大为意外。

这次太后和太妃没有乘车，也不用帷帽遮面，而是骑马前来。且两人身上都穿着戎装，虽然略有疲色，身形却显得英气十足。

一见姚潜，徐九英就得意扬扬地冲他招手："姚潜，你看我骑得还不错吧？"

409

姚潜愣了一下，随即赞许："臣离开时太妃才刚学骑马，如今已能长途跋涉，进步果然不小。"

"别看她现在神气，可是抱怨了一路，"太后笑道，"还好没耽误事。"

"二位怎会到此？"姚潜问。

太后一边下马一边道："是太妃的想法。她说梁州将士出生入死，断没有我们在后面享福的道理，也该尽些绵薄之力。我觉得有理，便也一道来了，希望这番自作主张，不会给姚都使添麻烦。"

"当然不会，"姚潜忙道，"将士们若知道太后、太妃亲赴前线，与梁州同心同德，必定士气大振。"

"都什么时候了，客气话就先省了吧，"徐九英插话，"你这边情况怎么样？"

姚潜从善如流，张口就来："就如信上所言，缺人、缺粮、缺药。"

"这次我们从陈中尉那里抽调了一万精锐，"太后道，"粮草、药材也已在路上，估计两三天就该到了。"

姚潜面露喜色，稍后却又有些顾虑："调兵之事，陈中尉可有异议？"

徐九英快言快语："都这种时候了，他能说什么？"

太后先给她一个白眼，随即也说："中尉是知道轻重的人，都使不必担心。"

姚潜稍微放心，向她们抬手："太后、太妃这边请。"

太后和徐九英上马入城。一路上，两人都在仔细询问梁州情况，姚潜也一一作答。

在城内府衙坐下后，太后才叹道："东平王对梁州志在必得。看来就算加上这一万兵马，情况也不容乐观。"

姚潜点头："昭义、泾原、淮西的实力都不弱，再加上回纥精兵，确实十分棘手。"

"我这个问题可能有点蠢，"徐九英道，"别人都不敢轻举妄动，为什么单单昭义、泾原这几个起兵支持逆王呢？"

太后说："这自然有缘故。元德二十年的时候，魏博、成德叛乱，昭义、泾原都曾出兵平叛，立过一些功劳。两镇节度使自以为劳苦功高，就向先帝请封。但是先帝不愿再有藩镇步河朔三镇后尘，给他们的封赏并不丰厚。想必这些年他们一直怀恨在心，这次才会起兵附逆。"

徐九英又问："那淮西呢？"

这件事却连太后也不甚明了。倒是姚潜颇知详情，向她解释："淮西吴文岳去世，其侄吴方济请为留后。先帝认为淮西不同于河北，没有世代承袭的道理，便不肯授命。不过吴氏掌控当地军政多年，先帝任命的节使又不得人心，故而战事初起之时，淮西便逐走了朝廷任官，拥立了吴方济。"

徐太妃冷哼："东平应该许了他们不少好处吧？"

"必是许了他们像河朔一样封疆列土，"太后道，"诸镇观望，未必没有这个原因。"

这却是姚潜不便插口之事，只能暂时沉默。

"既然东平能向回纥借兵，"徐九英又问，"我们为什么不能向南蛮借？"

太后目视姚潜。

姚潜回答："此事臣与韦公也曾考虑，但是一来之前已向南蛮借粮，再借兵马未免得寸进尺；二来南蛮久绝朝贡，如今来归不过一年，关系还未稳固。借得太多，恐怕他们心生不满，又或者觉得国朝可欺，再起进犯之心。臣以为，若非万不得已，还是别向南蛮求助为妙。"

"那么，河朔呢？"徐太妃拖长了语调问。

"河朔？"姚潜不确定地重复。

徐九英冲他翻白眼："你是主帅，手里的兵够不够，应该最清楚。陈进兴那边也不轻松，人又有限，不能总往你这里填。何况东平都把主意打到回纥了，谁知道他还能干出什么事？既然梁州万万不能丢，就得想别的办法增兵。之前你又说不好向南蛮开口，可不得从藩镇那边下手？"

姚潜失笑："这臣当然明白。臣不明白的是，为什么是河朔？"

河朔指的是魏博、成德、卢龙三镇。从数代以前的大乱开始，三镇就很少听从朝廷号令。为了防范河北，朝廷不得不在中原另设方镇，屯驻重兵——河南诸镇便是由此而来。几代以来，三镇兵变频繁，一直令朝廷头疼不已。河朔本身就是祸乱之源，指望他们出兵平叛岂不是与虎谋皮？

徐九英斜睨他道："不然呢？不管河北有过多少兵乱，朝廷到现在都还是拿他们没办法。这至少说明，他们的战斗力不差。现在我们最需要的不就是这个吗？另外我记得先帝说过，河南那些方镇原本都是为了防备河北才设的，他们与河北本来就不和。现在本该防着三镇的昭义和淮西都叛乱了，不但没达

411

到防范的目的，还和我们为敌。河北与他们不对付，我们为什么不能考虑拉拢？"

"驱狼吞虎，以藩镇制藩镇？"太后言简意赅地总结。

徐九英白她："如果要夸我，请用我听得懂的话。"

太后莞尔，对徐九英说："稍后和你解释。"接着她转向姚潜，"太妃这提议不错。河北距离昭义、淮西都不算远，一旦出兵，两镇只能回援。回纥可汗重利，遣使许以厚赂，在两镇撤出的情况下，他多半会同意退兵。这样就只剩下泾原和余维扬的兵马了。梁州之困岂不是迎刃而解？"

姚潜并不像她们那样乐观："围魏救赵自是妙计。只是河北一向不信任朝廷，两位打算怎么说服他们？"

太后看了一眼徐九英，慢慢说："恐怕需要我们对河北做些让步。"

徐九英问："你说的让步是指什么？"

太后没有急着回答，而是不慌不忙地问她："元宗时的那场大乱，三娘可曾与你提过？"

徐九英道："听过一些。"

"那场战乱历时多久，你可知道？"

徐九英摇头。

"七年，"太后轻叹，"反复的战事令朝廷元气大伤。后来叛军内讧，首恶被诛，剩下的几个将领并不愿意继续与朝廷作战，表示只要朝廷肯接受他们的条件，他们就答应归顺。朝廷此时也已经没有再战的耐心，便应允了由这几名降将继续镇守河北的条件。因此，数代以来，河朔的武力不但未遭削弱，还有所加强。三镇敢于对抗朝廷，原因即在于此。"

姚潜插话："这些年朝廷不是没试过重新控制河北，但是正如太妃之前所言，从未成功。"

"这是一方面，"太后点头，"另一方面，则是河北兵变频繁。因此，三镇虽然兵强，却也无法完全独立于朝廷之外。例如十几年前的卢龙内乱，节度使杨定方为其子杨翚所弑。杨定方死后，杨翚自任留后，并向朝廷要求节旄。先帝置之不理。因为没有朝廷的认可，杨翚在卢龙的威信一直不足，两年后即为其牙将所杀。可见朝廷的制书对于藩帅地位的稳固仍然极为重要。"

徐九英转转眼珠："这些和你说的让步有什么关系？"

太后一笑："河朔虽然桀骜不驯，但是内部并不稳定。兵变频繁，使得节帅时刻都要担心自己或者儿孙被他人取代。一面不愿受朝廷节制，一面又需要朝廷的任命维护其地位，这就是他们现在的处境。"

徐九英反应极快："你的意思是，如果我们保证他们子孙的地位，他们就会答应出兵？"

太后点头："如果我们告诉他们，只要他们肯出兵平定叛乱，朝廷可以不再干涉河北，并且只要他们的儿孙上奏继任留后，我们都会准许。他们也许会答应出兵。"

姚潜微微皱眉："这的确有可能说动三镇节度使，可是这样一来，也就等于朝廷彻底放弃了河北。"

徐九英考虑一会儿，有了决定："我看可以。"

虽是太后的倡议，可是太后自己却表现得比徐太妃还要慎重："这关系到皇帝的将来，你再仔细想想，别急着下结论。"

"这有什么想不清楚的？"徐九英道，"目前最重要的事是平叛。河北是次要的问题。而且河北自立这么久，朝廷多少能人都收不回来，你我又能拿他们怎么样？倒不如承认他们的地位。作为交换，他们也得承认青翟是他们的君主，并且出兵助我们平叛。我看这买卖合算。"

太后见她确实想明白了，微微颔首："如此就修书给韦卿，由他遣使去河北吧。"

姚潜嘴唇动了动，似乎想说什么，但是最终未发一言。形势比人强，也只能如此了。

反倒是徐九英听了这话，眉头微蹙："就这么去谈，会不会显得我们太绝望了？"

夜色深沉，草丛里蝉鸣不止。

徐九英被这声音吵得心烦，顺手抓起两枚棋子，推窗向草里扔去。棋子滚进草丛，惊起一片鸣虫。恼人的叫声果然立刻止息了。一击得中，徐太妃正要得意扬扬地关上窗户，那鸣声却又不屈不挠地响了起来，气得她直跳脚。

太后本来正在打谱，被她这样一扰乱，也继续不下去了，抬头嗔怪："你怎么把我棋子扔了？"

"明天给你找回来就是。"徐太妃心不在焉地敷衍。

太后有些无奈，放下手中棋子："姚卿他们还在议事？"

413

徐太妃再次推窗，见对面书室的灯还亮着，冲她点了下头。

"到现在都没个对策，看来确实有些勉强。"太后叹道。

"你是在怪我说话莽撞？"徐九英问。

那日她说完那句话，室中一片寂静。良久以后，姚潜长长出了一口气："臣明白了。"

接下来的数日，除了守城御敌，姚潜都在召集梁州诸位守将连夜制订新的方略。这无疑是个极重的负担。昨天见着他，太后和太妃都吓了一跳。姚潜不但一脸疲态，嘴角又多了两个燎泡。

太后沉吟一会儿，慢慢说："你的话不无道理。现在情势不明，我们向河朔求援，他们未必肯应。就算最后勉强同意，恐怕也会提出很苛刻的条件。如果能先打场胜仗，不但能表明我们的态度，和他们周旋起来也更有底气。只是这样一来，不免让姚卿难做。我有些担心他，毕竟他现在是我们这边最善战之人。若他有什么不测，以后这仗可不知道怎么打了。"

说到这里，她看了一眼徐九英。之前西川的战事，韦裕和姚潜都分别向她们陈述过，并且特别提到了陈守逸的作用。她不知道徐九英是何想法，但她确实觉得，若是那个宦官还在，姚潜也许就不用独自面对这样大的压力了。

"我当然知道这件事不容易，"徐九英道，"只恨我没学过怎么打仗。我要是行，早自己上了。"

太后一笑："你也不必妄自菲薄。虽然我从不觉得你笨，但是当初我也不认为你应付得了这么复杂的局面。可是你一直走到了现在。"

徐九英也笑了："你这么夸我，倒听得人怪不好意思的。"

"实话实说而已，"太后微笑道，"我一入宫便是皇后，背后又有顾家支持。即使这样，这些年我也并不觉得容易。你那时的境况比我可难得多了。"

"其实没你想的那么难，"徐九英笑道，"我也就是在你们中间制造了一些混乱而已。"

"混乱？"

"在有青翟以前，朝中各方势力已经形成了某种平衡。让先帝挑拨余维扬也好，让你误会我和藩镇有联系也好，目的都是打破平衡。局面乱了，就会有人猜疑，有疑心就会有缝隙。这正是我可以填补的地方。"

"所以先帝才不给你名分？"太后敏慧，立刻抓住了关键。

她曾经疑惑，先帝既然为徐九英母子有过打算，为何遗诏中对徐九英只字

414

不提。如今听了徐九英的解释，她顿时领悟了先帝的用意。

"先帝倒是提过，"徐九英回答，"我没要。我得藏在暗处，才能制造混乱。太后的名分会吸引太多关注，对我反而是个负担。而且我还担心，一旦我成了太后，你们会有更多的理由架空我。处在更低微的位置上，也许我还能争取更多的主动。"

太后将这来龙去脉仔细想了一遍，轻声叹息："真难为你。"

一个既无学识，又无根基的人，却将他们这群自诩聪明的人玩弄于股掌之间，不由得她不服。

"你也用不着佩服我，"徐九英道，"我有多少斤两我自己还是有数的。搞破坏我在行，但是真让我管朝政，就是要我的命了。你的能力，连先帝都很认可，所以我才想和你结盟。不过以前你老防着我，我就觉得好笑了。明明我需要你多过你需要我，该担心被踢开的人是我才对，你有什么好防备的？"

太后愕然，良久才道："这些话你为何不早对我说？"

若是徐九英肯早些坦白，自己又何须如此猜忌？

徐九英嗤笑："说早了，你信吗？"

太后愣了一会儿，刚想说话，却听姚潜的声音在门外响起："姚潜求见太后、太妃。"

永庆三年五月二十八日，姚潜夜袭淮西军营。

昭义、淮西等镇虽然都应东平王之请攻打梁州，然而诸镇节帅彼此之间并不信任，作战时坚持互不统属，安营扎寨亦各自为政。淮西选取的营地更是与其他人相距甚远。姚潜仔细查探过敌营的情形后，制订了突袭的计划。

他很清楚，以梁州目前的疲敝，正面交战难有胜算，只能从敌军的漏洞下手。淮西正是最理想的目标。

这个策略也得到了太后和徐太妃的首肯。行动以前，她们亲自为兵将奉酒，鼓舞士气。当天夜间又降下一层薄雾，可谓如有神助。五千梁州精骑以布裹蹄，在雾色掩饰下突入敌营。

这一年来双方交战次数不少，姚潜的战法没少被对方分析研究。敌将对他的作战方式已形成了颇为固定的看法：此人用兵稳健，不喜奇谋。且梁州历经战事，损耗极大，近日已现疲态，在此之前姚潜也开始收缩战线，显然有采取守势的打算。没人认为他会在极端不利的情况下选择主动出击。

是以被袭之时，淮西可说是毫无防备。等到营中杀声四起，大部分兵士才从睡梦中惊醒。许多人甚至来不及拿起武器，即被梁州骑兵砍杀。除了歼敌，梁州军还不忘在营中放火，致使淮西营中不但伤亡极大，粮草辎重也损失惨重。等昭义、泾原察觉异状，匆忙赶来救援，姚潜早已带领兵马从容撤退。梁州军以极小的代价赢下了漂亮的一仗。

初战告捷，拉拢河朔的计划即刻提上日程。清晨凉意未散，州城之内已有一架马车整装待发。

前来送行的徐太妃扶着车辕，用略带歉疚的口吻向车内道："河北那边就辛苦你了。"

车帘微动，缝隙后露出太后秀丽的面容："不必客气。"

最初的打算是由韦裕派遣使者，然而诸人思虑再三，皆觉此事关系重大，仅凭韦裕的使者未必能够取信于人，得要一个有足够威信和声望的人方才妥当。最终太后主动提出亲自北上，面会三镇藩帅。

"我倒不是跟你客气，"徐太妃道，"奇袭的战绩虽然漂亮，但是对梁州的情况没什么真正的改善，兵力上还是泾原他们有优势。运气好点，这次突袭把他们唬住了，能多拖一点时间。要是运气不好，他们继续攻势，梁州还能撑多久就不好说了。"

太后也明白形势的紧张，肃容道："我尽力而为。"顿了一顿，她又嘱咐徐九英，"皇帝不能没有母亲。局势要是不好，你就避一避，不要逞强。"

徐九英低首片刻，旋即对她笑道："我会的。"

太后放心，冲徐九英点头："那我走了。"

徐九英挥手："一路小心。"

车马辘辘，很快驶出府邸，消失在道路尽头。马车远行之后，徐九英仍对着门口出了一会儿神，正要回转之时，忽闻一阵迅疾的蹄声，却是姚潜匆忙而至。

徐九英微微惊奇，冲他仰头笑道："送行的话，你可来得太晚了。"

姚潜如今与太后、太妃皆已熟识，对徐九英偶尔的调侃也能一笑置之。可是这次他的脸上却不见一丝笑意，反而神情严肃地翻身下马。

徐九英从他严峻的神色中猜到了什么，收敛了笑容，沉声问："出事了？"

"刚刚接到线报，"姚潜缓缓道，"昭义、泾原的大军出动了。"

416

奇袭的成功并没有改变敌方的战略。

姚潜近年的战绩十分辉煌，没有人敢低估他的实力。他能带兵袭营，说明梁州尚有余力。与其休兵给他卷土重来的机会，不如以攻为守，让他疲于奔命，毕竟昭义、泾原的联军在兵力上占据优势是不争的事实。因此他们不但没有退却，反而加紧攻势。为了防范姚潜再次乘虚而入，昭义、泾原甚至暂时放下芥蒂，协同作战。

梁州压力陡增。

再怎么善于用兵，姚潜终究不是神仙。当敌方靠兵力优势碾压，梁州便显得力不从心。纵然全军将士竭尽全力，也难以避免城县、关隘被步步蚕食。不久，联军距离州城已经不足五十里。

州城若被攻下，对梁州士气的打击将是毁灭性的。姚潜不得不再度亲自领兵出击，力挽狂澜。

兵马出动的方向是州府东边三十余里的褒城县。此县之北有七盘山，地势险峻，不但俯临褒河，还靠近连通关、汉的连云栈道。若是焚毁栈道，据险而守，可暂时保得州府无虞。不料行军到河谷附近，他们竟与泾原的兵马撞了个正着。

显然泾原想要夺取的也是此处。一眼看出彼此的意图，双方不约而同下达了进攻的指令。

金戈声起，短兵相接。

双方都对这处要冲势在必得，不断向战场投放兵力。尸体很快堆积。黏稠的鲜血汇成细流，织成一道血网，流向河谷。湍急的河流也无法洗去这厚重的血色，反而在水面形成一大片触目惊心的红。

"都头……"副将看着兵将们不断倒下的身影，欲言又止。

"不能退！"姚潜猜到他想说什么，断然拒绝。

都是自己一手带出来的兵士，副将满心焦急："人马折损太多。再这样下去，就不能想想办法吗？"

"没有办法，"姚潜的语气沉痛而坚决，"到了这个地步，任何计谋都已无用。狭路相逢勇者胜，如此而已。"

战斗仍在继续。

整片山河都变了颜色，目光所及，皆为血红。

作战的双方都十分清楚，再这样厮杀下去，结果只会是两败俱伤。然而丢掉这处要塞的后果无论哪方都承受不起。所以没人后退。只有拼杀，直至分出胜负。

人马折损过半。姚潜看向身后，他还有一支近千人的兵马。这已是最后的兵力了。

就在他要挥舞令旗，将最后的力量投入战场的时候，前方忽然出现一阵骚动。

姚潜高举的手不由得一顿。他极目望去，立刻发现敌军的阵形有了松动的迹象。

阵列的溃散是从后方开始的。对方的阵地上传来阵阵惊叫，中间还夹杂着无序的蹄声。敌军的将领声嘶力竭地呐喊着。可是无论他们怎么吼叫，也无法将阵形稳定下来。似乎有什么东西正在攻击他们的背后。

一瞬间，姚潜作出了判断：停止、后退、分散。

这个决策非常及时。因为不久以后，他就看见了正在攻击泾原的东西。初时他以为是一群怪物：大小不一，身上涂满油彩，形成一个个可怖的图案；头上长着尖利的长角，不时反射出阵阵银光，背后还拖着火球。

怪物们发出惨烈的叫声，在敌阵内横冲直撞。敌军不是被它们踩踏就是被它们的利角刺中。

"那都是些什么东西？"副将一脸难以置信。

姚潜喃喃："田单收城中千余牛，束兵刃于其角，而灌脂束苇于尾，烧其端，凿城数十穴，夜纵牛……"

没想到有一天，他会目睹史书中田单大破燕军的阵法。

只是这并非是火牛阵的完整重现，而是一个混合了各种猪、牛、马、羊的牲口阵。因为牲畜们的体形参差不齐，发动起来比田单火牛阵更加杂乱无章。动物们胡乱奔腾，各种叫声混杂在一起，尤为惨烈可怖。虽然不够完全，但是这个阵法与火牛阵所起的作用并无不同。在牲口们的扰乱下，泾原阵脚大乱。

姚潜抓住机会，变换阵形，改用弓弩攻击。箭雨之下，泾原死伤无数，最终全线溃退。

敌军虽然退去，还存活着的牲畜们却还在四处乱撞。夺下此地的姚潜不得不指挥兵士们处理这些牲口。

看着地上堆积的牛马尸体，以及正被拖走的活牲，姚潜心头涌上无数疑惑。这些动物不会无缘无故出现，必是有人刻意为之。是什么人在帮他们？

正百思不得其解，忽然有兵士前来报告，说是在山脚下抓到几个来历不明的人。姚潜连忙让人把他们带过来。

出现在他面前的是五六个少年，嘻嘻哈哈，流里流气，完全不符合姚潜的预期。

"你们是什么人？"他用温和的语气问。

少年们面面相觑，最后一个年纪大的嬉皮笑脸地回答道："我们是褒城县人。杨哥说城外有好玩的，我们就和他一起来了。"

"那些牛马可和你们有关系？"姚潜又问。

少年欢快地笑道："都是杨哥弄来的。他说城外有好玩的，我们就一起来了。我们费了好大劲才将这么多牲口赶出城。谁知道出了城来一直住在荒山上，我都要闷死啦。还好杨哥天天让我们杀猪宰牛吃，就是无聊了点。他就让我们分散到各处山坳去，观察山下情况，说是只要山下有人打架，就去通知他。今天杨哥看见你们在山下打起来，就说有戏看了，带着我们弄了这些火啊刀啊。那么多畜牲冲出来，把你们吓得够呛吧！哈哈哈！"

果然与他们有关！姚潜精神一振："不知这位杨哥是什么人？"

能提前埋伏在七盘山，又能巧妙地约束这群少年，只怕不是普通人物。如今正需用人，如此人才当然不能放过。

"杨哥……就是杨哥嘛，"可是这少年竟也说不清此人身份，夹缠了半天，他忽然向姚潜身后一指，"喏，他来了。"

姚潜回头。

山道上果然出现了一个人影。斗笠前倾，遮住了大半张脸，上穿短褂，下着长裤，脚上则穿了一双草鞋。

那人背着手，慢悠悠地踱到近前，才抬手扶了一下斗笠。

他走过来的时候，姚潜就已经意识到什么。虽然已有准备，但是看见斗笠下熟悉的面容时，他还是又惊又喜地叫出了声："监军！"

第三十章

归来

　　"这些是付清赊欠的钱款，"姚潜递过文契，同时示意身后的兵士将钱放在案上，"如果没有问题，请在契书上画押或者按个手印。"

　　对面一脸憨厚的中年男子对着案上两倍于市价的钱帛激动得眉开眼笑，搓着手表示："没问题！当然没问题！"

　　事情解决，姚潜客气地向他点了下头，将后面的事务交给手下兵士，起身出门。

　　外面陈守逸戴着斗笠，嘴里叼着一根稻草，倚在马棚的木柱上出神。几个少年站在离他不远的地方，围在一处窃窃私语。

　　姚潜轻咳一声。陈守逸回过头，对他点头致意。少年们也都站直了身体。

　　"这是最后一家，"姚潜将一叠契书递过来，"都已付清了。"

　　"多谢。"陈守逸吐出稻草说。

　　姚潜笑笑："应该的。何况你们这次确实帮了大忙。若有用得上某的地方，请一定开口。"

　　重逢的时候，陈守逸对他说的第一句话是："你有钱吗？"

　　"啊？"姚潜当时就愣了。在他记忆中，陈守逸一直是个风雅温和之人。

他的寒暄几时变得如此露骨？

"是这样的，"陈守逸从衣襟里掏出厚厚一叠字据，有些无奈地笑道，"那些牲口大部分都是我从褒城县赊来的。我再三向县民保证，事后一定会将钱款付清。你要是手头没钱，我就算不被他们活活打死，也得干上一辈子苦力吧。"

得知钱货两讫，陈守逸松了口气，指着那几个少年道："其他人我已经都打发回去了。不过他们几个希望加入麾下，不知都使意下如何？"

来褒城县的路上陈守逸已和姚潜解释过，赊买牲畜之后，他已无钱雇人，只好编个理由，哄骗城内的游民少年替他将这些牛马赶到城外。

姚潜将几个少年打量了一阵，微笑道："诸位有意从军报国，当然是再好不过的事。不过战场凶险，你们还是考虑清楚比较好。"

少年们面面相觑，末了里面年纪最长的一个说："我们几个是逃户，不能落户，才在城里厮混。世道不好，总是吃了上顿找下顿。当兵虽然凶险，好歹是个营生。我们不怕死的。"

姚潜点头："既如此，我就收下你们。"

他回头吩咐兵士，让他们将这些少年领回营中。他们离开以后，就只剩下了陈守逸和姚潜。

"当初我带人沿着丰水反复搜寻，"姚潜沉默一阵后开口，"始终没能发现监军的踪迹。"

陈守逸笑笑："我被几个山民发现，抬回到他们家里。他们治了几天发现我伤得太重，又把我送回香积寺，之后我一直在那里医治。上个月寺中僧人确定我已经痊愈，才肯放我来梁州。"

"原来如此，"姚潜点头，"只是监军既然来了梁州，为何不来找我们？"

"本来我也打算先去州城找你们，可是路上发现泾原的斥候，就一路跟他们来了褒城。我看七盘山一带十分险要，近期之内必有大战，又听说梁州兵力吃紧，便想了这个法子，觉得也许能帮上一点忙。在这里守了这么多天，总算是把你们等到了。"

姚潜整整衣衫，郑重向他揖拜。陈守逸想要闪避，却被姚潜所阻。

只听他肃容道："监军有所不知，梁州现在何止是兵力吃紧，根本已是强弩之末。此战若败，后果将不堪设想。这一拜，是代梁州将士向监军道谢，还请监军不要推辞。"说罢他不容分说，硬让陈守逸受了这一礼。

"都使言重了，"陈守逸叹道，"若非将士们浴血奋战，光凭那些畜牲又有什么用？"

"但是没有监军，我们不知道还要损失多少人马，最后也未必取胜。"

"不过都使方才言道梁州疲惫已极，虽然今日侥幸赢得此战，却不知都使打算怎么应对以后的局面？"陈守逸面露忧色。

姚潜点头："兵力上，我们确实处于劣势，不过大家都还没有放弃。现下太后正在河北游说。前几天的消息是已经到幽州了。也许不久以后就有转机。"

陈守逸却忽然沉默了。许久以后，才听他语气艰涩地开口："太妃……是不是……也去了河北？"

州府正厅前的院子里支着十几口大锅。一群妇人正忙着蒸煮供前线伤兵使用的白布。徐九英也在其中。她青布包头、荆钗布裙，双手提着一屉还冒着热气的白布。若是只看这身打扮，很容易将她误认为寻常村妇。

姚潜陪同陈守逸步入府院时，见到的正是她忙忙碌碌的身影。

"太妃一直坚守梁州，"姚潜解释，"昭义、泾原大军出动时，某曾经劝说太妃前往利州暂避，但是太妃坚持留在这里。她说要是敌人一来，她就往后面跑，让还在前线奋战的兵士们怎么想？何况丢了梁州，早晚也是死路一条，不如留在这里，多少能帮上点忙。某也没想到太妃有如此勇气……"

他转向陈守逸，却发现陈守逸并没有听他说话。他的目光追逐着那个在人群中忙碌的身影，专注而柔和。

姚潜微微一笑，不说话了。

陈守逸没有沉迷太久，很快他就醒过神，转向姚潜："都使方才说什么？"

姚潜笑笑："没什么。某想监军这次回来，太妃不知道该有多高兴。"

陈守逸却露出一个苦笑："会吗？"

"虽然太妃不说，但是某知道太妃一直记挂着监军。现在监军平安无事，她岂有不欢喜的道理？"

陈守逸摇头："都使看来还不够了解她。"

"论了解程度，我确实及不上监军，"姚潜并不争辩，而是笑着说，"不过监军打算就这么一直站下去吗？"

陈守逸迟疑了一阵，终于趋前数步，唤了一声："太妃……"

这声呼唤很轻，但是甫一出口，徐九英的脊背就微微僵直。许久以后，她慢慢转过身。映入眼帘的是陈守逸含笑的面容。

一叠白布落地，发出一声闷响。

这动静引起了不少人的注意。

除去姚潜和徐九英，梁州没有人认识陈守逸。可是回过头见着这副陌生的面孔，再加上徐太妃古怪的神情，不少人都意识到眼前这人怕是有些不同寻常。妇人们交头接耳，无不好奇地猜测着他的身份。可无论徐九英还是陈守逸，都对四周的人群视若不见。

"你……"徐九英使劲揉了揉眼睛，确定自己没有看错，"你没死？"

陈守逸露出温暖的笑容，对她轻轻摇了下头。

那一刻，徐太妃的表情变得极为复杂，像是惊喜，又像是不敢相信。她上前两步，向陈守逸缓缓举起左手，似乎是想抚摸这熟悉的脸孔。可这只手最终却掠过了这张脸，落在陈守逸的右耳上。

拧住这只耳朵后，一声怒吼响震屋宇："你这半年都死到哪里去了！"

伤口虽已愈合，却留下了永久的疤痕，在周围的光洁肌肤衬托下，显得更加狰狞可怖。可以想见当初必是一片血肉模糊。

徐九英伸手要摸，陈守逸已抢先一步披上衣衫，挡住了背心的伤疤。

"当时，伤得挺重吧？"徐太妃问。

陈守逸脑海里浮现出养伤时的情景：昏暗的灯光、缠绵的病榻，以及模糊视线里浮现在僧人们脸上的担忧……然而话到嘴边，却变成了一句再简单不过的"还好"。

两字才刚出口，后脑勺就挨了徐太妃一巴掌。

"好？"她凶巴巴地说，"好你能在床上一躺大半年？"

陈守逸系好衣带，微笑道："太妃不生气了？"

因为徐太妃坚持要验伤，他只能给她看了伤疤。

徐九英冲他直翻白眼："我是这么不讲道理的人吗？"

"哪里。再找不出比太妃更通情达理的人了。"陈守逸笑道。

徐九英轻哼："言不由衷。"最后她自己也忍不住笑了。过了一会儿，她又续道："当时看你落马，我想你就是没被一箭射死，也被乱军踩死了。"

陈守逸道："奴婢当时拼着最后一点力气，滚进了丰水里，得以从马蹄下逃生。后来奴婢在下游被人发现，带到香积寺医治，方才保住性命。"

徐九英这半年也见过不少伤兵，知道他那时身上中箭，又在河水里浸泡许久，只怕情形十分凶险，否则也不至于在香积寺养这么久。这大半年，不知道他吃了多少苦头。

"现在都好了吗？"她关切地问。

陈守逸点头："已经大好了，请太妃放心。"

"我有什么不放心的，"徐九英又变得恶声恶气，"既然好了，就给我好好干活。别想再偷懒！"

陈守逸忍不住笑了："奴婢一定竭尽全力。"

他如此配合，反让徐太妃有些不自在了，又过了好一会儿才别别扭扭地说："记得给你养父送个信儿，让他也高兴高兴。"

"好。"

"那……"徐九英起身，"我还有事，就先走了。"

陈守逸起身："奴婢恭送太妃。"

徐九英走到门口，忽然又停下脚步。陈守逸以为她还有什么吩咐，刚要开口询问，却听见极轻的一声："欢迎回来。"

陈守逸平安归来的消息很快传递给了陈进兴。与此同时，梁州也收到了太后的传书：已与河北三镇谈妥，不日即将出兵。

梁州上下一片欢腾。两日后，徐太妃又接到了陈进兴要求亲赴梁州的亲笔信。

虽说并非亲生父子，但是陈进兴和陈守逸毕竟相处了这么些年，感情算得上深厚。养子大难不死，他想要见上一面亦是人之常情。何况，徐九英捏着太后的书信深思，也是时候考虑下一步的计划了。因此她几乎是毫不犹豫同意了他的请求。

十多日后，陈进兴抵达梁州。

一进梁州州城，他便来拜谒徐九英。

陈进兴是徐太妃母子最大的支持者。故而见面时徐九英对他格外客气，甚至亲手为他剥了个橘子。

陈进兴长袖善舞，与她倒也言谈甚欢。只是久坐多时仍没看见养子的身影，他不免露出几分疑惑之色。

"姚潜今天送了帖子过来，"看出陈进兴的心思，徐太妃一边将剥好的橘子递给他一边笑着解释，"说是有事情要和陈守逸商量。他这会儿还没回来呢。"

陈进兴接过桃子，失笑道："姚都使倒是挺看得起他。"

这句话似乎触动了徐太妃的心思。她垂下眼睛，一时没有接话。

陈进兴最善于揣摩人心。一个低眉的动作足以让他察觉到异样。他拿着桃子沉吟了一会儿，小心开口："莫非太妃有什么烦心事？"

"有件事……"虽然徐九英看来有些迟疑，她还是把话说出了口，"正好想和中尉商量一下。"

在西川时，姚潜就对陈守逸颇为欣赏。这次陈守逸回归，除了徐太妃和陈进兴，就数他最为欣喜。这段时日，他不时邀请陈守逸过府，饮酒叙话。

虽说对姚潜有过敌意，但是经过维州一役，陈守逸和他已建立了颇为深厚的友谊。何况姚潜谈吐不俗，为人磊落，本身也是值得深交的朋友。

因为相谈甚欢，直到日暮之时，陈守逸才从姚潜府邸回返。一回到居所，他便从下仆口中得知陈进兴已经抵达的消息。与养父将近一年未见，陈守逸颇为挂念，问明陈进兴仍在徐太妃处后，他便一路寻了过来。

刚走到门口，他就听见里面陈进兴的说话声："这件事老奴并不赞成。"

紧接着徐太妃漫不经心的声音响起："之前一直抱怨，说我不该把神策军分出来交给姚潜的人又是谁？"

"老奴这也是为太妃打算，"提起此事，陈进兴也只能赔笑，"姚都使人品固然可敬，但神策军是太妃最大的助力，落于外臣之手，终归不妥。"

"所以我才和你商量嘛，"徐九英道，"你自己说，要不是姚潜，梁州能坚持到现在？当时什么形势，你不是不知道，我总不能为了自己把持神策军放弃梁州。他要兵马，我只能给他。当然，你的考虑也有道理。兵权的确不能全交给姚潜一个人，可是没他领兵又打不了胜仗。最好的办法就是仍让他带兵，但是在他身边安插一个可靠的人监视着。现在正好有一个你我能够放心而姚潜又很信任的人，岂不是正好解决了眼前的难题？"

陈进兴叹息："可是前线凶险。这孩子经历这么多磨难，好不容易平安回来，叫老奴如何开得了这个口？何况，容老奴说句得罪的话，这么多年他为太

425

妃卖的命还不够吗？一定要折腾出个三长两短，太妃才满意？就算太妃不在乎，老奴还指望他养老送终呢。"

徐九英不说话了。

屋内沉默了很长一段时间。陈守逸等了许久，料想不会引起室中人的疑虑了，才抬起手，轻轻敲了下门。

亲眼见到养子无恙，陈进兴的喜悦之情溢于言表，拉着他嘘寒问暖，自然也免不了细细盘问他死里逃生的经过。

陈守逸也如回答徐太妃时一样，隐去了重伤的部分，只拣紧要的地方作答。饶是这样，陈进兴仍然唏嘘不已，越发坚定了不能再让陈守逸靠近前线的想法。

父子俩说话期间，徐九英却一反常态，几乎没怎么开口。直到陈守逸数次呼唤，她才回过神："什么事？"

"父亲与奴婢许久未见，晚上想与奴婢小酌几杯，不知……"

"你们这么久没见，当然应该好好聚一聚，"徐九英笑道，"我这边横竖没什么事，你也不用再过来。"

陈守逸向她深深一揖："多谢太妃。"

父子俩临去之前，徐九英又想起一件事，叫住他们："虽说你们难得相聚，不过晚上也别过于贪杯。明天最好还是与姚潜碰个头。要知道一旦河朔出兵，局面就会大变，后面怎么做，大家还是尽早商量出一个计划才是。"

两人点头应下。

次日一早，陈进兴父子如约与徐九英、姚潜齐聚一堂，商讨河朔出兵以后的行动方案。

姚潜率先提出，应趁河北出兵，昭义、淮西回援之际全面反攻，一举将东平王的势力赶出梁州。只要梁州能够巩固，夺回京畿就只是时间问题。

在座之人都明白梁州的意义，没人会对这个计划持有异议。而梁州的军政，姚潜无疑是最有发言权的人。在他侃侃而谈的时候，陈守逸不时望向徐九英。表面上徐太妃似乎在很认真地倾听，但是陈守逸看得出她有些心不在焉。

他以为徐九英会发表一点意见，可是直到姚潜陈述完毕，她都一言不发。

"奴婢有一事不明，"陈守逸看谁都没有说话的意思，便自己开了口，"冒昧之处，还请姚都使恕罪。"

陈守逸的意见无疑是姚潜最看重的。他急忙回答："请讲。"

"奴婢刚才粗略估算了一下，"陈守逸缓缓道，"以梁州目前的兵力，恐怕不足以支持如此庞大的反攻计划。这是否意味着，都使还需要从神策军调遣更多兵马？"

姚潜先是一怔。但是目光在徐太妃和陈进兴之间游移一阵后，他似有所悟，赧然笑道："是某考虑不周。"

陈守逸再进一步问："另外，不知梁州监军现为何人？"

此言一出，姚潜心下一片雪亮："年初大战之时，梁州原本的监军使一直告病，至今不曾补缺。"

陈进兴觉出味道，轻轻咳嗽一声。陈守逸分明听见父亲的示意，却不曾理会，而是又微微一笑："奴婢若是毛遂自荐，都使觉得合适吗？"

姚潜对陈守逸的能力十分清楚，当即喜道："求之不得！"

陈进兴以为是徐九英的主意，虽然明知失礼，却还是忍不住瞪了她一眼。不想转过头后，他发现徐九英也是一脸诧异，显然并没料到陈守逸这番话。他刚要张口，陈守逸却及时回头，向养父使了一个眼色。

收到陈守逸的暗示，陈进兴不免摇头苦笑。但是养子执意如此，他虽然不愿，却终究不曾出言阻止。但无论是陈进兴还是陈守逸，都没注意到自己的举动被徐九英看在眼里。她微微侧头，露出一个若有所思的表情。

"你是不是听见了我和你养父说的话？"晚上纳凉时，徐九英问。

陈守逸剥着荔枝，故作惊讶："什么话？"

徐九英拿扇子敲了他一下："少和我装傻。"

陈守逸一笑，不再否认。

徐九英拿起一颗剥好的荔枝放入口中，嘟嘟囔囔地道："你不需要这么做。"

"太妃难道不担心神策军以后落入姚都使手中？"

"姚潜的人品应该还靠得住。"

"把希望寄托在一个人的良心上？"陈守逸挑眉。

徐九英有些烦躁地说："我会想其他办法，用不着你多事。"

陈守逸微笑："何必舍近求远？"

徐九英沉默不语。

"奴婢不是早就和太妃说过，"陈守逸缓缓开口，"无论太妃多么信任一个人，都不能完全放下防备。人心很脆弱，永远不要去考验一个人的操守。太妃昨天的考虑是非常必要的。"

他说话时，夜空中光芒闪过。飞舞的流萤落入草丛，映出星点绿光。

"你养父的话有道理，"徐九英忽然起身，缓步走到庭园中间，试图伸手触碰半空中的光点，"梁州监军不可能远离前线。这是个苦差，不该由你来接。"

陈守逸跟在她身后，微笑看她把一只只萤虫惊走："姚都使不也一直都在前线？他做得到，奴婢也能……"

"你和姚潜能一样吗？"徐九英截断他的话，"姚潜至少是个正常人。情况不对，他知道先退回来，不会一味蛮干。你呢？平日看着倒是冷静，谁知道什么时候头脑一热，就冲上去跟人拼命？就说你那会儿落马，那盒子再重要，比得上自己的命吗？我事后想想，也觉得再放你去前线不太妥当。而且凭良心说，这些年你确实帮了我很多，我却没回报过你什么，有什么理由再让你犯险？"

"如果，奴婢说有呢？"陈守逸幽幽道。

徐九英大奇："有什么……"

她才刚回头，陈守逸已微微俯身，覆在她的唇上，堵住了她所有的言语。

素银盘里的新鲜葡萄因为在井水里冰镇过，上面还挂着一层细小的水滴。一只修长的手伸出，从葡萄串上摘取一枚浑圆的紫珠，精准扔向面前正在行礼的女子："姿势不对，重来。"

五官浓艳的年轻女子敏捷伸手，一把兜住飞来的葡萄，塞进口中，愤愤不平地反驳："哪里不对了？"

银盘后手执书卷的宦官连眼皮都没抬下："头要微低，背要挺直，动作不能僵。下拜后不能太快起身，而要从容不迫地站起来。还有，手的位置低了，应该再抬高一寸。"

"差不多就行了，哪儿这么多穷讲究……"女子一口吐出葡萄籽，嘟嘟囔囔地道。

青年宦官一哂："差之毫厘，谬以千里。知道为什么你明明长了一副好皮囊，却只能当个洒扫的宫女吗？"

女子强调："我现在是采女了。"

428

宦官不为所动："以色侍他人，能得几时好？你要是对自己有信心，又何必找我帮你？"

女子对他怒目而视。

宦官浑然不觉，依旧从容读着手里的卷轴。

发觉自己的怒视对此人毫无威慑，女子终于败下阵，气鼓鼓地哼一声后，重新对着墙壁练起女子下拜的礼仪。

这期间宦官并未抬头，但是唇边已有笑意隐现。

"好皮囊……以色侍人……"他还来不及掩藏好笑容，刚刚拜到一半的女子似是想到了什么，猛然站了起来。

宦官摇头，出声呵斥："才说了，起身时不要太快……"

女子根本不理会他的训导，冲到他面前拍手大笑："承认了！你承认了！陈守逸，你终于肯正视我的美貌了！"

这人如此大言不惭，令陈守逸啼笑皆非。不过他很快就恢复了波澜不惊的神情，用淡漠的口吻说："虽然采女不是我欣赏的类型，但是陛下能被吸引，就说明徐采女的容貌尚有可取之处。"

"我不管，"徐九英得意扬扬，"反正你亲口承认我长得好看了。"

"宫中最不缺貌美的女性，"陈守逸失笑，"陛下之前没见过你这样的人，所以觉得新鲜。若你没有独特到让他难以忘怀，等这新鲜劲过去，被人取代不过是时间问题。"

"那我怎么才能让他忘不了我呢？"徐九英托腮，眼珠转个不停，"读书写字？弹琴画画？"

"琴棋书画这些才艺不可能一蹴而就，"陈守逸摇头，"何况宫中多的是精通这些技艺的美貌女子。采女资质有限，恐怕拍马都追不上。"

徐九英不满："就知道说风凉话。你要是真聪明，就替我想个法子嘛。"

陈守逸沉吟一会儿，缓缓开口："采女觉得现在宫中的嫔妃们缺少什么？"

"哈？"徐九英一脸茫然。

"不说远了，就以皇后为例吧，"陈守逸说，"她缺少的东西，采女可曾看出来？"

"皇后？"徐九英深思，"家世、相貌、性情、教养……要什么有什么。她还能缺？我看什么都不缺。"

"若真是什么都不缺，陛下应该会很喜欢她才是。既然陛下不与她亲近，就说明她还有所欠缺……"

徐九英急得直推他："别和我卖关子。快说快说，她缺的到底是什么？"

陈守逸微笑着吐出两个字："风情。"

"风情？"一听到这个词，徐九英就想去撩自己的衣襟。

但是陈守逸凉薄的话语让她立刻打消了这个念头："是风情，不是风骚。"

她悻悻收手："有什么区别？"

陈守逸笑着解释："所谓风情，并不是要你搔首弄姿，而是举手投足之间自然流露的魅惑。哪怕只是最平常的举动，也足以让人怦然心动。活色生香，风情万种。这正是皇后，不，应该说是现在宫中所有嫔妃都欠缺的东西。"

"活色生香？"徐九英迷惑地重复，"这要怎么做？"

陈守逸微笑："采女猜猜，这段时日我让你反复练习礼仪是为了什么？"

徐九英翻白眼："你嫌我俗呗。"

"确实，"陈守逸道，"采女举止粗俗，有必要规范你的仪态。同时也是为了找出最适合采女的姿态。才华无法靠练习获得，风韵却可以。若你在动作和表情上下足了功夫，一举一动都有勾人心魄的效果，别人也就很难察觉你只是个草包的事实了。"

徐九英听着陈守逸这番谬论，纠结自己是该出声赞叹，还是干脆一拳打烂他的鼻子？

陈守逸顿了一下，又继续说道："所以从现在开始，采女有什么本事尽可以对在下施展。我会判断你的举动是否合适。"

徐九英嫌弃地看他："你又不喜欢我，对你施展不是……"她想了一阵，终于找到一个合适的词形容，"不是对牛弹琴？"

"这正说明我是适宜的人选，"陈守逸轻笑，"想想看，一个不可能喜欢上你的人都能成为你裙下之臣，还有谁能抗拒你的魅力？"

两人嘴唇相触的瞬间，徐九英脑中轰的一响。这……这是什么情况？

这个吻并不热烈，温柔绵长，却包含着无尽情意。可是徐九英被这个吻惊住了。

她这些年对着陈守逸不知抛了多少媚眼，练过多少媚态，陈守逸从来都坐怀不乱，连一个眼神都欠奉。她也从来没有多想，他是什么时候对她有这种意思的？

因为过于惊讶，她一时之间竟然忘了反应。直到陈守逸结束了这个吻，她都还愣愣地盯着他。

看她还是神游天外的模样，陈守逸忍不住一笑，伸手在她头顶留下一个轻柔的抚摸，然后在她回过神以前毅然逃离。

也不知过了多久，徐九英终于灵智回归，心里一阵翻江倒海，他这是什么意思？不是说过绝对不可能喜欢上她这种粗鄙自大又无知的女人吗？刚才的亲吻算怎么回事？说过的话和放过的屁一样，这人是有多不要脸！

她满腔悲愤，跺了下脚，冲着陈守逸的背影大嚷大叫："犯上！你这是犯上！"

陈守逸一声嗤笑，停下脚步，不闪不避地回答："是啊。"

"你，你……"如此有恃无恐，气得徐太妃浑身发抖，"你竟敢！"

陈守逸又笑一声，并不回头，仅向她挥舞了一下手背就快步走开，留下一肚子疑问的徐九英目瞪口呆。

干出这种事，原以为陈守逸怎么都要过来给她一个解释。谁知第二天一早，他就以需要筹备出兵事宜为由，搬去了姚潜府中。等到梁州监军的任命下来，他又搬去了监军使的官邸。不久以后，河朔出兵，梁州开始全面反攻，陈守逸便随姚潜一道出征了。两人竟是没再见过面。

堂堂一个太妃，被人轻薄了，居然连一句交代都没捞着。徐九英气得不知道捶了多少次床。可是陈守逸出征在外，她拿他没有办法，又不想此事外泄，所以表面上还得装作若无其事。侍奉在她左右的人倒是察觉到徐九英心绪不佳，可是不明白她到底在恼恨什么，只能眼睁睁看着她成天坐在屋里咬牙切齿。

这样的状态一直持续到太后归来。

河北出兵以后，正如梁州诸人的估计，昭义和淮西立即从梁州撤退，回援本镇。

姚潜和陈守逸趁此机会，领兵攻打泾原本阵，并且取得了不俗的战果。同时太后又联络回纥，承诺回京以后会有重谢，令回纥可汗答应撤军。多方作用下，姚潜等人终于逐步收复了梁州全境。

形势好转之后，太后也终于由河北返回。

河北三镇应下合作，太后居功至伟。为表谢意，徐九英特意安排了丰盛的酒宴，为她接风。不过因为诸人征战在外，最终赴宴的也只有太后、太妃两位。

　　这倒正合太后心意。一别多日，梁州又有诸多变化，她正好趁此机会，向徐九英探听最新的战况。不过聊了几句以后，太后便察觉徐九英心事重重，魂不守舍。

　　酒过三巡，太后轻轻搁下杯盏："我还以为战事顺利，陈守逸又平安无事，太妃会更高兴一些。"

　　"我没不高兴啊。"徐九英嘀咕。

　　"那你为我接风，拉长一张脸做什么？莫非是对我有什么不满？"

　　徐九英一口否认："你想到哪里去了。当然没有！"

　　太后思索片刻，挥手遣退众人，对徐太妃微笑道："怎么说我们也算同盟。若是有什么难言之隐，不妨与我说说。也许我还能替你排解一二。"

　　"这件事……"徐九英吞吞吐吐地说，"我也不知道应该从哪里说起……"

第三十一章

情定

　　打退泾原，梁州就只剩下了余维扬这一支孤军。

　　形势一逆转，梁州士气大振。接下来的几仗，梁州军所向披靡，锐不可当。余维扬不得不暂避其锋，先从梁州撤出，退守关中。梁州防线得以稳固。姚潜也终于有机会让疲惫的兵马稍事休整。

　　梁州军中难得迎来静谧安宁的一夜。暮色下，营里有人吹起了竹笛。演奏者只是军中的普通兵士，技艺只能算是平平。然而距离的遥远掩盖了技巧的不足。笛声在静夜里悠悠响着，勾起人一阵说不清道不明的情绪。

　　银月映照的光辉被栅栏切割，也将倚在栅栏上倾听笛声的身影拉得老长。

　　"难怪某遍寻不着，原来监军躲在这里。"一声笑语传来。

　　陈守逸回头，却是姚潜牵着一匹黑马站在他身后。

　　"都使巡视完了？"陈守逸含笑问候。

　　姚潜点头，将马牵入厩中拴好。

　　陈守逸跟过来，与他一道往食槽里添加草料。

　　"太妃让人传了消息过来，"倒完料后，姚潜笑着说，"太后已平安回返州城。"

陈守逸应了一声，不置可否。

黑马快活地吃着草料。一时之间，两人谁都没有说话，只是安静地倾听笛声。

一曲终了，槽中食料亦将尽了。姚潜这才又开了口："目下时局对我们有利。某想休整几日以后，即便挥师北上。或许冬季以前就能收复近畿，迎陛下回京。"

陈守逸赞许道："守住梁州，已经奠定朝廷胜机。现在形势逆转，之前观望的诸镇应该也会很快表态，此时确实应该乘胜追击。河朔虽然出兵，也不可尽信。若由他们抢先一步收复京师，将来难免恃功自傲。朝廷也一定希望京城能由都使收回。"

姚潜得他认可，心中底气更足："如此，某今晚就向太后、太妃修书，将监军和某的想法禀报上去。"

突然听到太妃二字，陈守逸神色略显复杂，转过头去。

姚潜拿起马刷，一边为爱马梳毛一边意有所指地说："不过回了京，监军就不能再对太妃避而不见了吧？"

陈守逸一愣。

"这阵子监军十分反常，"姚潜忍笑，"某虽愚钝，也并非木石。监军不会以为在下一点没察觉到吧？"

陈守逸不知如何回答，只能怔怔看着他。黑色的骏马被姚潜刷得通身舒泰，忍不住打了个响鼻，从马鼻出来的沫星子，正好全数喷到正在发愣的陈守逸脸上。

陈守逸一向好洁，猛然间被喷中，忙不迭地别过头，用袖子擦脸。

姚潜极少见他如此狼狈，忍不住放声大笑。过了许久，他才收声，继续说道："太妃居所离某宅邸并不算远。就算有要事相商，监军也不是非得要搬过来。那么急急忙忙地迁居，定是有什么缘故吧？而且出征以前，监军也没向太妃辞行。这可不符合监军平日的风格。监军与太妃是不是有什么龃龉？"

陈守逸被他问住，只得干笑一声。

姚潜语重心长："虽然某不知道究竟发生了什么事，不过，不管在维州还是子午关，无论对阵的是西戎还是泾原，监军都从未有退缩。太妃虽然心直口快，却也是通情达理之人。就算有什么矛盾，监军也应该和她好好解决，而不是一味逃避了事。"

他放下马刷，等着陈守逸表态。可是陈守逸还是一声不吭。

姚潜无奈叹息："言尽于此，监军好自为之。"

说完，他也不等陈守逸回应，转身走开了。

陈守逸留在原地，不知在想什么。黑马不见了主人，便亲昵地向他凑过来，还用拉长的马脸蹭他的手。陈守逸伸手，轻轻摸着它颈上滑顺的鬃毛，脸上浮起一丝苦笑。

"不逃？"他对着姚潜已经走远的背影自语，"会被当场打死吧……"

太后在他人眼里，一向是贤良方正的典范。即使她曾经向自己透露过她和李砚的过往，在最初的震惊之后，徐九英就没觉得有什么真实感。到底应不应该把陈守逸和她之间的事向太后和盘托出，她其实并不确定。

可是这阵子她实在是憋坏了，身边又没人可以听她倾诉。不管太后想法如何，至少她现在仍是可以信任的伙伴。就算她日后不能谅解，徐九英也知晓她的秘密，顶多是互相交换一个把柄而已，并不影响大局。所以犹豫一阵后，徐九英便将她与陈守逸的纠葛一一道来，只隐去了陈守逸吻过她这一件事。

在她讲述期间，太后没有发表任何评论，只是安静地听着，又不时抬手，向自己杯中注入酒液。等徐太妃的叙述告一段落，不但已是深夜时分，席上亦是酒冷羹残。

徐九英说完后就忐忑地等待她的反应。可是太后没有急于说话，而是又为自己斟了一杯冷酒，才缓缓地说了一句："我很惊讶。"

"很吃惊对吧？"徐九英心里说声果然，苦笑着道，"我也没想到他会这么胆大包天，竟然生出了这样的念头。"

太后摇首："令我吃惊的不是他对你有情，而是，你竟然现在才察觉到他的心意。"

"什么什么？"徐九英跳起来，"难道说你早就看出来了？"

太后将那杯酒慢慢饮下，接着说道："擅离职守乃是大罪。陈守逸担任西川监军，私自回京是冒了极大风险的。而他冒这么大的风险，只为确认你的安好。这还不够说明问题？"

徐九英悻悻辩驳："那可能只是他忠心呢？"

太后失笑："团黄、白露对我也算得上忠心耿耿，可是她们永远不可能做到陈守逸这个地步。他已经远远超出了忠仆的范围。除了他对你有情，我找不到其他可能的解释。"

"团黄和白露怎么一样……"徐九英嘟囔。

"好吧，就算她们不够忠心，"太后说，"颜三娘呢？她愿为你拼上性命，不可谓不忠，但她能做到陈守逸的程度吗？"

徐九英拍案而起："既然你早就察觉到了，为什么一句都不跟我提？"

只有她一个人蒙在鼓里的感觉真是糟透了。

"我以为你心知肚明，"太后苦笑，"甚至于，有一段时间，我觉得这也许是你笼络他为你卖命的手段。若是那样，我就更不方便干涉了。本以为是心照不宣，没想到你竟然真的一无所知。"

"他什么都没和我说过。"徐九英喃喃自语。

太后一笑："不必理会他说什么，没说什么，要看他做了什么。这是我作为一个过来人的经验。"

徐九英白她："你的经验一点借鉴的价值都没有。"

太后哑然。

徐九英自知失言，连忙赔礼："对不起对不起，我不是那个意思。你知道我一向嘴快……"

"我和李砚……"太后放下酒盏，幽幽开口，"曾经志同道合，心意相通，然而有缘无分。虽说我不曾后悔，可是一段感情错过了就是错过了。我有我的责任和背负。即使开始的时候并不情愿，但是已经决定承担，我就不会推卸。少年时的情事，无论是否留下遗憾，彼此的道路已然不同，就该各自相忘，再无瓜葛。可惜他并不这样认为。他费尽心机，想要拿回失去的东西。诚然他是为我做了很多努力，可是从头到尾，他都不曾考虑我的意愿。你说得对，这样的经验确实不值得参考。"

太后语气平静，徐九英却听出了里面不同寻常的情绪，出言安慰："你也不要这样说……"

不过太后的低落并没有持续太久。沉默片刻之后，她便重新振作，对徐九英道："可是陈守逸和李砚不一样。只要是你想的事，他都奋力为你做到；你疏忽的地方，他为你一一想到、补足。世上有几个男子能够做到这个地步？"

"怎么听起来你像是在为他说好话？"徐九英诧异，"以你的立场，难道不该反对这样的事？"

太后叹气："从太后的立场来说，的确应该杜绝这种事。可是凭良心说，若非他当初带我们逃出京师，你我现在能不能在此谈心还是未知，更别说他还屡立奇功。受了别人的恩惠，又来指责他有违忠义，我还真做不出来。虽然我知道他给予的对象并不是我，但是人生在世，总不能太过忘恩负义。可以通融的时候，我不介意睁只眼，闭只眼。他是宦官不错，可也好在，他只是个宦官。虽然这样说有些凉薄，他的身份固有缺憾，却也因此能够规避许多因你身份而带来的麻烦。所以，这件事的选择权在你，我不打算插手。"

徐九英大吃一惊，许久之后她才追问："为什么？"

"大概，我本质上也不是什么典正的人吧？"太后微微一笑，"你也可以当是我对盟友的尊重。"

后半句话是太后想放过孙太妃时，自己对她说的话。此时被她原话奉还，徐九英不免五味杂陈。

"不过……"太后话锋忽然一转，"如果你真有接受他的想法，有一些事恐怕得预作打算。"

距离颜素上一次见到东平王，已经过了大半年。

遵照约定，东平王将团黄和白露送来与她做伴。之后她就再也没见过东平王。虽然仍是囚禁，但到底不是脏乱潮湿的牢狱，亦不必承担繁重的劳作。衣食供给谈不上丰厚，也不至于匮乏。这半年，三人生活基本还算平静。只是东平王似乎下了封口的命令，无论她们如何探听，始终得不到外界半点消息。因此晚间东平王忽然召见，让颜素十分吃惊。

东平王不会无缘无故找她。恐怕，是出了什么大事。去的路上，她如此推测。

这一次，东平王选择在城楼见她。

行礼之后，颜素偷眼打量，发现他比上次相见的时候消瘦了许多。同样的袍服如今看上去格外宽大，眼窝发青，脸颊也微微陷下，两腮上冒出不少青茬，想来已有多日未曾修饰面容。

"不久以后，京师会有大乱，"东平王没有与她寒暄，直入正题，"届时我恐怕无法顾及三位娘子。明日一早，我会让人为你们送去足够一月的食、水，然后闭锁你们所在的院落。"

颜素浑身一震。京师大乱的意思是……

看出她的惊讶，东平王平静地揭开了谜底："余维扬节节败退。姚潜已经攻入关中了。恭喜娘子，守得云开见月明。你们那个地方比较僻静，不大会有人注意，只要你们自己不生是非，应该不会为人所趁。到时自会有人前来解救。"

"大王只能再撑一个月？"颜素问。

之前看不到希望，她总觉得等待过于漫长。如今东平王兵败，她却又觉得非常突然。

东平王苦笑："未能夺取梁州，我的败局已定。太后他们只要振臂一呼，各藩就会起兵响应。姚潜这次进兵，势如破竹。京城里也是人心浮动。我猜已经有不少人给姚潜送信，想要与他里应外合了。一个月？我看半个月都用不了。"

颜素从他言辞中推测出了来龙去脉，唏嘘不已。即使立场不同，她还是忍不住表达自己的鄙夷："这些人，需要他们的时候作壁上观，局势明朗却有脸出来捡便宜。"

"趋利避害，人之常情，"东平王嗤笑，"当然他们不会说得这样直白，只会宣称是得道多助，失道寡助。"

这话说得刻薄又痛快，颜素忍不住和他相视一笑。然而一笑之后，两人又不可避免地陷入沉默。

"也许奴婢没有立场过问，"踌躇许久，颜素还是把话说出了口，"不过，大王之后有什么打算？"

"余维扬建议投奔昭义或者淮西。但是……"他考虑许久，最后还是摇头，"这不是娘子需要关心的事。"

他挥了挥手，让人将颜素带了下去。

正如东平王所料，姚潜这两日接到了不少来自京城的投诚。

陈守逸翻着这些书信，嗤笑连连："这些人多数是进士出身，照理说都是国朝文魁，作的文章却如此千篇一律。"

姚潜吃着茶，淡淡回应："除了受伪王挟持，他们还能找出什么理由？"

陈守逸抖抖手上的一封书信："明知这些人都是什么货色，都使仍然打算接受他们的投诚？"

"现在最重要的是收复京师，"姚潜放下茶盏，"若是严词拒绝，无疑会将他们再度推向敌方。这些人虽然见风使舵，说到底不过是为了明哲保身，倒也没作什么大恶。临行前太后也曾经说过，对前来投靠的人不必过于深究，想来也是这个用意。监军也不想本来可以安定的局面再起波折吧？"

陈守逸叹息："道理奴婢当然明白，可是一想到我们千辛万苦打到这里，现在倒让这些不三不四的人出来摘桃子，真是不甘心啊。"

"天下太平，对某已经是最好的报酬了，"姚潜调侃道，"至于足下，太后、太妃那里又不会少了封赏，何必与这些人斤斤计较？"

陈守逸被他揶揄，有些哭笑不得："姚都使这阵子也学坏了，尽拿我取笑。"

"某被监军耳濡目染这么久，也不能一点不长进吧？"姚潜笑答。

陈守逸被他说得哑口无言，只好找个借口飞速告辞。随着他的离去，姚潜脸上的笑容也消失了。

走出帐外，下弦月银辉黯淡，只能为周围的景物罩上一层朦胧光影。

以目前的形势估计，姚潜在月下沉思，很快他就能兵临京城。那时，有一个人，他将不得不去面对。

而这一日，来得比他想象的还要快。

接下来的战事印证了什么叫作兵败如山倒。一两个月之前，姚潜和陈守逸还在为梁州的存亡绞尽脑汁，现在形势却已完全逆转。攻入雍州以后，他们几乎没再遇到任何有效的抵抗力量，再加上京城内部的松动，他们不费吹灰之力就夺取了京城。

余维扬带着残兵投奔了昭义。让人吃惊的是，东平王并没有跟他一起走，而是留在了城内。

"某是否可以和东平王单独谈谈？"得到东平王在皇宫城楼上的消息后，姚潜转向陈守逸。

虽然有些诧异，但是陈守逸并未表示异议，点了下头便转身离开。

姚潜缓步走上城楼。

几十名兵士围成一个大圆，手上都端着枪。枪头所向，正是在圆圈中心的东平王。

无视周身密密麻麻的枪头和敌意，东平王坐在胡床上，从身旁的矮几上拿起酒壶自斟自饮。

"姚都使来了！"有人看见姚潜，叫了起来。

其余的人听见，纷纷为他让出一条道。

看见他，东平王淡淡道："你来了。"

姚潜沉默一阵，对周围的人说："都先退下。"

"都使！"有人不赞同。

"退下。"姚潜的声音很平静，却有着不容置疑的力量。

士兵们面面相觑，最后还是听令，退到了远处。

东平王另外拿出一个空杯，倒满了酒，又给自己满上，向他做了一个请的姿势。

姚潜席地坐下，举杯一饮而尽。

"丢了梁州以后，"东平王静静开口，"我一直在想，最后取走我这条命的人会是谁？没想到来的竟然是你。看来上天待我毕竟不薄。"

姚潜叹息："大王为何不跟余维扬一起离开？"

东平王惨笑："昭义和淮西现在恐怕正急于想办法和太后、太妃修复关系。残兵败部，就算勉强逃到那边，也不过是向别人贡献自己的项上人头。将死之人，何必再费这一番奔波？"说着，他闭上了眼，"还请姚兄下手快些。"

姚潜摇头："大王谋逆，自有国法制裁。某不会对你动用私刑。"

东平王睁眼苦笑："永远这么一身正气，不愧是姚峰鹤。"片刻后，他站起身，双手握拳伸出，"既如此，我也不令你为难。来吧。"

他起身前，姚潜分明看见有一个不足巴掌大的琉璃瓶被他收入袖中。然而姚潜只是犹豫了一阵，最终未发一言，只向不远处的几名士兵点头示意，命他们将东平王收押。

被押走之前，东平王忽然停住脚步："我还有最后一桩心事，不知能否托付姚兄？"

"请讲。"

东平王向他招了下手。姚潜附耳过去，数句以后，姚潜点头："大王放心，某一定办到。"

东平王似乎舒了一口气："多谢。"

"大王……"东平王再度迈步时，姚潜又叫了一声。

东平王没有回头，但是顿住了脚步，等待他的下文。

然而姚潜却只是摇了摇头："没什么。保重。"

本来想问一句，事到如今，他可曾后悔？可是转念一想，这句问话现在已经没有任何意义。

当日夜里，东平王就在牢中服毒自尽。除了姚潜，没人知道他用了什么手法将毒药带入监牢。

京师顺利收复。昭义也很快送来余维扬的人头，以此乞求朝廷原谅。然而太后这次却一反往日宽厚，对参与叛乱的藩镇表示了绝不姑息的态度。战争继续进行。在河北的强大攻势下，昭义、淮西颓势日显。朝廷的胜利不过只是时间问题。

又过了一个月，太后、徐太妃带着小皇帝风风光光回返京城。

迎接她们的，除了姚潜，还有颜素、团黄和白露。

看见三人，太后和太妃都下了檐子，将她们亲手扶起。

"太妃……"起身后，颜素便想就当初被东平王套出子午关之事向徐太妃道歉，没想到话未出口就被徐九英制止。

"什么都不用说，"徐太妃亲切道，"平安就好。"

另一边，团黄和白露也向太后禀报了孙太妃自缢身亡的消息。

当初太后心软，只将她软禁，并未伤她性命。东平王占领京师以后也确实将她释放，并且给予她十分优厚的奉养。然而这份尊荣只持续了不到一年。姚潜攻破京师，孙太妃惊惧之下，选择了自行了断。

太后听完沉默良久，最后说了一句："知道了。"

诸人诉完离情，徐九英才忽然想起，陈守逸直到现在都还没露面。这个人难道打算一直这么躲着她？

察觉到徐九英的疑惑，姚潜笑着解释："监军正在太妃殿中。"

徐九英应了一声，不吱声了。

倒是太后听见，拉起小皇帝的手，慈爱地说："青翟，先去我那里吃果子好不好？"

小皇帝连忙点头。

接着她又叫上了颜素。做好这一切，她才给了徐太妃一个意味深长的眼神："你们慢慢聊。"

虽然这一年战事频繁，但是京师由始至终都未发生激烈战斗。除了兵马入城时，有一小撮人想趁乱打劫，被姚潜镇压，皇城并没有蒙受太大损失。

徐九英一路行来，也觉得景物如旧。得到太后、太妃凤驾将至的消息，陈守逸特意令人重新收拾、整理了徐九英的旧居。此时出现在徐太妃面前的殿阁干净整洁，与以前几乎没有分别。

因为时间有限，徐九英抵达时，他还未完成所有的准备，仍带着几名宫女，做最后的巡查。

阻止了宫人通报，徐太妃静静站在门口，对着陈守逸的背影出神。

他已换下戎装，穿上了旧日衣饰，就如在她身边侍奉时一样。看着他熟稔地吩咐宫人们做事的样子，徐太妃略有几分恍惚，好像这一两年的腥风血雨，只是她的错觉。

似乎感应到她的出现，陈守逸很快转过头来。看清是徐九英后，他低眉片刻，接着露出温和而平静的微笑，上前向她行礼如仪。

宫女们也纷纷下拜，霎时间跪满一地。

徐九英缓缓扫视一圈。在场的这些面孔里有她熟悉的，也有完全陌生的。那些未曾出现的旧人，恐怕是再也找不回来了。

怔了一会儿，她轻轻咳嗽一声："都起来吧。"

众人站起来。陈守逸向他们做了一个手势。他们便继续做自己手上的事了。

陈守逸回过头，低声唤道："太妃……"

徐九英盯了他一阵，面无表情地说："随我来。"

终究还是要面对……陈守逸心中轻叹一声，默默跟上。

太妃身份贵重，在宫中时总有人前导引路。可是这次却是徐九英走在前面，陈守逸跟在她的身后。行进的中间，他不时将目光投注在徐九英的背影上。

为了便于行路，她的打扮较为简素，头发简单盘了个髻，两枚银色花簪为饰,雪青上衫，下着紫色长裙，肩上搭一条樱草色的薄纱帔子。陈守逸暗自微笑，经过他多年不厌其烦的提醒，她在配色上几乎不会再出错了。

她的步态也是他仔细纠正过的，优美婀娜，却不会过于妖娆。只要她不开口，没人看得出来这本是一个出身低微、缺乏学识的女子。

他确实改变了她。可是他又很清楚地知道，她并不完全是他的造物。也许表面上她已脱胎换骨，但是那个人的本质还是和以前一样，从来没有，也不会改变……

442

一路走到太液池边上，徐九英终于停下脚步。

池畔柳树茂盛，丝绦低垂入水。池面被微风拂起粼粼波光。四下无人，确实是适合说话的地方。

陈守逸清了清嗓子，主动开口："上次的事……"

可惜他才说了四个字，就被徐九英打断。

"永远不会喜欢我这种粗俗自大又无知的女人？"她背对着他，复述他说过的话，语气讽刺又促狭。

陈守逸哀叹，果然还是要翻旧账。早知会有今日，当初就不该把话说得这样绝。

"太妃还记着这句？"他苦笑着说。

"当然记得，"徐九英回身，脸上似笑非笑，"我还记得有人说过，若是能令一个不喜欢我的人也成了我裙下之臣，然后就怎么样来着？"

陈守逸立刻表明立场："奴婢错了。"

徐九英看了他一阵，忽然一声轻笑，伸指戳他胸口："怎么？肯承认我的魅力了？"

陈守逸从善如流："太妃魅力无人能挡。"

徐九英似乎还不满意，轻轻哼了一声："别以为说两句好话我就能放过你。我可是太妃，轻薄我的后果，你该清楚吧？"

陈守逸平静作答："任凭太妃处置。"

他如此坦然，倒叫徐九英不好接话了。沉默许久，她终于再度开口："为什么要做这种事？"

"原本……是不想说的，"陈守逸低声说，"残破之躯，卑贱之人，并不该再奢望男女之情。太妃若知道奴婢存着这样荒唐的念头，必定也会困扰。这个秘密，奴婢本是打算带到坟墓里去的。可是在香积寺养伤那阵，不知道有多少次，连奴婢自己都觉得撑不过去了。但是一想到太妃，好像又有了继续坚持的勇气。这大半年，奴婢无时无刻不挂念太妃，所以重新见到太妃的时候，就忍不住自私一次……"

徐九英听完，久久不语。

陈守逸料到她会为难，勉强笑道："奴婢能让太妃知晓奴婢的心意，于愿已足。还请太妃不要为此事伤神。"

"这话可就不对了，"徐九英语气微冷，"说出的话和做过的事，不可能再收回去。我若不知道也就罢了，现在既然知道，就不可能当作什么都没发生过。你对我说出来，难道不是希望我能有所回应？"

陈守逸哑口无言。内心深处，他确实是期待她能稍稍回应自己的心意。

徐九英等了半晌都不见他吭声，只能自己打破沉默："你，是什么时候开始有那种心思的？"

"究竟是什么时候开始的，奴婢也说不清楚。不过太妃还是才人的时候，奴婢就确认了自己的心意。"

"才人？"徐九英跳起来。竟然……那么早？

她在池畔一块青石上坐下，咬着指甲回想，她当才人的时候，正一门心思往上爬，全部精力都放在讨先帝喜欢上面。那时的陈守逸又是以什么样的心情看待着自己？而且，而且他当时还给她出了不少主意！

想到这里，她冲口而出："你有病啊！"

什么人会蠢到帮助自己喜欢的人去讨另一个男人的欢心？

话一出口，她又开始后悔。陈守逸心眼儿比针尖还小，听了这句没头没脑的话，不知道会不会多想？

可是陈守逸竟然听懂了，苦笑着回答："只要太妃想要，奴婢都会尽力为你实现。"

徐九英呆住。太后评论这件事时，好像也说过类似的话……这样的深情厚谊，她确实不能再漠视下去。

"以你现在的情况……"良久以后，她终于说话，"高升是指日可待的。虽说你资历还浅，但是功劳够大，就算不是现在，过得几年，枢密使、神策中尉都不在话下。你完全可以权倾朝野。而且国朝并不禁止宦官娶妻，之后你也可以像你养父一样，收一堆养子。只要你想，也能成家立业，儿女成群，甚至还能封妻荫子……"

陈守逸听着她的话，心慢慢沉了下去。看起来，太妃是打算拒绝他了。他低头苦笑，果然他所求的还是太多……

"但是，"徐九英话锋一转，"你如果想要我回应你的感情，这些权势和荣耀就都与你无关了。"

陈守逸猛然抬头。他听见了什么？她说……回应他的感情？

"是太后的意思，"徐九英淡淡地道，"我不排除她这个建议有别的目的。这次平叛，除了姚潜，属你功劳最大，升迁是理所当然的。她本来绝无理由阻拦。但你毕竟是我的人，由你出任要职，必然会削弱她的影响力。现在出了这种事，她正好可以用作借口，阻止你获取高位。"

"可是太妃仍然认可太后的意见？"陈守逸接话。

徐九英点头："没错。就算是出自她的私心，我也不能不承认，她的考虑有道理。就像你教我的，无论我多信任你，我也不能完全对你放下防备。你若是手握重权，又与我有极密切的关系，就能轻而易举地打破朝中平衡。我不会允许这么危险的状况发生。"

陈守逸低着头，没有应声。

"我知道这是很无理的要求，"徐九英续道，"青翟现在还小，但是他总会有长大懂事的一天。那时他能不能接受生母与宦官的特殊关系，谁都不敢确定。如果你手中握有权柄，即使他将来不肯接受，你也可以自保。但是相应的，他对你的猜忌也会更深，说不定会连我都一并记恨上。我绝不希望这样的情况出现。所以你想要我的回应，就必须作出选择。"

陈守逸还是沉默。

这番话恐怕是伤到他了，徐九英想。逼他放弃权力，就是逼他放弃一切自保的手段。将来皇帝若想向他下手，他连一点反抗的能力都没有。以陈守逸的聪明，哪里会看不出这点？也难怪他如此犹豫。

她移开目光，苦笑着说："很自私对吧？可我就是这样自私的人。青翟以前是，以后也会是我最重要的人，我不会让他受到分毫的威胁。如果有一天，我要在你们中间作选择，我会选他。"

也不知过了多久，陈守逸深深吸了一口气，向她发问："太妃不在乎吗？"

"在乎什么？"徐九英愣了一下。

"奴婢只有一具残缺的躯体……"

"从认识你的那天起，我就知道你是什么人，"徐九英嗤笑，"如果我选择接受，必然是接受你的所有。接不接受你这个人是我要考虑的事。而你需要考虑的是我给你的两个选择。"

前途，还是她？

陈守逸没有犹豫。他抬起头，微微一笑。那一刻，流光飞舞，月朗风清。

"愿守相思店。"

番外一

初识

　　在陈守逸还很年轻的时候，陈进兴曾经动过一次为养子结亲的念头，为此他还特意征询过陈守逸喜欢和不喜欢的女子类型。

　　刚满二十岁的陈守逸表示他欣赏知书识礼的女性。对于不喜的女子特质，他则用了十二个字回答：粗俗无知，自大狂妄，好吃懒做。

　　陈进兴心想，这样的女人，有人喜欢才是怪事，养子这要求非常合理。当时这父子俩谁都没有料到，几年后陈守逸会遇到一个具备所有他不喜欢特点的女子，而陈守逸为她贡献了自己一生的忠诚。

　　那是一个春日的午后。陈守逸刚被调入内宫，协助宫教博士在内文学馆为宫人们讲学。多数宫女终其一生也不过达到粗通文字的程度，对于陈守逸来说，指点她们的功课乃是十分轻省的事。这日授课完毕，他跟随宫教博士离开。即将走出内宫的时候，宫教博士却忽然发现自己将几卷书落在了内文学馆。

　　"我去拿吧。"因为宫教博士年事已高，陈守逸便主动表示，愿意跑这一趟，替他把书取回。

　　他很快返回内文学馆。时辰渐晚，前来听学的宫人们都已尽数散去。学馆内寂静一片，只有斜阳轻柔落在青砖地上。独自走过正堂窗外，他不经意间抬了下眼，发现室中立着一个人。

是个女子身影，穿着宫女的服饰，背对窗口站立。

陈守逸幼年富贵，入宫后又见过无数女子，眼光可谓毒辣。仅仅一眼，他便瞧出这女子骨肉匀称，非常难得。

身形不错，不知道脸长得怎么样？他心里嘀咕了一句。

正巧，那女子也在这时转了下身，让他看清了她的侧脸。

轮廓硬朗了点，肤色也偏黑，鼻子倒是长得不错……陈守逸暗自评判。接着，他看见那女子弯下腰，抄起了靠在墙边的扫帚。原来只是个粗使的扫地宫女。陈守逸微觉可惜，如此卑微的地位，几乎不可能有出头的机会。宫中从不缺乏美貌的女人。多少白头宫女一辈子都未曾得见天颜，美人又如何？虽然心里闪过一丝惋惜，但是陈守逸并不打算多管闲事，只想寻得书卷，尽快离开。

他刚要迈步，那宫女的行为却引起了他的注意——她拿着扫帚，十分草率地挥了几下。然后她掀开堂内铺设的红毯，将地上的灰尘碎屑统统扫到名贵线毯下面，再重新把地毯盖上。

陈守逸哑然失笑。入宫这么些年，他还是第一次见到如此懒惰又胆大的扫地宫女。

"你最好不要这样做。"他忍不住开口提醒。

那宫女有些诧异地回头。明明偷懒被人撞破，她却没有一点羞愧的自觉，反而有些好奇地打量着陈守逸。

至此陈守逸也完全看清了她的样貌。这宫女十六七岁年纪，的确不是宫中一贯欣赏的佳人长相，但是略有缺陷的五官和肤色组合在一起，却另有一种浓艳的美感，倒是比宫里千篇一律的美人们容易让人记住。

不过陈守逸对她的关注也就到此为止了。一个粗使宫女，即使有些不同寻常的美貌，也不值得他花费太多心思。在文学馆内寻觅一阵，陈守逸终于在一张书案上找到了遗落的书卷。拾起书卷回到正堂，他发现那个宫女还留在原地。

那宫女想必没料到他还会回转，更没有反思的想法。再看见她时，她手上拿着一块不知道从哪里得来的糕饼，正吃得津津有味。两人大眼瞪小眼，似乎都有些尴尬。

陈守逸看她并没有意识到这种行为的后果，再度开口："宫中有宫中的规矩和法度。玩忽职守可是会惹祸上身的。我劝你还是谨慎些为妙。幸而你今日遇上的是我。换了别人，可未见得会轻易放过你。"

说完之后他甚至没有再多看那宫女一眼，直接离开了文学馆。

彼时的陈守逸并不认为眼前这个宫女会和他的未来产生什么联系。对他来说，这不过只是件微不足道的小事。然而世事就是如此难料。你永远不知道，对你最紧要的那个人会在什么时候以什么方式登场。

没过多久，陈守逸就再次见到了这个宫女。

这缘于皇帝的突发奇想。

前些日子，他与皇后一道观看宫人蹴鞠的时候，忽然想让宫女们像男子一样，分成两队，筑球对抗。

女子蹴鞠一向不注重对抗，而是以花样取胜，谓之白打。此时忽然改变规则，宫女们难免束手束脚。皇帝看了一阵，也觉得索然无味，很快就让她们停止。皇后看在眼里，回来后便下令从宫中各处重新遴选一批宫女出来，专攻筑球。

这选人和训练的事最后落在了陈守逸养父陈进兴的头上。

陈进兴当时正谋求宣徽南院使的位置，对这件事非常重视。而他的养子里以陈守逸的职事最为轻闲，免不了常被养父捉去帮忙。

"上头不过一句戏言，"陈守逸一边帮养父誊写宫女名单一边感叹，"我们在下面却要为此忙得人仰马翻。"

"行了行了，"陈进兴说，"少抱怨两句吧。我这么些养子，就你最不争气了。为父当上宣徽使，至少还能提拔你一下。"

"我对现状并没什么不满。"陈守逸说。

"你啊……"陈进兴叹息，"我知道你兄长的死对你打击很大……"

"我能受什么打击？"陈守逸冷冷打断他，"省了我自己动手的力气，我可是拍手称快呢。"

"你就嘴硬吧！"陈进兴道，"当为父看不出来？你这几年太消沉了，是不是也该振作一下了？不报仇，难道连日子都不过了？"

陈守逸刚入宫时一心想往上爬，对陈进兴百般逢迎。陈进兴对此不是没有察觉。但他当时觉得这小宦官聪明伶俐，纵然别有用心，却也是个可造之材，便将他留在身边侍奉。可是杨翠一死，陈守逸陡失目标，不但一直绷在心里的那根弦断了，对陈进兴也不像之前那样谄媚。谁知在那之后，他反而得了陈进兴的青眼。

因为不必再奉承陈进兴，陈守逸便不惮于在他面前流露自己的真实性情。陈进兴不但不以为忤，还觉得他的兴趣、脾性和自己相类，对他越发欣赏。陈守逸也不是草木，陈进兴对他十分厚待，他自然有所知觉，也渐渐真心将他当成一个长辈看待。三年前，陈守逸终于对养父完全放下心防，将实情和盘托出。听完他的遭遇，陈进兴还唏嘘了一阵。他心里清楚，这养子资质、能力都是拔尖的，看他成天这么浑浑噩噩，颇觉可惜，因而力劝他重新抖擞精神。

陈守逸听了却是沉默不语。他还能怎么改？当初为了复仇，他已经舍弃了作为杨翌的一切。现在，他回不去了。

陈进兴当然知道这样的转变不可能一蹴而就，也不想逼他太紧，很快就转了话题："就算你不在乎升迁吧，为父可还在意呢。上阵父子兵，你又是个闲人，我不找你找谁？别的事你也不用操心，我这里还缺一个球头，你在内文学馆，接触的宫女多，可要替为父仔细留意。"

主意都打到了内文学馆，可见养父着实紧张这宣徽使的位置。陈守逸无法拒绝这个请求，只能答应。

可是答应归答应，要找合适的人选却不容易。球头主要负责射门。而女子脚力普遍弱于男子，要将鞠球射进高耸半空的球门谈何容易？而力气足够的宫女，又往往没有蹴鞠的基础，很难在短时间内训练出来。

寻觅一个多月后仍无结果，连陈守逸也有些一筹莫展。这一日他奉命整理内文学馆的藏书，正领着两个抱书的小黄门经过文学馆前的回廊。廊前空地上有几个小宫女正在蹴鞠。陈守逸想起养父的嘱托，便放慢脚步观察她们。可惜这些宫女不但年纪太小，技巧、脚力也都平平无奇，并不是他要寻找的人。

他心中失望，正打算离开，忽见一个宫女扛着扫把，从回廊的另一头走了过来。

陈守逸一见她就觉得眼熟，待她走近一些，他便认出她是那个在内文学馆偷懒的扫地宫女。这时距离两人初次见面已经两月有余，那宫女显然已不记得陈守逸。她肩上扛着扫把，一边走一边打着哈欠，从陈守逸身旁走过时甚至没多看他一眼。

还是这么懒散，陈守逸暗暗摇头，看来是没把他的忠告听进去。那宫女正要与他擦肩而过，不知是哪个小宫女不小心失了准头，只听风声一响，鞠球竟向陈守逸和扫地宫女的方向飞了过来。

陈守逸眼见鞠球向那扫地宫女直飞而去，正要出手相救，不想那宫女不紧不慢地上前两步，拎起裙子伸了下腿，便将那鞠球截了下来。几个小宫女以为自己闯了祸，吓得脸都白了。扫地宫女却只随便抬头扫了一眼她们，把球往上一踢，接着飞起一脚，那球便向空地另一头飞过去了。

　　"内人留步。"陈守逸见她踢完球后又要前行，连忙叫住了她。

　　扫地宫女停了下来，颇有些不耐地扫了陈守逸一眼："什么事？"

　　这声线不同于一般宫人，略有些喑哑。

　　显然她还没认出自己。陈守逸便也装作不识得她，走上前，温和笑问："不知这位内人如何称呼？"

　　"徐九英。"宫女头也不抬地回答。

　　听到这个名字，陈守逸愣了一下，出声确认："九垓八埏的九，落英缤纷的英？"

　　"不知道。"徐九英回答。见陈守逸狐疑地盯着自己，她很坦然地加了一句，"我不识字。"

　　陈守逸哑然。

　　宫女选进宫后，会先在掖庭受训，内文学馆也定期讲学。宫女们虽然不能个个儿都成了才女，但多少能识一些字。这宫女必然听过经筵，却依然连自己名字都不知道，可见资质拙劣，难怪长了一张好脸，却只能当个粗使的婢女。

　　不过这些不是他需要关心的事。沉吟一阵后，陈守逸的语气仍然温和："那么内人受何人管辖？"

　　"干什么？"徐九英问。

　　"在下好去询问内人的名字。"

　　"你要告我的状？"徐九英警觉起来，气势汹汹地问。

　　"并非如此，"陈守逸好脾气地回答，"在下只是想弄清楚内人的名字。"

　　徐九英皱着眉想了一阵，提示他说："给我取名的穷酸有次说过，是种花的名字。"

　　这已让陈守逸确认她的名字。他沉吟片刻，又接着问："内人会蹴鞠？"

　　徐九英冲他抬了下眼皮，吐出两个字："会啊。"

　　声线依然不够明亮，可是透着一点慵懒的味道，尤其最后那个"啊"字，声调微微上挑，竟然让人有些心痒。

陈守逸笑得更友善了："不知师从何人？"

"没有人教，就小时候在街上踢着玩学会的。"

陈守逸略微失望，看来她是野路子，技巧上恐怕会有所不足。可是，这宫女也许是他一个月里能找到的最佳人选了。他只迟疑了片刻，还是决定直言："宫中正在训练专攻筑球的宫女，内人可愿一试？"

"不愿意。"徐九英想都不想地回答。

陈守逸微微诧异。这可比扫地的差事强了不知道多少倍，她竟然不想要这个机会？

"为什么？"他有些不解。

徐九英白他："不想去就是不想去，哪儿有这么多为什么？"

地位不高，脾气倒挺大。陈守逸失笑。他向来不愿强迫他人，既然这宫女不愿意，他便向她拱了拱手，打算作罢。

两人正要各自走开，徐九英忽然转身："慢着。"

她转得甚急，肩上的扫把几乎扫到陈守逸身后两个小宦官的鼻尖，吓得他们倒退了两三步。

陈守逸也停了步，看她有何话说。

徐九英仔细打量他一阵，露出疑惑的神色："我看你有点眼熟。我们是不是见过？"

陈守逸微笑回答："某与内人，确在内文学馆有过一面之缘。"

"我想起来了！"徐九英一拍大腿，指着他的鼻子说，"你就是那个对我叽歪了半天的宦官！"

陈守逸哭笑不得，过了一会儿才应了声："正是在下。"

徐九英不知动了什么心思，低头思忖一阵，忽然对他嫣然一笑，用她懒懒的声调说："你先同我讲讲，加入蹴鞠队，我有好处没有？"

这时的陈守逸忽然发现，她竟有一双桃花眼，笑起来的时候格外妩媚。

他转开头，竭力用平静的神情说："请徐内人一旁叙话。"

"就是说……"徐九英以左腿压在右膝的姿态坐在石凳上，嘴里叼着一枚李子，含含糊糊地说，"那边的伙食会好很多？"

"饮食上自然比内人现在的定例强得多，"陈守逸看了一眼她的不雅坐姿，忍住自己提醒的欲望，和气地说，"不止如此，日后兴许还有其他好

451

处。"

"比如？"徐九英挑了下眉毛。

"陛下喜爱蹴鞠，每隔一阵都会来看。"

这个暗示十分明显。皇帝喜欢蹴鞠，即是说被选入队中的人会有机会得见天颜。要是踢得好，兴许能得皇帝喜爱，日后的赏赐必不会少。若是运气再好一点，还能成为皇帝的妃嫔。那时她就再也不用干杂活了。

徐九英听了却没什么喜色，而是认真审视陈守逸："你来找我……没受什么人指使吧？"

"若说有人指使，"陈守逸失笑，"也只是我的养父。他那里缺一个担任球头的人。"

徐九英想了想："我考虑下。"

这显然和之前的坚拒大相径庭。陈守逸难免诧异："内人之前不是坚决不肯答应吗？"

虽然徐九英肯和他详谈时，他便觉得会有转机，但他原以为要费上一番口舌，没想到她这么容易就动摇了。

"你傻啊！"徐九英丢给他一个白眼，"我这么美貌，很容易招人嫉妒的。要是有人觉得我挡了她的路，找你来陷害我怎么办？我刚才又不识得你是谁，背后有没有人指使，当然不能随便答应了！"

陈守逸笑出了声。这宫女倒是挺大言不惭的。

"你笑什么？"徐九英不高兴地瞪他。

"没什么。"陈守逸连忙收起笑容。

"我是长得美啊，"她再次和他强调，"难道你能昧着良心说我不好看？"

陈守逸忍不住又笑了："我要是说你不够美就是昧了良心？"

她到底有多自大？

"那你说，我哪里不好看了？"徐九英不依不饶。

陈守逸不想和她纠缠美不美的问题，试图转移话题："那为什么现在内人又愿意了？"

"因为我想起你是谁了啊，"徐九英咻咻笑了起来，"那天你说换了别人，可不会轻易放过我。那你为什么肯放过我呢？我想不外乎两个原因。不管是哪个，我都可以确信，你不是来害我的。"

452

陈守逸也想，是啊，他那天怎么就放过她了呢？他很好奇她的推论，于是微微一笑："愿闻其详。"

"第一，"徐九英竖起食指，"你是个大好人。"

陈守逸想了想，摇着头说："我未见得有那么好。"

他如今只是心灰意冷，懒于争斗而已，并不代表他本质有多好。

"那就是第二个可能了，"她笑着又竖起一根手指，得意扬扬地说，"你是不是看上我了？"

她说话时，陈守逸正端起他面前的水杯，闻言一口水全喷了出来。他看了徐九英一眼，断然否认："不可能。"

"难道……"

他知道她要说的必定是"难道我不够美貌"之类的话，一口截断："我不是只看外表的人。"

徐九英有些悻悻："不喜欢外表？那你喜欢什么？"

"我欣赏的是温柔体贴、知书达理的淑媛，若是还能精通一两门才艺就更好了，"陈守逸盯着徐九英又加了一句，"我喜欢的绝不可能是粗俗无知又狂妄自大的女人。"

"我怎么自大了？"徐九英不服气，"我是还没机会到御前。我要是见着皇帝，还不是手到擒来？"

陈守逸哑口无言。过了半天，他才哭笑不得地说了一句："那我预祝内人马到功成。"

在陈守逸牵线下，陈进兴很快就把徐九英调了过去。也不知是因为饮食提高了，还是有心和陈守逸赌气，徐九英过去后竟然铆足了劲，一点没有偷懒。她之前没受过正式的训练，技巧略有不足，现在得着机会，她认真学习了控制鞠球的方法，竟然进步神速。陈进兴看过几次训练后，对陈守逸的推荐十分赞赏。

自然陈进兴也注意到这个宫女的美貌，询问养子她有没有可能得到皇帝宠爱。

"此人球踢得不错，然而说话做事甚为粗鄙，"陈守逸并不隐瞒他对徐九英的看法，"恐怕福气有限。"

"那看来是不会有什么大造化了，可惜那么一张脸。"陈进兴叹息。虽说

453

皇帝似乎偏爱活泼一点的女子，可是毫无学识，举止粗鲁，光凭蹴鞠和漂亮的脸蛋，也难以得到皇帝长久的眷顾。既如此，他也没必要对她特别优待，随她去吧。

然而后来的事实大出父子俩的预料。

宫中在训练女子筑球的消息很快传开。京中皇族勋贵都觉得这主意十分有趣，也纷纷将自己宅邸的婢女整编成队，甚至互相比赛，一时在都中形成了风潮。反而皇帝自己当日不过一时兴起，早就将此事忘记。直到颖王入宫时说起，他才依稀有些印象。

"女子筑球我也看过一次，"皇帝听完兄弟的叙述，摇头笑道，"觉得没什么意思，总不如男人踢得精彩。"

"陛下此言差矣，"颖王笑道，"男子比赛固然激烈，又怎么比得上女子蹴鞠时香汗淋漓、娇喘声声的媚态？照臣看，是各有各的妙处。"

皇帝也笑了："原来如此。改日我让皇后也训练一批宫女，我们比上一场，看看是不是真像你说的那样有趣。"

皇帝身边的宦官不失时机地启奏，说是宫中其实早已训练好了专攻筑球的宫女。皇帝顿时有了兴致，当即让颖王将他的人召进宫，与自己的球队比赛。

消息传来时，陈守逸正和陈进兴对弈。那些蹴鞠宫女都由陈进兴负责训练，他自然得到场听候。听到消息，陈进兴颇为兴奋："练了这么久，总算可以派上用场了。"他瞥了一眼拈着棋子低头不语的养子，又觉有点扫兴，但还是问了句，"你可要同来？"

这样的比赛，陈守逸倒是无可无不可，便不拒绝养父好意。父子二人同赴球场。

皇帝这日大约心情甚好，等待颖王府的蹴鞠队入宫的当口儿，他又邀请了皇后和几位嫔妃同来观赏。陈守逸父子到场不久，颖王的人也进了宫，一时之间，球场内外热闹非凡。

两队人都是利落的胡服打扮。颖王府的人穿着宝蓝色衣服。皇帝这边却都是红衣。两队入场时，陈守逸一眼瞥见红队里的徐九英。

此时的徐九英一扫陈守逸印象中的懒散，显得神采奕奕。

皇帝却没有兴趣关注这些宫女的长相，不过匆忙扫了她们一眼，就示意开始。

双方约定三筹为胜。之后两队抓阄，结果是红队开球。拿着球走出来的正是徐九英。

只见她把球往空中一抛，然后一脚踢出，比赛便开始了。

显然颖王训练婢女的目的不在筑球的技巧。可是宫中训练却对技巧非常重视。比赛开始不久，颖王那队便有些疲态了。和她们不同，红队的宫女们依然保持着良好的体力。尤其是徐九英，颖王口中娇喘吁吁的媚态完全和她没有关系。球场上几个来回倒像让她活动开了筋骨，浑身都洋溢着一股健康的活力，显得格外明艳。

她的脚力和准头都很不俗，射门时竟有些锐不可当的气势。颖王的人哪里挡得住这样的攻势？一筹未完，红队这边已进了不少球。

"好！"徐九英再次进球后，皇帝忍不住鼓掌叫好。

他和颖王不同，对蹴鞠场上的美人媚态颇不以为然。他看了一眼颖王，心道什么媚态不媚态，他那些美人没一个比得上那个红衣球头。她这踢法才称得上蹴鞠嘛！

最后的比赛胜负毫无悬念。

三筹比完，红队自然大获全胜。皇帝圣心大悦，除了赏赐宫女们每人一匹布帛，又让人把那个红衣球头叫来，单独问话。

不多时，徐九英便由内官引着到了御前，向众人行礼。

"抬起头。"皇帝说。

徐九英微微抬头。虽然隔得有些远，但是陈守逸相信此时的皇帝应该露出了惊艳之色。

皇帝再开口时，语气变得异常和蔼："你叫什么名字？"

"徐九英。"

引导的内官听她应对如此笨拙，轻咳一声，又狠狠瞪了她一眼。

徐九英反应不慢，听到内官的提醒，虽然有些不甘不愿，但毕竟还是加了一句："奴婢名叫徐九英。"

皇帝听了这名字微微皱了下眉，并没说什么。却是颖王心直口快，笑了出来："怎么取这么个名字？"

他脱口而出后见皇帝有些不悦地看了自己一眼，知道自己说错了话，略有些尴尬。

皇后替他圆场，温和地对徐九英解释："颖王的意思是，你这名字十分别致。"

"对对对，"颖王忙顺着台阶下，"很特别。谁取的？"

"以前我家隔壁住了个穷酸……不是，读书人，"徐九英回答，"虽然他读一辈子书也没见考中个进士，又经常嫌弃我阿爷是粗人，但是我阿娘还是觉得他学问好，我出生时，她就让我阿爷送只鸡给他，请他帮我取的这个名字。"

"那穷酸可有点不地道……"颖王再度快人快语，但是回头瞥见皇帝的神色，他脖子一缩，没敢继续说。

皇帝再开口时，陈守逸觉得他语气里似乎有些同情的意味："你学蹴鞠多久了？"

"奴婢四五岁时和人在街上踢着玩。"徐九英回答。

"那不短了，"皇帝说，"有人教你吗？"

"没人教。"

皇帝笑了："竟是自学成才？"

徐九英想了想说："以前是没人教，自己胡乱踢。不过选进蹴鞠队以后，便有人教了。"

皇帝问皇后："这批宫女是谁负责的？"

皇后忙让人把陈进兴召到近前。

"你这件事办得很好，"皇帝说，"一会儿去领赏吧。"

陈进兴喜形于色。

皇帝看了一眼徐九英："你也有赏。"

徐九英眼睛一亮："赏我什么？"

能得到天子的赏赐已是殊荣，很少有人敢于追问获赐的内容。皇帝先愣了一下，才温和笑问："你有什么想要的东西吗？"

"酒肉！"

陈守逸并不认为徐九英这应答有多机智风趣，不过皇帝显然觉得十分有趣，一怔之后，他哈哈大笑起来："好好好，就赐你一桌上等的酒菜吧。"

显然徐九英给皇帝留下了颇为深刻的印象。之后的一个月，皇帝不时召她去御前表演。

单说蹴鞠的技巧，徐九英未必最好。她也不是自幼受训，并不擅长白打。且陈守逸听养父说，她在皇帝面前经常口无遮拦。可让人奇怪的是，皇帝似乎并不介意她的傻话，反而没过多久，就将徐九英封为了采女。

虽然只是低级的嫔妃，毕竟是将她纳入后宫了。看来她确实颇得皇帝欢心。

"陛下的喜好可真让人看不懂。"陈守逸听到消息后对养父说。

"你年轻，不懂也正常。为父现在倒是多少明白些了。"陈进兴回答。

"还请父亲赐教。"陈守逸一揖。

"近日河北不太平，"陈进兴笑着对他解释，"听说三镇又与朝廷对抗。政事已让陛下焦头烂额，你指望他处理完政事后还有心情与后宫的美人们谈诗论画？徐氏虽然粗俗……不，应该说正因为她粗，陛下在她面前才可以毫无顾忌，真正放松下来。这就是她存在的意义了。"

"所以……陛下并不是真心爱重她？"陈守逸有些明白了。

"爱重？"陈进兴嗤笑，"那可是天子。得到他一时的眷顾已然不易，谁还奢望他的真心爱重。"

陈守逸知道养父说的是实情。即使皇帝向有宽厚之名，也并不代表他就真正尊重下面的人。徐九英也不过是供他解闷的玩物罢了。这样的喜爱又如何能够长久？

辞别养父，陈守逸回到自己居所。一打开门，他就察觉房内有人，顿时警惕。谁知他定睛一看，竟然是刚刚晋封的采女徐九英。

今时的徐九英已不同以往，衣饰一新，容光焕发。听到响动，她转过头，对陈守逸露齿一笑："回来了？"

陈守逸十分诧异："徐采女到此，有何见教？"

她看着陈守逸，手指在他案头书卷上打着圈，漫不经心地问："我的名字有什么不对？"

"嗯？"陈守逸一愣。

"那次在球场，颖王听到我的名字后说，怎么取了这么个名字？"她斜眼看他，"陛下和中宫虽然没说什么，但他们的表情都有些怪。我猜是不是我的名字有什么讲头？我记得我告诉你我的名字时，你的神色也有点不自然，就猜你可能知道。"

她名字的意义不能算很好，所以陈守逸听到时有些惊奇，但他并无一词吐露。没想到她这么憨懒的人，竟然能察觉到他细微的表情变化，从而推测出自

457

己知道内情的事实。

"采女知道九英梅吗？"他沉吟片刻后问。

徐九英摇头："我对花花草草没兴趣。"

"当时采女和我说，是一种花的名字，"陈守逸说，"我就猜是九英梅了。"

"这是什么花？"徐九英好奇地问。

"此乃蜡梅子种……"话到此处，陈守逸有些踟蹰，不知后面该如何措辞。

徐九英当然知道没这么简单，挑了下眉，追问道："然后呢？"

陈守逸只好实话实说："但是这九英梅并非名贵品种。实际上……因其花小香淡，一向被视为下品，民间有时……亦谓之狗蝇。"

以此为名，自然是蔑其低贱的意思。陈守逸方才正是为此迟疑。

出乎他的意料，徐九英的神色竟然没什么变化，只是很平淡地点了下头："我早就觉着那穷酸不会给我取什么好名字，果然如此。"

"采女不生气？"陈守逸有些讶异。

"就是个称呼而已，也不会少块肉，有什么值得生气的？"徐九英笑笑，"我来问你，也不过是想知道为什么他们会露出那种表情，免得将来吃了暗亏。现在知道了缘故，也就无所谓了。其实我们这样的穷人家怕孩子养不活，经常都会取个贱名。我从小到大没病没灾，说不定就是这名字的原因。"

"采女倒是挺想得开。"陈守逸笑道。

她倒也不是全无优点，陈守逸心想，至少心胸足够宽广。

徐九英没答话，而是歪着头打量了他一阵，最后笑了起来："陛下说我也可以有宦官服侍了。我和他说我想自己挑人，他也答应了。你想不想来内廷？"

"我？"陈守逸十分惊奇，指着自己的鼻子问。

徐九英点头。

"为什么是我？"陈守逸仍然觉得不可思议。他和这位徐采女满打满算也只有过几面之缘，算不上熟识，怎么会挑到自己头上？

徐九英不紧不慢地回答："我在宫里认识的人不多，你算一个。而且你对我没有恶意，也完全不想利用我。和其他人相比，我想你大概更值得信任一点。另外，刚才我还发现你另一个优点。"她随手拿起他的一卷藏书，对他晃了晃，"你好像读过不少书。这也是我需要的。"

"采女若想读书识字，"陈守逸自觉明白她的意思，婉转拒绝，"尽可以去内文学馆听学。"

"谁说我要读书识字了？"徐九英给他一个白眼，"我找个读过书的人替我做事不就好了，还用得着我自己去学？"

竟然很有道理。陈守逸一脸哭笑不得："采女很出乎我的意料。"

说她聪明，她偏偏胸无点墨，又经常傻话连篇；说她蠢吧，她偶尔又会展现出过人的洞察力，还能振振有词地说出一番歪理。这个人，自己竟然看不透。

"你指哪方面？"徐九英问。

"采女的才智似乎超出了我的预想。"陈守逸小心措辞。

"你是不是觉得我很蠢？"徐九英轻笑道。

陈守逸默认。

"你傻不傻啊，"徐九英对他翻白眼，"我已经这么漂亮了，要是还表现得很聪明，别人还不恨死我？嫌我死得不够快吗？"

"难道说，采女一直在装傻？"

"也不完全是装，"徐九英说，"他们那些文绉绉的话，我确实也听不太懂。"

"所以采女想到了我？"陈守逸终于明白了她的用意。

徐九英点头："虽然我并不觉得读了书的人就比我更聪明，但是就像你说的，宫中有宫中的规矩和习惯。我要是不明白其中的门道，很容易吃亏。我不介意当别人眼里的笑柄，但是我介意吃闷亏。我身边得有一个可以提点我的人。你……"她看了一眼陈守逸，低声笑道："你读过书，又这么喜欢啰唆，自然是最合适的人了。"

"可是，我为什么要答应你？"

"又不让你白干，"徐九英斜眼看他，"我要是发达了，当然少不了你的好处。你难道甘心一辈子就当个无品的宦官？就不想要荣华富贵？"

"不想。"

如此油盐不进，未免让徐九英为难。她皱着眉打量他一阵，吐出两个字来："怪胎。"

陈守逸苦笑。她这样的人大概永远不可能理解，荣华富贵之外的追求吧。

不过，肯这样直白地将自己的欲望说出来，倒也不失坦诚。无论宫中还是官场，哪怕心系名利，人们表面上也要一派高风亮节。这个徐九英却是个异数，丝毫不隐瞒自己的野心。

"好，我帮你。"他忽然说。

徐九英本已不抱希望，没想到他竟肯答应，一脸惊喜地说："真的？"

"真的。"

徐九英得到确认，嘿嘿笑起来："装得那么清高，说到底，你不还是想要荣华富贵嘛。"

"名利、地位，我都不在乎，"陈守逸微微一笑，"我只是觉得，你往上爬的过程大概会很有趣吧。"

番外二

小宴

一大早，院子里便传来鸟雀的欢叫。

"喜鹊叫个不停，"婢女打起帘子时笑言，"怕是阿郎要回来了吧？"

牙娘听了，也是微微一笑。丈夫胡三是贩马的商人，每年总有大半时间不在家。他这次出门甚久，算算时间，确实差不多该到家了。

"阿玉？阿玉？"她正想着，响亮的男声已像惊雷一样，一路炸了进来。

牙娘急忙起身迎了出去："我在这里。"

自从脱籍，她便用回了自己本来的名字。

往常胡三回家，总要先与她亲热一番，以补偿夫妻俩分别数月的亏欠。这次胡三却没有腻上来，而是对她说："有客人来，一会儿你亲自下厨做几个菜。"

牙娘这才看见，除了胡三，庭前还站了一对衣饰考究的男女。女子看起来三十多岁，五官浓丽，十分美艳。男子的年岁看起来稍长于女子，相貌也很不俗，举手投足更是十足斯文，只是面白无须，干净得有些过分。

接着，胡三豪爽地向他们介绍牙娘："这是内子。"

两人向牙娘点头致意。

"我这趟买卖碰到点麻烦，"胡三向牙娘说，"幸得这两位出手相助，才顺利解决。今日是要答谢他们帮忙，一会儿你可得好好露一手。"

牙娘在京中为妓时除了诗画歌舞，还习得一手好厨艺。每当家中有重要的客人来，胡三便会让妻子下厨。听他这样说，牙娘便知，那两人帮的忙只怕不小。她一向识趣，当即便向两人敛衽为礼，感谢他们的恩情。

那女子满不在乎地对她摆了摆手："小事而已。胡三说你很会做菜。能让我们一饱口福，就算两清了。"

男子也十分客气地说："举手之劳，不足挂齿。"

话虽如此，牙娘也不敢怠慢，吩咐侍女引他们进正堂就座后，她便去厨房整治酒食。因为知道胡三归期就在最近，她早令下人采购了不少食材，如今倒也便利，不多时便备齐一桌酒席。

酒菜备齐，牙娘也到厅上作陪。她的厨艺显然很让那对男女惊艳。席间两人赞不绝口，尤其那位女子，一边吃一边不住地夸。只是她所知词汇似乎有限，翻来覆去也不过是好吃二字。她身旁的男子却是不俗，不但味觉灵敏，对各地风物、掌故也知之甚详，总能说到点子上。不过赞归赞，他自己吃得却不多，酒也不怎么饮，大半时间都在关照他身边的女子。

"这乳酿鱼和羊皮花丝倒是颇得京城风味。"男子剔鱼刺时笑着说。

"郎君说准了，"胡三自豪地说，"内子的厨艺正是学自京师。"

"哦？"男子一边将剔完刺的鱼肉放到女子碗中一边道，"这可是他乡遇故知了。"

"两位莫非是京城人士？"牙娘问道。

男子点头："我们正是从京里来的。"

"不知二位是京里的食家，"牙娘笑起来，"倒是班门弄斧了。"

"娘子说哪里话？"男子客气道，"这样的手艺，如今京里也很难寻了。"

"说到京里，听说近几年那边十分热闹，两位可有听闻？"胡三一边吃酒一边笑着说。

"热闹？"一直埋头苦吃的女子忽然抬头插话，"什么热闹？我怎么不知道？"

462

"当然是说宫里的热闹。"胡三最爱在人前显示自己消息灵通，交游广阔，当即便兴致勃勃地与他们议论起来。

　　那对男女交换了一个眼神，最后由男子开口："愿闻其详。"

　　胡三凑近他们说："我这也是听一个在京里做买卖的朋友说的。前两年姚相国不是出镇浙西了吗？原来这里面大有内情。"

　　听见"姚相国"三个字，一直低头作陪的牙娘不免抬了下眼。

　　胡三所谓姚相国正是姚潜。永庆四年以来，他的官运一直亨通，先是在韦裕入京为相后接替西川节度使一职，前几年又奉召入京，先任兵部侍郎，不久后又迁尚书，并加同平章事衔，入阁拜相。

　　那对男女又互相看了一眼，最后仍是男子问："这是怎么说？"

　　"前年陛下不是亲政了吗？他一亲政，姚相就出镇，"胡三对他二人的迟钝显然有些不满意，"你们就不觉得蹊跷？"

　　"这有什么蹊跷的？"女子一脸不解。

　　胡三甚是无奈地叹了口气："前些年朝廷有太后、姚相主政，也算太平，就只徐太妃不是个省事的。只是以前陛下年幼，她没法兴风作浪。等到陛下亲政，她可算得了势了，立刻就把姚相贬出京去。"

　　女子挑了下眉，看向男子："徐太妃兴风作浪了？"

　　男子笑笑，轻轻在她肩上拍了两下，转向胡三说："前年浙西遭灾。此地对朝廷财赋贡献甚多，陛下特别重视其地的灾情治理。姚尚书拜相之前历任各藩要职，政绩斐然，正是最佳人选。这是正常调动，和徐太妃没有关系。何况上个月，京里已有诏令，让姚尚书回京了。"

　　"那就好。"牙娘明显松了一口气。

　　此人说话甚有条理，显然比胡三的说法更加可信。

　　胡三讪讪的。不过这两人出手相助时，他就看出他们不是普通人，也许识得京中权贵，知晓宫中内幕也未可知。他赔笑道："某也是道听途说，自然比不得二位久居京师。"

　　"哪里？"男子笑着举盏，"也只不过是略听人说过一些。"

　　"那你二位说，"胡三凑近他们，颇有些兴奋地问，"那徐太妃究竟有多少男宠啊？"

　　男子正将酒盏送入口中，闻言竟喷了出来。

　　不等他说话，身旁的女子已阴阳怪气地说："并没有很多，也就十个八个而已。"

男子看她一眼，似有嗔怪之色。

"外人不了解太妃为人，"男子放下杯盏，"对她多有误解。"

"也不见得是误解，"女子目光在他身上微微一转，轻笑着插口，"说不定真有呢。"

男子看她一眼，神色颇为无奈。

胡三不知他们在打什么哑谜，脸上现出疑惑之色。他刚想说话，却觉得有人扯他袖子，回头看正是妻子。

牙娘为妓多年，颇善识人。从见到这两个人的时候起，她便觉得他们不同寻常。这对男女，说夫妻不像夫妻，若说主仆，又嫌太过亲密。且她知道胡三近年来生意不小，能出手替他解决麻烦的，绝不是普通人。何况宫闱秘事，本也不宜他们这样的平头百姓过多谈论。

胡三在生意场上摸索多年，颇知世故。妻子一提醒，他也就醒悟过来，笑着说："是某失言，来来来，喝酒喝酒。"

之后宾主尽欢。宴罢胡三热情挽留两人留宿。那对男女客气地感谢了他们夫妇的好意，却非常坚决地离开了。

送走客人，胡三才得以和妻子一叙别情。

"听见姚潜两个字你就坐不住，"妻子替他修面时，胡三想起今日席间妻子对姚潜的关心，有些酸溜溜地说，"就这么惦记他啊？"

牙娘拿剃刀细细刮着丈夫腮边的胡须，轻声嗔他："这坛陈年老醋你还要吃多久？也不嫌烦？不是早就和你解释过了吗，当年我在京中受过姚相公恩惠。听到恩公的消息，我难免多关注几分。他既无事，我自然也放心了。这么多年，除了年节送点薄礼，我和他还有来往没有？"

当初东平王兵败，京师城破，和东平王有关系的人都被收押，也包括她。是姚潜找到她，替她脱困。

他告诉她，这是东平王拜托他的最后一件事。东平王说她当初误入风尘，身世十分可怜。又说她既非王府姬妾，也不曾参与谋逆之事，不应被自己牵连，因而将她托付给了姚潜，请他代为安置。

姚潜答应旧友要求，重新替她安排了身份，又赠予她不少财帛，送她离京。之后她遇到胡三，两人结为夫妇，才有这些年的平静生活。

"我错了，"胡三赔笑，"以后再不乱吃醋了。"

牙娘这才一笑，继续嘱咐丈夫："你以后在外面可不许再跟人胡说八道，免得惹祸上身。今日来的那两人，我看身份就很不一般。他们若与你计较，说不定你已经招祸了。"

"知道了，"胡三揽着妻子的腰，温柔无限地说，"都听你的。"

胡三夫妻闲话的同时，那对男女也驾着马车，在长街上悠悠行着。

"还有多远？"车内女声问道。

"再走一会儿就到客店了，"男子一边驾车一边出言安慰，"胡三那些话，你别在意。"

"有什么好在意的？"女子掀开帘子，"说我的人多了，个个儿都去计较，我还活不活了？"

这两人正是徐九英和陈守逸。

皇帝亲政后，太后和她都移居到了南内。皇帝对太后和顾家十分优厚。太后没有后顾之忧，卸下担子后便一心钻研棋道了。徐九英却没她这么耐得住性子，经常和陈守逸微服出来游玩。

"会不会不甘心？"陈守逸转头看她。

徐九英与太后、姚潜合作多年。太后和姚潜都有贤名在外，唯独她，至今还在招人话柄。

"没什么好不甘的，"徐九英说，"我想做的事都做成了，想留的人也都留下了，外人说什么，又有什么关系？太后上次也说，一个人总不能把好事都占全了。我已经过得这么好了，还不兴别人拿来当下谈资啊？"

"太妃想得开就好。"陈守逸笑了。

"不过……"徐九英皱眉，"这次帮那个胡三的忙，怕是又露了身份。估计京里很快就会收到消息。在松州的时候已经来过好几封信催了。这回还不知道会怎么和我闹呢。"

"陛下记挂母亲，"陈守逸温言，"才会总催太妃回京。何况这回我们也确实出来得够久了。"

"也没见他对你多好，"徐九英白他，"你怎么尽帮他说话？"

陈守逸但笑不语。

皇帝前些年对他确实略有成见，可是太后寻了一个机会，对皇帝好好分说了一番。现在皇帝虽然未见得多喜欢陈守逸，但是基本不再插手他和

465

母亲的关系。陈守逸对这样的结果十分满足，便时常在太妃面前为他说好话。

"不是我帮他说话，"过了一会儿，陈守逸才接着道，"也该回京了。"

徐九英伸了个懒腰："既然你都这么说，那就回吧。"

陈守逸微笑点头。两人都不说话了。

斜阳映照，将马车上的两个人影拉得很长很长……

番外三

遗曲

　　这一年的夏季格外炎热。旧京的人们惧怕这炎夏的威力，进入六月后变得日渐懒散。城里不少食肆、商铺挂上了歇业的招牌。不少人家还会选择到离城几十里外的清幽山林避暑。旧京成了一座烈日下的死城。

　　城外大道上行人甚少，就连道路两旁的槐树也让骄阳晒得无精打采。只有鸣蝉还在不知疲倦地吵着。

　　远处忽然扬起一阵烟尘，却是一队人马浩浩荡荡地从城门出来。为首的乃是一名三十五岁左右的男人，相貌不算极为出众，不过气质儒雅，即使在这三伏天气里都还不失风度。他身后则有十数名仆从和五六驾马车。这阵势不消说，必是去往城外消暑的官宦人家。

　　果不其然，一出了城，这一行人便直奔城外一处山庄。

　　这庄园据说是前朝世家大族所建的别院。自打前朝灭亡，旧有的京城历经数十年乱世，日渐倾颓。待到新朝建立，旧京原有的宫室、城墙已不堪为用，因而本朝开国之君果断放弃旧都，去河东营建新的都城了。百余年来，旧京风云流散，除了城外的皇陵和旧有的庄院残垣，此处几乎已没有曾经的繁茂印记。

不过倒也有人因此受益。比如现今入住山庄的这户人家。换作前朝鼎盛之时，以他们的官位和家底，是断然无法拥有这样偌大一处庄园的。

进了山庄，马车才刚停稳，中间那辆车上便伸出一只纤白玉手。接着帘子一掀，一名少女便从车上跳了下来。

这少女十四五岁年纪，头梳双鬟，穿着粉色交领小衫，下着樱草色长裙，五官秀丽，体态轻盈，十分貌美。最难得的是那一双天生的美目，清透灵动，似有波光流转。

"小娘子！"一声惊呼，车里又下来一个十六七岁的青衣侍女，手上拿了一顶帷帽，追在她身后喊道，"你的帽子。"

"不戴不戴！"少女不耐地提起裙子，向前飞跑，"热都要热死了，我才不戴这劳什子！""阿音。"头一辆车上传出妇人喝止的声音。

少女猛然停住脚步，吐了下舌头，才转过头，乖巧地叫了一声："阿娘。"

"马上要及笄的人了，"车内妇人数落，"还这么不成体统。"

少女噘了一下嘴，却不敢与母亲辩驳，只低头不语。

"天气这么热，"这时，最后一辆车上亦有女声传来，"也难怪她不愿意戴。反正已到了自家庄院，阿嫂就别拘着她了。"

一边说，车上的女子已下了车，却是个三十左右的妇人，相貌只算清秀，可是举手投足自有一股娴静气度。

少女听她为自己说话，立刻走到她身边，亲密地挽起了她的手："还是婶娘疼我。"

头一辆车上的人也由仆妇扶着下了车。她年纪较长，脸上看着约是四十岁年纪，可是眉心有几道明显的细纹，发间也有缕缕银丝，似乎平日里就是个思虑甚重的人。

"我能不管着她吗？"年长的妇人一下车就开始絮叨，"这孩子父亲走得早，我也没有弟妹你这么好的家世。听说明年京里要采选了，我可不愿她去应选，得尽早把她的亲事定下。但是她一再不成体统，你说我怎么给她说亲？"

"阿嫂多虑了，"年轻妇人笑道，"阿音模样好，性子也好，人又聪敏，哪能说不着亲事？我和她二叔也会帮着留意，定找一门让阿嫂称心的亲事。"

年长妇人听了这话，眉头总算略微舒展，向少女道："阿音，还不过来谢谢你婶娘。"

被称为阿音的少女听话地向年轻妇人屈膝道谢，转身时却小声嘀咕了两句："成天念叨说亲说亲，好像除了嫁人，我这一辈子就没别的事似的。"

年长妇人听到她的嘟囔，正想要发火，却见年轻妇人向阿音招了下手，又微笑着说："这地方阿音还是第一次来吧？婶子带你四下看一看可好？"

阿音当然知道小婶是在解救她，欢呼一声，忙不迭地抛下母亲，同她一道走了。

山庄占地不小，古木森森，又有山中引来的流泉，自庄内曲折穿过，在这夏日里倒是显得格外清幽。此地房舍虽然经过修葺，却尽量保留了其老旧的本色。且因曾是豪门所有，各处建筑都十分轩敞，依稀可以想见当年的奢侈气象。东南一角有数十级青石台阶，蜿蜒而上，通往一处凉爽的高地。

年轻妇人一边走一边向阿音介绍这庄院的景致和典故，最后两人拾阶而上，到了高地上的凉亭里。

"婶娘，"在亭中歇脚的时候，阿音好奇指着远方隐约露出的一座山峰问，"那是什么地方啊？"

妇人顺着她的手看了一眼，回答道："那是前朝顾后的陵寝。"

前朝开山为陵。顾后这座陵墓，山势虽然称不上雄奇，却是一处绝佳的风水宝地。山陵外围又仿照旧都格局，极尽精美。

这位顾皇后本身也称得上传奇，辅佐幼主，平定叛乱，垂帘听政十余年。在她治理下，本已摇摇欲坠的王朝竟然暂止倾颓之势。虽说史家至今对她当政的永庆年间能否称得上中兴之世有所争议，但是在她执政之后，前朝五十余载未再有过大乱却是不争的事实。

大概是感怀这位嫡母的功绩，顾后离世后，永庆帝并未将她葬入父亲的皇陵，而是为她单独修建了陵墓。

"呀！"阿音显然很惊喜，"原来她的陵寝在那里呀！"

妇人颇有些惋惜："可惜国朝对前朝旧陵不大重视，如今这些皇陵都荒废了。"

阿音却没有婶母这么多感慨，反而好奇地追问："我听说永庆帝的生母也葬在顾后的陵墓里？"

妇人点头，又对她说："说来奇怪，永庆帝只为嫡母修建了陵寝，自己生母徐氏反而只是附葬在顾后陵中。且终徐氏一生都不曾受封太后，连她死后也没有什么追封。一直有人据此猜测永庆帝和生母关系不佳。"

"有人说是因为徐妃和一名宦官过从甚密，令永庆帝不喜。不过也有人说是徐氏本人不希望被厚葬。永庆帝尊重母亲的意思，便没将生母葬入帝陵，而是附葬在顾后陵中。还有一本前朝笔记说那个宦官的骨灰也在徐妃墓中呢。"

妇人笑了："野史的确有许多不同说法，但是都太过荒诞，不足为信。"

不像顾后，国史里这位徐妃的记载非常少，只知道是宫女出身，为永庆帝生母，在儿子即位后晋为太妃。相比正史的寥寥数语，野史里对她的记载就丰富多了。有人说她不学无术，举止粗俗；有人说她狐魅惑主，掩袖工谗；还有人说她和一名宦官有着不同寻常的关系……徐氏的形象掩藏在这一堆芜杂的记录中，反而越发模糊了。

"可是正史确实也记载过，顾后和徐妃都重用过宦官，说不定她墓里真有一个宦官的骨灰呢？"阿音笑道。

"正是由于她们任用宦官，"妇人叹息，"史家对她们的评价才一直不高。就连姚潜这样的贤相，也因当政期间未能稍抑宦官而被史家诟病。"

"可是重用宦官的并不只有她们啊，"阿音说，"前朝自元宗之后，历代皇帝都信用宦官。"

"宦官专权正是前朝乱政之源。"

"我觉得没有这样简单，"阿音摇头，"并不是宦官专权导致了乱政，而是朝廷变乱频频，以至君臣相疑。皇帝不能信任下面的臣子，只能依靠身边之人，所以才有宦官的崛起。"

这番话令妇人觉得难以辩驳，便转而说："不止任用宦官，还有人说顾后对河北过于软弱，以至河朔割据自立，朝廷颜面扫地，实为前朝败亡之因。"

"这话就更没道理了，"阿音笑起来，"其时三镇割据已有百年之久，并非顾后一人所能造成。且在她之前、之后几个皇帝都没把河北收回来，可见河北乱局并非一朝一夕所能改变，怎么就把三镇割据怪到她头上？顾氏与河朔的交易不过是承认既有的事实而已，还以此换得河北出兵平叛，怎么看都没吃亏。且那以后，一直到前朝灭亡，河北都没再闹出大的变故，说明朝廷当初的决策是明智的。史家仅仅因为顾后女子身份，便多有苛责，未免不公。换成是男人，在当时的情况下也不见得能比她做得更好。"

妇人听完她这番长篇大论，颇感头疼："阿音，这些话是什么人教你的？"

"没有人教，"阿音摇头，"是我前几天随手翻史书时想到的。"

妇人沉吟片刻，对她说："你这些话，在我面前说倒也罢了。外人面前，

470

不可轻言。"

"我知道，"阿音笑道，"别说是外人了，就是我阿娘听到，都得罚我跪呢。我才没傻到去外面说。我只和婶娘说。"

"小娘子——"这时青衣女婢过来叫她，"马上开冰窖了。"

阿音欢呼起来："太好了！一会儿就有冰镇的瓜果吃了！"

她草草向妇人屈了下膝，然后便提着裙子跑了过去。

妇人看着她匆忙离开的背影，有些怔忡。她出身大族，少时受教于饱学之士，也曾涉猎文史。以前读史时，她也曾经模糊地有过类似的想法，并在老师授课稍有流露，立即受到了师长的严厉训斥。

"牝鸡司晨，惟家之索！"至今她还记得那位大儒当时的疾言厉色。从小到大，她从未被人如此严厉地训教过，从此再不敢提。可是阿音不同，这孩子想法独到，能言善辩，又爱坚持己见，极难被驳倒。从小到大，都不知道她气跑了多少老师。长嫂也总是为此忧心忡忡。她不愿女儿应选，除了害怕母女分离，也是担心这孩子口无遮拦，入宫后会招来祸事。

"阿音。"她忽然叫住了奔跑中的少女。

阿音停住脚步，回头望她。

"你，想进宫吗？"妇人问道。

虽然长嫂近来很积极地筹备婚事，但是阿音一直不以为然。她们作为长辈，当然不想自家儿女一生困锁宫墙。可是阿音这孩子实在太过特别，就算不入宫，寻常的人家又是否接受得了这样特立独行的新妇呢？

"我也不知道想不想，"少女回答，"不过要我嫁给一个蠢材，倒不如去皇宫开开眼界。见天子焉知非福？"

说罢她对婶母粲然一笑，用轻盈的步伐走向了远处，只留下妇人独自对着山陵出神。

"在想什么？"中年男子不知什么时候走了过来，含笑看着神游物外的妻子。

"没什么，"妇人回过神，对丈夫微微一笑，"只是忽然觉得，一个新的故事也许就要开始了……"

（全文完）

471